四大道场

南宋

骷髅道场
SKELETON DOJO

蛇从革 著

上

上海文艺出版社

主要人物

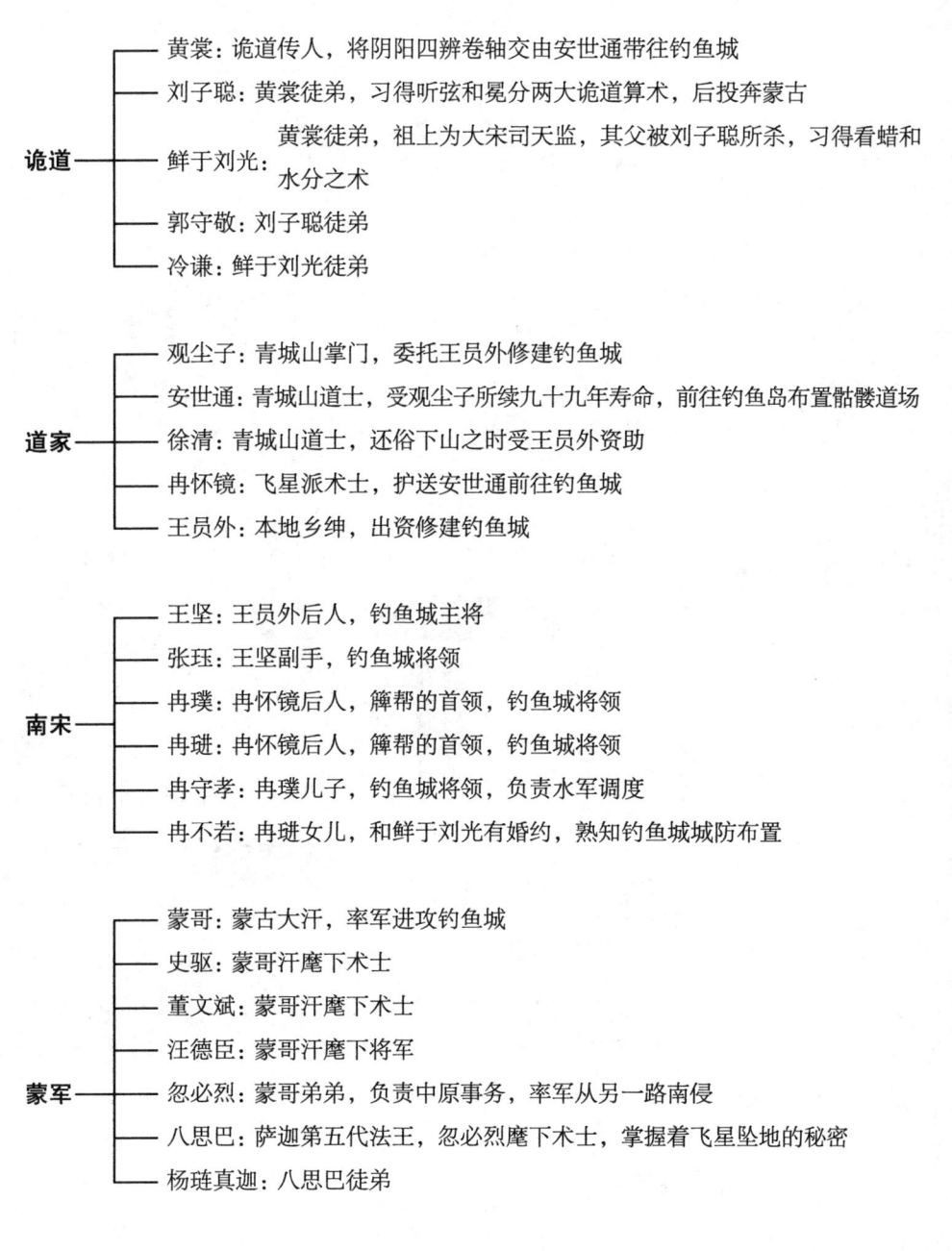

诡道
- 黄裳：诡道传人，将阴阳四辨卷轴交由安世通带往钓鱼城
- 刘子聪：黄裳徒弟，习得听弦和冕分两大诡道算术，后投奔蒙古
- 鲜于刘光：黄裳徒弟，祖上为大宋司天监，其父被刘子聪所杀，习得看蜡和水分之术
- 郭守敬：刘子聪徒弟
- 冷谦：鲜于刘光徒弟

道家
- 观尘子：青城山掌门，委托王员外修建钓鱼城
- 安世通：青城山道士，受观尘子所续九十九年寿命，前往钓鱼岛布置骷髅道场
- 徐清：青城山道士，还俗下山之时受王员外资助
- 冉怀镜：飞星派术士，护送安世通前往钓鱼城
- 王员外：本地乡绅，出资修建钓鱼城

南宋
- 王坚：王员外后人，钓鱼城主将
- 张珏：王坚副手，钓鱼城将领
- 冉璞：冉怀镜后人，簰帮的首领，钓鱼城将领
- 冉琎：冉怀镜后人，簰帮的首领，钓鱼城将领
- 冉守孝：冉璞儿子，钓鱼城将领，负责水军调度
- 冉不若：冉琎女儿，和鲜于刘光有婚约，熟知钓鱼城城防布置

蒙军
- 蒙哥：蒙古大汗，率军进攻钓鱼城
- 史驱：蒙哥汗麾下术士
- 董文斌：蒙哥汗麾下术士
- 汪德臣：蒙哥汗麾下将军
- 忽必烈：蒙哥弟弟，负责中原事务，率军从另一路南侵
- 八思巴：萨迦第五代法王，忽必烈麾下术士，掌握着飞星坠地的秘密
- 杨琏真迦：八思巴徒弟

- 刘三娘：刘子聪之女，和鲜于刘光私订终身
- 少都符：被陷害致死后化成瘟神，被鲜于刘光带到钓鱼城

合川钓鱼城城防图

鸡爪滩

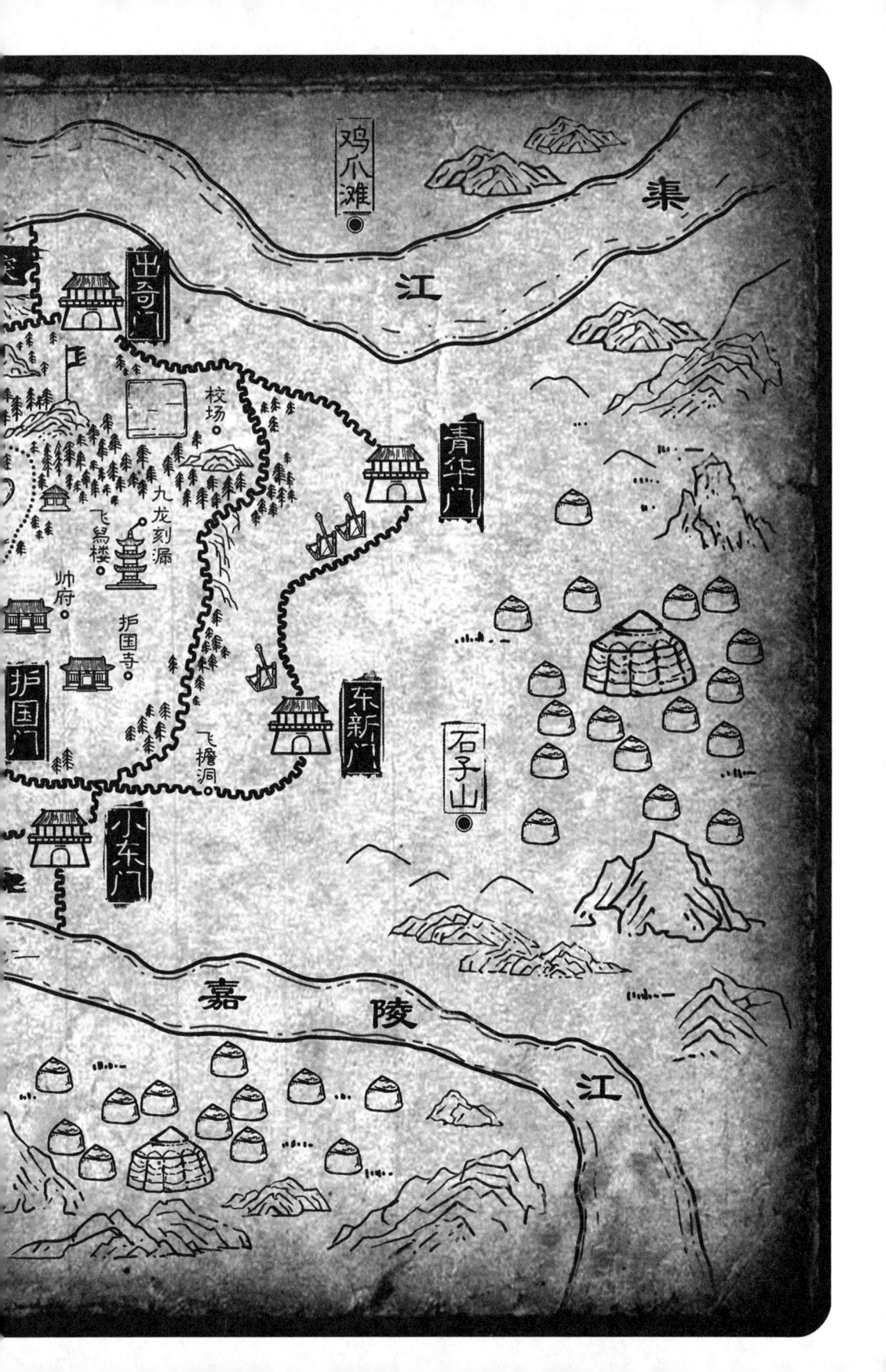

渠江

出奇门

校场

青华门

九龙刻漏

飞鸟楼

帅府

护国寺

护国门

飞檐洞

东新门

石子山

小东门

嘉陵江

目 录

上册

01 第一篇　通天殿穷奇飞升

1. 阴阳四辨道场前话 …………… 001
2. 卧龙道场前话 …………… 009
3. 螺蛳道场前话 …………… 014
4. 雷公道场前话 …………… 019
5. 穷奇归山 …………… 027
6. 通天殿 …………… 032
7. 飞星派冉怀镜 …………… 036
8. 拜入诡道 …………… 042
9. 八思巴与鲜于刘光 …………… 046
10. 诡道算术 …………… 050
11. 萨迦五世法王 …………… 055
12. 活死人墓 …………… 060
13. 通天殿又百年 …………… 066
14. 陨落的阵法 …………… 072

02 第二篇　八臂哪吒

15. 初到燕京 …………… 078
16. 遭遇暗算 …………… 083
17. 再见八思巴 …………… 087
18. 街道遇袭 …………… 092
19. 被困金鹏寺 …………… 098

20	掌教失踪	103
21	刘子聪之女	112
22	忽必烈之谋	121
23	钓鱼城之变	130
24	中原术士凋零	139
25	入阵救三娘	147
26	罗天索和顾魂枪	154
27	周天红光阵	158
28	金莲子的秘密	164
29	释道辩论	172
30	八臂哪吒风水布局	175
31	阴破现世	180
32	飞星坠地真相	183

03 第三篇 | 太行古道

33	古道入口	187
34	古道中的道观	194
35	木甲术与偃师术	198
36	智斗木甲术傀儡	203
37	诡道算术看蜡	208

目 录

38	蚨母与岩虺	216
39	少都符的魂灵	223
40	少都符的交易	227
41	蝙蝠桥	231
42	截铲两教之争	235
43	妫辕大帝	239
44	飞越晋阳城	246
45	火烧纯阳宫	253
46	鲜于刘光收徒	257

下册

04 第四篇 钓鱼城

47	风陵渡	261
48	客栈冲突	265
49	王家后人	273
50	襄阳女子	277
51	诡道算术水分	281
52	梦中道观	289
53	金牛道	293
54	冉怀镜后人	300

55	苦竹城	304
56	铁锁横江	308
57	九龙天一水法	312
58	飞凫楼叙事	316
59	醋意大发	323
60	百年过往	327
61	九龙刻漏	331
62	道场启动	338
63	钓鱼城城防	345
64	安世通做媒	352
65	蒙军压境	356
66	合州之围	363
67	琥珀青龙	367
68	攻城	371
69	水军码头沦陷	375
70	刘三娘涉险	382
71	冉不若相助	386
72	九龙刻漏被袭	393
73	火攻镇西门	400
74	七星与八卦符文	410
75	钓鱼城与蒙哥	418

目 录

76	护国门	424
77	飞夺护国门	427
78	卞夫人火烧战船	432
79	完颜安康	435
80	刺杀蒙哥	439
81	风陵渡故人	443
82	瘟神少都符	448
83	瘟疫肆虐	455
84	击杀汪德臣	459
85	孤注一掷	463
86	诡道四大算术	467
87	四大算术战大七星道场	471
88	重伤蒙哥	475
89	温泉寺之变	479

第一篇　通天殿穷奇飞升

1

阴阳四辨道场前话

南宋建炎三年二月初二，倒春寒，刚下了一场大雪，青城山白雪皑皑，山高路陡，山门前几百丈青石台阶结了冰，道路更加难行。零散的几个信徒勉勉强强地从山下攀扶着走上来，让冷清的上清宫山门前更显得萧条。

龙抬头的吉日，本应香火鼎盛，去年就只有寥寥十几个香客上山供奉天师，今年更少。

靖康之难后，道家在蜀地的影响，已经式微几近尘埃，即便是张天师道陵封印八万厉鬼的青城山也已经门庭冷落，数月才有几个香客登山拜访。

香客走到山门之前的台阶处，遇到几个年轻道士从山门内走出，道士背着包袱，脸色茫然，转身冲着山门跪拜，磕了几个头，接着就头也不回地朝着山下急行而去，与上山的香客正好打了个照面。其中一个蓄须道士看见了香客——是一个虔诚的年老乡绅带着家眷、家丁。

乡绅和道士在狭窄的山路上各自谦让，道士中年长蓄须的一个向乡绅握拳拱手行了一个俗礼："天冷路滑，王员外走好。"

王员外笑了笑："师父们要下山？"说着从怀里拿出几块碎银子，递给蓄须道士。

蓄须道士摆手，让王员外先行："我们师兄弟几个已经还俗，受不起王员外的布施。"

"送给几个师父作盘缠，"王员外执意把银两塞给了蓄须道士："师父们下山后，有什么打算？"

"能有什么打算？"蓄须道士苦笑："回家种地，或者从军，或流浪江湖行医，勉强讨口饭吃。"

王员外拱手："师父们一路平安。"

道士们侧身，让王员外一行人先行，然后神情萧索地走下山去。一个家丁突然赶上已经还俗的道士，交给他一枚琥珀青龙，蓄须道士犹豫地看向山门处的王员外。王员外招招手，示意蓄须道士收下。

家丁对蓄须道士说："这枚琥珀值不得钱，是我家老爷留给师父的一个信物，师父还俗，闯荡江湖，若是手头紧了，凭这个琥珀，可以去我王家在蜀地的分号领取些银子，渡过难关。"

蓄须道士感激不尽，把琥珀收下，对着家丁说："贫道……"突然想到自己已经还俗，改口说："王老爷的恩惠，徐清没齿难忘，今世难以为报，我家后人，一定会报答蜀中王家。"说完，转身和同伴下山，不再回头。

王员外看着家丁把信物交给了蓄须道士徐清，继续行走到上清宫山门，十二岁的小道士安世通在山门前清扫残雪，远远看见北方山峦上空飞来一只白鹤，一直飞过安世通和王员外头顶，在山门上徘徊了几圈，掠过山门，朝着后山天师洞而去。

安世通见白鹤飞走，左掌握住右拳，向王员外作了个揖，之后继续垂头扫地。

王员外刚才也看到了白鹤，对着安世通说："白鹤临幸，是吉兆。"

安世通没有抬头，恭敬地退了一步。

王员外走进上清宫山门，经过空荡荡的前院，到了大殿，带着家眷和随从，在大殿内的张天师神位前恭敬跪拜。一个形容枯槁的老道士走到王员外身旁诵经，并点燃张天师神像座下的油灯。

当王员外起身后，取过老道士双手奉上的油灯，亲自供奉在张天师雕像脚下。

王员外问老道士："观尘子掌门在天师洞？"

老道士点头。

王员外说:"劳烦师父带我拜见掌门。"

老道士转身,轻飘飘地走向大殿侧门,王员外招呼家眷和随从在大殿等候,自己跟随老道士而去。

出了大殿,一道一俗两位老人缓慢行走在殿后的小径上,穿过一片竹林,小路朝着耸立的悬崖而去,道路到此变为阶梯,每一级都开凿在岩石上,两旁固定锁链。老道士对道路熟悉,如履平地,而王员外只能气喘吁吁地抓着锁链跟随。老道士行走片刻,就在岩石上静立,等待王员外。

走了一炷香的工夫,道路进入悬崖的之字形缝隙,道路舒缓起来,走到尽头,是一个小潭,老道士和王员外登船,老道士撑杆,过了小潭,王员外下船,就看见了前方不远的天师洞。老道士没有下船,而是留在船上。

王员外行走到天师洞洞口,对着洞口轻声唤了一声:"观尘。"

隔了一会,一个面色煞白的中年道士从洞内走出来,对王员外说:"来了。"

"来了。"王员外正说话,看见观尘子手里拿着一截绸布,拍了拍身边一只白鹤的头顶,白鹤旋即张开双翅,迎风飞起,向东方而去。

"观内还有多少师父?"王员外问。

"还有一老一少,都没处可去。"观尘子笑了笑,"观内养不活那么多人。"

"二圣信了郭京,天子蒙尘北狩,天下上至天子,下至百姓,都把这怨气迁怒于道家门派。"王员外说,"无数的道士都投奔了官军,谋一个生计。"

王员外提到了二圣,观尘子长叹一口气,两人一时间也无话可说。四年前,靖康之难,事出偶然,根基稳固的大宋,突然被金国击溃了京都,掳走了二帝,连金国完颜皇族都不敢相信如此轻易获胜。靖康之难本有多方缘故,但主要是守城宋军迅速溃败,来不及等待各地军队勤王。而守军迅速溃败的根源,则跟二帝轻信冒充道家术士的郭京有关。

郭京本是一个军中的老伙夫,在金军围困京都之时,自称是道家隐藏在民间的术士,能召唤天兵天将,不知道使了什么手段,让二帝信了他的妄语。一说是少帝焦虑之下梦到天神指派一术士来解救京都之困,便在军中寻找,看见郭京与梦中的术士长得一般模样。一说是郭京自荐，在少帝面前施展了幻术，赢得了二帝的信任。归根到底，跟二帝极为信奉道家脱不了干系。

一个骗子临阵当了大将，哪有什么神通广大的手段，反倒折损了守城军士的士气。郭京到了金军阵前，装神弄鬼一番，也就败了。守城军士本就不信郭京吹嘘的天兵天将，军心早已涣散。等康王赵构在江淮之地组织勤王，正要解救京师，已经晚了，康王只能出海，南走到了临安，立了偏安的朝廷，勉强保住了半壁江山。

天下人追究二帝被俘原因，认定郭京这个骗子是罪魁祸首，大宋之耻，都源自道家作乱朝廷。官府和百姓怨恨道家，以蜀地最甚，道观纷纷被毁，即便是青城山这样的道家圣地，也被灌县官府没收了山下的田产。

两人沉默片刻，观尘子终于开口："老爷，我有一事相求。"

"我与你至交几十年，"王员外说，"有什么事情尽管吩咐。"

观尘子拾起一根树枝，在地上画了三条江水，在三江合流的地方，重重地戳了一个圆点。

"合川钓鱼城，是盐路上的一个小集市，"王员外说，"是要去那里寻找什么东西吗？"

"恳请老爷，在合川三江合流的钓鱼城的旧城，修建一座城池。"

王员外看了看脚下的地图，"什么样的城池？"

观尘子掏出怀中的一张图谱，交给王员外，王员外展开看了，图谱上写着"阴阳四辨道场"几个字。图谱上画着繁复的建筑图案，图案一分为二，一黑一红，建筑中各种巧妙机关，星罗棋布在合川三江合流的高山上。

王员外看了很久，抬头对观尘子说："这是一座城堡，占据地势，易守难攻。"

观尘子说："正是。"

"难道金国即将攻打蜀地，需要一座城池拱卫巴州？"

观尘子点头："此事关乎汉人天下命脉，我想来，在巴蜀之地，只有老爷有财力修建这座城池。"

"钓鱼城地势险峻，这座城堡的机关复杂，并且有各种地道，需要开山碎石，还要在江水之下修建暗道，这工程极难，只怕等不到建成，金国就已经挥师南下……金国竟然已经强盛到能一举吞并大宋江山的地步！"

"老爷需要多少年建成？"观尘子问道。

"倾尽我王家所有财力，也需要数代人，不少于一百年。"

"那就百二十年！"观尘子向王员外深鞠一躬："事情隐秘，关乎汉人正统血脉，老爷不可宣扬。"

王员外看着观尘子很久，终于点头："如你所言，大宋的天下在百二十年后，必将遭受大劫的话，我王家也无法躲避。也罢，只要能延续汉人血脉，大宋不被金国肆虐，我王家代代在所不辞。"

观尘子看着王员外说："王家的基业，也会为了这个城池灰飞烟灭了。"

"此事繁复，我这就下山变卖田产和商号，去筹备银两。"王员外摆摆手，转身离开，走了几步，回头说："铁牛。"

观尘子说："老爷，后会无期了。"

"保重。"王员外说完，走向小潭边，老道士撑船送王员外回到大殿。王员外带着家眷下山后，老道士看到安世通仍旧在打扫前院的积雪，便招呼安世通："掌门要见你。"

安世通自行到了天师洞，看见掌门观尘子正在洞口守候。安世通向掌门跪拜，观尘子伸手扶起安世通，握住他的手掌，看了看安世通的面貌，轻声问："我问你，你是愿意无忧无虑地做一个乡野村夫，避世于桃源，儿女满堂，尽享天伦，五十七岁寿终正寝，还是……"

安世通立即再次跪下："掌门是要赶我下山吗？我自幼无亲无故，从未下过山，天下之大，我能到哪里去？"

"世通，青城山已经留不下你，"观尘子说："我再问你，如果一生颠沛流离，孤苦伶仃，无亲无友，背负极重的责任，却能有一百五十六年寿数，你选哪一个？"

"掌门说的，世通听不明白。"安世通说："我才十二岁，哪里能想到百年之后的事情。"

观尘子说："我十二岁的时候，还在给王老爷放羊，后来遇到了先师，带我上山，做了道士……十二岁也不小了。"

安世通问:"掌门师祖,我一定要离开青城山吗?"

观尘子点头,"上清宫马上就要毁于一旦,你没必要跟着青城派殉葬。"

"那我不下山了,就跟着掌门,与掌门一起跟着青城派共进退。"安世通坚定地说:"或者掌门带着我下山罢了。"

观尘子笑了笑:"我和鲁二(即撑船老道士)已经老朽,下了山也走不动了。你年纪幼小,何苦早早断送了性命。"

安世通茫然无措,蝼蚁尚且偷生,但是要这么一走了之,却也无法背弃师门之恩。

观尘子招招手,走到数十步之外的小潭边,安世通跟随其后。

观尘子指着天师洞说:"来,我告诉你天师洞的来历。"

安世通立即跪下,观尘子说:"天师洞不是降魔天师尊上的修炼之地,但是我们青城派的历代掌门,都世代守护在洞内,你知道是什么缘故?"

安世通摇头。

"降魔天师尊上在青城山封印魔王籛铿及八万鬼兵,"观尘子说:"但是籛铿在西晋末年从青城山逃了出来,率领鬼兵攻打洛阳。当时,天下所有高强术士齐聚,击败了籛铿,把籛铿的最后一丝残魂再次封印到青城山,但仍旧无法逆转鬼治的轮回。洛阳之战,导致天下大乱,鬼治降临,直到四百年后,经天下无数英雄的努力,才将九州从鬼治带回了人治。但是也付出了术士凋零的代价。"

安世通继续听观尘子缓缓道来:"这个天师洞,就是当年籛铿被封印的洞穴。我们青城山一脉,一直在镇守籛铿的一丝残魂。现在我要把天师洞封堵起来,但是有一样东西,我舍不得销毁。你起来。"

安世通站起,看见观尘子手里拿了一个卷轴。

安世通看着卷轴:"这是?"

"阴阳四辨术法,"观尘子说:"天师洞内有籛铿当年刻下的壁画,我已经将它拓印,这个术法高明,但由于壁画残缺,我只能看懂图案,根据图案画出了阵法道场,却不能领悟其玄妙,但我知道,这个卷轴一定能让青城派一息连绵。"

安世通看着观尘子:"掌门要世通做什么?"

第一篇　通天殿穷奇飞升

"你天资平平，要领悟阴阳四辨道场，需要百年的时间，"观尘子说："现在续你九十九年的寿数，但是阴阳四辨道场是钱铿留下的至阴术法，这个术法用于对付北方来的外道术士，你将被这阴阳四辨折磨一生。之后，你要在临死前找到传人，将阴阳四辨传给他，让他回到青城山，延续青城山门楣。"

安世通伸出手去，就要接过卷轴。

观尘子厉声说："你想好了吗？"

安世通点头："我想好了。"

"你立即下山，去往终南山，替我见一个人，把阴阳四辨术法交给他观阅，他会点化于你。"

"那人是谁？"

"你见到了就知道。"观尘子说。

"我见了那人之后，"安世通再问："该去往何处修炼？"

"然后你就去……"观尘子看了安世通很久："合川钓鱼城。"

…………

一百二十九年后，蒙古大汗蒙哥率领二十万人马即将围困钓鱼城，蒙古大军在渠江和涪江集结，船只从下游方向渐渐逼近渠江。

一个负剑术士，带着几百名族人，趁蒙军还未对钓鱼城全部封锁，偷偷渡过涪江，走到了险峻的城墙之下。在城门下，术士举着火把，高呼拜见守将王坚。王坚走到城楼上，看着山下三江合流之处的陆地上，密密麻麻的蒙军正在驻扎，下游的蒙古战船已经在江流之上落锚，大汗蒙古的水上一路、陆上三路军队已经形成了铁桶之围。山下三江合流之处的营火、火把，连绵数十里，通明一片。

王坚不敢开门，担忧这几百人是蒙军诈敌的先锋，命守军询问城门下的负剑术士的来历。

负剑术士拿出一个檀木盒，城门守军用绳索将其吊上城门，王坚用佩剑将檀木盒劈开，一枚琥珀跌落在地上，王坚拾起琥珀，看见琥珀雕琢成龙形，镂刻一个隶书的"王"字。王坚内心震动，看向城门下的负剑术士。

王坚还在犹豫不决，两个道童抬着一个垂垂老矣的道士走到跟前。老道士看了看山下，又看了看城门下的负剑术士，对王坚说："故人的后代来了。"

负剑术士回头看了一眼身后二百余人，说："在下徐通明，受祖上徐清遗训，带领族人前来返还王家的琥珀青龙。"

2

卧龙道场前话

　　福建剑浦，端明殿学士黄裳隐居在山间的老宅里，黄家的子侄和家丁正在忙碌，老宅院内和毗邻的黄家祠堂，摆下了百桌流水筵席，往来宾客络绎不绝。

　　黄老学士八十七岁寿诞，黄家已经连续摆了四天的流水席。黄老学士自朝廷修撰《道藏》完毕之后，一直隐居在剑浦老宅，闭门不出，祝寿宾客也难以得见。

　　寿宴本打算摆三天，可是三日之后，宾客仍旧陆陆续续地赶来，黄家族人只能继续杀猪宰羊，宴请宾客。

　　第四天的正午，黄家老宅上空飞来一只白鹤，盘旋不去。宾客纷纷指着白鹤说，白鹤是黄老学士大寿的祥瑞，齐齐向白鹤跪拜祈福。

　　白鹤长唳一声，飞到了后宅之中。后宅院内只有两人，一老一少蹲在地上，仔细地盯着地面。两人正前方，是一根长长的木桩。

　　当正午的日光在木杆之下的阴影刻度收缩到三寸一分的时候，黄老学士对身边的长孙黄敏说："第一位客人到了。"

　　白鹤旋即从空中落下，站立在黄老学士面前，黄老学士站起身，摘下了白鹤脖颈上的一截绸缎，看了看绸缎上的文字，把绸缎收起。黄裳让黄敏端来一杯黄酒，恭敬地擎到白鹤面前，白鹤扭转头颈，探头把杯中的酒啄饮而尽。黄裳拍了拍白鹤的翅膀，"辛苦了，回吧。"

　　白鹤腾空而起，朝着西北飞去。

　　长孙黄敏好奇地看向黄裳手中的绸缎，黄裳笑了笑，说："我得走了。"

　　"大翁要去哪里？"黄敏问黄裳。

黄裳说："我归山的地方，那里有人等着我，等了我很多年了。"

"大翁要去做什么？"黄敏又问。

"好几件事情，都要做了。"

"大翁还回来吗？"

"事情做完了，"黄裳摸了摸黄敏的头髻，"就不回来了。"

"大翁现在就要走？"

"不，我还得等两个客人。"黄裳看着脚下的晷分（日晷）阴影，已经到了三寸，"他们也来了。"

黄家老宅的大门口，突然一阵锣鼓作响，十几个县衙开路，两抬大轿被轿夫落在大宅门前。大轿之后，是两辆马车。

黄老学士的两个儿子赶紧奔向门口，看见轿内走出剑浦县令和一个青衫书生，书生怀里抱着一个三岁左右的幼童。黄裳长子黄谨立即吩咐下人去往后院请老太爷出来迎接。老宅内的宾客已经分列两边，中间让出道路。黄老学士牵着孙子黄敏的手，从人群中走过，来到了大门口。

宾客中恭贺黄老学士大寿的祝词此起彼伏。黄裳到了门口，示意身后的宾客安静，朝着县令深鞠一躬。县令连忙走到黄裳的身前，躬身托住黄裳的胳膊，"老知州莫要折煞下官。（黄裳修撰《道藏》之前，曾任福州知府）"

随即县令请出了圣上的谕旨，加封黄老学士的官爵，并赐御酒，黄裳跪拜。县令宣完，衙役纷纷从马车中搬出御赐的寿礼，放到黄家老宅之内。

宾客纷纷赞叹黄老学士蒙受皇恩之盛。

而抱着三岁幼童的青衫书生，一直在旁冷眼相看。

黄裳与儿子领着县令和青衫书生到了宅中的正房，给县令安排了上席。黄裳陪着县令饮了一杯酒，拱手对县令说："身体老朽，恕不奉陪父母官了。"

县令说："无妨。"

黄裳长子黄谨陪着县令，黄裳在长孙黄敏的搀扶下走向后院，黄裳回头看了青衫书生一眼，青衫书生看向县令，县令微微颔首。青衫书生立即抱着三岁孩童，跟随黄裳而去。

青衫书生抱着幼童，走到了后院，看见黄裳扶着一根长长的木桩，木桩之下一个直径数丈的磨盘，磨盘上刻着无数的道教符箓。其时正午已过，木桩的阴影在磨盘上并未显现。

黄裳用手抚摸着木桩，青衫书生看见木桩上渐渐显出了一条龙纹，青色的烟雾在龙纹上旋绕，木桩隐隐传出了龙吟。整个木桩变得阴寒无比，地面上的磨盘凝结出细细的冰霜。即便是炙热的日光，也不能将龙云和寒霜融化。

青衫书生把怀里的孩童放在了磨盘上，黄裳拉着黄敏让开，孩童蹒跚行走，扔掉了手中的拨浪鼓，紧紧抱住木桩，木桩上的龙纹发出了耀眼的金光，烟雾升腾在孩童的脚下。

"是他！"黄裳说完，青衫书生轻呼一声，黄裳拉着黄敏，三人同时向孩童跪拜叩首。

随即刻分移动，日头偏离晷分一分，青龙和烟雾全部隐去，孩童背靠着木桩，朝南端坐在满是符箓的磨盘上，隐隐有庄严之象。

黄裳对黄敏说："陪真龙玩耍吧。"

黄敏带着孩童一起看磨盘上的刻度，用手指摸索龙纹。黄敏问孩童，"你叫什么名字？"

孩童头也不抬，低声说："赵伯琮。"

黄敏指着自己说："我叫黄敏，你要记得我。"

赵伯琮看了黄敏一眼后，继续用手触摸龙纹，"我记住你了。"

青衫书生看着黄裳说："太祖血脉已经偏离大统百五十年，难道正统要从太宗一脉重归太祖后嗣？"

"文惠，"黄裳看着正在摸索龙纹的赵伯琮，轻声说，"日后你为帝师，待他登基，把这个重器交给圣上吧。"说完，黄裳拿出了一个青黑色的小鼎，轻轻地放到青衫书生的手里。

青衫书生谨慎地接过了小鼎，手心下沉，这小鼎远比想象的要沉重。

"史浩必当遵从。"青衫书生史浩仔细查看小鼎，材质并非金器，像是石头，可是又比石头沉重许多，于是询问，"有何缘故吗？"

"不能泄露，事关天机。"黄裳说，"鼎是赠给大宋皇室的重器，自然有重要的作用。至于你，我倒是有一个物事要托付。"

史浩说："老师尽管吩咐。"

黄裳把史浩带到木桩跟前，指着磨盘上的道家符箓和花纹，"你天资聪颖，必为帝师，你的儿子将更胜于你，日后登堂拜相，重振朝纲，我要你把这些符箓牢牢记住，传与你的孙辈。"

"这是什么道理？"史浩茫然地问道。

"这个木桩是道家至阳的晷分，青龙飞升，而下方的石盘，龙盘卧石，上面的符箓，就是卧龙术法，一百二十年后，你的孙子要在襄阳城，根据襄城和樊城的地势，引导汉水周旋两城，布置一个道场出来，用于抵抗北方蛮夷。"黄裳一口气说完，看着史浩问，"记下了吗？"

史浩凝视着地上的磨盘，额头满是汗水，良久之后，轻呼出一口气，"记下了。"然后又问黄裳，"襄阳是重镇！金国终究要大举南下，入侵大宋？"

"再看一遍。"黄裳叮嘱。

史浩这次看得飞快，片刻后抬头，"牢记终身，不敢遗漏。"

"好。"黄裳说完，脚下磨盘上的镂刻符箓一点一点地消失，只剩下一条龙纹仍在赵伯琮的手指之下，当赵伯琮手指松开，龙纹也消逝不见。

史浩抱起三岁的赵伯琮，对黄裳说："老师，就此拜别。还有相见之日吗？"

"没有了。"黄裳说，"我得归山了。"

"老师……"史浩犹豫一下，又问，"我听闻……只是听闻，老师你是否真的如同坊间秘闻所说，是斩杀天下厉鬼的……"

"你过来，"黄裳轻声说，"把伯琮的眼睛捂住，天子真龙不可见妖邪。"

史浩捂住赵伯琮的眼睛，走近黄裳，黄裳把衣袖拉开，露出了左胳膊。史浩见了之后，身体战栗。只见黄裳的左胳膊已经布满了黑色的坚硬鳞片，而手掌也幻化为五根尖刃的利爪。突然无数的鬼号传来，史浩立即后退两步，用手紧紧捂住赵伯琮的耳朵和眼睛。

"老师，告辞。"

史浩走后，黄裳对着长孙黄敏说："大翁要走了，告诉你父亲，百日后，为我举丧。"

....

九十一年后，宋孝宗赵伯琮帝师、尚书右仆射史浩之孙、右丞相史弥远之侄、前光化军司户参军史嵩之赴任襄阳，经略襄阳户曹。

史嵩之到任第二日，带领襄阳官员，走到了襄城和樊城之间的汉水之滨，拿出了一张图谱，看了片刻，对着下属坚定地说："在汉水之上修建一座飞空桥，连接襄、樊二城。"

下属惊讶不已，不知道这个新上任的年轻户曹为什么要耗费巨资，修建这么一座匪夷所思的桥梁。

史嵩之看着襄、樊二城，继续说："不仅要修建飞空桥，还要在两城之下挖掘暗道，连通汉水……还有，将城墙内所有民居拆毁……"

下属惊讶地看着史嵩之，这个才二十多岁的年轻官宦，凭借当朝宰相是其伯父的背景，竟然刚到任就要惊扰官民，大兴土木。

史嵩之说完，收起了图谱，只见收拢的图谱背脊上，赫然写着四个隶书大字："卧龙道场"。

3
螺蛳道场前话

龙虎山下的天师府门口归来两个道士,风尘仆仆,门前一个道童用手指向不远处的泸溪河。

天师张时修又喝醉了,躺在泸溪河边。一只白鹤踉踉跄跄,在河水边踱步,鹤头一啄,衔起一条小鱼吞下。白鹤看到两个道士飘然从天师府走到了河边,扑扇翅膀在泸溪河上飞了一段,后跌落在河面上。

其中一个道士涉水,把浮在河面上的白鹤抱住,回到张时修身边。

另一个道士,用手抚摸白鹤的腹部,白鹤口中呕出几条小鱼,随后又吐出腥臭酒水,之后才蜷曲脖颈,单腿站立在岸边睡去。

两个道士安置好白鹤,跪拜在张时修身边,略瘦的道士向张时修说:"真阳跪见师叔祖……"

略高的道士朗声说:"道坚见过天师尊上。"

张时修杵着身边空荡荡的酒坛坐起,"还是叫我师叔祖吧,这天师之位本不该由我继承。你们都得了虚靖的真传,本事都远强于我,可惜你们一个姓吴,一个姓王,否则这三十一代的天师位置,轮不到我做叔父辈的头上。"

吴真阳和王道坚两人脸露尴尬,吴真阳说:"师叔祖喝醉了。"

"坐着说话。"张时修摆手招呼二人,但是见两个徒孙仍旧恭敬站立,只好摇摇晃晃站立起来,叹口气说:"虚靖在多年前就已经预知二圣要蒙难,提醒了那么多次,有什么用?反倒是现在天下都怨恨道家,祸乱了二圣,我却要在这个节骨眼上做什么第三十一代的张天师。干脆这样吧,道坚,你改姓张,我把天师传给你。"

王道坚苦笑着说："这个时候了，尊上就不要拿我来消遣了。"

"聪慧得很啊，"张时修说，"知道这个位置就是活该挨骂的。"

"师叔祖，"吴真阳说，"我们带来了一个东西。"说完伸手从怀里掏出一个黄绸缎包裹，一层层揭开。张时修看见黄绸缎上血迹斑点，污秽不堪，脸上抽动了一下。

吴真阳把绸缎包解开，里面是一个小小的铜镜。

张时修接过铜镜，仔细观看，镜面上铜锈斑驳，勉强映射出自己苍白的脸色、散乱的头发。张时修用左手将头发挽起，却找不到簪子，于是又在脚下寻找。王道坚伸手递给张时修一根簪子，是一根白鹤的羽毛。

张时修把头髻挽好，"二圣还好吗？"张时修终于严肃起来。

"不好，"王道坚说，"受尽金国的屈辱。"

"可惜我和道坚本领有限，"吴真阳低声说，"营救不得。"

"那就都散了吧，"张时修摆手，"我看大宋也撑不了多久了，龙虎山的门人也都各奔前途，落个清静。"

吴真阳问："师叔祖！大宋还有半壁江山，为什么就这么放弃了？"

"百年之后，天下沦落，"张时修说，"我们龙虎山张家到底是玉石俱焚，还是苟且偷生？你们说。"

"如果真有那日，"王道坚回答，"定当玉石俱焚！"

"张天师一脉，不可断绝。"吴真阳犹豫地说，"必当忍辱，谋求天地翻覆，等到汉人驱除鞑虏的那天，暗中相助。少圣把铜镜交与师叔祖，也是这个意思。"

张时修看向二人，"你们都是有主意的，只有我是个没主意的。"

吴真阳和王道坚相互看了一眼，两人从极北苦寒之地一路赶回了龙虎山，一定是没少为此事争论。

"我们看不到那天了，"张时修苦笑着说，"不如专心修仙，以求个逍遥自在。"

"不可！"王道坚和吴真阳两人同时说道。

"真的不可？"

"绝无可能。"王道坚说。

"求师叔祖给个说法。"吴真阳说。

张时修摸了摸额头,把铜镜扔到了泸溪河中,王道坚和吴真阳同时大惊。

张时修伸手指着王道坚,"你不做天师,又不愿意忍隐,蒙受屈辱,那就走吧。龙虎山没有你这个人,顶着正一雷法的名号,去收你的传人去吧。"

王道坚跪下,朝张时修磕了一个头,转身离开。"闲暇无事,"张时修对着王道坚的背影轻声地说,"去江宁走动走动,龙盘虎踞之地,是个好去处。"

王道坚头也不回,越走越远。

吴真阳和张时修看着王道坚离开。张时修轻声打了个呼哨,白鹤惊醒,头颈从翅膀下伸出来,长长的脖子不断地扭曲。张时修挥手,白鹤从水中腾起,飞到了高处。白鹤突然张嘴,吐出了一枚物事,吴真阳看见一枚螺蛳掉落在河水之中。

吐了螺蛳的白鹤,舒展翅膀,向着北方而去。

吴真阳看着泸溪河,"师叔祖为什么要把铜镜丢弃掉?"

"有铜镜在,螺蛳道场就破了。"张时修指着河面说,"你既然留下,螺蛳道场就着落在你身上了。"

"螺蛳道场?"吴真阳疑惑,"什么术法?"

"你先把螺蛳摸出来。"

吴真阳立即涉水,走到齐腰深的河水中,探头看向水下,清澈的水面之下,无数的螺蛳布满了河床。

张时修抱着酒坛,一步步走回天师府,"三年之内,把螺蛳找到,找到了,就传授你螺蛳道场术法。找不到,就跟你师弟一样,下山去吧。"

....

一百四十六年后,龙虎山天师府前,十几个落魄的军士牵着三匹劣马,前两匹劣马上分别坐着一个老年贵妇和中年贵妇,最后一匹劣马上坐着一个惊慌的女子,抱着一个六岁左右的孩童。

到了天师府大门。为首的军士走到大门前,拍击良久,大门迟迟未开。

为首的军士无奈回头,看向身后的三匹劣马,军士在老年贵妇的马下跪拜:"太皇太后,无处可去了。"

谢太皇太后自行下马，来到六岁孩童的马前，惊慌的官女把孩童递给谢太皇太后。太皇太后牵着孩童，走到了天师府大门前，静默片刻后，对着大门轻声说："元军破了京都，我们孤儿寡母逃难至此，望龙虎山天师相助，保存赵家皇室一脉，送我们去蜀中。"

大门开了，走出来天师张宗演。张宗演跪下身来，"圣上，太皇太后……"对着太皇太后，满脸泪水，痛哭失声，双手作揖后，不断抹泪。但是张天师并没有起身让太皇太后进门的意思。

"没有去往蜀中的暗路？"太皇太后绝望，拉过身边的小皇帝，小皇帝双手颤巍巍地捧着一个小小的漆黑铜鼎。张宗演见了，以头抢地，额头上瞬间鲜血淋漓。

太皇太后说："先帝留下了这个铜鼎，说大宋到了危难之际，拿着它来龙虎山，或有保留血脉的术法，能从暗路行至蜀中，至钓鱼城即可通告天下勤王义军，保得大宋天下。"

张宗演只是不答。

太皇太后身后的军士大声说："军马的蹄声已在龟山之下，伯颜率领的元军和妖僧杨琏真迦已经追过来了。"

太皇太后又问张宗演："有还是没有？"

张宗演跪在地上，不敢抬头，手臂指向了泸溪河旁。

太皇太后转身看向泸溪河旁，见一个渔夫坐在河边的小舢板上。

"是他吗？"太皇太后问。

"是。"

太皇太后立即拉着小皇帝朝着泸溪河奔去，军士牵着马，骑在劣马上的中年贵妇全太后紧紧跟随。

到了泸溪河边，舢板上的渔夫，朝着小皇帝跪拜，"臣子饶松，吴真阳第四代弟子，奉真阳祖师之命，在此等待圣上。"说完招呼小皇帝上船，接着是太皇太后和全太后，随后是官女和十几个军士。

但是区区一条小船，每上一人，小船就似乎扩大一分，等十几个全部登船，却也恰好容下。

"圣上和两位慈尊坐好。"饶松说完，手里抛起一枚螺蛳，左手掌心朝天，右手大拇指向上，收起食指和无名指，中指、小指向前指向跌落下来的螺蛳。螺蛳落在泸溪河水面，化为一个小小的漩涡，漩涡带起河水旋转，立刻变成一条巨大的旋流，一条蛟龙在旋流中若隐若现。

瞬间龙虎山乌云笼罩，木船在河水里颠簸摇晃。小皇帝惊慌地哭泣起来。太皇太后用手把小皇帝搂在怀中，"神仙带我们逃离此处，不要惊慌。"

饶松收回手掌，双手在胸前各自划了一个圆圈。泸溪河上旋转的河水上方升起了浓浓的白雾，片刻就将整个泸溪河全部笼罩起来。

饶松拿起撑杆，一撑之下，小船朝着漩流冲去。

4
雷公道场前话

江宁采石矶的渡口，虽然已经日暮西山，但是行渡的渡船依然繁忙无比。大批百姓在北岸等待渡河，这些大多是山东、河北不肯被金国统治欺压的汉人百姓，拖家带口从北地投奔江南。长江上数十艘渔船和官船往来于江南江北，迎送百姓和军士。

在北方的义军和南方抗金将士的协力之下，金军终于在江南败退，大宋收复了江宁和临安，并且将金军驱逐到长江以北。大宋军队一鼓作气，收回江淮部分失地。金军因北方的义军不断切断粮草补给，导致在江南大败。退回江北的金军集中兵力围剿义军，却又连败。金军便把怒火发泄在无辜百姓身上，中原百姓水深火热，纷纷背井离乡，向南奔逃。

百姓人数众多，长江上的渡船以渔船为多，官船只接送富绅和官员，因此百姓滞留于江北，愈来愈多。

数月来，仅采石矶渡口，就有上万百姓聚集，等待渡江。

王道坚在江南渡口，看见已经渡江的百姓在南岸朝着北方跪拜，听着还未渡江的百姓在北岸哭嚎。终于一艘官船靠上了江南渡口，衣着华贵的富绅和官员忙着把家眷和财物从船上搬下。财物多为书画和瓷器、玉器，搬送须谨慎，行动甚慢。

王道坚听着北岸百姓的哭嚎，心急如焚，内心焦躁，正要出言劝船夫，身边一个年轻人对着船上大骂："不要紧的物事都扔到江水中，无端耗磨时间，却让江北的百姓困苦。"

船上一个官员对着年轻人大喊："你是什么东西，敢在此指点？你知道这运送的财物都是官家的财物吗？"

"圣上被金人虏到了金国，还贪恋什么财物！"年轻人大声反驳。

"你这狗东西，好大胆子，"官员怒骂，"明明当今圣上在江南登基，整顿朝纲，已经开始攻略中原失地，不日就迎奉两位太上皇回京师。"

"哪一个京师？是临安还是汴梁？"年轻人反唇相讥，"既然要恢复中原，为何又要把财物送到临安？"

年轻人说完，看到官员家丁正在用木杠绑起一块巨大的花石纲，缓慢踏上跳板。年轻人大怒，跳到跳板上，抽出佩剑，把捆绑花石纲的绳索斩断几根，花石纲滚落到江滩。

年轻人大声说："磨磨蹭蹭地把这些呆笨石头抬下去，莫要耽误老子赶路的时辰。"

官员大怒，"你姓甚名谁？"

年轻人大声说："老子一介布衣，现在急着投奔北方的韩将军和岳将军，你不要跟我啰唆。"

衙役拥挤到跳板上，拿起绳索就要把年轻人捆绑起来，只是跳板狭窄，容不得多人。年轻人虽然眉清目秀，却力大无比，将冲到身前的衙役一个个举起来扔到江中，片刻就踏上官船甲板，走到了官员面前，摘掉官员的帽子，戴在自己头上，抬脚把官员也踢到了江中。

官员和衙役在江中狼狈扑腾，指着年轻人不断怒骂。年轻人哈哈大笑，把官帽扔还到船下。

年轻人这么一闹，官船上的富绅都赶紧收拾细软，背上包裹下船，家丁们也赶紧抬起大小木箱，扔到船下。片刻之后，船上的官绅都已下船，家丁在水中摸索财物，拿到岸边收拾晾晒。

王道坚走上官船，年轻人正在对船家大骂："赶紧渡江，老子的时辰急切。"船家立即调转船头。

岸上远远地走来一个穿着官服的老者，隔着老远就喊："船家，等我片刻。"

年轻人看见是一个老官员，脸色轻慢，对着船家说："不必等了，这定是个狗官，还想着去往北方搜刮百姓。"

船家被年轻人刚才的威猛震慑住，不敢反驳，立即撑船。年轻人走到船头，看着北方，眉头深皱，不再有刚才桀骜不驯的神色。

不过船离开江岸十数丈之后，老官员却从船尾慢慢地踱步到了船头，对着年轻人说："这么急，连片刻都不能等待？"

年轻人看老官员身上的衣物干燥，并无涉水的痕迹，又看看船后十数丈江水，不免多看了老官员两眼。老官员虽然脸色红润，但是须发皆白，皱纹深刻，眼睛也炯炯有神，看起来六十岁上下。

其时都是江北南渡，南岸向北的人寥寥无几，这个官船上只有王道坚、年轻人和老官员三人。

王道坚知道年轻人是要北渡投靠宋军，而这个老官员的身份和行为都让人颇为意外，忍不住出言询问老官员："老爷这把年纪，身边也没一个随从，为什么要去江北？"

老官员看了看王道坚，笑了起来，"被张天师赶出了师门？"

王道坚看了看老官员，指着他惊呼说："黄老学士！"立即明白黄裳在此时要渡江北上一定大有缘故。

"原来张天师选定的是你，"黄裳点头说，"果然很是器重。"

王道坚莫名所以，正要询问黄裳。

一旁的年轻人早就看王道坚不顺眼，又听见了二人的交谈，冷不丁讥讽说："什么狗屁天师，天下被你们这些道士祸害了半壁江山，你们还要去江北，是打算向金国请功吗？"

黄裳微笑不语，王道坚心中却不平，对年轻人说："郭京算不得道家门人，天下却把这滔天罪过加在道家的头上？"

"二圣一直沉迷于道法修仙，在皇宫内炼丹，朝纲不振，导致金人轻易击破京师，难道不是道家的罪过？"年轻人说话不留半分余地，"王仔昔、刘栋、林灵素、傅希烈，哪一个不是道家门人？"

王道坚哑口无言，隔了良久，黄裳轻声说："这位小哥，道门之中也分妖人和志士，你知不知道，面前的这个道士是什么人？"

年轻人打量王道坚，"难道他能撒豆成兵、折纸成师，击溃了金军不成？击溃金军，收复失地的是韩将军和大宋军民！"

王道坚脸色煞白，对年轻人说："天下不止你有报国之志，我也跟你一般，痛恨祸国殃民的乱臣和妖道。"

年轻人哼了一声，"还真是难得。"

黄裳轻声说："这位道长知道二圣被金人俘获，和他的师兄奔袭几千里，到北方苦寒之地营救二圣，你说他是不是一位义士？"

年轻人听了，脸色不再轻慢，看着王道坚，"当真？"

王道坚本不欲向年轻人解释，只是刚才年轻人话说得太傲慢，便默默把左脚鞋袜褪下。年轻人看见王道坚的左腿髌骨之下，只有白骨森森。

王道坚缓慢说："金国在二圣的身边安插了高手，我敌不过。"

黄裳轻声说："是青城派宇文虚中吗？"

年轻人听见黄裳提起宇文虚中的名字，立即破口大骂："这个奸贼，就是他害得二圣蒙难，他是不是青城山的牛、牛……道士，现在可是金国的国师！"年轻人知道了王道坚涉险营救二圣，口气不再尖酸刻薄，把"牛鼻子"后面二字咽了回去。

王道坚摇头，"如果不是宇文道长相助，我就回不来了。"

"是萨满的普风？"黄裳又问。

"普风被我师兄击败，"王道坚说，"七年之内，不能祸害大宋。"

黄裳又问："是什么人？"

"这世上还有黄老学士不知道的事情？"王道坚倒不是讥讽，而是好奇。

"这等凌厉的术法，"黄裳说，"不是青城派，不是萨满，我想不出还有哪个术士能够将王道长伤成这样。"

"是一个自称莲花生座下的妖僧，"王道坚说，"身穿黑衣，法术高强。"

黄裳听了，沉默不语。

年轻人看着王道坚，"为什么不陪在二圣身边，而是巴巴地跑了回来。"

"你是讥讽我贪生怕死，"王道坚说，"我本想留在二圣身边侍奉，但是我有二圣托付的圣谕，必须南回，不敢有失。"

黄裳从沉默中回过神来，对着年轻人说："王道长在回来的路上，路过真定解救了信王，如今信王在太行山聚集义军，正在与金国拼死交战，你说王道长是不是一个贪生怕死的道士？"

年轻人听了这句话，立即朝着王道坚深鞠一躬，"适才多有得罪。"

王道坚知道年轻人言语激愤都是源于一腔热血，也就不再计较，拱手说："你我虽道俗两别，却都是为了大宋收复中原。"

年轻人听了，脸色开始缓和，拿出手里的佩剑，对王道坚说："这位道长，你是个义士，我把这柄宝剑赠送与你，不如你跟我一起，到江北投奔韩将军去吧。既然你不愿意忍辱偷生，那我们就在韩将军帐下，驱逐鞑虏，手戮金人，不亦快哉！"

王道坚被张时修赶出了龙虎山，本就没去处，听了年轻人的言语，心情激荡，接过了佩剑就要答应。

可是旁边的黄裳轻声说："这位王道长，我看是去不了韩将军麾下了。"

"黄老先生为什么坏了我们的兴致？"年轻人说了这句，突然对着船家大喊，"船怎么停了？船家，船家，你们都死了吗！"

随即年轻人和王道坚看到，江水浑浊，如同黏稠的泥浆，船夫无论如何划桨，船只动不得半分。随即船夫惊慌起来，在船甲板上奔走，指着天上大喊："妖怪，妖怪！"

王道坚和年轻人看向天空，发现空中黑云低垂，一只巨大的红色眼睛在慢慢地游移。

年轻人拔出佩剑，指着空中说："天下大乱，必有妖邪！"然后环顾船下江水，果然看到江水中汩汩冒出了巨大的水泡。

年轻人盯着水面，看到一条巨大的壁虎爬上了船舷，便拿过王道坚手里的佩剑击杀，但是手臂刚抬起便被王道坚摁住。壁虎爬到了黄裳的面前，绕着黄裳转了一圈。

黄裳用手抚摸了壁虎的头顶，壁虎飞快地从另一边船舷跳入了江水，甲板上只留下一道水痕。

"张天师留下了真阳先生，"黄裳挽着王道坚的手臂，带着他走到了船的另一侧，指向水下，"把你指派了过来，是要让你来看个物事。"

王道坚把头探向船舷外，看见黑色的江水之下，缓缓地升起一幅狰狞的骷髅，年轻人也走到了黄裳的身侧，忍不住问："什么怪物？"

随后骷髅脱水而出，原来骷髅嵌在一个铁台上，而铁台下方，一个巨大的船头正在升起。随后船身也缓慢升起，片刻后，整条大船从江水之下尽数显现。

王道坚仔细看着这条黑色的巨船，比官船大十数倍，巨大的船身上挂满了人形的骷髅，黑色的烟雾弥漫在巨船四周。

骷髅发出了巨大的嘶吼，巨船开始摇晃，水下突然升起十几条锁链，把巨船绑缚起来，硬生生地拖入水下。

江水恢复平静，官船继续朝着北岸而去。

巨船沉没之后，王道坚愣了很长时间，对黄裳说："是您和师叔祖约定，让晚辈来江宁看这条鬼船？"

"我以为是吴真阳，"黄裳说，"没想到来的是你。真阳的雷法强于你，但是性子没有你刚烈，看来雷公道场，要由你的传人来布下。"

"雷公道场？"王道坚说，"跟这条鬼船有什么关系？"

"这艘鬼船……"黄裳缓慢点头，"是一条来自幽冥的战船，它是西晋时期籛铿的鬼兵攻打洛阳的木甲术，东晋攻打建康的时候，被四象术士徐无鬼、任嚣城、支益生联手击沉江底。"

王道坚缓慢地说："刚才我已经看到了这艘鬼船绑缚的术法，的确根据五雷驱使，即便我能下水摸索船只的构造，但是复建这艘船，也需要多年时间。"

"从你而起，五代之后就能建成。"

"如今金国和大宋交战，"王道坚说，"我如何能在长江上建造这艘巨船出来？修建这艘巨船需要金银无数，我一个穷道士，哪里有钱财？"

"长江上修不得，那就去南海，"黄裳说，"我有个学生，名史浩字文惠，你先参悟五雷术法与这艘鬼船的真义，三十年后必有成就，然后你去寻找文惠，资助你在南海修建巨船。"

"三十年后，我到哪里去寻找这个史文惠？"

"三十年后，他的名声天下皆知，"黄裳笑起来，"你不去找他，他也会寻你。"

"南海修船，海路数千里，"王道坚问，"如何能解救金国渡江之急？"

黄裳摇头，"不是用于江面之上。"

王道坚听了，头上汗水涔涔，"原来如此，原来如此……"

"这艘鬼船，"一旁的年轻人大声询问，"可有名号？"

"有。"黄裳点头，"汉朝道家的幽冥木甲术，无坚不摧，万敌难当，洛阳之战后，号称为'舳舻'！"

…………

一百四十九年后，崖山之战，张弘范率元军攻至崖门，元军浩浩荡荡陆续抵达崖山，对南宋水师形成三面包围之势。

宋军水师中，龙舟上的太傅张世杰，看着张弘范的水师逼近。

"还有援军吗？"张世杰问。

"没有了。"左丞相陆秀夫看向四周海面，"大宋的水师尽在于此。"

张世杰不免怅然叹息，默然低头。陆秀夫大声喝道："你我二人和十万军士，不日就死在这海上，大丈夫死就死了，就看怎么个死法，叹息什么！"

"也好，"张世杰说，"时至今日，我们这些大宋最后的臣民，拼死一搏，让大宋的百姓记得汉人血脉不肯屈服，终有一日，恢复我山河。"

陆秀夫大笑："这就对了，不枉我们多年的苦苦支持，就为了今日之战事！"

突然，两人身后出现一个渔夫，头戴斗笠，身穿蓑衣，却拿着一柄七星剑，对着两位大人拱手，"两位大人，还未到山穷水尽的时候。"

"是什么人，张弘范派来劝降的吗？"陆秀夫大喊，"来人，把他头颅斩了送回去。"

水师军士冲上来，提刀要斩杀渔夫，刀锋掠过渔夫脖颈，却毫无伤痕。

"妖僧，术士？"张世杰对着军士喊，"守护圣上！"

"不必，"渔夫对着陆秀夫和张世杰再拜，"贫道留元昌，正一派五雷法传人，特来海上护驾。"

陆秀夫看着这个自称留元昌的道士，以及道士手中的长剑，似乎幼时在家中祖先画像上见过，惊奇问道："是道坚先生一脉吗？"

"正是！"留元昌对陆秀夫说，"祖师爷道坚先生仙去，曾给大人祖上赠诗一首，大人应该从小熟读。"

陆秀夫立刻背诵："无心曾出岫，倦翮早知还。为报长安使，休寻海上山。"

诗句一出，海天变色，留元昌大笑道："就是这四句真言！"

只见海面翻滚，一艘巨大的漆黑船只，从海水之下升起，如同巨无霸一般矗立在海面之上。大宋数百艘水师船只，如同蝼蚁一般，围绕在巨船周围。

留元昌祭起手中七星剑，右手捏诀，左手持剑在空中画了一个道符，道符在空中金光闪闪，巨船上无数的阴魂鬼兵瞬间醒转，共同发出了号叫，一道十丈的巨浪，从远处海面席卷而来。

留元昌大喊："正一派雷公道场在此！"

5

穷奇归山

安世通得了观尘子的嘱咐，从青城山下山，本欲取道金牛道进入三秦之地。可是金军与大宋交战，金牛道的栈道被宋军烧毁。安世通只能折返向西，经汉中，由陈仓道穿越秦岭，到了凤翔。又从凤翔一路向东，进入关中平原，之后路途就容易多了。

安世通一路风餐露宿，一个十二岁的幼童，一路过来，其中艰辛不一一细表。好在是到了三秦之地，百姓对道士并无恶意，反而多有照顾。

这一日，安世通到了终南山下，刚好是五月初五，端阳节。

安世通向山下的村户，询问了上山的道路，心里惦记掌门的嘱托，一刻不停，就要立即上山。

村户对安世通说："小师父，终南山上不太平，一直有山魈和厉鬼，一到雷雨天气，山上就传来无数厮杀和鬼哭的声音，你独自上路，要小心。"

安世通点头说："多谢老翁。"

村户又说："不过这些年来，有个道士，自称王重阳，号道法全真，在山上挖了一个活死人墓，也是蹊跷，自从他在山上结庐修炼之后，山魈就很少祸害人畜了。"

安世通听了，心想这个王重阳，定是掌门要自己到终南山寻找的高人，于是问村户："那这个王重阳，现在还在山上吗？能否指点活死人墓的方向？"

村户摇头，"金国南下与大宋交战，这个王道士，听说去了太行山参加义军，与金军交战去了，现在也不知道死活。王道士不在山上，山魈出没就多了，现在我们猎户都不敢独自上山，只能结伴而行。不如，你再等两日，跟随我们猎户一起上山，也有个照应，你年纪幼小，何苦把性命丢在山上？"

安世通拱手说："老翁不必多虑，我派掌门说过，我有一百五十六年的寿数，不会就这么死在山上。"

村户听了，看了看安世通，只当是一个小癫子，也就不再阻拦。

安世通上山，走到半山腰后已经深夜，一轮弯月升起，如镰刀挂在空中。山中果然传来鬼嚎声。安世通从小在青城山上长大，虽然不惧怕妖魔鬼怪，但是毕竟年纪尚小，又离了师门，独自一人在深山中，心中不免忐忑。

黑暗之中，前方岔路，并不在村户指点之中，安世通不知道如何是好，看见左侧道路前方山谷中有一片微弱的光亮。人之本性，总是觉得光明之处更安全，于是抬脚走向左边的道路。

突然，身后一个雄厚的声音传来："小师父，左边这条路有山魈，我劝你还是走右边的这条道。"

安世通转身，看见身后一个穿着铁甲的军士，如同金刚一般高大魁梧，左手拎着一柄佩剑，右手提着一个头颅。这人的容貌凶恶鄙陋，如果不是穿着一身铁甲，倒跟山魈一般。

安世通问军士："你也要上山？"

"当然要上山，"军士说，"我等这一天很久了。"

安世通见军士满身杀气，"军爷，为什么不在山下与金军交战，却跑到这山上来。"

"你怕了，怕我伤你性命？"军士说，"我这几年，杀了两百多个金人，但是仍旧洗刷不了我的耻辱，只因我误杀了一个好人。放心，我不会伤你性命。你是王重阳的座下弟子？"

"不是，"安世通摇头，"我是青城山弟子安世通。"

"青城派，"军士哼了一声，"宇文虚中是你什么人？"

"宇文师叔下山的时候，"安世通诚恳地说，"我还未出生。"

"我跟宇文虚中交过手，"军士笑了笑，"差点杀了他，幸好龙虎山的两个道士，提醒了我，没让我再杀一个好人。"

虽然军士这么说，安世通仍旧不敢松懈，眼睛看着军士手中的头颅。那头颅面目狰狞，短发浓须卷曲，斩断的脖颈处还在滴落鲜血。

"这是我给王重阳的一个见面礼，"军士傲慢地说，"是一个厉害人物，当今天下能杀他的，除了我，也不过三人。"

"军爷杀的，自然是金国的坏人。"安世通心里稍微宽心。

"这个头颅的主人，却不是金人，"军士说，"是吐蕃的一个妖僧，在我面前，夸口说是什么莲花生座下，花教门人，叫什么贡嘎赞布，哼，还是有点本事的，只不过老子见王重阳要带个见面礼，他的头颅最合适不过。也是巧了，这个妖僧要借道长安回吐蕃，他以为我们大宋无人，无人能与他匹敌，却没想到碰到了我……哈哈哈。"

安世通见这个军士杀人如除草芥，当然不肯随行，于是拱手说："军爷你走右边，我走左边。"

军士对安世通毫不介意，挥挥手，朝着右边的道路上山去了。

安世通没有选择，径直走向了左侧道路，看着前方山谷中隐约的亮光而去。

安世通脚下磕磕绊绊，一个幼童在山中行走，的确是一件心酸的事情。好在安世通自己不以为意，掌门观尘子说过，他一生要与至阴的阴阳四辨纠缠，还有一百多年的折磨，在下山的时候，心里就有了准备。

安世通脚下的道路越来越难行走，山谷中的亮光越来越近，可是道路却慢慢地没入了草丛之中，安世通只能提防着脚下蛇虫，扒开草木，勉强行走。终于走到了山谷生出的明亮处，发现是一潭水，月光从山谷上照射下来，潭水波光粼粼。

潭水阴冷，安世通觉得周身都是寒意，突然看到，一个巨大的山魈从潭水之下慢慢探出了身体。山魈的毛发上覆盖一层冰凌，伸手就要抓安世通。

安世通拔腿就跑，却又撞上了一个人。

安世通跌撞摔倒在潭水边，心里想着立即就要被山魈吃了，正在后悔没有听从村户的忠告，却看到山魈从自己的身边走过，走到了一个老道士的身边，恭恭敬敬地蹲了下来。老道士向安世通招呼，"不怕，有我在，这畜生不会伤人。"

安世通走到老道士的身边，借着月光发现老道士的道袍有些奇怪。一般道袍都是青黑色粗布的，但是这个老者的道袍轻飘飘的，似乎是蚕丝裁制，并且道袍上绣满了骷髅和牡丹，不像是正宗道教门派的衣着。

安世通向老道士作揖，"青城山安世通，奉掌门师命，来终南山寻找仙人，敢问前辈是哪一个门派的师长？"

"你是观尘子门下的安世通，我都知道。"老者回答，"不过我不是你的前辈，我也不是道士，我叫黄裳，你叫我大翁即可。"

"掌门让我来终南山，是要大翁指点我吗？"安世通问。

"不是我，"黄裳说，"是一个老前辈，我带你去见他。"

安世通心里打鼓，这个叫黄裳的老翁，看着已经年纪苍老，竟然还有被他称呼为前辈的道家人物，那么必定是隐居深山的老神仙了。

"大翁说的老神仙，在哪里？"

黄裳回答说："走刚才右边的道路，再行到山峰，就是了。"

"有个恶人，"安世通说，"从那条路上去了，大翁不怕吗？"

"不怕，"黄裳笑了笑，"他欠我一条命，是来跟我做个了断的。"

"大翁为什么也来到这潭水边，"安世通问，"是要收服这山魈？"

黄裳摇头，"这里也有一个老前辈。我在等他，与他一起上山。"

安世通心中好奇，还要再问，黄裳伸出手指竖在嘴边，示意安世通不要再作声。安世通看见黄裳的手指，再看看一旁山魈的手指，发现都是一般尖利模样，心中顿时惊慌，原来这个老者是一个披着道袍的山魈不成？

黄裳不再与安世通交谈，拿了一个知了壳子出来，放在手心，摇晃两下，知了壳子顿时化为一柄发散着火焰的长剑。黄裳拿着炎剑，刺入了潭水之中。

潭水顿时翻滚，蒸汽弥漫，水面下沉，露出了一整块坚冰。安世通更加奇怪，他自小在青城山天师洞旁的潭边长大，知道冬日结冰只是水面凝结，冰面下是潭水。而这个小潭却反而水面之下竟是一块整冰。

黄裳拿着炎剑，在寒冰中慢慢地旋转。寒冰遇到炎剑，瞬间融化。黄裳画了一个圆圈，一旁的山魈走过来，伸出兽爪，把圆圈中的寒冰拉了出来。

寒冰中出现了一个空洞，黄裳对着空洞轻声说："老前辈，我回来了，你也该上山了。"

空洞之中久久没有回应。安世通见黄裳手中的炎剑，火焰突然飘忽不定，似乎像狂风在吹拂蜡烛一般。片刻之后，炎剑的火焰熄灭，重新化为一个知了壳子。

当安世通再回头，见空洞边已经站立了一个老道士。这个道士身体佝偻，脸皮单薄，紧紧贴在颧骨之上，似乎头颅骷髅上贴了一张薄薄的纸片。刚才黄裳说是一个更老的前辈，看来所言不虚。安世通想到自己也要活到这般岁数，是否也会变成这个模样？心中惴惴不安。

山魈跪在地上，背起了老道士。黄裳说了一声，"前辈，时候到了。"

"到了……"老道士应了一声，声音细不可闻。

黄裳牵过安世通的手，"走吧。我带你去见那个人。"

安世通的手掌被布满尖锐鳞片的兽爪握住，心里害怕，又不敢去看。这个黄裳，言语和蔼，可是偏偏长了一只诡异的手掌。

安世通想与黄裳交谈，听一下温和的声音，化解心中的恐惧，就问黄裳："大翁，这位老、老前辈，是什么人？"

黄裳轻声说："你为什么不自己去问？"

安世通连山魈都不敢看，哪里敢问？

伏在山魈背上的老道士却说："我叫什么名字，我自己都忘了，几百年没人称呼过我的名字了。"

安世通心里更是狐疑，哪里有把自己名字忘记的人，更哪有活了几百年的人，难道真的是神仙？却又不是仙风道骨的模样。

黄裳看了看安世通，"还是我来告诉你吧，这位老前辈，是当年四象仙山之一东方姑射山，卧龙任嚣城先生。"

6

通天殿

安世通自小在青城山上长大,从未听说过什么四象仙山的典故。他一个十二岁的道童,也没有心思去细想道家门派的渊源。

山魈背负的任嚣城听到了自己的名字,长长舒缓了一口气,对黄裳说:"我要跟通天殿上的老朋友见面了。几百年不见,不知道他是什么模样?"

黄裳恭敬地说:"晚辈上次见到他的时候,他精神仍旧很好的。"

安世通却在想着,走在这条路上,就要见到刚才的那个杀人军士,那个军士满身杀气,比这两个老道士看起来凶恶的多,如果发难,如何抵挡?

黄裳和任嚣城对答了两句,也就不再作声了,两人都看着山路边黑暗中鬼魅般的山峦,似乎都在回想往事。

黑夜中很长时间都是在悬崖峭壁上的云道小路上行走。云道仅一人宽,是在岩石上刻意开凿出来的,只是多年无人行走,布满了青苔和杂草。山魈的身躯巨大,四肢颀长,脚掌和手掌有尖锐的利爪,每走一步,利爪就钩在岩石和结实的灌木上。安世通看着身边的万丈深渊,害怕一不留神,就会跌下去。在某些地段,云道垮塌了几尺,山魈腿长,轻易迈过,若是更宽,山魈便伸出手臂,挂住悬崖上的岩石,荡过去。安世通走不过去,山魈就回身,伸出长臂,把安世通挽过去。而黄裳虽然年老,却脚步轻盈,也没见他跳跃,只是如履平地般地走了过来。

终于悬崖的云道到了尽头,前方一片宽阔地带。宽阔的平地上一个巨大的牌坊,残缺不全。

黄裳轻声说:"无为宫到了。"

任嚣城让山魈驻足片刻，自己站立到地面上，慢慢走到牌坊前，伸手伏在了牌坊残破的石柱上。

安世通突然感到一阵彻骨的寒意，只见地面升起雾气，在黑暗中凝结，似乎连空中的月光都被冻住了。

之后雾气渐渐飘散，安世通看见这片宽阔的平地上突然站立了几百名道士。

这些道士都手持长剑，而道士的身边，十几座投石车也慢慢地显现出来。

一阵风吹过，安世通看见所有道士的脸和手臂上的皮肤，瞬间风化，露出了肌肉下的骸骨，投石车也瞬间化为齑粉。

任嚣城面对这几百名枯骨道士，勉强挺直了身体，神态变得庄严肃穆，挥挥手，"都散了吧。"

几百名枯骨道士，同时发出了幽怨的哭嚎，群山中的飞鸟被惊动，纷纷飞舞到夜空之中，月亮都被遮掩了。

任嚣城的身体被山魈重新挽到了背上，山魈经过牌坊，向前走去，黄裳牵着安世通慢慢跟随。

身后的几百名枯骨道士，在风中渐渐化作了灰尘。

安世通很想询问黄裳这是什么道理，黄裳却示意安世通不要出声。

三人一山魈走到了平地的尽头，又是一处巨大的沟壑，沟壑上方横跨着一座古朴的拱桥，拱桥已经断裂，似乎随时会坍塌；走过去之后，面前是一个巨大的圆形石壁。安世通看了，震撼无比，这个石壁与青城山天师洞的石壁别无二致，隐隐显出了阴阳八卦的形状。

山魈绕着石壁行走，走到石壁的上方，终于看到了一个大殿。大殿上有一方牌匾，在黑暗中牌匾上的三个字隐隐泛出幽光，是"通天殿"三个大字。

山魈看见这个大殿，驻足不前，黄裳反而走到了前面，进入了巨大的山洞。走了一炷香的时刻，才出了石洞，来到一个比刚才更加宽广的平台上。

安世通发现，这里已经是终南山最高的山峰。

凛冽的山风突然止住。

安世通看见杀人的军士正站立在一棵古树前，军士却对安世通三人和山魈视而不见，只是出神地看着面前的这棵大树。

在这个通天大殿平台之上，一棵古树，枝繁叶茂，树下站着魁梧的军士和高大的山魈，还有两个老道士和一个幼童。气氛诡异，悄无声息，只有一轮弯月在山峦上方。

任器城对黄裳说："先把你的恩怨了结了吧。"

"遵命。"黄裳向任器城拱手，走到了军士身前。

"王重阳为什么不来见我？"军士问黄裳，"却来了一个老头子？"

黄裳说："重阳子在太行山加入了抗金的义军，无法赴约了。"

军士说："他就不为师门报仇了吗？我现在来了，他却躲起来。"

"你就是冉怀镜？"黄裳轻声地问。

"坐不改姓行不更名，"冉怀镜声音如同铜钟一般，"杀了王重阳师父的人，就是我。"

"我是王重阳的师叔，"黄裳说，"可是我不是道士，你知道你杀了我哥哥，诡道一门差点就此断绝。"

"一个旁门左道而已，"冉怀镜说，"断绝了也没什么关系。你是黄裳，我知道你，只是不知道你也是诡道的门人。"

"我哥哥真的是死在你手上？"黄裳又问。

"都说他法术高强，"冉怀镜说，"我就去找他比试，他输了，就死了，就这么简单。"

说完扔掉了手里的长剑和头颅，从怀里掏出一柄短剑来。

"灭荆，"黄裳微微点头，"看来你少年时定有奇遇。"说完后，手里拿出了一个知了壳子，瞬间化为炎剑，"我替王重阳与你比试。"

"击败了你，"冉怀镜说，"我是不是就是天下第一术士？"

"还有一个张天师，"黄裳缓慢地说，"本领在你之上。"

"张时修，"冉怀镜大笑起来，"他躲在龙虎山不肯见人，哪里有什么本事。他的徒孙我见过，本事稀疏平常。"

黄裳把炎剑伸向了冉怀镜，冉怀镜把灭荆架到炎剑的上面。炎剑的火焰顺着灭荆传导，一直燃烧到冉怀镜的胳膊上。火焰烧到了冉怀镜的肩膀，势头停止，不能再前行。

冉怀镜低头沉思了一会，伸出左掌，把炎剑的中段握住。

炎剑的火焰顿时熄灭。

7

飞星派冉怀镜

冉怀镜左手握住炎剑，炎剑即将化作知了壳子，可是冉怀镜随即将左手的力道松懈，炎剑表面又恢复了暗红色，冉怀镜仔细地看着将灭不灭的炎剑，恍然大悟："原来铜鼎和铜镜都在你这里，看来我真的是找错人了。"

冉怀镜嘴里说着话，右手的灭荆缓慢地刺向黄裳的胸口。黄裳的左手抬起，把灭荆的剑刃也紧紧攥住。冉怀镜看见黄裳的左手布满了坚硬的鳞片，坚硬度远胜过金石，灭荆也被五根尖锐的爪子扣住。

"有点意思，"冉怀镜松开了左手的炎剑，"没想到诡道还隐藏了这么一个人物，不，你是穷奇。"

黄裳轻声问："你是北方来的？"

冉怀镜兴奋起来，"诡道只有两个门人，我都打败了，没想到第三个是穷奇转世。这也不算坏了诡道的规矩。"

黄裳也松开了灭荆，对冉怀镜说："你这灭荆宝剑，不能让活人把持，你的法术也有点古怪。"

冉怀镜收了短剑，点头说："不错。"把右手手掌摊开，只见他的掌心嵌入一颗黑色的石头。

黄裳说："为了找个趁手的兵器，你挖了羊角哀、左伯桃的墓，以后你还得还回去。"

"不还了，"冉怀镜说，"这把灭荆宝剑，交给你们诡道挺合适。你的传人在哪里？我打败你之后，送给他。"

黄裳看了看脚下的头颅，"听说金国请来的一个吐蕃法师无端地在馆驿里死了，下人发现的时候，只有一具没有头颅的尸身，完颜宗翰知道后震怒。这个法师死在了关中，王重阳和他的全真教脱不了干系。"

"你是怪我行事鲁莽，连累了王重阳和全真教？"冉怀镜说。

"不敢，"黄裳说，"这个吐蕃法师是花教的一个高手，杀害太行山义军无数，冉将军替他们报仇，鲁莽从何谈起。"

"再来！"冉怀镜再次把灭荆平端，"这柄宝剑专破阴邪的法术，你挡得住吗？"

黄裳身上的道袍突然鼓荡，身躯暴涨，随即道袍崩裂，黑色的身躯显现出来，兽头狰狞，周身布满了尖锐的倒刺。一旁的山魈立即发出呜咽声，趴在地上，瑟瑟发抖。

冉怀镜看见穷奇现身，将灭荆顶在穷奇的左眼上。穷奇浑身无坚不摧，只有眼眸是弱点。以冉怀镜的见识，一眼就能看出破绽。穷奇的左眼双瞳，滴溜溜地不断旋转，灭荆的剑刃被无形的罡气格挡，刺下得缓慢。

眼看灭荆宝剑一分分地刺入穷奇的眼珠，安世通在一旁看得心惊胆战。

一直在一旁冷漠观望的任器城突然说话了，"是飞星派，看来这门派还在。"

大树中也传来一个声音，"没错，就是飞星派。"

安世通立即看向大树，这才看到大树的树干上，树皮原来的纹理中，显出了一个老道士的模样。

树干里的老道士说了这句话后就不再言语，但见树干和树枝簌簌抖动，枝叶间飞起几千只蝙蝠。蝙蝠在众人头顶盘旋，安世通看见每一只蝙蝠都露出了獠牙。蝙蝠在穷奇和冉怀镜四周盘旋，上下飞舞，突然直冲云霄，在空中绕了一圈之后化作烟雾钻入了穷奇身上的螟蛉之中。

螟蛉弹起，在空中旋转，在安世通看来，就是一个火球。穷奇双手把冉怀镜的左右胳膊握住，张嘴用獠牙咬住灭荆宝剑。冉怀镜无法动弹，螟蛉飞到冉怀镜身后，不再旋转，而是被穷奇控制着不断刺击冉怀镜的周身穴位，从大杼、肺俞、心俞、膈俞、肝俞……会阳一路划下。

冉怀镜后背被袭，体内至阳的精魄如同金光迸射，喷薄而出。

穷奇松了双手，变回了老者黄裳的模样。黄裳收了螟蛉，转回身向树干里的老道士跪拜，"谢过徐无鬼老前辈。"

黄裳面前的树干中，徐无鬼慢慢地走出来，没有回应黄裳，而是走到了任嚣城面前。

两个已经老朽到如同枯骨的术士面对面站立。

"时辰到了。"徐无鬼对任嚣城说。

"时辰到了，"任嚣城说，"人也勉强算到齐。"

"飞星派来人了，"徐无鬼看着冉怀镜，"铜炉一定在他身上。"

"我看见了。"任嚣城把手伸向冉怀镜。

冉怀镜后背的二十五道金光顿时止住，腰间一个小小的铜炉，凭空到了任嚣城的手里。

冉怀镜茫然地愣在原地，思考了一会儿，终于跪在了任嚣城和徐无鬼的面前。

徐无鬼对黄裳说："你过来。"黄裳走到了徐无鬼的身边。

任嚣城对安世通说："你到我这边来。"安世通不明所以，只能听从。

徐无鬼对着跪下的冉怀镜说："你站起来说话。"

冉怀镜的锋芒已经被挫败，知道自己不仅敌不过穷奇黄裳，这两位上古术士的本事更是深不可测，于是不敢违背，恭敬地站立起来，他一生未败，一时间还无法接受这个现实。

徐无鬼对着冉怀镜说："隋唐的万仙大阵，铲截二教的术士高手几乎陨落殆尽，活下来的都没什么本事。所以，不是你强，是他们太弱，明白吗？"

任嚣城虚弱地说："否则也不会有今日，中原术士被北方高手折辱。"

"我的师门，"冉怀镜的声音虽然明朗，但是语气已经恭敬，"是铲教还是截教？"

"飞星派在漠北，置身事外，"徐无鬼说，"没有参与铲截之争。"

"那两位前辈的本领，在铲截二教前，"冉怀镜又问，"是强还是弱？"

"我们二人在上终南山之前，在术士之中，勉强算高手，之所以未死，还是仰仗师门和运气，"徐无鬼看向任嚣城，"我说的没错吧？"

"大致就是如此了。"任嚣城看向夜空,"中原术士,不复当年的辉煌了。"

冉怀镜问:"铲截之争,师父从未提起,是何缘故?"

任嚣城用干枯的手指拈起铜炉:"当初铲截相争,就是为了三铜的源头,一块天外飞星的陨石。天下的术士,我们这里半数的术士,要去昆仑山把陨石挖起来,大家伙聚在一起,所以叫铲教。"

徐无鬼说:"而我们这里半数的术士,认为陨石不可去挖掘,于是阻拦他们,时间长了,就有了截教。"

"最后虽然没有挖出陨石,"任嚣城说,"可是铲教也把截教击败了,飞星派两不相帮,收集了最大的三块陨石碎块,分别炼出了三铜:铜镜、铜鼎、铜炉。"

徐无鬼说:"铜镜被铲教的门人献给了唐朝李家,后来朝代传承,现在应该在赵家皇族手中。"

"铜鼎在截教手中,阴差阳错给了诡道的门人,"任嚣城对着冉怀镜说,"你去找周侗,却没想到周侗早就把铜鼎给了穷奇。"

"晚辈已经把铜鼎送给了宋朝皇室,"黄裳说,"就等着三铜齐聚,才能避免百年后的劫难。"

"这铜炉,就留在钓鱼城吧。"徐无鬼说,"一切就看造化,百五十年后,宋朝的皇族能够在钓鱼城把三铜齐聚,就还有一线生机。"

任嚣城点头,把铜炉扔给了身边的安世通。安世通托住铜炉,护在胸前。突然想起了观尘子的嘱咐,立即把怀中的卷轴拿出来,交给黄裳。

黄裳看了看卷轴,把卷轴交给徐无鬼,徐无鬼看了,笑了笑,"镃铿留下的机关。"

黄裳招呼安世通到徐无鬼身边来,抬起安世通的手臂。徐无鬼捏住了安世通的手臂,干枯坚硬的大拇指重重地按在安世通的命门上。安世通的手臂剧痛,但是忍住不敢挣扎。

良久之后,徐无鬼的手指松开,安世通看见自己的手腕到手肘的皮肤上印刻了极为繁复的符篆,仔细再看,这个符篆分为阴阳两色,泛出微弱的冥光。

"还有一件事情,"任嚣城捧起了地上的那个头颅,"吐蕃的花教,一定是有人去了昆仑山，探查飞星坠地的深渊。"

徐无鬼看着安世通，"花教的后人，将是你一生中最强大的对手，他们……必将是中原术士的铡刀。"

任嚣城对徐无鬼说："事情都交代给他们了，我们可以死了吗？"

"你有多少年没睡觉了？"徐无鬼问。

"很多年了。"任嚣城问徐无鬼，"你这棵老树也该枯死了吧？"

徐无鬼长叹一声："可以死了……等等，还有一件事情，"伸手指着黄裳，"你还缺一个帮手。"

黄裳不明所以，徐无鬼扭头看向大树，黄裳跟着看过去，只见一条蟒蛇慢慢从树干上盘旋滑下来，蟒蛇的头顶已经长出了龙角。

徐无鬼摆摆手，和任嚣城转身，两人并肩慢慢地走向了山巅浓雾深处，踏入虚空，不可再见。

黄裳看着已经即将成蛟的蟒蛇，忽然流下泪来。蟒蛇游弋到黄裳的身前，用嘴衔起螟蛉，递到黄裳的面前。

黄裳招呼安世通，给了他一块绸缎和那个螟蛉，"我没什么留给你的，阴阳四辨，我与你们掌门交谈过很久，我画了一个图，你如果能参悟就算你的造化。螟蛉非你能用，你好好替我保管，之后我诡道门人来钓鱼城寻你，你把这两样信物交给他。"

安世通看到了黄裳和冉怀镜的比拼、两位仙人羽化，心情震荡，说不出话来。

"我的事情也交代完了。"黄裳说，"我也走了。"

说完，黄裳和蛟龙一起走向另一个方向。安世通看着他们走远，隐约看到一个少年牵着一个妙龄女子，在月光下行走。

天空中月亮被乌云遮挡，一只红色的眼睛在乌云中慢慢移动，照射出一道白光，少年和女子被白光笼罩，瞬间变成了巨大的穷奇和蛟龙，瞬间又化为空无。

安世通惊魂未定，看向还在努力思索的冉怀镜。

冉怀镜一动不动，站立在原地，一直到朝阳升起才对安世通说："现在，山下金国的军士，一定对道士不分黑白斩杀，你还下山吗？"

安世通说:"掌门命我去钓鱼城,不可违背。"

"你一个小童,身上有铜炉、螟蛉、阴阳四辨卷轴,当真是身怀重器,"冉怀镜把安世通背起来,"你去钓鱼城,也只能我奉陪了。"

8

拜入诡道

南宋淳祐十一年，蒙古灭金十七年后，漠北蒙古忽里勒台大会，蒙哥被诸王拥立为大汗，后追号元宪宗。同年，蒙哥命忽必烈为总理漠南汉地军国庶事，忽必烈掌握中原。蒙古与南宋之间的国运，朝着北方倾斜，南宋已经感受到来自蒙古的巨大威胁。蒙古大举南侵的战争，已经在蒙哥和忽必烈的计划之中。

同年，全真教掌门尹志平羽化，全真教道士举丧，北方道教道法式微。

邢台天宁寺，夜色之下，白日里香火鼎盛的寺院归于宁静。天宁寺住持虚照禅师披上袈裟，在院内行走，走到一个木杆跟前，抬头看向木杆的顶部，看了很久，踱步离开，穿过大院，来到了一间小小的厢房。厢房里空荡荡的，只摆放了一尾古筝。虚照禅师抚弄了古筝一下，古筝发出一声脆响，一根琴弦断了。

虚照禅师来到了旁边的厢房，厢房里摆满了刻漏，一滴水珠从其中一个刻漏中滴下。虚照禅师将厢房里的蜡烛一一点燃，然后盘膝在一个蒲团上打坐。

虚照禅师做了一个功课，正要起身，厢房的门被轻轻地叩击。小沙弥在外面轻声说："住持，有个自称鲜于天后人的施主求见。"

虚照禅师轻声说："让他进来。"

厢房的门开了，小沙弥引着一个老者和一个孩童进来。

"给大和尚磕头吧。"老者对孩童说。

孩童磕头，虚照禅师把孩童扶起来，看了孩童的面相很久，轻声说："年纪太小，几岁了？"

"八岁。"老者说，"会长大的。"

"童子长大,大的那个就成大器了,"虚照禅师说,"如何是好?"

老者突然跪下来对虚照禅师说:"大师,就是他了吧。"

虚照大师把孩童又左右看了个仔细,轻声问:"你叫什么?"

"鲜于刘光,"孩童说,"我的父亲叫鲜于坤,我的爷爷叫鲜于枢,我祖上鲜于天是大宋的司天监。"

虚照禅师点头,"祖上的本事都看了吗?"

"看了,也记下了,"鲜于刘光看了一眼身边的老者,"张三叔跟我说,我现在看不懂,长大慢慢领悟。"

"领悟之后呢?"虚照禅师问。

"杀了刘秉忠这个恶人。"鲜于刘光坚定地回答。

"你知道刘秉忠是什么人?"虚照禅师苦笑,"在佛祖的面前立誓杀人,有违慈悲。"

鲜于刘光茫然,只能继续说:"刘秉忠是大和尚的大徒弟,法号子聪,现在是蒙古藩王身边的术士,是个……极坏的人。"看来鲜于刘光这些回答,都是旁边的张三叔长时间的叮嘱教导,就为了与虚照大师应对。只是他自己都不知道今后要面临什么。

虚照大师陷入了沉默,过了一会,对张三叔说:"老衲圆寂的日子快到了,一年之内,到哪里去寻找合适的人去传授?"

张三叔听了,立即拍了拍鲜于刘光的后背。鲜于刘光愣了一下,立即向虚照禅师不断地磕头。

"好了,你起来吧。"虚照禅师说,"你听好了,我不收你为徒。"

鲜于刘光更加迷惑,看了看身边的张三叔,又看了看虚照禅师,不知道虚照禅师到底是收还是不收。

虚照禅师说:"刘子聪也不是我的弟子,他虽然在天宁寺挂了僧号,但是我教他的是道家的坤道。"

"大和尚教我本事,"鲜于刘光说,"就是我的师父。"

"我不敢僭越你师父的身份,虽然佛道不同,但是你真正的师父,地位和身份远远超过老衲，"虚照禅师说，"你成了他的弟子，身份也远超于我。"

"那我的师父，现在就在天宁寺内？"鲜于刘光看了看虚照禅师的身后。

"他在一百二十年前就已飞升，"虚照禅师说，"不在天宁寺内。"

"大和尚是在逗弄我吗？"鲜于刘光的眼珠子滴溜溜地转动。

"你记好了，"虚照禅师说，"你的师父叫黄裳，你们的门派叫'阴谋诡变示形出奇鬼神之道'，江湖上也称为'诡道'。"

"弟子记住了。"鲜于刘光回答。

虚照禅师慢慢转身，把身后的一个刻漏推开，刻漏后的墙壁露出了一幅画像，画像里是一只凶恶的山魈在吞噬厉鬼。

"这是你的师父，"虚照禅师说，"你磕六个头吧，算是拜入了诡道的门派。"

鲜于刘光虽然有些惧怕画像里的凶恶山魈，但仍旧恭敬地磕了六个头。

"鲜于先生，"虚照禅师说，"你的师兄刘秉忠，学了晷分和听弦，老衲遵从黄老先生的遗志，只能传授你水分和看蜡入阴之术。你学会了诡道两大算术之后，就去寻找你的师兄刘秉忠，索回听弦之术和晷分之术，特别是晷分，一定要送回大宋。"

"弟子……"

"你不是我的弟子，"虚照禅师提醒，"你我平辈相称，你叫我大和尚即可。"

"鲜于刘光谨记大和尚的叮嘱。"

…………

凉州，花教首领班智达病卧不起，侄子罗追坚参和恰那多吉，以及花教教众都守候在床前。

班智达勉强坐起，对教众说："我去之后，萨迦第五代法王，就是罗追坚参。"

"八思巴！"教众纷纷向罗追坚参拜。

班智达挥挥手，示意教众退下。

屋内只剩下叔侄二人。

"叔叔还要交代什么？"十六岁的八思巴，虽然还是少年，但是已沉稳如老者。

"你在坑下见到了什么？"班智达问。

"一块巨大的石头，火光四射。"八思巴说，"叔叔也曾见过？"

"贡却杰波宝王在草原游历，"班智达说，"受莲花生托梦感召，找到了昆仑山下的坑洞，因此我们历代萨迦法王，必须要进入到坑下，受莲花生的点拨，你再说，看到了什么？"

"黑石之上，印刻着无数繁复的图案。"八思巴说，"皆为莲花生提点的真言。"

"你都记下了？"

"记下了。"八思巴说，"我已经参悟到了其中两成的真义。"

"我连半成都未参悟，"班智达说，"图案也已经在心中模糊。"

"三年之后，"八思巴说，"我定能参悟到三成。"

"那是天外之物，不要妄图尽数参透天机，"班智达说，"你聪慧灵敏，使我最担心。三成的真义，足以让你扫荡中原道家，辅佐蒙古一统天下。记住，学到三成，就把黑石图案尽数忘却。"

八思巴犹豫了片刻说："我知道了。"

班智达握住八思巴的手，"吐蕃存亡，就在你的身上。"

"我一生定当联结蒙藏，保存吐蕃，"八思巴眼睛泛出神采，"还要把莲花生的真义，开散到太阳普照的每一个角落。"

八思巴说完，看见叔父班智达，萨迦第四代法王，已经坐化。

9

八思巴与鲜于刘光

一年后,天宁寺的厢房内,安静到了极点。鲜于刘光看着满屋子里的刻漏和满地的烛台,虚照禅师对坐在蒲团上,面对面入定,鲜于刘光耳中,心脏搏动和血液流淌的声音如同雷鸣一般。

鲜于刘光的心脏搏动加快,睁眼看到一滴水珠从鱼嘴中滴下,刻漏铜人轻轻地晃动了一下。

虚照禅师仍旧闭着眼睛,"慢了多少?"

"小馀十六至三刻九分二厘四钱。"

虚照禅师手里捻过了一个佛珠,"你的心,快了半钱。"

"我的心思摸不到,"鲜于刘光说,"黑暗中我什么都看不见。大和尚,我需要水分流动的口诀。"

"没有口诀,"虚照禅师回答,"只有水分。"

"我还要多久,才能摸到自己的心思?"

虚照禅师说:"心思跟着水而动,水珠滴下,归于水壶之间,共二十一万六千数,你数清楚了,就摸到了。"

"再来。"鲜于刘光再次入定。

虚照禅师站立起来,微微挥手,厢房内遍布的蜡烛全部冒出了烛火,"你听好了。"

厢房内烛光暗淡了稍许。鲜于刘光偏了偏脑袋,额头渗出了汗珠,"四千九百一十三,缺九百六十六。"

虚照禅师点头，"听到了什么？"

"四个，现在回去了三个，"鲜于刘光睁开眼睛，地面上一只黑色手掌在慢慢移动。

虚照禅师喝了一声，地面的手掌顿时消失。

"最后一个也走了。"鲜于刘光长舒了一口气。

虚照禅师推开了厢房的门，走了出来，鲜于刘光紧随其后，两人来到院落之内，漫天星辰，在夜空中闪耀。

"诡道的心诀，我没有，"虚照禅师说，"一切都看你的造化，当你正午时能听到四千九百一十三根蜡烛的每一个火花后，再去寻找心诀吧。"

"诡道的心诀在哪里？"鲜于刘光问，"在师兄那里吗？"

虚照禅师摇头，"听弦和暑分不需要心诀。"

一名行者匆匆进入院内，脸色阴郁，在虚照禅师耳边轻声说了几句后，又如同来时一般匆匆离开。

虚照禅师拉过鲜于刘光说："暑分有影，听弦有琴。水分和看蜡的口诀已经被你师父隐去，当你能计算出水分中每一刻飞秒，口诀就算领悟了。"

"但那时我参悟出来的口诀，"鲜于刘光问，"还是诡道历代传承的口诀吗？"

"到了那一天，你的参悟，和已经失传的口诀是否一致，还重要吗？"

鲜于刘光正要再问，突然看到厢房里的烛光猛然大盛，整个厢房在瞬间陷入火海。天宁寺的大小僧侣，都跑到了院内，从院里的蓄水缸里提水救火。

当火焰被扑灭的时候，整个厢房已经全部化为了灰烬，但是火势并未波及其他佛堂。

虚照禅师和鲜于刘光看着救火的僧侣在灰烬旁叹息、聒噪。

鲜于刘光问："大和尚为什么要烧掉刻漏和烛台？"

"用不着了。"虚照禅师把手抚在鲜于刘光的头顶，鲜于刘光的头发掉落在地上，不一会儿成了一个小沙弥的模样。

鲜于刘光知道虚照禅师突然替他落发，一定有原因。

"刻漏和烛台都是虚妄，"虚照禅师说，"从明日起，你做坤道功课，刻漏和烛台都在你的心中。我们要出发了。"

鲜于刘光不解，虚照禅师说："你回房去吧。"

鲜于刘光走到了天宁寺的外院，他不是天宁寺僧侣，只能与居士居住在寺庙之外。

鲜于刘光走后，虚照禅师听见寺院外有马嘶声，于是继续站在原地。片刻后一个中年僧人从院外走来，站在灰烬旁。中年僧侣看了很久说，"大和尚为了不教授我另外两大算术，宁愿把师父留给天宁寺的遗物都毁了？"

"我即将离开天宁寺，"虚照禅师说，"这两样东西，留在这里，是个祸端。"

中年僧侣说："大和尚已经知道王爷要请你去往凉州？"

"花教的四世法王坐化，听说第五世法王八思巴是个奇才，"虚照禅师说，"王爷对花教器重，当然要找一个靠得住的僧人去探望。想来想去，整个邢州，也只有老衲有这个资格。"

"可惜了诡道的四大算术，只剩下了其二。"中年僧侣说，"我心有不甘。"

"你去终南山寻你的师父去问个道理。"虚照禅师说。

"师父死去已百年了，"中年僧侣摇头，"我虽然得了诡道的衣钵，但我深受佛法浸染，不信道家的修仙长生之术。"

"子聪，"虚照禅师说，"是王爷让你来送信的吧？"

刘秉忠说："我只是提前给大和尚知会一声，明日王爷会安排骡马三十匹，大车五辆，随从五十人，恭送大和尚去往凉州，与花教法王八思巴相见。"

虚照禅师说："我知道了。你回吧。"

刘秉忠盯着虚照禅师说："大和尚真的忍心把诡道的半数术法都毁了？"

"没有这机缘，"虚照禅师说，"辜负了黄老先生的嘱托也属无奈。"

刘秉忠转身便走，回头看了虚照禅师，眼睛泛出光芒。虚照禅师双手合十，"慢走。"

第二日，辰时一刻，在大雄宝殿前，鲜于刘光穿着僧衣，和其他七个小沙弥分列两边站立。虚照禅师看着蒙古官员走到自己面前，宣召说，王爷遣派天宁寺住持虚照禅师去往凉州。

虚照禅师弯腰领命。

忽必烈王爷安排的随从和车马停在天宁寺前，虚照禅师和八个小沙弥移步出了天宁寺，登上了寺庙外的马车。

鲜于刘光和三个小沙弥登上了第三辆马车，车轮辚辚，一路向西。

邢州到凉州路途遥远，走到河南境内的时候，已是深秋，虚照禅师突染风寒，经不起马车颠簸，病倒在京兆。车队只能暂时安顿在渭河边的行驿，等待虚照禅师的身体恢复。

一晃，虚照禅师病了一个多月，鲜于刘光作为侍奉沙弥，每日里只能与其他沙弥一样，端茶送水，虚照禅师再也不指点鲜于刘光任何诡道算术相关的术法。

这天上午，轮到鲜于刘光给虚照禅师盥洗便桶，他进屋提了便桶就要离开。鲜于刘光看到便桶内没有污秽，却有鲜血，知道虚照禅师的病情绝无好转的可能。

"刘光，"虚照禅师虚弱地叮嘱，"看到什么都不要显露你的本领，还有，见到了刘子聪，千万不要告诉他你是谁。"

"我懂。"鲜于刘光点头，"住持好好休养身体。"

"我时日无多，"虚照禅师说，"只是没有见到花教的八思巴，心中不甘心，不舍得就这么去了。"

鲜于刘光听了，默默提了便桶，清洗之后送回房间，虚照禅师已经睡去。鲜于刘光放下便桶，走到房门外，正要离开，却看到虚照禅师的床边无端多出来一个古筝，古筝上放了一个帕子，上面绣着一朵牡丹。

10

诡道算术

鲜于刘光被古筝上绣着牡丹的锦帕吸引。虚照禅师突然睁开眼睛对着鲜于刘光大喝:"从今日起,不许再来!"

鲜于刘光受了呵斥,回到驿站的住所,独自坐下,心中惴惴不安。

虚照禅师的车队已经在驿站困了一个月,八个沙弥都是小孩,每日里除了侍奉虚照禅师,就在驿站外走动玩耍。小沙弥无忧无虑,但是随从和小吏都知道,虚照禅师年事已高,到了这个地步,肯定是走不到凉州去见花教五世法王八思巴了,便通知了邢州的忽必烈王爷。

到了夜间,除了一个沙弥在厢房侍奉虚照禅师之外,其他人都在小屋休息。到了子时,鲜于刘光的内心烦躁不安,突然听到了一声筝响,声音虽然微弱,但是直刺入鲜于刘光的心魄,把鲜于刘光心中计算的思绪尽数打乱。

鲜于刘光猛然坐起,黑暗中隐约看到其他几个沙弥都惊恐地缩成一团,瑟瑟发抖。

黑暗中,一个小沙弥说:"别看窗户,别看窗户。"

这句话若是不说,也就罢了,鲜于刘光立即看向窗户,看到窗外一片幽幽的暗光,无数的鬼影晃动,突然窗户纸被捅破,一根枯瘦的手指伸进来,转动了一圈。

一个沙弥把鲜于刘光的眼睛捂住,"不要看,不要看。"

鲜于刘光哪里忍得住,从沙弥的手指缝隙中看窗户纸的窟窿,一只红色的眼球正在向屋内查看。

又是一声筝音在小屋内回转,鲜于刘光心中的水分突然滴落快了一厘,红色的眼球突然变成了一只鬼爪，将窗户撕碎。鲜于刘光突然想起虚照禅师的叮嘱，任何时候不要显露自己的本领，随即心神宁静，和其他的小沙弥挤在一起。

鬼爪伸了进来，在小屋内摸索，从墙壁边慢慢地移动到大炕边缘，七个沙弥包括鲜于刘光慢慢腾挪躲避，都屏住了呼吸。鬼爪慢慢摸索，沙弥们一点点移动躲避，终于鬼爪在屋内摸索了一整圈，从窗户收了回去。几个沙弥长长叹出一口气，突然墙壁崩裂，鬼爪提起一个小沙弥，在沙弥的脸庞上抚摸了一遍，然后扔到角落里。

沙弥们都吓得不敢移动，鬼爪又抓起一个，鲜于刘光知道，刚才心中的水分惊动了鬼爪，鬼爪的目标就是自己。眼看身边只剩下两个沙弥，鲜于刘光心急如焚。

两个沙弥很快就被鬼爪抚摸后扔到一边，鲜于刘光看着鬼爪就在眼前，心里想着虚照禅师的嘱咐，又不敢使用水分的办法来躲避，片刻之间，鬼爪已经伸到了鲜于刘光的面前。

鲜于刘光无法可想，也不能躲避。突然屋外又传来一声筝声，鬼爪立即缩回，退出了小屋。

鲜于刘光满头大汗，现在听得清晰，筝声，就是从虚照禅师的房间方向传来的。

房间里的小沙弥都惊魂未定，鲜于刘光心中害怕，但仍旧对其他的沙弥说："声音在师祖那边。"

"什么声音？"最为年长的沙弥问。

"那怪物东西去师祖房间了。"鲜于刘光急忙说，"我们得去通知师祖。"

一个年幼的沙弥说："我不去，我怕。"

年长的沙弥迟疑片刻说："师父说了，要一路照顾好师祖，我们得去。"

其他沙弥都在黑暗中犹豫。

鲜于刘光说："不管你们去不去，我这就去了。"

剩下几个沙弥看见鲜于刘光出门，也陆陆续续地跟着出来，年纪最幼的沙弥也跟上来，"别扔下我一个人。"

鲜于刘光夹在沙弥中间，很快到了虚照禅师的房间门外，门外挂了一个灯笼，本应守护的随从一个都不在，房间内外一片寂静。

突然筝声在房间内响了起来，房门突然打开，在虚照禅师身边值守的沙弥，慢慢走了出来。

鲜于刘光松了一口气，但是当他看到头顶灯笼照射在这小沙弥的脸上时，顿时吓得心惊胆战。

小沙弥踏出两步，双膝跪倒在地，双手伸展，胡乱地摸索。而他的脸皮已经干枯，两个眼睛只剩空洞洞的黑框。

鲜于刘光和其他六个沙弥同时惊呼起来。

鲜于刘光看到了一个中年男子穿着一袭绣着牡丹的道袍站在屋内，但是他的头顶却有受戒的香疤，一时之间也不知道他是僧是道。

僧道不辨的男子手里抱着古筝，就是鲜于刘光白日里在虚照禅师床头看见的那一个。鲜于刘光也清晰地看到，男子的右手，捏着一个狰狞的鬼爪，是用来弹奏古筝的义甲。

想起刚才闯入沙弥居住小屋的那只鬼爪，鲜于刘光隐隐知道这个男子是谁，虚照禅师对自己的叮嘱，慢慢有了眉目，但他毕竟是一个不到十岁的幼童，一时间也无法理清所有的来龙去脉。

抱着古筝的男子看到门外的七个沙弥，凌厉的眼睛一个个地看过来。所有的沙弥都被他的眼神震慑，鲜于刘光本想与男子对视，虚照禅师突然剧烈咳嗽了两声，随即说："刘秉忠大人！你终究是不相信我，你真的想知道我把看蜡和水分的口诀藏在哪里了吗？"

刘秉忠立即把头转向了虚照禅师，"我把天宁寺翻了个遍，连牌匾、香炉、菩萨佛像里，我都去找了，一无所获，口诀要么你带在身上，要么你已经教授给了他人……"

刘秉忠，刘秉忠……刘子聪！

鲜于刘光虽然心有准备，但是仍旧震动不已。

刘秉忠的眼睛又看向了门外的七个沙弥，大部分沙弥都呆若木鸡，鲜于刘光心里摇摆不定，不知道是不是该立即装扮出惊愕的模样。

"子聪师伯，"鲜于刘光身边，年龄最长的沙弥大声说，"你怎么来了，是来照顾师祖的吗？"

刘子聪的眼睛看向这个沙弥，嘴里问虚照禅师："是不是他？"

"不是他，"虚照禅师说，"让他们去吧。"

刘子聪用鬼爪拨动了一根筝弦，弦上立即发散出一只黑色的爪子，把年长沙弥的头部紧紧扣住，并提了起来，沙弥的身体离地，在空中挣扎摇晃，片刻之后，鬼爪松开，沙弥的精血都被鬼爪吸进筝内，只剩下干枯的身体，两个眼球也立刻干涸，只剩下黑色的眼眶。

刘子聪摇头，"这人一定在驿站之中，大和尚，你的随从身上没有，现在只剩下这几个沙弥了。"

刘子聪刚说完，沙弥们都惊呼起来，虚照禅师的随从全部在屋内，躺在地上，以各种扭曲的姿态死去，但是手臂都保持着同一个姿势——双手捂住耳朵。

虚照禅师说："这个地方，是你选的吧？那晚你暗中击伤了我，让我在这个驿站发作。"

"大和尚，你知道这个驿站曾经死过什么人吗？"刘子聪说，"当年花教的一个高手，在这里被一个中原术士割掉了头颅，这个驿站是一个不祥之地。"

虚照禅师说："我遵守当年黄裳的遗命，四大算术，必须要分授两人，我本领有限，只能传你一人，我死之后，另外两大算术，就失传了。"

"大和尚，你骗不过我的，"刘子聪说，"看蜡克听弦，水分克晷分，你是故意把克制我的算术传给另一人，当年你就不放心我。"

虚照禅师又咳嗽起来，勉强说："这都是黄老先生的安排，我只是遵从。"

"大和尚既然这么绝情，"刘子聪说，"一心要让诡道的两大算术失传，那我也只能帮大和尚完成这个心愿，还有六个，他们都死了，就真的失传了。"

虚照禅师趁刘子聪看向沙弥的时候，把手中的佛珠扔起来，套在刘子聪身上，刘子聪轻声笑了笑，佛珠崩裂，全部跌落在地上弹跳。

同时筝声连续响起，六根琴弦分化出六只鬼爪，把鲜于刘光等六个沙弥的脖子全部掐住，六个沙弥都无法呼吸，六只鬼爪分别探出一根指头，伸入六个沙弥的口中，勾住了他们的心脉。

刘子聪看着虚照禅师，"大和尚，你早就知道，佛法在诡道的手段之下，毫无用处。"

地面上的佛珠还在弹跳，突然重新串起，再次把刘子聪捆绑住。

刘子聪不明所以，佛珠突然紧收，怀中的古筝筝弦尽断。

抓住六个沙弥的鬼爪无处可依，化作了黑烟散去。六个沙弥，包括鲜于刘光都捡回了一条性命。鲜于刘光也不知道为什么突然佛珠反败为胜，缚住了刘子聪。

刘子聪不相信虚照禅师竟然在这个时刻起死回生，趁势反击。

虚照禅师也茫然无措。

"谁说佛法拼不过诡道术法？"一个音调古怪的声音从门外传来，"刚才刘大人说的花教高手，只是被你们汉人术士偷袭，才不幸遇难。"

一个老喇嘛慢慢地从鲜于刘光身边走进了房屋，看了看刘子聪。刘子聪身上的佛珠松懈，老喇嘛取下了佛珠，交还给虚照禅师，"虚照禅师，萨迦五世法王知道你病重，日夜不停，从凉州赶来会你。"

11

萨迦五世法王

鲜于刘光和几个沙弥相互搀扶，看行驿院内的几十个喇嘛，分列两旁，随后一个十几岁的少年喇嘛从正中走过，来到鲜于刘光的身边，侧头看了鲜于刘光一眼之后，走到了屋内。年轻喇嘛朝虚照禅师做单手行礼，虚照禅师挣扎着坐起来，双手合十，勉强要跪拜，向年轻喇嘛回礼。

年轻喇嘛立即说："上师身体有恙，不必拘泥这些礼节。"随后轻快地走到虚照禅师的床边，把虚照禅师托住安顿半躺下后，回到刘子聪这边，与刘子聪面对面而立。

而先进来的老喇嘛则拜伏在少年的脚边。

鲜于刘光看这个少年喇嘛，汉话说得十分流利，腔调是纯正的洛阳官话，并且神态十分谦恭，就知道这是刚才老喇嘛说的五世法王，也就是八思巴了。只是鲜于刘光怎么都不能相信，尊贵的五世法王竟然是一个比自己大不了几岁的少年！

八思巴看见了地上的三十个随从，眉头皱了一下，对老喇嘛说："还没走远，能救回来。"

老喇嘛眼睛看着刘子聪，嘴里说："勾魂的手段险恶，是个偏门的术法，与道教不同。"

八思巴看着刘子聪，微微弯腰说："刘大人，我能救这些人吗？"

刘子聪摆摆手，"不敢忤逆法王的心意。"

老喇嘛盘膝坐下，口中用藏语念诵佛语，鲜于刘光听着老喇嘛口中的佛语平缓地念出，看到房屋的墙壁上渐渐显出了白色的人影，在房梁下飘荡，然后一个个从倒在地上的随从的头顶百会穴涌入。鲜于刘光听天宁寺的僧人提起过萨迦派的密宗真言，今天第一次亲耳听到、亲眼看到，每一句真言都在空中显出了金色的奇怪图案，闪烁后消失。

八思巴回头又看了鲜于刘光一眼，点了点头，鲜于刘光也点了点头。

房屋中的三十个随从，突然都醒转过来，房间内拥挤不堪，但是这些随从看见了刘子聪，都纷纷跪拜说："刘大人恕罪，不是召集我们说有要事商量……"

刘子聪挥了一下手，"你们都出去吧。"

三十个随从鱼贯从房屋内出去，只留下了虚照禅师和刘子聪，还有八思巴和脚边的老喇嘛。

在这个过程中，刘子聪的眼睛一直盯着八思巴，老喇嘛看起来只是八思巴身边的一个奴僧，但手段就已经如此的高强，他的眼睛里凶光若隐若现，在鲜于刘光的身上停顿很久，最后终于脸色平和。

忽必烈王爷对花教尊崇，早就有了与花教联络的意图，刘子聪身为忽必烈最为信任的幕僚术士，当然对花教法王深怀忌惮。可是看见奴僧的本事竟已经出神入化，而八思巴神态平和，更深不可测，于是只得强行压抑心中斩草除根的杀意。

刘子聪对八思巴合十说："法王玉趾亲临，子聪拜见。"

八思巴又对刘子聪说："刘大人，现在虚照上师身体不适，我有话要跟他说……"

刘子聪立即双手合十说："正好，我有要事，不打扰法王和大和尚。"随即走到门口，伸手把鲜于刘光的胳膊攥住，就要离开。

虚照禅师突然说："刘光留下。"

刘子聪看向虚照禅师，脸上似笑非笑。鲜于刘光就是他要找的人，现在已经和虚照禅师心照不宣。

刘子聪对虚照禅师说："大和尚，我带一个沙弥走，不妨碍吧？"

虚照禅师面对八思巴说："法王，这个沙弥机灵伶俐，能否把他带回凉州白塔寺，与你做个跟随。"

"上师客气了,"八思巴转头对刘子聪说,"既然虚照禅师赠了我一个见面礼,刘大人能不能赏个脸面?"

刘子聪的手掌暗中用力,知道今日绝对不能在八思巴面前杀了鲜于刘光,准备故技重施,施加暗劲废掉鲜于刘光,但是发现手中鲜于刘光的胳膊如同铁石一般坚硬,力道无法贯入鲜于刘光的青灵穴和天府穴。这才看到,八思巴身边的奴僧,已经贴近鲜于刘光,一只手牵住了鲜于刘光的手掌。

刘子聪知道今日绝无可能对鲜于刘光下手,只能笑了一声,走到门外,并亲自把门关上。

八思巴已经站立在虚照禅师的身边,虚照禅师对鲜于刘光说:"你也过来。"

奴僧和鲜于刘光一起走到床边。

八思巴解开虚照禅师的僧衣,鲜于刘光看见虚照禅师的胸口,遍布黑色的掌印。

虚照禅师虚弱地说:"心脉已经断裂,法王不必施加援手。"

八思巴点头,"我法力不够,救不得上师。"

奴僧用手按住虚照禅师的后心,虚照禅师的脸色红润起来。但是即便是鲜于刘光也能听见,虚照禅师的心脉已断绝,心跳是奴僧勉强用真气延续。刘子聪的听弦法术恶毒,纵然奴僧的内力强大,也终有尽头,无法连绵不绝给虚照禅师续命,只能勉强维持虚照禅师与八思巴交谈片刻。

"时间不多,我废话少说,"虚照禅师急切地说,"十利方就是赤松子,赤松子就是十利方。"

"有何见证?"八思巴说。

"金国房徽钦二帝,得一宝剑,拖雷王爷灭金,从金帝得此宝剑,现在宝剑在忽必烈王爷手中。"

"宝剑就是见证?"八思巴问。

虚照禅师点头,"宝剑名赤霄,就是见证。"

八思巴双手合十,"多谢上师。"

虚照禅师又说:"这个沙弥,是大宋司天监后人,父亲被刘子聪所杀,他是遗腹子，勉强苟活，他天资聪颖，法王保留他的性命即可。他与刘子聪之间的恩仇，于法王无涉。"

八思巴说："这个沙弥和刘大人的法术一脉相承，他们门派之间的恩怨，我不便插手，但是我只能保他到我今日的年龄，也是十六岁。十六岁之后，他寻仇也好，躲避也罢，都与我无关。"

"好。"虚照禅师点头，转头向奴僧说，"多谢。"

奴僧松开了手掌，虚照禅师勉强盘膝坐定，双手合十放在胸前，口诵佛号，缓慢闭上双眼。

鲜于刘光看见虚照禅师圆寂，忍不住要落泪，但是极力忍住。八思巴亲自念诵经文，为虚照禅师超度。

八思巴超度之后，示意奴僧开门，通知随从虚照禅师圆寂。奴僧开门后，发现院内空无一人，可是七个沙弥的尸体尽数躺在门前，看来是刚才刘子聪忌惮虚照禅师私下授予了诡道算术与其他沙弥，干脆斩草除根。

八思巴看了这个场景，脸上闪过一丝黯淡。奴僧说："刘大人做事决绝，不肯再留一丝的后路。法王今后与他共事，不得不提防。"

"你师父圆寂，"八思巴对鲜于刘光说，"再无人庇护，刘大人必然容不下你，你跟我去凉州白塔寺吗？"

"不去。"鲜于刘光对八思巴说，"多谢法王刚才施救，但凉州路途遥远，我不想去。"

"你是怕我拿了你的两个算术？"八思巴低头看着鲜于刘光，"我不拿。"

"天下之大，刘子聪也不见得找得到我。"

八思巴看了看奴僧，奴僧说："那我教他一个保命的法子，管用不管用，看他的造化。"

"只能如此了。"八思巴看向鲜于刘光，"你非长命之人，但也不应该幼年夭折，我也告诉你一条出路。"

"只要不去凉州，"鲜于刘光说，"都可以。"

"你明日跟我上终南山，"八思巴说，"我要去拜祭一个先人，把他的遗骸领回，路途上，你把保命的法子学了，就躲在终南山上，全真教势力尚在，刘子聪也想不到你会躲避在终南山里。你看如何？"

鲜于刘光犹豫了很久，终于点头应允。

12

活死人墓

第二日，萨迦五世法王八思巴，将随从安顿在行驿内，和奴僧带着年幼的鲜于刘光，登上了终南山。

三人走到了全真教的山门，早有全真道士通报，掌教李志常闭关，代掌教张志敬已经等候在山门。全真教早在王重阳时期与金国抗争，到了丘处机时期，长春子与蒙古联络紧密，因此蒙古灭金，占据京兆之后，全真教受到了蒙古的怀柔亲善之待。如今经略漠南的蒙古王爷忽必烈，已经表达出对萨迦派的器重，因此全真教上下虽然对八思巴暗中忌惮，但表面上十分敬重，不敢失礼。

张志敬看到八思巴是一个十六岁的少年，虽然表现出一丝的意外，但很快就恢复平常神态。

八思巴跟着张志敬到前任掌教尹志平的墓前，祭拜了一番后，张志敬让跟随的全真教道士回避，亲自与八思巴交谈。

八思巴并不遮掩来历，对张志敬说："我萨迦门派有一位先人，头颅遗骸留在了通天殿，这次我要超度他，望张真人成全。"

张志敬犹豫了一会说："祖师王重阳在终南山经营全真教时，通天殿已经找不到遗迹了。"

八思巴说："重阳真人在终南山的隐秘处修了一个地下宫殿，称活死人墓，可有此事？"

"有，"张志敬点头说，"可活死人墓是当年重阳真人修炼的地穴，是全真教的禁地，百年来无人能够进入。"

八思巴说："重阳真人修建活死人墓，封堵了前辈仙人去通天殿的道路，是受了一位前辈高人的嘱托，这位高人与重阳真人的渊源甚深，张真人应该是知道这件往事的。"

张志敬点头，"不错，当年重阳真人的确是受了这位高人的嘱托，在终南山修建地穴，称活死人墓，那位高人就是前朝的大学士黄裳先生。"

"既然是黄裳先生的嘱托，那么他的传人到此，就借路重阳真人的活死人墓，祭拜他的师父，并不算苛求吧？"

"掌教师兄闭关，我不能擅自主张。掌教师兄说过，只有黄裳先生的门人到此，此事才能商量，"张志敬说，"黄裳先生的诡道门派有一个传人，是忽必烈王爷身边的幕僚刘子聪大人。"

八思巴听了，对张志敬说："掌教真人闭关，是为了准备忽必烈王爷释道争锋的辩论吗？"

张志敬没有回答，默认了八思巴的猜测。

八思巴说："黄裳先生有两个传人，刘子聪大人只是其一，刘子聪大人还有一个师弟，如果他来了，是否也可以一试？"

张志敬仔细看了八思巴身边，老喇嘛是个奴僧，还有一个不到十岁的幼童，于是说："刘子聪大人的师弟，应该也是一个杰出的豪杰，只是不知道现在何处？"

八思巴拉过鲜于刘光，"这位，就是刘子聪的师弟，黄裳先生的第二个传人。"

张志敬看着鲜于刘光，"是你吗？"

鲜于刘光点头。

张志敬踌躇起来，诡道黄裳在百年前是道家第一人，如今诡道门人一个在忽必烈帐下，深受宠幸，另一个却跟随了八思巴。忽必烈王已经有心要举行释道辩论，全真教定然是道家的主辩，诡道的长房刘子聪已经在天宁寺受戒，定然是站在佛门一边，现在诡道的幺房也被八思巴收留，眼前这个沉稳的八思巴必定是佛门的主辩，辩论还没开始，道家就已经输了大半。

鲜于刘光却说："张师叔，我可否留在终南山？"

张志敬连忙拱手说："鲜于先生不要折煞我，论辈分，我得称呼你师叔祖才对。"

鲜于刘光说："我的师父黄裳先生，虽然是道家门人，但并不是道士，我叫你师叔也不为过。"

张志敬摇头说："那我们就以平辈相论，你叫我师兄便可。"

鲜于刘光说："我不跟随这位法王去藏地，我是中原人士，宁愿留在终南山，做个小道士。"

张志敬又偷眼看了一下八思巴，眼光转向鲜于刘光，心中感慨，这两人，一个少年，一个幼童，说起话来，比世上许多成人都老练，看来都非比寻常。

张志敬暗中对鲜于刘光有了期待，以鲜于刘光的资质，培养几年后，释道辩论，他能对抗刘子聪亦未可知，到时候他与掌教李志常共同与八思巴争锋，赢面就大了很多。

张志敬心里有了打算，看向八思巴，八思巴说："鲜于小兄弟不愿意去凉州，我也觉得他留在终南山是妥当的安排。"

张志敬心中暗自庆幸，又觉得八思巴的心思果然是深不见底，对几年后的释道辩论一定是势在必得，脸色阴晴不定。

八思巴把张志敬的神色都看在眼里，话锋一转，突然问："现在张真人能带我们去活死人墓了吗？"

张志敬心想，即便是鲜于刘光能够打开活死人墓的机关，对全真教也无损伤，并且卖了八思巴一个大人情，鲜于刘光身负诡道的算术，若能留在终南山，和阻拦八思巴上山相比，两者权衡，当然是前者为善。至于是不是八思巴哄骗自己，鲜于刘光是一个冒充诡道传人的幼童，到了活死人墓，就见分晓。如果是假的，八思巴也过不去。

张志敬的心思在瞬间转了数遍，于是坦然对八思巴说："好，我现在就带法王去活死人墓。但是，这位高僧得留在道观内休息。"

八思巴点头说："本该如此。"

话说到这个地步，张志敬也不再犹豫，于是带着八思巴和鲜于刘光朝着终南山道观的后山走去，走到了藏经阁，三人登上藏金阁顶上阁楼。

第一篇　通天殿穷奇飞升

张志敬把装满道藏书籍的十几个木箱推开,露出了一个小小的窗口,小窗之外,就是一座深不见底的悬崖,一条细细的锁链从窗台上延伸过来,横在悬崖之上,与对面的山壁连接。

"请。"张志敬拱手,"这条锁链就是去活死人墓的道路。"

八思巴双手合十,登上了锁链,稳稳地在锁链上行走,张志敬也登上了锁链,回头看了鲜于刘光一眼,心想,高空中走锁链是诡道入门的手段,如果这个幼童不是诡道门人,在这个锁链面前就要原形毕露。

张志敬在锁链上行走了数丈之后,看见鲜于刘光瘦小的身体,已经攀上了锁链,身体轻飘飘的,脚步与八思巴的沉稳不同,只是脚尖点在锁链上。张志敬明白,这就是诡道入门的法门。

三人在锁链上行走,悬崖上疾风劲烈,八思巴的身体毫不动摇。张志敬的七星罡步可以随风变换姿态,不被山风左右。只有瘦小的鲜于刘光,每一步似乎都要被山风吹落到悬崖之下,但是却总是能够在失去平衡之后,找到重心,脚尖始终触在锁链上。张志敬不断回头看向鲜于刘光,终于发现鲜于刘光的双手手指在不断地交替触碰,看来是传说中诡道的算术水分无疑。

三人花了两炷香的时间,走过了锁链,到了对面的山壁。山壁上凿刻了一条只容一脚的悬崖小路,虽然艰险,但是与刚才的锁链相比,已经如同平地。

爬过了岩壁上的小路,到了山头,三人又穿过了一片树林,来到了一个巨石堆砌的墓穴跟前。

墓穴的上方,一个青石上刻着四个大字——活死人墓。

墓穴的石门上凿刻了四十九个浅浅的小坑,每一个小坑内都有一个香油碟盘。张志敬对八思巴和鲜于刘光说:"每年重阳祖师寿诞,掌教真人和我们志字辈师兄弟,都来这里祭拜祖师。"

鲜于刘光看见香油碟里的清油已经干涸,黑色的烛芯搁在碟内。

张志敬说:"石门有万斤的重量,如果不开启机关,绝无打开的可能。"

八思巴看了看石门,又看了看周围,轻声说:"刘子聪大人已经来过,不过他无功而返。"

张志敬叹口气，拿起石门下的一个陶壶，一一在浅坑的油碟内轻点清油，"既然诡道门人不能打开，等我点燃了蜡烛，祭拜了祖师，就折返回去吧。"

"我可以试试，"鲜于刘光走到了石门跟前，接过陶壶，挨个给浅坑内的油碟倒了一点清油，"师兄算不出来机关，是因为他的算术不对。"

张志敬狐疑地看向鲜于刘光，"这话怎么讲？难道刘子聪大人的本领，不及鲜于师弟，这个……"

"刘大人的法术凌厉，鲜于小兄弟年龄尚小，"八思巴说，"我见过刘子聪大人的手段，他似乎要加害鲜于小兄弟，我不忍诡道两房相害，便把鲜于小兄弟带在身边。"

"诡道两房一直都不睦，"张志敬说，"道家门派中，这种事情倒是不多见。"

"大和尚只传了他两门算术，另外两门，留给了我。"鲜于刘光说，"请法王借一个火种给我。"

八思巴随手在石门旁石壁上扯下一株青草，青草瞬间在八思巴的手中干枯，随即枯草的一端冒出豆大的火焰，递给鲜于刘光。

鲜于刘光接过火种，仔细看了看面前的四十九个油碟，然后选了其中一个油碟，点燃烛芯。点燃第一个烛芯后，鲜于刘光闭目思索，手中的枯草燃烧殆尽，八思巴又扯了青草，化为火种后，递给鲜于刘光。

鲜于刘光犹豫地点燃第二个油碟烛芯，继续思索，连续点燃三个烛芯后，再次陷入沉思，手中的火种又燃尽。

鲜于刘光点燃烛芯的动作越来越快，在长思后点燃了第十七个烛芯，然后把火种扔下。

石门并没有动静，张志敬不禁怀疑，八思巴找了这么一个幼童，教了点本事，在自己面前故弄玄虚到底是为了什么，思来想去，还是为了忽必烈即将举行的释道辩论道场吗？又或者，是不是忽必烈已经查到了全真教在暗中支持蜀中的抗蒙宋军？想到这里，张志敬的后背全部是冷汗，全真教百年的基业眼看就要毁于一旦吗？

张志敬心有所思，眼睛就忍不住看向八思巴，现在他已经想到了，忽必烈一定要利用花教打压全真，而且还有个杀意弥漫的刘子聪。刚才八思巴说过，他见过刘子聪，是不是在暗示自己，他和刘子聪都受命于忽必烈，要把全真教置于死地？

可是既然这样，为什么八思巴要在自己面前演这么一出戏？八思巴，花教的五世法王，果然是深不可测，绝不能因年龄轻视了他。

这边张志敬心里排山倒海，纠结万分。可是八思巴突然叹了一口气，凝视张志敬，一言不发。张志敬的心已经虚了，坚信八思巴已经看穿了自己的心思，小瞧了全真教。想到这里，张志敬心底一股傲气升起，全真教人才辈出，掌教师兄李志常的能力和道术不在尹志平师兄之下，仅凭花教和诡道的刘子聪，也不见得就能把全真教击溃。即便是全真教毁于蒙古人之手，天下还有无数道家门派，也不见得就此沉沦，胜负之间，还不能定论。不如现在就在活死人墓之前，跟八思巴较量一番，即便是输了，也能让掌教师兄知道八思巴的修为深浅。

就在张志敬准备向八思巴挑衅的时候。鲜于刘光突然说话，"门开了。"

张志敬看向石门，石门正中突然出现了一道细微的裂缝，裂缝中两个黑色的手掌伸出，硬生生地把石门从中分开，推向两边。

当石门开到容一人通过的时候，张志敬看到两个黑色手掌从一团浓密的黑烟中伸出。

鲜于刘光说："这是我师父黄裳先生留给重阳真人的一个算术，刚好我学会了。"

13

通天殿又百年

石门分开后,黑烟散尽,石门没有了支撑的力量,复要合拢,八思巴和张志敬分别站立一边,八思巴从背后拿了一根金刚杵插在石门下方的榫槽中,张志敬将自己的佩剑也插入了石门下方的榫槽。石门的机关被金刚杵和佩剑卡住,不再移动。张志敬第一个走入,鲜于刘光和八思巴依次进入。

张志敬刚才看到鲜于刘光使出了诡道的看蜡算术,把自己的道术跟鲜于刘光的算术暗暗比较,心想如果交手,自己目前勉强可占上风。这只是修炼年日的优势而已,十年之后,也许五年之后,自己就不是这个小孩的对手了。虽然八思巴嘴里说不干涉鲜于刘光的选择,可是鲜于刘光只是个小孩,心性不定,要是突然就改了主意呢?无论如何也不能让鲜于刘光跟着八思巴一起去凉州。

三人走进了活死人墓,墓穴之中有无数岔道,不过在张志敬看来,这都是重阳祖师用奇门遁甲术和北斗七星法门布置的格局,他略一思索,就知道杜门和天枢重叠的通道是前行的道路,其他的通道各有用途,却都是死路。张志敬故意脚步缓慢,让八思巴走到前面,想看看这个萨迦五世法王是否通晓中原道术,找到正确途径。

果然八思巴看了一圈四周,走到了杜门之前,向张志敬微微点头。张志敬知道自己的试探在八思巴面前如同儿戏,自己已届中年,在八思巴面前却如同少年般轻佻,实在有失体统。于是放弃了再试探八思巴的心思,老老实实地和鲜于刘光跟随八思巴行走。

这是一段极长的地下洞穴甬道,四周都是突兀尖锐的岩石,三人行走了很久,终于走到了洞穴尽头。这里挂着无数的藤蔓，无数细碎的光穿透藤蔓之间的缝隙照进来。

三人掀开藤蔓走出洞穴，前方有一处沟壑，半个石桥凌空悬在沟壑之上，残缺的石桥上长了一棵松树，松树枝繁叶茂，树枝伸向了对面，三人爬上了松树，跳跃到对面的小路上。又行走了几百步，就到了一片巨大的空地上。

空地上只有一棵倒下的枯树，三人走到了枯树跟前，看到一副巨大的盔甲散落在枯树旁，再细看的时候，盔甲里还有一些零碎的骸骨，奇怪的是骸骨中却有两个骷髅头骨。

张志敬说："不知道这位前辈什么时候通过了活死人墓，在这里仙逝。奇怪的是为什么有两个头骨？"

八思巴仔细看了盔甲和骸骨，双手合十轻声说："这是大漠以北的飞星派门人，是他斩杀了我教的前辈。"

张志敬说："这里风大，盔甲笨重风吹不走，骸骨风化后吹走了许多，两位前辈的头骨卡在盔甲之中，于是保留了下来。"

八思巴口诵佛经之后，开始收拾骸骨，张志敬和鲜于刘光在一旁观望，见八思巴把两个头骨收拢，捧在手上，手指用力，两个头骨崩裂成碎片，八思巴嘴里的佛经越念越急切，远方的山峦上飞来了数十头鹞鹰，在八思巴头顶盘旋。

八思巴双手上扬，无数的头骨碎片抛洒在空中，鹞鹰低飞，将头骨碎片吞噬。

当最后一片头骨碎片被鹞鹰吞噬之后，八思巴对张志敬说："多谢张真人，我已经度化了前辈。"

张志敬和鲜于刘光开始收拾盔甲，发现盔甲的质地并非普通的铁质，十分沉重，坚硬非常。

八思巴说："飞星派在漠北一直有传承，只是不知道这位飞星派的高手，跟我的先辈有什么恩怨，万里迢迢地到中原，斩下他的头颅。"

张志敬说："法王的心愿已了，没有遗憾了吧。"

八思巴拿起了一片盔甲，沉思很久，才又开口："看来飞星派与我萨迦派一定有牵连，飞星派……"

张志敬说:"前人的往事,非我辈能去探知,我们回吧。"

鲜于刘光站立在枯树旁,四周看了看,对着北方跪下,"师父,徒儿前来拜祭。"然后磕了几个响头。

张志敬收拾好盔甲,本想立一个墓碑,可是想来想去,也只能捡起一块砾石,在枯树上写了"飞星派先辈"几个字而已。

三人就要离开,突然看到一个人影从洞穴的方向朝这边走来。

八思巴轻声对鲜于刘光说:"你的师兄来了。"

张志敬脸色铁青,全真教的藏经阁戒备森严,刘子聪暗中跟随他们,能够踏过锁链进入活死人墓到通天殿来,一定伤了不少全真道士。

刘子聪走到了三人跟前,和鲜于刘光一样,也朝向北方跪下,磕了几个头,"师父,长徒刘秉忠前来拜祭。"

刘子聪突然恶狠狠地指着鲜于刘光,"可是师父,为什么要把四大算术分了一半,传给这个小子。"

八思巴对刘子聪说:"刘大人,我已经答应要维护鲜于小兄弟的周全……"

刘子聪说:"我们师兄弟二人,在先师飞升之地,讨论本师门恩怨,法王似乎不便插手。"

八思巴没想到刘子聪对诡道算术的传承之事念念不忘,一定要有个说法,现在搬出了诡道门派的家事,又想到今后要与刘子聪同在一个帐下为忽必烈王爷效力,的确不便翻脸。

张志敬说:"刘大人,这里是终南山,也不是你们诡道争斗的地方。"

"这里是通天殿,"刘子聪傲慢地说,"我师父在这里幼年得道,下山后斩杀厉鬼十万,回到这里飞升的时候,全真教还未成气候,在这通天殿里,哪里轮得到你们全真教做主?"

张志敬顿时语塞,看向八思巴,可是八思巴也一脸平静,没有表现出任何维护之意。

刘子聪看到了枯树干上的"飞星派先辈"几个字,哈哈大笑起来,"这是杀了萨迦派高手的冉怀镜。冉怀镜前半生英名远播,后半生籍籍无名,原来是死在了这里。当时，除了我的师父，谁还能胜得过冉怀镜？"

张志敬说："刘大人，你到底要做什么？"

刘子聪把手托在腐朽的枯树干下，一把将枯树拔起来，阳光照射之下，树干的阴影正好把鲜于刘光的身体遮住。

刘子聪说："诡道本是截教一支，术法高强，可是偏偏虚照大和尚，违逆我师父的遗嘱，把两个算术传授给了这个小孩，还偏偏是我下手解决的宋朝司天监后代，这不是故意让诡道的算术无法完整延续吗？"

鲜于刘光听到这里，看向刘子聪的眼光，露出了怒火，"好，我跟师兄比试一下，但是即便是我输了，也不会把两个算术交给你。"

"你死之后，诡道就只有我一人，"刘子聪说，"从今之后，世人就只知道诡道的两大算术和一个门人。"

"这句话我记住了。"鲜于刘光说，"诡道的门人必定只有一个。"

刘子聪掏出了一根长笛，吹奏起来，空中卷起旋风，无数的飞刃在鲜于刘光身体四周盘旋。张志敬大惊，要出手去拉鲜于刘光，被八思巴拉住胳膊，"张真人不必焦急，我答应过虚照禅师，鲜于刘光必不会死在刘大人手中。"

鲜于刘光身上并无刻漏，也无烛台，两大算术都没有法器加持。但是鲜于刘光只是脚步稍许移动，飞刃便尽数落空，插在地面上。

"果然是大和尚偏心，"刘子聪恨恨地说，"水分原来不需要刻漏。"说完继续吹奏长笛，飞刃再次围绕在鲜于刘光身边，然后高高扬起，排列成龙形，朝着鲜于刘光的胸口冲去。

鲜于刘光无法躲避，八思巴手指朝着枯树旁的盔甲指点一下，盔甲腾空而起，在空中分散，然后套在了鲜于刘光的身体上，巨大的盔甲把鲜于刘光的身体包裹得严严实实。

龙形的飞刃，尽数撞击在盔甲上，盔甲发出了红色的暗光，飞刃本是虚无的劲风，被盔甲全部化解。

刘子聪看向八思巴，八思巴说："你们师兄弟只是比试算术，化解你的听弦之术的是飞星派的玄铁盔甲，不是我萨迦派的法术。"

鲜于刘光身上的飞星派盔甲顿时散落，瘦小的鲜于刘光知道听弦只是杀招，计算自己方位的却是笼罩自己的枯树阴影，这是刘子聪的晷分，只要离开晷分阴影，刘子聪就无法伤及自己。

鲜于刘光移动步伐，绕着枯树行走，可是晷分的算术凌厉，阴影始终跟随鲜于刘光。眼看刘子聪又要吹奏长笛，听弦的杀气已起，又要绞杀鲜于刘光。

鲜于刘光看了看八思巴，八思巴从枯树树干上掰下一段枯枝，手指头动了动，枯枝被点燃。鲜于刘光把枯枝插在地上，施展看蜡算术，阳光也不能掩盖枯枝上火焰的光芒，晷分的阴影瞬间被看蜡的火光驱散。

突然地面上冒出一个黑色手掌，迅速移动到刘子聪的脚下，攥住了他的脚踝。刘子聪愤恨地看着地面上的手掌，抬脚把手掌慢慢地踩到了地下。

鲜于刘光勉强应对，竟然还有一点余力反击刘子聪。虽然伤不了刘子聪半分，可是这并不是看蜡算术低微，而是鲜于刘光修习的时日不够而已。

刘子聪当然明白这个缘故，眼中的杀意弥漫，更要痛下杀手。长笛握在手中，化作了一个巨大的斧头，砍向鲜于刘光。鲜于刘光施展水分计算，凭借大树的掩护，不断地躲避。

气急败坏的刘子聪在枯树下不断地追逐。

张志敬看到刘子聪以大欺小，忍无可忍，伸臂拦在刘子聪身前，刘子聪说："我的听弦算术，凭你肉体凡胎，扛得住吗？"

眼看听弦巨斧就要把张志敬的胳膊斩断，一柄七星剑拦在了巨斧上，火光飞溅。张志敬看见七星剑，回头看向身后，见师兄李志常站在那儿，用手中的宝剑替他挡了巨斧一击。

"掌教真人出关了。"刘子聪平静地说。

李志常把七星剑收了，手指刘子聪，"我不跟你废话，你要在这里处理门户之事，我不答应。终南山是全真教的地方，你尽可以跟我比试，谁胜了，谁说了算。"

刘子聪犹豫起来，跃跃欲试。

李志常说："志敬，你暂且到一边去，还有这位外族的喇嘛，也走远点，不要妨碍我跟这位非道非僧的刘先生比试。"

刘子聪拿着长笛，手腕战栗，他擅长使筝，用长笛并不顺手，现在只是无奈之举。在全真教掌教面前，实在是没有信心必胜。

李志常把鲜于刘光拉到身边，对他说："他要杀你，你不必躲避，我教你诡道的一个小小阵法，他绝不能伤到你。"说完，用宝剑在地上画出北斗七星，然后对鲜于刘光说，"你过来，我告诉你七星阵法的运转口诀。"

14

陨落的阵法

李志常在鲜于刘光的耳边轻声说了一段话,后退一步问:"记住了吗?"

鲜于刘光点头,"记住了。"

李志常摸了摸鲜于刘光的脑袋,"你也到一边去。"

八思巴向鲜于刘光点点头,鲜于刘光走到八思巴身边,见张志敬也在招手,鲜于刘光犹豫一下,又走到了张志敬的身旁。八思巴微笑了一下,眼睛看着李志常和刘子聪。

李志常对刘子聪说:"诡道和全真渊源颇深,黄裳前辈对我教重阳祖师有过恩惠。今天我们交手,无论胜败都让外人看了热闹。"

刘子聪知道全真教人才辈出,王重阳之下,马钰、谭处瑞、丘处机、尹志平等历代掌教都道法高明,全真教兴盛,不仅仅是开派祖师王重阳一个人的功劳。现在李志常向他说明白了渊源,接来下动手,就不会再留情面。

刘子聪把手中的长笛收回怀中,对李志常说:"我不敢与掌教真人动手,只是诡道的家事,全真教真的要加以干涉?"

李志常摸了摸脑袋,"刚才我话说得太满,说好了,在终南山的地界上,我一定要出手,现在我把鲜于刘光这个小孩推出来,跟你动手,岂不是食言而肥?"

"掌教真人已经传授了他七星阵法,刚才也说了我已经伤不了他。"刘子聪说完,转身朝着活死人墓的方向走去,看来已经决意离开。

张志敬犹豫起来,对李志常说:"这个刘大人会不会……把石门关闭了。"

八思巴摇头,"他拔不起来我的金刚杵,张真人的剑也一样。"

李志常说："五世法王在这里，你担心什么，他哪有胆子敢把五世法王困在终南山上，忽必烈王爷怎么放得过他？"

"只是刘大人的心思聪敏，"八思巴苦笑说，"这位鲜于小兄弟，怕以后走不出终南山。"

李志常瞧了瞧八思巴，"他再聪敏，也比不过法王，以后法王和他同在王爷的帐下效力，我看他在法王面前也讨不了好处。"

张志敬这才明白，刚才刘子聪已经堵住了李志常的嘴，鲜于刘光只要离开终南山，全真教就不可能再庇护鲜于刘光。并且鲜于刘光已经得了七星阵法，全真教与诡道的恩怨已清，鲜于刘光也不可能拜投在全真教门下。

李志常摆摆手，"之后的事情，哪里想得了这么多。这个小孩，就先留在终南山，当他学成了诡道算术，下山后，也不见得就会输给了他师兄。"

鲜于刘光说："掌教真人教会了我七星阵法，我为何还要怕他？"

李志常笑了一下，"狗屁的阵法，我吓唬他的，刚才他真的还要跟你动手，凭教你的口诀远远不是他的对手。"

鲜于刘光的脸色暗淡，"原来，掌教真人是在骗我。"

"口诀是真的，我可没骗你，"李志常说，"只是你这辈子都学不成的……"

李志常说到这里，向八思巴拱了拱手，"法王事务繁忙，不送了。"

八思巴说："掌教真人，那就释道争锋的时候再见。这个孩子，就留在全真教了。"

李志常说："不用啰唆，现在多说无益，几年后，我们再比试。"

八思巴说完，走到鲜于刘光的身边，轻声对鲜于刘光说："阿库（叔叔）要教你一个躲避刘大人的法门，你我分别，以后还有相见之日。"说完，把身上的僧袍脱下，披在鲜于刘光的身上。

鲜于刘光看着把自己包裹得严严实实的僧袍，一直垂到地上，不知道这件僧袍有什么古怪。

只有李志常和张志敬两人都微微露出了惊讶神色。鲜于刘光这才看到，八思巴虽然脱下了僧袍，但是僧袍之下，还有一件僧袍，难道他平日就穿着两件僧袍？

八思巴把鲜于刘光的僧袍稍稍整理一下，轻声说："你再看。"

鲜于刘光看着自己的身下，空荡荡并无身躯，似乎只有头颅浮在空中，大惊失色，连忙用手去抚摸自己的身体，发现自己的身躯触手可及，手掌伸在面前，也如同悬浮在胸前，立即明白了，这件僧袍可以掩盖身形。

李志常看明白后，恨恨地对八思巴说："法王的密宗，果然是血腥残忍。"

八思巴回应："藏地和汉地的风俗不同，这件僧袍是信徒主动奉献，不是我教手段残酷。"

李志常挥手，示意不想再与八思巴交谈，八思巴朝着刘子聪离开的方向走去。

张志敬看着八思巴的背影，"没想到藏地也有五通，还把五通的人皮剥了，做了这么件恐怖的法器。"

李志常说："如果五通在剥皮前死掉，那这张人皮，就毫无用处。"

"两位真人，你们在说什么？"鲜于刘光不明所以。

李志常伸手把鲜于刘光身上的僧袍取下，折好之后，交给鲜于刘光，"这是一张人皮，从五通的身上剥取来的，手段虽然残忍，但是你遇到刘子聪，的确可以躲避起来，他学的是晷分，看不见你。"

鲜于刘光听后，才意识到手中这件僧袍的来历，全身上下无一处不毛骨悚然，痒麻难当，口里说："这种妖邪的东西，我可不敢使用。"

"留着吧，"李志常说，"你用得到的。"

鲜于刘光说："掌教真人明明把七星阵法的口诀教了我，为什么说我一辈子都学不会？"

李志常苦笑，"当今之下，我们道家，哪里还有什么阵法，勉强有个道场就不错了。"

鲜于刘光还是不懂。

李志常拉着鲜于刘光的手，走到了通天殿这个巨大平台的边缘，看着脚下的沟壑悬崖，还有连绵的山峦，叹口气说："你是司天监后人，算起来也是道家的正宗。可是我告诉你，这天下早就没有正宗的道法。如果不是当年铲截两教相互残杀，中原的道家也不会连一个阵法都运转不起来，沦落到无法抵抗北方番外邪教的境地，当然，也不会有我们全真教兴盛的机会。"

"没有阵法了？"鲜于刘光问。

"没有了，我教你的七星阵，你领悟了也无用，"李志常说，"世上没有术士能配合这个阵法。"

鲜于刘光说："我出生的时候，父亲已经去世，家传的本领领悟的有限，从来不知道道家之前的辉煌和渊源。"

"你是黄老先生的徒弟，也是诡道传承人，说来也怪，诡道一直人丁单薄，可是偏偏就会影响中原的运势，"李志常说，"所以有些话，我得告诉你。"

"掌教真人请讲。"鲜于刘光跪下。

"隋末唐初，中原的道家术士各门各派，人才杰出，化外的术士无可争锋。"李志常说，"道教的阵法层出不穷，威力强大，不是番外的教派能够抗衡的。可惜，为了一块天外陨石，道家分为铲截两派，截教的诛仙阵，铲教的万仙阵，是无数术士毕生的巅峰，可惜这些阵法相持下来之后，道家术士尽数殒命，道法也几乎失传。普天下之下，再也没有哪个术士能够运转阵法。"

鲜于刘光听了，也只能陪着李志常唏嘘两声。

"阵法虽然没了，但是还留下了一些阵法中的运转法门，破碎不堪，也勉强能够驱使，"李志常说，"诡道虽然偏离于如今的道家正统，却也最完整地延续了当年道家精髓的门派。相比之下，我们全真，重阳祖师修固内丹，已经和当年的道法不同，只是重阳真人天纵奇才，另辟蹊径，才恢复了道家的地位，从道法上讲，已经不再是当年的辉煌道法。"

鲜于刘光说："这就是为什么贵派和八思巴都如此看重诡道，不惜为了我，与刘子聪交恶。"

"八思巴与刘子聪交恶是假的，他们只是在为今后的协力合作而试探，"李志常说，"刘子聪和我之间的龃龉是真的，忽必烈王爷已经打算用释教取代道教的地位。嗨，只要我们有当年前辈的一成本领，也不会如此不堪，要把所有的希望都寄托诡道。"

鲜于刘光说："当年铲截两教的真人，都没有留下后人吗？"

"龙虎山的正一，算一个吧，"李志常说，"可惜龙虎天师，真正的道法也陨落在万仙大阵之中。"

"还有呢？"鲜于刘光问。

"重阳祖师对我师父说过，"李志常说，"当年万仙大阵之后，还有两位仙人前辈幸免于难，一个是姑射山的任嚣城，擅长木甲术，是铲教的高手。还有一位截教的先辈，是中曲山的徐无鬼，与你们诡道颇有渊源。这两位仙人，一直在终南山，活到了黄老先生上山。黄老先生得了两位授予的道法，这就是诡道如此重要的原因。"

鲜于刘光点头，"可惜师父分了一半的法术给了师兄，我学艺有成之后，一定要讨要回来。"

李志常说："北方还有一个飞星派，没有参与到铲截相争的万仙大阵中来，飞星派又分了一宗，现在回到了汉地，叫作开山派，开山派的冉怀镜，他还有后人，日后，你一定能碰上。"

"我到底要做什么？"鲜于刘光说，"这都是前辈仙人安排的吗？"

"重阳祖师说过，事关中原运势，"李志常说，"前辈仙人留下了四个道场，日后外族侵略中原，必须要有一个正统的道家门派门人驱使运转，这个人一定就是诡道后人。"

"我师兄，他知道吗？"

"他知道，但是他不愿意承担希望渺茫的重任，反而要投奔蒙古，"李志常说，"他也是英雄人物，却认为要顺应天命。"

"因此大和尚找到了我？"鲜于刘光问。

"虚照禅师找的是你父亲，"李志常摇头，"刘子聪就……"

"明白了。"鲜于刘光的眼中几乎要冒出火焰。

"你年纪尚小，不知道还有没有机会，能与八思巴和刘子聪一决高下。"李志常说，"几年后，我会与八思巴和刘子聪辩论争锋，之后，还有志敬师弟，刘子聪也就罢了，但是今日看五世法王八思巴，他似乎有必胜的决心，一定是掌握了非常重要的秘密。"

"我该怎么做？"

"我和志敬会尽一切努力，让你有机会知道八思巴的秘密，"李志常说，"把先辈留下的四大道场，运转起来，或有改变天下运势的一线生机。"

第二篇　八臂哪吒

15

初到燕京

南宋宝祐六年。

终南山后山上，天刚蒙蒙亮，鲜于刘光跪拜在李志常的坟墓前，默默地摆放着瓜果贡品。

一个与鲜于刘光年龄相仿的小道士站在鲜于刘光身后，看着鲜于刘光摆放好了之后，才轻声提醒，"师叔祖，掌教让我来叫你，出行的行李收拾妥当了。"

鲜于刘光点头说："我知道了，你先去。"

小道士没有催促，也没有离开。

鲜于刘光郑重地给李志常的墓碑磕了好几个头，然后揽起身边的大包裹，站起身来。站起来的鲜于刘光足足比身边的小道士高了两个头，身材魁梧，肩宽体阔，在小道士身旁，如同巨人一般。鲜于刘光向李志常墓碑扭头说了一声："我走了！"大步流星地朝着山下走去。小道士在鲜于刘光身后一路小跑，才能勉强跟上。

鲜于刘光走到了终南山的山门，全真教掌教张志敬和随行的十几个道士刚刚骑上了马，正在牵着缰绳，鲜于刘光赶到张志敬的马前，牵过了马辔头。

掌教张志敬说："刘光，你这一步踏出去，全真教上下就再也不能维护你了。"

"我等这一天已经七年，"鲜于刘光重重地扯了一下马辔头，"我倒是要看看刘子聪现在有多大的本事。"

"他已经是蒙古除了八思巴之外最强的术士，"张志敬说，"不仅他二人，蒙哥和忽必烈帐下，收拢了无数的术士高手，每一个都身负绝技……"

"掌教你放心，我命大，当年就没有死在刘子聪的手里，"鲜于刘光说，"现在我长大了，本事也学会了，哪里这么容易就被刘子聪害死？"

"我担心的是八思巴，"张志敬忧虑地说，"上次掌教师兄与八思巴辩论回来后，沉默了几年，只是在临死之前，把你我召到床前，说了那些话，你忘了吗？"

"八思巴掌握了铲除天下道教的秘密，"鲜于刘光说，"是天下道教的铡刀。七年前，我还年幼，觉得八思巴是个好人，没想到，竟然是我们中原道教最大的敌人。"

"忽必烈王爷已经知道了我们全真教暗中和南方的术士联络，"张志敬说，"却没有追查，现在看来，是要把我们连根拔起，八思巴和刘子聪这次，一定势在必得，我们此次燕京之行，凶多吉少。"

鲜于刘光不再说话，牵着掌教张志敬的马，走在道士队伍的最前面，朝阳已经升起，鲜于刘光呼哨一声，一匹马从队伍的后方奔来，鲜于刘光把缰绳递还给了张志敬，自己翻身上马，与掌教一起并行在朝阳下。

全真教一行人马，一路经过中原到了燕京。燕京城内，有蒙古官员接待全真教道士，但接待的官员大都神色冷冰。

鲜于刘光和张志敬等，看到燕京城内繁华，街道上行走着无数的喇嘛和僧人，百姓经历了辽、金统治，如今在蒙古治下也已经二十多年，城内早已经没有了大宋的痕迹。

全真教在燕京的一座小道观休整，而听传闻，少林寺和其他僧人在宫殿外的大龙光华严寺入住。大龙光华严寺是刘子聪主持修建，刚刚建成，极尽繁华。蒙古对佛道的态度，一看便知。

全真教道士在道观内各自安排房间休息，张志敬招呼鲜于刘光入住在张志敬房间旁边的一间屋内。

鲜于刘光知道张志敬在保护自己，明日就要见到师兄刘子聪，不知道掌教和八思巴之间的辩论有几成胜算？如果道教输了，蒙古的忽必烈王爷会不会对全真教不利？刘子聪已经是燕京最有权势的人物，城内遍布爪牙，而自己没了全真教的庇护，可能无法踏出燕京一步。这一场辩论，张志敬亲临，必须要代表天下道教与八思巴一争高下，自己必须要跟随到燕京。

鲜于刘光已经不是七年前的那个小小幼童，无数的念头在心中闪过，又想找刘子聪报仇，可是希望始终渺茫，也无可奈何。

就在鲜于刘光在房间内胡思乱想的时候，心中的水分轻微扰乱一下，鲜于刘光把房间内的蜡烛点燃，轻声问："是师兄到了吗？"

门外一个声音传来，"弟子若思求见鲜于师叔。"

鲜于刘光听声音并无杀意，推门看见一个二十多岁的青年恭敬地站立在门外，比自己还大了几岁。

因为师父黄裳的缘故，鲜于刘光在全真教的辈分甚高，算起来，比全真教"志"字辈还高了两辈，只是勉强与李志常和张志敬拉扯了平辈，互称师兄弟而已。现在一个二十多岁的青年，称呼自己为师叔，也并不突兀。

鲜于刘光想了一下，对青年说："你是刘子聪师兄的弟子，郭守敬？"

"就是我。"郭守敬低头说，"师父事务繁忙，无法亲自接待师叔，我替师父来迎接。"

"师兄是让你来杀我的吗？"鲜于刘光脚踏出了门外，站在郭守敬面前。郭守敬的身材在普通人中也算是高大，只是在十六岁的鲜于刘光面前，只能与鲜于刘光的胸口平齐。

郭守敬也没有想到师叔一个小孩，身材竟然如此的高大魁梧，忍不住后退了一步才说："原来师叔已经长大成人，弟子、弟子倒是没有想到……"

鲜于刘光仔细看向郭守敬的身后，并没有随从和兵士。刘子聪在鲜于刘光拜师之前就收了郭守敬为徒，不知道郭守敬的手段，是否跟刘子聪一样高明。

鲜于刘光问郭守敬："三日后释道辩论，你站在哪一边？"

郭守敬想了一会，对鲜于刘光说："我师父已经受戒多年，他定然是站在国师这边。"

"可你是诡道弟子，"鲜于刘光说，"看样子并未皈依佛门。"

"诡道与道教不同宗已久，"郭守敬说，"我就算是站在全真道教这边，张志敬掌教也不会放心。"

"那你是两不相帮？"

"是的，"郭守敬说，"两不相帮，我师父说过，诡道长房到了我这一代，不可杀伐，行的是生养休息的术法。"说完，从怀里掏出了一个琴谱，递给鲜于刘光。

鲜于刘光拿起琴谱，草草翻了几页，都是看不懂的符号。他未学习听弦，这琴谱当然是不明所以，但是既然郭守敬给了，也就收下，没有推辞。

郭守敬见鲜于刘光收了琴谱，继续说："明日，我带师叔去永乐宫，我刚刚立了一个华表，请师叔指点一二。"

鲜于刘光突然明白了郭守敬的意图，"师兄知道我们二人必将有一场生死之战，所以让我把看蜡和水分传与你，无论我和他谁死了，四大算术也可延续？"

郭守敬迟疑一会说："是这个道理，但是这并非师父的意思，是我冒犯师父和师叔，自己的一个想法。诡道算术是万仙大阵之前的正统道法，侥幸流传，如果再失传两门，实在是可惜。"

"你倒是想得周全，"鲜于刘光说，"可是你学全了四大算术，是留在燕京，还是去往临安？"

郭守敬摇头，"我家族已经在北方百年……"

鲜于刘光挥手，"那你回吧。"

郭守敬立即又从身边拿起了一个物事，递给鲜于刘光，鲜于刘光不肯看。郭守敬说："我听师父多次提起诡道的水分算术，向往已久，我做了一个刻漏，可惜不懂水分口诀，无法做到精妙。"

鲜于刘光接过来，是一个巧妙的水壶，拿在手里摇晃两下，立即知道水壶里有四十二分的刻度，精确到了三钱，如果用于计算时辰，可以九十年不错一分。

鲜于刘光心中犹豫，知道刘子聪虽然人品低劣，但是收了一个天赋极高的徒弟，仅仅是听刘子聪的描述，就已经做出了一个十分贴近水分的法器。如果得了水分的口诀，必然是一代宗师。

郭守敬看见鲜于刘光的脸色缓和，立即说："我拜入诡道门下，就已经立下誓言，绝不使用诡道之术擅自杀伐，诡道在师祖黄先生时期已经肃杀过甚，到了我辈，需要重修阴德。"

鲜于刘光摇头，"凭你几句话，就想得了水分和看蜡算术，也太过儿戏。"

郭守敬无奈，只能收了刻漏，准备离开，向鲜于刘光告辞。

这时候，道观里又来了一个人，是一个喇嘛，年纪与郭守敬相仿，一把拉住郭守敬的胳膊，大声说："我说过，一个小孩的东西，抢来便是，啰唆这么多有什么用？"

鲜于刘光看了看道观的大门，果然是无人把守，无论什么人都可以随意进出这个小小的道观。

年轻喇嘛的样貌与普通藏人迥异，也不是汉人的模样，看见了鲜于刘光，傲慢地说："你就是诡道么房的那个小孩？个子倒是高大。"转头又对郭守敬说，"只是不知道我师父为什么要维护他，生怕你师父来寻他的麻烦。"

鲜于刘光正要说话，身后的张志敬已经被惊动，问这个喇嘛，"你是什么人？"

"我是国师的弟子，杨琏真迦，"喇嘛说，"我师父也是奇怪，害怕刘大人和郭大人对这个小孩不利，让我来瞧瞧。我看也不必了，这小孩手里还有刘大人想要的东西，抢了就是。"

杨琏真迦的汉话说得腔调古怪，言词又如此的不近情理，听起来更加让人憎恶，也不知道谦逊的八思巴为什么收了这么一个徒弟。

16

遭遇暗算

小小的道观内,张志敬和鲜于刘光并肩站立,眼前两人,分别是刘子聪和八思巴的弟子。

刘子聪七年前在终南山被李志常赶下山,念念不忘夺取鲜于刘光身上的诡道两大算术,可是蒙古开始经营燕京,刘子聪被委以重任,无暇分身。鲜于刘光也一直受全真教庇护,现在终于等到鲜于刘光到了燕京。刘子聪在燕京的势力渗透到每一个角落,鲜于刘光跟随张志敬到燕京,也是冒了极大的风险。只是没想到,到燕京的第一晚,刘子聪偏偏使唤了自己的弟子郭守敬,来讨要水分和看蜡的算术。但郭守敬为人谦和,主动说了自己虽然身在诡道,但是绝无杀伐的心思。

而八思巴的弟子杨琏真迦是一个阴骘傲慢的喇嘛,嘴里说的是八思巴让他来维护鲜于刘光,语气却比郭守敬要凶恶许多。

郭守敬已经认出张志敬的身份,向张志敬行了道家礼,"见过掌教真人。"

张志敬对郭守敬回礼,转头看向杨琏真迦,他已经知道这个年轻的喇嘛是八思巴的弟子,不由得又仔细看了一眼。

杨琏真迦对张志敬并无敬意,但是碍于张志敬的身份,勉强双手合十,微微躬身后,身体后仰,与张志敬平视。

张志敬向郭守敬和杨琏真迦拱手,"刘光的诡道算术,是前人遗命,无论是刘大人还是五世法王,都没道理在这里强取,请回吧。"

郭守敬听了,知道讨要无望,只能看着鲜于刘光说:"希望师叔再三思,诡道两房交恶,本是天宁寺虚照禅师的误会,师祖黄老先生一人,以挂名之位,独得四大算术，黄老先生之上，诡道门人也没有各得算术的规矩，我师父与师叔之间的恩怨，为何要以算术隐灭为代价？"

鲜于刘光听了，知道郭守敬内心真诚，凝视郭守敬说："如果只是家门仇恨，也就罢了，只是蒙古已经南侵，我手上的两大算术，要带回到南方的大宋，用于抗拒蒙古的铁骑。"

鲜于刘光的话说出来，郭守敬大惊失色，没有想到鲜于刘光也不虚与委蛇，身在燕京，竟然毫无顾虑地公然与蒙古为敌。

杨琏真迦听了，大声说："果然是蒙古的大患。"伸手就抓向鲜于刘光的胳膊。

郭守敬想要阻拦，却也来不及。张志敬踏前一步，手掌按在杨琏真迦的肩膀上，却又突然连忙收回。

鲜于刘光反手把杨琏真迦的胳膊搂住，两人的胳膊如同麻花一般缠绕在一起。鲜于刘光身高臂长，举起手臂，把杨琏真迦的身体托在半空。杨琏真迦另一只手伸手钩向鲜于刘光的眼睛，鲜于刘光占了臂长的便宜，杨琏真迦的手指伸到距离鲜于刘光面前半尺，无法再递进。

郭守敬忍不住在一旁惊呼："小心！"

杨琏真迦的手指甲弹出了火星，鲜于刘光用手掌拦住，掌心里捏着一截蜡烛，火星瞬间把蜡烛熔化。鲜于刘光手中的蜡烛熔化，蒲扇一般大的漆黑手心，把杨琏真迦的口鼻捂住，杨琏真迦无法呼吸，气闷非常。鲜于刘光的手松开，手心里已经握住了一个五彩斑斓的蜘蛛。鲜于刘光把蜘蛛捏碎，蜘蛛的腹内崩裂出一颗米粒大的黑色小丸。

鲜于刘光把杨琏真迦重重地摔在地上，问杨琏真迦，"这个是解药吧？"

杨琏真迦甩开胳膊，退开一步，并不回答。一边的郭守敬说："就是这个解药，赶紧让掌教真人服下。"

鲜于刘光看见杨琏真迦看向郭守敬的眼光怨毒，知道是解药无疑，立即把小丸递给掌教张志敬。张志敬的手臂已经抬不起来，只能苦笑一下。鲜于刘光托住张志敬的手掌，把捏破小丸的黑液，涂抹在张志敬的手背上。

张志敬的手背已经变得漆黑，一道红线延伸到了手肘。手背上蜘蛛的牙印，吸收了黑色液体后，红线立即回缩。伤口冒出紫色的血液，当血液变红之后，张志敬才吐出了一口气。

鲜于刘光鄙夷地看着杨琏真迦，"八思巴是花教法王，收的徒弟，为什么用这种奇怪的下作毒物？"

杨琏真迦咳嗽了几声，"这是我自小学会的东西，跟师父有什么关系。再说使用毒虫，哪里又下作了？"

张志敬摆摆手，示意让鲜于刘光送客。鲜于刘光对郭守敬说："你们走吧。"

郭守敬看见杨琏真迦突然发难，也没有讨到好处，更是尴尬，对鲜于刘光和张志敬施礼："告辞了。"

杨琏真迦也缓慢转身，跟着郭守敬走了两步，突然膝盖一软，跪倒在地上。郭守敬立即把杨琏真迦搀扶起来，看见他的眼珠布满血丝，整个脸孔黑漆漆的，这才知道刚才鲜于刘光的看蜡之术，不仅抠出了杨琏真迦藏匿在身上的毒蜘蛛，并且召唤了地下一丝阴邪的幽魂，注入在杨琏真迦的人中穴道之内。这是诡道的算术，确认无疑。

郭守敬转看向着鲜于刘光，鲜于刘光说："我与五世法王分别七年，一直惦记着他当年的恩惠，明日我来拜见。"

郭守敬扶着杨琏真迦离开。鲜于刘光立即查看张志敬手背上的伤势。张志敬挥手说："不碍事。"

"没想到八思巴竟然指使弟子来偷袭掌教师兄，"鲜于刘光心有不甘地说，"与七年前的作为，实在是不太相符。"

"他是刘子聪派遣来试探我的道行的，"张志敬摇头说，"我也是大意了。八思巴是藏人萨迦派宗师法王，行事堂堂正正，就算是志常师兄上次败在他的手下，也没有任何的怨言，只是没想到收了这么一个徒弟。"

"掌教知道这个杨琏真迦的来历？"

"本来我不知道，"张志敬抬起手，看着仍然肿胀的手背说，"现在我知道了，这个杨琏真迦是当年大宋的死敌西夏国国师的后裔，他使用的花蜘蛛，就是西夏国国师最擅长的毒物。中原的术士，伤在这个国师手下者不计其数。"

"西夏被蒙古灭国，"鲜于刘光鄙夷地说，"他倒是认了仇人为依靠。"

"那又能如何呢？"张志敬苦笑一下，"西夏对大宋的仇恨远过于蒙古。"

"我看他只是欺软怕硬，把杀戮本族的蒙古当作了靠山，"鲜于刘光说，"为了活下去，不惜认贼作父。"

鲜于刘光说了这句话，看见张志敬脸色煞白，知道自己无意中冒犯了掌教。全真教何尝不是为了延续门派传承，不得不向蒙古俯首称臣，即便是暗中支持蜀中的抗蒙义士，这个污点也无法洗刷干净。

张志敬知道鲜于刘光在想什么，拍了拍鲜于刘光的肩膀，"刘光，我们全真教能否雪耻，就在你一人了。你明日真的要去见八思巴，就不怕刘子聪暗算吗？"

鲜于刘光说："我当然担心刘子聪，但是我相信八思巴绝不会让刘子聪对我不利。"

"你为什么一定要去见他？"

"他安排了弟子来试探掌教你，"鲜于刘光说，"那我也要去探探他的深浅，不然岂不是太不公平？"

17

再见八思巴

鲜于刘光在到燕京的第一晚，与杨琏真迦和郭守敬打了一个照面。张志敬在毫无防备的时候被杨琏真迦暗算。虽然花蜘蛛的毒性猛烈，但鲜于刘光一眼就能看出花蜘蛛的解药就在蜘蛛体内。

鲜于刘光扶着张志敬进屋，本想叫来全真教跟随的弟子，聚集在一起，保护张志敬。张志敬说："没有这个必要，我要是死在这个道观，或者是伤重无法行走，释道辩论也就没了意义。"

鲜于刘光听了，知道张志敬说得没错，释道辩论，蒙古很明显是要打压全真，既然是要打压全真，那么必然要掌教张志敬活着，否则毫无意义。这么说来，张志敬反而安全。

鲜于刘光好奇杨琏真迦的花蜘蛛，于是询问张志敬西夏国师与大宋术士之间的往事。

张志敬说："靖康之难之前，大宋最大的敌人反而不是金国，而是西夏。如果不是当年与西夏国之间常年交战，大宋空虚，也不会让金国南下得手。而西夏国师一直是一宗秘密的教派传承，非道非佛，更非萨满，反而与西域的拜火教似乎有点牵连，不过西夏国师的教派，也从未承认过自己是拜火教的分支。只是西夏历代的国师，一直都带着一枚小旗，旗帜上编织着一只花蜘蛛。当年无数的大宋术士与西夏国师交手，吃了不少苦头。"

鲜于刘光说："这个杨琏真迦，看来是蒙古灭西夏的漏网之鱼，并且是西夏国师的后人。"

"成吉思汗死于攻打西夏，"张志敬说，"因此蒙古几乎将西夏党项族人全部灭族，西夏的王宫贵族亦无法幸免。这个杨琏真迦并不隐瞒自己是西夏国师的后代，却没有被蒙古处死，那么一定是八思巴的缘故。"

"一个藏传花教的法王，收了西夏国师的后代做徒弟，"鲜于刘光说，"八思巴行事，的确是无法推测。"

"刘子聪也一反常态，没有亲自出马来找你，"张志敬忧虑地说，"肯定也是有缘故的。"

"掌教师兄，你觉得是什么缘故？"鲜于刘光问。

"我想来想去，"张志敬说，"看来是刘子聪无法分身来对付你，一定有更重要的事情把他拖住了。"

"什么事情能把他拖住？"鲜于刘光看着张志敬，"又有什么人能拖住他？"

张志敬说："你自己想。"

鲜于刘光隐隐想明白了一点，"看来是这样了。"

"不错，"张志敬说，"哪有这么巧的事情，这边燕京要释道辩论，刘子聪和八思巴也都聚在燕京，主持辩论的竟然不是忽必烈，而是地位不如刘子聪的姚枢，为什么？"

"因为忽必烈一定和八思巴、刘子聪在议论更重要的事情，"鲜于刘光说，"他们马上就要南侵大宋。释道辩论，其实是要把掌教从京兆召到燕京，那样全真教就无法暗中传递消息给汉中和蜀中的抗蒙宋军，这是一举两得的计策。"

"无论这是八思巴的主意，还是刘子聪的主意，"张志敬看着鲜于刘光说，"现在不仅是这两人，还多了些杨琏真迦一般的术士。听说董文炳也是一个极厉害人物，与刘子聪不相上下，他没有出现，因为他不是忽必烈的幕僚，而是在蒙哥大汗帐下。"

鲜于刘光听了，"高手都到了燕京，辩论只是个幌子。"

"刘光，"张志敬又说，"这些人，任何一人都很难应对，今后你步步艰难。但是你一定要毫发无伤地离开燕京，去往蜀中。阴阳四辨道场，必须要落在你的身上，你的命，不是自己的，你明白我的意思吗？"

鲜于刘光知道张志敬在责怪自己刚才贸然与杨琏真迦出手。

"释道辩论事小,"张志敬说,"蒙古南侵,大宋存亡事大,你贸然出手,八思巴和刘子聪就知道你的路数,当你们正面交锋的时候,他们对你已经了如指掌,阴阳四辨道场,本就需要奇招制胜,杨琏真迦是故意引你出手。"

鲜于刘光额头汗涔涔的,"并且他们激将,让我明天去拜访八思巴,好自投罗网。"

"八思巴是个厉害角色,"张志敬说,"但是阴阳四辨道场的秘密,只有极少人知晓,刘子聪也不知道其中细节,但是刘子聪没拿到你的两大算术之前,也舍不得你死,因此来的是郭守敬。"

鲜于刘光与张志敬一番交谈之后,才知道仅仅是郭守敬和杨琏真迦的拜访,身后就有无数的阴谋。今后要与这些人为敌,的确是艰难。

张志敬说:"刘光,你的本领已经远超过我,可惜天下危难,以你的天赋,不能去发扬诡道,却要把一生的修为都要用在纷争之中。日后你要找个好徒弟,把诡道延续下去,全真和诡道,终有一日,还会有交集的。"

鲜于刘光想了想,"我的命运,早已经被师父黄老先生安排好了,这辈子也只能顺应他的计划。没什么好说的,我听你的,尽量在燕京全身而退,然后赶往钓鱼城。"

张志敬听了,微微点头,盘膝入定。三日后,就要释道辩论,这是他一生最重要的事情。虽然希望渺茫,也只能全力以赴。

第二日一早,鲜于刘光就去往大龙光华严寺拜访八思巴。郭守敬早已经在道观门口,准备了车马,鲜于刘光推辞了,与郭守敬并肩走在燕京的街道上,心存警惕。郭守敬走在鲜于刘光的身前,"师叔放心,如果师父安排人对你发难,你尽可拿我做人质。"

"你继承了诡道长房,"鲜于刘光心里感慨郭守敬的真诚,"可是你师父为人阴狠,不见得就愿意维护你。"

郭守敬说:"我师父说,燕京的王者之气聚集,必当取代临安,成为天下的帝都。这些年,师父与我一直在布置燕京,一定要把燕京建成八臂哪吒风水格局。而八臂哪吒的堪舆图，师父已经传授给了我。"

鲜于刘光知道郭守敬没有哄骗自己。一路跟随郭守敬到了大龙光华严寺，看着刚刚建成不久极尽奢华的寺庙，可见蒙古忽必烈王爷对佛教的推崇。

郭守敬带着鲜于刘光走入大龙光华严寺的大门，来到前殿，十几个来自中原各地寺庙的和尚正在习诵功课，其中一个老和尚看见郭守敬带了一个道士进来，站起身问道："是全真教的掌教莅临？"

另一个和尚说："全真教掌教哪里有这么年轻，是一个低级弟子罢了。"

另一个和尚说："辩论在即，为什么叫来一个道士？"

鲜于刘光并不理会，在众僧的注视下穿过前殿，走过宽阔的大院，进入大龙光华严寺的正殿。进门后，看见八思巴端坐在正殿内的一个莲花床上，七年未见，八思巴的容貌似乎老了二十岁一般，一旁侍奉的就是昨日里嚣张跋扈的杨琏真迦。再回头时，看见那个奴僧不知道什么时候就站在自己的身边。

奴僧神情和蔼，对鲜于刘光说："小孩长成汉子了。"

鲜于刘光点头示意，随即走到八思巴的身前，"见过五世法王。"

八思巴双手合十，看着鲜于刘光微笑着说："小兄弟，七年了。"

"法王不问我到底为什么来？"

"释道辩论，"八思巴说，"我只是想告诉中原的道家一个秘密而已。你不用试探我的法力，我保证全真教道士和你都能安全离开燕京。"

"为什么七年前，不说出这个秘密？"鲜于刘光问。

八思巴说："当时我年纪尚小，你们中原的术士，怎么肯听信一个十几岁少年喇嘛的言语？"

"如今你是国师，"鲜于刘光说，"说出来的话，才让人信服。你心思缜密，考虑得周全。"

八思巴说："我知道你到了燕京一定会来见我，你就留到释道辩论吧。刘大人在燕京势力遍布，凭你一人之力，防不胜防。"

鲜于刘光说："法王过虑，我一路到大龙光华严寺来，并未遇到任何艰险。"

八思巴微笑一下，看向了鲜于刘光身后的奴僧。

奴僧摆手，几个喇嘛走进来，扔下了几柄长剑，长剑都已经扭曲残破，鲜于刘光看了，狐疑地看向奴僧。

奴僧伸手把残破的长剑捧起，双手用力把长剑揉成一团，对鲜于刘光说："法王说过，一定要保你平安到十六岁。刘大人安排的几个术士，我也只好得罪了。"

18

街道遇袭

鲜于刘光从背后取下一个小小的包袱，对奴僧说："当年你赠我僧袍，我接受的时候，并不知道是人皮炼制，一直想着还给你。"

奴僧说："你若不喜欢，就烧了吧。"

鲜于刘光没料到奴僧竟然如此地爽快，反倒显得自己局促。

八思巴向鲜于刘光点点头，双手依然合十，手掌隐隐泛出佛光，鲜于刘光走上前两步，却被杨琏真迦挡在八思巴之前。

鲜于刘光与杨琏真迦对视片刻，杨琏真迦在八思巴的示意之下退开。

八思巴仔细地端详鲜于刘光，"释道辩论，道教必败，你有什么打算？"

鲜于刘光知道自己的回答稍有不慎就可能酿成大祸，生死就在一线之间，但仍旧说："两日之后才辩论，法王为何早已有定论？"

杨琏真迦冷笑着说："全真已经败了两场，李志常老道在第二次辩论被我师父辩驳得狼狈不堪，现在我师父已经领悟大智慧，现在全真的张志敬，我看本事稀疏平常，与师父相比……哼哼……"

鲜于刘光恭敬地向八思巴拱手，深鞠一躬，"我来见法王，已经见到了，就此告辞。"

八思巴说："后日辩论，也就是你满十六岁的日子。我向李志常真人许诺，保你到十六岁平安。如今燕京各处，到处有对你不利的高手，不如你在我这里住到两日之后。"

鲜于刘光挺立身体，转身朝门外走去，"两日之后在辩论道场上再见。"

鲜于刘光大步流星走出门外，杨琏真迦悻悻地说："就这么让他走了。"

奴僧站到八思巴的身边，与八思巴共同看着鲜于刘光的背影。郭守敬也不敢相信，八思巴就这么轻易放过了鲜于刘光。

八思巴把郭守敬叫到身边，"给刘大人带个话，鲜于刘光绝不能死在燕京。"

郭守敬问："我已经劝过师父多次，诡道同门不要相互残杀，法王肯开玉口，实在是功德无量。只是不知道我师父，肯不肯信？"

"你告诉你师父，"八思巴说，"如果他放过了鲜于刘光，我保他能更进一步，摆布八臂哪吒布局，就再无阻碍。"

郭守敬犹豫地说："师父跟随忽必烈王爷已久，怕是难以向王爷启齿……即便是法王将师父引荐给大汗，王爷会不会轻看我师父？"

"你把话带到即可，"八思巴说，"你师父是个明白人，会明白我的意思。"

郭守敬看着鲜于刘光已经穿过了大殿，应该已经走出了大龙光华严寺，踌躇说："现在鲜于刘光已经独自一人行走在燕京，我就算把话带到，只怕也已经来不及了。"

八思巴已经闭目入定，轻声说："如果鲜于刘光过不了这一关，是天数注定，也无话可说。"

郭守敬听了，赶紧告辞离开，杨琏真迦也要踏出房门，被奴僧拦下，示意他跟自己在房内侍奉八思巴。

鲜于刘光离开了大龙光华严寺不到百步距离，走在燕京的街道上，街上人来人往，熙熙攘攘。他一心想着两日后释道辩论，上一次辩论，前掌教李志常本已经稳操胜券，在辩论后段，不在主辩僧人内的八思巴突然站出列，指出《老子化胡经》中老子西行度化是道家杜撰。形势反转，李志常率领的辩论道士惨败。但是李志常到死也只说了八思巴是中原术士的铡刀，至于八思巴到底如何让他一败涂地，绝非指出《老子化胡经》的破绽这么简单，究竟是什么原因，李志常没有提到只言片语。

随行的全真道士回来后，私下提起，八思巴在辩论之前，走到李志常身前，伸手让李志常看了一下手掌，李志常随即方寸大乱，脸色煞白，衣袖抖动。随后八思巴引经据典，滔滔不绝地辩论，李志常再也没有说出来一个字。

鲜于刘光之所以一定要在辩论前见一面八思巴，就是想看看八思巴的手心到底有什么特异之物。可是鲜于刘光从见到八思巴开始，八思巴的手掌就一直合十，并没有展开。鲜于刘光知道无论佛道，修炼到了顶端的术士，身体都会泛出光芒，常人无法得见，但是鲜于刘光看见过刘子聪脑后有光，李志常死前眼神也有光，但是都似有似无，只有八思巴手掌的佛光持续不断。鲜于刘光想靠近看个明白却被杨琏真迦格挡，无法瞧个清楚。

八思巴的手掌里到底是一个什么物事？这个物事就是释道辩论的关键所在，并且让李志常激动到无法言语。八思巴暗示，他手掌里的物事，一定会在即将举行的释道辩论中告知天下所有术士，并且再一次击败道教的辩手。

鲜于刘光仔细思索，猛然一个高大的人影站立在自己的身前，挡住去路。鲜于刘光抬头，发现已走到了行人稀少处。站在面前的人，年纪三十不到，脸皮焦黄，并未蓄须，头戴斗笠，身着蓑衣，脚踩草鞋。在繁华的燕京，这一身打扮，实属特异。

蓑衣、斗笠、草鞋，在南方夏日，是农家百姓的寻常穿戴，可是北方干燥，并且是繁华的燕京内，这么一身穿着，站在人群之中，却显得极为突兀。说明此人自恃手段高强，不屑于隐瞒自己的来路。既然拦住了自己的前路，那么必定是刘子聪安插在燕京蹲守自己的术士高手。

鲜于刘光抬头看了看天，日头还在半空。

蓑衣人仔细看了鲜于刘光片刻，轻声地说："出门带伞——有备无患。诡道精通算术，你就没有算到今日巳时有人会在这里等你？"

鲜于刘光知道八思巴提醒得不假，刘子聪当然不会动用忽必烈王爷麾下的兵士来明火执仗针对自己和全真教。但是蒙古已经在北方经营多年，忽必烈帐下招揽了无数高强的术士，这些术士，必然听从刘子聪号令。

刘子聪身居高位，不便出手，就用江湖术士的规矩，派遣高手来为难自己。

鲜于刘光知道这个人是无论如何也躲不过了，后退一步，拱拱手，"诡道鲜于刘光。"随即从怀中掏了一个桃树枝打磨的法尺出来。蒙古管制中原，燕京城内不允许汉人携带兵器，道士也不例外。

蓑衣人从背后取下鱼竿，也拱手说："史驱。"

史驱未报上自己的门派，并不是刻意隐瞒自己出身于清微派，因为家族已经全部投靠了蒙古，他从南方而来，就背叛了清微派的师承。清微派忠于大宋朝廷，当然已经将史驱驱逐门户，也就算没有了师门。

鲜于刘光在终南山七年，跟随全真教修行，这次到了燕京，第一次真正与术士高手对峙，心中不免忐忑不安。

突然天色黯淡下来，阳光被一片乌云遮掩，天空中慢慢落下了细雨。

史驱在等待计算好的时刻，手中鱼竿点向鲜于刘光的额头。鲜于刘光用法尺格挡，鱼竿柔韧，弹过了法尺，结结实实地抽在了鲜于刘光的肩膀上。史驱一击即中，也出乎预料。

毕竟鲜于刘光是个十几岁的少年，不能与修行多年的他相提并论。

鲜于刘光肩膀的衣服崩裂，法尺刚刚递出，手臂突然无法抬起，原来是鱼竿尽头的渔线借着余力把鲜于刘光的身体缠绕了几圈。清微派出自正一，这个法术原本名"捆仙索"，本来是正一派正统的法术，被史驱变化用在了鱼竿上。

鲜于刘光第一次与人交锋，立即就落了下风，知道自己与真正的术士高手相比，还是输在了修为尚浅。鱼线布满鱼钩，全部勾在鲜于刘光的皮肉之内。鲜于刘光稍稍动弹一下，鱼钩就深入一分。

史驱连续两次出手，都轻而易举地成功，第一次心中还有疑虑，第二次就已经完全明白，鲜于刘光不是自己的对手。

"诡道长房和幺房，看来相差甚远。"史驱晃动鱼竿，鱼线又在鲜于刘光的身体上缠绕了几圈，"杨琏真迦说，如果我不杀你，一年之内，必定要死于你手，实在是让人费解。"

鲜于刘光的身体受缚，听了史驱的言语，又是惭愧，又是恼怒。雨越下越大，鱼线收缩紧绷，顺着鱼线的纹路渗出鲜血来。

"我不杀稚童。"史驱说，"把刘大人惦记的东西交给我，我就放过你。"

鲜于刘光的眼中要冒出火来。

史驱伸手，就要在鲜于刘光的身上搜，"既然是诡道的重要物事，你一定随身带着……"

说完在鲜于刘光的袖袋中搜出了半截蜡烛。

史驱看着蜡烛,实在是想不明白,这个蜡烛有什么特别之处。正在仔细端详,烛芯突然冒出丁点火星,史驱的眼睛一花,蜡烛燃起。

火焰燎到了史驱的眼睛,史驱连忙闭眼,把蜡烛扔开。再睁眼时,额头灼痛,眉毛已经被烧焦了一半。

史驱大怒,伸手就要捏住鲜于刘光的脖颈。可是手握之处,掌心刺痛,一看握住的竟是一把鱼钩。鲜于刘光已经趁着刚才烛火闪烁,没有了踪迹。

史驱拿着鱼竿,站立在原地,实在是想不明白鲜于刘光怎么会在片刻之内挣脱了鱼线。

一个穿官服的中年人站在史驱的身后,笑着说:"诡道的看蜡,史大人也太大意了。"

史驱见是忽必烈帐下的幕僚董文炳,收了鱼竿冷淡地说:"董师兄,你在一旁观望,就眼睁睁地看着鲜于刘光逃了,不怕刘大人问罪吗?"

"也是巧了,我刚得到刘大人的口信,要通知埋伏在燕京的术士,让鲜于刘光通过,保他安全离开燕京。"

"刘大人突然念及同门的情谊?"史驱好奇地说,"难道他不要这个小子身上的两门诡道算术的心法口诀了?"

"这是刘大人的事情。军情紧急,史大人难道还要在这里跟我问个明白?"董文炳笑着说。

史驱叹口气,"董师兄说得对,我得立即赶往汉中。这就告辞。"

史驱说完,突然看到远处的房顶上,蹲守着一些术士,不免好奇地问:"刘大人不是说了要放过鲜于刘光,为什么还埋伏这些高手在这里?"

董文炳摆手,"史大人,你本想带着鲜于刘光去给蒙哥汗一个礼物,现在鲜于刘光你是抓不到了,如果蒙哥汗在汉中等不到你,就算是史天泽将军也保不了你吧。"

史驱听了,知道自己无论如何也不可能再有机会活捉鲜于刘光了,只好向董文炳拱手告辞。走到了大道上，跨上了一匹马疾驰而去。

史驱走后，董文炳招呼身边的一个下属，"燕京每一个路口都安插好眼线，决不能让那个人跑了。"

下属点头说："董大人放心，每个路口都有高强的术士把守，那人只要稍露踪迹，就能拿住。"

"此人与刘大人休戚相关，一定不能出任何岔子，也不能伤及他的性命。"

"属下知道，"下属说，"一个十几岁的孩子，能有什么本事，燕京已经布下了天罗地网，跑不掉，也伤不到的。"

董文炳站立不动，转身说："我还是不放心，我要亲自去找。"

19

被困金鹏寺

鲜于刘光蹲在一个香火鼎盛的庙宇偏殿佛像之下，蒙古已经决意扶持佛教，因此燕京城内的庙宇众多，百姓信奉菩萨，络绎不绝。鲜于刘光虽然身材高大，但是寺庙内的僧人面对信徒不断的敬香许愿，无法顾及这个高大的少年，以为只是某个陪同家眷敬佛的男丁走累了在佛堂内休息。

鲜于刘光不断地懊恼自己学艺不精，本以为终南山学艺七年，一心想着能够与刘子聪一决高下，为父亲报仇。现在别说无法找到刘子聪，就连法术也远不如刘子聪手下的一个清微派术士。如果不是看蜡算术与普通道家法术路数相隔甚远，史驱一时疏忽，自己已经成了囚犯，被绑缚送到了刘子聪身边。

昨夜自己对战杨琏真迦占了上风，看来也不是自己的本事真的胜过了对方，而是张志敬已经先和杨琏真迦交手，重重挫败了杨琏真迦，杨琏真迦虚弱之下，才败下阵来。

鲜于刘光不禁苦笑，杨琏真迦是八思巴的弟子，手段一定在史驱之上。自己一直受全真教庇护，刘子聪难以在终南山下手，张志敬作为全真教掌教，哪里就弱了？只是道教讲究虚怀若谷，不愿邀功罢了。

好在鲜于刘光比常人聪敏，佛教的势力庞大，虽然刘子聪在全城布下高手却未必会在佛教寺庙中加以防范。这也是鲜于刘光用看蜡请鬼之术解脱了自己身上的捆仙索之后，瞬间想到的关键。

鲜于刘光又想到，刘子聪和大批手下迟早也会想到这些。鲜于刘光在寺庙里待了半个时辰，眼见几十个香客已经轮番烧香后离开，住持偏殿的僧人已经偷眼看了自己好几回，再这么待下去，僧人必定会驱赶自己，一旦争执，刘子聪的手下听到动静，立即就会赶到。

如果鲜于刘光是个矮小瘦弱的少年，也就罢了，可以扮作香客的子侄离开，可是他身材高大，走到哪里都高人两个脑袋，上了街道，须臾就会被发现。鲜于刘光即便是天生聪颖，一时间也难以想到脱身的办法。

就在鲜于刘光左右为难的时候，听到寺庙外人声嘈杂，心里顿时叫了一声不好，刘子聪手下的术士来得比自己预想的更快。百姓都爱看个热闹，香也不烧，纷纷跑出去，偏殿的僧人听到嘈杂声，也跑出门去观望。

偏殿内顿时无人，鲜于刘光焦急地四处张望，看到殿内一个巨大的金刚坛城，顿时有了主意。他立即爬到金刚坛城里，看到金刚坛城下方的一个孔洞，就爬了进去。金刚坛城的内部中空，只能勉强容下鲜于刘光魁梧的身躯，鲜于刘光进去之后，手脚都无法伸展，憋闷至极。心中恼怒、懊悔，自己一个上古道教门派的传人，竟然如同丧家之犬一般，躲在一个黑漆漆的洞内。

毕竟鲜于刘光才十六岁，还是小孩心性，不知道厉害的时候，觉得天下之大吾一人独行足矣，遇到挫折，就顿时万念俱灰。又想到全真教对自己寄予厚望，未见过的师父黄裳钦点自己为传承人，可惜却一无是处。这才明白掌教张志敬从上路开始，就谨小慎微，不敢有任何差池，那是掌教知道燕京高手如云，步步艰难。

鲜于刘光正在胡思乱想的时候，突然金刚坛城下方的洞门，又有人挤了进来，那人也没想到金刚坛城内已经有人，也甚是奇怪。但是那人也似乎焦急慌乱，嘴里沙哑着说："劳驾，让一让。"

话未说完，那人就拼命地挤了进来，狭窄的金刚坛城内一下子挤了两个人，本就没有间隙的空间更加拥挤。好在那人身体瘦弱，只有鲜于刘光身躯的一半，挤进来后，后背紧紧贴着鲜于刘光的大腿，堪堪还能容下。形势逼人，本以为只能容一人的逼仄地方，竟然挤下了两个人。

鲜于刘光的大腿贴着来人的后背，感受到那人的心脏"嘣嘣"跳得厉害，就是不知道为什么他也被人追得急切，慌不择路，躲到了金刚坛城内，心思倒是和自己一般无二。

鲜于刘光蜷曲手臂，勉强借着闪烁烛火，看到那人穿着一身小厮的仆装，戴一顶破烂的灰布小帽，心想，他一定是在主人家犯了过错，怕挨打，到处躲避。

燕京的蒙汉达官贵人、波斯商贾众多，这些人欺压汉人，购买汉人女子做婢、男子做奴，杀人也不受责罚。这个小厮如此地惊慌，只怕不仅是怕挨打这么简单，而是跟自己一样，有性命之忧。

鲜于刘光这么想来，心里就有了同病相怜的情义。身体尽量收缩，想让这个小厮宽松一点。两人在金刚坛城内，都屏息静气。

果然外面传来了声音，鲜于刘光仔细聆听，有人在说："董大人，我们把他逼到了这条街上，只有这个寺庙没有搜查，他一定是躲在这个寺庙内。"

另一个稳重的声音传来，"把寺庙里所有的香客都找来，一个个扯了头巾查看。他生性机灵，装扮成香客也有可能。还有，把梁上和佛像之后都查看一遍。"

这句话一说，鲜于刘光和那个小厮的身体同时一紧，照这么搜下来，迟早会找到这个金刚坛城下方。

但是两人都束手无措，只能静静等待，希望外面的人疏忽这一节。

片刻之后，殿内传来百姓的哭叫声，多半是那个姓董的人在逐个撕扯香客的头巾，连女子都不放过。

鲜于刘光听出来不是史驱的声音，心想既然不是史驱，干脆出其不意出去，与这个姓董的官吏交手，再收拾几个下属，如果惊动了史驱，跟他再勉强周旋一番，跑回张志敬所在的道观也无不可。

鲜于刘光心念一动，就要挤出去，压低声音说："劳驾，让一让，我要出去。"

小厮在黑暗中轻声说："出去干什么，找死吗？"

"你怕他，我可不怕。"鲜于刘光轻声说。

好在殿内百姓的哭嚎不断，两人的声音又在金刚坛城内压得低低的，外面的董大人应该是听不见。

不过随即听到那个董大人大声呵斥："统统闭嘴！"

殿外的嘈杂哭喊稍歇，董大人的声音又说："我听见了动静，似乎就是小孩的声音。"

鲜于刘光一听就明白，这个董大人也是个高手，能够在嘈杂的哭闹声中，听到自己和小厮的轻声对话。

鲜于刘光迟疑片刻，突然小厮的手抓住自己粗大的手掌，在手心里写字："别出去，他很厉害。"

鲜于刘光反手在小厮的手里写："比史驱厉害吗？"

"比史驱厉害。"小厮又写。

鲜于刘光好奇，写道："你认识史驱？"

小厮又写："史驱、董文炳、董文蔚、郝经，都是蒙古招揽的厉害术士，燕京谁人不知。"

鲜于刘光写："你一个小孩子怎么知道这么多？你又怕他们干什么？他是你主人家？"

小厮不写字了，金刚坛城外僧人在破口大骂："你们损了菩萨坐像，忽必烈王爷和刘子聪大人不会饶过你这个道教的妖人！"

随即听到僧人的哀号，应该是董大人的下属在殴打僧人。

董大人的手下说："这就是忽必烈帐下、刘大人手下的董文炳大人。有人偷了刘子聪大人的东西，找不到人，把寺庙掘地三尺也要找出来。"

随后又是一阵嘈杂，后一声巨响，看来是又推倒了一尊佛像。

鲜于刘光想到，原来这个叫董文炳的术士，是在找这个小厮，自己好巧不巧被这个小厮连累。

鲜于刘光在小厮的手心写："你得罪了刘子聪，拿了他的东西？"

小厮写："不错。你现在要把我推出去，交给他们？"

鲜于刘光写："拿得好。"刘子聪一心要抢夺自己的诡道算术，自己的东西却被人偷了，现在同仇敌忾，心里对这个小厮升起了几分敬意。只可惜，董文炳找遍了佛像和房梁之后，偏殿内就只剩下这个金刚坛城，找到小厮和自己是迟早的事情。

鲜于刘光正在担忧，突然外面安静下来，一个苍老的声音说："董大人，两日后释道辩论，你一个道家术士，跑到我们金鹏寺来损毁佛像，是为了给道教助威吗？"

鲜于刘光听声音，知道说话的人一定是这个金鹏寺的方丈。看来这个方丈的身份地位也不低，能够与董文炳辩驳。

殿内又传来一阵脚步声，一群僧人的呼喝声传来，又有零星棍棒和刀剑相交的声音，看来是寺内的武僧和董文炳的手下对峙起来。

方丈的声音又传来："刘子聪大人本就是佛门子弟，怎么会让你来寺庙动粗。"

董文炳的声音低微了一些，"的确是受了刘大人的指派，来抓一个小贼。"

方丈的声音提高了一截，"就算是刘大人要抓人，老衲也不能让你们胡来。本寺已经归了萨迦五世法王的麾下，后日我将与法王和全真道士辩论，你在这里侵扰我的修行，意欲何为？"

董文炳的声音更小了些："叨扰了大和尚清修，实在是过意不去。"

方丈的声音说："一个小贼，难道比释道辩论还重要？如果辩论出了闪失，刘大人也不好向王爷交代吧。"

方丈的这句话已经说得声色俱厉，更何况又提到八思巴，他的地位隐隐高于刘子聪，是个厉害人物。

果然董文炳的声音响起："也好，我们这就告辞，损毁寺庙的财物，我当给金鹏寺镀一尊金佛赔罪。"

片刻之后，殿内安静下来，又过了一会，一些僧人在埋怨咒骂董文炳，骂了一会，又开始诅咒道士，也有人开始对刘子聪出言不敬。

好在董文炳已经走了，鲜于刘光和小厮同时舒口气，小厮说："我偷了东西要躲藏，你是为了什么躲进来？"

鲜于刘光一时语塞，过了很久才说："我身上也有刘子聪要的东西。"

"你也有八臂哪吒的法器？"小厮好奇地说，"从刘子聪那里偷来的？"

鲜于刘光不想回答，只是说："等到天黑，我们偷偷摸出寺庙，去全真教的道观躲避吧。"

鲜于刘光的语气沮丧，想起自己在八思巴面前傲慢寡言，是何等威风。原来在八思巴和奴僧眼中，就是个小孩子装扮大人的儿戏一般。

20

掌教失踪

鲜于刘光和小厮两人保持静默，听见殿内僧人的咒骂声越来越小，最后恢复了平静。鲜于刘光刚想动弹，小厮立即说："别忙，等到天黑。"

两人只能在黑暗中继续静静等待。果然又过了一会，金刚坛城外又喧闹起来，是僧人在打扫这个偏殿，收拾残破的佛像。

百无聊赖之中，鲜于刘光问小厮："如果能离开燕京，你打算去哪里？"

小厮回答说："我打算去南方，那边是汉人的地方，刘子聪再厉害，手也伸不到大宋。"

鲜于刘光叹口气说："也只能这样了，出去后，我带你去见全真教的掌教，全真教的势力贯通南北，你打扮成道士的样子，一定能去往南方。"

"你为什么要帮我？"小厮问，"我们就一面之缘而已。"

"只要是跟刘子聪作对的人，就是我的朋友。"鲜于刘光恨恨地说。

小厮听了，也就不再作声，与鲜于刘光两人静静地等待。鲜于刘光的眼睛在黑暗中习惯了，隐隐约约看到，金刚坛城的狭窄内部，几只蜘蛛在爬动，甚至爬到了自己的脸庞上，鲜于刘光不忍杀生，让蜘蛛顺着自己的身体爬到了小厮的帽子上，可是蜘蛛爬到了小厮的头发之上时，全部焦枯死去，似乎小厮的头发是炙热的烙铁。

鲜于刘光好奇，忍不住用手摸了摸小厮的头发，却又没有任何异样。

小厮扭头避过鲜于刘光的手掌，"你做什么？"

"奇怪了，"鲜于刘光说，"你身上有厉害的东西，我看到了。"

小厮埋怨说："别毛手毛脚的，也别瞎打听。"

鲜于刘光听了，沉默一会，又问："你多大了？"说完就知道自己又犯了忌讳。

果然小厮说："你看你，就不听话。"

鲜于刘光苦笑着说："不知道为什么，别人说的话我都当了耳旁风，听不进劝，不然也不会跑到这里来躲避。"

小厮轻声笑了一下，过了一会儿说："我十六了。"

鲜于刘光说："我马上十七，你得叫我大哥。"

自父亲遇害后，鲜于刘光一直跟着家仆在江湖上颠沛流离，九岁遇到虚照禅师，又到了终南山，每日里跟一干道士相处，即便是有年龄相仿的小道童，因为辈分太高不能一起玩耍，实在没有玩伴，平日里说话行事，都得勉强维持长辈的身份。

在这里遇到了跟自己年龄差不多的小厮，免不了多说几句闲话。

小厮说了自己的年龄之后，就不再作声，不知道是不是在盘算怎么逃离刘子聪的魔掌。时间过得缓慢，鲜于刘光在心中计算水分，每一刻都煎熬无比。

"戌时到了。"鲜于刘光轻声摇动小厮，小厮在未时就已经沉沉睡去，被鲜于刘光摇醒，立即说："出去吧。再晚，宵禁后街道无人，我们更难躲避。"

鲜于刘光凝神静气，听了一会，"外面没有僧人，走吧。"

小厮爬出了金刚坛城，随即鲜于刘光也爬了出来。两人并肩站立，小厮的身材矮小，头顶距鲜于刘光的肩膀都还差了几寸。两人仔细看了看这个偏殿，一个僧人都没有。殿内的佛像被董文炳损毁，僧人也不必在这里守护。

鲜于刘光跟着小厮，尽量靠着墙角行走，走出了偏殿，殿外院落也是空荡荡的，夜空中一轮明月高悬。

小厮对道路熟悉，拉着鲜于刘光走到了院落的高墙之下，轻声说："这堵墙外面是道路和民房，我们从这里离开。"

鲜于刘光看了看一丈多高的围墙，好奇地看着小厮，"你怎么翻过来的？"

小厮指着墙角的一个下水沟，高墙在下水沟这里塌落了一片青砖，小厮的身材勉强能够钻过，可是鲜于刘光却绝无可能钻过。

第二篇　八臂哪吒

小厮跳下水沟，向鲜于刘光拱了拱手，"萍水相逢，江湖再见。"然后就要离开。

鲜于刘光说："你不跟我去找全真教的张掌教了吗？"

"你身材高大，"小厮笑了笑，"跟着你，在路上走不到三步，就被他们看见了。"说完就顺着水沟离开了。

鲜于刘光还想问一下小厮的姓名，可是小厮已经无影无踪。鲜于刘光看了看高墙，舒展身体，手足并用，爬了上去，墙外是一条狭窄的胡同，他轻轻跃下，不知道小厮已经跑到哪里去了。

鲜于刘光遇到了史驱之后，谨慎了许多，现在他知道董文炳和史驱等人法术高强，远胜于己，再也没有了初生牛犊的豪气。鲜于刘光尽量贴着胡同的墙壁飞快地行走，看好了方位，准备回道观去见张志敬。走到了胡同的尽头，就是大道。鲜于刘光计算了方位，知道自己必须要顺着大道，行走七里的路程，才能回到道观。

鲜于刘光仔细打量四周的环境，看到大道旁边挖掘了一条长长的沟壑，已经戌时二刻，燕京的街道上行人稀少，可是沟壑旁竟然还有督工在驱使民夫挖掘。督工呼喝的声音传来，让鲜于刘光十分地不解。忽必烈王爷打算经营燕京，是得修建城池，只是蒙古如今横扫天下，灭了契丹和西夏及西域各国无数，无论是大食，还是大宋，都被蒙古铁骑肆掠，忽必烈却要在燕京挖掘护城河。

毕竟鲜于刘光年纪幼小，实在想不出其中的缘由。

但是看见挖掘护城河的民夫，却让鲜于刘光有了主意。他偷偷接近正在挖掘中的护城河，把泥土涂抹在衣服上，然后蹲下混入了挖掘的民夫之中。有几个民夫躺在地上，奄奄一息，鲜于刘光看到后，心中惨然。看来工期紧张，蒙古督工把汉人民夫当作牲畜一般，让他们无休止劳作。也不照料病人，只当作死人扔在护城河下。

鲜于刘光刚拿起了其中一个民夫的掘具，听到背后破风的声音，并不躲避，一条鞭子抽在鲜于刘光的后背，督工用生硬的汉话叫喊："南蛮子偷懒，去干活！"

鲜于刘光弯腰，走到了前方的民夫之中，民夫都漠然地默默挖掘，没有人说话，也没有在意鲜于刘光。

鲜于刘光蹲着挖掘护城河，看见前方的民夫连绵不绝，都在被蒙古督工驱使。

民夫多半身体孱弱，蹲着或跪着挖掘泥土，鲜于刘光蹲下来，在黑夜中，也不显得身材魁梧。

民夫的数量众多，鲜于刘光看见督工催促其他民夫的时候，就在护城河内拿着掘具，快速向前数十步。几番下来，鲜于刘光，明白一个督工是十夫长，监督五十丈的河道、六七十个民夫，另有十个蒙古军士在督工身边守备。

月光之下，这些民夫中不乏高鼻深目、胡须卷曲的西域人，应该是蒙古征战四方押解过来的俘虏。鲜于刘光不断躲过督工和守备的监视，以民夫的身份朝着道观的方向移动。

看来这挖掘护城河的工程，专门在夜间赶工，辰时之前应该不会停止。很快就到了子时，鲜于刘光距离道观不远了，混迹在民夫中前行，很快就可以躲进民房中，回到道观。鲜于刘光想着，自己早上离开道观，深夜未归，不知道张志敬有没有去大龙光华严寺问八思巴要人。

一里路很快就要走完，鲜于刘光看着护城河边，几个蒙古士兵正在饮酒。正在想办法，如何越过这几个蒙兵，突然听见混乱的脚步声及马匹嘶鸣的声音。

鲜于刘光看见一长队的蒙古骑兵正集结列队，顺着大道走来，鲜于刘光心中一凛，蒙古人要出兵攻打大宋！

虽然鲜于刘光在张志敬处早就知道了蒙古即将南侵，可是真的看见了杀气腾腾的蒙古军队集结出发，心中还是一片惘然。

一个饮酒的蒙古士兵突然指着鲜于刘光大骂，鲜于刘光才发现自己不知不觉已站立起来，便扔掉了手中的掘具，大步走到蒙古士兵身前。蒙古士兵抽出腰刀，仔细打量这个身材高大的汉人。一旁的督工冲过来，口中咒骂着，挥鞭抽向鲜于刘光。鲜于刘光抬手抓住鞭子，夺过来，手腕抖动，鞭子缠绕住督工的脖子，他顿时无法呼吸。鲜于刘光眼睛看着前方的士兵，抬脚把督工踢开。

其他几个蒙古士兵见状，将鲜于刘光包围，鲜于刘光哼了两声，不等士兵靠近，连续几脚，把他们尽数踢倒在地。

鲜于刘光憋屈一整天，现在终于把一口恶气吐了出来。

这里的打斗引起了大道上军队的注意，瞬间一队人马从队伍中奔到鲜于刘光身边，在鲜于刘光四周绕圈，手里旋转长刀，口中用蒙语呼喝。

鲜于刘光已经无计可施，也没有任何的出路，只能孤身与这队蒙古军队对峙。

蒙古骑兵手里挥舞的长刀与中原不同，刀面弯曲，刀刃泛出寒光，人数越来越多。

无论术士的道术多么高强，对付寻常武夫，也只是以一当十罢了，能够力战百人的高强术士，在隋唐之际的万仙大阵之前或有一二。术士的能力在于两军交战时，势均力敌之间，以法术和阴谋打破平衡，以微弱的优势出奇制胜。

单枪匹马的术士，在训练有素的军队之前，战斗力实在有限。现在蒙古骑兵已经围住鲜于刘光，长刀不断往鲜于刘光的身上招呼，鲜于刘光即便是能够利用诡道算术躲避，也终究不能无穷无尽地应战。更何况，不断有蒙古骑兵在外围接应。片刻之后，鲜于刘光发现，骑兵在绕圈奔驰时，竟然在相互交换位置。看来蒙古骑兵已经看到鲜于刘光的身手不凡，但并不急于立即斩杀他，而是不断地交换士兵，想用车轮战把鲜于刘光耗败。尽管蒙古骑兵占尽了优势，依然不正面格杀鲜于刘光，而是不断从侧面进攻。鲜于刘光如果与侧面的蒙古骑兵格挡，后方的骑兵就会趁他身后门户洞开时攻击。

鲜于刘光只能不断躲避，他心中明白，蒙古骑兵训练有素，并且极为听从号令。这几十人的骑兵，轮番围攻，但并没有因为这只是个小小的战斗而轻视。可见蒙古军四方无敌，兵法上大有文章。

再这么下去，鲜于刘光必败无疑。看到一个骑兵和外围骑兵交换位置后，与更早交换的骑兵策马并排。而这排骑兵的最尽头，是一个中年将领。随后鲜于刘光看到主要将领微微颔首点头，一名骑兵出列，与围困自己的骑兵交换位置。

看来，蒙古骑兵要慢慢把自己磨到脱力。想到这里，鲜于刘光不再躲避，而是站定了身体。骑兵看见鲜于刘光露出了破绽，侧面的骑兵挥刀砍下，鲜于刘光舒展双臂，用手攥住两柄长刀，把两个骑兵拖下马来。两个骑兵下马摔倒后，依然用力抱着长刀刀柄，与鲜于刘光角力。就在拉扯过程中，鲜于刘光听到背后刀风破空的声音。如果现在双臂展开，无法再偏头躲避，只能把右手边的骑兵连人带刀都拖拽到身后，后面的骑兵为躲避同僚，刀砍偏在地上。鲜于刘光面前的骑兵当即直冲而来，迎头劈斩。

鲜于刘光如法炮制，左手带过士兵和长刀，格挡正面冲锋的骑兵。就在鲜于刘光瞬间牵制了四个骑兵的时候，脚下突然伸来两柄带钩的长矛，原来有两个骑兵下马，要用矛钩将鲜于刘光拖倒。鲜于刘光用脚分别把两柄长矛踩在地上，心里计算下一轮攻击，该如何抵挡。

鲜于刘光身体魁梧，力大无穷，以一人之力，制衡六个蒙古骑兵。此时，蒙古骑兵突然安静下来，再没有一个人冲上来偷袭。鲜于刘光随即看到，骑兵都骑在马上，把自己围在中间，挽着弓箭，箭头对准自己。

将领骑马慢慢地到了鲜于刘光的面前，摸着胡须，傲慢地看着鲜于刘光。鲜于刘光这才想明白，蒙古骑兵一上来就要围困自己，就是想让自己四处逃窜。蒙古人射骑精湛，但是不能随意射箭，以防飞羽伤到队友。现在把自己围困在圈内，十几张弓箭都对准了自己，就算躲过这些羽箭，也会脚步大乱，无法再抵挡骑兵的长刀和长矛。

现在面前的将领用意十分明确，就是想看看鲜于刘光是一个什么样的人物，敢扰乱蒙古大军的行伍。

鲜于刘光昂头看着将领，将领突然笑起来，"你是刘大人的师弟，姓鲜于的那个小子？"

鲜于刘光无奈，知道自己的身高异于常人，别说在汉人中鹤立鸡群，就是比一般蒙古人也高了许多，因此十分容易辨认。

鲜于刘光听了将领的询问，立即听出来，这个将领就是在金鹏寺偏殿内寻找那个小厮的董文炳。

鲜于刘光愣神之间，身边的蒙古骑兵松开兵刃一拥而上，把鲜于刘光狠狠抱住。鲜于刘光只能放弃了抵抗，让蒙古骑兵用绳索捆绑起来。

"送我到刘子聪那里去吧。"鲜于刘光知道董文炳不会杀了自己，只会带着自己去刘子聪处邀功。

没想到董文炳示意蒙古骑兵让开，对着鲜于刘光说："你走吧，还认得回去的路吗，要不要我送你回张掌教处？"

鲜于刘光实在没有想到，董文炳会这么轻易地放过自己。董文炳跳下马来，在鲜于刘光的身边来来回回走了好几趟，也不知道意欲何为？

过了一会，一个骑兵飞奔而来，带着另一匹马，马上跳下一人，竟然就是郭守敬。

董文炳对郭守敬说："郭大人，你说你师父下令放过这个小子，我把他交给你了。"说完，董文炳带着麾下骑兵，融入连绵的蒙古军队之中，继续行进。

鲜于刘光疑惑地看着郭守敬，郭守敬把马匹给了身边士兵，手里拿着图纸，对鲜于刘光说："我慢慢跟你解释。你先跟我回道观。"

郭守敬是个温和稳重的人，鲜于刘光信得过他，现在也只能听从。于是跟着郭守敬，在蒙古大军的旁边前行。

鲜于刘光再次看向郭守敬手里的图纸，突然醒悟，郭守敬就是挖掘护城河的总领，原来在燕京修建城池是刘子聪的意思。

郭守敬走在前面，开始说："我师父听从了五世法王和我的劝告，决定不再为难于你。"

"他哪里有这么好心，他不要我身上的诡道算术了吗……"鲜于刘光突然住嘴，看到一个蒙古骑兵的身后，一个瘦弱的俘虏，双手被绑缚，一根绳索牵在骑兵的手上，跟跟跄跄地被拖拽而行。

那个瘦弱的俘虏扭头看了鲜于刘光一眼，毫不为意地说："大个子，你也被抓住了。"

这个人，就是与自己一起躲在金刚坛城内的那个小厮。

鲜于刘光看见小厮被如此对待，心中大怒，就要去解救。郭守敬转身阻拦，"放心，董大人也不会为难他。"

"他偷了你师父的东西，"鲜于刘光说，"董大人抓了他回去，你师父必定不会轻易放过，多半是杀了。"

"你认识他？"郭守敬好奇问道。

"不认识，"鲜于刘光说，"一面之缘。"

郭守敬摇着头笑笑说："你自身难保，却替他着想。你也不知道他是什么人。"

"我知道你们都认为他是个小贼。"鲜于刘光恨恨地说,"以你师父的残暴,他肯定活不过今晚。"

"我与你打个赌,"郭守敬轻松地说,"如果他不死,你教我水分的算术。"

"你如果能救他出来,"鲜于刘光想了很久,"我就答应了。"

郭守敬大为奇怪,"你这人行事让人费解。你难道知道那个小贼偷了我师父什么东西?"

鲜于刘光说:"你答应还是不答应?"

"我做不了主。"郭守敬摇头,"你的命也是五世法王与我师父交换而来,却巴巴惦记与你不相干的人。"

鲜于刘光正色说:"虽然我的辈分是你师叔,但是你的年龄大,我就想问你,你和你师父都是汉人,为何却助纣为虐,帮助外族欺辱我汉人?"

郭守敬想了想,"我出生前数代,就已经是金国人,蒙古灭金,我看淡了各国征伐,只想做我的本分,兴修水利,布置北方风水格局,护佑百姓,金国也罢,大宋也罢,蒙古也罢,这国与国之间的纷争,我不想参与。"

鲜于刘光拱拱手,"那就是人各有志,话不投机,告辞了。"说完转身走向道观,他知道无法凭借一己之力去救那个小厮,此时也无法可想。

"等等,"郭守敬在鲜于刘光身后招手,"你真的要救那个小贼?不惜用水分算术与我交换?"

"大丈夫一言九鼎。"鲜于刘光摆手,"我等你消息。"

刘子聪既然已经下令不可伤及鲜于刘光,鲜于刘光现在毫无顾忌、大大方方地走向道观。到了道观之后,推门而入,现在子时未到,张志敬掌教应该还在做功课。鲜于刘光急着向张志敬通告八思巴手里有古怪的东西,是释道辩论的关键所在,于是急匆匆奔向张志敬的厢房,在门外轻声说:"掌教,我回来了。"

厢房内无人应答,鲜于刘光性情急躁,把门推开,发现厢房内空无一人。鲜于刘光警觉,立即在道观内到处寻找,一个全真教道士都没看到,就是道观内本来的两三个老道士也没有了踪影。

鲜于刘光心知不妙,跳到了道观的屋顶,四处张望,只看到整齐的蒙古军队在集结而行，哪里有全真教道士的痕迹？

鲜于刘光只能回到张志敬的厢房，再次仔细查看，看到张志敬的蒲团位置移动方位，不在三清像的正下方。于是拿起蒲团打量，看见蒲团下方，挂着一张黄表纸，写着："速去钓鱼城"。

21

刘子聪之女

鲜于刘光拿着这张纸条，心中慌乱，张志敬在蒲团下方留下临言，本是全真教师徒之间修行点悟的一个小手段，现在张志敬用来告知自己去往钓鱼城，就是在告诉鲜于刘光，蒙古大举南下，钓鱼城岌岌可危。

大宋在蜀中布置了抵抗蒙古军队南下的青居、大获、云顶、钓鱼等十几个城防，都在蜀地艰险的关隘，钓鱼城是最南方的一个据守，是重庆城最后的屏障。鲜于刘光思索很久仍很疑惑，蒙古虽然南下，大宋最危险的明明应该是中路的荆襄之地。蜀中易守难攻，张志敬为什么不让自己去往襄阳助宋军抵抗呢，却偏偏要去蜀地？

鲜于刘光不知道其他全真道士安危如何，想来想去，决定在燕京打探张志敬的消息。现在刘子聪不会为难自己，因此不必介意忽必烈帐下的术士。

鲜于刘光思索一会儿，立即走出道观，仍旧是大喇喇地行走在蒙古行军的旁边，在挖掘护城河的地方寻找郭守敬。鲜于刘光心中明白，现在只有去找郭守敬。郭守敬是一个不愿意参与蒙古南侵的术士，又是刘子聪的高徒，找他去打听全真教的下落是最合适的。只是郭守敬刚刚与鲜于刘光分手，现在却忽然没了踪影，鲜于刘光在护城河边一路寻找，心中猜测郭守敬可能已经去了别处督促工程。

鲜于刘光茫然中，知道无法向蒙古督工询问郭守敬的去处。看到蒙古几个骑兵在大道外侧飞驰，朝着自己撞过来，鲜于刘光只能闪开躲避。走了几步，又一队蒙古骑兵奔来，看见了鲜于刘光，在他身边转了一个圈，为首的骑兵正巧是与鲜于刘光交过手的一个蒙兵，用马鞭指着鲜于刘光问："小子，你见到一个鬼鬼祟祟的蛮子没有？"

鲜于刘光听见蒙兵生涩的汉话，心里排斥，没好气地说："蛮子没看到，鬼鬼祟祟的鞑子倒是见到了不少。"

蒙兵一时间没听明白，立即问："在哪里？"

鲜于刘光摆摆手，蒙兵才醒悟过来，大怒之下，就要挥鞭抽鲜于刘光，但是马鞭举起来就收住，"刘大人下令保你，暂且留下你的狗命。"

鲜于刘光大怒，想要动手，可是骑兵军令急切，策马飞奔走了。鲜于刘光朝骑兵的方向吐了一口唾沫，"到了战场上我见到你，绝饶不了你的狗命。"

蒙古士兵的军队依然行进，并且人数越来越多，两列变成了三列，挤满了大道，鲜于刘光被马匹冲撞，只能贴着正在挖掘的护城河行走。走了一段，看到民夫仍旧在督工的鞭下垂死劳作，心中悲哀，觉得自己实在是太无用，看到了蒙古人欺压汉人，也不能施以援手，不仅如此，连七年来同吃同住的全真教道士也不知道是死是活。

现在想找郭守敬打听，可是郭守敬偏偏又是个投靠了蒙古人的汉人。鲜于刘光越想越生气，抬脚把一块磨盘大小的石头踢得远远的，石头滚到了正在挖掘的护城河下，停在几个正在干活的民夫脚边。民夫已经麻木，对石头视若无睹，督工看见鲜于刘光与蒙古骑兵对话，以为鲜于刘光也是蒙古治下的汉人士兵，不去找鲜于刘光的麻烦，却呼喝民夫去抬石头。民夫力气单薄，几个人都无法抬起，督工不断咒骂和鞭打，鲜于刘光走过去推开督工，自己跳下护城河，去搬动石头，他知道不可与督工冲突，这样只能让民夫遭受毒打。

督工绕过鲜于刘光，继续鞭打民夫，民夫纷纷围到鲜于刘光身边，帮助他搬动石头。鲜于刘光心中愧疚，轻声对民夫说："对不住了，我自己能搬动。"向民夫一一拱手时，突然看到正对着自己的一个民夫，立即愣住，"你、你不是……"

那个民夫拼命摇晃手臂，示意鲜于刘光不要说话，鲜于刘光内心好笑，略觉踏实。原来这个民夫，竟然就是刚才与自己一起躲避董文炳的那个小厮，刚才蒙古骑兵追问的鬼鬼祟祟的南蛮，就是他。

鲜于刘光不知道小厮用了什么办法，竟然从蒙古骑兵的手里逃脱，扮作了民夫躲避在护城河内，跟自己的心思倒是一致。

鲜于刘光不再拒绝民夫相助，四五个人一起滚动石头，到了护城河上。鲜于刘光向小厮使了一个眼色，小厮皱着眉头，突然拱手起来，头偏向了督工。

鲜于刘光立即会意，一把抓住小厮，"好小子，原来躲在这里！"

督工赶来，鲜于刘光说："这是刘大人要抓的小贼，我要把他送到董将军处，你刚才看到董将军往哪个方向去了？"

督工的确看到鲜于刘光与蒙古骑兵对话，虽然语气不善，但如果是敌人，必然抓捕。一时间也想不明白究竟，看见鲜于刘光身材魁梧，多半的确是董将军麾下的汉人军士，在替董文炳寻找小贼。

鲜于刘光把小厮的脖子拎起，"走吧。"

小厮背对督工，向鲜于刘光微笑一下，目光中透露出赞许。鲜于刘光不等督工再问，拖着小厮朝着大道前方走去。

鲜于刘光知道督工反应过来后，会立即向那些抓捕小厮的骑兵汇报，因此不敢回道观，看到一片民房，两人躲闪进去，顺着墙角飞奔。两人一直走到了一个小院落，偷偷翻墙进去，一条狗狂吠几声，小厮扔了一块干牛肉，狗子吞咽牛肉，也就不作声了。

鲜于刘光谨慎，抬脚把狗子踢晕。两人蹲到院落内的一棵大槐树下，安静片刻，确定没有惊动院落的主人家，鲜于刘光才急切地问："你怎么逃出来的？"

"没人搭救，"小厮轻声说，"就只能自己想办法。"

鲜于刘光轻笑，"你倒是跟我一样，知道扮作民夫。"

"我跟你学的。"小厮轻声回答。

"你看见我扮作民夫在护城河内？"鲜于刘光问。

"你身上有泥土，"小厮说，"我看见后，就明白了。"

"所以你就依葫芦画瓢，"鲜于刘光点头，"可是你还没告诉我，你怎么从董文炳手下跑掉的。"

"董文炳本来要带着我随军一起去南方，"小厮说，"可是得了军令，要护送几个道士去什么大龙光华严寺，结果那几个道士不愿意，打起来了，我就趁乱跑了。"

"你偷了刘子聪重要的东西,"鲜于刘光说,"董文炳怎么会这么疏忽,让你轻易跑了。"

"因为我在之前,偷了一个傻子的好东西,那个好东西能帮我逃掉。"小厮回答。

"什么东西?"鲜于刘光问。

"你在跟我装傻吗?"轮到小厮一脸的狐疑。

鲜于刘光摊摊手,"我为什么跟你说笑?"

小厮说:"你摸摸身上,少了什么东西没有?"

鲜于刘光摸索一番,发现当年奴僧赠与自己的僧袍不见了。果然小厮拿出那件僧袍,歪着头瞧着鲜于刘光说:"我说你明明有个宝贝,却跟丧家犬似的到处躲避,原来根本就不知道这东西到底有什么用处。"

鲜于刘光立即醒悟,想起来僧袍能够隐蔽身形。只是鲜于刘光当年年纪幼小,心中对八思巴和奴僧不以为意,只想着要还给奴僧,从未想过真的能派上用场。没想到自己躲在金刚坛城内,被这个小厮贴近身体,顺手给摸了去。

小厮又说:"可惜这宝贝,有个麻烦,不能见月光,见到月光,就没用了。"

"所以你走着走着,月亮一出来……"鲜于刘光忍不住笑起来,他想到了小厮在蒙古军队旁的慌乱模样。

"所以我就只能跟你一样,"小厮说,"去扮作民夫,躲避一时再想办法。"

"只是没想到我却又与你碰上。"鲜于刘光说,"如果我不来打扰,你也能自己跑了。"

"不行,"小厮说,"这件僧袍古怪得很,月光照射能显形,那么日光也一样,到了天亮,督工清点民夫,也会把我给抓住送回去。"

鲜于刘光听了,不禁佩服小厮的心思缜密,竟忘了这个东西,是小厮从自己身上偷去的。

小厮说:"你也挺机灵,知道用这个法子把我带出来。"

"承让。"鲜于刘光说。

"承让承让。"小厮笑起来。

鲜于刘光少年心性,觉得跟小厮心有灵犀,立即亲近起来,对小厮说:"不如你帮我找到张志敬师父，然后一起逃出燕京。"

"那几个道士是你的同门？"小厮说，"你是全真教的？"

"我虽然不是全真教道士，但是也与他们情同家人。"鲜于刘光说，"兄弟，不知道你姓甚名谁，但是我们两次相遇，还是大有缘分。"

小厮突然啐了一口，"谁跟你是兄弟。"

鲜于刘光失落地说："你不愿意就罢了。"

小厮说："刚才说你聪敏，现在又是个傻子吗？"

鲜于刘光问："小兄弟，你到底帮不帮我？"

小厮把帽子摘下，一头乌发披散下来，"我是个女的，你看不出来？"

鲜于刘光瞠目结舌，想了一下说："我们两次相见，都形势紧急，哪里顾得上去辨认你是男是女。"

"你是不是自幼生活在道观，没见过女人。"小厮轻笑，"你究竟是不是全真教的道士？"

"孙不二前辈的清静一脉下有几个女师兄，"鲜于刘光一时间也没法解释自己的门派，"男女有别，除了每年年末，全真所有道士聚齐可以见一面，平日里也见不到。"

"果然是个莽撞的笨小子。"小厮的口气变得轻松了一点。

鲜于刘光说："我自小被全真教庇护，掌教志常真人、志敬真人道法高强，但到了燕京才知道，个人的道法再强也是枉然，抓你的刘子聪，我看他的本事就不如两位掌教，可是身居高位，全真教就敌不过他。"

女子的神色黯淡了一下，随即对鲜于刘光说："你身上的东西，我看也就这件僧袍值钱，不知道刘子聪为什么要惦记？"

鲜于刘光说："你告诉我名字，我告诉你刘子聪惦记什么物事。"

女子轻声哼了一声，"我稀罕知道吗，刘子聪的仇人多了，想抓了你去，也不是什么大不了的事情。"

鲜于刘光一辈子没见过这样口气说话的同龄人，道观的道童看见他都恭恭敬敬，全真教七子在鲜于刘光出生前，都已经仙去已久，"志"字辈的尊长都与他同辈，说话也是稳重端庄。和这个女子说话，鲜于刘光感觉颇为新鲜，就想多聊几句。于是老实地说："刘子聪想要的东西，没有实物，都记在我心里，所以他不敢杀我，杀了我那两样东西就失传了。"

女子听了，沉默一会说："原来是你，我听说过你，你是他的师弟对不对？"

"你连这个都知道？"鲜于刘光大为好奇，刘子聪的身份虽然并不隐晦，不过诡道两房分别得了两大算术，知道的人并不多，刘子聪也不会到处张扬。女子如果只是个盗贼，怎么会知道这么多？

"我偷听来的。"女子随口说，"既然你先说了你的秘密，那我告诉你我的名字也无妨。"

鲜于刘光说："知道了你的名字，以后也好称呼。"

女子说："女人的名字，无非就是翠莲莺燕之类，也没什么好说的，我妈叫我三娘。"

"你爹呢？"鲜于刘光问，"姓什么？"

三娘看着鲜于刘光轻声说："你自小就这么喜欢刨根问底吗？"

大宋注重理学，男女有防，鲜于刘光也知道这么追问女子的姓名，并不得体，于是挠了挠脑袋，"我不问了，你一个女子，却做了小贼干什么？你娘知道了必定难过。"

"我娘死啦。"三娘撇嘴说。

"是不是刘子聪干的？"鲜于刘光立即明白。

"不然怎样呢？"三娘说，"我杀不掉他，报不了仇，就只能偷他最看重的东西。"

"我爹也是死在刘子聪手里。"鲜于刘光恨恨地说，"我们都一般，是刘子聪的仇家。"

"我倒是好奇，"三娘现在变得啰唆起来，"刘子聪为什么要杀了你爹？"

鲜于刘光从来没有如此与人亲近交谈，话也多了起来，"之前有个很厉害的术士，叫黄裳，门派是诡道。黄裳要收两个徒弟，于是留下遗言给天宁寺的住持虚照禅师，替他收两个徒弟。虚照禅师就先收了大徒弟，教授了大徒弟两门诡道的算术。"

"这个大徒弟，就是刘子聪？"三娘点头。

"刘子聪得了算术，想学另外两门，"鲜于刘光继续说，"可是虚照禅师告诉刘子聪，当年黄裳留下的遗言是另外两门得教另外一个门人。虚照禅师已经选好了人选，就是当年大宋的司天监后代鲜于坤。刘子聪听了之后，非常愤恨，投靠蒙古之后，就找到了在齐州府的鲜于家，把鲜于坤杀了。"

"你就是鲜于坤的儿子？"三娘问，"那你叫什么？"

"我叫鲜于刘光，"鲜于刘光咬牙切齿，"刘子聪杀我父亲的时候，我跟母亲在外祖家省亲，母亲知道家中出了大祸，知道刘子聪不会放过我们，于是我祖父举家迁徙到了江南。到了九岁，母亲告诉我，她本应该给父亲殉节，只是我未长大，现在我九岁了，可以去找天宁寺的住持学艺报仇。说完后，母亲没几天就病死了。家丁张叔把我带到了天宁寺。"

"原来是这样。"三娘听了，也心情低沉，"可是你为什么去全真做了道士？"

"我见到天宁寺住持虚照禅师的时候，他也要死了，他死前，教了我诡道的另外两门算术，又把我托付给了全真教。"鲜于刘光说得兴起，把七年前的往事都说了出来。

说完之后，鲜于刘光问三娘，"你家又是为什么得罪了刘子聪？"

三娘迟疑一会说："刘子聪霸占我娘……"

鲜于刘光听了，心中一股怒火升起，"他明明投了佛门，却做出这种事情！"

就在此时，一个声音传来："我就说这个小贼跑不远，你看，不就在这里吗？"

鲜于刘光和三娘站立起来，看见院落的门已经被推开，两人还是看轻了董文炳，在院落内说得兴起，忘记了大敌当前。

董文炳走到了鲜于刘光和三娘的跟前，看着两人说："听挖河的督工说你们瞒过他跑了，三娘，你害得我好找。"

鲜于刘光看着董文炳的耳朵很久，突然说："刘子聪教会了你听弦？"

董文炳愣了一下，旋即承认，"如果刘大人不教我这个本事，我怎么能隔着几条巷子，听见你们在这里絮叨。"

鲜于刘光也无话可说，诡道并未强令不将门派的法术外传，只是诡道的算术精深，传承极难，不是诡道门人，很难学得会。

董文炳的目标并不是鲜于刘光，他对三娘说："三娘跟我回去吧，别跑了，刘大人隔几日会赶上我的军队，跟你会合。"

鲜于刘光看向三娘，一脸的狐疑，这董文炳在追逐三娘的时候称她是小贼，可见到了三娘，却改口称呼三娘的名字。

三娘脸色惨白，扭头对着鲜于刘光说："不错，刘子聪是我父亲，但是我娘死在他手中，我跟他已经恩断义绝。"

"疏不间亲，"董文炳语气婉转，"刘大人惦记你是他的血脉，只要你安心待在府邸内，他绝不会杀你。"

"哼，"刘三娘说，"把我关在不见天日的暗室中，直到我自己忍不住上吊死了，他就免了残杀亲女的罪责。"

鲜于刘光脑袋嗡嗡作响，一时间没有想明白究竟。

刘三娘突然对鲜于刘光大声说："帮我逃掉，我把八臂哪吒的金莲子送给你。"

鲜于刘光抬头看向四周，墙上已经蹲伏一些黑影，必定是董文炳带来的一干术士，而院落外已经有了蒙古士兵的声音，现在两人已经插翅难逃。

董文炳对鲜于刘光说："我已经放过你一次，你却还待在燕京与我捣乱，不如也跟着我南下，出了燕京，再定夺你的生死。"

鲜于刘光脑筋转得飞快，眼睛看向院落中的水缸，知道刘三娘再被董文炳抓住，决不能轻易逃脱，于是手里慢慢地拿出了蜡烛。

董文炳已经见识过鲜于刘光在史驱面前使用看蜡的算术逃脱，立即大声喝道："把他摁住。"伸手去抓刘三娘。

墙壁上的几个术士跳下来，鲜于刘光躲开，跑到水缸边，舒展长臂，用力把水缸推翻。这水缸本就是民间灭火的储水器皿，水缸里的水倾泻而出，几个术士并不为意，只有董文炳大喊："不要中了这个小子的法术。"

刘三娘趁着董文炳分神，也躲到鲜于刘光身边。

鲜于刘光轻声对刘三娘说："还记得僧袍吗？"

刘三娘看向天空，月亮已经隐入了一团黑云中。

鲜于刘光的手臂抬起，院落内地面上的积水顿时全部腾起，化作了无数的水珠。董文炳和术士看着水珠围绕在鲜于刘光和刘三娘的四周，不知道这个戏法般的法术如何让二人逃脱。

董文炳大步踏走向鲜于刘光和刘三娘，对浮在空中的水珠毫不顾忌。突然看见鲜于刘光对着自己笑了一下，所有的水珠都崩裂，化作了雨雾，顿时院落内一片灰蒙蒙的，雾气弥漫。

董文炳大喊："所有人守住前后门，也不要让他们从墙上跑了。"

突然一声巨响，原来是鲜于刘光用手掌狠狠地拍了一下水缸，水缸是生铁锻造，巨响传来，董文炳猝不及防，捂住耳朵，惨叫一声。

随即浓雾散尽，院落里鲜于刘光和刘三娘都突然消失无踪。董文炳想使用听弦算术，可是耳朵被巨响刺激，听不到任何动静。

术士们和董文炳面面相觑，一个术士说："跟小贼刚才逃走时一般情形，无缘无故地就没了。"

董文炳捂着耳朵，眉头深皱，刘三娘两次在他眼皮子底下逃脱，实在是难以置信。

"门口！"董文炳突然指向了院门，守着院门的术士茫然看着董文炳，忽然他的肩膀突然被无形的物事冲撞，院门自行打开。

董文炳冲出院门看着院外，虽然有十几个蒙古士兵在院外巷道守护，可是已经看不到鲜于刘光和刘三娘的踪影。

一个术士走到董文炳身边，"五通？"

"放屁！"董文炳说，"哪有两个都是五通的道理，再说那小贼好端端的，如何就变成了五通？"

22

忽必烈之谋

鲜于刘光披着僧袍，慢慢地在大道上移动，蒙古大军的脚步声和马蹄声混杂着，董文炳即便是会听弦，也无法在千军万马之中听出他和刘三娘的脚步声。即便是如此，鲜于刘光已经因为托大，差点落入敌手。在僧袍内，他们尽量与身边的蒙古步兵的脚步保持同步，这样才能万无一失。董文炳的听弦算术修炼的层级有限，如果是诡道的术士高手，只要听过一个人的脚步，就算是在天崩地裂、万马嘶鸣的情况下，也能在百步之内辨识出来。只是刘子聪对董文炳保留太多，董文炳的听弦算术堪堪入门，而且并无精进的可能。

这僧袍的确是个罕有的宝物，能够让人隐遁身形。鲜于刘光身材巨大，好在藏传僧人的僧袍宽阔巨大，勉强能把鲜于刘光罩住，只是多了一个刘三娘，僧袍无法全部遮掩，并且刘三娘的脚步很难与鲜于刘光同步，鲜于刘光走一步，刘三娘要走两步半。鲜于刘光急了，干脆伸出手臂，把刘三娘揽在腰间，如同夹了一个婴孩。刘三娘抗拒两下，知道别无他法，也就不动。

现在鲜于刘光不敢再走进民居巷道，董文炳麾下的士兵仍旧在身边来回奔驰，并且不知道多少手段高强的术士，也躲避在暗处。反而蒙古大军的脚步声是鲜于刘光和刘三娘最好的掩护。

有两次董文炳策马奔驰过来，鲜于刘光静立在路边角落，看着董文炳等人走远。走了许久，鲜于刘光心中的水分刻漏感知卯时二刻已到，一旦到了卯时三刻，日头升起，这隐身的僧袍就毫无用处。他心中焦急起来，到了天明，自己和刘三娘更无可容身之地。

鲜于刘光轻声与刘三娘商量,"天快亮了,你在燕京有没有躲避的地方?"

"有,"刘三娘轻声说,"刘子聪的宅邸。"

"以刘子聪的法术修为,我们哪里躲得过他的耳目,"鲜于刘光说,"他正在为释道辩论做准备,不然也不会让手下在燕京劳师动众地找你。"

"我在他的丹室内躲了一个月,"刘三娘嘻嘻笑了一声,"他把燕京翻了个遍,才找到我。"

"不行,得另外想个去处,"鲜于刘光也笑起来,"就照你的路数,咱们有地方去了。"

"去哪里,是不是大龙光华严寺?"刘三娘说,"他怎么也想不到我们会去八思巴的地方。"

"不,他想得到,"鲜于刘光说,"你想想,燕京还有什么地方,刘子聪是绝对想不到我们会去的?"

"我想到了。"刘三娘又偷笑起来。

"对,就是那个地方。"鲜于刘光说,"只有那个地方,刘子聪想不到。"

"那还犹豫什么,"刘三娘说,"天亮前赶得到吗?"

鲜于刘光看了看天色,"月亮已经落山,我们还有时间赶到忽必烈的行在。"

忽必烈在燕京的行在本是一顶简陋的帐篷,得了蒙哥汗统领漠南的命令之后,在城北修建了一座宫殿,与大龙光华严寺几乎同时修建。这些工程,都是刘子聪指挥郭守敬所为。鲜于刘光和刘三娘避开董文炳的军队,赶在天明之前,走到了忽必烈的行在。忽必烈行在之外,有数百士兵守卫,但是在隐身僧袍的掩护之下,士兵无一人察觉鲜于刘光和刘三娘靠近。

行在的大门不停有换防的士兵进出,鲜于刘光和刘三娘观察片刻,趁士兵进出的间隙,悄悄走进了大门。

没想到忽必烈的宫殿外表辉煌,内部却十分简陋,甚至连房屋都未完工,只有一顶巨大的帐篷矗立在空地之上。

忽必烈作为蒙古黄金家族的王爷,自幼在草原征战,因此居住在帐篷里也并无特异。鲜于刘光和刘三娘商量了一下,天明后,督工和民夫会继续修建宫殿,于是一不做二不休，干脆蒙着隐身僧袍慢慢走到了王帐之内。

没想到王帐之内空荡荡的，到处亮着粗大的牛油蜡烛，几个佩刀的亲卫站立在帐篷中央，看来忽必烈的生活一切从简。

鲜于刘光和刘三娘仔细看着帐内的布置，看到王帐靠里的地方是忽必烈的寝床，寝床巨大，并且有帷帐遮掩，两人干脆就朝着王帐的方向走去。绕过了亲卫，走到了王帐的正中央，看见一个中年男子，穿着简朴的短袍低头站立在帐下。中年男子略微肥胖，身材也并不伟岸，只是身上隐隐透出威严，让人窒息。这中年男子应该就是忽必烈王爷无疑了。

忽必烈似乎察觉了什么，抬头张望一下，目光看向了鲜于刘光和刘三娘的方向，鲜于刘光在一瞬间几乎以为身上的僧袍失去了隐身的法力，和刘三娘两人立即站立不动。鲜于刘光看见忽必烈一张白净的脸庞，如果不是蓄了浓密的胡须，与一般的汉地书生无异。唯一让人生出惧意的是他如同洪水般压迫的眼神，让鲜于刘光和刘三娘两人都本能地屏住呼吸，只听见两颗剧烈搏动的心脏咚咚跳动。好在忽必烈并非术士，眼神掠过了二人站立之处，在帐内环顾一圈之后，继续看着脚下。

鲜于刘光和刘三娘连长舒一口气都不敢，只是朝着寝床的方向慢慢移动。当鲜于刘光和刘三娘从忽必烈身边走过的时候，鲜于刘光看见忽必烈脚下是一张巨大的地图，插满了小旗，蜀中的十几个城防都被标注出来，其中旗帜颜色稍微不同的是重庆以及西北方不远处的钓鱼城。

鲜于刘光看见了地图上的钓鱼城，内心震动。看见忽必烈走到了几步之外，又在西南大理插了几个旗帜。鲜于刘光看得呆了。

忽必烈本来死死地看着钓鱼城方向，突然大踏步朝着鲜于刘光的方向走来，鲜于刘光大惊，没想到忽必烈与自己擦肩而过，走到了地图的另一个方位，是荆襄之地的范围。襄阳、荆州也插了旗帜，但是忽必烈想了想，把襄阳的旗帜插到了鄂州的方位，忽必烈沉思一会儿，又把鄂州的旗帜拔起来，重新插回到襄阳。

刘三娘用手肘轻触鲜于刘光，示意为什么不继续行走，而鲜于刘光知道，现在他看到的是蒙古三路大军南侵大宋的军事部署。这是极为重要的军事机密，现在却明明白白地摆在自己的面前。

突然帐外走来一个亲卫，跪倒在忽必烈的身前，拱手大声通报："刘子聪大人求见！"

鲜于刘光和刘三娘一听，又是惊愕，又是沮丧，本想逃离刘子聪越远越好，没想到，却自投罗网。

两人无奈，只能快步移向寝床处，刘子聪的听弦算术远超过董文炳，这王帐内安静无声，除非鲜于刘光和刘三娘一直屏住呼吸，否则以刘子聪的功力，一个喘息之间，就能把刘三娘找出来。

两人都暗自叫苦，也无法可想，只能偷偷走到寝床边，突然看见寝床上睡着两个人，两人顿时万念俱灰。

好在寝床上的两个人正在熟睡，一大一小，是忽必烈的王妃和王子。鲜于刘光和刘三娘站立在寝床边不动。突然王帐的大门大开，一阵风吹进来，帷帐飘动，鲜于刘光和刘三娘趁着机会，钻入了帷帐。

果然穿着僧袍的刘子聪匆匆走进帐内，走到忽必烈的身前。

忽必烈看着脚下的地图，头也不抬，问刘子聪："秉忠兄，大汗的大军开拔了吗？"

"祁连山祭天之后就出发了，"刘子聪说，"比约定的时间提前了两日。"

"大汗把军权重新交还给了我，"忽必烈说，"你说他是信得过我还是信不过？"

"王爷与大汗是血肉之亲，"刘子聪说，"有些话，做臣子的不敢讲。"

"那就是信不过了，"忽必烈哼了一声，"你说话就是不直爽，让人气闷。"

两人一对一答之间，都是用汉话，并且忽必烈的汉话说得十分流畅。这个与鲜于刘光在全真教听到的传闻不同，外界传说忽必烈不通汉话，只能通过翻译转述。可见忽必烈的确是个极厉害的人物。

刘子聪突然抬头张望，看向了寝床。这一眼看过来，鲜于刘光顿时心惊肉跳，知道刘子聪听到了帐内有人呼吸。突然寝床上的婴孩"咿呀"哭喊起来。

刘子聪依然狐疑，忽必烈看了刘子聪一眼，满眼疑惑。

刘子聪当然不能窥察忽必烈王爷的贵眷，但是眼角还是瞟了寝床两眼。

"你看什么？"忽必烈似乎动怒。

刘子聪从背后抽出一张古筝，忽必烈可能看惯了，也不以为意。

鲜于刘光知道刘子聪不便靠近寝床，就要利用古筝听弦算术，查找自己的方位，一旦古筝响起，自己和刘三娘无所遁形。

就在惶急的时刻，忽必烈伸出手臂，把刘子聪的古筝按下，"王妃和幼子在熟睡，你却要弹琴？"

王妃也被幼子惊醒，抱着幼子哄起来，可是哭声更大，王妃恼怒，但是不敢触怒忽必烈，只是轻声说："王爷，还是让孩子多睡一会儿，到了大军开拔，就睡不了一个囫囵觉了。"

王妃说的是蒙语，但是语气中的不满之意明明白白。

刘子聪也懂蒙语，也实在是无法想象，还能有什么人能够穿过铁桶阵一般的守卫，进入到王帐，于是放下了古筝。

鲜于刘光一颗心落地，和刘三娘对视了一眼，看见刘三娘的眼神似笑非笑，才知道刚才忽必烈的王子猛然惊醒，并非巧合，而是这个机灵古怪的小女子，偷偷惊动了小王子。

刘三娘不知道用什么办法惊扰了王子，多半是拍了拍王子的身体，婴孩不断哭啼，王妃只能跟着哄劝，一大一小两个人咿咿呀呀的，倒是遮掩了鲜于刘光和刘三娘的呼吸声。

鲜于刘光心中佩服刘三娘的机智，其实以刘子聪的本领，即便是在王妃和王子的声音中，也能辨识出刘三娘的呼吸声。只是刘子聪不敢去查看，毕竟这是王爷的家眷。

看来军情紧急，忽必烈作为东路主帅，立即就要跟随蒙古的前锋出发，于是临时招来刘子聪商讨战事。

刘子聪看见忽必烈脚下的地图上，襄阳插着旗帜，轻声问忽必烈："王爷是打定主意要先拔掉襄阳这个难啃的骨头？"

忽必烈看着刘子聪说："襄阳重镇，不打下来，整个南阳都在襄阳宋军的攻击范围内，大军的后方补给和援军，都无法顺利接应。"

刘子聪把插在襄阳的旗帜拔起来，指着地图上鄂州的方位，上面还有插过旗子

125

的一个小孔洞,"可是刚才王爷为什么想要攻打鄂州?王爷心中还是有心事。"

忽必烈看了看左右,亲卫都已退下。刘子聪的脸色坚定起来,对着忽必烈说:"王爷率领东路大军,攻打襄阳,兀良合台已经进入到大理,即将攻入广南,蒙哥汗统领西路,一路从蜀地进攻重庆,届时襄阳无法分兵水师解救重庆,这个战略在窝阔台汗在位的时候就已经定下,是万无一失的灭宋战略。"

忽必烈盯着刘子聪,刘子聪抬头与忽必烈的眼神对视,隔了一会,把手中的旗帜交到了忽必烈的手中,手指指向了地图上的鄂州。

忽必烈说:"你做的是株连九族的决定。"

"也是王爷的决定。"刘子聪说,"不过这七年来,王爷也知道,除了这个办法,我们再也没有任何机会。窝阔台汗、贵由汗的往事,王爷是亲眼看到的。"

"希望仍旧渺茫。"忽必烈说,"平定江南之后,我向蒙哥汗请辞,回到草原上放牧,或者去替蒙哥汗打下倭国,在海外做个汗国王。"

刘子聪冷冷地看着忽必烈,忽必烈也冷静地看着刘子聪的脸色,两人的眼神充满冷酷的杀意,弥漫在整个王帐之中。

刘子聪打破沉默,"五世法王八思巴说,他将整个藏地都托付在王爷这边。"

"我知道,"忽必烈摆摆手,"可是他是一个二十多岁的年轻人,能有多大的能耐,藏地的其他宗派,他能镇服吗?"

"能,"刘子聪缓缓地说,"八思巴已经暗示,他有办法。"

"我怎么能听信一个少年的话?"忽必烈依然犹豫不决。

刘子聪突然跪倒在忽必烈的面前,抓住忽必烈的手臂,"王爷!越飞越高的雄鹰,哪有停歇的道理?不飞到雪山之巅,必定就死于地上的狼口。您还有退路吗?"

"八思巴、八思巴,"忽必烈问,"好,我拜他为国师,释道辩论,就是他给我的一个交代。"

"释道辩论,八思巴必胜,"刘子聪看到了希望,眼睛闪烁起来,"全真教张志敬等,我已经把他们请到了我那里,我与张志敬交谈过,他并无胜算。"

忽必烈回头看了看寝床这边,终于下定决心,把手中的旗帜插在了地图上的鄂州。

刘子聪向忽必烈点头，"燕京的八臂哪吒风水布局，我已经交给了郭守敬安排。王爷，当八臂哪吒布局完成，就是蒙古一统天下之时。"

"你这个八臂哪吒的布局，引起了蒙哥汗的注意，"忽必烈说，"燕京有无数的耳目，这个瞒不过他的。"

刘子聪垂下了头，随即又抬起来，仰望着忽必烈，"臣下的师门，王爷是知道的。"

"你是天宁寺挂了单的僧人，我当然知道，"忽必烈说，"我也知道你另一个身份，但是从未问起过。"

"臣下真正的门派是诡道，"刘子聪站起来，阴恻恻地对忽必烈说，"这个门派，就是至阴诡辩之道，是辅佐帝王不可或缺的坤道。当年我被王爷赏识的时候，王爷就没有回头路可走，只有王爷，才能让我将终身所学发挥作用。现在王爷后悔也来不及了。王爷顺应天道，光明正大，以阳谋攻略四方，王爷不能染指的阴谋诡辩，都交给臣下吧。"

"还有那个萨迦五世法王八思巴。"忽必烈的脸色变得越来越坚定。

刘子聪说："释道辩论之后，我立即陪八思巴南下与王爷会合。"

"听说你布置八臂哪吒布局，少了一个关键的法器金莲子，"忽必烈突然发问，"找得回来吗？"

"一个小女子，能跑到哪里去？"刘子聪说，"当蒙古铁骑踏遍天下，找到她，又有何难。"

"是你的女儿吧？"

刘子聪黯然无话，只能慢慢点头。

"之前我把窦翰林的女儿许配给你，你可是答应了的。现在却多了一个女儿出来。"

在寝床这边的鲜于刘光突然手臂一紧，是刘三娘的手指掐住了他的手臂，鲜于刘光的手臂剧痛，刘三娘的手指指甲，深陷到肌肉之中。

刘子聪突然抬头，又忍不住看向了寝床的方向，警惕起来。幸好王子的一声哭

127

啼响了起来。忽必烈冷淡地说："我在问你话。"

刘子聪跪下，"并非欺瞒王爷，只是无法启齿。"

"嗯，你当时已经投到天宁寺虚照禅师门下，注册了度牒。"忽必烈的语气突然缓和，"倒不如藏地的僧侣，不忌讳这些俗事。"

"臣决定还俗，"刘子聪说，"只等王爷更进一步。"

"更进一步，呵，离死也近了一步。"忽必烈说，"赶紧把你的俗事安排妥当，窦翰林与你都同在我帐下，别到时候不好看。"

刘子聪额头大汗淋漓，轻声说："臣下明白。"

王帐门外，亲卫高声通报："河渠使郭守敬、亲卫使董文炳将军求见。"

忽必烈高声应了一声，"进来。"

董文炳和郭守敬走了进来，向忽必烈跪拜。

这边躲在寝床边，隐身僧袍下的鲜于刘光暗暗叫苦，本以为到了王帐，便是万全之计，没想到不仅刘子聪来了，偏偏连董文炳也来了。

郭守敬拜过了忽必烈，又拜刘子聪，"师父。"

董文炳却不起身，不敢抬头看刘子聪。刘子聪身为忽必烈幕僚，而董文炳是忽必烈亲卫统领，本来二人地位相等，只是一文一武，刘子聪与忽必烈之间更有渊源，因此董文炳一直把刘子聪当作上司。

"说吧，"刘子聪说，"王爷已经知道了。"

"又让她跑了。"董文炳单膝跪着，"属下无能，刘三娘被鲜于刘光这个小子带走了。"

刘子聪笑了一下，"这个小师弟，也不让我省心。你把耳朵给我看看。"

董文炳迟疑一下，把头偏过去，刘子聪从董文炳的耳朵内掏出了一个豆粒大小的物事，是一个小铃铛。

"被鲜于刘光算计了听弦的算术。"刘子聪把铃铛扔掉，"他应该用水分的障眼法逃走的吧。"

"障眼法也就罢了，"董文炳说，"可是他突然就消失不见了，实在是令人不解。属下布下天罗地网，仔细搜索，也没找到任何线索，也是怪了，能跑到哪里去？"

刘子聪一听，立即问，"大龙光华严寺去了没有？"

"五世法王的地方……"

"不用去了，"刘子聪说，"如果跑到大龙光华严寺，凭五世法王的法术，他们躲不了。"

董文炳听了，慢慢站起来。

"不在大龙光华严寺，"刘子聪思索，"整个燕京，还有什么地方，没有搜到？"

忽必烈王爷突然笑起来，"那就只有我这个王帐了。"

这句话一说出来，在寝床边的鲜于刘光顿时面若死灰。

23

钓鱼城之变

忽必烈本是一句话无心之言,却让鲜于刘光又陷入了危机,刘子聪对忽必烈说:"两个小孩,怎么可能避过王爷帐外的亲卫躲进来。"

刘子聪嘴里这么说,眼睛却看着脚下的古筝。

忽必烈看了看身后寝床的方向,王妃正在哄王子安睡,哼着一首蒙古的儿歌,转头压低声音对刘子聪说:"他母子跟随我行军打仗,四处奔波,也是辛苦,不过我也是从襁褓就跟着父王征战,既然是铁木真的后代,也是无法可想。"

刘子聪知道忽必烈不想打扰王妃和王子,本想用听弦计算的心思也就又放下了,但是刘子聪听弦的算术已经独步天下,即便是不用古筝,一旦婴孩停止哭闹,王妃不再哼歌,刘子聪也能分辨出刘三娘的呼吸声。

这一点,鲜于刘光知道得清清楚楚,脑袋转得飞快,不知道该如何脱身,想了无数个办法,却不敢移动脚步逃跑,知道踏出一步,就会被刘子聪听个明白。

鲜于刘光低头,看向寝床上的王子,发现王子的眼睛睁得大大的,眼珠子看着自己,心里顿时意识到,原来这个隐身的僧袍,不仅在日光月光下无可遁形,在小孩子的眼中也无用。这个婴孩一直啼哭,原来是看见两个人一直站立在床头,因此害怕。好在这个孩子年纪尚幼,说不得话,不然早就说出了鲜于刘光和刘三娘就在帐内。而婴孩一脸的惊恐,是因为刘三娘在一旁一直对着婴孩扮鬼脸。

这边的忽必烈对着郭守敬说:"我天亮就要率领中军开拔襄阳,你师父释道辩论之后,也会与我在南方会合,燕京的八臂哪吒布局,就着落在你的身上。当我蒙古征服宋国,班师回朝的时候,工程必定要完工。"

郭守敬领命，躬身拱手，"王爷放心，都着落在臣下的身上。"

忽必烈对刘子聪轻笑着说："做师父的专攻决断杀伐阴谋，教出来的徒弟却是一心修身养性，也是奇怪。"

刘子聪正色说："我们诡道一门，上古流传至今，从万仙大阵中侥幸延续，是正宗道家门派，虽然分别有容平和发陈两路，只是世人只知道我师父黄裳是穷奇转世，斩尽天下厉鬼，走的是杀伐的一路，其实诡道也有滋生万物、顺应自然的一路。"

忽必烈点头，"一统天下靠杀，修整百姓靠养。这个道理，你们汉地前人倒是明白。"

眼看忽必烈已经交代了军事和燕京的决策，君臣已经各自领了任务，也没有军务要议，刘子聪有了闲暇，仍用听弦算术，试探刘三娘和鲜于刘光是否躲避在帐内。

就在此时，亲卫又通报："五世法王八思巴求见王爷。"

鲜于刘光听到了亲卫的通报，心里不知道是喜是忧。喜的是，八思巴突然拜访，刘子聪暂时不会用听弦试探自己和刘三娘。忧的是八思巴的法术超过刘子聪，自己身上的隐身僧袍就是八思巴的奴僧所赠，他一进来，自己就如同赤条条地站在他面前，无处可避。左右也没有办法，鲜于刘光只能熬过一刻算一刻。现在忽必烈一系的术士高手齐聚在王帐之内，鲜于刘光心中懊悔，机关算尽，却自投罗网到了狼窝里。

忽必烈对亲卫说："让法王稍等片刻。"然后披上了一件华贵的僧袍。这个小小举动，在刘子聪等人的眼中看来，知道忽必烈早有了巨大的野心，否则不会纡尊降贵，愿意遵从八思巴为师。争取了八思巴的支持，暗中与蒙哥汗角力的胜算就大了许多。

忽必烈穿戴整齐，八思巴和奴僧走了进来，忽必烈一改刚才的威严，亲自迎接。刘子聪、郭守敬、董文炳等人也分列两边，垂手站立。

八思巴谦恭地对忽必烈说："王爷太客气了。今后我在王爷帐下听命，不可僭越了身份。"

忽必烈拥抱了八思巴的肩膀，蒙古人比不得汉人内敛，以王爷之尊，用这个举动表示亲切，也是十分看重八思巴的意思。忽必烈招呼八思巴上座，八思巴犹豫了片刻，也就不再推辞。忽必烈和八思巴相对而坐，询问八思巴，"法王到此，是有什么话要交代小王吗？"

从八思巴进入王帐，鲜于刘光就死死地盯着他的手掌，果然八思巴仍旧是双手合十，对忽必烈说："我拜访王爷，只是有事所相求，不知道是否让王爷为难。"

忽必烈大为好奇，"难道是大龙光华严寺的那些僧侣怠慢了法王，这些混账，我已经特意吩咐……"

八思巴摇头，然后看向了刘子聪，"其实不想打扰王爷，只是我听到刘大人到了王爷处，思来想去，还是过来一趟，亲自恳请。"

"原来是秉忠有事冒犯了法王吗？"

八思巴仍旧谦恭摇头，"不敢，我听闻刘大人请走了全真教的张志敬一干真人，想来后日就要释道辩论，不想让张真人心有旁骛，以免辩论的时候分了心。"

"秉忠这事做得不妥当，"忽必烈说，"法王有必胜的把握，这么做，反而显得法王行事不太正大光明。"

八思巴说："释道辩论，王爷居中调停，还是不要让世人觉得偏袒了佛门。"

忽必烈偏袒佛门，已经是板上钉钉的事情，没想到八思巴并不领情，宁愿触犯忽必烈，也要堂堂正正地赢了全真教。这事情，太过于合乎情理，反而显得蹊跷。

忽必烈马上就要征伐南方，实在是不想在这件事情上纠缠不清，于是对刘子聪说："把张志敬真人送回去吧，好生招待。"

刘子聪已经探知了全真教的虚实，随即对忽必烈说："这是当然。"然后对董炳文吩咐："赶紧把张志敬真人送回道观，得罪之处，替我赔罪。"

董文炳领命，正要走出王帐。八思巴突然说："还是刘大人亲自去一趟较好，刘大人您说呢？"

刘子聪看了一眼忽必烈，忽必烈说："你去吧，释道辩论之后，你与法王一起来军中与我会合。"

刘子聪知道，忽必烈把八思巴推举为藏地首领，地位在自己之上，于是对八思巴躬身说："我这就去。"便和董文炳急匆匆走出了王帐。郭守敬跟着告辞。

王帐内八思巴和奴僧看了寝床一眼，脸色似笑非笑。小王子的哭声恰好止歇，忽必烈笑道："也是巧了，法王一来，他就不哭了。"

刘子聪等人走后，忽必烈改口说藏话，鲜于刘光听不懂，只是知道八思巴看向了自己这边，难道已经知道了自己就待在王帐内？但是听董文炳说过，八思巴力保自己在燕京的周全，那么他应当不会揭穿自己。

八思巴双手合十，看了看脚下的地图，点头说："王爷已经决定了，是藏地的幸事，也是天下的幸事。"

忽必烈知道现在和蒙哥汗之间的局势，八思巴和刘子聪都了然于胸，也就不再隐瞒，问八思巴："法王真的有把握？"

"有。"八思巴说，"一年之后，王爷必定更进一步。"

"如果真的如此，"忽必烈说，"我必然封你为国师，不，帝师！"

八思巴看着忽必烈的眼睛，"一言为定。"

鲜于刘光不谙藏话，但是听见忽必烈和八思巴的对话，知道是极为机密的事情，可能在密谋策划什么天下大局。现在看到忽必烈脸色慎重，夹杂着按捺不住的欣喜，知道八思巴已经向忽必烈许诺了什么。

忽必烈豪气已生，大声对帐外的亲卫喊道："来人！"

亲卫进来，忽必烈坚定地说："拔营。"

突然来了几个婢女，走到鲜于刘光和刘三娘这边，替王妃和王子穿衣。鲜于刘光和刘三娘避让，突然整个王帐四面的帷幡卷起，无数的亲卫军士片刻就把帐篷收拾起来。

朝阳即将在东方升起。

奴僧朝着鲜于刘光的方向点点头，鲜于刘光知道，八思巴果然是在让自己赶紧逃脱。好在收拾帐篷的碰撞声响连绵不绝，鲜于刘光和刘三娘披着僧袍，勉强移动到忽必烈王宫之外，绕过了军队，来到了大街上。

大街上已经有百姓匆匆忙忙来去行走，贩夫走卒开始了一天的劳作。

当阳光照射在街道上，鲜于刘光和刘三娘揭下了僧袍。

刘三娘问鲜于刘光："我们现在去哪里？"

"去大龙光华严寺，既然这个法王有意放过我，"鲜于刘光说，"我不当面问个清楚，心始终悬着。"

"不用了。"鲜于刘光突然听到背后的声音，立即转头，看见八思巴和奴僧就站在背后，随行的还有几个喇嘛。燕京内僧人和喇嘛都地位崇高，百姓见了都躲避得远远的。

鲜于刘光忍不住看了看忽必烈王宫的方向。八思巴又说："不用看，已经出城了。"

"这么快！"鲜于刘光深吸一口气，其实蒙古铁骑四方征伐，当真是天下无敌，看来不仅是快这么简单，谋划也是万无一失，不然在燕京这么一个繁华的城市，忽必烈的亲卫和辎重哪里这么容易快速出城。

八思巴看见鲜于刘光身边的刘三娘，"你父亲现在不仅要金莲子，而且一定要杀你，不然他娶不到窦翰林的女儿。"

刘三娘盯着八思巴看，"你又怎么知道得这么清楚？"

鲜于刘光的眼睛死死盯着八思巴双手合十的手掌。八思巴并不以为意，招呼鲜于刘光与自己并行，"世间万物因果轮回，你不用询问我为什么要救你，必定是有原因，并且在一年之内，我还会再帮你一个大忙，自那时之后，你我就只有恶缘，势不两立。"

鲜于刘光从见到八思巴之后，发现这个五世法王总是高深莫测，满口的半截话，又什么都在他的意料之内，当真是无所不知。

"我本想把刘三娘带到大龙光华严寺，保护一两天，等刘子聪大人跟我去了南方，她也就平安了，"八思巴说，"不过看来，你肯定不答应。"

鲜于刘光本来就是要向八思巴一个明白，没想到八思巴毫不费力，在街道上找到了自己，并且主动说了缘由。鲜于刘光看了奴僧一眼，知道这隐身的僧袍本就是他的物事，既然如此，找到自己又有何难。

"是的。"鲜于刘光说，"我不答应。"

刘三娘看了看鲜于刘光，对八思巴说："你跟刘子聪都是忽必烈的爪牙，我干吗要相信你？"

鲜于刘光诚实地说："和尚，你在王帐内，又化解了我一次危难，加上七年前的事，我的确欠你不少人情，但是我你非同族，现在佛道相争，我心有忌惮。"

八思巴说："你去吧。"

鲜于刘光和刘三娘转身便走，走了几步，还是回头看了看八思巴和奴僧，奴僧挥挥手，然后在两排喇嘛的簇拥下，朝着大龙光华严寺的方向而去。

鲜于刘光和刘三娘在街道上并行，鲜于刘光对刘三娘说："刘子聪的手下还在到处找你，我们去往什么地方躲避呢？真是头疼。"

"既然嫌我拖累你，"刘三娘拱手说，"那就告辞了，我们后会有期。"然后转身就走。

鲜于刘光一把抓住刘三娘的发髻，"你这人，只是一句话，怎么就得罪了你？"看到刘三娘一脸的怒容，连忙把手松开，刘三娘整理了一下头发，"仗着长得高欺负人吗？"

"我想到该去哪里了。"鲜于刘光说，"说出来你别恼。"

刘三娘听见了刘子聪与忽必烈的交谈，又听到八思巴的提醒，知道刘子聪再抓到自己，必定有杀身之祸。于是问鲜于刘光："什么地方？"

"还是那个路数，"鲜于刘光挠着脑袋说，"刘子聪现在最不会去的地方是哪里？"

"当然是你们全真牛鼻子的道观，"刘三娘没好气回答，"他听了八思巴这个和尚的嘱咐，刚把你师父、师兄弟送回了道观，当然不会再折返回去。"

鲜于刘光看了看天色，"我们还来得及在刘子聪安排手下再次抓你之前回去。"

刘三娘说："你要是觉得我麻烦，尽可以自己回去。"

鲜于刘光笑了笑，"我请姑娘去我们道观做客如何？"

"也好，我现在左右是无事，"刘三娘点了点说，"跟你去瞧瞧全真的道士也不错。"

鲜于刘光知道刘三娘是个嘴上不肯吃亏的人，多半也是童年波折导致的性格古怪，被刘子聪逼迫成了这个性子。鲜于刘光知道自己的身材高大，容易被人认出，好在燕京已经有许多的西域商贾、工匠，其中不乏高大的人。鲜于刘光拉着刘三娘，尽量与这些番外的人靠近行走，以免引人注目。

两人走近道观，观察了很久，确认刘子聪和董文炳的确已经离开，才从后门悄悄地进入。两人蹑手蹑脚行走，也躲过了全真教的道士。走到了掌教张志敬的厢房，鲜于刘光轻声地叩叩窗棂。

张志敬在门内叹口气轻声说："进来吧。"

鲜于刘光拉着刘三娘走进，反手把门关上。

"嗨……"张志敬看见了鲜于刘光，一脸愁容，"让你速去钓鱼城，为什么不走？"

"你们被刘子聪带走，"鲜于刘光说，"我怎么能离开？"

"释道辩论事小，误了钓鱼城的大事，罪责就大了。"

"我一个小道士能误什么事？"鲜于刘光说，"掌教再派一个行脚快的师兄去钓鱼城通报便可。"

张志敬看见了刘三娘，脸色游移不定。刘三娘心领神会："我先出去转转。"

鲜于刘光伸臂把刘三娘拦住，"你别出去，万一刘子聪留了人手折返回来，正巧碰见怎么办？"然后又对张志敬说，"她是刘子聪的女儿，但是偷拿了刘子聪的宝物，刘子聪要杀她。"

张志敬招呼了一个道童进来，对道童说："安顿这位姑娘到偏房休息，不要让外人看见。"

刘三娘悻悻地跟着道童出门后，张志敬说："时间紧迫，刘光，你知道为什么一定要你去钓鱼城吗？"

鲜于刘光说："不知道。"

"因为大宋的劫难在所难逃，宋室皇族唯一的希望就在钓鱼城，"张志敬说，"而你，就是当年你师父给予厚望的两个人选之一，只是黄裳老学士仍旧没有算到，虚照禅师没有选对长房。现在所有的希望都着落在你身上。"

"这话又怎么讲？"鲜于刘光问。

"钓鱼城的阴阳四辨道场，"张志敬说，"必须要有诡道的四大算术驱动，刘子聪领了两大算术，这个道场已经折损了一半，如果你没有赶在蒙古军队前到达，钓鱼城失陷，大宋必亡。"

鲜于刘光顿时愣在原地，"为什么不早说？"

"你到了钓鱼城，"张志敬说，"会有一个青城山的道士与你接应，他会把事情的来龙去脉全部告诉你。"

"那释道辩论怎么办？"鲜于刘光说，"我听八思巴的口气，他似乎稳操胜券。"

张志敬点头，"不用辩论了，我已经败了。"

"刘子聪逼迫你了？"

"刘子聪没有逼迫我，"张志敬说，"其实从全真教下山到燕京来，我就知道必败无疑。"

"那你为什么要来？还要带着我来？"

"因为八思巴要见你。"张志敬说。

"什么！"鲜于刘光大惊，"掌教为什么要听从一个藏地喇嘛的驱使？"

张志敬的眼睛突然冒出金光，"八思巴有我不能拒绝的缘由。"

"什么缘由？"鲜于刘光恍然大悟，"怪不得，昨日我去大龙光华严寺，你没有阻拦我，原来你本就有意让我去见八思巴。"

"的确如此。"

"那他看见了我，又怎么样？"鲜于刘光追问。

"我只能告诉你，"张志敬说，"八思巴是我们中原术士的铡刀，但是现在，你我都没有别的选择。"

"那释道辩论，到底还有什么意义，"鲜于刘光说，"走个过场，让天下人耻笑全真？"

"不，"张志敬说，"八思巴告诉我，他知道飞星坠地的秘密，这是道家最大的秘密，当年的万仙大阵，就是因此而起。我实在不能拒绝这个秘密。"

"那他什么时候告诉你，释道辩论结束后？"

"八思巴许诺我，"张志敬说，"就在释道辩论上，他会把手掌中的秘密，告知天下所有术士。"

鲜于刘光愣了一会,然后坚定地说:"既然如此,我就多在燕京留一天,我也要看看他的掌心里,到底是一个什么物事,能胁迫掌教都甘拜下风!"

24

中原术士凋零

张志敬知道，现在鲜于刘光不会离开燕京去钓鱼城。这也是鲜于刘光自幼被全真教上下另眼相看、不加斥责长大的结果。

鲜于刘光想了想，对张志敬说："我身高腿长，蒙古军队在蜀中山地行军，哪里有我走得快，更何况蜀中有好几个天险城防拱卫，蒙古军打不打得到钓鱼城都另说。一天的时间，哪里重要？"

张志敬摇摇头，"你去休息吧。我看刘子聪的那个女儿，不是个好相处的女子，你早早把她安顿到安全的地方，千万别带着她去钓鱼城。"

鲜于刘光迟疑地问："掌教为什么这么说？我没有说过带她去钓鱼城啊。"

张志敬笑了笑，摇摇头。

"掌教这么笑我，又是什么意思？"鲜于刘光追问。

"你十七岁了，"张志敬说，"下山遇到了同龄女子，情窦初开，人之常情。"

"我哪里有这个非分之想。"鲜于刘光都不知道自己的一张黑脸，已经红成了紫色。

"诡道不忌嫁娶。"张志敬说，"血脉传承的门人在之前也是有的，当年万仙大阵里的姬卓然，就是得了父亲的诡道传承。你如果生子，天资足够的话，也可以传递下去。"

"我哪里对刘三娘有邪念了？"鲜于刘光还在懦懦地辩解。

张志敬道行精湛，对人间俗事看得透彻，懒得与鲜于刘光辩驳，只是说："刘三娘不是你的良配，你记住就好。"

鲜于刘光本是豪爽的性格，不想被张志敬揶揄，于是移开话题，对张志敬说："掌教，明日辩论之后，你我可就要相别了，如果蒙古大军真的打到钓鱼城，我、我可能终生不能再见你了。"

这句话鲜于刘光说得诚恳，他九岁上终南山，李志常虽然溺爱他，但脾气古怪暴躁，鲜于刘光很难与他亲近。这七年，其实是张志敬一手抚养鲜于刘光，教他启蒙读书，教他全真法术。虽然两人以平辈师兄弟相称，实际上张志敬更像一个父亲。

张志敬听鲜于刘光说了这句，饶是他一个仙修之人也颇为感慨，伸手出去，拍了拍鲜于刘光的肩膀，"你不能死，你得活着，完成你师父交给你的遗命，回来看我。"

两人说得感动，鲜于刘光更不愿意就这么离开，想跟张志敬多说说话。

张志敬看了鲜于刘光一会说："也罢，我知道你一直想知道为什么道教式微，八思巴为什么有飞星坠地的秘密，还有万仙大阵的典故。"

鲜于刘光说："万仙大阵，你说过，不仅是全真，就是全天下的道士，都不能提起，知晓的人甚少。现在你又想告诉我了？"

"这三件事，"张志敬说，"其实是同一件事情，并且跟诡道牵扯甚深。"

鲜于刘光单膝跪下来，"掌教，我等你告诉我这个，等了很久了。"

张志敬说："本来，你去了钓鱼城，一个叫安世通的道士会跟你说起，但是安世通现在已经一百四十岁了，万一他等不到你去钓鱼城就仙去，对你来说，实在是个遗憾。"

鲜于刘光说："掌教说吧，我性子急。"

"你性子急，也忍了这些年，难为你了。"张志敬说，"从万仙大阵说起吧。"

"我听着。"

"你坐着听，这话一时半会说不完。"张志敬说，"唐朝本不是唐朝，在唐太宗玄武门之变之前，叫亨朝。"

"亨朝？"鲜于刘光睁大眼睛。

"唐太宗李世民的原名也不姓李，姓秃发。"

张志敬说的话让鲜于刘光更加吃惊,"这是鲜卑人的姓氏?大唐天下,怎么可能是鲜卑人立国?"

张志敬仍旧摆手,"虽然秃发世民和父亲秃发渊是鲜卑部落,但其实,他们秃发家族,是纯粹的汉人,本姓梁。"

鲜于刘光听了,晕头转向。

张志敬示意鲜于刘光不要焦急,他慢慢地说起来:"梁姓的祖先梁无疾是汉人战神,在南北朝时期,以一己之力,率领部族统一漠北,改姓秃发。只是中原混乱,秃发一族始终没有南下中原,但是也在北方成为鲜卑重要的一个国家。此事暂且不提。南北朝时期,中原的术士仍旧是法术高强,人才济济。南朝的左景……"

"左景!"鲜于刘光又一次打断张志敬。

"也是,左景也未被史籍记载,"张志敬说,"我第一次听说的时候,也跟你一样。左景中兴了很长一段时间,实力已经远超过被外族侵犯的右景,部下良将辈出,术士也道法高强,恢复中原是唾手可得的事情。不过……不过发生了一件事情,让左景术士相互成为仇敌。左景以道法立国,身居高位的术士比比皆是,出将入相,导致文臣武官各自投奔左景的术士。左景的皇帝无法控制,于是好端端恢复中原的大好机会,就这么错失。导致左景术士分裂两派的缘由,就是现在八思巴手中的那个秘密!"

"啊!"鲜于刘光惊呼一声,知道张志敬已经说到了关键的地方,也就忍着不打断。

张志敬继续说:"左景初期,天下鬼治,北方的妳赵攻到左景都城建康,左景术士冢虎徐无鬼,青龙任嚣城,朱雀支益生,九龙宗郦怀,诡道姬不群、姬不疑,以及左景皇帝幼麟师乙率领天下术士,击溃了被蚩尤附体的妳赵皇帝妳鉴的大军。但是在最后一场建康之战中,九龙天一水法启动,术士们知道了一个巨大的秘密,那就是左右天下大势的道家源头,竟然是万年前的一颗飞星坠地。飞星坠地的地方,蛰伏着一个能够改变天下的神——阴破轩辕黄帝。一部分术士认为阴破是祸乱人类的源头,要在昆仑山寻找飞星坠地,将阴破剪灭。这些术士,以青龙任嚣城,九龙宗郦怀为主流,一心要去挖掘飞星。因此这一派术士,被称为铲教。

"而另一派的术士，认为轩辕黄帝是中原汉民的先祖，不得冒犯。这一派术士，以冢虎徐无鬼、朱雀支益生为主流。他们阻止铲教挖掘飞星，剪灭阴破，所以被称为截教。从此道教就分了铲截两教。双方争执不下，左景开朔三年，任嚣城、郦怀、努扎尔、姬不群离开建康，在大景天下招揽术士，立志去往昆仑山寻找飞星，铲除阴破。

"而徐无鬼、支益生、哈奴曼、姬不疑四个术士，决意停止天下纷争，拦截任嚣城等人征召的术士，去往昆仑山，以截阻为号，是为截教。"

"姬不群和姬不疑是两兄弟，他们竟然、竟然分别投靠了铲截两教，掌教刚说过，一个叫姬卓然的诡道先辈……"鲜于刘光脸色苍白地问。

"不错，"张志敬说，"这两人，不仅是左景皇族的亲兄弟，并且还是诡道的长幼两房，在后来的铲截相争之中，诡道两房厮杀得最为惨烈。"

"就跟刘子聪与我一样。"鲜于刘光哼了一声。

张志敬继续说："左景失去了术士的帮助，恢复中原成了泡影。随后的几百年，南北两朝各自更迭，而铲截两教的术士之间，也不断地交锋。后来北朝出了两个人物——普六茹坚和秃发渊，秃发渊就是秃发世民的父亲。普六茹坚和秃发渊同为北方鲜卑皇族，共事西魏为臣。两人协力，将南朝陈国平定。秃发渊尊普六茹坚为兄，因此普六茹坚建立随朝。秃发渊为亲王，普六茹坚承诺，他驾崩后，秃发渊继位，秃发渊驾崩后，传国给普六茹坚的儿子普六茹勇一系，普六茹勇驾崩，传国给秃发渊长子秃发建成，两姓交替，世世代代不绝。

可惜普六茹坚的次子普六茹广和秃发渊的次子秃发世民，都非池中之物，并不认同父辈的约定。于是普六茹广杀了父亲和兄长，破坏约定，成为随朝皇帝。秃发渊和秃发世民，知道大祸临头，立即回到晋阳，占据三秦之地和山西，自立国号'亨'。

"接下来，就是亨国和随朝之间的征伐。而在北方交手了几百年的铲截两教术士，分别投奔了两国，亨朝的秃发渊承诺铲教，击败随朝后，协助铲教寻找飞星坠地。而截教别无选择，只能投奔随朝，与铲教相争。亨朝和随朝之间的战争，延续几十年，最后双方在天下布下了一个最辉煌和残酷的大阵。这个阵法，布置在天下九州各地，双方争斗十几年，让天下术士高手，尽数折损，剩下来的，十不存一。这个阵法的名字，就叫——万仙大阵！"

"万仙大阵……"鲜于刘光喃喃地说，"就因为飞星坠地，导致道家门派凋零。"

张志敬说到这里，语气更加沉重，"万仙大阵之前，中原的术士人才济济，各门派的法术，在如今看来近乎神仙，神仙、神仙，说的就是他们至高的法术，洛阳四象木甲术能够使整个城池驱动起来，与镞铿鬼兵厮杀。建康九龙天一水法，能将整座城池漂浮到东海之上，与蚩尤决战。更何况还有天下无双攻城略地的舳舻，无坚不摧的野战龟甲。卧龙任嚣城的飞火珠，铁锁横江；冢虎徐无鬼的阴阳交错，凤雏支益生呼风唤雨，九龙宗郦怀掌控天下百川……这些法术全部因为术士在万仙大阵之中相互剿杀而失传。大部分门派在万仙大阵中折损，没有留下一个传人。剩下来的门派苟延残喘，高手都死在万仙大阵之中，留下来的都是刚入门的幼童，勉强学了一点微末法术，存留下来。即便是我们全真教的祖师王重阳真人，也只是另辟蹊径，从外丹修炼回到了内丹，勉强领悟了一点道教法术的真谛。"

"可是你说我们诡道……"鲜于刘光说，"流传下来了。"

"不仅你们诡道，其实四象仙山的冢虎徐无鬼、卧龙任嚣城也活下来了。"张志敬接着说，"诡道是万仙大阵后唯一没有失传的门派，因此诡道算术是上古法术，这也是你必须去钓鱼城的原因。徐无鬼、任嚣城在死前见到了你的师父黄裳，还有青城山的安世通和飞星派的冉怀镜，他们终于化解了敌意，决定在一百多年后，也就是现在，摆下四大道场。而你，诡道门人，就是四大道场驱动的关键。"

"万仙大阵之后，中原的道家术士，再也没有法术能够运转任何一个阵法，况且许多阵法都已经在万仙大阵中失传，"鲜于刘光说，"这些仙人当年预见中原必定要受到北方民族的侵略，因此只能勉强拼凑四个道场。"

"你说得不错，"张志敬说，"比如王重阳真人，一生都致力于恢复七星阵法与金国交战。七星阵法分别是贪狼道场、巨门道场、禄存道场、文曲道场、廉贞道场、武曲道场、破军道场。王重阳真人收了七个徒弟，号称全真七子，但是终究法术有限，无法把阵法运转起来。到了我们志字辈，就更无可能了。"

"如果真的有人能把七星阵法驱动起来，"鲜于刘光露出了向往的神情，"我要是能亲眼一见,也算大开眼界了。"

"已经不可能了。"张志敬沮丧地说,"比如金光阵,需要天罗道场、葫芦道场、朱丸道场构成,这已经是三个道场联众的阵法,可是将月派早已失传,朱丸道场也永远消失,金光阵就无法构成。红水阵不需要道场,但是能够运转红水阵的玄都派传人,也在万仙大阵之后销声匿迹,到哪里去找?如果这些阵法,有一个能延续下来,哪里会被八思巴这个番僧占尽上风。"

"说起八思巴,"鲜于刘光说,"飞星坠地到底是什么说法?"

张志敬苦笑了一下,继续说:"还是要从万仙大阵说起,铲教和截教各为其主,代表亨朝和随朝厮杀。最后还是亨国的秃发渊和秃发世民,胜了普六茹广,普六茹广在江都鹿台自焚身死,亨国灭了随朝。但是铲教胜了之后,向秃发渊提出,率领大军到西域寻找昆仑的飞星。秃发渊刚刚建立亨朝,国力不足以组建强大军队远赴西域与已经占据飞星的大昆仑山国家交战。于是这事就被秃发渊虚与委蛇地拖延下来。"

"昆仑山,"鲜于刘光说,"掌教说的是青城山以西、藏地的昆仑山吗?怪不得八思巴能掌握飞星坠地的秘密。"

"如果真的是这样,也就简单了。"张志敬说,"你说的是小昆仑,而飞星坠地之处是大昆仑山,位于两万里之外的西域之西的大食帝国,不逊于亨朝的帝国,并且隔着连绵千里的沙海,秃发渊不愿意发兵去往大食帝国,也的确是力有不逮。"

"原来如此。"鲜于刘光点头,"那铲教的术士就这么算了吗?"

"铲教的术士,知道秃发渊无意兑现承诺,但是术士已经凋零,无法与统一天下的亨朝抗衡。就在术士们灰心丧气、一部分归隐、一部分绝望的时候,秃发渊的次子秃发世民找到了他们,再次向他们承诺寻找飞星坠地,当时留在长安的铲教,还有剩下的二十四个术士,投奔了秃发世民。秃发世民凭借这二十四个术士的帮助,在玄武门发难,杀了秃发建成和秃发元吉两个兄弟。逼宫秃发渊逊位,成为亨朝第二个皇帝,也就是太宗。秃发世民坐上皇位之后,当年南朝陈国的遗民又开始鼓动天下,说亨朝得国依然是外族。秃发世民不愿意再起杀伐,让天下再次陷入兵戈,终于告示了天下,秃发家族原本是当年右景时期安灵台梁显之子飞将军梁无疾的后代，是纯粹的汉人后裔。为了与鲜卑彻底割裂，改国号为唐，秃发世民改姓李……"

"为什么不归宗姓梁？"鲜于刘光好奇地问。

"因为二十四个术士已经耐心耗尽，几乎不再相信秃发世民的承诺，"张志敬说，"秃发世民决定将氏族归化到道家天尊老子的姓氏，也就是李姓，为了就是安抚道家的二十四位术士。从此秃发皇族就改了李姓，秃发世民改名李世民，也就是唐朝太宗。追称秃发渊为李渊，一直追称到曾祖秃发虎为李虎，李虎以上也就不追称了。接着唐太宗为了避免天下再次陷入征战，让二十四位术士重修了南北朝历史。修成之后，为了奖赏二十四个术士的功绩，册封他们为二十四凌烟阁学士，这是大唐的无上荣耀。只是二十四凌烟阁学士，把《泰景亨策》修改成南北朝史之后，发现自己已经老了，再也没有能力远赴西域大食帝国的大昆仑山寻找飞星，才最终明白还是中了李世民的计算。飞星坠地一事，就再也没有道家门人提起。"

"现在八思巴手握飞星坠地的秘密，"鲜于刘光说，"就是中原道家最为忌惮的把柄。因此掌教也无可奈何，只能委曲求全了。"

"释道辩论，全真教的兴衰，与飞星坠地相比算不了什么，"张志敬说，"而驱使四大道场更加重要，刘光，你现在明白，我要做什么、你要做什么了吗？"

"我懂了。"鲜于刘光说，"我现在就赶去钓鱼城。"

张志敬摇头，"这也是天数，既然知道了飞星坠地的秘密，你也去看一下吧，如果我命不久矣，这个秘密，还需要你去告知南方大宋的术士们。"

鲜于刘光听了，默然无语，看见张志敬摆摆手后入定，于是慢慢退出厢房，轻轻阖上门，抬头看天的时候，已经是漫天星光。原来刚才张志敬说那些话的时候，自己太过于紧张，竟察觉不到时间流逝。

鲜于刘光问了道童刘三娘休息的位置，于是走到刘三娘房门外，叩门几声，却没人回应。鲜于刘光想到，张志敬提醒自己，是不是已经对刘三娘心有所属，顿时心慌意乱，一颗心怦怦跳动。犹豫了很久，才又叩门，可是依然没有回应。

鲜于刘光心中狐疑，把门推开，房间里空荡荡的没有人，鲜于刘光看到房间里的桌上摆了一支墨黑的笛子，心里顿时如堕入了冰窖一般。

刘子聪没有杀刘三娘，却放了一支笛子在这里，意图明显，他刚才躲避在张志敬的厢房，也听到了张志敬的一番话。

鲜于刘光立即跑回到张志敬处，对张志敬说："掌教是已然知道刘子聪就在偷听的吗？"

"不是他偷听，"张志敬轻声说，"我故意说给他听的。"

"你为什么还对这个投奔蒙古的贼人抱以期待？"鲜于刘光暴怒。

"他听了之后，并没有杀了刘三娘，"张志敬说，"他也是汉人术士，对八思巴手里的秘密，一样的期盼。"

鲜于刘光重重摔门而去，走到夜空下，知道唯一能救刘三娘的办法，就是拿自己的算术去交换。想到这里，鲜于刘光一拳打在身前的枣树上，枣树应声折断。

25

入阵救三娘

  道观内的道士被倾覆的枣树惊动,都来到了院内,看着发怒的鲜于刘光。
  鲜于刘光回头看了一眼,张志敬站立在道士之中,说:"刘光,我知道你在想什么,我也不止一次地想过,率领全真教南下,与蒙古大军、与八思巴在战场上一决高下,何等痛快!可是你有没有想过李志常师兄的脾气暴烈,他为什么也没有做出这个决定?"
  鲜于刘光哼了一声,"我不懂你们大人的道理。"
  "我刚才说了这么多,看来你还是没听进去,"张志敬说,"万仙大阵后,中原的术士几乎折损殆尽,是为了什么,不就是我们道家术士的先辈,一直都不肯退让一步吗?天下之至柔驰骋乎天下之至刚,这是太上真君的真言,可是万仙大阵里的铲截术士先辈,全部忘了,导致如今术士已经凋零到连藏地僧人都敌不过的地步。你是挽救中原术士的希望,千万不要忘记了你师父的遗命。"
  "我师父布置的计划里,不应该还有刘子聪吗,我原以为是刘子聪强行带走了你们,原来你们真的是故友相见而已,"鲜于刘光朝着道观外走去,"现在八思巴保我不死,我出去也犯不了什么忌讳。"
  张志敬被莽撞的鲜于刘光挤对,说不出话来,看着鲜于刘光离开道观。
  鲜于刘光走到燕京的大路上,仍旧有零星的蒙古军队离开燕京,但是已经比不上夜间行军那么齐整。鲜于刘光明白,真正的蒙古大军驻扎在城外,早就已经提前开拔,自己昨夜看到的,只是忽必烈的中军亲卫军士。
  鲜于刘光担心刘三娘遭受毒手,想着刘子聪还惦记着刘三娘身上的金莲子,刘三娘聪明伶俐，知道金莲子是刘子聪志在必得的宝物，指不定藏在了什么地方，她只要一天不说，刘子聪就杀不了她。

可是该怎么去寻找刘三娘？鲜于刘光犯难，思来想去，突然想起来一个人——郭守敬。郭守敬是燕京建城的统领，鲜于刘光打听郭守敬的宅邸十分容易，就在燕京西城之外。鲜于刘光找到郭宅，发现哪里是什么宅邸，就是一个简单的土屋，靠着一个小池塘，土屋前竖着一根高大的木头杆子。鲜于刘光见了，知道没有找错。

鲜于刘光走到土屋门前，扶着木杆大喊："郭守敬在不在？"

虽然是简陋土屋，但是院内仍有军士守护，几个军士走出来，看见一个巨塔般的汉子在叫嚷。于是指着他怒斥，"混账！河渠使郭大人的名字，也是你能叫的？"

鲜于刘光大声说："他是我的晚辈，我怎么就不能直呼其名！"

军士看了看鲜于刘光，虽然身材魁梧，但是脸上稚气未消，年龄虽然不能确定，但肯定是不会比郭守敬年长，更加不信，觉得是一个癫子在捣乱。

鲜于刘光不理会军士，仍旧扯着嗓子大喊："郭守敬，郭守敬，出来！"

军士相互对视，就要动手制服鲜于刘光。

没想到郭守敬真的走了出来，"师叔，你有事找我？"

军士听了都不敢相信，都暗自庆幸没有与郭大人的师叔起争执。

"进来说。"郭守敬侧身恭请鲜于刘光入内。

鲜于刘光也不啰唆，与郭守敬走进小院。两人走进土屋内，鲜于刘光看见只有一进一出的两间房子，心想郭守敬这个人也是个清心寡欲的人，住得倒简单。

郭守敬给鲜于刘光沏茶，鲜于刘光看着连个使唤的仆役都没有，不知道郭守敬是真的简朴惯了，还是故作清高。

鲜于刘光不想耽误时间，对郭守敬说："你师父抓了刘三娘，就是他女儿。你我曾经约定，如果救了她，我教会你另外两种算术。"

郭守敬听了，苦笑着问："师父要杀他自己的女儿，你倒是急什么？"

鲜于刘光知道郭守敬内心仁厚，也不愿意看着师父刘子聪虎毒食子，于是说："我知道你行使的天道，止杀养生，与你师父不是同一个路数。四大算术归了你，你不会拿来打仗杀人。"

郭守敬听了，沉默了片刻说："且不论算术，我只问你，我怎么能帮外人，忤逆我的师父呢？"

"你我都是诡道，我是你师叔，哪里是什么外人了。"鲜于刘光到了这个节骨眼上，也只能胡搅蛮缠，倒是把郭守敬说得哑口无言。

郭守敬犹豫了很久，一碗茶都喝了，才下了决心，"我只能告诉你，三娘拿了金莲子，八臂哪吒的布局无法运转，师父本想向她逼问金莲子的去处，只是花教五世法王因为明日释道辩论的事情，将师父请去了大龙光华严寺。"

"刘子聪去了大龙光华严寺，董文炳要跟随忽必烈南下，"鲜于刘光知道自己找郭守敬找对了，"所以刘三娘被你看守，对不对？"

郭守敬犹豫说："这话说对了一半，我的确是知道三娘在哪里，但并不需要我守着。"

"你这人说话为什么吞吞吐吐的不爽快。"

"八臂哪吒的布局精妙，努扎尔即便是没有还魂复生，当年通天太师灵珠子的法术也近乎神灵，普通术士哪里这么容易破解？"

"你的意思是，刘三娘就在八臂哪吒的布局内，"鲜于刘光说，"只是一般人不可进入，你也不方便进去……"

"我不能违背师命，"郭守敬说，"师父和我用了诡道两大算术暮分和听弦布置的布局。我不能放你进去，而你进去后，却要用另外两种算术化解八臂哪吒的种种机关，才能找到刘三娘。如果稍有差池……"

"我就命丧于八臂哪吒的布局内？"鲜于刘光问。

"不仅如此，"郭守敬说，"其实八臂哪吒布局宏大，需要人祭，是我苦劝了师父，用牛羊替代，但是师父告诉我，必须要用血肉之躯的人来献祭。"

"那就是他自己的亲生女儿！"鲜于刘光说，"既然你左右为难，既不愿意你师父杀了刘三娘，又不能违抗师命，为什么不交给我来做。"

郭守敬终于被鲜于刘光打动，"好吧，你跟我来，我带你下去。至于你能否救三娘出来，就看你们自己的造化了。"

郭守敬带着鲜于刘光又走出了土屋，来到池塘边的木杆旁，已到夜间，木杆的日晷没有任何用处。郭守敬右手扶在木杆上，左手不断地拿捏指诀，鲜于刘光没有学过诡道的晷分，但是看得出来这是诡道算术的路数。

军士应该是早就得了郭守敬的吩咐，在郭守敬计算晷分的时候，都刻意回避。刘子聪以和尚身份做了忽必烈的幕僚，师徒两个都会在普通人面前尽量掩饰诡道算术。

鲜于刘光不知道郭守敬大晚上的为什么要计算晷分，没有太阳，晷分毫无施展之处。郭守敬明白鲜于刘光的疑惑，对鲜于刘光笑了笑，"师叔一定好奇，晷分如何能在夜间计算？"

鲜于刘光说："不错。我正在想这个。"

"我从小就喜欢琢磨机巧之类的小把戏，"郭守敬说，"可惜旁人都说这是奇技淫巧，不是登堂入室的正道，直到我遇到了师父。师父与那些老学究不同，他告诉我，上古之前，墨家最擅长的就是木甲术。而我天生异禀，自行通晓了很多木甲术的道理。师父还说，如果我早生五百年，必定是天下术士里木甲术的佼佼者，成就不会低于卧龙任嚣城。"

"任嚣城是谁？"鲜于刘光似乎在哪里听见过。

"师祖黄裳，当年就是在终南山通天殿受了两位上古道家仙人的点化，其中一位，就是四象仙山的任嚣城。任嚣城是万仙大阵中铲教至高术士高手之一，最擅长使用木甲术。"

鲜于刘光突然想起来了任嚣城和徐无鬼两个仙人点化黄裳的往事。他自小在终南山全真教长大，李志常和张志敬多次提起当年任嚣城、徐无鬼、黄裳击败飞星派冉怀镜的往事，这些事情都是由当年的一个小道士安世通讲述的。每当提起，李志常和张志敬都难以掩饰对上古仙人的仰慕。

就在鲜于刘光回忆幼年听闻的往事之时，郭守敬走到了土屋顶上，分别在土屋的四周扶起来四面镜子。这时候鲜于刘光才发现，土屋虽然鄙陋，但是建筑的布局遵照了四象的方位，四个镜子同时反射空中的月光，将月光聚集，全部照射在日晷木杆的方位，四道月光汇集，亮度勉强与日光相若。

木杆上顿时映射出了一格又一格的刻分，诡道算术基本原理互通，鲜于刘光立即就看出来了晷分算术。

郭守敬兴奋地跳下土屋，走到木杆旁，对鲜于刘光说："当年师父未收我为徒的时候，用尽了办法，想用月光驱使晷分，却始终不得其法。他无论用多少铜镜，都无法反射月光，我却想了个法子，打磨水晶，在水晶背面贴上丹汞，月光就能反射，并且聚集之后，就能让晷分映射出刻分。"

鲜于刘光听了，看着郭守敬，"你是个聪明人物，却无杀伐的心思，你知道你的法子若用在战场之上，会有多少人死于非命？"

郭守敬沉默了一会说："所以我后来想出的法子都不敢告诉师父，好在师父仁厚，从来不向我询问。"

"仁厚？"鲜于刘光讥笑说，"刘子聪若是仁厚，会对自己的亲生女儿斩尽杀绝，会杀了我父亲？"

郭守敬苦笑说："师父于你是血海深仇，于我却是知遇之恩，我无话可说。"

"他故意把诡道传递给你，就是为了弥补一生的罪孽吧。"鲜于刘光说，"他自知自己这辈子已经无法救赎了，就把这人情留给了你。"

"所以，我放你进入八臂哪吒布局中去，"郭守敬说，"也算不得违抗师命了。"说完和鲜于刘光同时苦笑了两声。

郭守敬不再跟鲜于刘光啰唆，看着四面水晶镜面反射过来的光芒，计算出了晷分的刻分，用手往左旋转了四圈木杆，又往右旋转了六圈半。原来木杆并非死死地固定在地面，而是地下有木甲术机关。鲜于刘光知道晷分并无这个功用，看来也是郭守敬的七窍玲珑心思。刘子聪所言非虚，郭守敬的确是个木甲术高手。

木杆旁的小池塘水面翻滚，显出了一个小漩涡，漩涡到了磨盘大小后，不再扩散，一块青石显露出来，青石上又显出青色的荧光，露出了一朵牡丹花和四个小骷髅，看来这是郭守敬建造的机关，刻有诡道的印记。

"师叔请吧。"郭守敬手指向了青石。

鲜于刘光迟疑一下后，涉水踏上了水中的那块青石，站立在青石之上。鲜于刘光实在是无法理解，为何青石周围的水在四周旋转，却没有淹没青石。

郭守敬又转动了木杆两圈，鲜于刘光脚下的青石发出一声轻微的"咔哒"声。

"师叔，你就不怕我趁机陷害你，讨好我师父？"郭守敬对着鲜于刘光高声说。

"你不会的。"鲜于刘光拱手,"送我下去吧。"

郭守敬听到鲜于刘光诚恳的回答,面露微笑,再次转动木杆,青石顿时急速下落,带着鲜于刘光落入一个深深的孔洞。鲜于刘光抬头,看见孔洞已经封闭,并无一滴水渗漏进来。

鲜于刘光心中计算水分,知道青石在下落七丈四尺二寸后停止了。这就是孔洞的深度,现在鲜于刘光面前只有一条仅容一人通过的甬道。甬道在修建的时候,岩壁上嵌入了无数的萤火物事,光芒虽然微弱,但是勉强可照亮前路,看来这也是郭守敬的手段。

鲜于刘光顺着甬道一路行走,约莫两炷香的时刻,来到了一个地下大厅,大厅里一片红光飘动,鲜于刘光眼前似乎出现一片血海,片刻之后,才能够分辨大厅内的情形。

地厅内挂满了红色的绸带,无头无尾,无处不在,鲜于刘光不知道这些绸带到底是什么物事,但本能地感受到绸带之中蕴含着无尽杀意。

鲜于刘光缓慢移动步伐,靠近面前最近的一段绸带,看见红色的绸带上画满了紫色的蝌蚪符文,每一个符文都笔法刚硬,每一笔都是一把利刃的形状。鲜于刘光仔细思索,这里既然是八臂哪吒的布局,哪吒法宝之一罗天索应该就是这绸带了。罗天索又被叫作为混天绫,而且万仙大阵之前,哪吒亦称努扎尔,是西域拜火教神祇,那这些符文应该就是西域文字。

鲜于刘光用手轻轻触碰了一下面前的罗天索绸带,绸带上的符文立即化作了一道道锋利倒刺,绸带翻转,几乎把鲜于刘光的手掌包裹,如果不是鲜于刘光有所提防,整条手臂上的肉都会被罗天索刮得干干净净,只剩下一副枯骨。

鲜于刘光知道罗天索的厉害,不敢造次,但没想到罗天索已经被惊动,整个地厅内的罗天索绸缎开始快速地移动起来,顿时红光闪耀。鲜于刘光知道不妙,立即拿出了蜡烛计算,但是看蜡算术本是招引冥魂替人计算。这些冥魂在红光照射之下,纷纷显出形态,罗天索上的符文化作飞刃,将冥魂全部绞杀,瞬间灰飞烟灭。整个过程,一丝一毫的声音都没有发出。

罗天索吃了冥魂的黑烟,抽动得更加快速,看来这是一件上古神兵,遇到冥界之物，反应更加激烈。

　　鲜于刘光无奈，只能一边用水分计算，一边移动方位，尽量躲避，可是地厅干涸，只有四周岩壁上有些许渗透的水珠，每计算一个刻分，水珠就消逝一滴。鲜于刘光暂时还想不出脱身的方法，知道一旦地厅岩壁的水珠尽数耗尽，自己就会被罗天索缠绕，血肉被刮得干净，只剩下一具骨骸。

　　想到这里，鲜于刘光的水分计算稍稍滞涩，一段罗天索斜斜地递进，在鲜于刘光的腰部缠绕了一圈，鲜于刘光腰间一阵剧痛，知道罗天索的利刃倒刺已经刺穿了衣物，勾住了皮肤，罗天索立即就要继续抽动，刮走自己的血肉。

　　在急切之间，鲜于刘光脑袋里电光火石一闪，顿时明白了一点，罗天索无穷无尽，无法躲避，只能让罗天索停止抽动，才能逃出生天。

26

罗天索和顾魂枪

万仙大阵中的顶级战神哪吒，超越了所有术士。鲜于刘光远远低估了郭守敬对八臂哪吒布局的凶险警告。罗天索继续席卷而来，把鲜于刘光的身体紧紧地捆绑、包裹起来。

绸带内的符文即将化为倒刺，一旦再继续摆动，鲜于刘光的肌肉、血脉，以及五脏六腑都要被撕扯干净，只剩下一具枯骨。

生死之间，鲜于刘光脑子转得飞快，眼睛透过满是符咒的罗天索绸带，看到了罗天索的尽头，是一个铃铛。

铃铛！片刻之间，鲜于刘光想起了一件事。当年在全真教，有一天，掌教李志常看见鲜于刘光正在玩耍一个拨浪鼓，鲜于刘光其时只有十一岁，全真教并无什么稚童玩耍的物事，这个拨浪鼓是鲜于刘光偶尔跟随张志敬下山给一个农人治病，农家无以为报，给了鲜于刘光一个拨浪鼓当回礼，以示谢意。鲜于刘光拿着拨浪鼓，玩耍久了，拨浪鼓上牵连两个小铃铛的绳索裂了。其时鲜于刘光已经练习水分两年，在寒冬腊月的时候，用水分凝成冰珠，继续旋转敲打拨浪鼓。玩耍许久之后，才发现掌教李志常已经在身后。

李志常当时叹口气说，如果黄裳老先生留给鲜于刘光的是听弦，鲜于刘光可能现在就能够成为杰出术士。

鲜于刘光不解，自己一个十一岁小孩，哪里能够成为真正的术士？李志常就说了万仙大阵的哪吒，在童年时期跟随任嚣城进入中原，与中原术士共同拱卫建康九龙天一水法，而那时候哪吒还叫努扎尔，也是与鲜于刘光一般的年龄，却已经与真人李冰和猴王哈努曼,并列为三大战神,实力远超其他术士,是九龙天一水法最凌厉的三大战神之一。

当时鲜于刘光听了,立即纠缠李志常继续说哪吒。万仙大阵是天下道教不能提及的往事,李志常只能告诉鲜于刘光,当年努扎尔跟随任嚣城从西域回到中原之前,带回来了四样兵器,分别是罗天索、顾魂弓、金砖和火尖枪。并且把这四件兵器的来龙去脉说了一遍,其中,罗天索在不使用的时候,容纳在一个小小的铃铛之内,挂在努扎尔的身体上,铃铛一旦被敲响,罗天索就会飞出来。

鲜于刘光想到了李志常的话语,只能奋力一搏,既然铃铛的响声能够触发罗天索,那么极有可能,收回罗天索,也需要铃铛响动。虽然李志常没有提起这一节,但是现在鲜于刘光只有这一个选择。

一瞬间,鲜于刘光的水分算术施展,地厅内岩壁上的水珠纷纷聚拢凝结,幻化为一个拳头大小的冰珠,敲击在罗天索尽头的铃铛之上。

铃铛声响起,罗天索绸缎内的符咒倒刺立即贴回去,恢复成了符文,罗天索飞快地在地厅内搜索,眨眼之间,就全部纳入了那个铃铛内。

鲜于刘光看向自己的腰部,发现腰间的衣物有无数的细微孔洞,好在罗天索在发挥杀招之前,就已经被铃铛召回。但腰部一片血肉模糊,伤痕无数,几乎能看见内脏。鲜于刘光大惊,刚进入八臂哪吒布局,就受如此重伤,别说继续寻找刘三娘,若不能原路返回寻求救治,很快就会失血而死。

但是片刻之后,鲜于刘光看到腰间伤口长出了新鲜的肉芽,伤口立即止血,随即结痂,腰间的剧痛也变成了痒麻,这是伤口愈合的征兆。

鲜于刘光迷惑不解,看了看头顶前方的铃铛,难道罗天索收回到铃铛之后,造成的伤痕也能恢复?

鲜于刘光仔细看去,铃铛悬挂在地厅正中,罗天索已经全部消失,小小的铃铛更衬托出整个地厅的宽阔。除此之外,再无蹊跷。

鲜于刘光打量了一会,再看向腰间,腰间的伤口结痂已经尽数脱落,皮肤已经恢复如初。鲜于刘光没有时间继续查看铃铛和罗天索的巨大神力,只知道自己被罗天索重创后恢复,一定与这个上古神器有关。

鲜于刘光朝着铃铛拱手鞠躬，以示对上古神器的敬重，然后朝着地厅的另一个方向走去，再次进入了一个甬道。甬道依旧漫长，比刚才的甬道还要长好几倍。鲜于刘光边走边佩服郭守敬的手段，这不是凭借法术和诡道算术能够造就的工程，需要无数的人力和极为精准的工程计算，以及鲜于刘光都无法想象的木甲术机巧才能做到。

鲜于刘光的水分算术精准，知道甬道虽然略微弯曲，但是朝向南方，约有好几里的距离。

终于甬道又到了尽头，又出现了一个地厅，这个地厅比罗天索的地厅要小了许多，是一个半圆的空间。

鲜于刘光不敢造次，缓慢地移动步伐，每一步都极为谨慎，慢慢靠近圆形地厅的尽头。与罗天索布满了前一个地厅、铃铛悬挂在正中央不同，这里的墙壁上挂了一张弓箭。

鲜于刘光看到第二件上古神器，心中不仅惊叹，刘子聪是从哪里收集齐了这些散落在万仙大阵里的神器？

墙壁上的弓箭，弓弦已经拉满，弓矢搭在弓弦之上。鲜于刘光不敢触碰，只能看向这个地厅的出口，向这个弓箭也就是李志常曾经提起过的顾魂弓拱手鞠躬，之后，倒退两步离开，朝着出口而去。可是到了出口处发现，这个出口并非一个孔洞，而是一幅极为精巧的图画，图画也非山水人物，而是一圈套着一圈的圆环，说是符咒，也不太合理。只是这个圆环套的图案，在远处看来，的确像极了一个甬道的入口。

鲜于刘光仔细打量这幅图画，心中惴惴不安，似乎不久之前在哪里看见过这个图案。鲜于刘光知道这个细节极为重要，仔细回想，似乎在忽必烈的帐篷里见过这个图案。当鲜于刘光想到这里，脚下一空，地面的青砖陷下去一块。鲜于刘光立即知道不妙，同时也想起来，在忽必烈大帐里，这个图案是小王子用来射箭的草靶。

鲜于刘光听到身后一声弦响，来不及回头，就听到了剧烈的破空声，后背的每一根寒毛都竖起来了。鲜于刘光立即朝着左侧方向奔跑，同时回头，果然看到顾魂弓的弓矢已经射到了自己刚才站立的部位。弓矢没有射中目标，在空中迅速转动，又朝着鲜于刘光射来。鲜于刘光拔脚飞奔，可是他虽然魁梧，但人的脚力，如何能够与弓矢相比？

弓矢瞬间又到了鲜于刘光的后背，鲜于刘光已经用水分计算了弓矢的时间和方位，立即在地上打了一个滚，弓矢贴着鲜于刘光的后背飞向前方，失去目标后，继续在空中急速旋转。

眼看又要射向鲜于刘光的胸口。

鲜于刘光惶急，立即站立起来，水分算得飞快，拿捏好了时机，然后猛然侧身，弓矢又贴着鲜于刘光的胸前掠过，这次贴得近了，弓矢的镞头把鲜于刘光的胸口划了一道深深的伤痕。

弓矢再次射偏之后，仍旧在空中旋转，马上就要再次射向自己。鲜于刘光看了一下地厅的范围，知道自己即便能够凭借水分的计算，勉强躲避，可是这个顾魂弓的弓矢，似乎能够无穷无尽地追杀目标，自己最多再躲避一次，体力和算力就将耗尽，无法继续躲避，只能被顾魂弓钉死在这个地厅内。

27
周天红光阵

鲜于刘光眼看弓矢旋转，箭头又指向了自己，于是身体后退，后背却顶到了墙面上，这次弓矢距离鲜于刘光极近，疾射过来已经再没有避让的余地。鲜于刘光无奈，只能扬起手来，决定用手臂格挡弓矢，即使知道这件上古神器威力强大，以血肉之躯想打落弓矢实在是机会渺茫，但是情急之下，本能去拦挡也属无奈。

鲜于刘光的眼睛盯着弓矢，心中一边计算水分一边掐算弓矢的速度，没想到手臂触碰到了一条坚硬的绳索，手指本能地勾住，弓矢瞬间射向了鲜于刘光的下颌，鲜于刘光的手臂挥下，搭上了弓矢的中段，却无法将弓矢打落，弓矢的箭头已经顶住了鲜于刘光的喉咙，却没有将鲜于刘光的喉咙射穿，而是停留在鲜于刘光的面前。

鲜于刘光一时之间，也不知道为什么会出现这种情形，片刻后，听到"嗡嗡嗡"的连续声响。鲜于刘光一只手握住弓矢，随即手掌松开，才发现手心已经被弓矢灼烧，掌心皮肤焦黑一片。

鲜于刘光极力不去思考弓矢的威力，而是慢慢地看向了头顶，声音来自那把顾魂弓的弓弦，鲜于刘光立即醒悟，顾魂弓只有一根箭，无论是射出还是收回，都被弓弦控制。

鲜于刘光勉强把顾魂弓取下，一手握弓，另一只手的手指扣住弓弦，慢慢拉开，面前的弓矢旋转几圈，回到了顾魂弓上，且顾魂弓的满弓，就在鲜于刘光的手中。

鲜于刘光握着弓箭，然后再仔细观察地厅的四周。思来想去，只能把弓矢对准了刚才误认为是出口的圆环中心。松手之后，弓矢却并未疾射而出，这让鲜于刘光十分意外，他仔细看向弓柄，上面写了五个汉字——异日气合深。

道术都是相互贯通的，既然弓柄上有文字，必然有道理，鲜于刘光心中默念了一遍"异日气合深"，果然弓矢飞射出去，正中圆环靶心。

鲜于刘光立即再拨动弓弦，弓矢从圆环靶心抽离出来后，旋转几圈，回到了弓弦。而圆环靶心是一扇门，正缓缓打开。

鲜于刘光慢慢地把顾魂弓挂回了原处，贴着墙壁，一步步走到了门前，回头惊悸地看了一眼挂在墙壁上的顾魂弓后，立即跃进出口，把圆门推回后，才长长地喘出了一口气。

面前仍旧是长长的甬道，鲜于刘光已经无法后退，只能硬着头皮继续顺着甬道行走，鲜于刘光边走边思索地下的布局，郭守敬能够花费巨大的人力挖掘和布置也就罢了，问题是如何安排罗天索和顾魂弓的机关？这已经远远超过了郭守敬的能力范围。

鲜于刘光一时间也想不明白，走了十九个刻分之后，又到了一个地厅。

这个地厅内光线充足，甚是耀眼，鲜于刘光在暗淡的甬道内行走了这么长时间，猛然被光照射眼睛，不由自主用手遮掩眼睛。

过了很久，鲜于刘光才睁开眼睛，发现这个地厅甚是简陋，岩壁长满了青苔，地面潮湿，头顶上方不断有水珠滴落。

看来已经是在某条河流或者湖泊之下，鲜于刘光看出郭守敬并没有刻意修建，而是保留了这个地下洞穴不规则的原貌。

当鲜于刘光的眼睛完全适应之后，发现所有的光芒都来自地厅中间，上方垂落下来一个细长石钟乳，石钟乳的尽头尖锐，是矛头的形状，发出白色的火光。

看到火光，鲜于刘光立即想到，手心适才被顾魂弓的弓矢灼伤，再举手看，已经完好如初。

鲜于刘光慢慢走到石钟乳的面前，看到最下方的矛头全部由火焰构成。鲜于刘光连续两次被罗天索和顾魂弓攻击，差点死于非命，现在看到了这个矛头，心中回忆李志常对自己说起努扎尔的往事，知道这就是努扎尔最重要的兵器——火尖枪。

鲜于刘光学了水分和看蜡，忍不住用看蜡算术去计算火尖枪的构造。谁知道看蜡算术一试探到火尖枪矛头，立即有无数的怨灵在火尖枪下哀号，这些怨灵都是死在了火尖枪下的术士高手，其中还有无数的妖魔邪灵。

火尖枪一旦刺杀了对手，对手的怨灵都会被矛头镇压，收纳其中。看蜡算术让鲜于刘光能够看到这些怨灵在矛头火焰之中挣扎、嘶吼，一个个人脸和兽头在鲜于刘光的眼前掠过，突然一种凌厉的感觉布满了鲜于刘光的周身，寒毛根根耸立。

鲜于刘光立即凝神闭气，去摸索这个感觉的来源，虽然这个感应凌厉尖锐，但是又有说不出的熟悉。鲜于刘光努力探索，看蜡算术用到了极限，突然一个人影在火焰中出现，是一个黑色须发的中年，心脏处有一个巨大的孔洞，一双眼睛看向鲜于刘光。鲜于刘光仔细看的时候，发现这个人影手里拿着一柄宝剑，而这把宝剑通体燃烧着火焰，只是宝剑的火焰是赤红色，与火尖枪矛头的白色火焰不同。人影的另一只手端着一张古琴，看到这里，鲜于刘光顿时恍然大悟，这个人影一定是诡道的先人！

鲜于刘光忍不住要用看蜡的算术把人影从火焰中拉扯出来，可是这个心意一起，看蜡算术立即被火尖枪的火焰捕捉。火尖枪内，无数的火焰将诡道先人包裹，把他焚烧为灰烬，连宝剑也一并灰飞烟灭。

矛头上方的石钟乳突然裂纹凸显，瞬间裂纹布满，然后碎石剥落。

火尖枪的矛柄全部显现出来，接着鲜于刘光头顶的岩石也崩裂出一个裂口，火尖枪重重地垂直落下，插入地面。

地厅的地面顿时震动，无数的怨灵从火尖枪的矛头竞相而出，在地面上攀爬。瞬间就有几百条漆黑的手臂，从地面伸出，其中几十条手臂，拉住了鲜于刘光的双腿，把鲜于刘光拉向地下。

鲜于刘光顿时陷入了一个极为黑暗的世界之内，无数的怨灵在身边怒吼嘶喊，鲜于刘光在茫然躲避，突然嘶吼声停歇，一切都静止下来。这时候鲜于刘光才看到，几千个鲜血淋漓的人形术士，穿着各种不同的道袍，手里紧握着黑漆漆的宝剑。所有的术士停止了厮杀，呆呆地看着天空。鲜于刘光也不由自主地抬起头，看向空中。本来是漆黑混沌的天空，却出现了点点星光，不是一条银河，却布满了整个天穹。

鲜于刘光看着满天的星光，每一颗星都是同样的亮度，不仅如此，每一颗星都渐渐地从黯淡到明亮，甚至连闪烁都保持着同步。

恐惧和惊慌情绪在鲜于刘光身边弥漫，这是几千个术士散发出来的无助和绝望。鲜于刘光知道一定有极为不妙的事情即将发生，并且跟头顶星光大有关系。

头顶的星光越来越明亮，但是光芒又不足以将黑夜照明。所有的术士依然呆立。终于有一个术士发出了一声长叹：

"金光阵！"

头顶的星光越来越亮，无穷的星光全部变成了刀刃，刹那之间，无穷的刀刃从天空中降落，比暴雨更加磅礴，比雨点更加迅猛。

预警发出"金光阵"的那个术士，仰着头，一把飞刃刺穿了他的嘴巴，贯穿喉咙和后背，把这个术士死死地钉在地上，接着术士的四肢瞬间被几十把飞刃贯穿。

鲜于刘光环顾四周，发现几千个术士都仰倒在地，身体被从天而降的飞刃钉在地面。空气中弥漫着血腥气息，死亡笼罩着一切。鲜于刘光想离开这个地方，可是抬脚发现，地面上的鲜血已经流淌成了沼泽，泥浆也一片通红。

鲜于刘光在鲜血泥沼中渐渐沉下，眼前一片幽暗的红光。然后又看见无数的术士，还有无数的兽首人身和人首兽身的怪物在红色血水中挣扎。红色的泥浆无处不在，从术士和半人半兽怪物的眼耳口鼻中灌入。

然后在红光一片之中，所有的术士和半人半兽都吐出了五脏六腑，随后红光大盛，泥沼的中央一个圆形太一显现，当太一圆球显出了黑色之后，所有的术士和半人半兽都发出了号叫。太一的黑色越来越深，太一分为了两仪。这个不用提醒，鲜于刘光就知道是李志常曾经提起过的"周天红光阵"。一旦周天红光阵的两仪生长，就会攫取阵法内一切生灵的魂魄。两仪的黑色太阴、红色太阳两个阵眼已成，术士和半人半兽都无法躲开，所有的术士和半人半兽的肌肉都开始烧灼，白骨也化作了灰烬。

鲜于刘光也被两仪阵眼烧灼，惶急之下，看到了一个术士走到自己的面前，就是刚才那个拿着赤霄宝剑和古琴的诡道先人。

诡道先人挥舞炎剑，在鲜于刘光的头顶划了一个圆圈，与鲜于刘光对视，之后突然扔掉了古琴，伸出手掌抓住鲜于刘光的脖颈。鲜于刘光看见诡道先人的身体已经被烧灼殆尽，只剩下一副枯骨，但是枯骨用尽最后一丝力道，狠狠地把鲜于刘光提起，扔了出来。

鲜于刘光眼前的红光消失，再睁眼的时候，看到火尖枪插入在地下，地厅内一片寂静。刚才惊心动魄、残酷凶恶的场景似乎从来没有发生过。

火尖枪的矛柄成了黑色，不再有炙热的火焰。鲜于刘光只能朝着半截火尖枪拜了一拜，转身朝着出口而去，走了两步，腿脚瘫软，单膝跪倒在地，是刚才惨烈的阵法对内心造成的震撼，一时间无法平静。

这才是真正的道家阵法。

鲜于刘光明白了全真教为什么要忍辱负重地与蒙古虚与委蛇，今日的道家已经在万仙大阵中丢失了几乎所有的至高法术，再也不能驱动这些上古大阵。但是这些凶恶的上古大阵消失之后，是好还是坏呢？鲜于刘光心中被震慑，也无法给自己一个答案。又想到上古大阵消失，中原道家只能勉强布置出道场来，与蒙古术士和八思巴抗衡，不禁又怅然若失。

勉强走到了火尖枪地厅的出口，让鲜于刘光意外的是，前行的道路不再是人工挖掘的甬道，而是一条汹涌的地下河流。鲜于刘光看着地下河流不禁摇头，现在鲜于刘光已经明白，看这地下的八臂哪吒大风水布局，并不是刘子聪和郭守敬选择了这里，恰恰相反，这个地方绝非人力能挖凿出来。这是八臂哪吒战死之地，就是当年万仙大阵中铲截二教，用金光阵和周天红光阵交手之处。两个大阵交锋，死伤了无数的道教术士、绝顶高手，不仅有那个诡道先人，甚至连哪吒都折损其中。

现在刘子聪和郭守敬找到了八臂哪吒的葬身之地，要借用八臂哪吒的不死之身，唤醒哪吒的宝物，献祭出一个强大的冥阴阵法，虽然阵法不能重启，但是仍旧能够借用这个通天彻地的上古战神法力。

鲜于刘光看着汹涌的地下河水，心里打了一个激灵，刘子聪默默地在地下花费这些精力，到底要干什么？

鲜于刘光不知道这条河流到底流向何方，既然郭守敬已经发掘出来，那么他一定留下了出口。鲜于刘光把手伸进河水，河水寒冷刺骨，但是已经毫无退路，就只能冒险涉水而行。

当鲜于刘光在河水中踏出了几步之后，膝盖突然撞到了一个坚硬的物事，鲜于刘光用手摸索，发现是一根木头桩子，现在鲜于刘光明白了，郭守敬在水下已经打下了暗桩。既然诡道门人布置的暗桩，那么必定是根据诡道算术而来。

诡道算术基本算筹，一通四通，区别只在于法术不同。诡道水分计算由听弦所生化。鲜于刘光用水分的算术推导，果然木桩就是根据听弦算术布置。

鲜于刘光脚踏水下的暗桩，一步步在地下河流中行走。河水汹涌，只能凭借计算找路，鲜于刘光走得十分缓慢。

走了两个时辰三个刻分之后，鲜于刘光终于在地下河流的前方看到了光亮。鲜于刘光打起精神，看到了光亮处河流灌入一个漆黑的孔洞，河水涌入，发出了巨兽吞咽一般的"咕隆"声。而孔洞的上方，是一个巨大石梯，光亮就来自石梯的尽头。

鲜于刘光跳跃到石梯之上，一步步行走，终于走到了另一个地厅。这个地厅金碧辉煌，极尽奢侈，放置了数不清的珠宝玉石、金银器皿。地厅的墙壁也嵌满了夜明珠。

鲜于刘光在这个到处是金银财宝的地厅慢慢行走，看到一块巨大的金砖靠着地厅尽头的墙壁。而金砖之上，刘三娘蜷缩着蹲在上面。

"三娘！"鲜于刘光大喜过望，朝着刘三娘奔跑而去。

就在距离金砖一丈远的时候，刘三娘突然抬头，对着鲜于刘光大喊："别过来！"

28

金莲子的秘密

鲜于刘光已经经历了三次凶险,知道八臂哪吒布局的厉害,罗天索、火尖枪、顾魂弓这三件上古神兵,已经让鲜于刘光难以应付,现在到了哪吒最神秘的宝物金砖的地厅,当然不会简简单单地让自己与刘三娘脱困。

刘三娘从金砖上坐起,对着鲜于刘光看了半天,突然大骂:"你是个呆子吗,为什么要下来?"

鲜于刘光知道刘三娘只是嘴上刻薄,并不介意,说:"我带你离开这里,别让刘子聪害死你。"

刘三娘说:"你不来我还能活,你一来,我就死定了。"

鲜于刘光挠了挠头,"你这是什么意思?"

刘三娘叹口气,"从没见过你这么笨的人,你不是应该在去往钓鱼城的路上吗?"

"我带你去钓鱼城。"鲜于刘光坚定地说。

刘三娘声音低了下来,"刘子聪在这里布置八臂哪吒多少年了,你以为你下来,他会不知道……让我猜一下,是郭守敬放你下来的吧?"

"不错,"鲜于刘光说,"郭守敬是一个讲道义的人。"

"郭守敬的确是讲道义的人,"刘三娘笑得比哭还难看,"所以他轻轻松松地放你下来,但是你有没有想过,是你跟郭守敬亲近,还是刘子聪跟郭守敬亲近?"

鲜于刘光听到这里,明白了,颤抖着声音说:"是刘子聪故意让他放我下来的?"

"郭守敬是个没脑子的，偏偏你也是个蠢货。"刘三娘说，"这下好了，我们两人都要死在这里，为八臂哪吒还魂做献祭的童男童女了，正如刘子聪所愿。"

鲜于刘光虽然听得茫然，但也明白了自己多半是中了刘子聪的圈套，立即左顾右盼。刘三娘说："不用看了，他现在在上面准备释道辩论，释道辩论完毕，就是你我毙命的时候。"

鲜于刘光在心中用水分计算，现在已经到了卯辰交接的时候，太阳初升，就是释道辩论开始的时刻。

"上面？"鲜于刘光问，随即计算出来，这个金碧辉煌的地厅，正处在大龙光华严寺的下方。

"别用算术！"刘三娘突然大喊。

鲜于刘光正要询问刘三娘如何知道自己内心在用水分计算，突然后背一阵剧痛，眼前一片漆黑，口中喷出了鲜血。

这一击极为猛烈，鲜于刘光重重地摔倒在地，不知道晕厥了多长时间，才缓慢地睁开眼睛。

"你死了吗？"刘三娘的声音似乎从遥远的地方传来。

鲜于刘光勉强用手肘支撑着起来，抬头看，地厅内没有任何的变化，刘三娘还困在那块巨大的金砖之上，关切地看着自己。

"好像还没死透。"鲜于刘光说了一句话后，眼前又是一黑，勉强能听见锁链的声音，再仔细看向刘三娘，才发现她的四肢被极细的金色锁链锁住了，只是颜色金黄，与金砖相同，刚才没有看出来。

"你先站起来。"刘三娘说。

鲜于刘光慢慢地站立，发现自己的双腿剧痛难当，立即又摔倒。

"腿断了。"鲜于刘光说，"为什么后背受伤，腿骨却断了？"

"你再试试。"刘三娘关切地说。

鲜于刘光再次勉强站立，发现折断的腿骨已经开始愈合，这次没用多少时间，就站立了起来。他看着刘三娘迷惑不解。

"如果不是金莲子，"刘三娘说，"你全身骨骼已尽数断裂成了碎片。"

"金莲子？"鲜于刘光仍旧不解。

刘三娘说："我爹布局八臂哪吒，所有的法器都已经完备，却偏偏没想到我拿了他的金莲子逃走了。"

"刘子聪和董文炳抓你，就是为了金莲子？"鲜于刘光问。

"把我抓到这里，就是为了逼迫我把金莲子交还给他。"刘三娘笑着说，"可是我却把金莲子藏起来了。他问不出金莲子在什么地方，就杀不了我。"

"你把金莲子藏在哪里？"鲜于刘光问，"在金刚坛城里面？"

刘三娘摇头说："傻子，到现在还不知道吗？"

"不知道。"鲜于刘光问。

"金莲子是还魂之术，是将已经失去莲藕身的哪吒复活的法器。"刘三娘说，"若是金莲子在身，无论受了多少创伤，肉身都可以瞬间痊愈。"

鲜于刘光听到这里，立即摆动双腿，发现双腿已经恢复如常，想起刚才在三个地厅受伤后立即痊愈的经历，什么都明白了，"金莲子在我的身上？"

"当然啊，你这个傻子。"

"你什么时候放在我身上的，放在哪里？"

"我拿你的五通僧袍的时候，就顺便把金莲子塞到了你的衣服里。"刘三娘说，"一物换一物，大家互不相欠。"

鲜于刘光终于明白了其中的缘由，立即伸手在怀中摸索，果然捏到了一颗细小的莲子，便拿在手中观望。

"可惜你这傻子，"刘三娘说，"不带着金莲子离开燕京，却巴巴地找到这里自投罗网。"

"刘子聪既然算得到金莲子在我身上，"鲜于刘光说，"他必定派人在路上拦住我，仍旧会把金莲子夺了去。"

"嗨……"刘三娘叹口气说，"你当全真教的那个老牛鼻子也是跟你一样傻吗，能做全真教掌教的道士，哪里是省油的灯？他会在释道辩论上尽量拖住刘子聪，让你赶紧离开。"

"难道掌教看得出来金莲子在我身上？"鲜于刘光大惊。

"他需要看吗,"刘三娘说,"我长了嘴的,我不会告诉他?"

鲜于刘光听到这里,恼怒起来,"为什么你们全都一起瞒着我?"

"你一个傻子,知道的事情越多,在刘子聪面前破绽就越多,"刘三娘说,"这下好了,你自投罗网,害了你自己的性命也就罢了,还搭上我的小命。"

鲜于刘光问:"现在怎么办?"

"刘子聪正在上面与张志敬这些牛鼻子辩论,我看牛鼻子也撑不了多久,八思巴和刘子聪胜了之后,他们就会下来。"

鲜于刘光说:"八思巴说过,一定不会让我死在燕京。"

刘三娘摇头,"金莲子不在你身上,刘子聪必定听从八思巴的嘱咐,偏偏你要蹚这趟浑水。刘子聪为了八臂哪吒风水布局,连我都杀,难道会因为八思巴而放过你?"

鲜于刘光听到这里,心中升起片刻的懊悔,随即又说:"我不后悔,如果连你都带不走,又有什么得意的,去钓鱼城也没什么道理。"

刘三娘说:"既然来了,那就别废话了,好在金莲子在手,我们还能有点机会。"

"当真?"鲜于刘光大喜过望。

"那就看你们那个掌教张道长,能够把释道辩论拖多久了。"刘三娘说。

"赶紧告诉我,怎么把你解救出来?"鲜于刘光踏上前一步,脚下顿时一道金光闪过,把鲜于刘光膝盖以下的小腿瞬间斩断。

"金莲子!"刘三娘大喊,"含在嘴里。"

鲜于刘光剧痛之下立即照做,含住金莲子,小腿之下截断的部分立即生出了一截莲藕,片刻长成一截新的小腿。

刘三娘说:"你不能靠近我一丈二尺之内,否则罡风万刃加身。"

"那怎么办?"鲜于刘光问。

刘三娘说:"你把金莲子扔给我,然后斩断我的头颅,再把我的头颅挑到金砖之外,这样就能脱困。这么简单的事情,你就想不到吗?"

"这怎么可能?"鲜于刘光听了简直不相信自己的耳朵,"你见过金莲子能够把人的头颅恢复血肉之身？"

"没有见过。"刘三娘说，"左右都是一个死，为什么不试一试。"

鲜于刘光听了刘三娘的法子，连忙摇头，"躯干四肢没了，我看就是金莲子也救不回来，这个方法，我做不到。"

刘三娘语气冷淡地说："你舍不得我死，我承你的情。只是可惜了金莲子，还是要落到刘子聪的手里。"

鲜于刘光打量四周，绕着刘三娘身下的巨大金砖远远地行走，心中也不敢再计算水分。看来哪吒的金砖与其他上古神兵不同，是专门压制术士法术的法宝。

鲜于刘光想到这里，突然闪过一个念头，对刘三娘说："如果不用法术，又不接近你，有没有办法帮你解困？"

刘三娘说："你不用诡道算术，连个普通扫地的道士都不如，能想个什么办法出来？"

鲜于刘光环顾金碧辉煌的地厅，"八臂哪吒不是刘子聪和郭守敬布置的，而是他们找到了这个地方。既然当年有人能够把哪吒击败埋葬在这里，那么这个地方一定有破解金砖的机关。"

"真是聪明，"刘三娘讥讽说，"我怎么就想不到呢？"

鲜于刘光知道刘三娘自幼被刘子聪虐待，养成了刻薄的性子，也就不跟刘三娘计较，而是仔细地观察金砖地厅的每一个角落。

"刘子聪把你关在这里，拨弄了什么机关没有？"鲜于刘光边找边问。

"你们诡道的算术，有一个是不忌惮金砖法宝的。"刘三娘说，"刘子聪告诉我的。"

"他连这个也告诉你？"鲜于刘光说完，立即闭嘴，无论如何，刘子聪和刘三娘是父女。鲜于刘光知道刘三娘说的算术是听弦，听弦算术在诡道算术对应着五行的金德。想到这里，鲜于刘光脑海立即闪过了一个灵光，在火尖枪内见到的那个诡道先人抓住自己的片刻，曾感受到听弦的算术。

天下术士分属五行，各自占据五德不同的法术，而哪吒是上古战神，火尖枪、罗天索、顾魂弓和现在的金砖，应对了火德和金德，也就是同时占据金火两德，成就万仙大阵里的三大战神之一。

那么能够战胜金火两德的极高明术士，一定是火德与水德二系，五行北方属水，应对了克杀哪吒金德的方位。

"刘子聪提到过跟水和火有关的术士吗？"鲜于刘光继续寻找，嘴里问着刘三娘。

刘三娘过了片刻才说："刘子聪跟郭守敬说过两个术士的名字，说这个地宫，与这两个术士有关。"

"果然如此。"鲜于刘光大喜过望，"我们有救了，哪两个名字？"

"说了一个支益生，还有一个是少都符。"刘三娘不再刻薄，而是仔细回忆，"我没听说过这两个人，不知道是什么人物。"

刘三娘不知道这两个人物也就罢了，但是这两个人，鲜于刘光从小在终南山，在李志常处不知道听过多少遍。

"一个是四象北方神山的术士，死于万仙大阵之前，化作了阴瘟；一个是四象南方神山的术士，在万仙大阵之前，就投奔了佛门，成为大轮明王的座下弟子……"鲜于刘光想到这里，大叫一声，"大轮明王，西域高僧！我终于明白为什么要在燕京举行释道辩论了，八思巴到燕京来，就是为了与刘子聪联手，共同破解这个八臂哪吒风水。"

刘三娘完全不明白鲜于刘光在兴奋什么，只知道鲜于刘光想通了一个重要的线索，眼看着鲜于刘光疯了一样地在金砖南边一堆珠宝玉器中翻寻。果然在珠宝之下，一尊金色的孔雀显现出来。

鲜于刘光把金孔雀四周的珠宝都拨开，果然金孔雀紧紧地固定在地下。

"大轮明王，大轮明王的座像。"鲜于刘光激动地说。

"这个孔雀座像，就是大轮明王？"刘三娘在金砖上问。

"不错，"鲜于刘光答道，"大孔雀王在九龙天一水法一战之后，被亨朝的先祖册封为大轮明王，支益生是南方朱雀火德术士，他正是击败战神哪吒两系术士中的一系。"

刘三娘听了，又看着鲜于刘光跑到金砖的北边。这里有一个巨大的刻漏，鲜于鲜于刘光朝着刻漏的下方狠狠击打，刻漏下方的漏斗簌簌落下了金沙。刻漏的漏斗下方是一个乌龟，乌龟的头部上扬，金沙落在乌龟的口中。

金沙源源不断落下，乌龟的龟壳之上出现了一条绳索般的物事，发出金色的光辉，鲜于刘光随即发现，这是一条金色的蟒蛇。随即蛇口中吐出了剧烈的火焰，把刻漏落下的金沙尽数熔化，金水在地面上流淌。

地面上出现一个太极两仪图案，金水继续在镂刻的图案上流动，八卦也显现出来了，随即出现了一个番天印的图案，河图洛书九宫也被金水充满。

在九宫的正中，有五段莲藕、一个莲蓬。鲜于刘光和刘三娘都发现，这五段莲藕摆放成人体的躯干四肢模样，莲蓬摆放在头颅的位置。

莲蓬上有六个莲子金光闪闪，但是有一个空孔洞黑漆漆的，鲜于刘光把金莲子举到手里，仔细观看，心里生出了一个强烈的意愿，那就是把手里的金莲子塞到这个孔洞。

鲜于刘光慢慢踏入金水灌入的两仪八卦九宫阵中，一直走到哪吒莲藕身的旁边，忍不住就要把手里的金莲子放到这个孔洞中。

一个声音在地宫内响起来，"如果放进去，你知道会发生什么后果吗？"

鲜于刘光被这个声音猛然惊醒，看见一个西域番僧不知道什么时候进入了地宫，拿着一把长刀，站在巨大的金砖旁，长刀搁在刘三娘的脖子上。

"杨琏真迦。"鲜于刘光认出来了番僧，正是八思巴的弟子。

杨琏真迦说："八臂哪吒是上古战神，在万仙大阵中被我佛法王法显（注：法显即支益生皈依佛门后的法号）降服在这里。一旦哪吒复生，天下还有人能敌吗？"

"这样岂不是正好，战神为我大宋所用。"鲜于刘光嘴里说道，心里却隐隐知道哪吒复生，是一件极为不妥的事情。

"大宋……哼哼……"杨琏真迦说，"哪吒本是西域金莲子，宋国在他眼中能算个什么？他身死几百年，怨恨也集聚了几百年，再出世，那就是魔王现身，到时候哪管什么宋国、蒙古……"

杨琏真迦说到这里，鲜于刘光就停下了，可是无形中一个念力灌入鲜于刘光的耳内，让鲜于刘光无法抵挡，手里的金莲子又要放入莲蓬的孔洞之中。

杨琏真迦把长刀顶在刘三娘的脖子上，"都是同归于尽，我先杀了这个妖女！"

鲜于刘光的手再次停滞，看着已经急切到极点的杨琏真迦。

29

释道辩论

大龙光华严寺，日头已经升到了屋顶之上，大殿前的巨大的空地，已经布置成辩论道场，僧人和道士各自分列两边。大殿右侧是佛门中身穿红色和黄色衣服的喇嘛，以及灰色僧袍的中原和尚。左侧是中原各地的道士。中间摆了一张案桌，大殿前坐着忽必烈钦点的辩论主持人姚枢和一干官员。姚枢虽然是术士出身，但是早已经与八思巴熟稔，在八思巴与忽必烈相遇之前，就是忽必烈与八思巴之间的传话人。因此这次释道辩论，道教已经输了大半。

佛门僧人站立了三排，最前排坐了两个中原僧人和一个喇嘛，分别是天宁寺的方丈、白马寺的方丈，喇嘛就是萨迦派法王八思巴。道教人士也是三排，最前方坐了全真教的张志敬，还有上清派的掌教，以及一个落魄的道长。

第一场辩论，道教已经输了，张志敬身边的落魄道长、紫府派的道士高凌轩。紫府派在唐朝之前，一直是清凉山（即五台山）的道教名门，供奉广济龙王为座尊。到了宋初，紫府派渐渐凋零，已经穷途末路。传到高凌轩这一代，已经只有他一个传人。如今紫府派连最后一座小小道观也被佛教占据，高凌轩不服，因此寻到了全真教张志敬处，希望谋求一个公道，把道观争夺回来。

但是天宁寺和白马寺的方丈，引经据典，辩驳广济龙王为文殊菩萨所收纳，因此清凉山道场，已经与紫府派毫无关系。

第一场辩论只是一个引子，紫府派式微已久，五台山早已成为佛教文殊菩萨的道场。高凌轩也是个没本事的人，已经走投无路多年，想讨回在五台山的道观，希望极为渺茫。高凌轩也只是想借这个机会，让忽必烈王爷给自己寻一个去处。道

第二篇　八臂哪吒

教上下都不明白为什么张志敬要为这个高凌轩出头，出头也就罢了，明知必败无疑，还要纳入释道辩论的第一场，头一场就输了，道教的锐气也就没了。

两场辩论间歇，张志敬坐在道士身前，毫无表情；上清派的掌教满脸愁容，倒是紫府派的高凌轩，一脸的轻松。

这些都被八思巴看在眼里，他知道张志敬从辩论伊始，就一直看着他的双手，没有一刻偏离过。刘子聪身穿僧袍站立在八思巴身后，凑近八思巴的耳边轻声说："杨琏真迦已经下去了，以他的手段，能够拖延到辩论结束。"

"只是没有想到鲜于刘光不去钓鱼城，却偏偏去了下面。"八思巴也轻声回答。

"为什么不终止释道辩论，你我下去，就没了这个麻烦。"

八思巴说："你知道，我将要在释道辩论场上说出一个巨大秘密，这个秘密将会让天下所有道教术士绝望，这样你我辅佐王爷的目的，才能完成。"

"看来法王手中的东西，非同小可。"刘子聪哼了一声，接着说，"杨琏真迦拿了郭守敬的哪吒风水布局图谱，绝不会惊动金砖的结印，我和郭守敬花费了数年的时间，死了士兵二十余人，才摸索出来这个图谱。鲜于刘光这个小子，只怕已经死在了地宫内。"

"他有金莲子，能过这一关的。"

"万一他真的将努扎尔复生，又该如何？"

"努扎尔重生，"八思巴说，"也逃不过我手心里那物事的厉害。"

刘子聪听了，忍不住看向了八思巴合十的手掌，"好，法王行事从来没有失手过，我信法王。"说完后，退了一步，站立到天宁寺的僧人之中。

第二场辩论，是关乎《老子化胡经》的真伪。道教为了证明自己是天下神道论正统，一直推崇老子西出函谷、到了西域度化了天竺佛法的传说。这个论点，在尊崇道教时代，并不能被佛教中人辩驳，但现在佛教兴盛，八思巴准备开始拿这个开刀了。（注：**本节内容为虚构，请勿对号入座。**）

张志敬和八思巴同时站立起来，走到了姚枢等官员的座下。

八思巴双手合十，轻声地问："老子化胡是从何时兴起？"

张志敬点头说："自古即有之。"

173

八思巴问："既然自古即有，那么请张掌教拿出史籍，我来看看。"

八思巴精通汉文，看来已经对中原的历史了如指掌。

张志敬犹豫片刻，"没有史籍记载，此事只存于道藏经典之中。"

此话一出，僧人和姚枢等官员，都面露微笑。八思巴心思缜密，竟然用中原历史文献来质问张志敬，这是出乎所有人预料之外的事情。

八思巴又问："我知道老子李耳上尊，他写了一本真经，叫什么名字？"

张志敬知道八思巴是明知故问，接下来一定有机锋，但是这个问题无法回避，只能回答说："《道德经》。"

八思巴不紧不慢地追问："李耳上尊，还写了别的经书没有？"

张志敬黯淡说："没有。"

八思巴笑着问："既然连道德天尊李老君自己写的书里面，也没有提西域化胡，此事到底从何说起？"

张志敬听了，知道大势已去，但是仍旧说："天下道家，渊源皆来自轩辕黄帝，而轩辕黄帝点化西域，法王也不可辩驳。"

八思巴对张志敬说："今日辩论，都是虚的，张掌教，我说过，今日就要告诉天下一个秘密。"

张志敬内心震动，郑重地问："这个秘密，与轩辕黄帝有关？"

"正是，你已经猜到了。"八思巴慢慢张开双手，"我给你看一样东西。"

张志敬知道八思巴最为厉害的杀招就要公示出来，释道辩论在他心中已经无足轻重，现在就只想看八思巴手心里到底藏着一个什么秘密。

30

八臂哪吒风水布局

杨琏真迦手中的长刀已经划开了刘三娘脖颈的皮肤，逼迫刘三娘："让他把金莲子扔给我。"

刘三娘用手把长刀的刀刃推开，对着鲜于刘光喊："你听见没有，把金莲子给这个大和尚。"

鲜于刘光手里的金莲子就要放入莲蓬内的那个孔洞之中，金砖地厅内，无数的荷叶生长起来，金砖之下有一朵巨大的莲花绽放。鲜于刘光面前，一个穿红色肚兜的小孩已经慢慢显出了模样。鲜于刘光看着小孩的头部，是一个极为稚嫩的幼童面孔，只是幼童的额头上有一个伤口，极为醒目，幼童哭哭啼啼，不断地用手指自己额头上的伤口，示意就缺鲜于刘光手中的金莲子填补，这让鲜于刘光十分不忍。

刘三娘看见鲜于刘光手里的金莲子就要塞入莲蓬之内，对着杨琏真迦说："这下好了，玉石俱焚吧。刘子聪谋划了这么久，不就是要把八臂哪吒唤醒吗？现在他得偿所愿，皆大欢喜。"

杨琏真迦没有理会刘三娘，只是看着鲜于刘光手里的金莲子。他得了郭守敬的八臂哪吒布局图谱，知道开启阵法的确需要补齐金莲子，但是在补齐金莲子之时，必须要借助藏地佛教最强者八思巴的法力相助，这也是忽必烈尊奉八思巴为上师、刘子聪邀请八思巴来释道辩论的真正目的。八臂哪吒战死与佛教支益生一系脱不了干系。支益生皈依大轮明王，而八思巴已经多次暗示刘子聪，自己掌握了大轮明王的秘密。

鲜于刘光的手指捏着金莲子，就要触碰到孔洞，杨琏真迦突然一声怒喝，狮子吼灌入鲜于刘光的心神，突然眼前幼童的脸孔消失，变成靛蓝色脸皮，口唇鲜红，尖牙嶙峋，两颗长长的锋利獠牙伸出，眼珠变成炙热的火焰，就要喷薄而出。

"啊！"鲜于刘光后退一步，跌坐在地上。

莲藕莲蓬身如皮影戏纸片人偶一样，摇摇晃晃地站立起来，看来努扎尔已经吸取了最后一颗金莲子的感应，唤醒了压制在莲藕莲蓬内的魂灵。鲜于刘光虽然坐在地上，但也比歪斜移动而来的莲藕莲蓬身高出了一头，可是莲藕莲蓬身上发散出的强烈杀气，把鲜于刘光笼罩住，甚至弥漫在整个地厅。

鲜于刘光肝胆俱裂，连不远处的杨琏真迦和刘三娘也惊呆了。郭守敬在八臂哪吒图谱上提过，努扎尔金莲子有七魂六魄，分别是鎏金、镶金、锤金、错金、丝金、花金、珠金七魂，手足少阳、太阳、阳明六魄分别压制在莲藕、莲蓬、藕节、莲叶、荷茎、根须之中。当年支益生施展无上佛法，并借助了冥界少都符的力量，才把哪吒镇死在此地，但哪吒是莲藕不死之身，六魄随着莲藕永世不息，为了不让哪吒重生，就只能抠掉莲蓬上的七个金莲子。七个金莲子各自对应哪吒七魂，哪吒七魂六魄不能归位，就只能永世躺在这个地厅之内。

刘子聪和郭守敬在中原耗费了无数人力，才勉强在白马寺、枕峰寺、景德寺、天兴寺找到四颗金莲子，加上刘子聪在天宁寺得到的一颗，还缺两颗。刘子聪一直寻访无果，不料在两年前，藏地萨迦五世法王八思巴遣派自己的弟子杨琏真迦到中原燕京，送了刘子聪一个礼物，正是刘子聪寻而不得的那两颗金莲子。杨琏真迦将师命转告给刘子聪，哪吒的七枚金莲子，五颗在中原，两颗在藏地，分别位于楚布寺和萨迦寺。八思巴萨迦派自己手里的那一颗金莲子也就罢了，另一颗是八思巴说服了噶举派首领，讨要而来。

至此，八思巴与刘子聪共同辅佐忽必烈的同盟建立。

刘子聪和八思巴在八臂哪吒的布局一事上，有一个巨大的弊端，那就是一旦哪吒被唤醒，无人能压制。一个来自冥界、拥有无尽仇恨的战神被释放出来，蒙古、大宋，所有术士都无法抵挡。

刘子聪穷尽心思，也无法解决这个问题，直到八思巴告诉刘子聪，他有一个办法，能够将哪吒唤醒片刻，当风水布局开启之后，再把哪吒打回到魂飞魄散的莲藕身。至于是什么办法，八思巴一直没有告诉刘子聪，刘子聪也知道，自己的实力与八思巴相距甚远，也只能追随比自己年幼很多的八思巴。

驱动八臂哪吒大风水布局的时间，在八思巴和刘子聪的商议之下，定在释道辩论当天，也就是今日。

只是没想到释道辩论将近，刘子聪的女儿刘三娘竟然偷偷溜进了丹室，把七颗金莲子中的珠金魂金莲子偷走。好在刘子聪谨慎，七个金莲子分别放在丹室内不同的地方，并且遍布绳铃。刘三娘偷了第一个珠金魂金莲子，就惊动了董文炳。董文炳一时间看到是刘三娘，疏忽了一下，刘三娘逃走了。

刘子聪震怒之下，也焦虑到了极点，只能让董文炳满城搜捕刘三娘，并且下令，只要能拿回金莲子，可以当场格杀刘三娘。

这就是刘三娘带着金莲子与鲜于刘光在金鹏寺殿内的金刚坛城内遇见的前因后果。

金砖地厅内，刘三娘和杨琏真迦都呆若木鸡，刘三娘身下的金砖已经变化为普通的砖块大小，但是上面一条细细的金链仍旧锁在刘三娘的腰间，杨琏真迦站立在原地，但是两人同时站立在一朵绽开的白色莲花花瓣上，却都不知晓。

莲藕身移动到了鲜于刘光身前，现在鲜于刘光已经被莲藕身压制到无法喘息，莲藕身发出了一声低沉绵长的吼声，伸出了一截莲藕，在鲜于刘光身前，没有手掌的藕节伸出了无数的细丝，将鲜于刘光的手掌包裹，如同蚕茧一般，藕丝一旦触碰到鲜于刘光手里的金莲子，莲藕身立即显现骨骼，然后贴附在骨骼上的红色肌肉开始生长，血管也开始遍布全身。

"鲜于刘光！"刘三娘大喊。

鲜于刘光恍惚中看见刘三娘正站在一朵巨大的白色莲花花瓣上，对着自己叫喊，视线放远，看见所有的珠宝金玉都已经消失了，整个地宫变成了夏日中荷叶充斥的池塘一般，到处是荷叶，到处是莲花，金色的地宫被绿色和粉白色充斥。

"把金莲子扔过来！"刘三娘继续喊道。

在莲藕身的逼迫之下，鲜于刘光心神已经混乱，无法思考，电光火石之间，只能听从刘三娘，拼尽全力，手臂从无数纠缠的藕丝中抽离出来，把金莲子扔向了刘三娘。

　　金莲子朝着刘三娘飞过来，杨琏真迦也伸手去抢，但是刘三娘已经伸手把金莲子握住，杨琏真迦焦急之中，不再手下留情，手中长刀劈向了刘三娘，这一刀砍得巧妙，让刘三娘无法向后躲避。他算准了刘三娘只能朝左方躲闪，这样就能抢夺刘三娘右手中的金莲子。可是让杨琏真迦完全没有预料到的是，刘三娘并未向左躲避，而是抬起左臂，硬生生地用自己的身体阻拦长刀。

　　锋利的长刀刀刃掠过刘三娘的腋下，斜斜划过刘三娘的胸口和腰部，把刘三娘劈斩成了两截。

　　这一过程被鲜于刘光看到，他简直不敢相信自己的眼睛，这么一个精灵古怪的女子，就这么死了？

　　莲藕人放弃了鲜于刘光，朝着杨琏真迦和刘三娘脚踩的白色莲花走去。

　　莲花花瓣上，杨琏真迦看了看手里的长刀刀刃，又看了看已经摇摇欲倒、上半身就要分离的刘三娘，也是奇怪，"你为什么不躲避？"

　　半截身躯的刘三娘笑了笑，把右手的金莲子吞入口中。然后身体后仰，向莲花落下，只剩下下半身的躯干在杨琏真迦面前。杨琏真迦虽然一时间想不明白其中的缘由，但是知道一定有巨大的陷阱迫在眉睫。瞬间之后，刘三娘身躯上一块金砖掉落下来，杨琏真迦看到了金砖，心中暗叫一声："不好！"就要逃开。

　　可是已经来不及了，杨琏真迦腰间被金色的锁链缠绕并锁住，金砖瞬间变化，莲花消失，变成了刚才巨大的模样，只是被锁在金砖上的，已经变成了杨琏真迦。

　　杨琏真迦发现自己已经被金莲扣在金砖上，心中仍旧不明白为什么刘三娘要用自己的性命换取自己锁在金砖上。于是站立起来，看向金砖之下刚才刘三娘落下的方位。

　　刘三娘已经站立起来，身体如初，与没有被劈斩之前一模一样。刘三娘从口中拿出了金莲子，对着杨琏真迦做了一个鬼脸，然后对着鲜于刘光大喊："你还打不打算活着离开？"

　　已经浑浑噩噩的鲜于刘光看见刘三娘不仅完好，而且已经脱离金砖锁链，一时间也没反应过来。就在莲藕人挥臂抢夺刘三娘手里的金莲子之时，刘三娘轻巧地躲避开来。

　　杨琏真迦和鲜于刘光同时惊呼:"金莲子!"

　　只是鲜于刘光的叫喊欣喜雀跃,而杨琏真迦的语气惊赫沮丧。

31

阴破现世

刘三娘拉起鲜于刘光，朝着九宫符咒的方向奔去，跑到金孔雀旁边，刘三娘对着金孔雀的头部用力按压，鲜于刘光看见莲藕人朝着他们的方向大踏步过来，问刘三娘："你在干什么？"

"别啰唆了，"刘三娘喊，"帮忙！"

莲藕人马上就要赶到，鲜于刘光也无暇再去询问，于是把双臂也摁在了金孔雀的头部。两个人四个臂膀一起按压，金孔雀的头内发出了"咔嗒"声。

金孔雀的后背瞬间伸出了十几个羽刺，每个羽刺的顶部都是一枚绿色的宝石，宝石闪耀着碧绿的光芒，金孔雀的头部垂到了地面，地面上的金水立即朝着金孔雀的喙急速流淌，金孔雀开始吸吮金水。当莲藕人走到鲜于刘光和刘三娘跟前的时候，地面的金水尽数吸入金孔雀座像之内。

莲藕人的身体立即崩塌，莲藕散落在地上，恢复到了最初始的模样。

八臂哪吒金砖地官一切恢复如初，只是金砖上的杨琏真迦在不停地破口大骂，并且还在不断地拉扯身体上的金锁链。

"你怎么知道这里的机关？"鲜于刘光问了一句，心中明白，刘三娘一定是见刘子聪和郭守敬驱动过地宫内金孔雀的机关，刻漏和晷仪是唤醒莲藕人的九宫生门，而金孔雀是封印莲藕人的九宫伤门。

刘三娘看着杨琏真迦轻笑了两声，对鲜于刘光说："咱们上去看看。"

"刘子聪和八思巴都在上面，"鲜于刘光说，"刚脱险境，又去自投罗网？"

刘三娘笑吟吟地说："披上你的那件五通僧袍，他们看不见。"

"不可能的，"鲜于刘光说，"刘子聪法术高明，这僧袍本就是八思巴赠送于我，我们上去，他们立即就知道了。"

刘三娘说："现在释道辩论胜负即将分晓，无论是八思巴还是刘子聪，还有你们全真教的道士，都无暇顾及其他，正是我们逃走的机会。"

鲜于刘光听了，对刘三娘说："你一直喜欢这样兵行险招吗？"

"那少侠你觉得还能从别的地方离开不成，"刘三娘说，"这地下的八臂哪吒布局都在郭守敬的掌握之中，你认为我们能够绕开郭守敬的布置而不被他发现？"

鲜于刘光知道刘三娘说得有道理，郭守敬没有参加释道辩论，就是在死死地盯着八臂哪吒的大风水布局，绝不会有任何的疏忽，反而刘三娘的提议是唯一可行的路数。

刘三娘不再说话，拉着鲜于刘光走到金砖地宫左侧的一个圆门，刚才杨琏真迦也是从这个方位进来的。两人回头看了一眼杨琏真迦，杨琏真迦仍旧在怒骂刘三娘是个妖女，但是无论如何也无法摆脱身上的金色锁链。

刘三娘把手掌按在圆门中的机括上，圆门开启，一道光迎面而来，鲜于刘光发现这里距离地面已经十分接近。两人不敢冒失，立即把五通僧袍披在身上，鲜于刘光和刘三娘再次紧紧地靠在一起，缓步在甬道内行走。

两人行走了片刻，发现这个甬道的入口就在大殿佛祖坐像的下方。鲜于刘光披着僧袍，慢慢地走出大殿，站到了一排蒙古官员的背后，其中一个正是姚枢。姚枢本是一个法术高明的术士，但是现在也只是本能地回头看了一眼，随即又看向了大殿下方的广场。

鲜于刘光发现不仅是姚枢等官员，还有空地上所有的僧道，所有人的眼睛都看着空地上的八思巴和张志敬。

整个大龙光华严寺虽然站立了百余人，但是没有发出任何的声音。刘三娘在僧袍内，继续拉着鲜于刘光走下了空地。鲜于刘光看见刘子聪就在八思巴身后不远处，但是刘三娘丝毫没有犹豫，继续拉着鲜于刘光靠近。

当鲜于刘光走到张志敬身后不远处的时候，他知道就算是自己和刘三娘把五通僧袍取下，刘子聪可能也无法察觉到自己和刘三娘就在面前。

因为刘子聪和其他所有人的眼睛，都被八思巴手中一块形状极为诡异的物事紧紧攫住。鲜于刘光也忍不住看向了八思巴的手中，看到是一个极为精巧的透明圆球。

圆球上布满了星星点点，即便是日头高悬，也不能夺取星辰的光华。鲜于刘光是司天监后人，一眼就能看出圆球上的星辰，一部分是二十八星宿，但是在二十八星宿之外，还有无数的星辰，星辰的光辉流转，一道紫色的光带，在圆球上移动。

猛然间，圆球扩大了几倍，众人都忍不住惊呼起来。鲜于刘光明白，自己和刘三娘来晚了，八思巴一直双手合十的这个物事，在最开始的时候一定只有米粒般大小，现在这个圆球已经开始变大了。

圆球扩大，继续布满星辰，圆球内部一个方形的物事在不断地变化，从方形变幻为菱形，又从菱形变化为无数凸起的尖锐形状物事。

张志敬仔细看着这个圆球，八思巴脸色沉着，圆球突然化为乌有，尖锐形状的物事又化作了两种颜色，一黑一白，随即凸起的尖刺全部融化，黑白分裂，变成了两个圆球，在空中相互缠绕旋转。

两个小小的圆球浮在空中，其中黑色的圆球又变换成一个方形的砖块模样，白色的圆球散开，在黑色的方块上不断地碰撞，每碰撞一下，都发出蓝色的闪电。

突然张志敬对着黑色的方块跪下，匍匐在地，身后的道士也全部跟随着张志敬俯身，张志敬抬头，对着黑色的方块流下泪来，轻声地说："阴破……"

鲜于刘光听到"阴破"二字，也全身战栗，这两个字还有一个名字，只有极少数的道家术士知道，那就是轩辕。

当年万仙大阵，铲截两宗厮杀到所有术士玉石俱焚的缘由，就是这个"阴破"。铲教虽然战胜了截教，但是也没有能力去往昆仑山挖掘这个黑色的陨石方块，没想到在几百年后，却被八思巴拿到了手中。

八思巴能拿到这个黑色的天外来石，可见已经探知中原道家的源头，以及道家术士初始的所有秘密。

张志敬看着八思巴，隔着那块悬空的黑色方块，轻声地说："法王胜了，我全真教及所有道士都心悦诚服。"

32

飞星坠地真相

八思巴手里的黑色方块开始融化，变成了一个不规则的陨石形状。

张志敬看着陨石，问八思巴："法王在大昆仑山下找到了飞星坠地之处……不，绝非一代两代能做到的事情，是萨迦的前辈法王找到了飞星坠地，到了五世法王，才想出办法拿出来。"

八思巴手心里的陨石越来越小，变成了米粒大小，八思巴的眼睛却看着张志敬的身后，鲜于刘光知道八思巴的眼睛看的正是自己，八思巴缓慢摇头。鲜于刘光知道八思巴是要让自己赶紧离开。八思巴这人深不可测，善恶难辨，但是直到现在，八思巴一直对自己并无恶意。于是他披着五通僧袍，慢慢地从张志敬身后走向了大龙光华严寺的大门。鲜于刘光回头看了八思巴和张志敬一眼，看到八思巴对自己微微点头。八思巴身后的刘子聪本已经察觉到了异动，而八思巴手中的陨石，猛然升起了一道白光，直冲天际，刘子聪和大龙光华严寺内的众人，都被白光笼罩，白光正中的八思巴开始说起话来。

鲜于刘光也想听八思巴说些什么，但是他知道，如果现在不奔赴钓鱼城，就再也没有任何机会了，于是下了决心，把刘三娘背在后背，在僧袍保护之下，急速奔跑。僧袍被白光照耀，也没有了隐身的效用，刘三娘让鲜于刘光收起僧袍，两人继续奔跑离开。

大龙光华严寺内，无论僧道都已经拜服在地上，姚枢也跪倒在地，剩下其他几个官员，茫然不知所措，只是看见姚枢和刘子聪或匍匐或跪拜，犹豫片刻之后，也纷纷跪了下来。

八思巴手里的白光笼罩整个道场，在白光的映射之下，天空高悬的太阳，在众人的眼中，变成了阴暗的黑红色。

八思巴说："萨迦创派宝王是昆·贡却杰波，在萨迦奔波日山建寺，宝王之子贡嘎宁布，被称为'萨钦'初祖。一日，宝王贡却杰波在草原上游历，看到了一位僧人，自称来自大宋中原的莲花生。僧人与宝王在草原上交谈，从日至夜，僧人佛法广袤，宝王贡却杰波随即拜服。僧人自称莲花生转世，来点化宝王贡却杰波，告知宝王在藏地以西、大昆仑山下，有一飞星，遁地于山下几百丈，飞星上有一神明，即将灭度，宝王贡却杰波可仔细观摩飞星坠地神明灭度之前的神迹。僧人说完，告辞而去，黑夜刹那转化为白昼，宝王贡却杰波发现自己已经身处雪山之巅。宝王下了雪山，一路向西，去往西方之外的大昆仑山。十二年后，宝王归来，告其子贡嘎宁布，大昆仑山下有一飞星坠地数百丈之下，飞星上有无常寂灭的至高真义。其后，宝王贡却杰布、萨钦贡嘎宁布、二祖索南孜摩、三祖扎巴坚赞，四代萨迦法王一生都在开掘大昆仑山下的飞星坠地，直到四世法王、我的伯父贡噶坚赞班智达终于挖通了地下孔洞，看到了莲花生提点宝王贡却杰波的飞星。飞星乃一块巨大黑石，在地下火焰之中，上镌刻无数符号图案，皆为真言要义。班智达不解，我十六岁入地，见飞星上符号图案，在地下沉思数日，终于醒悟，识别图案表达的意图。飞星上有三神明，万年之前堕入大昆仑山，三神明一西去，一东往，一南下，后西去神明往东，两神明交战，是为阴破阳立之战，其后中原道法盛，以至柔至阴胜至阳至刚为道义，再后数千年，阴破神力耗尽，勉强回到大昆仑山下，依附于遁地飞星，苟延残喘。到了我见飞星之日，阴破即阴破灭度之时，当年点化宝王贡却杰波的那位自称莲花生的僧人，应该就是三神明中南去的那一位梵天。"

八思巴一番话不紧不慢地道来，所有人都听得浑身战栗，特别是张志敬，看着八思巴手中发出白光的黑色陨石，心若死灰。八思巴已经把这个秘密公布出来，当年中原术士，铲截二教厮杀的原因，就是为了阴破，也就是轩辕神明，阴破回到了飞星坠地的地下，铲教要灭杀阴破，却被截教阻拦。没想到此事被番外藏地的一个喇嘛宗派找到了。不，并不是萨迦派宝王自行寻找到，而是被化名莲花生的梵天指点了道路。现在张志敬几乎能够明白，三神相互都要剪灭对方，阴破和阳立皆有神力，而梵天不同，无念无力，只能不断利用有能力的术士去替他完成心愿。阴破在飞星坠地之下已有数千年，一旦被人识破飞星图案符号，阴破也就到了尽头。

现在八思巴手里的黑色石头，就是阴破的真身，已经灭度涅槃。如今中原道教的源头阴破轩辕已经灭度，但是梵天化身莲花生在藏地，释道辩论胜负已见分晓，大势已去，道教，已经输得一塌涂地。

铲教也终于胜了截教，可是如今看来，一切都已经没有了意义。张志敬痛哭流涕，看着八思巴手里的黑色陨石，知道大势已去。

张志敬站立起来，走到了大殿之前的姚枢面前，拱手对姚枢说："释道辩论，道教输了，毫无怨言，从此天下道教，蒙古之地所有的道士，都出世入山，不再参与朝堂之事。全真与佛门之间的寺庙地产之争，尽数拱让佛门。"

姚枢也是一脸的消沉，尴尬地说："也好。张掌教不如现在就带着座下回终南山吧。"

张志敬知道姚枢是在维护全真最后的尊严，但是已经无济于事。张志敬说："我身为掌教，不可剃度，但是我座下十七个道士，就留在大龙光华严寺虚心研学萨迦五世法王的佛法也好。"

八思巴终于双手再次合十，白光顿时消失。姚枢在大殿之前，大声宣告："释道辩论，佛门胜！"

说完之后，姚枢众官员给佛门中人递交了早已经准备好的忽必烈谕文，然后匆匆离开。十七名全真道士，面如土色，一言不发，默默地任凭大龙光华严寺的僧人剃度。

张志敬和八思巴对视很久，然后孤零零地离开。八思巴看张志敬离去之后，对身边的刘子聪说："如果天下还有英雄，这位掌教算得上一个。"

刘子聪说："南边还有一个正一张宗演，也是个不错的。"

"劳烦大人下去地宫一趟，"八思巴说，"我的徒儿困在下面了。"

"那小子和三娘，"刘子聪说，"你确定让他们去往钓鱼城，与蒙古为敌？"

"道教和宋国一样，已经穷途末路，"八思巴说，"八臂哪吒的大风水布局又能如何呢？刘大人先道后佛，本来也并非要执着于诡道一脉吧。"

刘子聪听了，点点头，眼睛看向了八思巴的手掌。八思巴把手心里已经缩小到米粒般大小的黑色陨石交给了刘子聪，"刘大人以后能用得上。"说完之后，转身离开。

刘子聪在八思巴身后大声说："法王，酉时一刻，我们出发，与王爷在河南会合。"

第三篇　太行古道

33

古道入口

鲜于刘光和刘三娘披着五通僧袍出了城，一路向南。路上，蒙古士兵的行军队伍连绵不断，看不到首尾。鲜于刘光看了之后，心情低落，知道蒙古南侵是抱着必胜的信心。鲜于刘光身材魁梧，又带着一个女子，身份实在可疑，蒙古军队中的几个军官已经多次打量二人，如果不是因为军令紧急，害怕失期，一定会抓了二人盘问。次数多了，鲜于刘光和刘三娘也知道不能继续行走大路，于是另走小路。小路难行，走得慢，刘三娘身材娇小，鲜于刘光踏一步，刘三娘要小跑三步，鲜于刘光等得焦急，只能又把刘三娘扛在肩上行走。

刘三娘坐在鲜于刘光的肩头，看着远方夕阳落在山峦上，对鲜于刘光说："被刘子聪关押了这么多年，终于离开了那个牢笼。"

鲜于刘光看着脚下崎岖的小路，嘴里说："我看刘子聪并非如你所说要杀了你，虎毒不食子，他把你关在八臂哪吒的地宫，到底是为了什么？"

刘三娘沉默了很久才说："当然是因为你这个傻子……"

鲜于刘光听了，心中也忐忑起来，他为了刘三娘不顾一切，放弃前往钓鱼城，而是进了地宫，不仅张志敬看得明白，郭守敬都瞧得清清楚楚，更何况老谋深算的刘子聪。想到这里，鲜于刘光扶着刘三娘小腿的手松开了，刘三娘身体摇晃，挽住了鲜于刘光的头。

"其实你能下来找我，"刘三娘的声音细不可闻，"我心里是开心的。"

鲜于刘光听了，顿时心中欢喜。

"也只有你这种没见过女人的傻子才会什么都不顾，做出这种莽撞的举动。"刘三娘叹口气说，"跟刘子聪的作为倒是完全相反，他为了娶窦翰林的女儿，不惜逼死我娘，还要把我关起来。"

鲜于刘光听了也说："你是刘子聪的女儿，估计也没见过什么外人，其实终南山上，全真教的道士虽然都是清修之人，却都是情意深重的豪杰，他们都可怜我无父无母，从小把我照顾得很妥帖，即便是孙不二门下清静派的女弟子，每年也会给我缝制衣物，我倒是从来没有缺过什么。你从小锦衣玉食，反而不如我，看来跟着什么人长大，性子也就随了他们。"

"我跟着刘子聪这些人长大，"刘三娘哼了一声，"所以也是心思深重、行事乖张，对不对？"

鲜于刘光口齿笨拙，一说话就得罪了这个容易怄气的刘三娘，也想不出什么话来回旋，只是说："你跟刘子聪他们还是不一样的。"

"有什么不一样，"刘三娘挤对鲜于刘光，"谁让我不好过，我就让他更难受，不然我为什么偷了刘子聪的金莲子，让他布置不成八臂哪吒的风水布局，坏了他的好事？"

"不，我从见到你开始，就知道你不是坏人。"鲜于刘光也只能这么应对。突然头发被刘三娘狠狠攥住。

"你对我好，我记得，"刘三娘说，"如果你哪天对我不好了，我也会让你生不如死。"

"我怎么可能对你不好，"鲜于刘光说，"只是……"

"只是什么，"刘三娘说，"现在就开始反悔了吗？"

"只是，我们此去钓鱼城，"鲜于刘光说，"蒙古大军压境，钓鱼城守着重庆的门户，蒙古大军必定要把钓鱼城夷为平地，到时候，你我二人在乱军之中也很难脱身了。"

"那有什么，"刘三娘说，"你记得今天的话就行，你若真心对我，就算是我们都死在钓鱼城,我也认了。"

"你真的愿意跟我一起死在钓鱼城?你并不是道家门人,这又何苦。"鲜于刘光听了刘三娘的这句话,一时间没明白其中的意思。

"你现在就反悔了吗?"刘三娘大骂起来,"果然是个说话不算数的。"

"就算是蒙古军破城,"鲜于刘光说,"我也要照顾你的周全。"

"你到底明不明白我在说什么?"刘三娘脾气暴躁,用手狠狠抓住鲜于刘光的头发摇晃,"我都已经说了,宁愿跟你死在一起……"

鲜于刘光就算真的是个傻子,现在也明白了刘三娘在说什么,内心欣喜,顿时觉得什么蒙古大军,什么守护钓鱼城,都是不堪一提的小事。鲜于刘光把刘三娘的手掌握住,大声地说:"那我们就把钓鱼城坚守住,我绝不让你陪着钓鱼城殉葬,死在蒙古大军的刀下。"

刘三娘啐了一口,"真没出息。"只是鲜于刘光看不见她脸上笑意盈盈。

两人说到这里,也就无话可说,只是一直朝着太阳落山的方向行走。两个情窦初开的少年,都希望这一路永远都走不完。

两人一路风餐露宿,鲜于刘光身上只有点细碎的银两,勉强在农家买了干粮。鲜于刘光自小在终南山习惯了粗茶淡饭,也就罢了,刘三娘养尊处优,吃不惯粗鄙的食物,但是也并不嫌弃,跟着鲜于刘光共甘苦。

两人不敢在农家和客栈投宿,到了夜间只能找个山地背风的地方,看着星光诉说小时候的往事。刘三娘从小在深宅大院,难得出门,每次偷偷跑出去,都会被责罚。鲜于刘光说一些终南山上的趣闻,刘三娘闻所未闻——终南山上曾经有万仙大阵,之后两大仙山门人,活了几百岁,一个在山顶的通天殿,一个在山下的黑龙潭,两人本是死敌,最后却携手仙去。这两个仙人与自己和刘子聪的诡道门派,以及钓鱼城的阴阳四辨骷髅道场大有渊源。

刘三娘又说起刘子聪和郭守敬耗费民力和财力无数,修建地下的八臂哪吒风水布局,让忽必烈大为恼火,多次在刘子聪面前发脾气,每次刘子聪被忽必烈责骂后回到宅邸,就冲下人发火,都是郭守敬周旋。

两人边走边聊,走了五日,来到连绵的大山脚下,刘三娘看着群山,不禁犯愁，如果转而向南，都是平原，到了洛阳转入京兆，潼关被蒙古大军把守，无法通过，现在只能翻越面前的太行山，进入到晋地，然后辗转进入陕西和汉中，抢在蒙古西路大军之前进入蜀地。可是太行山连绵几百里，山路崎岖，等走到了陕西，钓鱼城可能早就被蒙哥汗的西路大军攻克了。

鲜于刘光指着太行山的一个山脚说："这里有一条太行古道，能够缩短到两日两夜的路程，掌教张志敬已经把这条古道的入口告诉了我。"

刘三娘听了觉得鲜于刘光志在必得，也就不多问。两人在山脚下不断地寻找太行山古道的入口，可是一天下来，毫无所获。鲜于刘光问了当地的村民，村民也都茫然，告诉鲜于刘光从来没有听说过太行山内有暗道，他们去往晋地，需要穿越崇山，辗转十几日。

鲜于刘光和刘三娘只能继续徘徊，眼看日头再次西下，黑夜之中，寻找洞穴更加困难。鲜于刘光焦急起来，在树林中胡乱地走动，一个踉跄跪倒在地，刘三娘也从鲜于刘光的肩膀上跃下，看着鲜于刘光一脸的愁容。鲜于刘光愤恨自己无能，轻声说："没想到当年师父和两个仙山门人的约定，谋划了百年的计策，却毁在我的身上。我死后，该如何面对他们？"

刘三娘用手抚摸鲜于刘光的肩膀，"如果因为找不到古道，你去不了钓鱼城，蒙古得了大宋的天下，也是气数尽了，他们打他们的天下，为什么我们不找个地方偷偷地躲起来，凑合着过一生罢了。"

鲜于刘光摇头说："我生下来就是为了这个使命，怎么可能置之不顾？如果钓鱼城被蒙古军队击破，蒙古西路大军顺江而下，与东路大军会合，大宋国破，也是我自刎以谢前辈的时候。"

刘三娘这些日子与鲜于刘光相处，知道他是一个至情至性、忠于使命的人，于是也不再挤对鲜于刘光，只是轻声安慰，"今日早点休息，明天我们无论如何也要找到你说的那个古道。"

鲜于刘光虽然急切，也知道刘三娘说得不错，两人只好在树林内生了一堆火，鲜于刘光想打个兔子或者野鸡烤着吃了。可是寻觅很久，别说兔子，连老鼠虫豸都没见到一个。两人只能吃了随身的干粮，草草垫饱了肚子。鲜于刘光把火堆熄灭，垫了衣物，让刘三娘睡下，自己背靠着大树歇息。

眼看月亮高悬在树梢之上，鲜于刘光心中焦急，哪里睡得着？脑海不断想起蒙古士兵的暴虐，钓鱼城被蒙古士兵攻破，满城的士兵和妇孺被屠戮的惨景在眼前显现。想到这里，鲜于刘光长叹一声。

"或者是张志敬骗了你，太行山根本就没有古道呢？"刘三娘也没有睡着，突然说出这么一句话来。

"掌教一生都不会打妄语，"鲜于刘光说，"他不会骗我的，我区区一条性命，哪里值得？"

"一个人一生都不说假话……你做得到吗？"刘三娘哼了一声，"如果真的这样，这世上早就没有全真教这个门派了。"

鲜于刘光说："我从小见全真教的师兄们都是如此，我当然也要像他们一样。"

刘三娘问："你我披着五通僧袍，偷偷进入忽必烈的王帐内，算不算得作假？"

"这怎能相提并论。"

"都是掩人耳目，一个是说话，一个是做事，又有什么区别呢？"刘三娘说出这句话，让鲜于刘光无法反驳。

"既然天下的道士都需要你去钓鱼城送死，"刘三娘说，"为什么他们就不能用一个假话来诓你？你到了钓鱼城，与蒙古人拼死作战，兵者诡道也，诡道诡道，就是没一句真话，没一件真事，不然怎么能出奇制胜打败敌人？"

鲜于刘光听了，背后汗涔涔的，觉得刘三娘说得挺在理，又觉得不对，但是哪里不对，又说不上来。

刘三娘漫不经心地说了一句，"诡道，不就是你和刘子聪的门派吗？"

鲜于刘光五雷轰顶，隔了很久，说："当年秦末汉初，诡道有两个先辈，长房韩信用的是阳谋，战无不胜，既然如此，看来他是一个在兵法上极为会使诈的将领。"

"我听过，"刘三娘说，"韩信是长房，但是还有一个么房陈平，用的是阴谋，一生之中，没有一句真话，却也是汉朝创立不可缺少的豪杰。"

"看来你爹对你也没那么生分，"鲜于刘光说，"他连诡道先人的事迹都说与你听了。"

刘三娘不理会鲜于刘光,继续说:"没有韩信,刘邦打不过项羽,得不了天下,但能安心地在汉中做个王侯。没有陈平,刘邦在荥阳、咸阳、白登都死三回了,哪里还有什么汉朝国祚?"

鲜于刘光听了,只能看着天空,喃喃地说:"我是一个在终南山长大、从没见过世面的山里小子,哪里知道这世上还有这些心机阴谋。我的本事也很有限,不知道他们到底看重我哪一点了。"

"钓鱼城,"刘三娘说,"既然你的一生都被人安排,那么在钓鱼城,一定有你想不到的东西等着你。只是到了那一天……"

"那一天,又如何?"鲜于刘光从刘三娘的语气听到了一丝忧虑。

"没什么,"刘三娘笑起来,"我们先找到古道入口,到了钓鱼城再说吧。"

两人聊了一阵子,天空中少许的乌云散尽,一轮明月皎洁,夜色倒是明亮了很多。鲜于刘光胸口郁愤,大喊了一声,"到底有没有古道,张掌教到底有没有骗我!"

鲜于刘光突然一声叫喊,把刘三娘吓了一跳,树林中无数的蝙蝠也被惊起,在树林上盘旋飞舞。刘三娘和鲜于刘光看着无数的蝙蝠如同流云一般在月亮之下飞绕,场面诡异。

"不对。"刘三娘说,"有古怪。"

"有什么古怪了?"鲜于刘光问,"蝙蝠昼伏夜出,在夜间觅食,到了白天就飞回到巢穴。"

"只有蝙蝠,没有飞鸟。"刘三娘说,"而且蝙蝠在傍晚飞出洞穴,这么多的蝙蝠,我们却没有看见它们飞出来。"

鲜于刘光看向四周,"怪不得连一只兔子都见不到,这树林有蹊跷。"

突然一只蝙蝠撞到树顶,跌落下来,鲜于刘光好奇,捡来看了,又递给刘三娘看。

"不是树林,是蝙蝠,"刘三娘拍了一下手,"这蝙蝠是白天觅食,夜间回巢。"

"哪有这个道理?"鲜于刘光问。

"有的，"刘三娘说，"蝙蝠的眼睛都是瞎的，因此夜间觅食更容易，但如果这些蝙蝠的眼睛能看见，那么就白天觅食更容易，到了晚上就成了瞎子，你再看看这只蝙蝠的眼睛。"

鲜于刘光仔细看着蝙蝠的眼睛，果然是眼珠子滴溜溜地转动，眼光灵动。

"竟然还有能看见的蝙蝠？"鲜于刘光好奇地说。

"古道入口已经找到了，"刘三娘笑着说，"得多谢它们。"

鲜于刘光听了，大喜过望，"对，蝙蝠要回巢，必然经过古道入口，还有什么古怪的洞穴，能够养出眼睛看得见的蝙蝠呢？"

刘三娘和鲜于刘光站起来，看着空中蝙蝠飞的方向，跟随着走去。走了约莫两炷香的时间，走到了树林深处，蝙蝠冲向地面，都不见了。鲜于刘光把刘三娘高高举起，刘三娘大声说："怪不得我们找不到古道入口，你猜猜入口在什么地方？"

鲜于刘光说："在什么地方？"

"西边有一个湖泊，"刘三娘说，"蝙蝠飞到了湖泊下面。"

鲜于刘光背着刘三娘奔跑，果然在悬崖的下方，树林中央有一个不大不小的湖泊，这个湖泊白日里两人来过，并未觉得有奇异之处，可是现在，湖泊的水已经干涸了一半，悬崖这一侧，露出一个洞穴来，无数的蝙蝠朝着洞穴内飞去，但是又有无数蝙蝠从洞内飞出，几万只蝙蝠同进同出，却不会相撞堵塞。

"就是这里了。"鲜于刘光指着洞穴，洞穴上刻着一个龙头图案，石壁布满了青苔。可见这个湖泊是白日里把洞穴淹没，到了夜间子时，湖水下沉，湖面收缩，才露出了洞穴，让蝙蝠能够进出。

"我猜对了一半，"刘三娘说，"这里面的蝙蝠，一半是白日觅食，一半是夜间觅食，白日觅食的是有人豢养的灵宠，另一半是野生的畜生，里面有人。"

34

古道中的道观

鲜于刘光背着刘三娘涉水走到洞穴跟前,身前身后的蝙蝠飞舞过来,几只来不及躲避的蝙蝠,撞到了鲜于刘光的身上。鲜于刘光把刘三娘放下,两人同时走进了洞穴。

洞穴内的水齐腰深,水面上的蝙蝠仍旧一进一出在快速交错飞行。鲜于刘光和刘三娘终于走到了深处,转身看着来路方向,鲜于刘光和刘三娘发现自己的小腿又被湖水淹没,知道湖水在迅速上涨,两人不断后退,看见洞穴的入口处进出的蝙蝠越来越少,直到没有蝙蝠再飞进来。

"湖水又把洞穴淹没了。"鲜于刘光说。

"看来洞穴能露出水面的时间极短,"刘三娘说,"洞内的蝙蝠分作白日和夜间两批,分别出去觅食休息,时间长了,一部分蝙蝠变异了。是哪个空闲到了极点的人,才会做这种事情?"

"不是空闲到了极点,"鲜于刘光皱着眉头说,"那个人必然是被困在了这里,出不去,才豢养蝙蝠,给自己寻找食物。"

刘三娘听了,看了一眼前方古道的洞穴深处,"如果真的有人被困在这里面,那我们岂不是也很难走出去。张志敬自己来过古道没有?"

鲜于刘光回答说:"他没来过。"

"那他之前的掌教呢,还有全真教其他道士呢?"

"都没有来过,"鲜于刘光说,"就算是王重阳真人也没有来过,只是留下了古道的地址。"

"全真教历代的道士，都知道这个古道，"刘三娘问，"可是偏偏没有一个人来看看，却把古道在哪里告诉你，你没想过到底为什么吗？"

鲜于刘光迟疑地摇摇头，刘三娘看见了，哼了一声，"跟你说这些也是白搭，我看你脑袋就是个榆木疙瘩，不想事的。"

鲜于刘光也觉得刘三娘说得有道理，只是他自幼在全真教庇护下长大，怎么都不会去质疑李志常和张志敬两位对自己有养育之恩的掌教。

两人无话，沉默片刻后，刘三娘问："是继续前行，还是调头回去？"

鲜于刘光指着洞穴的前方，"既然进来了，怎么也要拼着往前走。"随即掏出怀中的火折，点燃后，向前走去。

两人行走了几百丈之后，洞穴拐了一个弯，道路又斜斜地朝向地下深处而去，道路前方隐没在黑暗之中，鲜于刘光和刘三娘犹豫不定，又站立了一会，火折的火焰慢慢地熄灭，只剩下一点暗红。

"你既然要走古道，就没想过要带火把进来？"刘三娘又忍不住揶揄鲜于刘光。

"诡道算术，刘子聪得了听弦和晷分两个属阳的算术，"鲜于刘光说，"看蜡和水分属阴，即便是没有火光，我其实也可以在黑暗中计算四周的环境……"

"只是你一时间也没想起来带了一个拖后腿的……"刘三娘说着话，从地上捡了一根木头，"好在是这个古道里有现成的木头。"说完递给了鲜于刘光。

鲜于刘光用火折把木头点燃并不费力，两人有了火把，行走也就没了阻碍。两人一直向下行走，似乎这个朝着地下的石阶永无止境，要走到地下深渊尽头一般。

"和尚们说，"刘三娘说，"地狱就在地下的深渊，这样走下去，我们是要走到地狱里去吗？"

鲜于刘光用火把照了照左右的岩壁，轻声说："你看到这岩壁有什么不同没有？"

刘三娘回答："到处是被烟火熏过的痕迹，我早就看到了，这里曾经燃烧过大火。"

"是什么人要在这个古道里放火呢？"鲜于刘光想不明白。

刘三娘弯腰，又从脚下拾起一根木头，但是这根木头一半已经烧成了焦炭，另一半也腐朽得厉害。刘三娘仔细看着烧了一半的木头说:"你看这截木头像什么?"

"像一个人的胳膊,"鲜于刘光笑了一下,"难道是有人专门把木头雕像拿到这里来焚烧?"

刘三娘把木头扔了,走了几步,又捡起来一截木头桩子,递给鲜于刘光看了,他立即分辨出来是一个木雕的脑袋。两人看了这个木雕的脑袋一会,刘三娘说:"不是佛头,也不是道家神像……为什么雕刻一个普普通通的人头?"

鲜于刘光看了也不解,"眼耳口目都有,也没有什么特异之处。"

刘三娘用下巴点了点前方,"你看前面。"

鲜于刘光看去,前面地面上的木头更多,只是都有被烧毁的痕迹。

"难道这里是当年某个帝王的坟墓,"刘三娘说,"找了这些个木头雕刻的人俑烧了殉葬?"

"没听说过哪个帝王会选择这么一个地方安葬,"鲜于刘光说,"如果真的是帝王陵墓,也太简陋了吧。"

两人看地面上被烧毁的木头人俑越来越多,总觉得十分怪异,在黑暗的地下,难免心中惴惴不安。刘三娘对鲜于刘光说:"你还是把我背起来吧。"

鲜于刘光蹲下,刘三娘没有跟以往一样坐到鲜于刘光的肩膀上,而是紧紧地贴在鲜于刘光的后背。

鲜于刘光不禁笑道,"你在燕京,连刘子聪要杀了你给八臂哪吒献祭都不怕,为什么现在被这些木头给吓到了?"

刘三娘伏在鲜于刘光的肩膀说:"不一样,在燕京,任何事情都是我知道的,而这个古道里,奇奇怪怪,很难猜测。"

鲜于刘光深吸一口气,背着刘三娘继续行走,边走边踢开脚下的木头人俑,终于把这段向下的道路走完了。他们来到了一个巨大的地下深渊,深渊上有一座吊桥,只剩下了两条铁链。看来这座吊桥上的木板和绳索也已经在多年前被火焚烧过。

鲜于刘光踏上铁链,一步步行走,铁链摇晃,鲜于刘光的身体摇摆不定。他担心背上的刘三娘害怕,便加快步伐,快速走过了深渊。

到了深渊对面，道路贴着深渊和岩壁之间，只有一条仅容一人行走的小路，并且坑坑洼洼、高低不平，其中还有几处断裂，鲜于刘光勉强跳跃过去。

这段路途漫长，走了几乎三个时辰，鲜于刘光和刘三娘心中较劲，一定要把这一段路走完才肯歇息。三个时辰之后，这条路总算拐进了一个岩壁内的裂缝。

裂缝狭窄，鲜于刘光只能把刘三娘放下，两人在狭缝中挤过去，好在狭缝并不长，穿过之后，来到了一个巨大的地下岩洞。岩洞几乎有数百丈，中央有一个小小的道观。

而两人把整个岩洞大厅看清楚了之后，都同时深吸了一口气。

他们看见，围绕着道观的，全部是一具具木头人俑，它们倒在地上，越是靠近道观，人俑越多。

而这些人俑都穿着盔甲，拿着武器，并且还保持着重伤暴毙的姿势，这绝非是人有意把人俑摆放成这个样子。

35

木甲术与偃师术

鲜于刘光和刘三娘两人从这些人俑上走过。鲜于刘光说:"这些木头人俑,没有火烧的痕迹了。"

刘三娘回头看了看,"如果这些木头人俑不是故意摆放成这个样子,那么就只有一种可能。"

鲜于刘光听了,身体战栗一下,脚下踉跄,踢到了一个木头人俑,人俑的脑袋翻转过来,雕刻的五官正中,被劈斩开一条巨大的裂口,几乎把木头头颅分为两半,鲜于刘光弯下腰,把头颅拿起来,"看到了吗?"

"看到了。"刘三娘用手指伸到了木头头颅的裂口之中,裂口之内,有大大小小无数的齿轮和机括,大的有一寸见方,小的齿轮几乎只有米粒大小,上面密密麻麻的小齿,细如发丝。

"还有一种可能,"鲜于刘光说,"万仙大阵之前,道家有个流派,善用木甲术,比如在终南山仙去的卧龙任嚣城,就是木甲术的高手。"

"没有听说过,"刘三娘回答,"你是说这些木人,都是任嚣城留下的?"

"任嚣城擅长的是木甲机关,而这些木头人偶,是木甲术的另一个派别,偃师术,"鲜于刘光说,"使用这个术法的门人十分隐秘,每一代都没有名字流传下来,历代门人都自称偃师。"

"偃师我倒是听说过,"刘三娘说,"郭守敬在一次家宴上说过,他能探寻木甲术中的道理,虽然机关精妙,变换万端,但是终究是有迹可循。只是偃师……郭守敬也说,他无法想象,古人是用了什么手段,在木头内安装机括,把死物变成了活动的木人。"

"李志常掌教说，在万仙大阵之前几百年，蜀地一个偃师，弑杀了蜀王，用了一个人偶傀儡替代蜀王，竟然偷天换日十几年，无人察觉，可见偃师术手段的高明。"

"如果这些木头人偶都是活物士兵，"刘三娘闭上眼睛，开始说，"这些木头士兵在古道洞穴外开始进攻，而古道里的术士在古道入口到地下深渊吊桥上布置了火焰防备。木头人偶士兵一定是偷袭进入……"

"为什么是偷袭？"鲜于刘光问。

"因为古道内的术士，匆忙之间没有时间去损毁吊桥，吊桥被焚毁，并不是驻守古道术士所为，而是带着火焰的木头人偶通过吊桥的时候，点燃了吊桥。在这个过程中，木头人偶士兵一定用了某种方法隔绝火焰，导致镇守古道的术士的火攻失去了威胁，接着木头人偶士兵就全部进入了这个地下的宫殿。"刘三娘指着前方的道观，"那个术士，退无可退，只能回到这个道观内，他的法术一定十分高强凌厉，但是他只有一人，最后木头人士兵攻击到了这里。"

"那是一个什么样的前辈呢？"鲜于刘光叹口气，"这里一定也是万仙大阵同时期的一场争斗，一方是阻隔古道的术士，一方是驱动偃师术的术士。到底谁胜谁负？"

"已经无法推测了，"刘三娘摇头说，"木头人士兵如果战胜，就会顺着古道离开，战败的话，那就尽数倒在这里。不过你说的那个镇守古道的术士，如果不出所料，现在应该还在这个道观内。"

两人边说话，边走到了道观跟前，道观很小，只有一个小殿，牌匾上只有一个字："智"。

鲜于刘光和刘三娘相互看了一眼，都不明白这个"智"字到底代表了道家哪一个门派。两人推开了小殿的门，看到殿内横七竖八全部都是绳索，悬浮在空中。刘三娘伸手触碰了一下其中一根绳索，立即传来一阵铃铛的响声。铃铛的响声在寂静的地厅内十分清脆，随即一声隆隆的巨响传来，两人回头，地厅内，一个巨大的流星锤在道观外旋转，流星锤掠过鲜于刘光身前，鲜于刘光立即后退，进了道观之内,触动了更多的绳索,铃铛声连绵不绝,鲜于刘光和刘三娘看着外面,地面上突然冒出了密密麻麻的利刃,然后无数的飞刃纵横交错在地厅内飞过。

现在两人都看明白,这些木头人偶士兵是如何被这里精妙的机关击败的。外部的木甲术机关持续了一炷香的工夫,才慢慢地结束。

刘三娘抽出鲜于刘光随身的宝剑,把殿内的绳索尽数斩断。鲜于刘光说:"看来这个古道,在当年是木甲术和偃师术的交锋地,木甲术的后人和偃师术的后人,分别投奔了铲截两宗,在这个古道内,厮杀了一场。"

"而这个古道,可能是两宗交锋胜负关键的所在。"刘三娘看着殿内,"可惜我们晚生了几百年,错过了这些道家宗师之间的争斗。"

"即便是真的生在了那个时代,"鲜于刘光笑了笑,"以我们的本事,一定是万仙大阵中第一批被杀死的无名之辈。"

"鲜于先生,看来你很庆幸生在了如今,"刘三娘笑着说,"钓鱼城缺你不可,你会成为道家抵抗蒙古大军的英雄。"

鲜于刘光早就对刘三娘的刻薄不以为意,拨开垂在小殿的绳索,看到一个穿着道袍的人影在小殿的一个蒲团上盘膝打坐。

"看来木甲术的术士还是败给了偃师术,木头士兵通过了古道。"鲜于刘光说着话,把刘三娘放到地下,拱手对这个已经故去的术士作了一个揖,"前辈,无论你是铲宗还是截宗,都是先辈高人,请受晚辈鲜于刘光一拜。"

刘三娘却指着这个道家前辈说:"不对,你看仔细了。"

提醒之下,鲜于刘光再去查看,发现这个道家术士的脸庞僵硬,开始本以为他死去多年,尸体虽未腐朽,脸庞却是焦黄的死人模样,可是这下看明白了,这个道家术士的脸孔上,竟有丝丝的木纹。

刘三娘立即用手去触碰术士尸体,尸体上的道袍历经几百年,被刘三娘的手指触碰后,立即分崩离析,术士的整个身体露出,确确实实是木头打造。

鲜于刘光和刘三娘大惊,两人迟疑了很久,刘三娘才说:"难道偃师术的木头人,能够与真人术士一般无二?"

"不对,偃师术是操纵傀儡,无论木头人偶与人多么相似,也不可能自行修炼,有自己的意识。"

"可是这个木头人偶,就是驱使这个木甲术的术士,"刘三娘指着木头术士的身体,木头胳膊、手掌,还有腿部各个关节,都与绳索联系在一起。而木头术士打坐的方式,就是道士修炼周天的形态。"

鲜于刘光摸着自己的脑袋,盯着这个木头术士,仍旧不敢相信刘三娘的推测。刘三娘却大喊起来:"活了!"

刘三娘的话音刚落,木头术士眼眶上的皮革眼皮突然张开,露出了一对散发着黑色光芒的宝石。木头术士的胳膊也抖动一下,殿内上方的绳索耸动,两根长矛落到了鲜于刘光和刘三娘的头顶。鲜于刘光和刘三娘慌忙躲避,木头术士的胳膊再次微微耸动。鲜于刘光和刘三娘看见小殿的门口七八柄长刀交错伸出,把门封了个严严实实。小殿内的墙壁也冒出了整整齐齐的利刃,摇摇晃晃,似乎随时要飞射出来。

"不要再动了,"刘三娘让鲜于刘光站定,"他要是真的要杀我们,第一下我们就躲不过去。"

鲜于刘光听从刘三娘,站定不动,看着木头术士。

木头术士的黑色宝石眼睛,发散的冷光在鲜于刘光和刘三娘的身上上下移动,然后胳膊回转,手掌在木头的躯干上掀开了一个小板,鲜于刘光和刘三娘看见小板内露出了一个精妙的飞轮,飞轮本来固定不动,木头术士按了飞轮下的一个小小机括,飞轮立即迅速旋转起来。

"什么人?"一个声音从木头人的胸腔里传来。如果不是亲眼所见,鲜于刘光绝不敢相信,偃师术的木头人竟然能够像真人一样说话,不仅如此,这个声音也和人声一样,蕴藏着极大的杀意和戒备。

还没有等鲜于刘光回答,木头胸腔内的声音又传出:"是通天胜了,还是元始胜了?"

鲜于刘光和刘三娘知道,截教供奉通天,铲教供奉元始,只是不知道这个木头术士,到底是铲教还是截教?

"你们是哪个门派?"木头术士的追问声更加严厉,鲜于刘光和刘三娘一时间不敢回答，知道如果答错，木头术士立即就会痛下杀手。

　　小殿内绳索突然紧绷起来，现在不仅是墙壁上的飞刃摇摇晃晃，绳索收缩移动，每一根绳索上都悬挂着一柄刀，所有刀刃都指向了鲜于刘光和刘三娘。鲜于刘光心中水分计算知道，无论自己怎么躲避，都逃不开刀刃的击杀。

36

智斗木甲术傀儡

木头术士站立了起来，身上的绳索跟随他的身体关节晃动，小殿内无数的刀刃都随之移动方位，两根长矛也被绳索吊着横在空中，枪尖顶着鲜于刘光和刘三娘的喉咙。

"诡道。"鲜于刘光知道再不报上门派，木头术士就真的要发难。

木头术士全身停顿，似乎陷入了沉思。鲜于刘光十分好奇，木头术士头颅内到底是什么机括，让他有了独自思索的能力。片刻之后，木头术士又开口了，声音迟缓，语气并无高低起伏，但是仍旧严厉，"是独孤连岳一房还是姬让一房？"

鲜于刘光听到这里立即明白，当年诡道姬不群和姬不疑兄弟阋墙，长幼两房分别投靠了铲教和截教。但是在姬不群和姬不疑两兄弟之后，诡道门人延续自哪房，并无人对鲜于刘光提起过，也就是说，木头术士提及的独孤连岳和姬让也是参加万仙大阵姬不群和姬不疑的后人，这样一来，仍旧无法确定答案，因为鲜于刘光自己也不知道自己属于哪一房。更加可笑的是，面前的这个木头术士，明明是偃师派，但是他又偏偏驱使了木甲术抵挡进入古道的这些木甲术士兵。

到了这个境地，无论怎么选择都是赌博。鲜于刘光还在犹豫，一旁的刘三娘说："他是诡道幺房，我是诡道长房的后代！"

这话一说，鲜于刘光心里不禁叹了口气，刘三娘的确是玲珑心窍，给出了两边都靠的答案，可是刘三娘不知道的是，这样一来，他们其中一人必将成为木头术士的仇人。鲜于刘光想到这里，看到刘三娘一脸镇定，突然想起来一件事情，诡道的确是一直有长幼之争，但是到了黄裳这一代，万仙大阵的长幼两房，已经断绝了一房，而流传下来的这一房，应该就是铲截两教中留存的一房。

"是姬让一房胜了吗？"木头术士追问。

"不，"刘三娘立即反驳，"是独孤连岳这一房胜了。"

"哦……"木头术士又陷入了长时间的沉默。

鲜于刘光狐疑地看着刘三娘，眼光在询问刘三娘，你怎么知道这么多？刘三娘的眼光闪烁，微微笑了笑。

木头术士又开口了，"截教胜了。"说完，小殿内的绳索尽数松弛，刀刃都隐藏起来，墙壁上的飞刃也缩回，两柄长矛也落在了鲜于刘光和刘三娘的脚下。看来刘三娘的答案对了，她笃定独孤连岳是诡道投奔截教的一房，并且这个木头术士，正是截教安排在古道内的高手。

鲜于刘光立即松了一口气，拱手对木头术士问："敢问前辈是截教哪一门派高人？"

木头术士的内部发出了细微的响动，当声响停止之后，木头术士对鲜于刘光说："我……不记得了。"

如果是平常人，鲜于刘光怎么都不会相信这句话，但是这个木头术士的语气诚恳，让人无法质疑。

"我内部的机括几乎都在这一战中损毁，"木头术士说，"都记不得了，我只记得，决不能让铲教的术士通过古道。铲教所有的术士都死了吗？罗光、任嚣城、姬让、花岭、单雄信、裴元庆……"

木头术士独自念出了一个又一个铲教术士的名字，念了几乎一顿饭的时间，仍旧还在继续，似乎永远都念不完。

"看来你做到了。"鲜于刘光说，"你击败了进入古道内的木甲术士兵。"

"是的，我做到了。"木头术士身体里又响起了细微的"咔咔"声，然后又滞涩下来，"我叫什么，我的主人是谁？"

鲜于刘光和刘三娘相互对视一眼，这个能力高强的木头术士简直是万仙大阵中匪夷所思的人物，他身为木甲术傀儡，木甲术应该天下无双，但是偏偏却要对木甲术的士兵痛下杀手，即便是在激战中损毁了身体内的大部分机括，丢失了几乎所有的记忆，忘记了主人和自己的名字，却始终记得敌方所有术士名字。

万仙大阵……是一个残酷到了什么地步的术士战争呢？鲜于刘光不禁去推测当年的截铲两教之争的激烈。

"万仙大阵已经是几百年前的事情了。"刘三娘看着木头术士说，"前辈，我们需要通过这个古道。"

木头术士说："是啊，结束了，主人交代我的事情已经结束了，你们走吧。"

鲜于刘光和刘三娘听了都十分感慨，于是拱手准备离开。

"等等……"木头术士在身后叫住他们。

两人回头，刘三娘问："前辈是又想起了什么吗？"

"是的，"木头术士说，"我想起来了，主人告诉我，如截教门下的道家术士经过，我要把这个东西给他。"

木头术士慢慢走到了小殿内的后侧，抽出墙壁内的一块方砖，拿出一个卷轴，慢慢走到了刘三娘面前，把卷轴给了刘三娘，"这是我师父一生的心血，你收好。"

刘三娘拿了卷轴，鲜于刘光看见卷轴上写着"木非攻"几个篆字，知道是万仙大阵之前木甲术和傀儡术绝世高手所著。

刘三娘拿了卷轴之后，看着木头术士，"前辈并非肉身，寿数无尽，为何要沉睡在这个地下的古道之中，不到地面上去看看呢？"

木头术士茫然地问："地面是什么地方？我被造就出来，就是为了在这里阻挡铲教术士通过……"

鲜于刘光和刘三娘听了都不免黯然，原来这个木头术士，在万仙大阵之前，被主人在这个地下古道里造就，根本就不知道外面的世界。看来要一直等着胸腔内的飞轮锈蚀腐朽后，才会永远沉睡下去。两人也就无话，默默告辞离开，走出小殿，继续朝着古道的另一个方向行走而去。

过了这个地宫，仍旧到了巨大的地下深渊之旁的道路，道路比之前要宽阔很多，但是一路上并没有任何木甲术士兵残骸，可见木头术士完成了主人的任务，没有让一个铲教的术士通过，可是即便如此，截教最后仍旧是败了。

"我们骗了他，"鲜于刘光迟疑地说，"是否不太妥当？"

"他被造就出来，为的就是截教在万仙大阵中取胜，"刘三娘说，"过了这么久，铲截相争的胜负，还有什么意义，骗骗他又有何不可？"

鲜于刘光叹口气。

"鲜于先生如果觉得不光彩，"刘三娘冷笑着说，"我们大可现在就回去，告诉他是铲教胜了，我们也不是独孤连岳的后人，让他杀了我们就是。"

鲜于刘光笑着摇头，"我只是奇怪你怎么知道他是截教高手前辈，这么隐秘的事情是刘子聪告诉你的吗？"

"刘子聪怎么可能知道这些事情，"刘三娘说，"那个木头疙瘩问，是姬让这一房胜了吗？可见他就是姬让的对头，对不对？"

鲜于刘光思索了一下，点头说："对，还真的是这样，你猜对了。"

"不是猜的。"刘三娘耸耸肩膀，"他连续问了好几句，我都害怕你犯傻回答，终于等到了他这个木头疙瘩漏了口风，我才敢下注，两人的性命都在这句话上，我当然要谨慎一点。"

"也是啊，"鲜于刘光说，"他只记得铲教对手的名字，如果你忍得住，继续说下去，仍旧能根据这点，给出正确的回答。"

刘三娘说："这么简单的事情，你却不明白，跟那个木头术士一样，都是木头脑袋。"

鲜于刘光笑了笑，刘三娘把手里的卷轴递给鲜于刘光，"你想看这个卷轴很久了吧？"

"你又怎么知道？"

"木头术士把卷轴给我的时候，你的眼睛就一直盯着看。"刘三娘摇头说，"钓鱼城的存亡怎么会托付在你这个傻子身上。"

鲜于刘光知道刘三娘冰雪聪明，不愧是刘子聪的女儿，刘子聪的心思缜密和察言观色，都传给了这个女儿。父女都是一样的智慧聪颖，父亲却投奔了异族，逼死妻子迎娶窦翰林的女儿，刘三娘倒是更有情义一些。

鲜于刘光接过了卷轴，打开，只有一段话："恺曰　杀一人谓之不义　必有一死罪矣　若以此说往　杀十人　十重不义　必有十死罪矣　杀百人　百重不义　必有百死罪

矣　若人杀一木人　人无罪　木人杀人　木人死罪矣　木人非人　非人何以罪　木人杀木人　木人更何以罪　虽木人百罪　亦非人罪　天下诸侯病　而城百姓难　兵死　木人之木人与人何难。"

鲜于刘光看了这段话，立即醍醐灌顶，感慨万分："原来这位截教前辈是善用木甲术和偃师术的高手，竟然想用木人替代真人士兵交战，以避免天下众生陷入战祸之中，果然是一个有大慈悲的人物。"

"哼，"刘三娘说，"木甲术到如今也是杀人术而已。这个宇文恺可惜这么聪明，也想不明白世间的险恶。"

"你知道这个人叫宇文恺？"鲜于刘光惊奇地问，"你又是猜的？"

刘三娘摇着头笑了很久，对鲜于刘光说："你弯一下腰。"

鲜于刘光不明所以，照做了。刘三娘用手指在鲜于刘光的额头叩了两下，"宇文恺是隋朝著名的木甲术术士，郭守敬在我和刘子聪面前说他的名字，没有一千次也有八百次了。"

鲜于刘光听了，也忍不住笑了一声，抓住刘三娘的手，看向前方，"走吧。"

37

诡道算术看蜡

鲜于刘光和刘三娘在太行古道中继续行走，道路有时候在地下深渊旁，有时候甚是开阔，有时候会靠着石壁，十分狭窄，有时候面前只有深渊和两侧的悬崖，石壁上却凿出了坑洞，要贴着悬崖爬行一段距离，脚下的道路才能恢复。并且道路在深渊之上还有十几座简陋的吊桥，其中两条绳索已经腐朽断裂，鲜于刘光和刘三娘两人只能把断裂的绳索重新连接起来，然后鲜于刘光把攥着绳索的刘三娘扔到对面，等刘三娘把绳索绑缚到对面的石头上，鲜于刘光再荡过深渊。

如此行走，让人十分疲惫，两人连续行走了二十个时辰。而鲜于刘光急着赶路，要把耽误的时间追回来，赶在蒙古大军进入蜀地之前到达钓鱼城。刘三娘已经疲惫不堪，知道鲜于刘光心中焦急，也勉强跟着鲜于刘光。鲜于刘光看着刘三娘脚步迟钝，就把刘三娘再次背负在背上，刘三娘趴在鲜于刘光的背上不久便沉沉地睡去。

鲜于刘光背着沉睡的刘三娘在古道中行走，虽然困顿不已，但是耳边听着刘三娘轻轻的呼吸声，心中平静极了，难免不去想象，到钓鱼城之后，自己和刘三娘会去往何方，如何共处下半辈子，想到了旖旎之处，心猿意马，立即警醒自己，不要在大战之前，去想一些儿女私情，可是愈是克制，心中的波澜就更加起伏不定。突然耳边听到了刘三娘急促地说："爹，不要杀我娘……"

鲜于刘光立即知道刘三娘一定是在说梦话，于是脚步慢了点，不想惊动刘三娘。片刻之后，刘三娘在梦中又喃喃地说："这个傻小子，为什么长得跟托塔金刚一样高，笨得跟木头人一样。"

鲜于刘光知道刘三娘说的就是自己，嘴角露出了微笑，听见刘三娘又继续在梦中说："傻小子你为什么对我这么好，不顾自己的性命来找我。我偏偏就不领你的情，谁稀罕你这个山里面长大的粗笨乡巴佬。"

鲜于刘光听了也不以为意，又听到刘三娘说："其实你来找我，我心里是开心的……"说完之后，刘三娘安静了很久，不再说梦话。

又走了一会，鲜于刘光感受到刘三娘的呼吸急促，她惊慌地说："娘，你不要扔下我，我去跟爹求情……"

鲜于刘光知道她又梦到了母亲。她平日里倔强，但在梦中真情流露，当然会梦见自己最惦记的人了，也包括自己。鲜于刘光的脖子感受到了一点温热，后颈上如同有一个小小虫豸在慢慢爬行，是刘三娘的眼泪从脸颊流到了自己的脖子上。听到刘三娘的声音又尖锐起来，"刘子聪，你逼死了我娘，我要杀了你！"

鲜于刘光无意中听到了刘三娘在梦中吐露的隐私，大致也就明白了，看来刘子聪为了仕途，要逼死原配，其实对女儿还有所顾忌，只是刘三娘刚烈的性格，让刘子聪左右为难，并且她还偷了开启八臂哪吒大风水的金莲子。如果刘子聪真的不念父女亲情，可能早就杀了刘三娘。看来把刘三娘绑在八臂哪吒的金砖地宫之下，并非如郭守敬和刘三娘以为的要用她献祭。

刘三娘在梦中哭了一会，呼吸又渐渐平稳，不再说梦话。又走了两个时辰，刘三娘醒了，敲了敲鲜于刘光的后脑勺，"让我下来，我自己走。"

鲜于刘光照做，刘三娘睡了一觉，体力恢复，牵着鲜于刘光的手，快步也能跟上，鲜于刘光背负了刘三娘这一路，走路也稍微慢了一点。

"做梦了？"鲜于刘光实在忍不住询问。

"梦见了刘子聪杀了我母亲。"刘三娘说，"我娘性情刚烈，不愿意带着我去乡下隐姓埋名，宁愿悬梁自尽。"

"事情都因刘子聪而起，"鲜于刘光说，"你母亲怪他负心薄幸，也无话可说。"

"我的家事，就不用鲜于先生挂心。"刘三娘说，"你还是想想怎么赶紧走出古道，把耽误的时间补回来，钓鱼城满城的将士还等着你去救命呢。"

"你我都是苦命人，"鲜于刘光诚恳地说，"以后就相依为命吧。"

鲜于刘光本以为吐露真心的这句话说了，刘三娘一定会马上讥讽自己异想天开，没想到刘三娘却默不作声，隔了很久，才轻声对鲜于刘光说："傻小子，我们在钓鱼城能活下来吗？"

"能的。"鲜于刘光说，"一定能。"

"那你不能骗我，"刘三娘说，"你是个冲动起来不管不顾的人，以后万一到了极为凶险的境地，记得你刚才跟我说的话。"

"明白。"鲜于刘光听了刘三娘这句话，确认了刘三娘已经默许了自己的心意，心中欢喜得要炸开了。

"你笑什么，"刘三娘厉声问，"你在想什么龌龊的事情？"

"没有，"鲜于刘光正色说，"我哪里有想……"

"你嘴角斜着上扬，眼睛眯着，"刘三娘怒道，"心里一定有邪念，这个瞒不过我的眼睛。"

鲜于刘光听了说："姑娘实在是厉害，我以后不再对姑娘有任何的非分之想。"

"你难道要去想别的女子？"刘三娘说，"那也不行，真的到了那天，我一定会杀了那个妖女。"

"除了你，"鲜于刘光说，"跟我讲过话的女子，只有终南山上清静派的几个师姐，我到哪里去想别的女子。"

"清静派的道姑，"刘三娘说，"那也不许。"

"那几个师姐，虽然平辈相称，但是年龄比我大了三十多岁。"鲜于刘光辩解，"她们把我当作小孩一般。"

"那也不行。"刘三娘恨恨地说。

鲜于刘光摆摆手，"那我以后去终南山，总是要跟师姐们见面说话的，怎么办？"

"油嘴滑舌，"刘三娘说，"她们跟你说话，你不能看她们，也不能回答，如果你不答应，我一定杀了她们。"

"答应你了。"鲜于刘光说，"到时候我带你去见她们，你在一旁看着。"

"我去终南山，带着我去干什么？"刘三娘啐了一口，"哼，你想得倒美。"

鲜于刘光知道刘三娘刚才答应了自己的心意，现在心中又反悔懊恼，故意跟他言语上抬杠。刘子聪对她母亲背信弃义，她心中早就把天下所有男人都恨了个遍，这也怪不得刘三娘刻薄。

两人继续贴着深渊边的道路行走，心意吐露后，鲜于刘光心中舒畅，觉得道路虽然曲折却也不甚艰难，倒想多走上几日，如果不是因为要赶去钓鱼城，宁愿永远这么走下去。

走了三个时辰之后，终于绕过了深渊，到了一个狭窄的缝隙中，这种岩壁缝隙，一路上已经经过了数次，两人也不以为意，依次进入。走了两个时辰之后，却发现前方被岩石堵住了。

鲜于刘光想挪开岩石，力气却不行，这下到了绝处，走了这许久的古道，却被堵在了这里。鲜于刘光心中懊恼，却无计可施，回过头来看着刘三娘说："怎么办？"

"你自己看看这个石头，"刘三娘说，"像个什么？"

"倒像是个人的样子。"鲜于刘光说。

"你们诡道算术看蜡，能做什么？"

"你想说什么？"鲜于刘光问。

"听说看蜡的算术，能够召唤冥界的阴魂，"刘三娘说，"刘子聪一直对这个算术耿耿于怀。"

"你是让我用看蜡算术，召唤冥魂，帮我们移开石头……"鲜于刘光说，"没用的，冥魂只能帮我计算，却做不了任何事情。"

"那我们就赶紧折返回去吧，"刘三娘讥讽地说，"走得快点，指不定还能赶在蒙古大军之前到达蜀地。"

鲜于刘光听了，虽然不知道刘三娘到底意欲何为，但是这种状况下，也只能试一下。于是把手中的火把收回到胸前，轻声地念出了看蜡算术的咒语："灯烛油火，天明地明人明，上天入地点烛火，灯火通明，洞彻玄机，左明十四，右明廿九，九牛回旋，铁车车转。"

说完之后，岩壁缝隙内阴风阵阵，鲜于刘光倒是不怕，刘三娘却抱着鲜于刘光的胳膊，靠在他的身后。

鲜于刘光心中好笑，原来这个女子也不是什么都不怕。

正在想着，突然前方传来了一个人声："仲元兄，我们堵在这里这么久了，你还不退让吗？"

"呼延老八，"另一个人声传来，"我们已经站在这里很久了，我肯定不会让的，除非你让我过去。"

鲜于刘光听了，立即看向了刘三娘，刘三娘也笑了笑，原来这两个石人，在这里杠了快两百年，死后变成了岩石也不肯退让半步。

两个石头人说了几句话之后，纹丝不动，把鲜于刘光和刘三娘晾在一旁。鲜于刘光着急通过古道，偏偏这两个脾气倔强的术士不肯退让。

那个叫仲元的石头术士的声音又传出来，"凡事讲个先来后到，西边入古道到这一线天的地方路程较短，我先进来古道，按道理，你应该让我。"

姓呼延的石头术士反驳说："仲元兄，我从东向西，都说紫气东来，按道理，你应该是非退让不可的。"

"这句话你一百年前就说过了，我清微派，是正一正宗，你一个散人，无门无宗，有个屁的尊崇地位令我相让。"

"我哪里是什么无门无宗的散人了，我金阳派在万仙大阵何其威风……"

"威风是威风，就是门人都死绝了，不知道你这个假道士从哪里听来金阳派的名号，冒充门人。你别挡我的道，我要去山东杀一个辽国的萨满，耽误了我的事情，你的过失就大了。"

"也是巧了，飞星派的门人在西夏等我，要去对付西夏国师，我失信于人，你也担不起这个罪责！"

"两位，"刘三娘知道这二人的车轱辘话从生讲到死，现在又从死讲到生，不知道还要斗嘴到何时，于是打断他们，"辽国和西夏，都亡了。"

"当真？！"

"当真？！"

两个一根筋的术士同时说。

"你们在这里多少年了？"刘三娘问。

"我进来的时候，是元祐三年八月廿三……"呼延老八停顿一下，"现在是哪一年？"

"过了一百七十多年了，前辈，"刘三娘说，"你们当初心急如焚的事情，早已灰飞烟散。"

"我们睡了这么久吗？"叫仲元的术士冤魂黯淡地说。

"是谁把我们唤来的？"呼延老八的声音也虚弱不堪，"是诡道……"

"诡道的两个门人不是已经死在万仙大阵之中了吗？"术士仲元的声音低沉，"看来跑了一个。"

"看蜡，"呼延老八的声音，"诡道的招魂算术……我们死了很久了，仲元兄。"

"两位前辈，"鲜于刘光说，"你们在世时，大宋的两个敌国，辽和西夏都已经灭国，不用再惦记你们的使命，不要继续在这个石缝之中苦苦勉强、魂魄不散，该安息了。"

"是大宋灭了这两国吗？"仲元问。

"不是，"鲜于刘光就要继续说下去，被刘三娘拉了一下胳膊，但是鲜于刘光摇头看了看刘三娘，"两位前辈都是道家义士，我不能欺骗，辽国被女真金国所灭，而蒙古兴起，分别灭了西夏和金国。"

"女真和蒙古，"呼延老八的声音十分诧异，"一个漠北的边民，一个苦寒之地的渔猎部落，竟然替大宋解决了心头之患。"

"蒙古的部落，立了这么大的功劳，我们大宋是不是给了他们什么封号？"

鲜于刘光跪拜下来，对两个石头术士说："不瞒两位前辈，现在蒙古早已经是普天之下第一强盛的大国，中原之地已经丧失殆尽，淮河以北，尽数被蒙古占领，大宋的失地，比辽国掠去的还多。"

"啊？"两个石头术士同时惊呼。

"还有，"鲜于刘光继续说，"蒙古强盛，远胜于大宋，大宋的朝廷已经偏安到了临安……"

"岂有此理！"石头术士惊慌起来，"原来中原已经落入了异族之手。"

"不仅如此,"鲜于刘光说,"现在蒙古大汗率西路大军,即将进入蜀地,蒙古忽必烈王爷率领东路大军,开拔到了河南,而蒙古南路大军早在两年前,就已经攻打到了南诏大理,就等着三路大军在潭州会合,顺江而下,兵临临安城下。"

"怎么会这样?"呼延老八说,"大宋竟然到了如此的境地。"

两个石头术士沉默了一会,仲元说:"蒙古要过蜀地,能阻拦的只有钓鱼城。"

"还有襄阳,"呼延老八说,"襄阳不失,蒙古就无法占据长江之利。"

"两位前辈所言甚是,"鲜于刘光拱手说,"我的师父黄裳,还有青城山的老前辈,在钓鱼城和襄阳城都布下了道场,现在钓鱼城形势危急,我必须要赶在蒙古大军之前,去往钓鱼城,开启阴阳四辨骷髅道场。两位前辈,能否还魂片刻让开道路?"

"国家危难,无论如何我们都要让开道路。"术士仲元立即说,"好了,呼延老八,我让开道路,可不是因为怕你。"

"说的好似只有你一人惦记天下一般,"呼延老八说,"我已经开始退了。"

两个石头人身体开始摇晃,石头耸动,渐渐向后退去,可是移动了几步之后,呼延老八说:"走不动了,这可如何是好?"

"还有一个法子,"仲元说,"将禁锢在石头内的骨骼散开片刻。"

"我们的魂魄只能维持片刻。"呼延老八说,"然后我们的魂灵将永远囚禁在石头之内。"

"看来你是怕了。"术士仲元说,"这么多年,你还是服软了。"

"放屁,"呼延老八的声音传来,"诡道的小子,我们只能让开片刻,一呼一吸间,你个子高大,能过得去吗?"

"可是两位前辈……"鲜于刘光迟疑地说。

"过不过得去!"术士仲元追问。

"两位宁愿魂灵永世禁锢于此,"鲜于刘光跪了下来,"我当然拼死也要过去。"

"不错,不是个啰唆的人,"呼延老八说,"可惜你生得迟了,不然我会传授你一生的心血。"

"他有看蜡算术,看见了我们的魂灵举起石头,也算学习了开山之术。"术士仲元说。

"好！"呼延老八说，"诡道的小子，你看好了，能学多少就学多少。"

呼延老八的话音刚落，两个石头术士的躯干和四肢及头颅全部分崩离析，悬浮在空中。

"过！"两个石头术士的声音传来。

鲜于刘光和刘三娘已经准备好了，瞬间就从悬浮的石头之下爬过，如同两只地鼠一般。两人刚过，悬浮在空中的石头落下，将古道里的缝隙堵了一个严严实实。

鲜于刘光转身看着两堆已经不成人形的石头，不知道说什么好，只能轻声地说："两位前辈都是性情中人，真是可惜了。"

"他们听不见了，"刘三娘说，"赶路吧。太行古道从此就永远断绝了。"

鲜于刘光深吸一口气，和刘三娘继续顺着一线天的石头缝隙行走，走了半个时辰，一线天走完，缝隙变成了宽阔的甬道，只是甬道内，布满了蜘蛛网。

38
蛛母与岩尪

鲜于刘光和刘三娘只能用手去触碰蛛网，撕开后前行。蛛丝柔软，无穷无尽，走了十几步之后，两人全身上下都被蛛网包裹，更加难以移动。

"为什么只见到蛛丝，却没有看到一只蜘蛛呢？"鲜于刘光迷惑地自言自语。

"有人！"刘三娘惊呼起来，指着身边的岩壁。

鲜于刘光顺着方向看去，果然看到了一张狰狞的面孔，就在他和刘三娘身体的左侧岩壁之上。面孔没有任何的表情，两只眼睛就这么直愣愣地盯着二人。

鲜于刘光抽出了随身宝剑，可是手臂被蛛丝缠绕，无法挥动。岩壁上的面孔开始慢慢移动起来，不过却看不见身躯。接着又一张脸出现了，两张贴在岩壁上的脸，都正对着鲜于刘光和刘三娘。

"它们不是人。"刘三娘看明白了，"如果不移动还看不出来，现在移动了，能看见它们的脸旁边都有八条腿。"

鲜于刘光被刘三娘一提醒，也看到了这些移动的脸，就是蜘蛛。

"怎么有这么大的蜘蛛，跟人头一样。"刘三娘的牙齿在"磕磕"地撞击，身体靠近鲜于刘光。鲜于刘光想用胳膊把刘三娘揽到身侧，可是蛛丝密集，手臂已经抬不起来。

岩壁上的人脸越来越多，密密麻麻地立在两侧的墙壁上。

"头上也有。"刘三娘的声音几乎要哭出来，"脚下也是。我们进到这些蜘蛛的巢穴里来了。"这些蜘蛛的后背长成了人脸的模样，鲜于刘光不像刘三娘一样害怕虫豸，可是这无尽的蛛丝让他们寸步难移。

"它们爬到我脚上来了！"刘三娘尖叫，"你赶紧用刀杀了我。"

鲜于刘光心中好笑，原来以为刘三娘是个什么都不怕的女子，看来还是有害怕的东西。

"我们进入到古道，本就是借路的客人，"鲜于刘光说，"我不想杀伤古道里的生灵，是我们打扰了它们。"

"鲜于刘光！你这么婆婆妈妈的干什么？你怎么这么没出息，现在跟我讲这些慈悲为怀的话，为什么不让那些和尚收了你做弟子？你赶紧把这些蜘蛛给赶走！"

"好吧。"鲜于刘光忍不住笑了笑，然后对四周的蜘蛛说，"多有得罪了。"

鲜于刘光的看蜡算术周天运转，手指冒出了一点火焰，火焰燃烧并不凶猛，温温的烛火，将困在自己和刘三娘身上的蛛丝烧断，刘三娘的身体松动，立即蹦跳着躲避地面上的人脸蜘蛛。

上百只拥挤在甬道内的人脸蜘蛛，果然害怕火焰，鲜于刘光驱使看蜡算术的火焰丢在道路前方，人脸蜘蛛纷纷避让，留出了道路。刘三娘飞奔着向前跑去，鲜于刘光倒是不急，沉稳地走向前方。

刘三娘的身影很快就不见了，看来甬道并不长，刘三娘跑出了甬道。就在鲜于刘光也要走出甬道的时候，刘三娘突然迎面跑了回来，狠狠地撞在鲜于刘光的胸前，把鲜于刘光的肩膀死死攀住，头靠在鲜于刘光的胸前，身体瑟瑟发抖。

鲜于刘光好奇，搂着已经吓到发抖的刘三娘往前行走，刘三娘大喊："别过去，别过去。"

鲜于刘光知道刘三娘一定是看到了甬道出口也有让她害怕的人脸蜘蛛，于是托着刘三娘走出了甬道，不出意料又是一个巨大的地宫，比遇到木头术士的那个地宫要大上数十倍，很难想象，地下怎么会形成如此巨大的空间，几乎一眼看不到地宫的另一侧岩壁，头顶上也有百丈高。

但是地宫之内，一张巨大的人脸正对着鲜于刘光，这张人脸几乎比鲜于刘光的身体高两倍，一瞬间，鲜于刘光都没有想起来这是个巨大的人脸蜘蛛。

刘三娘在鲜于刘光的怀里轻声地说："蛛母，蛛母……我就知道有这种怪物，我以为这种东西在世上已经没有了，没想到在这里遇到。"

"蚨母？"鲜于刘光终于明白了，随即心中一凛，他想起来了一个人。

当年在终南山上，李志常曾经提起过黄裳在通天殿与冉怀镜的往事。黄裳飞升的时候，还有两个万仙大阵幸免于难的先人，分别叫任嚣城和徐无鬼。而当初世上最厉害的术士，还有另外二人，分别是支益生和少都符。这四个人分别是四大仙山的门人，号称冢虎、幼麟、卧龙、凤雏。但是在万仙大阵之前，支益生已经皈依佛门。

而还有一个人——少都符，惨死在景朝时期，化为了瘟神。少都符在生前，有三只重要的妖物在身边，其中两只是岩魀，一只是蚨母。

现在刘三娘念个不停的蚨母，就是眼前的这个巨大人面蜘蛛。

鲜于刘光把刘三娘放到地上，站到刘三娘前，看着这个巨大的人面蜘蛛，八根粗壮的触角伸展在地面上，好在地宫宽阔，鲜于刘光打算绕过蜘蛛继续前行。

可是刚踏出了一步，人面蜘蛛突然迅速地转过身体，动作快到鲜于刘光都猝不及防。现在蚨母和鲜于刘光正面对峙，八只巨大的眼睛，每一只都似乎在盯着鲜于刘光。

鲜于刘光举起手中的长刀，对着蚨母说："劳驾，让我们过一过。"

鲜于刘光不害怕虫豸，心中已经打好了主意，如果蚨母要发难，他先刺瞎了蚨母的眼睛，可是怎么才能片刻之间把蚨母的八个眼睛都刺瞎，一时间也想不出方法。

就在鲜于刘光犹豫不定的时候，蚨母的口中突然喷出了一股黏稠的液体，笼罩鲜于刘光的身体，黏液遇到冷风，立即凝固成了坚硬的蛛丝，飞快地把鲜于刘光拉到了身下，然后两根触角不断地交替晃动，把鲜于刘光旋转包裹在蛛丝之内。

刘三娘看见鲜于刘光瞬间被蚨母用蛛丝包裹，尖叫了一声，随即扑上前去，用力抱着被蛛丝裹起来的鲜于刘光，忍着巨大的恐惧，把鲜于刘光往后拉扯。蚨母一根触角挥来，把刘三娘弹到几丈开外。

刘三娘翻身坐起，看见蚨母已经用巨大的毒牙咬到了鲜于刘光的身体之上。蛛丝之中突然冒出了一团火焰，随即长刀伸出，在蚨母面前晃动，蚨母静止了片刻，随后八个触角移动，摇摇晃晃地向后退了几步，虽然是电光火石之间的事情，但是刘三娘已经看得清清楚楚，在蛛丝之内，鲜于刘光用长刀把蛛母的一根毒牙斩断了。

蛛母应该是一生无敌，突然受如此重创，立即向后退避，毒牙断裂处不断喷涌出黑色的毒液和绿色的黏液。

鲜于刘光对着蛛母说："多有得罪。"

巨大的蛛母移动八根触角，身躯绕着鲜于刘光徘徊，受伤之后，一时之间也不敢扑上来对鲜于刘光造次。

鲜于刘光偏了偏脑袋对着刘三娘喊："到我这边来。"

偏巧蛛母移动到了鲜于刘光和刘三娘之间，静止不动，刘三娘躲在角落里，大声喊："我不敢。"

鲜于刘光喊："从它的脚下面钻过来。"

"我宁愿死也不过来。"

蛛母听到了刘三娘的声音，本是对着鲜于刘光的身体调转，头朝向了刘三娘。

鲜于刘光催促刘三娘，"你要死在这个大蜘蛛的蛛丝里吗？"

刘三娘听了，捂住自己的嘴巴，勉强不再尖叫，然后硬着头皮从蛛母的触角之下，爬向了鲜于刘光，黏液滴在刘三娘的脸上，刘三娘恐惧到了极点。飞奔到鲜于刘光的身边，鲜于刘光一只胳膊挽住了刘三娘，另一只胳膊举着长刀，"这个大蜘蛛怕火，我刚才就看出来了。"

刘三娘身体战栗，"快把这个怪物解决了。"

鲜于刘光轻声说："这个蛛母，不知道活了多少年了才能长到这个模样，我们只是路过这古道，不到万不得已，就不要伤害它了。"

"对对，你说得都对。"刘三娘倔强地说，"那我们赶紧走吧。"

鲜于刘光揽住刘三娘，两人慢慢后退，可是后退了十几步，蛛母就跟随了十几步，两人停下，蛛母也停下。这样相持了很久，两人始终无法摆脱蛛母的追赶，好在这个地宫宽阔巨大，若是在之前的古道里，两人早已经被逼到了悬崖之下。

鲜于刘光再次把手中的长刀举起，对着蛛母说："老前辈……"

"是老怪物……"刘三娘插嘴。

鲜于刘光被打断一下，并不理会刘三娘，继续说："我二人只是路过此地，就放过我们吧。"

蚨母也不知道是不是听懂了鲜于刘光的恳请，身体静止下来，鲜于刘光就要拱手离开，突然觉得身体升高了，脚下的地面在抬起。

"有机关？"刘三娘警惕地问。

鲜于刘光看了看脚下，随即心神震动，强制压抑心中的恐惧，轻声对刘三娘说："别出声了，不是机关。"

刘三娘忍不住向脚下看去，发现脚下抬起的地面，突然显出了红蓝相间的花纹，在鲜于刘光火折的照射下，若隐若现，诡异非常。

鲜于刘光不敢说话，用手肘轻触刘三娘，让她背靠背自己站立，刘三娘不看也就罢了，看了之后，又把嘴巴捂住。原来她看到脚下抬升起来的地面，哪里是什么机关？竟是一条巨大的四脚蛇，四脚蛇长长的颈部，已经扭转过来，看着后背上的鲜于刘光和刘三娘。

"跳！"鲜于刘光拉着刘三娘跃下这个四脚蛇的背部，两人翻滚一圈后，站到了空地上。四脚蛇的身体翻转，伸出头部，在地面上闻嗅，嘴里伸出了分叉的舌头，飞速地伸缩。但是始终没有爬到两人的面前，只是在不停地游移。

"它看不见！"刘三娘已经醒悟过来，鲜于刘光立即用手把刘三娘的嘴巴捂住。可是已经迟了，四脚蛇立即快速地爬到二人的身前，张开嘴巴就要撕咬。

鲜于刘光已经计算了方位，抱着刘三娘在地面上滚了几圈，然后紧紧箍住刘三娘，刘三娘也明白了鲜于刘光的意图，两人都不动弹，贴在地面上不动。看着四脚蛇又开始慢慢地伸缩舌头，寻找二人。

有两次，四脚蛇头部已经靠近鲜于刘光和刘三娘不到一丈的距离，就连鲜于刘光都以为四脚蛇已经发现他们，但随即四脚蛇调转了方向。

当四脚蛇越走越远，鲜于刘光才轻轻地用手指在刘三娘的手心里写字，"它看不见，我们不能说话，也不能有举动。"

这是两人在燕京第一次相见，在金刚坛城里躲避董文炳的时候用的法子，现在又如法炮制地用上了。

刘三娘在鲜于刘光的手心里写字,"那怎么办,难道永远待在这里不动?"

"它找不到我们,自然也就走了。"鲜于刘光用手指写。

"怎么走?"刘三娘继续写,"你看那个大蜘蛛,在干什么?"

鲜于刘光看了之后,心若死灰,这才知道自己太低估这个古道里的怪物的聪慧了。原来就这么会儿工夫,蛛母已经在围绕方圆几十丈的范围内,织出了一张巨网,把二人困在了里面。

刘三娘在鲜于刘光手心里写字,"这两个怪物,之前不在古道里,是从外面进来的。"

鲜于刘光想写字问为什么,刘三娘的手指不停,继续写,"它们这种路数,是用来狩猎的,这是围捕猎物或者是人的兵法。"

虽然鲜于刘光内心难以置信,但是眼前的蛛母还在继续织网,用蛛网把这方圆几十丈围困地严严实实,而那个看不见的四脚蛇,就在这个范围内,慢慢地游移搜寻,不紧不慢。

鲜于刘光在刘三娘的手心里写字,"一只蜘蛛能对付,可是多了只四脚蛇,好像不怕火。"

刘三娘写:"不是四脚蛇,是岩魀,书上写过,是一种凶猛的巨大蜥蜴,好吃人肉。"

鲜于刘光看着岩魀距离自己远了,轻声说:"我们慢慢移动,走到蛛丝边,再想办法。"

这次是刘三娘把鲜于刘光的嘴巴捂住,但是已经迟了,刘三娘的眼睛看向了头顶,目光呆滞,应该震惊到了无以复加的地步。鲜于刘光的眼睛,也顺着刘三娘的眼光向上看,看到头顶的岩壁上,一个巨大的蜥蜴头垂了下来,嘴巴张开,上下颚露出了无数獠牙,然后岩壁上也出现了红蓝相间的诡异花纹。

鲜于刘光一时间想不明白,为什么那条岩魀明明还在十几丈之外移动,怎么就突然到了头顶。

他看了看刚才的方向,那条岩魀仍然在地面慢慢梭巡。

"两只岩魀。"刘三娘忍不住了,"书上也是这么写的?"

鲜于刘光苦笑一声，"你说的正是时候。"

眼看头顶的岩虺巨大的嘴巴就要咬了下来，鲜于刘光和刘三娘只能分别朝着两个方向翻滚。岩虺的嘴巴咬了一个空，但是也已经察觉到了两人的方位，岩虺迟疑一下，朝着鲜于刘光的方向追来。

鲜于刘光手撑着地面，发现地下有无数的骸骨，可见就是误入古道被岩虺咬碎的人。岩虺不停地用嘴咬向鲜于刘光，鲜于刘光不断地躲避，但是范围越来越小，突然胳膊触碰到了柔软的物事，再移动的时候，胳膊被柔软的物事缠绕，原来是不知不觉到了蛛网的边缘，被蛛网给粘住。

蛛网被鲜于刘光的挣扎触动，岩虺精准地听到了鲜于刘光的方位，朝着鲜于刘光飞速爬来，嘴巴张开，恶臭扑鼻，獠牙尖锐，鲜于刘光看了看脚下一片骸骨，心想，我也要跟这个先来的人一样，被四脚蛇咬死了。

39

少都符的魂灵

鲜于刘光看着地下的骸骨，骨头已经破碎不堪，可见巨大四脚蛇的牙齿坚硬锋利到了何等地步，一根禅杖在骸骨旁边，鲜于刘光心中又想，这位死在四脚蛇口中的前辈，看来是一个和尚。

四脚蛇的身体已经靠近了鲜于刘光，他用力挣扎，可是后背已经被蛛网死死地粘住，无法摆脱。蛛网抖动，四脚蛇的眼睛看不见，却有极为敏锐的听觉，从蛛网的弹动声中察觉到鲜于刘光的准确位置。四脚蛇吐出舌头，在鲜于刘光的脸庞上晃过，腥臭的味道让鲜于刘光几欲呕吐，眼看四脚蛇已经张开了巨大的嘴巴，上下颚两排巨大尖锐的牙齿已经在眼前。

"禅杖！"刘三娘的声音传来。鲜于刘光被刘三娘的叫声提醒，心中电光火石一闪，立即用脚把地上的禅杖挑起来，举在手中，竖着推到身前。四脚蛇的上下颚就要咬下，禅杖顶在了口中。

鲜于刘光的动作十分精准，刚好让四脚蛇的上下颚既无法咬下去，也不能张开吐出禅杖。四脚蛇摇晃头颅，想摆脱禅杖，滚到了一边。鲜于刘光看向刘三娘，发现另一只四脚蛇已经爬到了刘三娘的身后。刚才刘三娘一声尖叫，暴露了自己的位置。

刘三娘瘦弱的身体后方，巨大的四脚蛇已经伸出了舌头，眼看舌头就要缠绕到刘三娘的腰部，把刘三娘卷入口中。鲜于刘光大声喊："畜生，我在这里！"然后身体不断摇晃，带动蛛网。刘三娘在鲜于刘光用喊声惊扰四脚蛇的这一刻，立即抬脚向前走了几步，然后站立不动。四脚蛇的舌头卷了一个空，失去了刘三娘的方位。

地宫内再次寂静下来，鲜于刘光手中的火折开始黯淡，眼看就要熄灭。他见刘三娘的身影模糊，一动不动，立即钦佩刘三娘的镇定。

鲜于刘光心中焦急，用长刀割裂身后的蛛网，可是越是着急越出错，连长刀也被蛛网缠绕。刘三娘身后的四脚蛇放弃了寻找刘三娘，直奔鲜于刘光而来，好在刘三娘不在四脚蛇爬行过来的路线上，没有被碰到。

眼看四脚蛇就要到鲜于刘光身前，鲜于刘光仍旧被蛛网缠绕，拿着长刀的手臂也被粘住。并且，巨大的蜘蛛蚨母，也沿着蛛网移动到了鲜于刘光的身体上方，残缺的毒牙上的黏液都滴落在鲜于刘光的脸上。

火折的火焰摇晃一下，熄灭了，整个地厅都陷入了一片黑暗，现在形势倒转，鲜于刘光和刘三娘成了瞎子，虽然鲜于刘光能够马上运用看蜡算术，把火折点燃，但是这一呼一吸之间，两个强大的上古怪物近在咫尺，哪里容得下这个迟疑？

无奈之下，鲜于刘光只能单手伸去怀里取出了火折，当作看蜡算术施展。火折刚点燃，蚨母的触角已经勾住了鲜于刘光的身体，递到了四脚蛇跟前。鲜于刘光被蚨母控制，身体脱离地面，再如何挣扎也无法躲避。

鲜于刘光并不放弃，仍旧用看蜡算术点燃了手中的长刀，去燃烧蛛丝，但是四脚蛇的舌头已经把鲜于刘光卷起来，送到了口中。

鲜于刘光看了一眼地宫，不知道刘三娘在哪里，心中想，自己死了也就罢了，可惜了刘三娘也跟着自己在古道里送命，钓鱼城没了自己，不知道有没有抵抗蒙古大军的胜算。

随即眼前一黑，鲜于刘光知道已经无可幸免，但是迟迟没有被四脚蛇的牙齿撕裂，也没有被四脚蛇吞咽进去。

此时，出现了一个声音："诡道算术……"

声音低沉，却又如同从十分遥远的地方传来，鲜于刘光的身体突然放松，不再被四脚蛇的牙齿碾压，而是突然走到了某个极为寒冷和空无的黑暗中。

但是眼前的黑暗之中，似乎还有一股更黑暗的力量存在。

"看蜡……"这个声音就是从黑暗中的那股力量传来。

"你是谁？"鲜于刘光整理了一下心绪。

那股力量并不回答鲜于刘光,而是继续发出了低沉的声音,"姬不疑是你什么人?"

"没见过。"鲜于刘光回答。

"徐无鬼在哪里?"

"徐无鬼已经飞升。"鲜于刘光突然意识到自己在黑暗之中,没有身躯,不免惊慌起来,"这里到底是什么地方!"

"徐无鬼死了……"

"是的,跟他一起飞升的还有任嚣城。"鲜于刘光明白,这个黑暗中的莫名魂灵——鲜于刘光已经完全明白,他是一个魂灵——心中慢慢想起来李志常曾经说过的一个人。

"任嚣城也死了。"黑暗中的魂灵发出了一声叹息。

"不错。"鲜于刘光回答。随即黑暗中一片静默。不知道过了多少时间,在这片黑暗之中,鲜于刘光无论用看蜡还是水分,都无法感知时间的流逝。

"水分……"那个声音又来了,"果然是姬不疑的后人。"

"晚辈是诡道传人鲜于刘光,穷奇转世黄裳黄老先生的弟子。"鲜于刘光沉稳地说。

"黄裳,是谁……"那个声音传来。

"前辈,你是谁?"鲜于刘光心中有了答案,但是仍旧要问问,不用猜测,现在自己和刘三娘的性命就在这个魂灵手中,无论是四脚蛇,还是大蜘蛛,都是这个魂灵的灵宠。

"我是谁……"魂灵又叹了一口气,"我为什么会来到这里?"

"前辈不是自己来到这里的,"鲜于刘光说,"是两只岩虺和一只蚨母,把你带回到了这里。"

"对,这里就是它们的巢穴,"魂灵的声音传来,"当年我在这里收服了它们。"

"前辈跟着这三只神兽,在世间游荡了几百年,回来也是这几十年的事情吧。"

"你认得我?"那个声音似乎有点焦急,"我是谁?我怎么想不起来了,可是我为什么记得徐无鬼和任嚣城?"

"因为前辈会记得自己最不能忘记的人。"鲜于刘光说。

"那你告诉我,我是谁?"魂灵说,"说对了,我放你过去。"

鲜于刘光心中惨然,对魂灵说:"前辈叫少都符,是四大仙山中镇北神山幼麟!"

"少都符,幼麟……"

"前辈一心拯救天下苍生,却被奸人背叛,死于非命。"鲜于刘光心中暗自庆幸,在终南山上,李志常掌教告诉了自己万仙大阵之前的道家往事。

"是的,我想起来了,"魂灵说,"我救了他们,他们却反过来害我,我为什么要放了你,我放了你,你也会害我……"

"可是前辈刚才答应过,让我离开。"

"你们杀我的时候,也是我救了你们之后。"魂灵说。

40

少都符的交易

"前辈，蒙古大军马上要攻打大宋，我必须去钓鱼城帮助他们守城，请前辈记得当年下山的使命。"鲜于刘光开始恳请。

"蒙古、大宋是什么……大景呢？妫赵呢？"

"大景和妫赵都已经没了，现在是大宋和蒙古的天下。"鲜于刘光轻声地说，"前辈跟随这三只神兽，游荡在世间，记忆早已经消失了吧。"

"我去了很多地方，他们都害怕我，我要报复天下所有的人，我一个个地杀死他们，"果然这个魂灵就是少都符，"我忘记了很多事情，只记得了我要报复，报复所有人，他们叫我瘟神，从什么时候开始？多少年了？"

"可是前辈还是回来了。"鲜于刘光说。

"我累了，"少都符说，"我睡了，它们把我带回到了这里。"

"前辈是四大仙山门人，幼麟少都符！"鲜于刘光说，"镇北玄武大帝亲传一脉，四大仙山之内，地位最为崇高，前辈何不放下心中的愤恨，安息归位于神位呢？"

"诡道……"少都符在黑暗中触碰到鲜于刘光的心神，"哈，看来道家已经没有人才了，你们这种低微的门派都被委以重任，哈哈哈……"

鲜于刘光听着少都符的讥笑，似乎十分得意，但是随即声音又低沉下来，"当世之下，已经没有人能与我相提并论。"

"我觉得有一个人可以，"鲜于刘光脑子里的记忆向少都符敞开，"藏地花教的法王八思巴，飞星坠地的陨石在他的手里。"

"哦……"少都符的声音听不出是否有什么触动，黑暗中仍旧是一片寂静。

不知道过了多久，鲜于刘光才突然意识到，可能这个少都符，已经把自己的灵魂吞噬，自己可能永远都要沉寂于这无尽的黑暗之中。

"前辈，前辈……"鲜于刘光喊了几声，没有任何回应，看来心头的设想成了现实，他绝望起来。

"好吧，"少都符的声音在鲜于刘光崩溃之前传来，"我放过你了。但是你要带我去见藏地的花教法王八思巴。"

"晚辈一心要去钓鱼城，守卫大宋巴州，"鲜于刘光想了想，"如果前辈要见八思巴，可以去往襄阳。"

"我累了，"少都符的声音传来，"已经认不得路了，这三个畜生的眼睛也几乎瞎了，出去之后，游荡几年，也就又回来了。"

"那前辈的意思？"鲜于刘光问。

"好在你身边有个女子，"少都符的声音说，"让她带着我们跟你一起去钓鱼城，你在钓鱼城的事情完结，就带我去见八思巴。"

"可是如果晚辈死在了钓鱼城呢？"鲜于刘光诚恳地说。

"就让那个女子带我去见八思巴。"少都符回答。

鲜于刘光信念转动，突然胸口空荡荡的，随即五脏六腑翻江倒海，口鼻一呼一吸，一股热气汹涌而出。

"前辈对我做了什么？"鲜于刘光已经察觉到了不妥。

"我收了你的肾魄，"少都符的声音阴恻恻的，"我生前被人算计得太狠，绝不会再凭一句话相信任何人。我见到八思巴的时候，就是把肾魄交还给你的时候。"

鲜于刘光听了也无话可说，他的性命本就在少都符的掌握之中，实在没有任何讨价还价的余地。

鲜于刘光的眼前突然闪出一丁点微弱的光亮，听到刘三娘在耳边急切地说："你总算是醒过来了。"

鲜于刘光茫然地看了一眼刘三娘，发现自己躺在地上，刘三娘蹲在身边，把自己扶起来。四脚蛇和蚨母已经消失不见。

"那三只怪物呢？"鲜于刘光问。

"你被那只大蜘蛛抓住，我跟蜘蛛打斗，"刘三娘身体瑟瑟发抖，可见她对蚨母的恐惧之深，"大蜘蛛和两个四脚蛇猛地就变小了，接着你就躺在地上了。"

"多长时间了？"鲜于刘光问。

"不就是刚才片刻之间的事情吗？"刘三娘摸索鲜于刘光被蚨母触角钩破的衣服，"你晕厥过去，是不是中毒了？"

鲜于刘光站起来，看了看地官的四周，再看脚下，一只拇指大的蜘蛛和两只小小的壁虎安静地伏在地上，正在狐疑。刘三娘头顶上方，一根蛛丝挂着一个竹筒，垂下来。

刘三娘害怕还有蜘蛛，忍不住后退，鲜于刘光把竹筒拿在手里，交给了刘三娘，"它们的主人要见八思巴，这东西归你了。"

刘三娘拿着竹筒，不明所以，问鲜于刘光，"你在说什么？"

鲜于刘光指着竹筒的上端，"拧开这里。"

刘三娘问："你到底要做什么，清醒过来就莫名其妙。"

"照做吧。"鲜于刘光坚持。

刘三娘把竹筒的上端拧开。

"把竹筒放到地上。"鲜于刘光说。

刘三娘已经明白了鲜于刘光的意图，"难道你知道这三只畜生为什么突然变小？"

"是的。"鲜于刘光回答，"我已经见过了它们的主人，是当年四大仙山之一镇北神山的幼麟少都符。"

"少都符是什么人，我为什么没有看见？"刘三娘嘴里说着话，把竹筒轻放到脚边，两只小小的壁虎和一只蜘蛛，飞快地钻进了竹筒，不用鲜于刘光提醒，刘三娘立即把竹筒的上端拧紧，随即交给了鲜于刘光，"这里面的东西，我害怕，你拿着吧。"

"少都符说，这东西就交给你了。"鲜于刘光摇了摇头，"这是你的东西。记住，如果再见到八思巴，你什么都不要说，立即把竹筒打开。"

"鲜于刘光！"刘三娘举着竹筒，"你葫芦里到底卖的什么药？"

"我已经说了,"鲜于刘光说,"我刚才遇到了一个近乎神仙的前辈,叫少都符,就是这三只怪物的主人,我答应他了,一定让他见到八思巴。"

"那跟我有什么关系?"刘三娘愤愤地问。

"如果,我说如果,"鲜于刘光迟疑一下,"我战死在钓鱼城,你得替我完成这个承诺。"

"你死了,我还能去哪里?"刘三娘大怒,"对!你觉得我会去找刘子聪,见到了刘子聪,也就能看见八思巴!原来你抱着个这心思,你什么时候会算计我了?好,我现在就把这个竹筒给一脚踩了,把里面的东西都一并踩死。"

"千万不要!"鲜于刘光双手托住竹筒,"少都符什么都算到了,你毁了竹筒,踩死了蛛母和岩虺,我立马就死了。"

"这又是什么说法?"

"少都符收了我的肾魄,"鲜于刘光苦笑,"没有任何回旋的余地。"

"就刚才这点时间,你晕过去一小会儿,却发生了这些事情。"刘三娘看了一会手里的竹筒,蜘蛛和蛛母瞬间缩小,这是亲眼所见,看来鲜于刘光也不会在这么短的时间内,编造个瞎话来哄骗自己。

41

蝙 蝠 桥

"我们可以走出古道了。"鲜于刘光说,"少都符答应我了。"

刘三娘想了一会,终于把竹筒收起来,"鲜于刘光,你听清楚了,如果你死在了钓鱼城,我绝不会把竹筒送到八思巴面前。"

"你这是何苦。"鲜于刘光已经明白了刘三娘的意思,心里柔软起来,刘三娘嘴硬心软,言辞凌厉,其实已经说得很明白了,自己死后,她绝不会独活。

但是这个情形之下,刘三娘绝不会把这句话当面说出来。鲜于刘光把刘三娘的手牵起来,"还有一日一夜,我们就能走出古道。"

两人走了几步,刘三娘突然停下来,看着鲜于刘光说:"我答应你会把竹筒带到八思巴的面前,但是你也答应我……"

"我答应你,"鲜于刘光一点都不犹豫,"我一定要在钓鱼城活下来。"说完后,偷看了刘三娘一眼,看到刘三娘笑靥盈盈。

一日一夜很快就过去,两人在一路上再也没有遇到奇异诡谲的事物,只是不断地要越过断裂的地下栈道,以及钻过狭窄的缝隙。

鲜于刘光心中水分计算时间,印证古道的道路,走到了一个吊索跟前,告诉刘三娘,"过了这个吊索,太行古道在井陉口这边的出口就到了。"

两人一路艰险,终于走到了古道尽头,心中都难免激动,鲜于刘光踏上了吊索,刘三娘也跟随走了上去。脚踏吊索是诡道入门的基本法门,因此两人都不以为意。

这个吊索横跨的深渊,远比刚进入古道的桥梁和吊桥宽阔,几乎看不到对面,脚下传来了汹涌激流的声音，可见深渊之下是一条巨大的地下河。

行走了几步之后，脚下猛然飞起了无数的蝙蝠，原来是他们脚步在吊索上踩踏，惊动了休憩的蝙蝠，蝙蝠在二人身边上下飞舞。既然有了蝙蝠，证明距离古道的出口已经十分接近。

两人继续行走，就要走到吊索的边缘，可是看到吊索连接对面深渊的部分，竟然岩壁已经垮塌。按照吊索长度，这个吊桥应该早已经断裂。

可是在吊索和对面垮塌的岩壁之间联系了无数奇怪的事物，当鲜于刘光走近才发现，原来吊索已经因为岩壁的垮塌而中断，但是之所以没有掉落，是因为有无数的蝙蝠，伸出了双脚相互勾住，把吊索堪堪连接起来。而抓住吊索这一边的是一只巨大的蝙蝠。

刘三娘也看到了这一幕，跟鲜于刘光一样惊呆了，要知道这边的岩壁垮塌的时间已经很长，如果这些蝙蝠用身体勉强维持吊索不断，即便只有几十年，也是十分匪夷所思的。这些连接吊桥的蝙蝠，一旦用双脚勾住身体，铺成蝙蝠桥，那么短暂的一生就只能永远固定在这里，在它们临死之前，就需要新的蝙蝠取代。而且这些蝙蝠只能靠其他同类来主动喂食，才能勉强续命。这比起世间任何顽强的坚持，都有过之而无不及。

鲜于刘光看着脚下的吊索尽头，是一个比人的手掌还要大许多的爪子，另一个爪子上，勾连了十几个小蝙蝠的爪子，再过去，就是蝙蝠桥。鲜于刘光看着这只大蝙蝠的翅膀展开，一直在轻微抖动，可见蝙蝠在用全身的力量维系这座吊桥。

但是蝙蝠的翅膀之下，是一个人类的躯体，并且头部是一个女子的模样。女子甚至还有头发，只是头发全部灰白。女子已经感受到了吊索上鲜于刘光和刘三娘的脚步，慢慢地睁开了双眼，看着鲜于刘光说："我已经撑了一百三十四年了，总算等来了对面行走的道士。"

鲜于刘光热泪盈眶，"前辈是在等我吗？"

"果然是诡道的门人，"蝙蝠女子说，"还是姬不疑的后人……"

"为什么这么说？"鲜于刘光问。

"截教之中，只有诡道还有后人延续，"蝙蝠女子声音轻微，"天下还能把我当作人来称呼为前辈的,也只有诡道姬不疑的后人了。"

"请问前辈的尊姓大名,何门何派?"鲜于刘光更谦恭地问。

"我是蝙蝠修炼,哪有什么门派,"蝙蝠女子说,"不过当年一个带着猴子的和尚路过古道……还有一个叫徐无鬼的高人……他给我起了一个名字,叫我卞夫人。"

"这位豖虎徐无鬼前辈,真是一个懒散的人物,给前辈起名也太省心了。"

"我很喜欢这个名字,"卞夫人说,"我一个妖,哪里能跟寻常术士一样拥有名字,仙山的门人能给我赐名,已经是天大的恩惠。"

"前辈守了一百三十四年,在这里,就为了等我吗?"

"一百三十四年前,少都符回来了,带着两只岩虺和一只蚨母,岩虺和蚨母都是我的旧识,同在这个古道内修行。可是再见到它们,它们似乎已经疯了,与我争斗,我斗不过它们,只能看着它们把古道的吊索和岩壁损毁。我是古道的守门人,终生守护古道不可断绝,于是把吊索从深渊下拾起,可惜终究差了一截,只能用我和这些子孙的身躯连系古道,撑过一日,便是一日,当我的修行耗尽,这个古道也就断了。"

鲜于刘光听了,不禁感慨,这位卞夫人虽然是蝙蝠修炼成精,但是论遵从职责,却比世间所有的人都要坚强。于是说:"古道已经在中段一线天处隔绝,前辈可以放下重担了。"

"我等的就是这句话。"卞夫人说,"吊索断裂五年后,从智门方向来了一个诡道的门人黄裳,他告诉我,只要能等到他的后人经过,就可以放下这个吊索,太行古道从此阻隔,而他的后人,可以将我带到长江古道,继续我的修行。"

"原来我师父已经在百年前就留下了这个计划。"鲜于刘光感叹。

"黄裳跟我说,我在太行古道内的修炼未尽,再忍百年,即可圆满,圆满之日就是诡道后人与我相见之日。"

"师父说的就是我了,"鲜于刘光说,"那等我通过了古道,前辈就跟随我去往南方吧。"

卞夫人大喜,"多谢诡道门人,感激不尽。"

"应该我替天下术士谢你才对。"鲜于刘光苦笑。

"我一只修炼的妖怪,哪里能够与术士平等相称道谢,诡道门人多礼了。"卞夫人说,"你和这位姑娘赶紧过去吧。"然后垂下了翅膀,让鲜于刘光和刘三娘踏上。

鲜于刘光立即和刘三娘走过卞夫人的翅膀,脚踩在无数小蝙蝠的身体上,蝙蝠发出吱吱的痛楚叫声。

两人到了蝙蝠桥的尽头,也就是古道的出口,有一个孔洞,两人钻出了孔洞,回首看去,孔洞上方写着"智门"二字。随即一只巨大的蝙蝠飞出,其时正是子时,明月当空,蝙蝠舒展身体,在明月之下尽情飞舞了一会,终究是体力难支,落到了地面。

42

截铲两教之争

鲜于刘光走到蝙蝠身边，扶起蝙蝠，卞夫人爪子蜷曲，倒挂到一旁的树干上，虚弱地说："我昼伏夜出，不用两位照顾，待我歇息两日，就会跟上你们。"说完双翅合拢，把身体掩盖在翅膀之下。

刘三娘看了卞夫人片刻后，跟上鲜于刘光的脚步，鲜于刘光用手臂挽起刘三娘的身体，举到了肩膀上。离开智门之后，过了一条曲折的山间小道，到了一处开阔的峡谷。天色已经大亮，两人看见峡谷之内，除了些许破旧的石头房屋，到处是树木和草丛，山鸡、野兔、松鼠并不惧人，可见这个从前的村落已经凋敝，多年无人来过。

两人在村内寻找道路，走到了一个巨大的坟茔之前，坟茔是石头垒砌，墓碑上长满了青苔。鲜于刘光忍不住用手抚开墓碑上的青苔，勉强认出墓碑上写了"智氏"，然而石头墓碑上的小字篆文都已剥落，只看到了最后的落款是"中曲山徐无鬼、令丘山支益生立……"

两人在古道内历经艰辛，疲惫不堪，干脆靠在墓碑上休息半日再继续赶路。

刘三娘靠着鲜于刘光的肩膀，问鲜于刘光："古道里一只蝙蝠都能信守承诺，有情有义，可是世间的那些人，嘴里义薄云天，为了天下苍生，行事可比妖物大为不如。比如刘子聪，我看八思巴也多半如此。"

鲜于刘光叹口气说："你这句话，放在几百年前万仙大阵之时，立即就有灭顶之灾。铲教术士一定会追杀你到天涯海角。"

"这话怎么讲？"

"铲教、截教，本为道家同宗，但是一派为了挖掘天外飞星，遭另一派阻拦，从此反目，可是却没有人问过两教之间为什么有分歧。"鲜于刘光说，"飞星挖出来也就挖出来了，截教的术士为什么一定要反对呢？"

"这个问题，刘子聪和郭守敬说过，"刘三娘说，"似乎跟修仙的法门是否正宗有关。"

"不错。"鲜于刘光说，"右景洛阳之战、左景建康之战，天下术士齐聚击退了鬼王筿铿，魔王蚩尤重生，但是这些术士中的佼佼者，参悟到了当年轩辕黄帝与蚩尤大帝这两个无上神祇之间的矛盾，就在于轩辕大帝只允许天地人三才合一，修炼成仙。而蚩尤大帝，则认为万物一体，具备天地精华者皆可领悟无上的道法。"

"轩辕大帝的麾下是十二真人，而蚩尤大帝的七十二个门人都是各种妖魔鬼怪。"

"其实建康之战，天下术士驱动建康九龙天一水法，决战魔王复生，依然是黄帝与蚩尤大战的延续，除了其中的猴王哈努曼之外，皆为术士，而蚩尤仍然率领无数妖邪。因此建康之战之后，四大仙山中，以徐无鬼、支益生为首的截教，与任嚣城为首的铲教产生了冲突，也就是要阻拦任嚣城率领铲教把天外飞星陨石挖掘出来，寻求天地人合一的法术。"

"一旦轩辕大帝的法术普及众生，"刘三娘明白了，"那将是人之外所有生灵的灭顶之日。这么说来，我倒是觉得截教更让人心生亲近。人哪里就比那些妖怪强了？我看刚才的那个蝙蝠精，仅凭这百多年的煎熬，就没有一个术士能比得上。"

"其时，李冰真人在建康之战油尽灯枯，四大仙山为天下术士领袖，幼麟少都符本就具备了驱使飞禽走兽的能力，如果他不被寿春百姓出卖，含冤化为瘟神，必定是站在截教这边。豕虎徐无鬼脚踩阴阳两界，对幽冥暗界的魂灵一视同仁，更遑论世间的万物生灵。凤雏支益生已经投身佛门，身边的天竺战神就是猴王。只有任嚣城善用木甲术机关，坚持要遵从轩辕大帝的天地人合一之术，分歧不可避免。于是截教徐无鬼、支益生率领猴王战神哈努曼分裂出来。铲教任嚣城联合张天师正一派一脉，两方势力比拼几百年下来，虽然徐无鬼、支益生个人本领较强，但是铲教联合术士张天师和大部分术士门派，人多势众，截教终于还是败在了万仙大阵之中，截教门人尽数湮灭，但是铲教也只是惨胜，高手也几乎全部与截教高手同归于尽，只留下了一些道法低微的入门弟子。直到王重阳横空出世，创建了全真，才有如今的死灰复燃。"

"那我们的诡道……"刘三娘听得惊心动魄。

"诡道就特殊一些，"鲜于刘光苦笑说，"你也知道了，姬不群跟随了铲教，姬不疑投奔了截教。但是姬不群这一房，都死在了万仙大阵之中，反倒是姬不疑的后人苟延残喘了下来。"

"我们都是姬不疑这一房的诡道传人。"刘三娘说了，突然又啐了一口，"刘子聪是诡道弟子，我可不算数。"

鲜于刘光回头，用手抚摸墓碑上"徐无鬼、支益生"的石刻字迹，"这两个仙山前辈，看来当年也是路过了太行古道，不知道为什么，在这里给一个姓'智'的族阀立了墓碑，可是除了太行古道的入口是智门之外，实在是无法探知，这个智氏是什么人了。"

"数百年之后，你我的姓名也将埋没，再过几百年，四大仙山的名号也都将化为乌有，"刘三娘耸耸肩膀，"也没什么好可惜的。"

"你说的话，跟掌教李志常师兄一般无二。"鲜于刘光说，"不如你去拜了清静派的师姐为师吧。"

"你是让我做道姑吗？"刘三娘苦笑了一下，"我可不想一辈子待在终南山里。除非你这个大木头回到终南山……不愿意出来。"

"人世间混乱，我从童年时就命运波折，"鲜于刘光用手摸了摸刘三娘的头发，"这才离开了终南山不到一个月，我就觉得还是终南山里的日子好。"

"你手上是什么？"刘三娘把鲜于刘光的手推开，鲜于刘光才看见自己手里净是苔藓和污泥。

两人说了一阵子话也就累了，刘三娘靠在鲜于刘光的肩膀睡着了，鲜于刘光却在想着，天外飞星的陨石已经落在了八思巴的手中，中原术士实在无一人可以抵挡，更何况还有一个诡道不世出的厉害人物刘子聪。想到这里，看山头上的太阳，似乎都蒙上了一层阴霾。

两人睡了几个时辰，已经到了下午，鲜于刘光叫醒了刘三娘，继续赶路，在傍晚之前，进入了井陉口。井陉口本是太行山的关隘所在，但是如今华北之地已经尽为蒙古所占，反而并无战争摧残的痕迹。唯一不同的是蒙古恢复了宋时废除已久的宵禁，两人赶在天黑宵禁之前进入了北城门，可是赶到南城门的时候，城门已关，无法出城。两人无法可想，只能在井陉口内休整一夜，第二日清晨出关。

43

妫轩大帝

鲜于刘光带着一个女子，投宿驿站一定会被盘查，现在到了夜间，第一声鼓已经敲响，三声鼓之后，街上的行人就会被巡逻的士兵盘问。两人在街道上匆匆行走，想赶紧找一个落脚之处。

可是两人在城内行走时，发现家家户户都并未紧闭大门，还有人提着灯笼走到了大街上。三鼓之后，巡城的士兵并不查问。走到城中的大路上，看见有几百人，鲜于刘光和刘三娘走进人群，混迹于其中。

人群都默默地提着灯笼，顺着城中的道路行走，刘三娘轻声说："今天是什么日子？"

鲜于刘光正要回答今日是个平常日子，身后的一个老者用力咳嗽了一声，并且前后左右的百姓都朝着刘三娘狠狠看了一眼，很明显是在表示，这个时候不能出声喧哗。刘三娘吐了吐舌头，不再说话。

鲜于刘光本以为自己身材高大，会引起巡城士兵的关注，可是发现在这长长的队伍之中，男性身材高大者不计其数，再仔细看时，发现这些人不仅身材高大，而且容貌和胡须与其他中原地域的百姓不同，他们都是满脸浓密的虬髯，高鼻深目，在灯笼的映射下，头发和胡须都显出了铁锈的赤棕色。鲜于刘光心中疑虑，和刘三娘继续随着人群走动。他们在这些人群中并不显得突兀，比刚才无处可去要安全得多。

人群渐渐走到了井陉口城的中央，这里有一座大庙，大庙的前方有一块巨大的空地，已经站上了千人。鲜于刘光这才看到，城中的各个道路，都络绎不绝地有城中的百姓提着灯笼朝着这块空地聚集而来。

而巡城的蒙古士兵，只有稀稀拉拉的几十人在一旁走过，看来他们对这个集会并不干涉，也不忌惮。

鲜于刘光和刘三娘不明所以，跟其他城中百姓一样，默默地站立不动。空地上的百姓越来越多，突然空地后方的大庙里走出来两个人，一个身材魁梧，甚至比鲜于刘光更高，另一个是普通人的身材。鲜于刘光看了，心中一凛，两人中身材矮小的那个，他是认识的，竟然是在燕京与自己正面对峙过的蒙古术士高手史驱。只是现在史驱并没有身穿蓑衣，也没有携带随身的鱼竿，只穿了一件蒙古万户的官服。

两人身后的侍卫，高举火把，鲜于刘光由此看到大庙的牌匾上写的是"妠赵宗祠"。两人从大庙行走到了空地中央，所有的城中百姓都让开了道路。

鲜于刘光看见史驱之后，立即拉着刘三娘慢慢地在人群中移动，心想这个史驱在蒙古是个厉害人物，为什么在井陉口参加这么一个夜间仪式？于是想走近一点看个分明。走了一半，突然想起史驱的法术高强，虽然比不得刘子聪和董文炳，但是也和自己不相上下，于是让刘三娘掏出了五通僧袍，两人如同在燕京一样，披在身上，隐没在人群中，史驱绝无看到的道理。

鲜于刘光和刘三娘披着隐身的五通僧袍，走到了空地中央，并没有站到人群的最前排，而是挤在三排百姓之后，身材魁梧的汉子和史驱已经站立在空地中央。而空地中央，竟然有一个横在地上的巨大雕像，雕像上绑缚着好几根粗大的绳索。

高大魁梧的汉子走到了雕像的旁边，挥手示意，于是一百多个年轻精壮的汉子脱了上衣，走到了雕像旁，弯腰捡起了绳索。空地上的上千百姓都发出了轻呼声。

高大魁梧的汉子双手平伸，示意所有人都安静，然后对着众人大喊："金虎符将军史驱史大人……"

在安静的空地上，魁梧汉子浑厚的声音，每一个人都听得清清楚楚。

"将当年秃发单于掩埋在漠北的妠辕大帝送还给我们揭族后裔！"

高大魁梧的汉子说完，整个空地上的百姓都发出了欢呼声，并且全部跪下来，向史驱跪拜。

史驱双臂托起高大魁梧的汉子，"揭族后裔，在亨朝被秃发氏发配井陉口已经数百年，历经唐宋，一直被南人欺凌，现在蒙古蒙哥大汗，决定恢复揭族八百年前的军籍，与蒙古大军一同南征，恢复当年妫辕大帝的荣耀！"

空地上的百姓都把手臂高高举起，"南征！南征！"

史驱停顿一会儿，等井陉口的这些揭族后裔安静下来后，继续说："井陉口及燕云十六州的揭族后裔，都已经在此地重聚，蒙哥汗延续当年妫辕大帝之时的步兵及水军编制，以妫辕大帝嫡传妫鸿为万夫长首领，跟随蒙哥汗攻入蜀地。"

鲜于刘光这才知道这个高大魁梧的汉子叫妫鸿，并且是当年揭族妫辕皇帝嫡系后人，而现在聚集在井陉口的这些百姓都是当年妫赵的揭族后裔。

妫鸿把史驱交给他的虎符军印高高举起，身后立即竖立起了一面旗帜，在几十个火把的照射下，旗帜上只有一个"妫"字，旗帜的绲边都是火焰的图案。

妫鸿站到旗帜下方，对着空地上所有人大声说："如今妫赵揭族后裔，已经收拢了十五到五十岁能战者八千，跟随蒙古大军南下。当年赵高祖皇帝（即妫赵妫辕大帝）建康一战败北，如今我们妫赵后裔，将进入蜀地，顺长江而下，洗刷八百年前的耻辱。蒙哥汗已经承诺，攻占临安之后，就将南朝州郡交由我们妫赵后裔镇守。诸位血亲，我们妫赵再次兴起的时刻到了！"

空地上的所有揭族后裔都举起了右臂，大声呼喊："妫赵！妫赵！"

在数千人近乎癫狂的呼喝声中，妫鸿挥手示意身边的一百多个壮汉分列三行，一起拉起手中的绳索，将摆放在地上的数丈高雕像拉了起来。

雕塑矗立，正是当年妫辕大帝，一手持刀，一手指向前方。

鲜于刘光在李志常口中听过"泰景亨策"的典故。当年妫赵的妫辕，身为揭族奴隶，不堪被石景欺压，在沙海起兵，一路向西攻占洛阳。妫辕占据洛阳之后，下令洛阳工匠修建了这个雕像。后秃发单于一统天下，建立亨朝，就将揭族人尽数发配到燕云十六州，揭族百姓重回贱民身份，并且欲将矗立在洛阳的妫辕雕像熔毁，但不知何故，当时的秃发渊改变了主意，把妫辕雕像藏匿到漠北。

现在妫辕雕像在井陉口再次矗立起来，妫鸿和史驱在燕云十六州收拢而来的揭族后裔，看到了当年妫赵大帝雕像矗立，忍隐八百年的积怨被一面同声共气的旗帜聚拢在一起。

鲜于刘光暗自钦佩蒙古蒙哥大汗和史驱的手段，从漠北找了一个雕像，真伪亦未可知，就能把这些当年能征善战的揭族后裔全部调入蒙古军队之中。想到这里，鲜于刘光的后背汗涔涔的，他想起来一件事情，蒙古擅骑射，大宋水军强大，固守长江天险。可是这些揭族的祖先，妘赵时期，在妘辕的儿子妘尊的率领之下，在水战中倾轧左景的水军，逼迫建康。如果不是九龙天一水法，妘赵的水军就已经将左景倾灭。蒙哥大汗果然是一个具有雄才伟略的帝王。

　　妘辕大帝的雕像已经完全矗立起来，史驱双手伸展，身后的两个随从，把史驱的蒙古官服脱下，原来官服内还有一身道袍，鲜于刘光看见，道袍赤红，在火把的映射下，更加耀眼夺目，并且道袍上绣着一条黄龙，道袍上的八卦错位，两仪混乱，这就是万仙大阵之前玄都派的离地焰光旗。离地焰光旗果然传给了清微派雷法一脉，成为清微派的法宝，看来这个史驱，已经尽得了清微派的真传。

　　史驱从道袍后拔出了一柄木剑，木剑挥舞，在空中划出了一道圆形的光圈，光圈旋转，显现出两仪，但是这个两仪并非阴鱼和阳鱼头尾相接，而是阴鱼在外、阳鱼在内的两个圆环。鲜于刘光知道，这是离地焰光旗的变幻两仪。

　　史驱施展了道法，空地上所有的揭族后裔都发出了惊叹。史驱随即晃动木剑，空中的光圈两仪，变成了一道符咒。

　　符咒漂浮到妘辕大帝雕像的上方，静止不动。

　　一旁的随从抱了一头羊过来，妘辕掏出一把匕首，端过一碗酒水含在嘴里，对着匕首喷了一口，然后一把抓过羊角，小羊在妘鸿的手中挣扎，妘辕手中的匕首捅进小羊的喉咙，羊血喷射而出，洒落在妘辕大帝雕像之上。

　　血雾蒸腾，漂浮到史驱做法的符咒上，符咒立即泛出红色的光芒，然后贴在了妘辕大帝雕像的上方。

　　雕像的胸口突然裂开，露出了一枚避水珠，避水珠在空中旋转，史驱挥动木剑，避水珠稳稳地从空中落下，妘鸿伸出手掌，托住避水珠，对着空地上所有的揭族后裔大喊："有了这个避水珠，我们揭族水军，即可在长江上战无不胜，攻无不克！"

　　揭族的后裔，以及隐藏在人群中的鲜于刘光、刘三娘，不禁明白了为什么妘辕大帝的雕像被藏匿到了漠北，又被史驱从漠北运送而来，就是为了这个万仙大阵之前的道家神兵避水珠。

避水珠运用到水战之中，战船波澜不惊，礁石避让，不会惊动水下的各种神兽。如果是术士高手驱动，能够改变水流走向，水面上两军交战，可以以一胜百。（笔者注：万仙大阵之前的上古神兵，流传到后世的并不多，避水珠为其中之一，元末陈友谅曾有一颗，鄱阳湖水战之后，被朱元璋获得，保留在明朝皇宫，后明朝与朝鲜联合抗倭，明朝总兵陈璘领避水珠入朝，陈璘提督中朝两国水军，将避水珠赠予明朝将领李舜臣，后李舜臣在鸣梁海战中以十二艘战船胜日本战船三百三十三艘。）

鲜于刘光看到了避水珠，忌惮术士高手史驱在收编揭族后裔之时，察觉二人在人群之中，慢慢地后退，一直退到了揭族人群之外，果然看到揭族后裔中，无论长幼都纷纷加入了整顿军队编制的队伍之中。

两人慢慢退到了民居的围墙之下，眼看空地已经在史驱和妫鸿的安排之下成为校场，揭族后裔开始整顿排列。第一支揭族的青壮士兵已经列队，朝着城外开拔。鲜于刘光和刘三娘继续披着五通僧袍跟随队列。一路走到了井陉口的城楼之下，正值寅时，队列的低级将领，出示令牌，城楼收兵开启城门，队列出城，鲜于刘光和刘三娘也跟随士兵离开了井陉口。

出城之后，鲜于刘光和刘三娘想离开大路走小路，只是过了井陉口之后，山西皆山，小路无法行走，两人只能慢下来，到了道路上无人之时，就取下僧袍，行走在山野之间。

鲜于刘光看了看天空，东方已经泛白，对刘三娘说："如果行走无碍，明夜子时，就能走到晋阳，我们辛苦一点，继续走吧。"

刘三娘说："自从认识你这个笨木头，我跟你就一直疲于奔命，不知道是上辈子做了什么缺德的事情，要受这个报应。"

鲜于刘光挠了挠头，"钓鱼城之后，我一定让你安稳下来，不用再跟我行走天涯。"

"行走天涯，也没什么不好。"刘三娘声音柔和下来，"只是不知道这乱世要到什么时候。"

鲜于刘光听了，心中黯淡，想说，蒙古和大宋的交战，哪里是一场钓鱼城之战就能结束的，这辈子只怕是永远等不到乱世完结的那天了，可话到嘴边，硬生生地忍了下来。

刘三娘何等聪明，看到鲜于刘光喉结动，嘴巴却紧闭，知道鲜于刘光在想什么，可是也编排不出什么话来劝慰鲜于刘光，只是从怀里拿出来那个小小竹筒，打了一个呵欠，自言自语："为什么那个古道里的厉害人物少都符，把自己和蜘蛛、壁虎交给我，却不给笨木头？"

鲜于刘光见刘三娘困顿，用胳膊挽起她，托到肩膀上，解释说："少都符是镇北神山幼麟传人，玄武大帝道场所在，极北至阴，只有女子阴身才能不受阴瘟侵蚀，如果是我带着这个竹筒，还未走出智门，就已经染病身亡。"

"他扣了你的肾魄，如果不交还给你，你能撑多少天？"

"扣了我肾魄，"鲜于刘光说，"肾魄在水在阴，我有诡道看蜡算术，只要法术不散，不会有什么大碍，不过时间长了，终究会精力衰竭。好在我还年幼，只要不超过三年，也没什么大不了，不影响人伦。"

"人伦？"刘三娘好奇地问，"是什么法术？"

鲜于刘光知道刘三娘一生在刘家府宅，大家闺秀，母亲早亡，哪里知道这些尴尬道理，于是摆摆手，笑了笑，示意不想再提。

刘三娘用拳头敲了一下鲜于刘光的脑门，"你神神秘秘，一定有什么事瞒着我。"

道家修仙炼丹，鲜于刘光在全真长大，对全真的修炼内丹、藏精固元之术并不陌生，只是鲜于刘光自己也是少年，虽然知道道理，但是仍旧一知半解，只知道这是男女之间的尴尬事情，不能随意启齿，偏偏遇到了刘三娘这个对什么都好奇的女子，想来想去也无法回答，只能沉默不语。

刘三娘却也察觉到了鲜于刘光的尴尬，手背靠着鲜于刘光的脸颊，也稍稍明白了一点，于是也尴尬地用嘴咬手指甲。

可是行走了半个时辰之后，刘三娘终究还是忍不住，询问鲜于刘光，"是不是五年之后，少都符不交还你肾魄，你就不能娶妻生子？"

鲜于刘光更害羞了，大声说："我哪里知道这些？赶紧让少都符见了八思巴，不就完了。"

刘三娘听了，知道自己猜对了大半，也知道这话尴尬，于是也安静下来，用手捂住自己炙热的脸庞。

两人不再提及此事，只是专心走路，好在前方的揭族军队行军迅速，鲜于刘光保持距离，也能够赶在翌日子时赶到晋阳。当太阳初升，天色大亮的时候，刘三娘已经抱着鲜于刘光的头颅沉睡了。

44

飞越晋阳城

鲜于刘光扛着肩膀上的刘三娘一路行走，从太阳初升走到夜色低沉，与前方的揭族士兵保持一定距离，也能够算到身后从井陉口开拔的揭族士兵，并不会追上自己，整个白天，没有遇到什么行人。到了夜间，刘三娘醒了过来，坚持不让鲜于刘光继续背负自己，而是下地飞奔。鲜于刘光不忍，又拗不过刘三娘，好在走了两个时辰，在子时走到了晋阳之外的高山上，放眼看去，晋阳城在夜色下清清楚楚。

可是当看到晋阳城外，鲜于刘光暗自叫苦，晋阳城外的开阔地带，尽数是驻扎的蒙古军队，几乎把整个晋阳城围住。刘三娘说："看来蒙古大军此次是志在必得，一定要攻占临安……"

鲜于刘光叹口气，"仅仅是晋阳一处，就集结了这么多蒙古军队，河套、京兆等地的军队只会更多，忽必烈东路大军只是侧应，攻打蜀地，就是蒙古军队的目标。"

刘三娘问："本来想在晋阳城外歇息一晚，看来只能睡在荒郊野外，你连续走了两日，得歇一歇。"

"我想的是，军队驻守在城外，就算是等到天明，我们怎么进入晋阳，继续南行？"鲜于刘光焦虑地说，"除非是等待这些军马全部经过了晋阳城，可是那样，晋阳到京兆，再到蜀地，路途皆山，这么庞大的军队，我们如何能够在路上超过他们？等我们走到蜀地，蒙古军队已经把关口一一围困，他们过不去，我们也一样过不去。"

"你的意思是，我们必须要在京兆长安城就超过蒙古大军？"刘三娘说，"京兆越秦岭进入蜀地，虽然有三条小道，但是祁连道和子午道太远，我们走这两条道路，即便是没有蒙军阻碍，进入蜀地也来不及了，因此只有走京兆南边的金牛道。也就是说，我们必须要在京兆超过大批蒙军，才能赶在他们之前到达钓鱼城。"

"看来刘子聪和郭守敬谈论天下大势的时候，他们并不避讳你。"鲜于刘光说，"刚好你又是个聪明伶俐、记忆超群的女子。"

"鲜于先生过奖了，"刘三娘故意客气地说，"只可惜他们在我面前只谈论地理天文，却不提及你们道家和诡道的隐秘往事。"

鲜于刘光又叹口气，"你懂天文地理，我知道道家渊源，又有什么用，终究是能力微薄，现在过不了晋阳城，什么都是枉然。"

"如果有帮手能让我们在今夜进入晋阳城呢？"刘三娘眨了一下眼睛，"那样我们就能赶在这些集结的蒙古军队之前到达京兆。蒙古大军从晋阳去京兆，还要过一个风陵渡，几万大军过黄河，至少耽误十天半月，而我们只有两个人，这样时间不就抢出来了。"

"对，我们必须要赶在他们之前到达风陵渡。"鲜于刘光兴奋起来，随即又情绪低落，"你刚才说有人会帮我们，可惜全真教在京兆，现在哪里能帮我们进入晋阳城？"

"我掐指一算，帮我们的人，应该马上就到了。"刘三娘笑吟吟地说。

"你别故弄玄虚，"鲜于刘光说，"我们哪里有什么帮手？"

刘三娘看看天上的月亮，问鲜于刘光："现在什么时辰？"

"子时二刻十一分九厘二钱。"鲜于刘光水分计算得飞快。

"嗯，看来快了，"刘三娘拉着鲜于刘光坐下，"陪我看看月亮吧。"

"都这个时候了，哪里有什么闲心陪你看月亮。"

刘三娘说："鲜于先生不肯吗？"

鲜于刘光心中焦躁，但是无法可想，只能陪着刘三娘看着东边夜空中半悬着的一轮明月，不知道刘三娘葫芦里卖的什么药。

两人看了一会儿，约莫有一顿饭的时间，沉默无话。

鲜于刘光数次要站立起来，可是看到晋阳城外的连绵大军，火把鳞次栉比，知

247

道无论如何也过不去。

"你想你娘吗？"刘三娘没来由地突然问了一声。

"想的，"鲜于刘光说，"我们都是苦命人，我连父亲都被刘子聪杀了，而你，比我更不堪，逼死你娘的，却是你父亲。"

"我娘死的那天，也是这么一个月亮……"刘三娘轻声说，"其实她可以活下去的，可是她偏偏不肯。"

鲜于刘光心想，看来刘三娘的性子，是随了她的母亲了，母女俩都不肯对刘子聪有半点妥协。于是用手拍了拍刘三娘的肩膀。

"帮手来了。"刘三娘轻声说。

"在哪里？"鲜于刘光左右四顾，可是山上黑漆漆的，没有看见任何人。

"谁让你看地上了。"刘三娘指着月亮说，"真是一个笨木头，什么都记不住。"

鲜于刘光看着明月，一只飞鸟在月光下缓缓飞舞，心中突然明白，刘三娘说的帮手是谁了。

"不是飞鸟。"鲜于刘光大笑起来，"是卞夫人。"

果然那只巨大的蝙蝠在明月之下飞得越来越近，一直飞到了两人的头顶，盘旋了两圈之后，落到了地面上，收起翅膀，露出女子的面孔，走到了鲜于刘光面前，对鲜于刘光拱手说："我歇息了一日一夜，追上诡道门人了。"

鲜于刘光看着卞夫人，也拱手说："晚辈现在有个难题，还望前辈出手相助。"

卞夫人看了看晋阳城外的蒙古驻军，对鲜于刘光说："要带你们绕过晋阳城？"

"不错。"鲜于刘光说。

"绕过去不难，"卞夫人说，"只是担心一件事情。"

"什么事情？"鲜于刘光心中一沉。

"军队有值守的士兵，飞得太低，弓箭手万箭齐发，我们都会被射成刺猬。"刘三娘说，"凡人飞到高处，难免会吓破了胆子，她担忧你在高处吓傻了，掉下来。"

"只要能绕过晋阳城，这点小事能算什么。"鲜于刘光说。

卞夫人伸展双翅，对鲜于刘光和刘三娘说："如果只带一个人，也就罢了，可是你身材高大，我气力不支，很难飞远，只能勉强绕过晋阳城，或者我们往东边折返……"

"东边折返，避开蒙军，再折向南方，这个方法是没错的，可是你的气力用尽，"鲜于刘光踌躇起来，"不能带我们连续飞行赶路，反而绕远，时间一耽误，就怕落到了蒙军的后面。"

"那就勉强一试，"卞夫人说，"你们抱住我的脚踝，记住，无论多么害怕，也不要松开双手。"

"记住了。"鲜于刘光和刘三娘分别抓住了卞夫人的脚踝。

卞夫人说了一声"抓紧了"，然后扑闪翅膀，鲜于刘光和刘三娘双臂一紧，顿时离地数丈，头晕目眩。

随即风声劲烈，卞夫人飞快地飞到高处，鲜于刘光看向地面，知道卞夫人绕着蒙军驻扎营地的边缘飞向南方，只是卞夫人带着两个人，不似在古道里那样力大无穷，只能寻找最短的距离飞过去。

鲜于刘光在空中，突然隐约听到地面上的蒙军开始躁动，火把顿时扩散开来，不仅如此，晋阳城墙高台上立即燃烧起篝火，这下子卞夫人连同鲜于刘光和刘三娘，在空中无处遁形，被地面上的蒙军看得清清楚楚。

果然如刘三娘所料，地面上的蒙军弓箭手，立即万箭齐发，眼看就要把卞夫人和鲜于刘光、刘三娘射成刺猬，卞夫人翅膀用力，立即升高，与弓箭竞速。卞夫人飞到了极高处，无数的箭矢，堪堪射到了鲜于刘光脚下几尺，力道枯竭，落了下去。有几支力道强劲的箭矢，也被鲜于刘光用脚一一踢开。

即便如此，鲜于刘光心中胆寒，卞夫人已经飞到了百丈之上，可是蒙古弓箭手的箭矢，仍然能够抵达，可见蒙古士兵的射艺果然是天下无双。

卞夫人也知道了蒙古弓箭手的厉害，远超出预判，想再飞高点，可是刚才与箭矢竞速，已经耗费了巨大的气力，实在是无法再升高，仅能勉强维持这个高度，艰难飞向南方。

眼看脚下的蒙古士兵在卞夫人和鲜于刘光、刘三娘脚下慢慢远去。鲜于刘光稍稍心安，突然听到了剧烈的破空之声，鲜于刘光心中大喊不妙。

果然一根一丈多长的弩箭从卞夫人身边掠过。

鲜于刘光向下看去，见几个蒙古将领正在晋阳城墙上，围着一个巨大的机括，其中一个是史驱，另一个是妗鸿。

卞夫人继续强行朝着南方飞去，第二根弩箭又疾射上来，这次一定是史驱和妗鸿亲自摆弄巨弩，不仅极准，而且箭头直朝着卞夫人伸展的翅膀而来。这一弩箭射得十分恶毒，如果卞夫人收了翅膀，那么以鲜于刘光和刘三娘的重量带着卞夫人下落，势道沉重，就再也没有飞起来的可能。

卞夫人也知道这个后果，只能继续飞舞，硬生生地让弩箭射中翅膀。弩箭的力道强劲，把卞夫人的翅膀射穿了一个大洞。

卞夫人的身体立即倾斜，向下斜着跌落了一段。鲜于刘光大喊："前辈，扛不住了就扔下我们吧，记得到钓鱼城告诉守将，我鲜于刘光已经尽力了。"

卞夫人并不回应，反而翅膀更加用力扇动，回到了高处，继续朝着南方飞去。

第三根弩箭又飞了过来，这次却是朝着卞夫人的身体射来，可见史驱和妗鸿以为卞夫人的翅膀并非血肉，而是木甲机械，于是朝着她的身躯射来。

卞夫人的翅膀已经受了重伤，无法躲避，刘三娘大喊："用刀。"

鲜于刘光早有这个打算，一只手抓着卞夫人的脚踝，另一只手拿出了佩刀，朝着射来的弩箭用力砍去，勉强把弩箭砍偏，却听见刘三娘一声惊呼，只见弩箭擦过了刘三娘的身躯平飞而去。

三根弩箭之后，第四根弩箭却始终没有射上来，但是卞夫人的气力也开始松懈，飞得越来越低，鲜于刘光看见城墙上果然是妗鸿和史驱，在摆弄一架巨弩，只是似乎巨弩出了问题，无法再次射出弩箭，并且城墙上短暂混乱了一阵子。

然后蒙古弓箭手再次射箭，卞夫人只能故意松懈力道，斜着在空中滑翔，绕过所有的箭矢。

几番下来，卞夫人带着二人终于飞过了晋阳城，落到了南边。晋阳城的南门立即打开，冲出来一队人马，朝着卞夫人的方向赶来。

卞夫人的翅膀受了重创，越飞越低，勉强多飞了一会，距离追兵更远一些。终究还是支撑不住，落到了一片树林之中。卞夫人落地后，惭愧地对鲜于刘光说："实在是对不住，我没想到蒙古军营里有这么厉害的术士。"

卞夫人的翅膀翼膜上有一个大洞，剧痛之下，也收不回来，鲜于刘光和刘三娘两人帮助卞夫人把受伤的翅膀推回收起。鲜于刘光更是愧疚，对卞夫人说："蒙军之中有高强的术士，也是我大意了，没有想到，晋阳城墙之上有这么厉害的东西。"

卞夫人说："当年少都符带着一个揭族的族长进入古道，要去井陉口进攻代王。今夜城墙上驱动巨弩的那个人，和当年的揭族族长倒是有几分相似。"卞夫人轻飘飘的几句话，把数百年前的往事说得跟昨日发生一般。

"前辈猜得没错，"鲜于刘光恨恨地说，"城墙上那个人叫妫鸿，是妫辕的后代，看样子是揭族的族长一脉。旁边用法术加持弩箭的，是清微派的史驱，是个雷法高手。"

卞夫人对鲜于刘光说："我是兽身，在野外树林里容易躲避，找个隐秘的山涧和石洞就能养伤，无数的蝙蝠也能供养我饮食，只是你们两位着急赶路，我却不能再帮忙，兑现不了当年对诡道黄裳的承诺，实在是羞愧得很。"

鲜于刘光计算一下，蒙古追兵距离这个树林还有三十多里，快马赶来，也要耽误一段时间，并且他们无法确定卞夫人落地的具体位置，仍需大范围内搜查，到天明也不见得能找到自己和刘三娘，只是史驱如果在追兵之中，就形势急迫一些。

鲜于刘光想了一会说："时间紧迫，就不再耽误前辈养伤，前辈赶紧去找个地方修养，伤养好之后，也不必在路上寻我，直接去钓鱼城即可。"说完向卞夫人拱手，就要告辞。卞夫人通晓人类语言，也就不耽误时间，详细告知她钓鱼城所在，卞夫人伤好之后，自然会想办法询问道路，赶往钓鱼城。没有自己和刘三娘的拖累，卞夫人昼伏夜出，到达钓鱼城并非难事。

卞夫人听了，嘴巴鼓起，"吱吱"叫了几声，树林上几百只蝙蝠飞了过来，围绕着卞夫人飞舞。卞夫人说："这些小东西，它们的巢穴距离此地不到三里地，在山涧隐蔽之处，适合养伤，那我就此告辞，钓鱼城再见了。"

"钓鱼城再见。"鲜于刘光拱手。

几百只蝙蝠立即朝着西南方向飞去，卞夫人无法飞行，只能摇摇晃晃地跟随，很快就消失在夜色之中。

剩下鲜于刘光和刘三娘站立在树林里，刘三娘说："史驱一定在追兵之中，但是他必然会在天亮之前回到晋阳。"

"这话怎么说？"

"晋阳城的蒙古大军和揭族的大军会合，需要史驱和妫鸿两人共同指挥，否则几万兵马，如何顺利通过晋阳？"

"只要我们不停向南行走，"鲜于刘光说，"天亮之前，史驱和妫鸿追不到我们，他们就会放弃。"

"不错，"刘三娘说，"鲜于先生虽然重要，但终究比不上几万军马集结奔赴蜀中重要。"

鲜于刘光看着刘三娘似笑非笑的脸，两人已经相处了不少时间，心意领会得飞快，于是对刘三娘说："那就借三娘的五通僧袍再拿出来用一用。"

刘三娘说："鲜于先生是个大英雄，老是用僧袍躲避，我担心折损了英雄的颜面。再说了僧袍不是在你身上吗？"

鲜于刘光说："就是在我身上，也是替三娘你保管，当时在金刚坛城里，你拿去了就是你的物事了。"

45

火烧纯阳宫

两人来回斗嘴几句,化解了刚才卞夫人在空中几乎被弩箭射杀的后怕。现在心情平复,鲜于刘光拿出僧袍说:"这东西对付寻常的士兵,毫无问题,只是遇上史驱这样的术士高手,只怕是不太灵光。"

"史驱与刘子聪的本领还相去甚远,相较董文炳也差了一些。"刘三娘说,"现在我们披上僧袍,大大方方地走在大路上,我看史驱不见得就能察觉到我们。"

刘三娘一直喜欢在绝路上兵行险着,鲜于刘光已经了解。

鲜于刘光听从了刘三娘,两人穿过树林,走到了大路上,然后披上了僧袍,在黑夜里不紧不慢地行走。

果然走了两个时辰之后,身后的马蹄声越来越清晰,两人让到路边。一队骑兵飞驰到了鲜于刘光和刘三娘近处,却突然停了下来。

倒不是碰巧,而是史驱似乎感知到了什么,勒马停下,几十匹马也纷纷停下,发出嘶鸣。

果然史驱的身边是妫鸿,他对史驱说:"史将军,刚才的树林已经搜遍,前方又是一片大树林,只怕搜到天亮也找不到他们。"

史驱沉着地说:"鲜于刘光这个人十分重要,决不能让他赶到钓鱼城。"

"我看那个小子,除了有只蝙蝠精帮助他飞过晋阳,也没有什么本事。"

"连古道守门人都要出手相帮的人,"史驱说,"怎么可能是泛泛之辈?他现在还是个幼兽,到了钓鱼城,就变成了猛兽,将是大汗最忌惮的对手。"

"史将军这话怎讲?"

"我的叔父（即史天泽）、汪德臣将军与大汗议事，多次提及宋国术士留下了一个极为厉害的少年，这个少年命格特殊，命属荧惑，专杀北斗紫微。蒙哥汗听了之后，一直郁郁不乐，认为这个少年是自己命中注定的克星，因此下令一定要在他赶到钓鱼城之前斩杀。"

"这个少年就是鲜于刘光了，"妫鸿说，"可是听说，鲜于刘光在燕京出现，为什么忽必烈王爷没有将他捕杀，消除这个隐患？"

"这话……可不能随便说，"史驱示意身边的骑兵都前行散开，小声说，"听说是花教法王八思巴和刘子聪故意纵容鲜于刘光逃脱，刘子聪还将自己的女儿许配了鲜于刘光，今夜空中的蝙蝠精，拖着二人，一个是鲜于刘光，另一个身材矮小，是个女子。本来我也不信，看到了这个女子，不由得我不信了。"

"将军的意思是，"妫鸿停顿了一下，"这是忽必烈王爷的意思……"

"你住口！"史驱立即打断，"这话，我们做下属的可千万不能在旁人面前提起，大汗和王爷是同胞兄弟，他们之间的事情，我们不宜揣测。"

妫鸿说："我们只管把鲜于刘光抓住，其余的事情，是大汗和王爷之间的家事。"

"不错。"史驱说，"蝙蝠精已经中了弩箭，飞不起来，我觉得他们距离我们已经不远，一定躲避在前方的树林里，赶在天亮之前，就算是把树林一把火烧了，也得逼他们出来。"

史驱说完，立即策马向前飞奔，妫鸿也拍马赶上，和骑兵一起到了前方的树林，果然他们不再犹豫，立即开始放火。

鲜于刘光躲在五通僧袍内，看见史驱已经走远，轻声对刘三娘说："还好你猜对了，史驱果然不会想到我们就在大路上，只看准了前方的树林。"

刘三娘轻声说："他只是不知道我们有这个僧袍而已，如果知道，我们刚才就在他身边，稍稍警惕，也就察觉到了。"

"僧袍是八思巴送的，"鲜于刘光说，"但是却偏偏没有告诉史驱，看来蒙哥和忽必烈，真的如刚才史驱所说。"

"可是这个史驱却偏偏要折辱我，"刘三娘说，"我一定要让他死在我手上。"

"他哪里折辱你了？"鲜于刘光说了一半，突然醒悟，史驱刚才说刘子聪把刘三娘许配给了自己，这句话惹恼了刘三娘。

史驱和妠鸿指挥蒙古骑兵放火，士兵寻找火点非常准确，树林很快就燃烧起来，看来蒙古骑兵对这种事情已经十分纯熟。

整个树林燃烧起熊熊大火，把整个夜空照射的如同白昼一般。鲜于刘光和刘三娘要往南行，就必须经过树林之间的道路，现在道路也被大火拦住了。

史驱和妠鸿烧掉这片树林，对随后的大军行进更有利，倒不是一味地要烧掉树林逼迫鲜于刘光现身。

让鲜于刘光没有想到的是，树林着火之后，陆陆续续地跑出了两个道士，他们边扑灭身上的火焰，边跌跌撞撞地跑到树林之外，小道士还抱着一尊木头雕像。

蒙古骑兵立即把这两个道士围住，大声呼喝蒙语，意思多半是找到了要追赶的目标，一大一小两人。

史驱和妠鸿大喜，骑马赶到这里，慢慢围绕两个道士转了一圈之后，顿时失望，这是一个老道士和一个小道士而已。史驱跳下马来，向老道士行了一个道礼说："清微派史驱，有礼了，请问师兄，有没有见过一个身材高大的少年和一个女子。"

年长的道士看了一眼史驱，叹口气说："好端端一个纯阳宫，全真吕祖亲手所建的道观，就被道友一把火给烧了。"

史驱见这个老道士答非所问，心中焦躁，再次追问："请问师兄，可曾见过一男一女从树林经过？"

老道士看了看史驱身后的蒙古骑兵说："你清微派是南方的道家门派，为什么跑到北方来，带着蒙古士兵烧我道观，追捕童男女？"

史驱知道这个迂腐老道士问不出来什么究竟，于是走到那个抱着木雕的少年面前问："小师弟，你见过一个身材高大的道士经过吗？"

小道士摇摇头，"我在做晚课，树林中火起，我叫醒了师父，才跑了出来，道观里的祭器都来不及搬出，只搬了吕祖的木雕出来。"

史驱听了，不禁头疼，所谓纯阳宫，虽然是吕祖洞宾的祖庙，可是道观香火稀少，道观里的两个清苦道士，隔绝世间已久，都是不知所云，看来没有见过鲜于刘光。现在树林的大火已经完全连成一片，火势猛烈，如果鲜于刘光真的在树林里，也无法从火海中逃生。

史驱从身上掏了点细碎银两，交给了老道士，"军务所迫，毁了纯阳师祖的道观，这些钱财就交给师兄，带着徒弟北去燕京，或南下终南山，报出我史驱的名号，定然有道观收留两位。"

老道伸出手，又看见史驱身后凶神恶煞的一干蒙古骑兵，特别是妫鸿如金刚夜叉一般的身材面貌，又把手缩了回去。

老道士旁边的小道士走过来，不客气地把史驱手中的银两收了，仍旧不甘心，喃喃说："这些银子，哪里够我们重修纯阳宫？"

史驱是清微派宗师，又是蒙古大将，哪里会跟这个小孩子一般见识，笑了笑，和妫鸿收拢人马，在树林边观望。史驱是个谨慎的人，一直看到树林的大火烧到了卯时，天边泛白，确定鲜于刘光没有从火场中逃脱，才率领骑兵朝着晋阳城的方向走去。

46

鲜于刘光收徒

鲜于刘光和刘三娘见史驱已经离开,大火之中无法穿行,眼见日头高升,僧袍也即将无用,两人慢慢行走到距离树林远处的一个岩壁边,本想等着两个道士离开后,寻找一个偏僻处休息。

可是没想到走到小道士身边,小道士一把抓住僧袍拉了下来,鲜于刘光和刘三娘在熊熊大火的光芒之下,顿时显出了身形。

小道士指着鲜于刘光和刘三娘大喊:"原来蒙古人找的是你们,这下可好,你们赔了道观来!"

刘三娘对着小道士说:"谁烧的你们道观,你尽管去找他,寻我们是什么道理?"

"起敬!"老道士赶过来,一把将小道士拉开,看向鲜于刘光和刘三娘,"两位就是史驱要找的人?"

鲜于刘光站在当地,无法否认,也不能承认。

老道士说:"两位一定是身负抗蒙重任,急着赶往南方,否则投奔了蒙古的清微派史驱也不会如此地急切。"

鲜于刘光听了,明白这个老道原来是一个心底明白锃亮的人,刚才是故意跟史驱装傻,为的就是拖住史驱,有意周旋。看来这个纯阳官的道士不一般,小道士要靠近了才能看见自己和刘三娘,而老道士只怕是刚才史驱在时就已经看清楚了。

鲜于刘光立即向老道士拱手:"实不相瞒,我是诡道门人鲜于刘光,黄裳的幺房弟子,想通过这片树林火场,去往蜀地钓鱼城,抗击已经在集结的蒙古大军。"

老道士微笑说:"看来都是天意,我看这场大火,还得烧上两天,这个史驱是个聪明人,却想不到给你们又多匀出了两天时间。"

鲜于刘光听了,惊喜说道:"看来道长有办法送我们穿越树林火场?"

"我在这片树林里活了六十多年,一木一石都了然于胸,当然知道出路。"

"那就多谢道长。"鲜于刘光欣喜拜谢,"有烦道长带路。"

老道士说:"我年纪老朽,走不动了。"

"为何?"鲜于刘光问。

老道士指着树林火起两边的高山峭壁,"从晋阳往南,必须要经过这个峡谷,也就是这片树林,现在树林火焰一时之间不可熄灭,两边的高山悬崖常人无法通过。但是蒙古人和清微派史驱不知道的是,在悬崖绝壁之上,有一条极为隐秘的凿刻小路,只有我们纯阳宫道士知道,是我们专为采药而用。"

鲜于刘光看向前方悬崖,实在是看不到任何道路。

老道又说:"我爬不过去,但是起敬年纪幼小,手脚伶俐,带你们过去即可。不过,我有一事相求。"

"无论道长吩咐什么,"鲜于刘光说,"我必定万死不辞。"

老道笑了笑,招呼小道士:"起敬,你过来。"

小道士走到了老道面前说:"我这就带他们爬悬崖过去,师父你不用焦心。"

老道说:"你多大了?"

小道士起敬回答:"今年十三了。"

老道士摸了摸起敬的头,"师父老了,活不了几年了,北方已被蒙古占据,你就不用再陪在我身边了,跟着这位诡道的师兄去往南方吧,也不用受蒙古人这些腌臜气。"

起敬听了,愣了一会儿说:"师父你要是仙去了,谁给你料理后事?"

老道笑着说:"一把枯骨而已,哪里不是一个去处?"

起敬哭起来,"师父要丢下我吗?"

"我本就有让你带着纯阳道术往南之心。"老道说,"只是我年老体衰,走不得远路,现在刚好诡道的师兄要去往南方,又只有你熟悉悬崖上的道路。"

"我指给他们罢了。"

"悬崖陡峭，你不亲自带路，他们定然走不过去，半路上有了闪失，你我就是大宋的罪人！"

起敬仍然坚持，"那我带他们过去了，再折返回来。"

"你身负纯阳师祖的道术，怎么能一辈子窝在北方，不如南去，有一线存留的生机。"老道说，"为师已经决定了，你就不要在跟我啰唆了。"

老道士跟起敬说完，然后转头看向鲜于刘光说："诡道门人，我托付你的事情，就是这个——希望你能收起敬为徒，让他将纯阳道法延续下去。"

鲜于刘光听了，拱手说："我答应了。"

老道士把小道士怀里的吕纯阳木雕抱过来，扭头说："去吧。"

起敬知道师父心意已决，于是俯身在地上给老道士磕了几个头，站起身，抹了抹眼泪，对鲜于刘光说："那我们就上路吧。"

老道士摆手："快走，快走。"

起敬径直走向了树林尽头的悬崖方向，鲜于刘光和刘三娘紧紧追随。三人走了几十丈，回头看向老道士，老道士抱着木雕，只是摆手送别。

起敬这次狠心扭头，走到了峡谷边缘的巨大绝壁前，绝壁如同镜面一遍，鲜于刘光实在是看不出来有路。

起敬说："我先爬，你们看好了，千万不要失足。"然后手脚扣住了光滑的石壁，一纵身之间，就爬了一丈多高。

鲜于刘光这才看明白，原来光滑的石壁上有稍许的突出或凹陷，刚好能手脚着力。鲜于刘光让刘三娘先爬，自己紧随其后。

如老道士所说，果然只有术士能够攀爬，常人没有这个本事。

三人越爬越高，一直爬到了山顶，然后又看见南麓也是一片悬崖。起敬站在山顶，又依依不舍，看了看山下的一片火海。终究还是狠下心来，带着鲜于刘光和刘三娘朝着南麓往下走。南麓也是悬崖，看不见石壁上的凿刻小坑和凸起石头，只是起敬熟悉道路，才能成行。

三人一直爬到了下午，终于到达了地面，稍事休整。

鲜于刘光问起敬："你是怎么看见我和这位姑娘躲在僧袍之下的？"

"眼睛怎么看得见。"起敬说，"我用耳朵听的。"

"用耳朵听，"鲜于刘光好奇地说，"你师父教的法术，倒跟我们诡道的听弦相似。"

"你的门派也有这个本事？"起敬说，"我以为只有我们纯阳道士才会呢。"

鲜于刘光看见已经过了大山，心里一块石头落地，对起敬说："我答应道长收你为徒，可是还不知道你姓什么？"

刘三娘轻声笑了笑，"鲜于先生自己才十七岁，就要收徒延续诡道了，可跟你师父黄裳大不相同，他可是死后百年才收了两个徒弟。你们诡道真是行事不拘小节，无迹可寻。"

起敬满脸失落，对鲜于刘光说："我父亲姓冷，是江南人士，在朝廷做官，我母亲难产而死，在我出生后一年，朝廷让我父亲出使蒙古，却被蒙古人扣下，死在漠北。我父亲知道有去无回，在半路上把我送给了师父。我也不知道我叫什么，只是父亲告诉我师父姓冷。在道观里，师父就叫我的道号起敬。"

"跟我们一样，也是个孤苦伶仃的孤儿。"刘三娘不禁叹息了一声。

"既然你拜我为师，我给你起个名字吧。"鲜于刘光说，"叫你的道号，实在是不太方便。诡道甚少用道号行走江湖。"

"师父打算给我起个什么名字？"起敬问。

鲜于刘光摸了摸脑袋，"我也没读过什么书，也不知道给你起个什么名字才好。"

刘三娘在一旁说："我看他们纯阳宫一派，本是全真源头，道法精湛，却宁愿退居在乡野，居善地，心善渊，谦恭退让。就叫冷谦吧。"

"这名字好么？"鲜于刘光询问起敬。

起敬跪拜下来，"多谢师父赐名，从今往后，我就叫冷谦了。"

四大道场
南宋

骷髅道场

SKELETON DOJO

蛇从革 著

下

第四篇　钓鱼城

47

风陵渡

鲜于刘光和刘三娘本都是少年，现在又多了一个十几岁的孩子。冷谦与鲜于刘光身份是师徒，三人在一起，却都是年纪差不多的同伴。

三人过了晋阳，一路向南，史驱和妫鸿的军队，看来真的被大火耽误了两日，已经被鲜于刘光超过了至少三日路程。三人想在路上买马，可是蒙古占据北方，民间不可私下交易马匹，他们只能凭借脚力超越史驱和妫鸿的骑兵，赶在他们之前过风陵渡。

三人加紧赶路，希望把史驱和妫鸿的大军甩得更远。走了数日，史驱的骑兵先锋一直没有赶上来的迹象，可见山路崎岖，骑兵反而行军迟缓。

鲜于刘光、刘三娘和冷谦都是少年心性，早就混得熟了。

"师父在全真长大，得了全真的道法，"冷谦脚步灵活，走在鲜于刘光和刘三娘的身前，"当年纯阳真人得道，修建了纯阳宫，我师父是纯阳宫一脉，天下全真尽出自纯阳真人，所以呢，我别了师父，拜了你这个师父，也算不得改换门派。"

刘三娘趴在鲜于刘光的肩膀上说："你这师父前、师父后的，我都听糊涂了。"

"我心里知道哪位是我之前的师父，哪位是我现在的师父，"冷谦说，"我可不会忘本。"

"我们是诡道，"鲜于刘光说，"跟全真道术相差甚远，现在你听清楚了，我们有四大算术，分别是看蜡、听弦、水分、暑分。你的师祖黄裳，留了水分和看蜡给我，暑分和听弦留给了你的师伯。"

"师伯是一位大英雄吗？"冷谦好奇地问，"是不是在钓鱼城等着我们汇合？"

"你师伯不会去钓鱼城，"刘三娘哼了一声说，"倒是要去襄阳城。"

"原来师父镇守钓鱼城，师伯镇守襄阳城，"冷谦欣喜地说，"原来我们诡道这么被南方的术士看重。"

"你的师伯，叫刘子聪，"刘三娘说，"是去攻打襄阳城的。他是蒙古人的大官。"

冷谦听了，愣了一会儿才说："原来是个奸贼，我们遇到他了，一起把他给铲除，为我们大宋汉人除害。"

"你说的这个奸贼，"刘三娘说，"好巧不巧，是我的亲爹。真的遇到了，如何是好？"

冷谦是一个活泼热情的性子，与鲜于刘光的谨慎、刘三娘的刁钻都不同，一路上冷谦一张嘴从日到夜就没有停过，现在被刘三娘说得晕头转向，回头看了看坐在鲜于刘光肩头的刘三娘，眼睛里满是疑惑，"那论辈分，你是我师姐了……"

"呸，"刘三娘不再戏弄冷谦，"刘子聪一心要灭了大宋，与汉人为敌，我早就不把他当作父亲。"

冷谦摇晃脑袋，"师姐大义灭亲，要是我，我也要杀了这个恶人。"

"你杀了我的父亲，就是我的杀父仇人，"刘三娘一脸的平静，"那我要替父报仇，怎么办？"

"不跟你说了，"冷谦说，"我听师父的。"

鲜于刘光说："别听她跟你胡搅蛮缠，你也别叫她师姐，就叫他三娘吧。"

刘三娘说："起敬，你们纯阳派耳听六路的法术，倒是跟诡道的听弦十分相似，你说说你师父是怎么教你的。"

"你是蒙古大官的女儿，"冷谦被刘三娘戏弄狠了，心里怄气，没好气地说，"我懒得跟你说话。"

刘三娘轻笑了一声，"脾气还挺大。"

冷谦不理会，只是走路，又走了不到一炷香的时间，实在是忍不住，问鲜于刘光:"师父,你什么时候把诡道的算术教我?"

"我在路上找个刻漏,才能教你水分入门,等水分学会了,就可以学看蜡。"

"诡道的算术,跟纯阳派的法术相比,不知道哪个更强?"冷谦问。

鲜于刘光说:"话不能这么说,诡道是万仙大阵之后,与南方正一派、北方飞星派一般流传下来不多的几个上古门派。纯阳全真是万仙大阵之后,道教外丹式微,转而修行内丹的道法,两者不可相提并论。单论个人法术,你师伯刘子聪的本事在全真教李志常之上,但是全真教门人众多,却比诡道要兴盛。"

"我师父纯阳派的本事,不见得就比刘子聪要低微,"冷谦不服气地说,"连清微派的那个蒙古将军都对他客气得很。"

"史驱烧了你们纯阳宫,"刘三娘忍不住出言相讥,"哪里对你们客气了?"

"我师父可不是怕他,前几日,来了几个道士,在我们纯阳宫找到师父,他们说要混进晋阳城内,对付蒙古人。"

"你刚刚不是说懒得跟我说话?"刘三娘问。

冷谦无法辩解,把头扭到一边。

鲜于刘光笑了笑,突然想起一件事情,"起敬,你刚才说有道士说要混进晋阳城,对蒙古军队不利?"

"不错。"冷谦说,"师父一定是去晋阳城寻他们去了。"

"原来是他们,"鲜于刘光感慨不已,"可是他们现在应该已经被史驱害死了。"

"这话怎么说,师父你亲眼看见了?"

"我看见了。"鲜于刘光对刘三娘说,"我说为什么我们飞在晋阳城上方的时候,城墙上的巨弩,射不出第四根弩箭。城墙上混乱了一阵儿,原来是这些义士破坏了巨弩,给我们争取了时间,让下夫人飞过。"

"你们会飞?"冷谦惊喜地问,"原来诡道的算术如此厉害!"

"可惜了这些义士,"鲜于刘光严肃地说,"我连他们的名字都不知道。"

"他们都是纯阳祖师一脉的后人,跟我以师兄弟相称。"冷谦听见鲜于刘光说起这些人已经遇难,也不免难过。

鲜于刘光把刘三娘放下来,对着北方深鞠了一躬,刘三娘也照做,然后三人无话,默默行走。

又走了一会儿，冷谦实在是忍不住好奇，问鲜于刘光："你们真的是从晋阳城上飞过来的吗？"

"不，"鲜于刘光说，"是一个叫卞夫人的前辈带着我们飞过来的。"

"我从未听说过，道家术士能够如飞鸟一般的。"冷谦问，"万仙大阵之前，有甚多术士都跟这个卞夫人一样，有这个本领吗？"

"那倒不尽然，"鲜于刘光说，"术士再强，也不能飞行，但是卞夫人不是术士，她是一个蝙蝠精。"

冷谦听了，更加好奇，不断追问。

鲜于刘光把卞夫人的来龙去脉说了一遍。冷谦听了万分羡慕，听说到了钓鱼城就能见到卞夫人的时候，忍不住轻呼雀跃起来。

刘三娘看了冷谦的反应，对鲜于刘光说："你们诡道，嗨，就要在这个孩子身上延续吗？"

三人边赶路边交谈，倒是冷谦和刘三娘相互斗嘴的时候多，鲜于刘光的话少。

不一日到了风陵渡，风陵渡是宋蒙交战来回拉锯之地，如今还在大宋将领的控制之内。从风陵渡过了黄河，向南行走就到了南阳和襄阳，而鲜于刘光三人过了黄河之后，就要向西行走，进入京兆，再向南进入蜀地。此时，他们已经得到消息，蒙古的西路大军，由蒙哥率领，已经准备进入蜀地。

三人在风陵渡黄河边寻找船只，却发现一艘船都没有。鲜于刘光找了河边的村民询问，村民告知，早在五日之前，大宋官员就征用了黄河上所有的船只，这五日来，连打渔的渔民都不能下河。风陵渡是黄河最重要的渡口，南下北上的商旅都要经过此地，现在渡口隔绝，无数的商人和江湖客都被阻隔在黄河两岸，民不聊生，备受战乱之苦。

鲜于刘光三人无法可想，只能投宿在风陵渡北岸一个叫"安渡老店"的客栈，果然客栈已经人山人海，连马厩都挤满了人。后来的旅客，只能聚集在客栈的大堂内，一起烤火，熬守通宵，盼着明日在旅客中选出的说客，说服大宋官员勉强通行部分船只，以解燃眉之急。

48

客栈冲突

鲜于刘光、刘三娘、冷谦三人,终于到了宋地,不用再时时刻刻防备蒙古士兵的追杀,在客栈里和大宋商旅同席而坐,倍感亲切。

三人挤在人群中,听着客人闲聊,每个人都焦急等待着渡河,蒙古大军即将南下,北方的汉人都想投奔南方,所以看到鲜于刘光他们三个少年也不以为意,认为多半是蒙古残酷治下的百姓逃难而来。

这些旅客,虽急切也过不了黄河,只能说一些趣闻打发时光。

鲜于刘光等三人也竖起耳朵,听得津津有味。其中一名旅客,自称来自四川,是个商人,鲜于刘光和刘三娘、冷谦都在北方长大,听着那人说着一口与北方迥异的口音。

这个商人正在与一个衣着光鲜的美貌女子斗嘴,喋喋不休地说一个叫神雕大侠的术士,在南宋扶弱助强、铲除奸臣。而美貌女子却不以为意,言语间更是不屑,商人与女子之间你来我往不停争执,女子言语尖酸刻薄,说养个雕也能算大侠,那养猫养狗之辈,岂不是人人皆可自称大侠,这样说来,天下的大侠未免也太多了。

鲜于刘光听到这里,忍不住笑了,对刘三娘说:"这个姐姐,脾气倒跟你一般,喜欢跟人抬杠。"

刘三娘幽幽地说:"我哪里有人家漂亮,你到了这个客栈,就看见了貌美的南方美人,等到了钓鱼城,岂不是乐不思蜀?"

冷谦也偷偷说:"师父说得没错,我看三娘再年长几岁,就是这少奶奶一般的德行。"

刘三娘敲了冷谦一个爆栗，"你倒是会拍你师父马屁。"

冷谦委屈，哼了一声。谁知道这一声哼得声音太大，被美貌女子听见，眼光利刃一般看向了冷谦，颐指气使地说："你这个小孩，我说错了吗？"

鲜于刘光立即拉过冷谦，对着美貌女子摆手，示意不相干。美貌女子仰着头，也懒得跟冷谦计较。

四川商人听了美貌女子的挤对，仍不依不饶，对美貌女子说："神雕侠不仅铲除奸臣，还营救忠良，怎么就不是大侠所为？五年前镇守阆州的王将军，被奸臣陈大方假传圣旨骗去了临安，满门皆要抄斩。神雕侠得到消息，四日四夜，不眠不休赶到临安，虽然救不得王将军，但是救下了王将军的后人，为王将军申冤存孤，亲自把王将军后人送往北方，逃脱奸臣的追捕，你说该不该称他一声大侠呢？"

"当然叫得。"鲜于刘光听了，也忍不住喝彩，心想这位神雕侠不知道是何门何派，如此仗义！

刘三娘说："这是什么侠，巴巴在路上赶路，倒是跟你一般。只是人家带着一个雕，你却要带着一个女子和一个小孩。"

冷谦也说："这样说来，这个王将军跟我父亲同朝为官，我父亲死在蒙古人手中，而他却这么冤死了。"

美貌女子身边的一个小女孩突然开口说："既然如此，这位英雄真当得起一声大侠了。"

冷谦看到了那个小女孩当堂反驳美貌女子，忍不住向她竖了竖拇指。

小女孩朝着冷谦吐了吐舌头。

美貌女子听了，更是生气，对小女孩说："你懂什么，江湖传言多了去了，十有八九都靠不住，他怎么能知道得如此清楚，仿佛亲眼所见一般。"

四川商人嘴巴哆嗦一阵，站立起来，正色说："我姓王，叫王坚，王将军便是先父，我的命就是神雕侠所救。陈大方被神雕侠锄灭之后，在丁大全的府宅内，找出了陈大方与蒙古刘子聪往来的书信。拿与丁大全对质，这些勾结蒙古的罪证，丁大全无可抵赖，只得在这些罪证上招供画押。这些罪证交于朝廷，昭雪了我父亲的冤屈。"

小女孩听了笑着说："这个神雕侠不仅本事大，胆量也出色，竟然在当朝大员的家里审讯，丁大全权倾朝野，府邸一定戒备森严，可是在神雕侠看来，如同儿戏。"

美貌女子翻了一下白眼，"那是丁府的家丁和护卫本事稀疏。"

王坚不理会美貌女子，接着说："丁大全、陈大方勾结蒙古刘子聪的罪证确凿，陈大方已经死了，也就罢了，可是丁大全也只是被训责、免官而已，不过朝廷重新派我镇守蜀地的重任，我才能从北方赶回蜀地，承续父亲的遗志。如今蒙古人即将入蜀，我被困在此地，实在是焦心。"

（笔者注：王将军即王惟忠，历史上与王坚并非父子关系，小说情节虚构，并无混淆历史意图，请勿对号入座。）

众人听他这么说，都是一惊。鲜于刘光站起来说："原来大哥是忠良之后，看来与我同路，请问大哥要去往何地？"

"钓鱼城。"王坚回答。

鲜于刘光听了，大喜过望。

王坚心情激动，仍旧看着美貌女子，朗声说："神雕侠身体残疾，虽然缺了一臂，可是义薄云天，倒不似有人五体俱全，却缺了心眼。"

美貌女子听了，立即质问："你说谁缺了心眼？"

美貌女子身边的小女孩听了，打断说："王大叔，这位神雕侠既然这等武功高强，又怎么会少了一条手臂？"

美貌女子神色大变，对小女孩说："你问这些干什么！"

鲜于刘光从美貌女子和小女孩对话知道，两人是姊妹关系。

王坚叹口气说："我连神雕侠的姓名也问不到，他身体残疾，定然是有不堪过往，我又哪里敢问？"

美貌女子听了，跟她的妹妹一样，都沉默不语。

鲜于刘光问王坚："请问王大哥，去往钓鱼城，就是要做守城的主将吗？"

王坚说："我祖上百年前开始修建钓鱼城城防，倾尽所有家赀，到了祖父一代，家产耗尽，钓鱼城仍无法完工，好在余玠大人请命朝廷，动用蜀地钱粮税收，钓鱼城城防才得以完成，并且举荐我父亲做了军官。我父亲抗击蒙古，功绩卓著，因此做到了知阆州兼任利州路安抚使。可惜却被陈大方、丁大全勾结蒙古刘子聪害死，这毒计就是刘子聪的谋划！"

王坚说完，鲜于刘光和刘三娘同时身体紧绷。

鲜于刘光说："希望王坚将军能在钓鱼城打退蒙古大军，还天下太平。"

"钓鱼城算个什么，"美貌女子说，"一个区区小城寨而已，有什么好守的。只要襄阳不破，大宋的江山稳如坚石。"

鲜于刘光听了，实在忍不住怒火，大声说："钓鱼城破城之时，襄阳就会陷入蒙古水陆两路大军围困，到时候大宋就无险可守，灭国指日可待。"

"襄阳是蒙古人能打下来的吗？"美貌女子不屑地说道，"只要有我家在，襄阳就破不了。"

"襄阳破不了，那就合该钓鱼城被蒙古破了？！"鲜于刘光从未如此激动，到此时实在忍不住了，拿起面前的烧火棍，狠狠敲了一下地面。

美貌女子怒气上冲，喝道："你是什么东西，胆敢对我无礼？"

鲜于刘光就要站起来，与美貌女子对峙，美貌女子拿起脚下的一根木柴，手臂挥动，在空中点了一个北斗七星的道家符文，空中七个星点闪烁，金光四射，虽然稍纵即逝，但众人都看得清清楚楚，这才知道这个美貌女子果然来历非凡，身负绝技，怪不得说话傲慢，不可一世。

鲜于刘光看见了，顿时震惊，气势弱了下来，"这是全真教的七星道场联众，你是全真教什么人？李志常真人是你什么人？"

"什么李志常，没听说过，我家里倒是有几个全真的道士，在我爹面前大气都不敢出一下。"

美貌女子毫不客气，手中木柴的七星光点消失之后，木柴伸出，在破军的位置，打中了鲜于刘光的烧火棍，烧火棍脱手落在地下，火星溅了起来，鲜于刘光摆手说："你是全真教，我不跟你动手。"

"都说了全真教算什么东西？拿他们跟我纠缠不清。"美貌女子把木柴点到了七星廉贞位置，正好顶着鲜于刘光的鼻子。

美貌女子身旁的小女孩连忙拦住，"大姐，爹说了，不可与人动手。"

美貌女子听了，对小女孩说："就你偏偏护着外人。"扔掉木柴，对鲜于刘光说："放过你这个无名之辈。"走到一边，不再与任何人说话。

小女孩朝着鲜于刘光说："这位大哥，我替我大姐给你赔不是了。"

鲜于刘光脸色尴尬，对小女孩说："无妨，无妨……"

小女孩见鲜于刘光并不计较，于是又缠着王坚，询问神雕侠行侠仗义的事迹。

鲜于刘光也后悔刚才失言，默默地坐下，生着闷气，刘三娘在一旁火上浇油，"你见人家是漂亮女子，出手都手下留情。"

"全真教的七星道场联众，几乎已经恢复道家上古阵法的威力，这个女子的师承绝非一般，与全真教有极深的渊源。"

"那位少奶奶的本事，我看比不上你。"刘三娘说，"你就是怜香惜玉，不愿出手。"

那边王坚说得兴起，滔滔不绝，"神雕侠替我父亲沉冤得雪，立即差人到北方告知我这个消息，只是他在信中说，丁大全、贾似道等奸臣把持朝政，私下与蒙古刘子聪勾结，当今圣上虽然知晓，却并不处分丁党、贾党，反而把贾似道派遣到了鄂州，丁大全只夺了官职。不过朝廷也赦免了我，并给了合州知州的官职，其实知州一职是个虚的，就是让我主持钓鱼城防务。"

"原来朝中还惦记着你们王家的功劳。"小女孩轻声说，"也并非全是奸人宵小。"

王坚脸色古怪，嘴唇翕动，欲言又止，但是又忍住了。

小女孩是个极为聪明的人物，"王大哥想说什么？"

王坚沉默不语，小女孩说："王大哥一定没酒喝了，不愿意说话。"

王坚手里拿着酒壶，果然一直纵饮，喃喃地说："手里没了银两，买不得酒了。"

小女孩招呼店家送来酒菜，店家看见小女孩衣着贵重，也不怕她赖账。

坐在一边的美貌女子沉着脸说："便是要请客，也不请胡说八道之人。店小二，这酒肉的钱可不能开在我的账上。"

店家犹豫，知道这姐妹俩赌上了气，倒不是怕小女孩赖账，只是担心得罪了这个脾气火爆的少奶奶。

小女孩从头上拔下一枚金钗，递给店小二，说道："这是真金的钗儿，值得十几两银子，你拿去给我换了，再打十斤酒，切二十斤羊肉。"

店家看见小女孩把贵重的首饰当儿戏一般，哪里敢接。

美貌女子说："这是朱大伯送你的金钗儿，单是钗头这颗明珠，就值百十两银子，生日那天，你戴不出来，看爹娘如何饶过你！"

"朱大伯不会怪我的，"小女孩嘴里这么说，却犹豫起来，"可是爹肯定要狠狠骂我一顿……"

冷谦大喇喇地走到小女孩身边，从怀里掏出了一些细碎银两，斜了一眼美貌女子说："店家，这些银两够了吧，我替这位姊姊销账。"

美貌女子听了，也哼了一声，不看冷谦，眼睛看着屋顶。

一旁的刘三娘在鲜于刘光耳边轻声说："真不愧是师徒，这小子跟你一般，见了美貌女子，神魂颠倒，史驱赔给他的钱就这么给挥霍了，把重修纯阳宫忘到九霄云外去了。"

"这些银两，哪里够修建纯阳宫？"鲜于刘光说，"这个王大哥，是钓鱼城的守将，急着奔赴合州上任，以后就是我的首领，我也想听他多说几句。"

店家拿了银两，匆匆送了酒肉过来。王坚也不客气，继续大快朵颐。

冷谦和小女孩并排坐在王坚对面，催促王坚，"王大哥继续说，我们爱听。"

王坚看了看美貌女子。

小女孩说："不爱听的，自然会把耳朵闭上，你不要理会。"

王坚喝了酒，说话就开始无所顾忌，"坐在这里的都是大宋子民，我想到什么就说什么，神雕侠在与我的书信中，言辞之间似乎在暗示，丁大全、陈大方、贾似道等人与蒙古刘子聪书信往来，圣上官家其实是知道的……好了，这些话，不说也罢，我被神雕侠解救之后，送往北方，并不是为了躲避朝廷通缉，而是在北方参加了义军，一直与蒙古军队作战，与汪德臣、董文炳不止一战，现在蒙哥即将入蜀，可见朝廷知道我对汪德臣、董文炳等蒙古将领十分熟悉，因此派遣我去钓鱼城镇守。"

小女孩鼓起掌来，"王大哥不以家仇怨恨朝廷，的确是大英雄，比起汉朝的李陵又高明多了。"

王坚正色说："我岂不愤恨朝中的奸臣，杀父之仇，怎能忘却？可是这大宋是我们天下汉人的大宋，我在北方几年，看见蒙古军暴虐，不想大宋天下的汉人也遭受蒙古军的荼毒。"

这句话说完，客栈内好几人都忍不住大声喝彩，包括鲜于刘光也心情激动。随后王坚就不再提及自己的身世，而是絮絮叨叨向冷谦和小女孩说起那个神雕侠的侠义之事。

鲜于刘光不断打量王坚。不知道什么时候，刘三娘没了踪影。

鲜于刘光心说不好，这刘三娘一定是去作弄美貌女子，伸手在怀里一摸，五通僧袍果然已经不见。

鲜于刘光知道美貌女子和她的妹妹一定是跟全真教颇有渊源的世家子弟，刚才从美貌女子的口中，鲜于刘光得知，全真教暗中帮助大宋抗蒙，已经派遣了门人去往襄阳，此事极为隐秘，李志常在鲜于刘光面前从来没有提起过。想来也是李志常害怕鲜于刘光年纪幼小，万一在刘子聪或八思巴面前失言，就是大祸。

鲜于刘光立即起身，想去阻拦刘三娘，可是已经迟了，店家提了一桶擦拭座椅的脏水，从美貌女子身边走过，水桶无端升起，从美貌女子头顶倾盆淋下，顿时把美貌女子的全身都淋湿。

美貌女子大惊，抽出手中的宝剑，用剑横在店家的脖子上，"你是蒙古刺客，要刺杀我？"

店家已经吓得双腿发软，恨不得就要跪下，支支吾吾，却也说不得什么。

事出突然，客栈内所有人都没看明白，但是也实在不能相信，这个店家有胆量和本事做出这种怪异举动。其中几个早就对美貌女子不满的汉子笑出声来，在一旁幸灾乐祸。

美貌女子气得满脸通红，可是面前这个店家明明是个懦弱无能的老人家，的确不像是在戏弄自己。如果要行刺，何必用一桶水，若有这个本事，自己早就命丧于此。

美貌女子也不痴笨，对着空中大骂："是哪个无耻之辈，暗算姑奶奶？"

无人应答，美貌女子看到了鲜于刘光，宝剑指过来，"一定是你，你恼我适才与你争执。"

冷谦旁边的小女孩走过来说："刚才这位大哥一直坐在我身前，大姐莫要冤枉好人。"

美貌女子怒极，拿妹妹出气，"就是你一心向着外人，我受辱，你有什么好得意的？"

美貌女子在客栈内找不到戏弄自己的人，大发脾气，客栈内乱作一团，鲜于刘光这才看见刘三娘已经悄无声息地坐回了原位，于是走到刘三娘面前说："你这是何苦？"

刘三娘说："我见不得这女子嚣张跋扈，你又不肯出手，我教训她一下，有何不可？"

鲜于刘光见无可挽回，想要去跟美貌女子道歉，可是美貌女子正在拿不相干的矮子出气，那矮子本来在美貌女子旁边趴着睡觉，美貌女子左看右看，觉得矮子古怪，最有可能是他捉弄自己。

果然矮子也是个有本事的人，跟美貌女子打了起来。

鲜于刘光想去阻拦，也来不及了，回头再看王坚，发现人也不在。冷谦走过来说："王将军刚出门了，师父要找他吗？"

"正是！"鲜于刘光于是拉起刘三娘，带着冷谦，赶紧也走出门去。果然看见王坚已经走到了客栈外几十步远。

49

王家后人

王坚的步伐极快,眼看就要转过一条小路,鲜于刘光大声喊:"王将军,请留步!"

王坚并不转身,反而加快脚步,鲜于刘光三人飞奔朝着小路跑去,转过小路边的大树,已经见不到王坚的身影。

鲜于刘光和刘三娘、冷谦止步,鲜于刘光用水分计算王坚的方位,却还在三十步之内。正在张望,王坚从树干之后闪身出来,拿出宝剑,对着鲜于刘光的胸口,"在客栈里,听你们说话,都是北地口音。你是陕西人……"王坚对着冷谦和刘三娘又说,"这个小孩满口山西的土话,这个小女子听着像是燕地的口音,这三个地方,都是蒙古人的治下。你们跟着我,是蒙古差遣来的奸细吗?"

鲜于刘光忍不住笑出声来,"我们三个小孩子,哪里轮得到做蒙古人的细作?"

"那倒不见得,"王坚说,"蒙古的史驱带骑兵已经过了晋阳,距离这里也不过两百里地,找几个少年做细作并不稀奇。我闻得到史驱身上的味道,你们抵赖不了。我不杀小孩,这个女孩和小孩,就走吧,回头跟蒙古人说一声,我王坚在钓鱼城等着他们。可是你,我放过不得。"

鲜于刘光说:"王将军行军打仗,识人辨物都是高明手段,但是私斗比拼剑法和法术,还是不要太过于自信。"

王坚手里的宝剑微微上抬,顶到了鲜于刘光的喉咙,鲜于刘光不愿意再被王坚猜忌,立即说:"王将军说得不错,我的确在陕西京兆长大,但不是跟着蒙古人,而是在终南山的全真教修炼。"

王坚听了，犹豫起来，眼神看着鲜于刘光犹疑不定，"全真教的道士，你倒是说说你是哪位真人的门下？"

"张志敬和李志常真人都是我的平辈，"鲜于刘光说，"我虽然由全真派抚养，却没有拜入全真山门。"

王坚听了，手臂软了一下，鲜于刘光伸出手，把剑刃捏在手里，王坚看见鲜于刘光面无惧色，而旁边的刘三娘和冷谦已经坐到了大树下，悠闲地看着他们，并不忧心。再回头看手中的宝剑，剑尖在鲜于刘光的手中摇晃，出现了七个光点，与客栈内美貌女子用木柴划出的七星道场联众一个模样，只是光点久久不散，悬浮在空中旋转，透露出凌厉的杀意。

鲜于刘光说："这个七星道场我其实是不会的，只是得了全真教的教诲多年，依葫芦画瓢，做个样子，王将军既然在北方抗蒙，应该接触了不少全真还俗的弟子，这全真教的路数，应该认得出来。"

"你在客栈里，提起钓鱼城，神情急切，"王坚说，"让我起了疑心。果然你的手段比那个少奶奶厉害。我信你了，你这手道术，的确是全真教的精髓。"王坚说完，把宝剑收起来。

鲜于刘光点头说："不瞒王将军，我是诡道幺房鲜于刘光，从九岁始，在终南山，就得了师承的重任，要奔往钓鱼城，驱动钓鱼城百年前布置下的阴阳四辨骷髅道场。"

王坚看着鲜于刘光，脸色先是一阵苍白，震惊万分，接着哈哈大笑起来，一把将鲜于刘光的手臂挽住，"果然是你，果然是你。"

鲜于刘光也笑起来，阴阳四辨骷髅道场由青城派和诡道在百年前布置，知道此事的人极为稀少。除了全真掌教，也只有与钓鱼城密切相关的青城派、王家、诡道知道。刘子聪已经到了中年，绝不是眼前这个少年能冒充的。

直到此时，鲜于刘光说出了钓鱼城的阴阳四辨骷髅道场这个极深的秘密，王坚才相信鲜于刘光绝无冒充的可能。

这位王坚王将军，就是一百二十九年前，青城山上观尘子嘱咐俗家兄弟王员外倾尽家产修建钓鱼城的王家后人。

王坚对鲜于刘光的猜忌已经完全消解，他虽然处事精明，但是性子热情豪爽，于是指着冷谦说："这位一定是高徒了？"

"他叫冷谦。"鲜于刘光说，"的确是我的弟子，之前跟着纯阳派的一个道长修炼。"

"纯阳宫的道长为北方的义军出力不少，"王坚说，"只是我从来没有机会结交。"

鲜于刘光又对王坚说："这位姑娘、这位姑娘……也不瞒王将军了，她是我师兄刘子聪的女儿。"

王坚愣了愣，随即又哈哈大笑起来，"看来是你拐骗了刘子聪的女儿出来，刘姑娘跟她父亲的关系不睦啊。"王坚是个极聪明的人物，瞬间就能猜出事情的来龙去脉，大致不差。

鲜于刘光脸红耳赤，"倒不是拐骗，是刘子聪要对三娘痛下杀手，我救了她，干脆一起去往南方，也好有个照应。"

王坚看了看刘三娘，"好事，好事……"突然脸色大变，又说，"不好，不好。"

"王将军，你这话是什么意思？"鲜于刘光问。

王坚摆摆手说："没什么，万事随机应变即可。"

鲜于刘光不知道王坚说这两句话到底是什么意思，还要再问。王坚突然拉着鲜于刘光的胳膊说："鲜于兄弟，我是个不讲究排场的人，你是镇守钓鱼城极为重要的一个人物，我看你也是个性情中人，不如我们就在这里结拜金兰如何？"

鲜于刘光被王坚的性情感动，大声回应："那我从今往后，就叫你大哥了。"

"兄弟，"王坚看了看四周，拉着鲜于刘光走到树下，撮土为香，鲜于刘光施展看蜡算术，土柱上燃起了烟火。

王坚拉着鲜于刘光跪下，"我王坚，今日在此大树之下，与鲜于刘光结拜兄弟，不求同年同月同日生，但求同年同日死，今后我们二人，共同进退，抗击蒙古胡虏。"

鲜于刘光说："我鲜于刘光，以此大树为鉴证，与王坚大哥，结为异性兄弟，共赴国难，与钓鱼城共存亡。"

王坚已经人到中年，因此也不必相较年纪大小，两人站起身来，相互拍了拍对方的肩膀，鲜于刘光笑着说："大哥！"

"兄弟。"王坚也大声笑起来。

鲜于刘光自幼在全真教长大，身边都是年长自己许多的全真教道士，李志常和张志敬跟他也平辈称呼，因此和这个大自己几十岁的王坚结义金兰，并没有觉得不妥。

王坚是修建钓鱼城的王员外后人，鲜于刘光是诡道和青城派甚至是四大仙山门人徐无鬼和任嚣城钦点的弟子。两人的一生注定要与钓鱼城捆绑，因此都有许多话要讲，印证百年前前辈高人的布置。

但是王坚看了看北方，神色忧虑，鲜于刘光知道王坚忧心北方史驱的骑兵逼近，在想渡河的计策。

"风陵渡的大宋官员懦弱无能，"王坚恨恨地说，"我几日前就恳请他们重开渡口，可是他们害怕蒙古人来风陵渡，便把渔船都凿沉，只留下几艘船只，夜间掩人耳目，运送这些狗官的私产，他们的打算是，等蒙古军队赶到，他们就坐船跑了，丢下这些滞留在北岸的百姓。"

鲜于刘光听了，也是愤恨，对王坚说："那我们该如何渡河？"

王坚说："我一直在等襄阳吕文德将军的消息，他已经差遣属下来与我商量渡河一事，可是看来，吕大人派遣来的……嗨，不说也罢。"

"那个美貌女子！"鲜于刘光听了，也不禁摇头，"原来大哥在客栈内表明身份，就是为了寻找襄阳来接应的义士，只是那个姑奶奶，脾气大得很，脑袋也不太灵光，忘记了与大哥接应的要事。"

"看来是指望不上吕大人派来的接应了，"王坚说，"我得马上过河，已经耽误了数日，实在是等不起了。"

"蒙古军队如果在我们之前从京兆进入金牛道，我们绝无可能超越蒙军，提前进入钓鱼城。"

两人说着，就走到了黄河边，刘三娘和冷谦也跟随过来。

50
襄阳女子

四人站在河滩上，看着激流，其时是冬季，黄河上冰凌与河水交杂，相互碰撞，隆隆作响，实在是无法泅渡过河，王坚焦虑不已，刘三娘说："两个汉子，就被难倒了？既然有船，为什么不趁夜间抢了一艘过来？"

王坚叹口气说："没用，仅剩几艘官船，都有重兵守护，我们都不会驶船，那些水手都是水兵，怎么可能听从于我？"

鲜于刘光也头痛万分，历经艰辛到了黄河，却无法南渡，总不能功亏一篑。呆立一会，鲜于刘光说："大哥，还是我去找那个吕大人派遣来的少奶奶吧，想来她脾气再大，终究是个明事理的。"

王坚摇头说："算了，这事还是得我去，你去寻她，她根本就不知道你是谁，我已经在客栈表明身份，只能是我去了。"

两人同时想到了去寻找襄阳城吕大人派来接应的那个女子，只是两人都得罪了她。低三下四地去恳求那个女子，不知道要遭受多少折辱，可是不渡河，又被隔绝在黄河北岸，军情紧急，也不能因为个人颜面而耽误。

这时候突然听到一声雕啸划破天空，在客栈的美貌女子已经顺着黄河的河滩快步跑了过来，手里拿着一柄乌黑的宝剑。

鲜于刘光和王坚相互看了看，苦笑一下，看来这个少奶奶还记得自己来风陵渡是干什么的。

美貌女子走到了鲜于刘光和王坚等人身前，王坚正要开口，美貌女子突然发问："你们看见我的妹妹没有？"

鲜于刘光和王坚同时摇头。

"撒谎！"美貌女子手中黑剑挥舞了一下，"你们看我妹妹蠢笨无知，故意勾结江湖小人把她骗走了去。"

鲜于刘光和王坚相互看了一样，果然这个女子不可理喻。

"请问姐姐，是客栈里的那个小姑娘吗？"刘三娘问。

"不错，"美貌女子急切地说，"还是你实诚，你们果然看见了。"

"同行的还有一个矮子，"刘三娘做出回忆的样子，"那矮子年纪还不小了，却比我身边这个小孩还矮一个头呢。"

"正是，正是！"美貌女子说，"那个矮子拐走了我的妹妹，你赶紧告诉我，他们往哪个方向去了？"

刘三娘却又不说话了，自顾自地说："天气这么冷，我该如何过河呢？"

"天下哪里还有比找我妹妹更重要的事情，"美貌女子突然口气软了下来，"小妹子，我找到了妹妹，带你过河。"

"你有办法过河？"刘三娘问。

美貌女子把手里的一个令牌拿出来，"这是镇守襄阳的保康军节度使吕文德吕大人的令牌，风陵渡官员看了，无论如何都会安排船只让你渡河。"

刘三娘看着鲜于刘光和王坚，抿嘴笑了笑，"那姐姐把令牌给了我，我就告诉你，你的妹妹和那个矮子往哪里跑了。"

美貌女子听了，立即醒悟这是刘三娘在诓骗自己，立即用黑剑指着刘三娘，"这是吕大人的令牌，关乎襄阳、重庆的军队调动，怎么可能交给你们这些来历不明的人物。"

王坚走了过来，对美貌女子说："少奶奶，吕大人差你来风陵渡，就是为了来接应我等渡河的，还麻烦你带我们去寻找渡口的官军，别误了军情。"

"我要寻我妹妹，"美貌女子说，"哪里有工夫跟你们在这里做这些闲极无聊的事情。"

"我还是告诉姐姐吧，"刘三娘幽幽地说，"刚才那个矮子带着小妹子，匆匆跑了过来，看见我们人多，害怕得很，带着小妹子跳到黄河的冰凌上，看样子他们是过河了。姐姐，赶紧去往南岸，或许还能追得上。"

美貌女子一听，惊慌失色，看向黄河，黄河上布满了冰凌，极为凶险，即便身法再轻盈，也没有在冰凌上跳跃过河的道理。

"你说的是真的吗？"美貌女子焦急地问刘三娘，"你若骗我，我一定把你的舌头给割下来。"

刘三娘故意瑟瑟发抖，"矮子和你妹妹都没骑马，姐姐你也找了许久，如果不是跳到了黄河上，在岸上岂不是早就被你看见了。"

美貌女子听了，跺了跺脚，"这个小害人精，非要跟我来，这下好了。"

鲜于刘光害怕美貌女子真的听信了刘三娘的诓骗，跳到冰凌上寻找妹妹，马上说："少奶奶莫慌，我们刚才一直在河滩上，并没有看见令妹，这个小姑娘是跟你说笑。"

王坚也点头说："不如我们在此地等少奶奶，找到令妹了，再带我们去官兵处借船。"

美貌女子哼了一声，终究是信不过鲜于刘光和王坚，嘴里呼哨一声，空中飞来两只大雕，在她头顶盘旋，美貌女子手臂挥舞指向黄河，两只大雕立即飞过去。

王坚对美貌女子说："少奶奶，我看跟你起争执的那个矮子不是坏人，倒像是抗击蒙军的义军成员，你和令妹是襄阳城的重要人物，同仇敌忾，他绝不会对令妹有敌意。"

"原来你认得那个矮子，"美貌女子又挥了一下黑剑，"果然你们是勾结在一起的，赶紧把我妹妹交出来。"

王坚和鲜于刘光都摇摇头，遇到这种不讲道理的人，实在是无法可想。

两只大雕在黄河上飞得极快，片刻就返回到了河滩，在美貌女子的头顶叫了两声，又飞向北方。

美貌女子怒气冲天地看向刘三娘，"以为你是个好人家的女子，没想到跟这些杂碎一起，也学会骗人了。"

"我可不是什么好人家的女子，"刘三娘笑着说，"我是刘子聪的女儿。"

"三娘！"鲜于刘光连忙阻拦，"你住口。"

美貌女子听了果然立即警惕起来，脚下走着全真教的七星罡步，就要刺向刘三娘。

鲜于刘光看准了方位，拦在美貌女子身前，手中的佩刀格挡在黑剑之上，佩刀顿时无声无息地断裂，鲜于刘光才明白美貌女子手里的兵器绝非凡品，立即施展水分算术，断刃上寒气弥漫，顺着断刃蔓延到黑剑上，又从黑剑上传递到美貌女子的手掌，美貌女子手中一阵刺骨的冰冷，如同被毒蛇咬了一口，右手把持不住，转交左手，左手触碰到剑柄，也拿捏不了，黑剑落在地上。

鲜于刘光回头看向刘三娘，见她嘴角微笑，"赶紧把她身上的令牌抢了，看她回去怎么交差。"

这才知道刘三娘是在故意激起美貌女子的愤怒，让她主动与鲜于刘光交手，再夺了令牌，去找官军借船。

鲜于刘光一个回合就击败了美貌女子，美貌女子也知道这个魁梧的少年不是个好对付的。可是妹妹被人掳走，须得在他们嘴里问出话来，站在原地，走也不是，留也不是。

鲜于刘光拱手说："少奶奶不用多虑，找到令妹后，自然一切都见分晓，我们就在这里等候少奶奶。"

王坚说："此地向东四十里，有一个万兽山庄，是抗蒙义军的聚会处，不如少奶奶去往万兽山庄，我看令妹一定是去那里瞧热闹了。"

美貌女子再鲁莽，也知道自己在鲜于刘光这个魁梧少年面前不堪一击，如果他真的要对付自己，自己毫无还手之力。既然对方如此说来，那就不如权且听了。

美貌女子看了看脚下的黑剑。鲜于刘光弯腰把黑剑拾起，递给了美貌女子，"不妨碍了，少奶奶赶紧去寻找令妹。"

51

诡道算术水分

美貌女子立即奔向黄河下游方向,两只大雕在她上空飞舞,其中一只嫌美貌女子跑得慢了,把美貌女子背起又飞了起来。

"可惜,可惜……"刘三娘说,"两个渡河的法子,都被你们放过了。"

鲜于刘光说:"这位姐姐是绝不会把令牌交给我们的,除非我们杀了她。"

"杀就杀了,"刘三娘说,"我看她这副德行,行走江湖,能活到这把年纪也是命大。"

"你刚才说,还有一个法子?"王坚好奇地问。

"王将军好歹是要镇守钓鱼城的,也看不出来?"刘三娘笑着说,"难道不想想,黄河渡船隔绝,襄阳城在南边,这个少奶奶和她妹妹是怎么渡河的?"

王坚双手拍了一下,"对啊,两只大雕,姐妹俩是大雕驮过黄河来的。"

"人你们也放了,雕也飞走了,"刘三娘说,"两位都是要保卫钓鱼城一方安宁的大英雄,却因为一念之仁,误了军情,不知道谁才是妇人之仁?"

鲜于刘光说:"大雕飞得快,王将军也说了,矮子是义士,那个少奶奶找到了妹妹,一定会回来帮我们的。"

王坚又叹口气,"三娘说得不错,我们的确一念之仁,忘记了大事。"

刘三娘说:"史驱的军队很快就要到了,万一那个少奶奶脾气暴躁,在万兽山庄与义军打了起来,我看一时半会也脱不了身。或者她救了妹妹,把令牌的事情给忘记,也不是没有可能。"

"说得也是。"鲜于刘光说,"我们还是得自己想办法过河。"

"你刚才那一手水分算术，耍得挺漂亮。"刘三娘说，"这么大的本事，当然有办法过河。"

鲜于刘光摆摆手，"情非得已，我实在不想跟全真教的人动手，这事不要再提。"

王坚看着刘三娘说："看来三娘还有第三个法子？"

刘三娘笑了笑，"王将军也不见外，左一个三娘，又一个三娘，倒是愿意跟我套近乎。"

王坚大笑："果然是有法子。"

鲜于刘光激动地问刘三娘："什么办法，三娘，你就别故弄玄虚了。"

刘三娘的神色与在晋阳城外一般无二，"我们先歇着吧，到了今晚卯时，帮我们渡河的帮手就到了。"

鲜于刘光大喜过望，"难道是卞夫人！可是我明明嘱咐过卞夫人，让她直接去钓鱼城与我们相会。"

"卞夫人比不得那位姐姐的大雕，"刘三娘说，"她一次带一个人，都会半路一起堕入黄河。我们的帮手另有其人。"

鲜于刘光叹口气，"你净卖关子，让人心焦。"

"心焦就心焦，"刘三娘说，"总比过不了河要强。"

四人站立在寒风之中，看着黄河上的冰凌，从白日站到夜间，刘三娘说的帮手始终未见，只是卯时未到，大家也只能安心等待。

倒是刘三娘在夜间酷寒中冷得瑟瑟发抖，鲜于刘光不忍，脱了外衣，披在刘三娘的身上。

冷谦虽然自小在纯阳宫修炼，也熬不住这酷寒，也冷得瑟瑟发抖，鲜于刘光看了不忍，想把身上的衣物再脱一件，王坚默不作声，抢在鲜于刘光之前，把自己御寒的外衣脱下，披在冷谦身上。

四个人背靠背挤在一起取暖，看着满天的星斗。

王坚回忆往事说："我自幼在钓鱼城长大，父亲连年征战，见不了几面，每日里就和无数的民夫在钓鱼城辛苦劳作，修建城防。后来我父亲冤死，死前也只跟我说了一句，城在人在。看来我这一生，注定是要跟钓鱼城休戚与共了。"

鲜于刘光说："我不知道如何行军打仗，但是似乎生下来就要跟钓鱼城共命运，只是到现在我也没见过钓鱼城是什么样子。"

"兄弟，听你说你是诡道的后人，"王坚说，"而我的先祖是蜀中的巨富。看来都是命数使然。"

"我的祖父是大宋的司天监，"鲜于刘光说，"我师父叫黄裳，是穷奇转世，在终南山飞升之前，得了任嚣城和徐无鬼两大仙山门人的点化，留了四大算术给徒弟，嘱咐虚照禅师收留我，再托付全真教培养，我师兄似乎不太听从师父的遗命，投奔了蒙古，这个重担，就只能我来承担了。"

王坚说："我的那位先祖，在蜀中富可敌国，小时候却和一个长工家的放牛娃儿交好，一天，放牛娃遇到了一位道士，道士说放牛娃极有慧根，修炼道家极有天赋，于是带他上了青城山，几十年下来成了青城山的掌教观尘子。我的先祖每年都去与他相见，靖康之难后，观尘子和我先祖都忧心大宋被北方胡虏肆虐，于是观尘子给了我先祖一个城防地图，也就是阴阳四辨骷髅道场。我王家修了一百年，家产到了我父亲这一代，已经全部耗尽，田产、商铺、马队尽数变卖。嗨，如果是太平盛世，你我都是世家子弟，哪里会家破人亡、颠沛流离？"

"我的这个小徒弟，冷谦，若不是父亲出使蒙古，"鲜于刘光说，"现在也应该是无忧无虑的顽童。"

刘三娘说："说来说去，都是在感叹命运不公，好在你们都有一个豪杰父亲，我一个女子，本应该好好地待在闺阁之中，却偏偏摊上一个奸贼父亲，还要置我于死地，只能混迹江湖，我向谁去说理？咱们都别叫苦了，都说了是命数使然，那就走一步是一步吧。"

王坚笑道："三娘身为女子，眼界却比我们高多了，若是个男儿身，肯定是一等一的英雄豪杰。"

"我身为女子，怎么就不能成为英雄豪杰了，是我性格比你们懦弱，还是我不够聪明？"刘三娘说，"王将军，若说单打独斗，我的法术，你不见得能支撑两个回合。"

"哈哈哈，三娘说得极是，"王坚说，"我的眼界还是差了一筹。"

冷谦却早已经窝在鲜于刘光和刘三娘身前睡着。

三人絮絮叨叨，总算到了卯时，美貌女子和双雕并没有出现，看来跟刘三娘预料的一般，这美貌女子在万兽山庄脱不得身。

鲜于刘光叫醒了冷谦，四个人站立起来，鲜于刘光说："已经卯时了，三娘，你说的帮手在哪里？"

"你的帮手已经来了，"刘三娘指着黄河之上，"不过这次，不仅要依靠帮手，鲜于先生，也要借助你的本事才能渡河。"

鲜于刘光看向黄河，黑漆漆的一片，在皎洁月光之下，河面上游漂下来的冰凌，几乎把整个黄河覆盖，冰凌之间缓缓撞击，发出了鬼怪一般的鸣叫声。这种情形，怎么可能有人在河面之上？

鲜于刘光对刘三娘说："不要卖关子了。"

"你好歹也是司天监的后人，"刘三娘说，"难道不知道今夜是一年中最冷的日子吗？酷冷之下，河面急冻，加上冰凌堆积，河水水流变缓，我们的帮手，就在此时来临，卯时极寒的冰凌！"

"三娘这不是在说笑吗？"王坚说，"就算是冰凌堆积，我们哪里能够行走过去？又不是河面全部结冰，冰凌大小不一，河面上到处都是裂缝，黑夜之中，走不到几十丈，我们就跌入了冰凌之下，被河水冻死、淹死。"

"鲜于先生，在白日里，"刘三娘说，"跟那位少奶奶比画的一手水分算术，施展得游刃自如……"

"啊——"鲜于刘光几乎要跳起来，"三娘，你果然聪明伶俐，为何不早说，让我们忧心了一夜。"

刘三娘哼了一声说："我乐意如此。"

王坚也大喜说："兄弟，你有办法从冰凌上走过？"说完之后，立即说，"水分算术，看来能够控制水流……也能在冰凌上做文章！"

"不错。"鲜于刘光说，"只是我没有三娘这么异想天开，老是想着渡河要用船，却忘记了，水分算术是可以做到的。"

王坚还不明白，鲜于刘光激动地说："如果河面上冰凌零散，也就无法可想，可是现在河面之上，冰凌已经堆积起来，那我就有办法了。"

王坚终于明白了，说："风陵渡从未有过今夜这般寒冷，我在这里往来十几年，第一次见到冰凌全部覆盖河面的情形，三娘说得没错，这极寒之下的冰凌，就是我们的帮手。"

鲜于刘光深吸一口气，对冷谦说："冷谦，前几日我也教过你水分的口诀，现在你我共同配合，我报出水分，你指出方位。水分算术是诡道的立派根本，不可外传，口诀在心中计算就行，不必在三娘和王将军面前念出来。"

冷谦说："明白了，师父。"

鲜于刘光说："冰凌之上，落脚的方位极难寻找，每一个踩点都需水分精准计算，因此，我扛着三娘，有劳大哥，背上冷谦跟在我身后。"

说完刘三娘趴上了鲜于刘光的肩膀，王坚把冷谦驮在后背。

鲜于刘光和王坚走到了河边的冰凌边缘，鲜于刘光说："闰七，小馀十一，起六刻五分，尽于十九刻七分不尽……"

冷谦思索一会，回答："坎位，西南方偏六分。"

"慢了。"鲜于刘光严肃地训斥，"到了河面中段，这个速度，我们必然会跌落下去。"然后向下走了十几步，到了另一块冰凌前，"闰三，小馀十六，起八刻二分，尽于三刻。"

冷谦立即回答："大畜，东方一分。"

"好。这次够了。"鲜于刘光抬脚踏到了冰凌之上，让出身位，王坚也跳上来，冰凌受力，在河面上摇晃，却卡到了另一块冰凌边缘，不再晃动。

"闰二，小馀十九，起六刻八分，尽于十一刻五分不尽……"鲜于刘光看着前方的冰凌，嘴里念道。

"明夷，东南三分二厘。"冷谦这次毫无滞涩。

鲜于刘光在冰面上行走几步，跳到了下一块冰凌上，站准了位置，王坚也立即跟上。

"闰十八，小馀十，起六刻三分，尽于七刻九分……"

"归妹，正南。"

鲜于刘光师徒二人不断计算水分，找准冰凌上平衡的落脚点，不到一顿饭时间，就到了河面的中段。

冬日河水激流，都是边缘易结冰，河道中间流淌湍急，冰凌极为不稳定，冰凌相较河边稀少，并且随着河流移动甚快，冰凌也小了许多。

鲜于刘光已经来不及跳上下一个冰凌再报水分，而是连续一口气报了三四个，冷谦已经熟练口诀，也不假思索地计算出方位。

可是到了河段最中间的时候，四人跳上了一块较大的冰凌，冰凌虽然稳固，也没有迅速漂移，只是前方一段数丈的距离，一块冰凌都没有。王坚和鲜于刘光无论如何也跳不过去。

如果折返回去，又不知道要浪费多少时间，并且这河段中部上下都是河水间隔，怎么都要面临这个难题。

鲜于刘光对王坚说："大哥，借你宝剑一用。"

王坚抽出宝剑，递给鲜于刘光。

鲜于刘光说："我之所以让冷谦用口诀计算方位，就是想留着精力用在此处。"然后宝剑刺入脚下的冰凌边缘。顿时河水在宝剑刺入的方位凝结，一道冰柱升起，接着冰柱生长，形成一道弧形，河水在鲜于刘光的水分算术驱动之下，逆势而行，水流顺着冰柱升起，几个呼吸之间，这个冰柱连接到了前方几丈之外的冰凌上，化作了一个冰桥。

鲜于刘光和王坚一刻不停，踏上冰桥，走到了对面冰凌。刚刚落脚，身后的冰桥就垮塌了。

随即鲜于刘光和冷谦继续施展水分算术，在冰凌上不断地跳跃，辰时之前，终于踏上了南岸坚实的地面。

鲜于刘光双脚落地，顿时双腿发软，瘫倒在地，王坚和刘三娘、冷谦立即把鲜于刘光扶起。

鲜于刘光虚弱地说："水面成桥，耗尽了我所有气力，大哥，看来得歇息两个时辰了。"

王坚看了看东方,"不妨,我们找个避风处,你睡上一觉,天亮之后,我们再出发。"

四人在南岸找了一家农户,看到农户村舍牛栏旁一个高高的干草垛子,王坚笑着说:"咱们也别叨扰村民,就钻进去睡上一觉吧。"

鲜于刘光和刘三娘一路风餐露宿过来,也不在意草垛子简陋,冷谦是一个小孩,更是觉得新奇。四人一夜未眠,鲜于刘光已经好几个夜晚没有合眼,也困了,钻进干燥的草垛子内,温暖得很,片刻就睡了过去。

这是鲜于刘光脱离北方蒙古势力范围之后,睡得最安稳的一觉,不用惦记追兵,有了王坚这个大哥的照应,也不担心赶路。鲜于刘光睡得十分香甜,很快就进入了梦乡。

在睡梦中,鲜于刘光突然来到了一个地方,四处都有鲜艳的花朵绽放,一个湖泊就在眼前,湖泊中心有个小岛,湖边一个长长的栈桥,一直通向湖心,栈桥的尽头距离湖心小岛只有几丈远的距离,栈桥的尽头有一艘小舢板。

鲜于刘光环顾四周,发现这里是几座雪山包围的山间湖泊,湖泊在身前,身后是一片树林,脚下是一片灌木和花丛。

鲜于刘光踏上了栈桥,心中不知道被什么意识给驱动,朝着湖心走去。走到栈桥尽头,看到湖心的小岛上,有一个小小的道观,鲜于刘光跳到舢板上,朝着小岛划桨而去。

片刻即到小岛,鲜于刘光登上了小岛,走向道观,道观上的牌匾上写着三个字,可是鲜于刘光无论如何也看不清楚到底是什么字。

鲜于刘光继续行走,听到了道观内有人说话,他就想进去看个究竟,可是身后突然传来声音:"刘光,你不要进去,快回来。"

鲜于刘光回头,看见刘三娘站立在栈桥尽头,焦急地对他大喊。

鲜于刘光向刘三娘招了招手,打算划船把刘三娘也接过来。可是道观里有个人站到了门下,对着鲜于刘光说:"刘光,你进来。"

鲜于刘光从来就没见过这个人,这个人仙风道骨,一身褐色的道袍,却戴着朝廷官员的帽子。鲜于刘光没来由地就知道此人就是自己从未谋面的师父——黄裳。

"师父？"鲜于刘光轻声地说。

黄裳想鲜于刘光招手，"来、来……"

鲜于刘光走到了道观门口，向黄裳跪下，"师父，我可算见到你了。"

"你看，这里还有谁？"黄裳微笑，指着道观内，鲜于刘光看过去，看到李志常正坐在道观内的蒲团上打坐。

而李志常身边还有一个人，这个人身材极为高大，甚至比自己还高了半个头，如同铁塔金刚一般，穿着一身将军铠甲。

李志常睁开眼，对着鲜于刘光说："刘光，你来了？"

让鲜于刘光没有料到的是，那个铁塔金刚般的将军，一声大喝："你就是鲜于刘光？！"

鲜于刘光被这大汉吓了一跳，手扶着山门，回头看了一眼刘三娘，发现刘三娘身边又站了冷谦，冷谦对着自己大喊："师父，你要去哪里？"

鲜于刘光没有回答，刘三娘在栈桥尽头焦急地喊："你前方是一个黑漆漆的深渊，你不要过去，快回来，快回来！"

鲜于刘光笑了笑，对刘三娘说："你看错了，只是一个道观而已。"

黄裳伸出了手臂，"来。"

鲜于刘光把手臂交给黄裳，黄裳的手握紧了鲜于刘光的手腕，这时候鲜于刘光才看见，黄裳的手竟然是一只兽爪，指甲尖锐、兽毛粗长。

52

梦中道观

鲜于刘光心中一惊,眼前一片黑暗,随后黑暗变成了白蒙蒙的雾气,雾气中什么都看不到,只有师父黄裳拉着自己在白雾中缓慢行走。不知道行走了多久,雾气慢慢散尽,鲜于刘光发现道观已经不复存在,自己已经处在了一座雪山之巅,雪地上有两个仙人正在下棋。黄裳拉着他走到对弈的两个仙人面前。

鲜于刘光看着棋局,棋盘上寥落的几颗黑白棋子,再回头时,黄裳也消失不见。

两个仙人一个身穿黑袍,一个身穿白袍,白袍的仙人两根干枯的指头,正拈着一颗黑子,在棋盘上久久未落。

棋盘左侧,穿着黑袍的仙人抬头看了看鲜于刘光,鲜于刘光看见此人的脸庞是一具骷髅,骷髅上两个黑洞洞的眼眶,顿感胆战心惊。

再看时棋盘右侧白袍的仙人把黑子已经落下,再看白袍仙人的脸庞,却是一个老虎的脑袋,凶猛狰狞。

鲜于刘光不敢凝视,转头又看向左边,黑袍仙人的面目已经不可见,但是下棋的手臂化作了一条龙,发出了长啸。

龙虎在棋盘上缠斗,打得不可开交,鲜于刘光看向四周,雪山之上,顿时风云滚动,电闪雷鸣。

龙虎在棋盘上厮杀,棋盘上的棋子化作了无数的黑白士兵,在不停地纵横交错,进退有序,鲜于刘光的耳边隐隐听到了战场上的呼喝和嘶鸣。

龙虎交错,身形化作两团烟雾,交融在一起,又化作了两仪,两仪的下方,所有的黑白棋子，变成了六十四卦的卦象，然后黑白两仪烟雾幻化成白虎身躯的模样，在白虎的前方，一团黑色的骷髅烟雾又显现出来。

鲜于刘光看着白虎和骷髅烟雾，心惊胆战，下方黑白棋子的六十四卦，摆出了河图的模样。

鲜于刘光用手去触碰河图，河图的棋子飞快地旋转，变成了算筹，算筹变成四份，一份发出火焰，一份如流水在荡漾，一份化作琴弦，一份化作了日晷的模样。

"鲜于刘光！"一个声音直刺入鲜于刘光的心魄。

"在。"鲜于刘光恍惚中随即应声而答。然后骷髅和白虎两仪、黑白棋子的算筹消失，仍旧是两个仙人在下着棋局。

两个仙人同时抬起头，对着鲜于刘光说："阴阳四辨骷髅道场，你可明白了？"

鲜于刘光跪拜拱手，"明白了。多谢冢虎徐无鬼、卧龙任嚣城两位仙人。"

鲜于刘光后退一步，向两位仙人跪拜，磕了三个响头，再起身时候，身边浓雾变得如同棉絮一样，紧紧压迫鲜于刘光，鲜于刘光浑身燥热，呼吸不畅。鲜于刘光不断伸手拨开棉絮状的浓雾，但是四肢百骸无处不被浓雾挤压，溺水一般痛苦。

突然鲜于刘光眼前一亮，清凉的气息从鼻孔灌入到胸内，他大口呼吸了一下，听到面前有人大喊："刘光，刘光，你怎么啦？"

鲜于刘光睁开眼睛，发现面前的是刘三娘和王坚两人，自己已经被王坚从草垛子里拖了出来，正躺在冰凉的地面上。

鲜于刘光向刘三娘笑了一下，"没什么，做了个梦。"

"做梦？"刘三娘指着草垛子，鲜于刘光这才发现，整个草垛子正在燃烧，茫然地问："有人放火？"

"有人放火不假，"王坚笑着说，"这火却是你放的。"

"怎么可能？"鲜于刘光以为王坚在跟自己说笑。

"幸亏王将军并未睡熟，"刘三娘说，"发现你在睡梦中突然坐起，点着了草垛。"

"看蜡算术？"王坚说，"三娘说你善用诡道算术。"

鲜于刘光站立起来，摸了摸自己满是汗水的额头。

"你梦见了什么？"刘三娘问。

"我梦见了很多人,都是已经不在世上的人物……"鲜于刘光勉强回答,但是头疼欲裂,不想再说话。

王坚说:"兄弟多日来一直赶路,心力交瘁,一旦歇息,就噩梦缠身,是一路上被敌人压迫的缘故。"

鲜于刘光抬头看了看天色,已经是天光大亮,"辰时二刻了。"鲜于刘光说,"我休息好了,赶路吧。"

风陵渡往西,就是潼关,其时潼关已经在几年前被章梦飞将军从蒙古手中收复,隔绝了蒙军从陕西京兆东侵的道路,故此蒙古西路大军和东路大军都绕过了潼关,西路直接进入蜀地,而东路直接扑向鄂州。

四人到了潼关之下,宋军守将与风陵渡的官军不同,严整有度,是建昌侯章梦飞将军治下的军风。

王坚表明身份,潼关守将立即让四人通过,并且赠送了四人四匹骏马,并告知王坚,他们已经打探到蒙古的西路大军即将从京兆进入蜀地,最迟两日就要在京兆集结。

潼关与京兆距离三百里,四人骑马飞奔,一日即能抢在蒙军之前进入金牛道。四人中,除了王坚,鲜于刘光、刘三娘、冷谦都不善骑马。王坚略加指点,刘三娘学得最快,鲜于刘光也随即熟悉,倒是冷谦始终无法驾驭,刘三娘一马当先,在前方道路已经跑得没了踪影。王坚焦急,把冷谦拉到自己的马上共骑,四人才策马飞驰。

四人到了京兆,时辰尚早,还不到酉时。

但是四人看到,蒙军的先锋部队已经零零散散地聚集到了京兆。大战在即,无数的粮草在京兆堆积,都是数年来蒙古军队在蜀地劫掠百姓的物资。

王坚和鲜于刘光不敢停留,立即折向南方,从秦岭进入金牛道。

金牛道极为难行,好不容易走完山中崎岖的道路,到了栈道处,却已经被得到消息的宋军烧毁。

王坚和鲜于刘光四人,看着悬崖峭壁和湍急的河水,知道已经无法再骑马行走。王坚把四匹马都放了,然后对鲜于刘光说:"栈道烧毁,阻拦蒙军也多不了几日，蒙军作战，后勤军备十分精良，他们在西域征战，俘虏了西域工匠无数，修桥凿路都不在话下。我们也不能因栈道损毁而怠慢，还是要赶紧想办法走过栈道才是。"

鲜于刘光说："金牛道进入蜀地，有多少栈道？"

"一般栈道也罢了，"王坚说，"只是有三四处绝壁悬崖，无法通过，不过只要过了这一处栈道，下一个栈道就有人来接应，接下来的路程，路上的栈道一定还未被损毁。我们一路经过青居城、云顶层、运山城、大获城，当年余玠将军主持修建的这些城防就一路通畅。只是我们面前这一处栈道，该如何通过，实在让人头疼。"

鲜于刘光指着冷谦说："好在有这个小子，他自幼善在悬崖陡壁上攀爬，能够找出道路，带我们经过此地。"

53

金牛道

王坚看了看身后说:"人少有人少的好处,看来我们还可以加快行程,在约期之前赶到钓鱼城。"

鲜于刘光对冷谦说:"面前的悬崖,你能找到缝隙和斜坡,带着我们过去吧?"

"当然能,"冷谦滔滔不绝说起来,"自幼我在纯阳官跟师父采药,后来师父腿脚不方便了,就是我一个人,师父不在身边,我自由自在,师父不让去的危险地方,我都去过……"

冷谦说到了这里,突然沉默起来,带着三人走到悬崖的缓坡上,看了石壁一会儿,然后一言不发,手脚并用地攀爬起来。

王坚跟着冷谦接着爬,鲜于刘光挽着刘三娘走在最后。

四人很快就爬到了悬崖中段,这里的悬崖不比晋阳城南的绝壁陡峭,因此冷谦爬得飞快,后面的三个人也游刃有余。眼看不到一个时辰,就能翻越这座山。

鲜于刘光和刘三娘相处已久,攀越悬崖的时候,相互配合十分默契。刘三娘看着上方已经爬远的冷谦说:"你的这个徒弟,本来一张嘴唠里唠叨,怎么从风陵渡开始,就丢了魂似的,不跟我抬杠,也不追着你絮叨了?"

鲜于刘光说:"应该是想他纯阳官的师父了吧,毕竟他们师徒相依为命,现在分别久了,思念故人也是有的。"

"我看不是,"刘三娘抿着嘴巴,神秘地笑了笑。

"那你说说到底是为什么?"鲜于刘光不知道刘三娘心里到底装了多少算计。

刘三娘说:"我看令高徒是惦记上客栈里的女子了。"

鲜于刘光忍不住笑了一声："冷谦才多大一点，比我们还小上几岁呢。"

"这世上十二三岁成亲的还少吗？"刘三娘说，"我邻家的一个小孩，他父母给他娶妻的时候，才十四岁，新娘子也跟他同岁。"

"冷谦在山里长大，"鲜于刘光说，"天真烂漫，实在是看不出来，他会有这个心思。还有，吕文德大人派遣来的那个美貌女子，脾气古怪，嚣张跋扈，冷谦应该看不上她。"

刘三娘忍不住笑了一声，"我们的鲜于先生，眼睛就盯着那位美貌女子，哪里还看得到旁人？"

"你倒是把我说糊涂了。"

"你倒是想想，冷谦身上的那点细碎银两，是他全部身家，"刘三娘说，"他可吝啬得很，一路上说要用这银两重修纯阳宫，舍不得拿来买马，可是偏偏在客栈里大方得很，要给一个素不相识的小姑娘销账。"

"原来是美貌女子的妹妹，"鲜于刘光哈哈大笑起来，"怪不得他从客栈出来一直闷闷不乐，原来是在惦记那位小姑娘的安危。我说他为何一言不发，还颇有点舍不得过河。"

"他在愤恨我们没有帮美貌女子去寻小姑娘。"刘三娘说，"你这个小徒弟，年少老成，十三四岁就开始谋算自己的终身大事。"

鲜于刘光说："听大哥说了，那个矮子是抗蒙的义士，是个好人，这事也不用多心，只是我想着那位少奶奶，心里一直放不下。"

"我就知道你惦记着那位少奶奶。"刘三娘用手锤鲜于刘光的胳膊。

鲜于刘光正准备用手臂勾住上方的一块石头，猝不及防，手臂歪了，两人失去了重心，几乎悬在空中，好在鲜于刘光身高臂长，另一只胳膊伸出，勾住了石块。

两人惊魂未定，鲜于刘光正色说："三娘，我的心意，你难道还不明白，何苦要自寻烦恼，纠缠不清。"

刘三娘听了，嘴角紧闭，露出笑意。两人无话，隔了片刻后，刘三娘说："不亲耳听见你说，我怎么知道你是不是三心二意？"

鲜于刘光笑了笑，转脸看着刘三娘白皙的面孔，嘴唇淡红，头发被山风吹拂到自己的脸上，酥麻难当，顿时心猿意马，忍不住就要亲上去，刘三娘斥道："你、你干什么？"

鲜于刘光转头，四肢并用，不断地攀爬，刘三娘附在鲜于刘光的背后，轻声说："等钓鱼城之困解，你我成亲……还、还……"声音到了最后，细不可闻。

鲜于刘光没有想到，两人互表心意，竟然是在这么一座凶险的悬崖之上，也不知道自己的脸颊已经赤红得跟关公一般。两人已经心无芥蒂，鲜于刘光边爬边说："我说的那位少奶奶，已经跟我们有了龃龉，她肯定是吕文德大人麾下的重要人物，吕大人统领襄阳和重庆两地抗蒙，大哥在钓鱼城也得受吕大人指挥调度，不知道会不会让吕大人对大哥有偏见？"

"钓鱼城与襄阳互为唇齿，"刘三娘说，"你倒是多虑了，吕文德既然身居高位，是朝廷倚重的大将军，当然不会为这种小事为难王大哥。"

鲜于刘光一想也是，也就不再忧心此事。

四人很快就攀爬过了这段险路，随后路途虽然艰险，但是毕竟有山道可行。想到身后蒙古大军还在京兆集结，修建栈道也需要耗费时日，四人也就不再没命地狂奔，到了夜间子时，就休息，天亮日出，就出发。

只是一路上冷谦仍旧寡言少语，刘三娘知道冷谦的心思，不断逗弄冷谦，冷谦也不搭话。到了第三日，已经过了汉中腹地，走到了金牛道末端。

刘三娘见冷谦一直闷闷不乐，又挑起话来，故意不理冷谦，与王坚说话："王将军，风陵渡客栈里的那个矮子，你们认识？"

"听说过这号人物，"王坚说，"在北方义军里，有个身材矮小的英雄，与蒙古交战的时候，十分英勇，和义军一起烧了两处蒙古后勤军队的粮草。他身材矮小，但是长着一个大脑袋，蒙古士兵私下都称呼他为大头鬼，也不知道是真的头大，还是蒙古士兵看见他就头大？我看这个矮子就是那一位英雄。"

"这么说来，他对客栈里的那个小姑娘毫无恶意？"刘三娘说了，偷眼看向冷谦，冷谦自幼在纯阳宫修炼，耳朵灵敏，不需要凑近了偷听，刘三娘看见冷谦的耳廓耸动，果然是在集中心思听自己与王坚交谈。

王坚又说："大头鬼是个骄傲的人物，故意让那个少奶奶焦急也是有的，只是我们急着赶路,没工夫带着少奶奶向大头鬼引荐,万兽山庄的义军,一定会把小姑娘送还给吕大人,这不用忧心。"

"这个吕大人跟两姊妹关系匪浅,我看那个姑娘也到了出嫁的年纪,不知道会许配给襄阳城内哪个少年英雄?"

刘三娘故意把话题往这上面引,看见冷谦耳廓耸动得急切,果然是心中焦急。

王坚哈哈大笑:"三娘,你倒是很替他人想一些不相干的事情。"

"既然吕大人统领襄阳和重庆,那么钓鱼城也是归他指挥?"

"不错,我到钓鱼城赴任,"王坚说,"就是吕大人在朝中进言举荐。"

"如果襄阳城没有合适那个小姑娘的郎君,"刘三娘说,"钓鱼城有没有年龄相仿、身世相配的少年呢?"

"我有个弟弟才八岁,冉大将军家里是个女儿,冉二将军的小儿子没有婚配,去年跟我在泾州与蒙军交战,不幸战死。张珏年龄倒是合适,可是他脾气火爆,怕委屈了人家……襄阳城那么大,怎么就没有合适的人选……嘻,说这些做什么?"

"王将军,你赴任之后,是抗蒙的中坚力量,应该跟吕大人之间多亲近亲近,选个优秀的小伙子,把那位小姑娘娶到钓鱼城,吕大人就更倚重王将军了。"

"你说得倒有些道理,"王坚说,"可是找一个粗鄙的军士,也太委屈那个小姑娘了。"

刘三娘看着冷谦,多次要转头过来,就差毛遂自荐了,但是硬生生地憋了回去,颈骨"咔咔"作响。

刘三娘偷笑,接着说:"无妨,我看王将军随便找一个没有婚配的军官,五十丧妻也罢,三十愚笨也可以,关键是要娶了过来。"

冷谦终于忍不住了,扭头对刘三娘说:"你不要故意说些难听的话激我。"

刘三娘看着王坚,笑着说:"你看这个小子,总算是熬不住了。"

王坚看了看冷谦,立即醒悟,手指着刘三娘对鲜于刘光说:"遇到这个精灵古怪、聪明伶俐的女子,不知道是不是你的福气。"

冷谦大声对刘三娘说:"你和师父在悬崖上,艰险之地,不安心攀爬,却说些什么等钓鱼城解困,就要成亲,好不要脸!"

刘三娘登时面红耳赤，瞠目结舌。

鲜于刘光一把抓住冷谦的胳膊，"你的耳朵怎么如此的刁钻！"

冷谦哼了一声，"师父你也太偏心了，三娘说得，我就说不得。"

王坚看见这三个孩子在相互斗嘴怄气，各种耍小脾气，难得心情宽松，淤积在心中的阴霾散了一些，哈哈大笑。笑完之后，对着前方险峻峡谷下的一条湍急河流说："金牛道，最后一段栈桥也被宋军损毁了。不过有人接应，我们过了这段路程之后，到达钓鱼城，只剩三日的脚程啦。"

冷谦和刘三娘相互挤对之后，冷谦不再郁闷，打开了话匣子，指着前方的峡谷说："这个峡谷两侧刀削斧凿一般，连绵数十里，就算是能攀爬，也得准备一些绳索和铁钩，还有鹤嘴锄，还有十几日的干粮。"

王坚问："要这些物事做什么？"

冷谦说："我们要在悬崖上攀爬十几日，吃饭睡觉，都得在绝壁上，我们不用爬太高，因此饮水无忧。"

鲜于刘光说："准备这些东西，就得去附近的农家讨要，可是我看这方圆十几里并无人家。来来去去，只怕要耽误一两日。"说完看向刘三娘，刘三娘现在却不说话了，只是低着头默默赶路。

王坚大声说："我说过，到了此地就有人接应我们。"

冷谦叹口气说："人多更碍事，攀爬悬崖反而更难了。"

"谁说要从悬崖上攀爬过去，"王坚指着峡谷下方的湍急河水说，"我们走水路。"

鲜于刘光看了河水，湍急汹涌，其时仍旧是冬季，虽然不似黄河堆积冰凌，但是河水也终究是极冷，凫水通过这数十里，也是绝无可能的事情；可是这河道狭窄，峡谷内水流凶猛，两侧都是坚硬石壁，河道中有无数礁石，行船也无可能。

"你们跟着。"王坚迈开大步，朝着峡谷走去，看见鲜于刘光跟在身后，又说，"当年你师父黄裳在终南山通天殿受任嚣城和徐无鬼两个仙人的点化，留下了阴阳四辨骷髅道场的布置，但是在场的还有两个人，一个是青城山的安世通，一个是飞星派的冉怀镜。"

鲜于刘光听了王坚这句话，想起在黄河边做的那个奇怪的梦，于是问："飞星派的冉怀镜是不是一个身材巨大的将军？"

"这就怪了，"王坚看了看鲜于刘光，"安世通得了阴阳四辨骷髅道场的图谱和变化心诀，然后和冉怀镜到了钓鱼城，这件事情极为隐秘，连全真教都不知道，你是从何得知的？"

鲜于刘光脸色大变，不敢回答王坚。王坚的话印证了他做的那个梦，果然是飞升后的仙人托付，鲜于刘光脑海中闪现出棋盘上虎躯骷髅头的烟雾。

王坚见鲜于刘光不回答，接着说："当时，安世通是一个十三岁的小道士，嗯，就跟冷谦一般年龄。"

"原来是安世通前辈到了钓鱼城主持布置的道场。"

"不错，"王坚说，"钓鱼城如果只是一座城池也就罢了，但是为了在城池内修建道家机关，耗费的物力人力增加数十倍。"

"可是大哥说过，钓鱼城到了大哥父亲王将军这一代，才在余玠大人的主持下完成了。"

"实际上，"王坚低头沉思了一会说，"直到去年，才勉强完工。"

"那安世通前辈去世之后，谁能够指点工匠来修建城池呢？"

"谁告诉你安世通前辈去世了？"王坚说，"安道长前年过了一百四十岁的大寿，虽然不能再行走，但是脑筋还是清楚的。他啊，就一直在等着你，你不去钓鱼城，他可不会提前仙去。"

鲜于刘光听了，大喜过望："这么说来，安道长见过我的师父？"

"当然见过，"王坚说，"不然我哪里知道当年通天殿的那些往事？我从小就跟安道长亲近，我生下来，安道长就已经一百多岁，整个钓鱼城上下，无人不尊敬安道长。"

"那飞星派的冉怀镜将军也还在世上吗？"鲜于刘光问。

"冉怀镜前辈死得早，"王坚说，"我太曾祖父都未曾与他谋面，冉怀镜前辈把安道长送到了钓鱼城，交给了我的先祖王员外，就推辞了我先祖的极力挽留，下山去了。"

鲜于刘光不仅向往当年，"不知道这位冉将军到底跟我师父有什么渊源？"

"冉将军是你们诡道的仇人，"王坚叹口气说，"你师父的义兄，就死在了冉将军的手下。"

"啊！"鲜于刘光大惊失色，一则是知道了原来冉怀镜竟然是诡道的仇敌，另一则是连师父义兄都死在冉怀镜手下，可见冉怀镜的手段是如何的高明。鲜于刘光仔细回忆梦中那个身材高大的将军站在道观里的样子，喃喃地说："飞星派……竟然如此厉害，我的确听说过，万仙大阵之后，留存下来的道教门派寥寥，飞星派就是其中一个。"

王坚说："嗨，冉怀镜将军告诉我的先祖，他这辈子最悔恨的就是错杀了诡道门人，只因为自己争强好胜，铸下大错。他一生未曾一败，在通天殿上，诡道的黄裳将他击败，也没有脸面回到西域和漠北。为了弥补他的过失，只能给钓鱼城的阴阳四辨骷髅道场留下一个强大的资源。"

"大哥说过的冉大将军、冉二将军，"鲜于刘光拍了一下手，"就是冉怀镜前辈的后人？"

"不错！"王坚大声说，"冉大将军在六年前已经病逝，今日在这个峡谷接应我们的，就是冉二将军的次子冉守孝。"

王坚把这句话说完，四人已经走到了峡谷入口的河边，鲜于刘光看着峡谷上方宽阔的河面，突然涌入到这狭窄的峡谷之中，水势凶险。可是在宽阔的河面上，一根木头捆绑的木筏停靠在水面之上，木筏上蹲着一个与王坚年龄相仿的中年男人。

鲜于刘光在终南山长大，从来没有见过木筏，不禁看得好奇。

王坚把两根指头放在口中，呼哨一声，木筏上的男人立即站立起来，看到了王坚等人，立即在木筏上拿起了一根长长的竹篙，把木筏撑到了岸边。

"王大哥，我总算是等到你了。"男人对王坚说，"不对，现在应该叫你王将军了。"

王坚对鲜于刘光说："这就是冉守孝兄弟，冉二将军的儿子。"然后对着冉守孝大喊："不仅我来了，你看我还带了什么人来？"

冉守孝看着鲜于刘光巨塔般的身躯，朗声说："一定是诡道门人，我早就知道啦，临行之前，安道长掐指一算，就说他一定会来的。"

54

冉怀镜后人

鲜于刘光对着冉守孝说:"冉大哥,我是诡道门人鲜于刘光,这位小娘子是我的同伴刘三娘,这个小童是我的徒弟冷谦。"

冉守孝拱手对鲜于刘光说:"我以为诡道门人应该是一个壮年的汉子,没想到是个年轻小伙子。"然后分别也对刘三娘和冷谦作揖。只是看着刘三娘的时候,多看了一眼。

王坚对鲜于刘光说:"军情紧急,我们上排筏吧。"

四人上了木筏,冉守孝把竹竿撑起,排筏立即顺着水势进入了峡谷的湍急河水之中。水流速度极快,两边的悬崖石壁风一般掠过。

鲜于刘光、刘三娘、冷谦三人在北地长大,哪里见过这等阵势,只感觉前方巨大山石悬崖扑面而来,到近处了,排筏却轻巧进入到侧方的河道中。河道上还有无数的礁石,鲜于刘光忍不住施展水分计算,发现水下的暗礁比露出水面的更多。峡谷的河道曲折,无数的漩涡和回流都被冉守孝撑杆一一避过。

鲜于刘光忍不住猜测,这个冉守孝的眼睛似乎能看见水面之下,不然为何能记住水下如此众多的礁石位置?

冷谦和刘三娘已经头晕目眩,冷谦在排筏上颠簸了一会,已经忍不住呕吐起来。

王坚倒是面无惧色,站立在冉守孝身后,手扶着腰间长剑,头看着峡谷两侧,竟然在观赏风景。

鲜于刘光走到了王坚身边,并排站立,王坚对鲜于刘光说:"大好河山,不日就要蒙受北方鞑虏的荼毒，我实在是不甘心。"

鲜于刘光把手扶在王坚的肩膀上，"大哥，我们这一生的责任，不就是为了避免这场浩劫吗？"

王坚回头看了看刘三娘和冷谦，然后对鲜于刘光说："我们马上就要经过最艰险的河段了。"

鲜于刘光大惊说："难道我们现在的河道并不艰难？"

"相比'碰南山'，现在的河道简直是涓涓缓流。"

冉守孝双脚站立在排筏的前段，大声喝道："大家伙，用排筏上的绳索把自己捆绑起来。"

"二哥，这次不会把排筏撞得粉碎了吧？"王坚边说边把排筏上准备好的绳索绑缚到自己的腰间。鲜于刘光也如法炮制，冷谦和刘三娘也相互用绳索把对方绑缚好。

木筏在峡谷中拐了一个急弯，然后水流突然加快了许多，峡谷的河道陡然变窄，水流竟然倾斜起来，可见此处河道的落差极大。鲜于刘光的耳边，风声呼呼作响，两边的岩壁已经看不清，可见排筏的速度之快。

河道笔直，水速愈来愈快，鲜于刘光猛然看见前方的河道突然在一面绝壁下消失，已经完全没有了水流。

"水流灌入了前方岩壁之下吗？"鲜于刘光惊呼，但随即看到数十丈外，岩壁上的水流倒转，在岩壁上激起了几丈高的巨浪，可见河水尽数冲撞到对面的岩壁上，靠近岩壁的水流咆哮翻腾，发出了巨兽一般的吼声。

"要是怕，把眼睛闭上。"冉守孝哈哈大笑，把上衣脱下，"老子又来了。"

鲜于刘光看见如此激烈的水势，难免双腿发软，王坚在一旁把鲜于刘光的肩膀攥住，"兄弟，这等奇景，可别错过了。"

鲜于刘光的水分算术计算，已经知道了这段河道十分奇异，河道径直撞上岩壁，而接下来的河道是垂直折返到右侧，如果是大江大河、河面宽阔也就罢了，偏偏这里，河道只有几丈宽，实在是没有回旋的余地。

"碰南山。"鲜于刘光这才明白，这段河道的名字，实在是没有半分的夸张。

301

冉守孝不慌不忙，从脚下的排筏上拿起了一根极长的铁杆，铁杆比指头粗了两圈，又比酒杯细了一圈，比竹篙还要长上两倍，约莫有五六丈，就算是平日里，能够举起这根铁杆也需要极强的臂力，可见冉守孝的神力非比寻常。

冉守孝左腿向前伸直，右腿弯曲，并且双脚伸进了排筏的缝隙之中，双臂紧紧握住铁杆后端，将铁杆直直地伸向前方。

很快排筏到了距离前方石壁数丈远的地方，峡谷里轰鸣的水声，如同天雷轰鸣，水面极为混乱，但是冉守孝的双脚，紧紧控制排筏，让排筏在水面上尽量平稳，不被旋转的水流带偏方向。

在极短的时间内，长长的铁杆从反转翻腾的水浪中刺过。冉守孝一声大喝，手里的铁杆前端顿时顶住了岩壁。

鲜于刘光、王坚、冷谦、刘三娘四人顿时凌空弹起，在绳索的拉扯之下，又跌了回来。冉守孝如同磐石，身上虬结的肌肉，每一寸都似乎要爆裂，血管如同蚯蚓一样遍布全身。但是在他的努力之下，排筏在水浪前静止下来，整根铁杆弯曲成了一张长弓。

排筏在激流中不断摇晃，稍有差池就会颠覆。冉守孝一点点地积聚力量，控制排筏在水面上平稳行驶。

当铁杆近乎要折断、撞击岩壁的水浪就要扑向排筏的时候，冉守孝再次大吼一声，把全身的力量聚在双臂，铁杆猛然弹回，木筏立即弹向了后方，并且在水流之上调转了方向，进入右方后侧狭窄的河道之中。

接下来，河道虽然仍旧湍急，但是跟刚才的凶险相比，平了很多。

冉守孝扔了铁杆在排筏上，又拿起了竹篙，悠闲地在河面上行驶。

"这个本事，"鲜于刘光说，"实在是世所罕见，绝非一般人能做到。"

冷谦和刘三娘也已经回过神来，对冉守孝十分佩服。

王坚指着冉守孝说："二哥是冉家后人，当然有这一手本事。"

鲜于刘光问："这话怎么说？"

"鲜于先生，"冉守孝头也不回，大声说，"我的先祖冉怀镜，在通天殿与你师父交过手，败在你师父手下，于是答应了冉家后人一定要帮助你驱使阴阳四辨骷髅道场，于是我先祖就留了一手。"

"你且去行船，"王坚对冉守孝说，"还是我来跟义弟说个明白。"

鲜于刘光看着王坚，王坚继续说："当年冉怀镜老前辈，送了安道长到钓鱼城，拒绝了我先祖王员外的挽留，不知所踪。但是在四十年前，钓鱼城来了两兄弟，一个叫冉琎，一个叫冉璞，带着数百号人，要投奔钓鱼城。安道长看见了这两兄弟才明白，是当年冉怀镜前辈的后人来了。而这两兄弟带来的人，就是遍布西南，控制洞庭湖、湘江的篾帮，冉氏兄弟就是篾帮的首领。"

（笔者注：冉守孝是西南云贵望族土司，历史上并非二冉后人，小说情节虚构，勿对号入座。）

鲜于刘光看着操纵排筏自若的冉守孝，这才明白，为什么王坚对他如此信任，看来钓鱼城的水军有了篾帮的相助，就是抵抗蒙哥大军的中流砥柱。

刚才的峡谷河道十分艰险，根本无法行船，只有冉守孝这样的高手才能驱使排筏，蒙古大军中肯定是没有这么一号人物，因此，只能在峡谷上修建栈道，鲜于刘光和王坚，再也不用担心蒙古大军会从后方追上。

已经渡过最艰难的峡谷河道，刘三娘和冷谦也已经从刚才惊险万分的处境中缓过神来。排筏又行了两三个时辰，终于漂出了峡谷。

出了峡谷，冉守孝停好木筏，五人跳上河岸，金牛道已经尽数走完，接下来的道路就一路顺利。

55

苦竹城

五人上岸，又走了两日的山路，到了剑阁。剑阁城防是苦竹城，城防坚固。鲜于刘光进入蜀地，终于看到了修建在嘉陵江上的城防。从剑阁苦竹城，到合州钓鱼城，顺着嘉陵江，一路顺流可达。

守城的军士看到王坚等人，立即邀请他们上了苦竹城。苦竹城所属的叙州将领张实立即面见王坚，王坚已经领了钓鱼城城防之命，一个知叙州，一个知合州，王坚与张实同为平级将领。

王坚看到张实之后，立即和张实拥抱一起，"张大哥，上次一别，还以为我们再也不会见面了。"

张实豪爽地说："这话怎么说的！今后你我兄弟日子还长，等我击败了蒙古大军，你就带领合州士兵北上，与我会合，咱们兄弟二人领兵追击，过汉中，进入北方，把靖康之难之后的失地给夺回来，再追杀蒙哥到漠北，把这些胡虏全部都驱赶到北海以北，让他们在沙漠里啃沙子，永世不得再侵犯我们大宋一步，到了那时候，你我二人就是朝廷的肱股之臣，同朝为官。"

王坚见张实如此豁达乐观，并不因为蒙哥率领大军即将兵临城下紧张，王坚也不再担忧，向张实引荐了鲜于刘光、刘三娘和冷谦。冉守孝本就与张实相识，无须引荐。张实对王坚身边的这三个孩子也不以为然。

张实立即宴请王坚等人，王坚见不会耽误去往钓鱼城的行程，也就不便推辞。酒席上，张实和王坚纵饮，提起前几年，王坚在张实麾下，多次抵抗蒙军南侵蜀地，将蒙军击败撤军的往事，两人说到惊险处，鲜于刘光听得心惊肉跳，说到破敌大胜时，鲜于刘光也兴奋不已。

张实和王坚说得兴起，离开筵席，带着鲜于刘光等人，走到了苦竹城的城防最高处，修建在绝壁悬崖上的坚固堡垒，放眼看去，嘉陵江从上游蜿蜒而下，道路从江边修建，无论水军、陆军都要从苦竹城之下通过。

张实意气风发，指着下方，豪情万丈地说："蒙古人若是不来也就罢了，只要到了蜀地……哈哈哈。"

鲜于刘光看见王坚面有忧色，但是也不愿打扰张实的兴致。

鲜于刘光犹豫很久，对张实说："张将军，蒙哥大汗我没见过，听说他手下的大将有汪德臣、史天泽等人，我也没见过。但是我知道有一个将领，叫史驱，是史天泽的侄子，他是清微派的高手，雷法当世无双，你要小心了。"

张实端着酒碗，转过身，看向了鲜于刘光，脸色冷漠，随即又微笑问："这位鲜于小兄弟，你倒是说说，那个史驱到底有什么能耐，他出身道家清微派又能如何？"

鲜于刘光于是把路上被史驱追赶的经历说了一遍，告诉张实，史驱的雷法了得，并且还有极为厉害的巨弩，不可轻慢。

张实说："蒙古有雷法道士，难道我就没有？"然后走出来一个人，向鲜于刘光拱手，"神霄派，杨力，见过大名鼎鼎的诡道传人。"

鲜于刘光向杨力作揖，"杨师兄。"

杨力指着悬崖说："苦竹城绝无被攻破的可能，可是听鲜于兄弟说了有个会雷法的史驱，我想问问，他能找到任何破绽吗？"

鲜于刘光指着后侧的山崖说："这片山崖，普通蒙古士兵是无论如何也攻不上来的。"

张实大笑："这是苦竹城最为艰险的山崖，根本无须派人镇守，除非蒙古人会飞，能爬上来。"

"这就是我替张将军担心的一点，"鲜于刘光诚恳地说，"这片悬崖我看了，虽然陡峭光滑，但是清微派的雷法，有平步青云的能力，史驱此人谨慎得很，他一定会算计到张将军不会在这片悬崖留守士兵……"

"鲜于兄弟不要长他人威风，"杨力大声说，"我倒是要跟这个史驱会会，看看他有多大的本事。"

张实听了鲜于刘光的提醒，心里实在是不以为意，他认为鲜于刘光只是一个小孩子，能有什么见识，只是被史驱追赶得紧了，害怕而已。但是碍于王坚的面子，也不想跟鲜于刘光辩解。

王坚见张实脸色尴尬，又见天色已晚，于是告辞。张实军务在身，也要回到叙州城内，立即给五个人准备了一艘小战船。

众人在嘉陵江畔的码头分别，王坚看着张实，拱手说："希望不久之后我们就能相见。"

张实用胳膊大力拍了拍王坚的肩膀，"你就等着我的捷报吧。"

王坚带着鲜于刘光等人登船，船只顺流而下，朝着钓鱼城的方向而去。船开了良久，王坚还站在船尾，向驻留在河滩上的张实挥手道别。

天色很快就暗了下来，苦竹城陷入了浓浓夜色之中，悬崖最高处，只剩下点点灯火。

鲜于刘光走到王坚的身边，轻声说："张将军是不是太小看蒙哥和史驱等人了？我担心他命丧蒙古人手下。"

王坚平静地说："身为保家护国的将领，城在人在，城破人亡，也无话可说。"

冷谦轻手轻脚地走到鲜于刘光的身边，"师父，我有话说。"

鲜于刘光见冷谦突然变得谨慎，不禁好奇，"王大哥面前，有什么不能讲的？"

冷谦说："我刚才看见张将军印堂黑暗，浑身似乎绑缚了绳索……"

鲜于刘光身体一凛，摸了摸冷谦的头顶，"大战将至，你害怕也是有的，不用多虑。"

（笔者注：历史上1259年，蒙哥汗攻破苦竹城，驻扎在嘉陵江更南的青居城，小说将时间调整得更为紧凑，勿将故事与历史混淆。）

鲜于刘光嘴里虽然这么说，但是看着远去的苦竹城，面色凝重，心里明白，王坚也在担心张实的安危，这次蒙哥御驾亲征，蒙古大军已经聚集了最强的兵力，人才济济。张实临战，却太过于托大。

王坚过了好一会慢慢踱步到了船头,沉默起来,鲜于刘光走到王坚身边说:"我知道大哥想提醒张将军,可是张将军应该是听不进去的。"

"张大哥让我很担心,这几年我一直在北方和义军抵抗蒙古,已经看到了蒙军今非昔比,我们前些年之所以能在蜀地击溃蒙军,是因为蒙古窝阔台一系和拖雷一系相互争夺权力,贵由一系已经被蒙哥尽数清洗,现在蒙哥是不世出的大汗,在蒙古人口中,是最像铁木真的后代,所有人都信服,因此这次……"

"可是似乎东路大军的忽必烈跟蒙哥并不融洽。"鲜于刘光说。

"忽必烈也是个英才,只是不能与蒙哥相争锋,再说了还有一个阿里不哥,这三兄弟都是极为厉害的人物,"王坚说,"阿里不哥镇守蒙古本部,忽必烈率领东路大军,他们的计划是绕过襄阳,直取鄂州,在长江口等着西路的蒙哥,和南路的兀良合台在鄂州会合——兀良合台已经攻下了大理国,大军向东进军,距离潭州(今长沙)也不远了。"

"蒙古三路军马在鄂州会合,顺流而下,临安就再无可守。"鲜于刘光手心汗涔涔的,知道真的到了那一天,就是大宋的亡国之日。

"只是有一件事情我稍有不解。"王坚轻声说。

"八思巴和刘子聪。"鲜于刘光点头,"我在井陉口靠近过史驱,听史驱无意间说起过,八思巴和刘子聪似乎在说服忽必烈暗中有所行动,对蒙哥不利。"

"如果真的是这样,"王坚说,"那就是大宋的幸事。"

56

铁锁横江

　　两人说了一阵子，都陷入了沉默，各自想着自己的心事。鲜于刘光知道王坚说这几年在北地，一定是深入了蒙古治下的各处，才打听到了这些敌方的情报。虽然是在他父亲王将军被害后去往的北方，但是仍旧没有因此转投蒙古，而是继续一心抗蒙。就凭这份气节，比刘子聪、史驱、郝经之流要强过无数倍了。

　　"那个八思巴……"鲜于刘光犹犹豫豫，但是觉得还是应该把这些事情说给王坚，希望他能够找出其中的关联，"是藏地花教的五世法王，法术神通，可能天下无双，可是他却没有被蒙哥招入麾下。"

　　"只有一个可能。"王坚说，"忽必烈的野心比你我想得要大，如果蒙军攻陷了临安，忽必烈和蒙哥之间必有一战。"

　　"可是到了那个时候，"鲜于刘光苦笑，"还跟我们有什么关系呢？"

　　王坚说："可惜我们大宋已经没有了出色的使臣，无法再离间他们了。"

　　鲜于刘光深吸一口气，"那我们就只能牢牢守住钓鱼城，时间久了，他们势力倾轧，军心不稳，让他们自己打起来。"

　　王坚看着鲜于刘光，"兄弟，你虽然才十几岁，没想到却有这样的见识。你跟我想到一块去了。把你派遣到钓鱼城，黄裳老前辈果然是一个神人。"

　　战船轻盈，虽然是黑夜，在嘉陵江上仍旧是急速顺流而下，原来冉守孝取代了舵手的位置，亲自驾船。冉守孝既然是簰帮首领，当然对西南所有的水路了如指掌了。

　　两夜两日之后的一个傍晚，战船到了合州钓鱼城。

第四篇　钓鱼城

其时夕阳西下，鲜于刘光在战船上看着钓鱼城，感慨万千，师父黄裳留给他的重任，这个他即将要休戚相关、用性命镇守的城防，现在终于到了眼前。

战船向南迎面对着钓鱼城，左侧是渠江，汇入嘉陵江，两江汇合之后，河道向右，战船顺着水势，迎头面对西方群山上的斜阳，行驶几里之后，西方正前方涪江又汇入嘉陵江，然后河道陡然折返朝向东方，三江汇流后又到了钓鱼城的左侧。

合州钓鱼城就位于弯曲河道中一段长长的半岛上。

随后，战船行驶到钓鱼城半岛之下的水军码头，码头上停了数百艘战船，鲜于刘光所在的战船也停靠下来。

冉守孝首先跳下了战船，王坚和鲜于刘光、刘三娘、冷谦依次跳下。鲜于刘光抬头看着面前高山上的钓鱼城防，看见修建的城寨在绝壁上耸立，不禁深吸了一口气，然后顺着码头到钓鱼城城防的城墙道路，一步步走上了台阶。

走了十几步之后，冉守孝停住脚步，对王坚说："大哥你看，我们南水军码头多了一些什么？"

王坚站定回头，没有回答，而是把鲜于刘光拉到身边，"兄弟，看出来有什么蹊跷吗？"

鲜于刘光看向脚下的南水军码头，左右两侧都是一字城墙，把水军码头拱卫在中间，码头的河面上密密麻麻地停泊着战船，看了片刻之后，对鲜于刘光和冉守孝说："码头两侧的一字城墙一直修到了河底的河床，这是故意要阻拦蒙军的战船。只是我有两处想不明白。"

"哪两处？你尽管说。"王坚看了看冉守孝，冉守孝钦佩地看了鲜于刘光一眼。

"一，蒙军的战船被河底的城墙阻隔，而我们的战船不也一样吗？"鲜于刘光说完，怯怯地看向冉守孝，冉守孝拍了拍手，"这就是我们铁锁横江的妙处所在。"

鲜于刘光听了也笑起来，"我明白了。"

冉守孝和王坚相互对视，冉守孝说："诡道后人，果然一眼就能看到关键处，不过鲜于兄弟，你倒是说来听听。"

鲜于刘光指着下方嘉陵江河岸两处一字城墙，观察了一会说："河床上的城墙有机关，我们的战船行驶在河面上通畅无碍，但是蒙军的战船来了，水下的城墙机关，能够抬升某种器械将蒙军战船阻挡下来——刚才冉大哥说了铁锁横江，那就一定是锁链，也就是横跨嘉陵江河道的河面之下有数十条铁链，在机关的牵引之下，能够从河床底升起来。当两军交战之时，宋军的战船退到下游的一字城墙之外，追赶蒙军的战船进入到上游的一字城墙河段内，铁锁横江锁链升起，蒙军战船上下不得，而我方驻守在城寨上的士兵可以顺着上下两道一字城墙，来回接应，在岸上对蒙军战船发动攻击，蒙军被铁锁牢牢卡住，移动不得，只能束手待毙。"

"这是拦截水军极好的方法，"鲜于刘光说，"只是能够在河面之下布下机关，比平常的铁锁横江多了一番机关，我第二个没明白的地方，是河床下的机关是如何修建的？"

"冬日枯水的季节，"冉守孝说，"河水收了，就可以修建。"

"河水冬季干涸，"鲜于刘光问，"也不至于河床全部显露出来。"

冉守孝和王坚相互看了一眼，王坚点头笑了笑，对鲜于刘光说："我们从上游过来，渠江汇入嘉陵江的之后，还有一道一字城墙，也是修建在了河床之上。"

"实在是巨大工程，以我的见识想不出来。"鲜于刘光诚恳地说。

"安道长等了一百十一年，"冉守孝说，"终于等到了理宗嘉熙二年，蜀地大旱，到了冬季，钓鱼城三江几乎断流，河床只剩下十几丈宽，安道长在合州祭起了高台，做法十七日，三江之水尽数断流干涸，河床显现，于是在短短的半月之内，把三道河床上的机关全部修建完。"

鲜于刘光听了，暗自心惊，这仅仅是钓鱼城的外围水陆城防，就已经是无法想象的巨大工程，竟然在短短的半个月内尽数完工，可见整个钓鱼城耗费的财力、物力之庞大。

"你跟我来。"冉守孝拉着鲜于刘光走到了台阶旁一字城墙的一处平台，但是又犹豫地看了一下刘三娘。王坚对刘三娘和冷谦说："我带你们看看，这一字城墙上的滑道，可以让山顶的守军，在片刻之内就能到达河岸……"

刘三娘鼻子哼了一下，"王大哥倒不用这么客气，钓鱼城的机关，当然不能让我这种外人亲见。"

王坚大笑着说："你啊，有七窍玲珑的心思，又是刘子聪的女儿，以后受了气，尽管来找我，我给你出气。"

"当真？"刘三娘说，"你一定还有什么事情瞒着我，提前给我打好招呼，免得日后我发怒了，有个交代，是也不是？"

王坚看着刘三娘，眼睛闪烁不定，"三娘，你这么聪明，一定能想明白的。"

刘三娘见王坚话里有话，却有吞吞吐吐，思来想去，只有一个缘由，"跟我是刘子聪的女儿有关吗？"

"到时候，一切都会明了，"王坚说，"我与三娘你一路艰险过来，就是看在刘光的分上，我也不会让你被人为难，只是有些事情，你不用放在心上。"

"我是刘子聪的女儿，又不是我自己选的，"刘三娘又哼了一声，"我才不介意他人如何看待我。"

冷谦倒是十分好奇一字城墙的布置，不断地询问王坚。王坚也详细告知，刘三娘心里忧虑，嘴里说："稀罕吗？"两眼看向远方的河流。

57

九龙天一水法

冉守孝带着鲜于刘光走到了平台下方，鲜于刘光这才看到，平台之下别有洞天，在山坡上挖掘了一个巨大的暗室，暗室里有九个巨大的石球，每一个石球都有两丈高，石球的下方都有一个碟状的石盘，石盘里盛满了水，乍一看去，仿佛是石球漂浮在石盘上。九个石球一字排开，每一个石球的上方都有一个石头雕刻的龙头，龙头吐出了一道水柱，淋在石球上，之后又落到了石盘内。

鲜于刘光走近石球，看见每个石球都缠绕着粗大的锁链，而锁链伸入石盘的下方。

鲜于刘光顿时就明白了，"原来这里就是拉动河道上铁锁横江的驱使机关？"

"不错。"冉守孝得意地说，"在另一边的一字城墙同样的位置，也有一样的九龙机关。"

"这个不是普通的铁锁横江水军机关，而是一个道家驱使的阵法道场。"

"鲜于兄弟，你说得不错，"冉守孝说，"这是当年建康九龙天一水法中阻隔妫赵水军的一个机括，被安道长布置在了这里。"

"九龙天一水法不是已经失传了吗？"鲜于刘光惊讶地说。

"可是，你忘记了吗，"冉守孝回答，"当年在通天殿上，安道长可是见过镇东仙山卧龙任嚣城前辈的。任嚣城前辈参加了妫赵和左景的建康一战，他对九龙天一水法了如指掌。"

鲜于刘光用手触碰石球，冉守孝立即大喊："小心！"

石球立即旋转，带动铁锁滚动，铁锁立即收回了一截，鲜于刘光立即用双手按住石球上的位置，石球才停止滚动。

"鲜于兄弟，你差点触动了机关。"冉守孝立即跑出了暗室，走到了平台上，观望河面上的战船有没有被铁链损伤。河道上一片平静。

鲜于刘光走了出来，对冉守孝说："石球上的刻度我都看明白了，用的是六十四卦周天的刻度，我已经收回去了。"

"那就好，那就好，"冉守孝惊魂未定地说，"果然是诡道后人，一点即通。"

冉守孝嘴里虽然这么说，但是再也不敢带着鲜于刘光去看其他地方的机括，而是立即叫上了王坚，"安道长、张将军、冉二将军已经知道我们到了，咱们赶紧带着鲜于兄弟去见他们吧。"

"好，"王坚说，"我也好几年没见安道长和冉二将军了，想念得很。"于是一行人朝着护国门而去。

冷谦对四周的环境十分好奇，不停地向王坚询问，王坚也一一详细告知。

刘三娘和鲜于刘光走在一起，鲜于刘光见刘三娘闷闷不乐，于是问："冷谦这小子，又惹你生气了？"

"没有。"刘三娘轻声说，"我看这钓鱼城上下，可能都不会待见我。"

"你已经跟刘子聪势如水火，"鲜于刘光安慰刘三娘，"放心吧，就算有什么误会，有王大哥维护你的周全。"

众人拾级而上，片刻就到了悬崖艰险处，道路上方右行尽头，是一面绝壁悬崖，而悬崖的那头，却修建了一个城门，鲜于刘光遥看去，城门上写着"护国门"三字。

道路和护国门之间有一段悬崖，数十丈宽，除非是如壁虎一般爬过，并无人行的道路。冷谦看了一会儿后，吐了吐舌头，对鲜于刘光说："师父，这段路，我也过不去。"

鲜于刘光笑了笑，"敌军攻打，当然是过不去的。不过，我们能过去。"

鲜于刘光说完，对面的护国门城门打开，几个身穿铠甲的军士走到城门下方的台阶上，其中有一个老将和一个与王坚年纪相若的将领，王坚欣喜地喊："冉伯父、张兄弟，我回来啦。"

年老的将领对着王坚招呼，"钓鱼城群龙无首，你总算是回来了，回来就好。"

年纪较小的将领也对着王坚喊："王大哥，吕大人的官文已经送到了，你升官啦。"

王坚摇着头笑了笑，旁边的冉守孝也喊起来："爹，安道长算无遗策，我们真的把诡道的后人给带回来啦。"

年纪较小的将领欣喜地喊："太好了，安道长这下可就安心了。"

四人一对一答，鲜于刘光已经分辨明白，对面的老将军，必然是王坚所说的冉二将军冉璞，而年轻的将领，一定姓张，也是钓鱼城重要的人物。

说话之间，鲜于刘光听到了"咔咔"作响的声音，然后看见悬崖岩壁之上，慢慢伸出了一排横木，横木之间间隔一尺，形成了一个栈道，连接下方道路尽头和护国门之间。鲜于刘光看了，知道这栈道设计得巧妙，只能军士跨步跳跃而过，不影响城防的军队调度，但如果是敌军攻打，在交战之中，稍有差池，就会跌到了悬崖之下。

岩壁上的横木全部伸出，王坚一挥手，冉守孝就跳跃着奔向前方，王坚和鲜于刘光、冷谦、刘三娘等人随即也踏着横木而过。

到了护国门城下，台阶上的所有士兵都朝着王坚单膝下跪，"王将军！"冉璞和张姓将领也拱手向王坚鞠躬。

王坚立即把冉璞的胳膊托住，"伯父，你这是何必？"

冉璞抬头说："你是朝廷钦命的守城将领，不可失了军中的威严。"

王坚听了，抿了抿嘴，把冉璞的手臂紧紧攥住，大声对着护国门的所有军士大喊："蒙哥率领的大军号称十万，实际只有三万，已经进入了蜀地，兄弟们，如果他们侵犯合州，我们该如何？"

"杀敌！"所有军士同时大喊。

冉璞看着王坚，眼睛红了，轻声说："如果你爹在……嗐……"

王坚见冉璞心情跌宕，偏了偏脑袋，然后手指向了鲜于刘光说："伯父，这位就是安道长说了百年的道家豪杰，诡道门人鲜于刘光！"

鲜于刘光早已经被王坚、冉璞等人的万丈豪情感染，对着冉璞恭敬地深施一躬,"诡道鲜于刘光,见过冉将军。"

冉璞看着鲜于刘光,"原来是个这么大的孩子。"然后一言不发。

一旁,冉守孝一把拉住张姓将领的胳膊,"君玉,五两银子,拿来!"

张君玉推开冉守孝,"我一年的俸银到手也才十六两八钱,你小子想得倒美。"

"你赌我过不了'碰南山',现在你输了却抵赖。"冉守孝的手不肯放开,"拿来给我。"

张君玉梗着脑袋,"没有,我身上只有两个铜板,你要就拿去,不要就拉倒。"

"两个铜板,你逗弄我呢?"冉守孝急了,与张君玉就要厮打理论。

"守孝,你们要打,去校场上去比试,"冉璞呵斥,"别在这里丢人。"

冉守孝听了,朝着张君玉啐了一口,"哼,等会儿再跟你计较。"

张君玉笑嘻嘻地绕过冉守孝,走到了鲜于刘光面前,鲜于刘光主动说:"张将军……"

张君玉打断鲜于刘光,"鲜于先生,我比你大,你以后也别叫我将军长将军短的,我叫张珏,字君玉,你就叫我张大哥。"

这边王坚又指着冷谦说:"这位是冷谦先生,是鲜于兄弟的高徒,手段也是高明得很。"

王坚与鲜于刘光亲近,也一并夸奖年纪幼小的冷谦,冷谦尴尬地说:"我哪里有什么本事了?"

冉璞看着冷谦,脸上也闪过了一丝怜爱,"如果不是胡虏侵犯我大宋,你这般大小的孩子,哪里会到我们钓鱼城来?"

58

飞鸟楼叙事

王坚继续引荐刘三娘,"这位、这位是鲜于兄弟的好、好朋友,刘三娘。"

"我是刘子聪的女儿。"刘三娘见王坚磕磕巴巴,主动表明身份,果然护国门的军士,上到冉璞、张君玉,下到旁边的下级军士,全部都惊讶不已。

"三娘已经弃暗投明,与她父亲一刀两断……"鲜于刘光立即对冉璞说。

突然一个比冷谦还小的孩子跑到了王坚面前,"哥哥!"

王坚一把将小孩抱起,转了一个圈,然后对鲜于刘光说:"这是我的弟弟,王立。"然后把王立放下,王立看着冷谦,眼睛滴溜溜地转动,冷谦也好奇地看着王立。

冉璞和王坚正要拉着鲜于刘光进入护国门,这时候,护国门下突然走来几个道士,他们抬着两根竹竿,竹竿上搁着一把椅子,椅子上躺着一个老道。

鲜于刘光知道,这个老道,就是在通天殿上与自己师父黄裳有过一面之缘的青城派安世通。

抬着安世通的四个道士,年龄大小不一,稳稳地把滑竿竹椅放在鲜于刘光面前,然后向鲜于刘光拱手,十分地敬重。

鲜于刘光立即跪在安世通的身边,仔细看着这个已经老到不能起身的青城山道长。

安世通也看着鲜于刘光,眼睛浑浊,嘴里说:"终于等到鲜于先生了,腿脚不方便,不能起身给你行礼,望诡道门人莫见怪。"

鲜于刘光本以为安世通这个老道,已经老朽到随时就会仙去,可是听他说话吐

第四篇　钓鱼城

字清晰、脑筋灵光，心里顿时就安定下来。

护国门下的所有军士，都对安世通十分尊敬，现在看到安道长对鲜于刘光这个身材虽然魁梧、但是脸上稚气未尽的少年青眼有加，都难免多看了鲜于刘光几眼，暗中都在打量，想看看这个少年除了身材比冉璞父子更加高大之外，身上还有什么奇特之处？

鲜于刘光看着安世通，心里没来由想到，师父一生未见到自己，却把他的人生安排到了钓鱼城；而这个安道长，是见过师父一面的人，心中顿时有了亲近感。安世通见了鲜于刘光的眼神，微微点头说："时间充裕得很，我慢慢跟你说。"

冉璞走到了安世通身边，对众将士说："今日是王坚将军履新的第一日，我们得在衙署把将印交于将军。"

"对，"张珏说，"这是今日的头等大事，可不能怠慢。"

于是在将士的簇拥之下，王坚随着冉璞顺着护国门下的台阶，一步步走向山顶，鲜于刘光和安世通等人并不是武职，紧紧跟随在冉守孝和张珏的后面。而冷谦和王立两个孩子，已经交谈得十分热切，毕竟小孩心性，两人在争执是泥弹球入坑容易，还是石弹球入坑容易。

一行人到了山顶的校场，那里密密麻麻站立了几千士兵，鲜于刘光暗自使用水分计算，片刻数清有三千八百人，加上在钓鱼城轮值的士兵，应有四千多名士兵。

士兵看见王坚到来，都发出了欢呼。这些士兵大多是王坚从小的旧识，他们感念王家在钓鱼城的世代经营，对王坚非常尊敬。

路过校场，一行人走到了一个山坳处，这里是合州的兴戎司帅府，也就是钓鱼城的衙署所在。在衙署内，张珏、冉守孝等将士都站立在两边，冉璞亲自拿出了将印，宣读临安朝廷的官文，授命王坚为知合州及钓鱼城城防主将。

王坚跪下领命，换上了主将铠甲，接过将印。

授印的仪式虽然简陋，但也并不缺失环节。结束之后，众人又去往飞鸟楼，那里已经摆设好了流水宴席。

在飞鸟楼下，正中的座席上，王坚和冉璞相互推辞了良久，最后还是冉璞坐了正席位置，王坚坐在左侧，安道长的竹椅放在冉璞右侧，王坚身边又坐了张珏，鲜

317

于刘光被邀请坐到安道长身边，冷谦和刘三娘也不客气地依次坐下。

冉守孝和张珏坐在一起，几杯酒下肚，就忍不住相互挤对，跑到校场比试去了，也带走了一干将士。冷谦一个小孩子，在酒席上拘谨，不一会儿也跑去跟王立玩耍了。

王坚不停举杯，与在座的将士痛饮，大家都知道，大敌临近，可能是最后一次这般酣畅纵饮。

冉璞年长，但喝得并不多，只是有军士过来敬酒，便浅酌一口。安道长和鲜于刘光之间有无数的话要说。安道长等了百年，鲜于刘光心如火焚，想尽快结束酒局，与安道长详谈。

众人正喝着，一个女子呼喝着进入了飞鸟楼，冉璞看了，脸色沉下来，女子一手拽着冉守孝，一手拽着张珏，走到冉璞面前，作揖请安："父亲，他们闹得厉害，你倒是管也不管？"

鲜于刘光这才明白，这个女子是冉守孝的夫人。

冉璞摇头说："现在轮不到我管了，钓鱼城所有军务皆由王将军定夺。"

众人看见冉守孝和张珏已经喝得酩酊大醉，脸上有伤痕，可见刚才一定是动起手来，收不住，伤了和气，冉夫人实在是看不过，把他们揪到这里，让冉璞责罚。

王坚站立起来，对着冉夫人身边的军士问："他们两人私斗，是谁赢了？"

"禀告王将军，"一个军士跪下大声说，"两位将军，他们谁都没赢，都输给了冉夫人。"

王坚哈哈大笑，对着冉夫人敬了一杯，冉夫人也是豪爽女子，端起酒桌上的酒杯，一饮而尽。

王坚对冉夫人说："嫂子赢了，你说如何处理这二人？"

冉夫人毫不为难，大声说："军棍伺候。下次再犯，斩首在军前。"

王坚听了，大喝一声："说得好！"号令亲兵，把军棍交与冉夫人，然后一饮而尽，摔酒碗对着飞鸟楼的众将士说："蒙军压境，从今日起，我们生死与共，若有人私下斗殴，无论将军还是士卒，首犯十军棍，再犯斩首！"

冉夫人拿了军棍，早有亲兵把冉守孝和张珏摁倒，冉夫人毫不手软，先狠狠打了丈夫十军棍，看着张珏，"今日先放过你。下次一并计算。"

张珏和冉守孝酒醒了大半，看见王坚威严万分，不再是往常的亲善模样，都低头沉默不语。

酒席上闹了这么一出后，王坚走到了军士中间，一个一个地对饮。王坚好酒，本就是一日不可无酒，现在鲜于刘光才知道，原来他是海量。

安世通却似乎充耳不闻，只是闭目养神，鲜于刘光多次想提前离席，可是碍于刚刚到了钓鱼城，无法拒绝前来敬酒士兵的好意。鲜于刘光的酒量不比王坚，十几杯酒下去，脑袋开始眩晕。

这时候冉璞转向了鲜于刘光，轻声问："鲜于先生，这位刘姑娘，是什么机缘，才离开刘子聪与你一道来了蜀地？"

刘三娘听了，脸色煞白，倔强地说："如果老将军以为我是刘子聪派来的细作，大可现在就把我斩首。"

鲜于刘光连忙摆手，"三娘虽然生于刘家，但是她母亲因刘子聪而死，父女之情，早已经荡然无存，三娘在世间无依无靠，无处可去，只能跟随我离开燕京，一并来了蜀地。"

冉璞不说话，眼睛看向了安世通，安世通的眼睛也已经睁开，叹了口气。

鲜于刘光心中疑惑，再看王坚，王坚和冉守孝、张珏走到了一起喝酒，但是三人都偷眼看向这边。

鲜于刘光立即醒悟，王坚这是故意避开，难道是有什么尴尬的事，他不便在场？

冉璞看了看鲜于刘光，又看了看刘三娘，端起酒杯，跟鲜于刘光共饮一杯，然后把酒杯轻轻放在酒桌上。

鲜于刘光知道，无论什么不方便提及的事情，面前的这冉二将军，肯定是有话要说了。果然冉璞坐正身体，安世通的眼睛也盯着鲜于刘光。

沉默片刻后，冉璞终于开口："鲜于先生今年贵庚几何？"

鲜于刘光心中迷茫，"十六。"

冉璞点头，"那就好。"于是眼睛看向了安世通。

安世通咳嗽了一声，慢慢说："冉将军的先辈是冉怀镜，曾经在通天殿与你的师父黄裳有过一面之缘……"

鲜于刘光心想，哪里是什么一面之缘，王坚大哥早已经说过，冉怀镜就是败在了师父黄裳的手下。

冉璞脸色阴晴不定，接着说："你可知，为什么我家先祖要与黄老前辈在通天殿一战吗？"

鲜于刘光点头，示意明白。

冉璞说："因为先祖是漠北飞星派的门人，艺成之后，寻访天下术士高手，他的确是天下一等一的高手，因此未曾一败，于是心高气傲，听说有个叫周侗的人，极为厉害，于是向周侗请战，周老前辈本不愿意动手，只是耐不得我先辈磨缠，勉强答应。"

冉璞说到这里，尴尬了起来，顿了顿，才又说道："没想到两人交手，我先辈求胜心切，伤了周侗前辈，用的就是这把宝剑。"冉璞说完，拿出了一把短剑，短剑若是再短一寸，就是匕首长短。

鲜于刘光看着这把短剑，短剑上阴气弥漫，无数的阴魂在剑身中呼号，顿觉后背上毛发根根耸立。

"此剑名灭荆。"冉璞说，"不为世人所知，是当年羊角哀、左伯桃在冥界与荆轲阴魂交战之剑，常人得之无用。"

鲜于刘光听了，不免想象当年师父黄裳的风采，竟能击败这把宝剑的主人。

冉璞继续说："我先辈伤了周侗，本以为也就罢了，可是发现周侗老前辈竟然伤重不治。周侗老前辈才告诉我先辈，他之前与西域的一个番僧比试，虽然胜了，但是受了重伤，那个西域番僧……"

鲜于刘光听到这里，脱口而出，"那个西域番僧就是如今藏地花教的人物？"

"不错。"冉璞说，"就是花教的初祖贡噶宁布。如今忽必烈身边的花教五世法王八思巴的高曾祖。"

鲜于刘光虽然心里早有准备，但是听到这里，心里却更加疑惑，八思巴从未为难自己，并且一再维护，难道是有什么图谋？

冉璞看见鲜于刘光脸上犹疑，以为是冉怀镜与诡道周侗之间的恩怨，让他心惊，立即又说："我家前辈心存愧疚，但是心高气傲，后打听到周侗义弟黄裳要在通天殿飞升，于是也赶往了通天殿，与黄裳前辈比试，结果你也知道，输得一败涂地。先辈输了之后，就把安道长带到了钓鱼城。当时的安道长跟你现在的徒弟差不多年龄，现在安道长却已经一百四十一岁了。"

安世通接着冉璞的话锋，"当年我才十三岁，第一次从青城山下山，辗转到了终南山通天殿，有幸看到了徐无鬼、任嚣城两位仙人，还有你的师父黄裳老先生，以及冉怀镜前辈。通天殿两位仙人和你师父黄裳飞升之后，我遵遗命去往钓鱼城。当时金国完颜宗翰在京兆一代屠戮中原道家术士，冉怀镜前辈见我年纪幼小，法术低微，知道我下山后，活不过朝夕，于是背着我一路从京兆入蜀。路上的确遇见了金人的士兵和术士，但是冉怀镜前辈的法术天下无双，无人可挡，前辈的杀心实在是太盛……冉怀镜前辈背着我到了这里，把我交给了正在修建钓鱼城的王家。王员外在青城山与我师父观尘子商议钓鱼城一事之时，我还在道观，因此他认得我。我告诉王员外，我师父交给他的图谱，只是道场的修建图纸，而我在通天殿拿到了驱动阴阳四辨骷髅道场的机关卷轴。"

"原来还有这些渊源。"鲜于刘光听了，长长地舒出一口气。

安世通说了这么一会儿话，似乎累了，冉璞又接过了话头，继续对鲜于刘光说："我的先祖冉怀镜送安道长到了钓鱼城，王员外见他身负天下至强的法术，希望他留下来共同修建钓鱼城。先祖却没有答应，他告诉王员外，他这身本事，用来修建城池和机关术，派不上什么用场，但是百年后，他的后人会前来消解与诡道黄裳之间的恩怨。"

"这后人，"鲜于刘光说，"就是您和冉珐大人了。"

"是啊，"冉璞笑着说，"先祖冉怀镜离开了钓鱼城，去往了南诏、杞国、安南等地，后来留在了播州，他一生也没闲着，把西南所有在水路放排、经商的百姓都收拢在一起，又招收了一些巫师术士，时间长了，也就成了气候。"

鲜于刘光点头，"也就是你们冉家的篪帮，而且不仅是帮派，冉怀镜老前辈，曾经在军中待过，官职也不低，应懂得水军战术，你和令兄二人，表面上是带着篪

321

帮兄弟，帮助王家修建钓鱼城，其实是帮助王将军把水军建立起来。"

冉璞点头，"这就是我和兄长到了钓鱼城后的事，我们冉家与王家交好数十年，其实源起，还是当年先辈与诡道之间的恩怨。先辈师从的是北方的飞星派，但是先祖似乎不太愿意提起自己在师门的往事，只留下了灭荆宝剑，以及一块黑色的石头。他临死之前说过，这两样东西都要留给诡道的后人。因此冉家历代都好好保藏灭荆和玄石，等着诡道后人。"

冉璞说完，从怀里掏出一个贴身的囊袋，谨慎地把囊袋里的一块小石头拿出来放在掌心。鲜于刘光看了，震惊到了极点。这块石头，与大龙光华严寺内释道辩论之时，八思巴施展神迹的那一块陨石几乎毫无差别。

"你见过这块石头？"冉璞好奇地说，"先辈说过，天下只有这一块石头，你不可能见过。"

鲜于刘光诚恳地回答："冉前辈错了，这种石头，还有一块，就在花教五世法王八思巴手中，并且八思巴已经参悟了那块石头的秘密。八思巴手里的那块叫作阴破，而冉将军手里的这块，应该叫作阳立。"

"原来还有这个渊源，"冉璞惊诧地说，"看来这块石头，真的该诡道门人持有。"

八思巴手中的那块阴破，在大龙光华严寺里施展出了近乎于神的法术，似乎一个极大的秘密，就在眼前，鲜于刘光看着石头却又触碰不到，隐隐约约，让人急切。

"灭荆和陨石，是先辈嘱咐，要留给你的，"冉璞的语气变得尴尬起来，"可是先辈还有一个遗言……"冉璞的眼神开始躲闪鲜于刘光，看向了飞舄楼的入口处。

鲜于刘光也看过去，看到一个年龄与自己相若、极为美貌的姑娘，鲜于刘光不禁看得呆了，这个女子相较于在风陵渡的那位吕文德下属、牙尖嘴利的美貌少妇还美了几分，脚步细碎，眼睛不敢看旁人，十分羞涩。飞舄楼的将士看见这位姑娘之后，都纷纷避让。只有张珏大喇喇地走到姑娘身边，指着鲜于刘光大笑着说："不若妹妹，你的郎君终于来了。"然后陪着姑娘朝着鲜于刘光走过来。

59

醋意大发

美貌的姑娘听了,在众人前本就害羞,脸颊立即变得通红,也更增加了美艳,鲜于刘光看得傻了,突然胳膊一阵剧痛,才看到旁边的刘三娘已经怒目盯着自己。

冉夫人推开了张珏,扶着那位叫不若的姑娘走到鲜于刘光面前,向鲜于刘光施了一个万福,随即站在冉璞身边,垂下头之前,眼睛偷看了鲜于刘光两眼。

鲜于刘光看着冉璞,"冉怀镜前辈,还有什么事情交代?"

冉璞也不再吞吞吐吐,"先辈冉怀镜留下了嘱咐,来到钓鱼城的诡道门人,我们冉家一定要与之联姻,还了当年欠诡道的人情。我膝下无女,我大哥六年前去世,留了一个女儿,现在也是十六岁,我们军中不似民间有那些破规矩,大家也都知道她的名字叫不若。鲜于先生如果不嫌弃我们冉家的名望低微,这个、这个……"

冉璞的话说到这里,就说不下去。

刘三娘已经抽出了身边张珏的腰刀,把刀搁在了鲜于刘光的脖子上。

这一番举动,让飞鸟楼里的所有人都大惊失色,刘三娘跟着鲜于刘光一起到钓鱼城来,稍明白事理的人都知道刘三娘和鲜于刘光的关系绝非一般,只是没有想到,刘三娘的脾气竟然如此暴躁,一言不发,就要鲜于刘光血溅当场。

"鲜于刘光,"刘三娘大声说,"你答应过我什么?"

鲜于刘光轻声说:"你先把刀还给张大哥,有话好好说。"

刘三娘看了看四周,所有的军士看着刘三娘,有的面露鄙夷,那是因为她是刘子聪的女儿而不屑;有的捂嘴偷笑,那是因为看见刘三娘在众人面前失礼而幸灾乐祸。几十年来，蜀地一直被蒙军侵犯，无一宁日，而刘子聪是投奔了蒙军的人中最有名声的幕僚。因此军士大多对刘三娘并无善意，只因她是鲜于刘光的至亲之人，不为难罢了。要让他们同情刘三娘，实在勉为其难。

刘三娘看了看四周，知道众人所想，于是把刀收回来，架到自己脖子上，对鲜于刘光说："你是大英雄，钓鱼城上下几千人等着你救命，我杀了你，他们都会说我不知晓家国大事，好吧……"

鲜于刘光大惊，立即伸手把刀刃握住，手掌立刻鲜血淋漓，但好歹把佩刀夺过来，还给了目瞪口呆的张珏，然后对刘三娘说："我与你的约定，绝无反悔，你尽可放心。"

刘三娘指着花容失色的冉不若说："你见她美貌，魂都丢了，哪里还记得跟我的约定？"

鲜于刘光说："大丈夫说话，哪有食言反悔的？"然后转身对冉璞说，"我跟这位刘姑娘已经许了誓约，冉将军，此事就不要再提了。"

冉璞也惊讶得很，问鲜于刘光："世人婚配都有父母指定，你们、你们……"

"我父母早亡，三娘的母亲也已去世，父亲是刘子聪，"鲜于刘光说，"当然不是父母安排。"

"那媒妁契约呢？媒人又是哪位大英雄？"冉璞问，"是全真教的张志敬真人吗？"

"媒人更无从谈起。"鲜于刘光说，"是我和三娘私下的约定。"

"还有此事！"不仅是冉璞，在座所有人都瞠目结舌。只有王坚和冉守孝并不意外，他们早已经知道鲜于刘光和刘三娘相互爱慕，只是一直忍着没有说出来。

一旁的张珏却笑起来，对着刘三娘说："小妹子，就凭你的作为，我敬佩你。"然后对着冉夫人说，"看来不若妹妹，只能嫁给我这个军汉了。"

"放屁。"守在冉不若身边的冉夫人啐了张珏一口，"我家妹妹，也轮得到你来求亲。"

张珏本就是把冉不若当作亲妹妹，看见气氛尴尬，故意说些这话来引大家一笑。

果然气氛不再紧张。王坚立即打圆场，对已经茫然的冉璞说："伯父，他们小儿女，哪里知道这些迂腐的规矩，江湖儿女，不拘小节。"

王坚和张珏嘴里这么说，其实已经表明了态度。

刘三娘看着王坚和张珏，"张大哥，王将军，你们都是好人。不过不用再替我说话，鲜于刘光只要说不要我了，我立即就从护国门城墙上跳下去，不妨碍大家抗蒙的大业。"

话说到了这个分上，即便是冉璞也无话可讲，于是讪讪地说："好吧，此事我们从长计议。"

本来一件喜事，这样一闹腾，整个飞鸟楼内气氛顿时黯淡下来。冉璞对王坚说："你们一路奔波，应该也累了，安顿鲜于先生他们，好好歇息吧。"

王坚对着飞鸟楼里所有军士说："今日到此为止，大家各自回到岗位，大战在即，不要松懈。"

飞鸟楼众人散尽，冉璞安顿鲜于刘光、冷谦和刘三娘各自的住处。安排鲜于刘光和冷谦在钓鱼城护国寺，护国寺本是佛教之地，庙里的住持已经去世多年，庙内的和尚也都从军，空出来的寺庙，给了安世通修行和居住。鲜于刘光的厢房，就挨着安世通的禅室。冷谦居住在更偏僻的西厢房。

冉璞安排刘三娘住到冉家的宅院，刘三娘哪里肯答应，断然拒绝。这让冉夫人下不来台，于是王坚提议刘三娘住到自己的帅府，让妻子照应刘三娘。刘三娘对王坚心存感激，这才答应了。

好在护国寺与帅府相隔不远，刘三娘也就不再计较。

鲜于刘光进了护国寺，天色已经黑下来，休息片刻，等酒力消散，终于有时间和安世通详谈，于是走出厢房，准备敲隔壁安世通的房门，没想到安世通的竹椅已经摆放在了院内，看来正在等着鲜于刘光。

月光洒落到护国寺的院子里，安世通对鲜于刘光说："我知道你有很多事情要询问，我也一样，我得告诉你，我等了一百多年了。"

安世通已经提前让其他道士回避，一老一少二人，坐在清冷的院内。皎洁的月光下，鲜于刘光仔细看着安世通的满头鹤发，月光反射出银光，看来青城派的法术能够把一生的修行积蓄到发须。

安世通笑了笑，对鲜于刘光说："我的头发，不到二十岁就已经全白。支撑我活到这个年龄的，并非只是修为，相反，我一生都在修建钓鱼城，每日都不得歇息，操劳心力，我不能辜负师父的嘱咐。"

安世通已经是常人中寿数的极限。鲜于刘光知道，安世通这一生的责任，一个是按照阴阳四辨的图谱修建钓鱼城，一个是等待自己，两件事情，只要有一件未了，安世通的一口气就咽不下去。

"钓鱼城的阴阳四辨城防，本来就极为繁复，钓鱼城山势陡峭，石头不便运输，只能就地采石，可是木材就需要从其他地方砍伐送过来，否则钓鱼城所有的树木都砍伐殆尽也完成不了。蒙古人隔几年就到蜀地来侵扰，王将军又要组织民兵与蒙古军队打仗，这浩大的工程，修几年，又打几年，好不容易有修整的时候，王家又要筹集钱财，后来钱不够了，只能向朝廷求援，朝廷又吝啬得很，拨出一点点钱粮，杯水车薪，后来余玠大人极力支持，也没有完成，好在冉氏兄弟把簿帮几十年来在西南集聚的财富尽数带到了钓鱼城，有簿帮的加入，才勉强重启工程，一晃又是几十年。嗨……我师父观尘子说过，我这一辈子都要忧心劳力，不得片刻悠闲，的确是半分不差。"

"好在有王家和冉家两大世家的倾囊相助，"鲜于刘光也叹口气，"不然这座城池，绝无可能完成。"

60

百年过往

"世人都羡慕长生不老,"安世通苦笑了一下,"却不知道人活到百岁,每日煎熬,有什么好的?当年我十三岁,在通天殿上看见了任嚣城和徐无鬼两个仙人,他们一个在树洞里,一个在冰潭之下,几百年苟活,也没什么乐趣。"

"安道长,"鲜于刘光见安世通终于把话说到了正题,于是问道:"我师父到底是一个怎样的人?"

"穷奇转世,"安世通说,"世上的术士分两种,一种是你师父和徐无鬼、任嚣城那样的人物,近乎仙人;一种是我们这样的人,超脱不了凡尘。"

"师父为什么选了我?"鲜于刘光问,"为什么在我之前还选了刘子聪,刘子聪为什么要违背师父的遗命?"

"这话得一步步说起。"安世通说,"万仙大阵之后,上古的道家门派尽数凋零,你们诡道是侥幸流传的一支,冉怀镜前辈的飞星派置身于铲截之争外,也流传了下来。当年最厉害的四大仙山,除了冢虎徐无鬼和卧龙任嚣城,还有凤雏支益生和幼麟少都符……"

"少都符!"鲜于刘光听到这个名字立即说,"我见过这个前辈,在太行山古道内。"

"哦,这就是你的命数,"安世通说,"四大仙山的门人,都有数百年的寿命,但是万仙大阵之后,就再也没有这样的术士真人了。四人之中,少都符早已死去,你见到的是他不肯消散的怨灵而已。我是亲眼看到了任嚣城和徐无鬼飞升仙去,剩下还有一个支益生,已经皈依了佛门,至今不知道身在何方。徐无鬼和任嚣城在万仙大阵之后，知道中原的术士已经不足以抵抗外族，中原的汉人即将遭受北方民族的荼毒，他们很早就布置了力挽狂澜的布局，在中原留下了四个道场，别的道场我不知道，但是钓鱼城的合川道场，也就是阴阳四辨骷髅道场，着落在青城派和诡道的身上。我师父观尘子给我留下了阴阳四辨的图谱，但是四辨骷髅却只能由诡道布置。"

"也就是说阴阳四辨骷髅道场，您和王家、冉家修建，由我来驱动？"鲜于刘光说，"可是我除了诡道两门算术，什么都不会。"

"阴阳四辨骷髅道场，每一变化，都应对一门诡道算术，"安世通说，"你师父也奇怪，为什么让刘子聪和你分别学了两门。"

"可能是虚照禅师本想尽数教授给刘子聪，只是刘子聪早早就心怀异志，被虚照禅师看了出来，故意扣下了两门，教授给我。刘子聪谋才大略，远超于我，我只是虚照禅师临时找来的备选而已。"

安世通说："此事我也一直没有想明白，按说是刘子聪过来找我，没想到却得到了刘子聪成为忽必烈幕僚的消息，让我差一点放弃，好在全真教的李志常真人告诉我，诡道门人并非只有刘子聪一人，让我再等几年，会有另一个诡道门人来找我，我又苦苦挨了几年的日子。"

鲜于刘光说："这些前辈都把希望放在我的身上，其实我……一点信心都没有。"

"我也一样，"安世通笑着说，"师父把这么重要的事情托付给我时，我可比你还小上几岁呢。"说完，在怀里摸索一会，拿出了一截绸缎、一个知了壳子和一个小小的铜炉，递给了鲜于刘光。

鲜于刘光迟疑一会，"这些东西……"

"这个是你们诡道的信物螟蛉，螟蛉在诡道哪一房的手里，哪一房就是诡道司掌。这截绸缎叫骷髅画，也是你师父黄裳的遗物，"安世通郑重地说，"阴阳四辨骷髅道场，是由青城派的阴阳四辨术法和你们诡道这个骷髅画术法合并的道场，都要着落在你的身上。从明日开始，我会告诉你阴阳四辨卷轴的奥义，但是骷髅画的秘密，我看了一百多年，始终没有参悟，我想这就是诡道的独门秘籍了，对你而言应该不在话下。"

鲜于刘光拿过了螟蛉,看到螟蛉非金非石,颜色赤红,不知道是个什么法器,捏在手里沉甸甸的,看不出来究竟。再看骷髅画,一看之下就忍不住笑了,"前辈说得没错,我一眼就能看明白这个骷髅画是什么,骷髅画里有四个骷髅,左上和右下的两个骷髅上面画着符号,这个符号,外人看不明白,但我看得清楚,就是诡道的水分算术和看蜡算术,另外两个骷髅,应该就是晷分和听弦了。只是有一点我没明白。"

"什么地方不明白?"

"这四个骷髅无法变化,这个与诡道算术的基础相违背,"鲜于刘光说,"就如同宝剑还未出鞘,无法真正地发挥威力。"

"这个,就只能你以后慢慢参悟了,"安世通随即用手点了点铜炉,"冉怀镜前辈当年从漠北入中原,身上带了一块陨石、一个铜炉,然后又挖了古墓,得了灭荆宝剑。陨石和灭荆宝剑,在冉璞的手里,应该也要交给你,只是你身边的那位小姑娘……脾气似乎大了一些。"

鲜于刘光苦笑一下,"她是刘子聪的女儿,母亲早亡,幼年不幸,性格刚烈也是情理之中的。"

"你也父母早亡,但是你由全真教上下悉心照料,也算是不幸中的大幸。"安世通说,"你是个好孩子,不然怎么会巴巴地跑到钓鱼城来跟蒙古人拼命……这些话暂且不提,铜炉是一个极为重要的事物,别的东西都可以放弃,唯独这个铜炉,你要收好,到时候要交给最重要的人物。"

"什么人?"鲜于刘光立即问,"有什么说法?"

"万仙大阵之后,流传了三个法器,铜鼎、铜炉、铜镜,现在铜鼎和铜镜都在大宋皇室,钓鱼城解困之后,你要把铜炉也交到宋朝皇室手中。"

"为什么?"

"我不知道,"安世通说,"这也是你师父黄裳吩咐的,至于为什么,你师父没说。"

鲜于刘光看了看四周的连绵群山,干脆将心中的疑问都问出来:"为什么青城派和诡道要在钓鱼城布置阴阳四辨骷髅道场？"

"用兵之道，天时地利人和。"安世通说，"大宋从靖康之难始，已经失去了天时，如今朝廷懦弱，一心求和的奸臣当道，人和也无从谈起，剩下能够与北方胡虏抗衡的，只有地利了。"

"我对兵法一无所知，"鲜于刘光说，"前辈能指点一二吗？"

安世通说："你背我起来。"

鲜于刘光照做，把安世通背负在身上。

"背我去飞鸟楼。"

鲜于刘光背着安世通到了飞鸟楼。飞鸟楼是钓鱼城地势最高处的阁楼，大堂已经被打扫干净。值守的士兵见鲜于刘光和安世通过来，忙不迭向上通报，原来冉璞将军平日里并不住在冉宅，而是每夜都在飞鸟楼值守。

士兵旋即下来，让鲜于刘光和安世通上楼。飞鸟楼楼阁有三层，到了顶层，就是一间小小的阁楼，四周都是平台。鲜于刘光背着安世通到了顶楼，从阁楼出来，看见冉璞正站立在平台上，背对着阁楼，面朝西方，手扶着腰间的佩剑。

冉璞听见鲜于刘光的脚步声，立即转身，对着鲜于刘光和安世通说："来了。"

士兵准备好了竹椅，放在冉璞的身边，鲜于刘光把安世通放在竹椅上。

鲜于刘光因晚宴的变故，对冉璞心有惭愧，对冉璞说："冉将军，刚才的事情，晚辈的确有苦衷，晚辈与三娘……"

"在这里，不要提私情，"冉璞摆摆手，"这里是军情重地，只谈用兵之道。"

鲜于刘光听了，心中惭愧，他已经看到这个飞鸟楼的最高一层，是钓鱼城内的最高点，冉璞将军在这里夜夜不寐，就是在观察钓鱼城四周的每一寸地方，心中谋划抵抗蒙军的军事计划，而自己上来了，第一句话就是说一些不相干的儿女私情。

61

九龙刻漏

安世通对着鲜于刘光说:"你走到栏杆前,看看钓鱼城的地形。"

鲜于刘光看向了脚下的山川与河流,在月色之下,每一座高山都黑压压的,河流也看得不甚清楚,但是峡谷蜿蜒,尚能分辨。

"蒙古大军要进攻夔州、重庆,必须要踏过我们钓鱼城,"冉璞指着右方的渠江和嘉陵江交汇处问,"你知道为什么吗?"

鲜于刘光没有回答,冉璞的手指向了前方,嘉陵江和渠江交汇后,朝着西方流淌,流淌十几里,到了涪江交汇扭头倒转,从西至东,回转流到钓鱼城的左侧。

钓鱼城所在的位置,就是被一条嘉陵江环绕的细长半岛,并且半岛的尖端还弯了一个钩,看起来就是一个鱼钩的模样。

鲜于刘光忍不住笑了一声,"原来钓鱼城的名字是因地形而来。"

"既然是鱼钩,"安世通咳嗽了一声,喘了几口气才说,"就要让一条大鱼在这里被勾起来。"

"这条大鱼,"冉璞对着鲜于刘光说,"就是蒙古西路大军蒙哥。"

"如果蒙哥的西路大军,击败了钓鱼城的水军,放弃攻打城防,一路向南,岂不是只能眼睁睁地看着他们去攻打夔州?"

鲜于刘光问了这句话,看着冉璞对着安世通笑了笑,知道自己说了一句十分外行的话,于是立即说:"晚辈对行军打仗一无所知,若是说错了,两位前辈千万莫笑。"

"你来钓鱼城,本就不是来率军打仗的,"安世通说,"王坚将军、张珏将军、冉守孝将军都是磨炼了多年的将领，何苦让你千里之外巴巴地赶来。"

冉璞指着右边又指向了左边，耐心地对鲜于刘光说："不过粗浅的军事，还是得让你明白。刘光，我问你，两军打仗，最重要的是什么？"

"攻城拔寨，或者招降。"鲜于刘光想了想说。

冉璞摇头，"不对。"

鲜于刘光一开口就错，不敢再说。

"人要吃饭，士兵也一样。"冉璞说，"如今蒙古霸道，大宋羸弱，不是一场两场的战斗，而是双方的国力相差悬殊。"

鲜于刘光想了想，立即就明白了，"知道了，蒙古大军数万人进攻大宋，无论打到哪里，都需要后方的粮草支援，不然打了也是白搭，士兵没饭吃了，就只能跑回去。"

"一说就明白了。"冉璞说，"前几十年，蒙古大军多次进攻蜀地，也在钓鱼城交战了多次，没有一次是因为我们在战场上大获全胜而让蒙古败退，是蒙古军队深入蜀地纵深太远，我们蜀中八柱，一直坚守，让他们无法接应补给，只能撤兵。"

"因此这一次，"鲜于刘光说，"蒙哥亲自率兵，就是要把蜀中的八个城池，一个一个地占据，以保障他们的后续援军和粮草支援。"

"不错。"冉璞说，"因此钓鱼城的城池，是他们绝对不能绕过的关卡，你看，钓鱼城地形狭窄，嘉陵江左右环绕，我们士兵在陆地调度迅速，蒙古军队一旦进入这个河道，就首尾不顾，他们一鼓作气朝着下游去了，后续的粮草和援军，无论如何都无法通过这里。他们走得越远，就败得越快，想回来，也会被我们堵住，到时候不用交战，他们几万人没吃没喝，自己就乱了。"

"所以，蒙哥这次一定要攻下钓鱼城了。"鲜于刘光点头，"他们战无不胜，当然是军中有极高明的谋士，就是蒙哥自己，也已经把攻打蜀地的计划都想明白了。"

"他想得明白，我们也想得明白，"安世通说，"而你的师父黄裳，还有我的师父观尘子，在一百多年前，更是看得清清楚楚。"

"蒙古大军，不仅军马强盛，还有许多高强术士。"鲜于刘光说，"钓鱼城防守打仗，要靠王坚、张珏将军，但是对付那些术士，就需要阴阳四辨骷髅道场。"

"对，"冉璞说，"你的责任重大，绝不弱于王坚和张珏。"

安世通又缓慢地说："钓鱼城的城防调度和内部机关，这些都着落在王坚和张珏身上；率领水军的是冉守孝，他们怎么打，你不用操心，但是打什么地方，在什么时候出击，在什么时候守卫什么方位，需要你提前告知。"

鲜于刘光说："我一个不懂军务的人，怎么能够担当这个重任？"

"你自己再想想。"

鲜于刘光想了一会说："明白了，蒙军中的汪德臣和董文蔚，是跟王坚、张珏一样的将领，但是史驱、董文炳等人跟我一样是术士，他们既然到了军中，就要计算攻打钓鱼城的时间和方位，而我承担的责任，就是与史驱和董文炳隔着两军，相互计算对方的计划。"

冉璞和安世通同时点头微笑。

"可以开始了。"安世通说。

冉璞朝着阁楼方向招呼了一声，两个军士抬着一个檀木箱子走了过来，放在地上然后退下去。箱子上了锁，冉璞掏出钥匙，把锁打开，木箱内还有一个箱子，冉璞不用钥匙了，用手中的佩剑把小木箱劈开，一个卷轴掉落出来。

鲜于刘光拿起卷轴，跪下来，慢慢把卷轴拉开，看见卷轴上画着繁复的建筑图案，图案一分为二，一黑一红，建筑中有各种巧妙机关，一时之间也无法看得明白。

安世通慢慢地伸出胳膊，他的手腕到手肘，在月光的照射下，发出了绿色的冥光。鲜于刘光看见，一连串的符号显现在安世通的胳膊上，但是这些符号，鲜于刘光看不懂，这是水分的算筹，只是比自己学习的水分更加复杂，有很多变化，已经超出了鲜于刘光所学。

"这个水分我无法计算，"鲜于刘光说，"我需要一个六龙刻漏……不，需要一个九龙刻漏。可是九龙刻漏，一直在汴梁皇室……"

"你的祖父是鲜于枢，"冉璞说，"是大宋的司天监，因此你是知道的。"

鲜于刘光说："靖康之难，金国攻破了都城，掳走了徽钦二帝和所有皇族宫室，这个九龙刻漏再也没有下落了。"

冉璞笑了一下，对着鲜于刘光说："你看看身后是什么？"

鲜于刘光回头，刚才那两个军士已经站到了飞鸟楼的阁楼门旁，两人各自摇晃一侧的机括，阁楼顶端一个巨大的物事缓缓降下来。鲜于刘光飞奔到阁楼内，看见一件青铜器，主体是一个一丈高、两尺粗细的铜柱，铜柱从上至下，回旋下来九个龙头，每个龙头下方都有一个金盏。整个青铜柱已经布满了灰尘，锈迹斑驳，不知道藏匿了多久。

鲜于刘光抚摸着青铜柱，看了九个龙头好长时间，然后回到了冉璞身前，惊喜地说："就是这个九龙刻漏。没想到，师父算无遗策，竟然提前把它送到了钓鱼城。"

安世通摇头，"这个九龙刻漏能在这里，还真不是黄裳老先生的布置，而是冉怀镜老前辈的功劳。"

鲜于刘光看向了冉璞，冉璞微微点头。

安世通说："冉怀镜老前辈在上终南山与黄裳先生论剑之前，杀了一个藏地花教的高手。没想到的是这个花教高手，在京兆竟然是要押运一件宝物去往西域。"

"晚辈明白了，"鲜于刘光说，"在靖康之难后，金国只顾着抢夺宫内的金银珠宝，却把这个笨重的物事留下了，花教的高手看见了这九龙刻漏，就要拖到西域，没想到偏偏遇到了冉怀镜前辈。"

安世通说："冉怀镜前辈，不仅法术高强，做事还很有耐心，他一边背着我，一边想办法蒙混过了京兆的金国士兵。在进入金牛道之前，被金国的一股散兵阻拦，于是他把我放在刻漏上，一人杀了四十余金兵，却留下了十几人使唤。那些金国士兵没见过如此刚勇凌厉的术士，只能乖乖地服从，把刻漏千辛万苦地运到了钓鱼城。"

冉璞说："那十几个金兵没来过蜀地天府之国，后来就在合川住下了，现在钓鱼城内有上百士兵，就是他们的后代。"

鲜于刘光被面前的这个刻漏吸引住了，浑然不知道冉璞和安世通后来在交谈什么，只是不断地去仔细查看刻漏上的每一条纹路。

鲜于刘光的手轻轻去触碰刻漏的纹路，突然钓鱼城上方一声霹雳，乌云顿时遮掩天空中的月亮，夜空中的月光、星光全部消隐，取而代之的是极度的黑暗。钓鱼城上下，零星地点燃了火把，随即火把越来越多，几十上百的火光点缀在山顶到码头的各处。飞凫楼上的军士也点燃了火把。

接着空中隆隆作响，一连串的雷声过后，暴雨倾盆而下。鲜于刘光看到九龙刻漏上的每个龙头似乎都开始扭转头部，发出了轻微的龙吟。

冉璞搀扶着安世通也走到了九龙刻漏旁，看见九龙刻漏上的花纹在火把的映射下，显现出了橘色的光芒，河图、七星、六十四卦的符号杂乱地在刻漏铜柱上显现出来。而鲜于刘光的手掌已经紧紧地贴在了铜柱上，他闭着双眼，额头上布满了细小的汗珠，铜柱上的符号微光正渐渐消失。

暴雨越下越大，鲜于刘光闭着眼睛大喊，"把屋顶拆掉！"

冉璞听了，迷惑不解，同时士兵的火把被一阵风刮来的大雨浇灭，飞凫楼再次陷入无尽的黑暗中，士兵手里立即用火折点火，可是火把和火折全部被雨水浸透，又有士兵敲打火镰的声音在黑暗中传来，冉璞在敲打火镰的声音中问鲜于刘光："什么？"

"不用！"安世通却似乎明白了鲜于刘光的意思，"九龙刻漏已经被刘光触发，现在九龙需要天降雨水，用于水分的计算。"

冉璞也明白了鲜于刘光刚才为什么要拆掉飞凫楼的屋顶。不过已经不需要了，九龙刻漏的铜柱在黯淡了片刻之后，突然光芒大炽，整个九龙刻漏内部发出了机括转动的咔咔声响，刚才消失不见的河图、七星、六十四卦等符号不仅再次显示，并且光芒耀眼，鲜于刘光的全身也发出了红色的光芒，鲜于刘光的面目已经不可分辨，但是他身体里的百骸血管、十四条经脉尽数看得清清楚楚。

冉璞和安世通对视一眼，安世通点头，"看来当年黄裳老先生，跟司天监鲜于世家是有过交往的，黄裳老先生的衣钵传递给鲜于刘光，并不是突发奇想。"

冉璞明白安世通的意思，也说道："不错，司天监鲜于世家，本就天文算术独步天下，有了这个九龙刻漏的加持，定然是如虎添翼。我家先祖一心把九龙刻漏带到钓鱼城，也不见得是偶然为之。"

"然怀镜老前辈、黄裳先生、我师父观尘子，"安世通说，"他们都是一等一的术士，行事作为，都不在我们的猜测之内。"

鲜于刘光的身体已经与铜柱贴在一起，九条龙在铜柱上上下下盘旋，铜柱的上方不断升起，冲破飞𪁉楼的屋顶，同时也摧枯拉朽一般地撕裂两旁的机括。

在黑夜中，铜柱散发的红色光芒如同火焰，在暴雨之中更加耀眼，飞𪁉楼上九龙刻漏拔起，整个钓鱼城的士兵、百姓都看得清清楚楚。

钓鱼城的军士们，本来对刚刚到来协助守城的这个少年并不以为然，只是碍于冉家和王家经营钓鱼城百年的渊源而对鲜于刘光表示尊敬，现在看到飞𪁉楼上的异象，知道一定是这个身材魁梧的少年所为，不禁感慨鲜于刘光真的是一个了不起的术士！

当九龙刻漏的铜柱冲出飞𪁉楼的屋顶，全部显露在瓢泼大雨之中，天上的乌云移动、集中到铜柱上方，大雨灌入铜柱顶端。一个时辰后，乌云散尽，明月再次高悬。整个九龙刻漏不再散发光辉，铜柱变成了漆黑的颜色，铜柱上的九条龙也恢复了原位，水珠从最上方的龙头开始滴落到下方的金盏内，金盏很快注满，但水并不溢出，第二个龙头开始滴落水珠到第二个金盏，但是第二个金盏的水聚集就慢了一刻，第二个金盏的水注满的时间多了一刻之后，第三个龙头开始吐水珠，仍旧是慢了一刻……周而复始，到了第四个龙头的时候，龙头吐水就更加慢了。

鲜于刘光向安世通和冉璞拱手说："整个九龙刻漏要天明辰时一刻十六分才能尽数运转，到了那个时辰，整个九龙刻漏就尽为我水分所用，安道长手臂上的阴阳四辨符文，可以取下了，这些符文已经折磨你百年，现在可以交给我了。"

安世通长舒一口气说："终于等到你了。"然后把手臂伸出，交给鲜于刘光。

鲜于刘光从怀里掏出安世通交给他不久的骷髅画及卷轴，对安世通说："前辈手臂上的符文和卷轴本是阴阳四辨一体，只是当年观尘子担心流落到敌手，因此将卷轴和破解符文分开。现在我水分已成，就可以将骷髅画和阴阳四辨卷轴及符文合为一体，阴阳四辨骷髅的道场可以开启了。"

安世通和冉璞同时笑起来，冉璞说："等了这些年，终于把阴阳四辨骷髅道场给盼来了。"

鲜于刘光水分与九龙刻漏融会贯通，水分算术已经超越之前千百倍，水分算术算到了极致，能够领悟当年镂铿的阴阳四辨术法的精髓。这个道场本就是黄裳精心计算布置，因此在诡道的法术中加以磨炼，鲜于刘光修习多年，一经九龙刻漏的计算，领悟极快，片刻就已经知道如何驱使。

鲜于刘光把骷髅画绸缎披在安世通的手肘之上，对安世通说："会疼痛片刻，前辈得忍住了。"

安世通摇着头笑起来，"这点痛楚我都不能挨过去，这百年的煎熬就白费了。你尽管动手就是。"

鲜于刘光嘴里说了一声"得罪了"，然后迅速把绸缎揭开，绸缎从安世通的手臂上揭下，不仅把印刻在皮肤上的符文全部印到了绸缎上，并且安世通手臂上的皮肤也被完整撕下，紧紧贴在骷髅画绸缎上。

安世通看着只剩下些许肌肉的手肘，上面血管显露，特别是手腕处骨骼也暴露出来，若是常人一定就晕厥过去，但是安世通并不以为意，对鲜于刘光说："我修炼了青城派的术法百年，生肌愈合不是难事，只是我老了，伤口完全愈合，还需要一段时日。"

旁边的冉璞招呼军士拿了金疮药来，仔细涂抹安世通的手肘。鲜于刘光知道安世通一定剧痛难当，但是他从头到尾都没有皱一下眉头。可见当初观尘子选择安世通，正是看中了安世通在众多弟子之中，是最能忍受煎熬的一个。

安世通的手臂已经包扎完好，冉璞看着鲜于刘光把贴上了符文的骷髅画铺在地上，然后把卷轴也拉开，小心翼翼地把卷轴和骷髅画贴合起来，这个过程，鲜于刘光十分仔细，不敢有任何的偏差，果然观尘子和黄裳百年前的布置十分精妙，卷轴和骷髅画完全熨贴在一起，严丝合缝，没有丝毫的偏差。

62

道场启动

鲜于刘光捏住骷髅画，提在面前，然后施展看蜡算术，贴在骷髅画上的卷轴宣纸慢慢燃烧，每燃烧一寸，这一寸上的阴阳四辨术法就融入人皮骷髅画上。当整个卷轴全部燃尽之后，骷髅画上的诡道算术与阴阳四辨术法就全部融为了一体。

"从此以后，"鲜于刘光说，"诡道就没有骷髅画一说，只有阴阳四辨骷髅。"

安世通看着鲜于刘光，慢慢说道："当初我师父把卷轴交给我，嘱咐我，得了阴阳四辨术法的传人，要做新一代青城派的掌门。刘光，你可愿意承继我青城派的血脉？"

"绝无推辞，"鲜于刘光正色说，"虽然我是诡道门人，但是学了青城派的术法，当然会竭尽全力重整旗鼓。钓鱼城解围之后，我一定寻找一个合适的门人，把青城派延续下去，青城派是镇守魔王镌铿的道家门户，诡道的先祖也曾经和镌铿交战，我义不容辞。"

"如此就太好了，"安世通说，"只是你的辈分甚高，让你做我的弟子，我实在是承受不起。"

"我的先师黄裳已经仙去多年，"鲜于刘光摆手，"他自己本就是挂名诡道，我想他即便在世，也是一个不拘泥于门户和身份的人物，诡道门人绝不会为此而犹犹豫豫。"说完，就朝着安世通跪下，"师父，如今诡道门人鲜于刘光拜在青城派门下，延续青城派门楣。"

安世通毕竟一百四十余岁，手臂重创，刚才勉力维持，现在精神开始颓唐，鲜于刘光对冉璞说，"我师父需要歇息，就请冉将军将他带回护国寺，我留在飞鸟楼，要亲眼看着九龙刻漏的水分充盈，才能安心。"

冉璞说："既然如此，我就不打扰你参悟刻漏了。"说完，让军士抬着安世通，一起走下了飞凫楼。

鲜于刘光在飞凫楼，一直看着九龙刻漏金盏水分慢慢滴落，到了第八个龙头和金盏，耗费的时间已经是第一盏的七倍，而最后一盏耗时最长，耗费的时间比前八个金盏加起来的时间还要长许多。

到了辰时，整个九龙刻漏水分尽数注满，刻漏滴水的声音十分悦耳，如同乐器，鲜于刘光心中遗憾，知道这滴水的声音也大有深意，如果自己会诡道的听弦算术，那么不用去看，就能领悟到更多的计算。

鲜于刘光一夜未眠，但是因为驱动了九龙刻漏，阴阳四辨骷髅道场已经在自己的领悟之下，蓄势待发。他这些年来，第一次感受到了强大法器的加持，并且整个阴阳四辨骷髅道场尽在自己手中掌握，作为一个少年，难免心情激荡，因此没有一丝睡意。

东边的日头升起，阳光照射在九龙刻漏上，鲜于刘光仔仔细细地看着刻漏，似乎生怕刻漏会随时腐朽破败一般。

鲜于刘光看着整个刻漏的金盏水滴滴落，突然看到第六个龙头的水珠稍稍偏离了一厘，于是仔细看向第六个龙头，没想到龙头的铜柱之后，露出了一张绝美的脸来。

鲜于刘光大惊，随即认出，这是昨夜在飞凫楼宴席上见过一面的美艳女子，冉璞将军的侄女冉不若。鲜于刘光和冉不若对视，同时想起冉璞提过的冉家与诡道之间的媒妁之约。

两人同时羞到了极点，鲜于刘光一张黑脸也就罢了，冉不若白皙的俏脸，顿时通红，在朝阳的照射下，如同芙蓉仙子一样美貌绝伦。

鲜于刘光不由得看痴了，他幼年随着管家颠沛流离，在终南山安定了几年，终南山的女道士都是长辈，直到下山去了燕京，才见到了同龄的刘三娘。刘三娘已经姿色出众，但是风陵渡吕文德派遣来的美貌少妇，和现在面前的冉不若才是鲜于刘光见过的最美的女子。

与昨夜在飞枭楼匆匆一面之缘不同，这次鲜于刘光仔细看了冉不若的容貌，心中难免感叹，这世上怎么有如此美貌的女子？想了一会，鲜于刘光才意识到，三娘的脾气倔强，风陵渡的那位少奶奶性情乖张，只有面前的这位冉家大小姐，温柔婉约，容貌又绝美，与三娘完全不同。

鲜于刘光愣了一会儿，才开口询问冉不若："冉姑娘，清晨到这里来，是因为昨晚看到了这个九龙刻漏启动，因此来看个究竟吗？"

冉不若抬头看了鲜于刘光一眼后，眼光闪躲，轻声说："不是，我每日清晨辰时，就会来飞枭楼楼顶，唤我叔叔回去休息。"

"冉、冉将军昨夜就与安道长离开了飞、飞枭楼，"鲜于刘光结结巴巴地说，"你不知道。看来是冉将军还在护国寺与安道长谋划守城的计划。"

"我不知情。"冉不若的声音细不可闻，"如果知道你在，我就不来了。每天清晨，如果叔父在，除了叔父的亲随，任何人都不能上来的。"

"阴阳四辨骷髅道场已经启动，"鲜于刘光说到这里，兴奋不已，"接下来，我会一直在飞枭楼守着这个九龙刻漏，直到把蒙古大军击退。"

鲜于刘光的注意力，短暂地被冉不若扰动，现在又恢复到了初得高明法器的专注中。

冉不若看着蓄势待发的九龙刻漏铜柱，又看了看鲜于刘光如铁塔一般的身材，眼睛闪过一丝光芒。冉不若绕着铜柱走了一圈，又走到了鲜于刘光的面前。

鲜于刘光好奇地问："冉姑娘还没走？"

冉不若又急促起来，鲜于刘光顿时明白自己说错了话，言下之意似乎在冉家的地盘上驱赶冉家人。若是刘三娘的性子，现在一定反唇相讥，让鲜于刘光下不来台。

冉不若连忙点头说："这里是鲜于先生抗敌的要地，我的确不该打扰先生。"

鲜于刘光听了，立即说："你我的年龄一般，可别再叫我先生，不如就叫我大哥。"

这句话说了，冉不若本已恢复白皙的脸，又绯红起来，鲜于刘光立即明白，这才刚认识不久，就让对方叫自己大哥，似乎在故意亲近。鲜于刘光笨拙的很，只能哈哈大笑起来，又说，"不叫大哥也行的，你就随便叫我个什么就行。"

冉不若说："我就叫你鲜于大哥吧。以后见面，总得有个称呼。"

鲜于刘光见冉不若话说得谨慎，两人的身份又尴尬，于是故意扯一些闲话，"长辈都叫我刘光，我徒弟叫我师父，三娘开心的时候就叫我哎，不高兴了叫我鲜于先生，所以啊，你刚才叫我先生，我心里就担惊受怕。你啊，干脆就叫我大哥罢了，我听着安心。"

冉不若听了，捂住嘴偷笑了一下，"看来那位刘姑娘的性子，让鲜于大哥吃了不少苦头。"

鲜于刘光看见冉不若笑了，眉眼舒展，心里又是一动，随即暗自怨怼自己，不该跟这个世家娘子说笑。

冉不若看见鲜于刘光脸色的变化，知道鲜于刘光心里在想什么，轻声说："鲜于大哥跟三娘一路从燕京赶到钓鱼城，一定经历了不少波折吧？"

"岂止是波折……"鲜于刘光一提起路上的艰险，马上就想起了遇到各种诡异离奇人物的太行古道，清微派的史驱在井陉口阻拦自己的困难，还有风陵渡的惊心动魄，忍不住草草说了一遍。说完之后，鲜于刘光见冉不若还在凝神倾听，于是挠挠头说："冉姑娘听我说了这些不相干的事情，是不是挺乏味的？"

"哪里，我很爱听，"冉不若露出了向往的神色，"我就生在钓鱼城，这辈子除了合川城，什么地方都没有去过，不知道还有没有机会，出去看看天下其他地方是什么样子。"

鲜于刘光看着冉不若的神情黯淡，知道冉不若的意思，一旦蒙古大军攻破了钓鱼城，到时候玉石俱焚，冉不若的确是没有活着离开钓鱼城的机会。

鲜于刘光摇头说："不会的，击退蒙古大军之后，冉姑娘还有的是时间，冉家势力庞大，举家在钓鱼城抗蒙，大宋百姓都是敬仰的，到时候冉姑娘走到哪里，都会被各地的豪杰尊为座上嘉宾，都会称呼你一声抗虏英雄。"

冉不若又笑了笑，"我一个女子，哪里能成什么座上宾，又哪里称得上什么英雄？"

鲜于刘光看了看铜柱，对冉不若说："冉姑娘，阴阳四辨骷髅道场新成，很多

341

变化我虽然已经领悟，但是还没有熟悉……"

"我本来就是来寻找叔父，既然他不在，我就去护国寺找他了。鲜于大哥身上责任重大，我就不打扰你了。"冉不若摆手说，"还有，你以后也不要叫我冉姑娘，太见外了，你、你就叫我不若吧……"声音到了后来，越来越低，冉不若说完向鲜于刘光万福，盈盈地走下楼去。

鲜于刘光在飞鸟楼上看着冉不若走向护国寺，身姿娉婷袅娜，想起自己竟然和这个绝世美女曾经有过媒约，不禁感叹世事奇妙，只是不知道，冉不若究竟会嫁给一个什么样的英雄豪杰？

鲜于刘光想到此处，叹了口气，耳边突然传来笑声，"鲜于兄弟大清早的叹什么气，是在为蒙军南侵担心呢，还是为了别的什么事情？"

另一个爽朗的声音就说："蒙古人还远得很，我看鲜于兄弟是为了儿女私情烦心。"

鲜于刘光猛然看到王坚和张珏两人已经走到了身后。王坚和张珏两人都身穿铠甲，上楼的时候脚步笨重，本不应该被鲜于刘光忽略。

"鲜于兄弟眼睛看着美人，心里左右为难，我们走到他身后了都还茫然不知。"张珏笑着说，"自古英雄难过美人关，看来这话说得没错。"

王坚也说："不若妹子的容貌，天下找不出第二个来，鲜于兄弟不动心，反而才是怪了。"

"可是还有一个精灵古怪、性情刚硬的刘姑娘，"张珏接下话头，"谁是正房，谁是侧妾，换作我也难以选择。"

"君玉，你一张嘴瞎说些什么，越来越过分，"王坚正色说，"不若怎么能做侧室。"

张珏挠了一下脑袋，"我这张嘴，该打，冒犯了不若姑娘，嗨，可千万别让冉家嫂子知道，不然我屁股上又得挨上几十军棍。"

鲜于刘光听了王坚和张珏两人的调笑，尴尬到了极点，想要辩驳什么，却无从说起，适才自己目送冉不若离开，心猿意马片刻，更是无法解释。于是只能向王坚和张珏拱手告饶，"两个哥哥，就不要取笑我了，我与三娘之间，早有了约定，不会有什么变故。"

"三娘这个姑娘若不是动不动就要拔剑砍人，"张珏说，"鲜于兄弟，就没这么犹豫了。"

鲜于刘光大窘，立即说："飞㐲楼上，军情重地，二位大哥就放过我吧。"

"不错。"王坚和张珏的脸色立即就凝重起来。

王坚指着九龙刻漏说："我们昨晚就看到了这个铜柱在雨夜中升起，红光笼罩，知道阴阳四辨骷髅道场已成，因此早早就来飞㐲楼看个究竟。"

"不负两位哥哥期盼，这个道场在安道长的帮衬之下，已经开始启动，随时可以用于军情谋略。"

王坚和张珏同时伸出手，在鲜于刘光的左右肩膀上狠狠拍了一下，张珏说："抗击蒙古大军，本来只有八分的胜算，现在有了鲜于兄弟的阴阳四辨骷髅道场，看来有十二分把握了。"

王坚看了看张珏，转头对鲜于刘光说："别听他满口狂言，即便是有了阴阳四辨道场，蒙古大军压境，我们也没有必胜的把握。现在轻敌，就是兵败的迹象。"

张珏耸了耸肩膀，"大哥说得没错，蒙哥亲自率领西路大军入蜀地，应该是雷霆万钧，倾尽全力。"

鲜于刘光说："阴阳四辨骷髅道场已经驱动，在九龙刻漏的加持之下，诡道的水分算术已经可以运行无阻，现在我想知道，我们到底要做什么？"

王坚和张珏同时点头，王坚看了看张珏，张珏的脸色也不再轻松，三人站立在朝阳之下，气氛开始严肃起来。

王坚正色说："钓鱼城的城墙、城防不仅坚固，守城的士兵，可以在整个钓鱼城上迅速移动支援各处。而且我们相比蒙军，除了占据地势之利外，还有一个优势。"

鲜于刘光全神贯注听着王坚说的每一个字。

"蜀地多山，"张珏接着王坚的话头，"蒙军因此水军和步兵并进，山路崎岖，他们最为倚仗的骑兵不能在蜀地肆虐；还有一件事情对我们有利，那就是蒙军的投石车无法通过蜀地的崇山峻岭。"

王坚说："我亲眼见过蒙古人攻打城池的投石车……无坚不摧。"

"但是他们的投石车到不了钓鱼城。"张珏脸色轻松下来,"可是在安道长的指点之下,我们的投石车攻击的距离超过了普通投石车两倍,我们在钓鱼城切割山石,不断改进投石车的性能,准备了多年,蒙古人并不知道。"

王坚对鲜于刘光说:"鲜于兄弟,不如跟我们去城防看一看。"

鲜于刘光欣然应允,跟着王坚和张珏走下了飞鸟楼,从青石板铺就的道路上走到了镇西门。镇西门在钓鱼城城防南面护国门和始关门的西侧,镇西门与靠北的奇胜门互为犄角,面向西方。

镇西门后有一大片平整空地,一个低级将官正在空地上训练士兵。王坚、张珏、鲜于刘光站在空地边观看士兵训练。鲜于刘光心中明白,钓鱼城的地势陡峭,蒙军进攻,当然不是凭借大规模的军队阵法,而只能是凭借个人突破城防,因此两兵交战靠的就是贴身肉搏。

这片宽阔的操练场上,放着好几辆高大的投石车,几乎三四丈高,而操练场的边缘放置着密密麻麻的石球,并且后方的民夫还在不停从新东门方向滚动石球过来。张珏向鲜于刘光解释:"采石场在东边地势较高处,方便这些石头运过来。自从得到蒙哥即将进入蜀地的消息之后,我们一直在采石场制作石球,日夜不停,把石球放置到每个投石机下方。"

63

钓鱼城城防

鲜于刘光走到一架投石车的下方,看见投石车坚固精良,每一辆投石车上的牛筋都有儿臂粗细。鲜于刘光用手触摸了一下投石车,对王坚说:"王大哥,我知道曾经有一位道家的前辈,四象仙山的任嚣城先生,在大景时期,跟随蜀王军队,有种攻城的机械,攻无不克,所向无敌,能把炮石横跨长江抛出,也能投上百仞高山城池,叫作'飞火珠',应该也是投石机,可惜他的术法已经失传,不然用在此处,倒是合适。"

王坚说:"我们的投石车,做不到这般厉害,不过居高临下,也是占了极大的便宜。"

说完,王坚带着鲜于刘光慢慢行走到了靠北的奇胜门,然后和张珏两人看着城墙下的山坡,眉头紧皱。

鲜于刘光看了看城墙下,知道王坚为什么在这里驻足。这片山坡并不像南面护国门那么陡峭,很显然,蒙古大军一定会在这里发动最猛烈的攻击。

由于这里地势较缓,因此投石车往城内后退了十几丈,看来是担心攻城的蒙军用攻城机械。

王坚看着鲜于刘光说:"奇胜门,到时候需要鲜于兄弟在这里好好地多下点功夫了。"

"我懂。"鲜于刘光整理了一下思绪,缓慢地说,"我来钓鱼城有两个责任。其一,蒙军内有史驱和董文炳等术士,蒙军攻城,一定要有这些术士谋划进攻钓鱼城的时间和方位。"

"他们用道家的算术计算天时地势，"王坚说，"你也能。"

"有了九龙刻漏的加持，"鲜于刘光说，"我的算术已经在史驱和董文炳之上。"

"御敌在于先机，"张珏兴奋地说，"只要鲜于兄弟不算错，我们就能准确调用兵力，即便是十万二十万的军队来犯，也只能无功而返。"

鲜于刘光的心脏开始剧烈地跳动，他以为守卫钓鱼城需要用道术来与董文炳和史驱等交锋，心中一直惴惴不安，原来道家术士参与到大战之中，要运用的却是算术。

"其二，"鲜于刘光压抑心中的激动，"蒙军没有投石机，而我们有威力超强的巨炮，那么，我们就可以出其不意用巨炮投掷巨石杀伤蒙军的将领。"

"但是蒙军的将领会在什么时辰、什么地方出现？"王坚的眼睛热切地看着鲜于刘光，"这个就要凭借你九龙刻漏的算术来确定。"

"原来如此。"鲜于刘光信心大增，"两位哥哥，我明白要做什么了。"

"事情虽然谋划得简单，"王坚摇头说，"可是真的打起来，战场上形势瞬息万变，若能在军情变换中算无遗策，应该是古往今来道家算术第一人了。"

鲜于刘光说："王大哥说得不对，道家曾经有过无数大战，都是双方的术士各自计算。而现在，道家的阵法已经遗失，堪堪只有一个道场的算术而已。我的算术，哪里能跟道家前辈的算术相提并论。"

三人边走边说话，从奇胜门走到了出奇门，这一段城墙较长，山势不如南面护国门陡峭，却又比奇胜门要险峻，张珏用手指向外城墙与内城墙内侧的一处军营说："出奇门离钓鱼城军事调动中枢大校场的距离最远，因此在这里需要布置一个军营，由统领自行节制。"

鲜于刘光随着张珏的手指看去，一片舒缓山坡，军士的穿着与镇西门的军士穿着有所不同，于是问："这些军士难道不属于合川守军的编制？"

王坚笑了一下，对鲜于刘光说："是的，出奇门的守备军营叫马鞍寨。马鞍寨的守军从上至下都没有编入军籍，但是他们也并非泛泛之辈，这牵涉一段往事，你还记得靖康之难，大宋的死敌金国吗？"

"靖康之耻，是我大宋国运的转折点，我的先辈司天监也深受其害，我怎么能忘记这个国耻？"鲜于刘光说，"徽钦二宗太过庸碌，可是当时金国女真也对大宋皇室折辱到了极点，如何能忘却？"

王坚向张珏看了一眼，张珏唤来城墙上的传令兵，传令兵吹了一下牛角号，片刻之后，鲜于刘光看见奇胜门下走上来一个比王坚和张珏年龄稍大的将领，只是面孔白皙，仔细看来，比王坚和张珏多了一些书卷气。

将领走到王坚面前，单膝跪下，拱手说："王将军，召末将过来，是要介绍这位少年英雄鲜于刘光与我认识吗？"

驱动阴阳四辨骷髅道场的术士鲜于刘光在钓鱼城已经尽人皆知，作为镇守奇胜门的将领当然知道，只是昨晚在飞鸟楼的宴席上，鲜于刘光并未见过此人。

将领对鲜于刘光拱手说："鲜于先生，末将完颜安康因为军务要紧，昨夜未能给先生接风。"

鲜于刘光听将领的名字叫完颜安康，立即看向了王坚，刚才王坚提起靖康之难，看来是意有所指。

王坚微笑点头一下，对鲜于刘光说："还记得冉世伯的先祖冉怀镜，逼迫了一批金国的军士拖运九龙刻漏到钓鱼城吗？那些军士在钓鱼城就安顿了下来，多年之后，有了几百名后人。到了金国被蒙古灭国，金国最后一个国主完颜承麟死在乱军之中。但是他有一个皇子，侥幸逃脱了蒙军的屠戮，流落在民间。钓鱼城的金国后人，惦念完颜族裔，就托家父把他接到了钓鱼城，这也是丁大全一党恶意构陷我们王家的一条罪状。"

"这位完颜安康将军，"鲜于刘光明白了，"就是那位金国末主完颜承麟的子嗣？"

"不错，在下就是金国皇帝子嗣，"完颜安康说，"我的母亲是金朝内官的一个宫女，地位低微，算起来她还是当年靖康之难被金朝掳到北方的一位宋国皇室姬妾的后人……"

完颜安康说到这里，停顿了一下。

鲜于刘光心中明白，算起来，完颜安康的母系祖上是宋朝王室贵姬，多半是被金人掳到北方，嫁给某个将领，生下女孩，扔进宫里做一名婢女，又被完颜承麟偶

347

然宠幸，或是强迫，生了这位完颜安康，这种完颜皇族的敌国庶出婢女，当然不被金国皇族看重，虽然血统尊贵，同时有完颜和赵姓的血脉，可是地位连普通的金人都不如，只能早早地就投入金国的军中，避免无穷无尽的麻烦。不过在蒙古灭金破城之后，反而因祸得福，逃脱了一条性命。

完颜安康说："鲜于先生不用忌惮我的身份，金国已经被宋蒙联手灭国，本来国与国之间交战，宗族尽灭，我无话可讲，只是亲眼看到蒙古人烧杀淫掠，连妇孺都不肯放过，让我心中不平。"

"当年你们金人，也是一般的作为。"鲜于刘光看着完颜安康说。

完颜安康听了，沉默一会儿，看着鲜于刘光的眼睛，缓缓说道："不错，只有看到了自己的宗族被战火所迫，生死离别之后，才会对战争有切肤之痛。因此我寻来了钓鱼城，不为别的，就为抵抗蒙古铁骑肆虐天下，献一份微薄之力，不让宋国的百姓陷于蒙古人的水火中，重蹈当年靖康的灾难。完颜宗室已经灰飞烟灭，我早就应该自尽殉国，之所以苟活到今日，就是要在钓鱼城跟蒙古大军交手一番，与王将军、冉将军、张将军一起抗敌，让他们无功而返。"

鲜于刘光听了，立即拱手对完颜安康说："完颜将军说得有道理，刚才多有得罪。"

完颜安康听了，摆摆手，对王坚说："既然鲜于先生来了，看来蒙古大军也不日就到，军中事务繁杂，我得赶紧去处置。王将军放心，有我完颜安康在，有我马鞍寨的军士在，奇胜门绝不会被蒙古人攻破。"

说完拜了拜，走下了奇胜门，回到了那个叫马鞍寨的军营之中。

鲜于刘光说："原来镇守奇胜门的马鞍寨守军，就是王大哥说的金人后裔。"

"不错。"王坚说，"完颜安康是个出色的将领，因此不仅金人后裔军士归他调动，陆续来投奔钓鱼城的四方豪杰也调拨在完颜安康的麾下，完颜安康亲历过蒙古大军攻城，他的经验在我和君玉之上。"

王坚说完，又带着鲜于刘光顺着城墙一路东行，走到了青华门。青华门在钓鱼城东北方的上角，与东南方下角的东新门相互照应，与钓鱼城其他三个方向不同，东方城防虽然也建在悬崖之上，也有沟壑，不远处却是高山耸立，是钓鱼城半岛连接陆地的方向。

"如果蒙军压境，"王坚说，"蒙哥一定会将大营驻扎在东面，就在这片山后。"

鲜于刘光顺着城墙行走，看到投石车也依次排列在连接青华门和东新门城墙的后方，数量远比其他三个方位多。

三人行走到了东新门，又折返回到了东门，东门已经是正南方向，与护国门、始关门这几处险峻的方位相互策应，应对着钓鱼城南面。

王坚又带着鲜于刘光走向大校场，在路途中，鲜于刘光看到数百个百姓，正在采石场里采石，草草打磨成三尺到五尺的巨大石球，再由民夫用木棍撬动，顺着城墙滚动到钓鱼城各门的投石车处。

到了大校场，也就是钓鱼城的军营。王坚虽然在钓鱼城有宅邸和府衙，但是战事一起，他就会坐镇大校场军营，指挥调动所有的军士。

王坚和张珏到了大校场后，大校场上的守军停止操练，等待着两位将军的命令，看来钓鱼城守军的操练一直很勤勉。鲜于刘光知道两位将军为了陪伴自己了解钓鱼城的城防地形，才暂且放下了操练军士的军务，现在不好再耽误两位将军的正事，于是对王坚拱手说："我初来乍到，就自己到处看看，两位哥哥已经带我转了一圈，剩下的地方，我就自己去看吧。"

王坚和张珏点头，走到大校场上指挥操练，让鲜于刘光自行离开。钓鱼城虽然不大，这一圈走下来，也到了中午。

鲜于刘光看见自己站立的地方与出发时候的飞鸟楼只隔了一片树林，于是从树林中的马道走向护国寺，想再去拜访一下安世通，看看安世通的伤势恢复得如何。

行走到树林边缘，鲜于刘光看到了一个小小的山中湖泊，说是湖泊却又小了点，但又比寻常的池塘要大许多。湖泊边修建有凉亭，鲜于刘光走了一上午，心想，安世通有冉璞的照料，应该无妨，于是走到了凉亭里，看着湖泊的水波，池水清澈，周围还有几个巨大的水车正在转动，鲜于刘光才意识到这个湖泊对守城的重要性。

但凡是大军围城，多半是围而不破，围城的大军将军力腾到外围，并且布置埋伏，剿灭来进攻的援军。几个月甚至一年下来，城中粮食、饮水耗尽，守城也就无望,只能投降。

而钓鱼城的城防布置,用意很明显,那就是不需要外援接应。城内核心部分有大片水田,即便是山势倾斜的坡地也用心耕作。这个中心池塘的作用尤为重要,能解决城内饮水和灌溉的问题。这样,钓鱼城就是一个世外桃源,无论被围困多久,都能自给自足。

鲜于刘光想到这里,不禁钦佩当年布置钓鱼城的观尘子、王员外,还有参与修建的冉家氏族,整个钓鱼城的军事布防十分巧妙,利用地势到了分毫不差的地步。并且今日,王坚只是带他看了地面上的城防,而按照阴阳四瓣骷髅道场的布置,这钓鱼城还隐藏着无数的机关机括,耗费的财力和人力,无法想象。

鲜于刘光看着转动的水车,心中疑惑,池塘中并非流水,是什么力道带动着几个巨大水车转动?钓鱼城城防的人力和军力皆要用于军事,匀不出人力、畜力来运转如此巨大的水车。

鲜于刘光想了一会,哑然失笑,既然修建钓鱼城有道家术法的加持,那么一定有精妙的机关在操纵,只是其中道理,他一时间还想不明白。正在苦苦思索,想走到水车之下看个究竟的时候,看见冷谦和刘三娘走到了凉亭内。鲜于刘光愣了一下,心中愧疚,从昨夜到此时,他一直忙于启动阴阳四瓣骷髅道场和勘察钓鱼城城防,倒是把这个小徒弟和刘三娘两个人给忽略了。

刘三娘只是冷冷地看了鲜于刘光一眼,看来还在为昨夜飞鸟楼的波澜突起生气。冷谦却开口就问:"师父,你是不是要娶那位美貌的冉家娘子为妻?"

鲜于刘光瞠目结舌,"你这个小子,为什么这么问?"

"这钓鱼城上下所有的人,"冷谦说,"你知道他们怎么称呼你吗?"

"客气的称呼我一声先生,长辈叫我名字,王将军叫我兄弟,"鲜于刘光说,"还能有什么称呼?"

冷谦撇了撇嘴,"王将军帅府里,管家罗老爷子、做饭的黄大娘,还有几个打杂的,即便是种田的农夫,都叫你大姑爷,冉家的姑爷!"

"这话从何说起?"鲜于刘光看向刘三娘,"此事可不能信口雌黄。"

"哼。"刘三娘说,"就算是你嘴里不承认,可是架不住人家冉家上下都把你当作了乘龙快婿。那位冉家娘子，更是把你当作夫婿吧！"

鲜于刘光说："这件事情，我定当跟冉璞将军说个明白，怀镜老先生当年是一片真心跟诡道交好，哪里想得到百年后的事情？而且我与不若姑娘，才见了一面，哪里有这么草率？"

"只见了一面？"刘三娘冷笑起来，"人家大清早就巴巴地到飞鸟楼上见自己未来的夫婿，我看这事并不草率。"

64

安世通做媒

鲜于刘光立即窘迫起来，冉不若清晨到了飞鸟楼上，与自己交谈了多时，原来已被刘三娘看在眼里。刘三娘虽然进不去飞鸟楼，却看见冉不若上楼，隔了许久才下来。如果刘三娘能在飞鸟楼上听见自己和冉不若交谈也就罢了，可是偏偏她上不得楼，只能在下面暗处等着，以她的性子，指不定还要胡思乱想些什么，现在虽是轻描淡写地质问，心中已经是在压抑怒火了。

刘三娘继续说："鲜于先生你现在是钓鱼城抵抗蒙军南下的中流砥柱，两军冥战你是守方的术士统领，冉家在钓鱼城经营了几十年，你是少年英雄，于公于私，与冉家的娘子成亲都是珠联璧合的美事。我父亲是刘子聪，在这里身份尴尬，看来是配不上你了。"

鲜于刘光对一旁的冷谦说："你先回避，我有话跟三娘说。"

冷谦倔强地说："我是外人吗？有什么话是我听不得的。"

"有些话你这个小孩子不适合听。"鲜于刘光说，"快走。"

"让你徒弟走什么，"刘三娘说，"你有什么话，不能在他面前说的，怕是话不好听？"

鲜于刘光用眼睛狠狠瞪着冷谦，冷谦当作没看见，干脆坐了下来，"赶我回避有什么用，难道我走远了就听不见吗？"

鲜于刘光摇摇头，看了看冷谦，又看了看刘三娘，然后对着冷谦说："我们三人的身世都一般，我跟你一样无父无母，都身负深仇大恨，三娘虽然有爹，但是比我们更不堪，与父亲有杀母之仇……"说到这里，鲜于刘光看向了刘三娘，"这世上,我们三人都如同无根基的浮萍一样,既然能聚在一起,就是老天爷让我们照顾彼此。三娘、冷谦,我们虽无血亲,但是也只能相依为命,到现在你们还不相信我的心意吗?"

刘三娘听了,没有回话,冷谦闷闷地说:"师父,你到了钓鱼城,就跟换了个人似的,所有人都把你当大人物看待,就怕你忘了我们一路的艰辛。我是男子汉大丈夫,在这里不舒服也就罢了,可是三娘一个女子,跟着你千里迢迢来了钓鱼城,你要是娶了别人,还说什么相依为命?"

鲜于刘光笑了一下,伸出手把刘三娘的手握住,刘三娘把鲜于刘光的手甩开。

鲜于刘光对刘三娘说:"三娘,我对你的心意,在悬崖之上,命悬一线之时就已经说得明白了。"

"男人变心,我又不是没有见过。"刘三娘冷冷地说,"你现在花言巧语,诡道跟冉家结亲,整个钓鱼城上下众望所归,我看我就是个多余的人。"

鲜于刘光看着冷谦打了个哈欠,想着刘三娘和冷谦一定是商量好了专门跟自己为难,只是不知道这两个人一路上相互挤对,到了钓鱼城才一天,就联合起来针对自己。

刘三娘看见鲜于刘光在打量冷谦,对鲜于刘光说:"你的作为,可不是我多心,你的徒弟都看不下去了。"

鲜于刘光在刘三娘面前,无论心中多么有理,嘴里就是说不出来。既然无法可想,干脆把刘三娘的手牵起来,拉着她向护国寺走去。

刘三娘怒道:"你做什么?"

鲜于刘光边走边说:"跟我来就是。"

冷谦也紧紧跟随鲜于刘光和刘三娘二人。这里与护国寺隔得不远,片刻即到。鲜于刘光拉扯着刘三娘,走进护国寺,看到安世通正在庭院之中,闭着眼懒洋洋地晒着太阳,手里把玩着一个小小铜炉,另一只手已经包扎完好,看来伤势无碍。鲜于刘光记得就在昨夜,安世通给了自己三个事物,一个知了壳子,一个阴阳四瓣卷轴,还有一个铜炉,不知道为什么这个铜炉又回到了安世通的手里?鲜于刘光目前无暇顾及这些,把刘三娘带到了安世通跟前。

安世通的眼睛睁开，看着刘三娘和鲜于刘光，脸上似笑非笑，拿着铜炉的那只手摆了摆，"三娘，这个媒人我做了。"

刘三娘愣了一下，随即明白了安世通的意图，转头问鲜于刘光："你、你为什么不早说？"

鲜于刘光的心思不如刘三娘快，问安世通："安道长，师父、你怎么、怎么知道……"

"我当然知道，"安世通说，"我活了一百多年，这点人情世故还瞒得过我的眼睛？你们不用顾虑冉将军，冉怀镜老前辈跟我渊源颇深，我年纪一大把了，做你们的媒人，冉璞将军也无话可说。"

鲜于刘光这时候醒悟过来，知道安世通不用询问就知道，自己是拉刘三娘来让他做媒人，打消刘三娘心中的芥蒂。

鲜于刘光转头再看刘三娘，刘三娘已经笑靥如花，脸上的冰霜消融得无影无踪，对着鲜于刘光说："既然有安道长做媒，我暂且就信了你。"

冷谦吐了吐舌头，"师父早就有了主意，嘴里却不说。"

鲜于刘光把冷谦的耳朵拎起来，"就你喜欢看热闹，巴不得鸡飞狗跳，现在也知道叫我师父了。"

刘三娘心情大悦，对安世通好感倍增，昨夜在飞鸟楼，她看钓鱼城上下所有人都不顺眼，现在看到安世通，觉得只有这个老道士是个好人，随即又觉得钓鱼城的军民也没那么可恶了。除了那个娇滴滴的冉不若……还有那个逼着鲜于刘光成亲的冉璞。

鲜于刘光刚才担忧的事情已经被安世通化解，也就想起了要紧的事情，于是连忙询问安世通："冉将军不在这里？"

"在我厢房休息，他没日没夜守着飞鸟楼，谋划守城的军务，你来了之后，他总算可以安心休息了。"安世通继续端详着手里那个小小的铜炉。

"师父，你的手臂？"

"无妨。"安世通说，"冉家簰帮帮众行走西南水路，受伤稀疏平常，冉家的金疮药是很好的。"

"那您手里的这个铜炉……"鲜于刘光忍不住问。

"怎么又回到了我手里，对不对？"安世通笑着说，"你专心于九龙刻漏和启动阴阳四辨骷髅道场，取出卷轴的时候，铜炉和螟蛉掉了下来都茫然不知。我不愿打扰你，就把这两样东西给收回来，替你保管。"

鲜于刘光连忙摸自己的胸口，果然那个知了壳子也不在内袋。

"这次别再弄丢了。"安世通再次把螟蛉和铜炉交给了鲜于刘光，"大敌当前，你心事重重，不是好事。"

"前辈已经替我解决了最大的难题，"鲜于刘光微笑起来，"我今后就心无旁骛，专心计算九龙刻漏，运转阴阳四辨骷髅道场。"

"铜炉和不若手里的陨石，有极大的秘密，"安世通说，"虽然我不知道具体如何，但是你要记住，三铜和陨石，有扭转乾坤、翻天覆地的作用，这个只能你以后去慢慢领悟了。总之，天下大势，着落在你鲜于刘光的手里，也是命数。"

安世通说完之后闭上眼睛，继续晒着太阳，也不知道睡着了没有。

65

蒙军压境

鲜于刘光看着钓鱼城上的内外城墙,以及一字城墙上信兵来回奔跑,随后百人的军队也在上下调配。钓鱼城的南北码头都在鲜于刘光的视线之内,他看到北边水军码头,大部分的战船已经驶出,顺江绕了一个大圈,移动到了南边的水军码头。他心中明白,北方码头易攻难守,王坚宁愿把水军的实力,保存在更为坚固的南边码头。但是钓鱼城城墙上的军队调配,非鲜于刘光能够看懂。鲜于刘光只能回到九龙刻漏的旁边,冉璞招呼军士,把一张巨大的羊皮地图,铺在鲜于刘光面前,鲜于刘光看见整个钓鱼城都在这张地图之上。

冉璞说:"刘光,该你了。"

鲜于刘光茫然无措,冉璞手指向了城北,"蒙古大军到了渠江和嘉陵江入口处,从何地上岸?"

鲜于刘光看了看地势,"史驱和董文炳必定建议蒙哥,先击溃北方码头,然后主力军到东方大山之后扎营,而副将汪德臣会率领水路两军攻入合川城,水军进攻那边码头,步兵登陆钓鱼城半岛的顶端,这样就形成合围之势。"

"他们最先发动攻击,是哪个方向?"

鲜于刘光闭上眼睛,良久之后,轻声说:"四面同时攻城……"

冉璞苦笑一下,"小小的钓鱼城,行走不到半个时辰就能绕一圈,蒙哥的十万人马,足够围绕我们九层,这个不需要计算,他们的确是不需要寻找一个突破点来攻击我们。"

说完,慢慢又走到了围栏处,这次却看着脚下的钓鱼城的城墙,轻声对着鲜于刘光说:"不知道这次坚守,这些来来去去的军民,最后能剩下几个人来。"

鲜于刘光听了,心中一凛。冉璞和王坚、张珏都已经身经百战,而自己从未见识过战争,现在第一次感受到了风雨欲来的悲凉。

蒙古军队来得比王坚和冉璞预料的晚,一整天过去了,王坚来飞鸟楼不下二十次,但是每次来都没有看到蒙军压境的动静,放出去的斥候,也没有一个回来。

冉璞听了满脸忧容,蒙古大军行军慢,这不是个好的预兆,说明他们行军极为稳定,不求冒进贪功,放出去的斥候没有回来,那就是他们前军稳定,经过的地方,无论百姓商贾,尽数拿下,不走漏任何消息,不让任何人能够从大军行进的方向前往钓鱼城。

蒙军虽然没有偷袭的意图,但也证明了蒙哥极为自负,一切尽在他的掌握之中。整个蒙军在蒙哥的率领之下。如同一块巨大的巨石,缓缓移动而来,势不可挡。

钓鱼城已经向下游方向发出了信号,重庆方向的守军即便是收到消息,也来不及调兵支援,他们必定会被蒙古的水军隔绝在嘉陵江下游。虽然钓鱼城地势易守难攻,但是也容易被蒙军围困,世上无万全之事。

不过合川附近的一些民勇和土著豪杰,也陆陆续续地到来,共计三百余人,这些百姓脸色阴沉,默默地进入钓鱼城内。张珏担心有蒙古的细作混入其中,王坚却认为蒙哥率军已经十分自负,因此不会安插奸细。

这些来自民间的豪杰都被编入了马鞍寨完颜安康的麾下。其中还有来自附近寺庙的和尚,但是只有十几人。

夜色来临,鲜于刘光盘膝坐在九龙刻漏之下,闭着双眼,旁人不知道他是在沉睡,还是在默默计算。

鲜于刘光什么都没有想,尽量地入定,把自己所有的精力,都放在面前的这个九龙刻漏之上。冷谦和刘三娘给鲜于刘光送饭,看见鲜于刘光已经入定,不敢打扰。冉璞也不再忌惮刘三娘,刘三娘见鲜于刘光不吃饭,干脆也蹲坐在鲜于刘光身边。

蒙古大军是在夜间子时到达渠江与嘉陵江交汇的鸡公岭,他们已经绕到了钓鱼城后方,如果蒙军不在意钓鱼城,他们可以直接绕过连接钓鱼城半岛的陆地,穿越石子山，进入下游，直奔重庆。但是蒙军不会这么做，他们一定要攻破钓鱼城，再向南进军。这一点，不论是蒙军，还是冉璞、王坚，都有共识。

蒙军到了鸡公岭，开始整顿分兵，同时水军慢慢地调度船只，围困钓鱼城的北面水军码头。钓鱼城的水军码头被蒙古战船阻隔之后，窝在码头内侧，蒙军水军并没有对码头发起攻击，而是在鸡公岭下的鸡爪滩修建浮桥，很显然要渡过渠江。王坚派遣了几个水军勇士，从北面水军码头出发，驾着一艘小船，准备去烧毁浮桥。本来小船移动的比蒙军的战船迅速，能够从蒙军战船中轻巧地穿过，可惜的是小船上承载了大量火油和干草，行动变得迟缓，很快就被蒙军的战船拦截俘获，船上的勇士无奈，只能凿沉小船后跳水，其中一个被蒙军射死，另一个溺死在水中，余下数人潜回了码头。王坚只能眼睁睁地看着蒙军的大部队从浮桥上渡过渠江，陆续到达钓鱼城东面扼守嘉陵江下游的石子山后扎营。

同时在鸡公岭、嘉陵江对岸篮狸滩的另一部蒙军向西，行军到了合州城池下方。合州的守军已经所剩无几，蒙军也没有立即攻打，而是停了下来。

清晨时分，蒙军大部队在石子山附近开始建造大营，同时蒙军大部队仍旧继续分兵，从石子山渡过嘉陵江，到了嘉陵江南岸，朝石马山移动。石马山一面也是悬崖，与钓鱼城相互对望。

然后整整一天，蒙军一直在调度军马，掘地驻营。王坚指派了几小股人马从青华门出去，扰乱在石子山移动的蒙军，没有任何的异动就被蒙军默默地吞噬。而背面码头的十几艘战船，也被蒙军水军战船隔绝在码头之内，无法攻击向西面进发的蒙军。

蒙军训练有素、进退有序，在傍晚时分，已经从东面、南面和北面将钓鱼城三面合围，只剩下西面的合州城没有被攻破，留了一个空隙。

王坚在天黑的时候到了飞鸟楼，看见鲜于刘光盘膝坐在九龙刻漏旁，脑袋低垂，似乎已经坐化一般。王坚顾不上询问鲜于刘光的状况，而是走到冉璞身边，轻声说："蒙军已经三面合围，按照他们调配军马的速度，应该在午后就能两面夹击把西面的合州城池攻打下来，那样就四面围困了。"

"如果我算得不错，劝降的人就要到了。"冉璞的眼睛死死盯着石子山方向。

"是啊,"王坚也点头说,"他们留了一条路,方便我们退到合州城池内,无论下一步是战是逃,钓鱼城都算是投降了。"

话音未落,信兵登上飞鸟楼,对王坚禀报:"王将军,蒙使晋国宝在青华门下求见。"

王坚看向冉璞,"果然来了。"

冉璞说:"晋国宝,这个人的确是合适的。"

王坚长叹一声,"我猜就是他。"

冉璞对信兵摆手,"让他过来。"

不到半炷香工夫,信兵带着一个中年青衣男子上了飞鸟楼。男子上到顶层,看到了王坚和冉璞,立即飞奔向冉璞,王坚抽出佩剑,指在青衣男子面前。旁边的刘三娘和冷谦看到,知道这个人就是冉璞和王坚提起的劝降蒙使晋国宝,并且和冉璞、王坚颇有渊源。

"二郎,"晋国宝果然称呼王坚十分亲切,"别来无恙?"

王坚不答,只是谨慎地把晋国宝上上下下看了一遍。

晋国宝立即又对冉璞拱手:"冉伯父,你老了许多。"

果然三人不仅认识,还是故交。

冉璞说:"既然来了,就别走了,你们两个异姓兄弟,都逃出升天,现在就一起共同抗击蒙军吧。"

晋国宝听了,沉默不语。王坚冷笑说:"果然是做了蒙古人的走狗,起初我还不信,现在确认无疑了。"

晋国宝说:"我们在临安被奸臣丁党陷害,王老将军冤死,你我命大,被神雕侠救下,带到了北方,可是世事无常,我们各自逃命。"

"我一直打听的你的消息,"王坚说,"听说你落入了蒙古人的手中,一年后得到消息,你被押送到开平,我与北方的义军谋划多时,想找个机会去往开平营救你。"

晋国宝脸色尴尬,"多谢二郎,原来你一直没有放弃寻我。"

"谢什么!"王坚说,"我要救的是跟我和爹一起为国为民出生入死的好兄弟,这不是大丈夫该做的事情吗?"

晋国宝眼眶红了，"我知道你流落在北方，日子不好过，但是我，但是我……"

"但是你躲在蒙古人的帐内，没有脸见我对不对？"王坚冷笑，"我巴巴的和义军的兄弟埋伏在你们去往开平的必经之路上，在草原风餐露宿十几日，没想到等来的是蒙古的官员晋国宝晋大人，和蒙军将领一起去参加蒙古人的什么劳子忽里台大会，数百人的军队护送晋大人，好不风光，好不威风！"

晋国宝脸色红一阵子，又白一阵子。

冉璞说："当年南霁云被叛贼俘虏，行将赴死，南霁云在叛贼刀下犹豫，张巡呼云曰：'南八，男儿死耳，不可为不义屈！'云笑答：'欲将以有为也。公有言，云敢不死？'随即不屈受死。"

冉璞说了这些话，王坚立即不再冷嘲热讽，而是压低声音问晋国宝："六哥，冉伯父说的是不是真的？"

晋国宝沉默不答。

"西路大军到底打算直扑重庆，还是一定要攻打钓鱼城？蒙哥与忽必烈约定会师的时间是什么时候？蒙军有没有带上攻城的投石车巨炮？他们如果攻打钓鱼城，会先攻打哪一个方向？……"王坚一连串问了许多，可是晋国宝一个都没有回答。

冉璞说："蒙哥在石子山驻扎，西路去往合州城池的是不是汪德臣部？国宝，你不急，我们慢慢商议对策。"

晋国宝看了看冉璞，又看了看王坚，"冉伯父，二郎……为了钓鱼城的几千军民着想，降了吧，大汗让我告诉你们，知道冉将军和王将军绝不会投降，因此准许你们带领钓鱼城所有军民，尽数进入合州城池，蒙军绝不突袭，并且将合州仍旧交由你们管辖。大汗带着军马南下，若是胜了，蒙军依然于合州秋毫无犯，二郎仍旧是知合州。若是大汗败了，退兵合州，再与你们交锋，你忠于大宋，拦截蒙军，大汗也就认了。"

王坚听了，本来已经垂下来的长剑，又指向晋国宝，哈哈大笑起来，"果然还是个软骨头！"

晋国宝朝前走了半步，宝剑剑锋顶到了晋国宝的下颌，"王老将军带着你我，与蒙古人交战十数年，最后是什么结果。我们被丁党诱骗到临安，又给我们安上什么罪名？说王老将军拥兵自重，不听朝廷调度。我们与蒙古人打仗，军情瞬息万变，哪里有机会去听从那些朝堂上尸位素餐的奸冈之辈的指挥。我们出生入死，为赵家宋室卖命，可是他们却偏偏要置我们于死地。为什么？你知道吗？坐在朝堂上的那个昏庸主子，害怕我们，比害怕蒙古人更甚。"

"父亲死于丁党之手，这个仇恨我无日不忘，"王坚说，"可是阻拦蒙军南侵，是我大宋子民的本分，这天下不是宋室赵家一家的，是天下人的天下。"

"宋室冤我屈我杀我，"晋国宝说，"可是蒙古的蒙哥汗，还有忽必烈王爷却对我们汉人的精英敬若上宾，既然天下是天下人的，为何要计较蒙汉之别，只要是明君便罢了，为什么非要去维护那个退缩在临安、日夜奢靡、花天酒地的宋室，而不替天下百姓着想，迎奉体恤民意的明主？"

"蒙古戕害大宋百姓的作为，我可见得不少，"王坚一张脸冷到了极点，"你这番话，骗得了旁人，骗不了我。"

"既然如此，我无话可说了。"晋国宝说，"蒙军攻打钓鱼城，不出三日即破，大汗少了这三日，于攻陷临安也没什么障碍。"

"晋大人，你这句话说了，我们就不再是兄弟，你明白我的意思吗？"

"我懂，"晋国宝苦笑，"不过我宁愿死在你的刀下，也不会再为宋室卖命了，我意已决。"

"好。"王坚说完就要把长剑刺入晋国宝的喉咙。

冉璞阻拦王坚，"既然晋大人是蒙军来的说客，两军交战，不斩来使，让他回去吧。"

王坚收了长剑，对晋国宝说："你滚吧。"

晋国宝站立一会儿，看了看飞鸟楼下的钓鱼城，然后跪下，向冉璞磕了三个响头，站起来后，对着王坚深鞠一躬，"多谢王将军不杀之恩。"

王坚身边的军士，护送着晋国宝下楼，走出了城门。

晋国宝走后，王坚看了看冉璞，两人沉默了一炷香的时辰，才勉强恢复正常模样，然后都忍不住长叹一口气，王坚问冉璞："连六哥这样的汉子都投降了，这天下的民心是不是已经涣散，大宋真的就要亡了吗？"

361

"大宋天下人心散不散，就落在你身上了。"冉璞说，"你胜了，不仅仅是钓鱼城阻拦了蒙古西路大军南下。现在蒙古的东路大军、南路大军都已经进入了大宋境内，襄阳和潭州的军民，他们能不能坚持下去，人心是否凝聚？都看着你这一口气会不会泄掉。"

"我懂。"王坚说，"只是见到了故人，心里稍稍犹豫了一下。"

突然一旁的鲜于刘光睁开了眼睛，对着王坚说："那个晋国宝，已经死了。"

66

合州之围

"啊!"王坚和冉璞同时惊呼,"刘光(鲜于兄弟),你算得出来?"

"我这一天一夜,突然参透了一个道理,"鲜于刘光说,"九龙刻漏不仅能够凭借水分计算,它的妙用远不止如此,我突发奇想,把看蜡算术也融汇到刻漏中,能够看到将死未死的鬼魂。"

鲜于刘光的话刚说完,听见飞乌楼的踏板发出"咚咚"的沉闷脚步声,张珏走上飞乌楼,把一个血肉模糊的脑袋扔在王坚的脚下。

王坚弯腰把头颅捧起,果然是晋国宝的脑袋。

张珏杀气腾腾,对着冉璞和王坚说:"冉伯父和王大哥,你们的心肠也忒软了,你们放过了这个晋国宝,岂不是让钓鱼城上下军民心寒齿冷,还怎么有必死的决心与蒙军交战?"

"他是蒙使,"王坚说,"这点礼仪气度还是要有的。"

"你是怕惹怒了蒙哥吧?"张珏大喝,"你怕了吗?再说了,这个晋国宝是你的兄弟,我替大哥杀了不义之兄,清理门庭,这是私事,跟两军交战无关!"

王坚听了,立即对张珏说:"君玉你说的对,适才是我糊涂了,大敌当前,我竟然犹犹豫豫,惦记同袍之谊,却忘了天下百姓的生死。你做得很好,杀了这个投奔蒙古的奸人,好让钓鱼城军民知道我们的决心。"

张珏这才收了怒容,拍了拍王坚的肩膀,"就是死也要跟随城池玉石俱焚,这话可是你和张实将军说的。"

王坚招呼随从亲兵上楼,"把这个头颅挂在青华门上,让蒙古人知道,只有战死和焚灭的钓鱼城，没有投降的钓鱼城！"

然后对张珏说："还是把晋国宝的无头尸首收殓了，尽了我与他的兄弟情分。"

鲜于刘光看着眼前发生的这一幕，知道王坚是个重情义的豪杰，虽然刚才因为晋国宝的话稍稍有点分神，但终究还是冷静了下来，知道自己只有一条路可走。

刘三娘问鲜于刘光："你刚才到底是睡着了，还是醒着？"

鲜于刘光说："我刚刚领悟了诡道看蜡算术真正的妙处，能够看见钓鱼城方圆几十里内所有死去的人的魂魄，这才是看蜡的真正精髓。"

"这个本事有什么用？"刘三娘好奇地问，"又不能杀敌，又不能将同袍复生，仅仅只能看见，有什么了不起的？"

冷谦赞叹地说："师父，这个本事很大啊，能够在第一时间看到战场上敌我双方各自死了多少人，这样就可以判断战场形势。"

"冷谦说得不错，"鲜于刘光说，"两军交战到了胶着时刻，双方都不知道对方还有多少幸存的军士，因此能咬紧牙关的一方，就能凭借己方的毅力，一鼓作气地击溃对方，这是其一。两军交战，如果主将战死，但是敌方并不知情，副将可隐瞒主将战死的消息，仍旧能够继续用主将的名义指挥军队作战，军心不会溃散。这是其二。"

"这么说来，还有点道理。"现在刘三娘心情好了，也就不再跟鲜于刘光抬杠，她也知道整个钓鱼城上下命悬一线，实在不是使小性子的时候。

鲜于刘光苦笑一下，"看来掌教李志常真人说得没错，万仙大阵之后，真正厉害的法术都失传了，我们诡道是所剩无几的门派，虽然法术流传了下来，可惜这几百年的传人，包括我的师父黄裳都不能领悟其精髓。把看蜡算术当作了一个计算阴阳两界的术法，却不知道真正的功用。"

冷谦好奇地说："既然如此，不仅是看蜡，其他三门算术，不也是同样的道理？需要师父去一一领悟埋没已久的法门，那样的话，诡道就是独步天下的道教门派。"

"看蜡算术，也是我突发奇想，在九龙刻漏的运转下偶然领悟的，"鲜于刘光说，"其他三门算术，不知道需要多少机缘巧合，或者是形势逼迫，才能领悟。"

鲜于刘光和刘三娘说着话,那边冉璞、王坚和张珏继续调动钓鱼城的城防军队。现在蒙古军队决心要同时攻打钓鱼城所有的城门,那么也只能根据守城的难易来分配钓鱼城的军力。比如青华门、出奇门、奇胜门城墙下的地势较为平缓,于是王坚下令马鞍寨的完颜安康将所有兵力都放在出奇门和奇胜门之间,以便来回照应。张珏率领重兵,主要镇守青华门,应对蒙哥的本部大军。其他兵力分散在靠南一侧,险峻的护国门、镇西门一侧。

在晋国宝的头颅悬挂在青华门城门之上半个时辰之后,蒙古的军队又开始了调动,南面嘉陵江对岸的石马山道路艰险,蒙军要绕过高山,进军合州城池,涪江以南是滩地,行军缓慢,一时间也走不到。

而从篮狸滩奔袭合州城池的蒙军,已经开始攻打合州城池。

冉璞和王坚站在飞鸟楼上,看着凶猛的蒙古大军向合州城池发起了第一轮进攻,合州城池的城防不占据地势优势,城墙也不甚高,蒙军的云梯一拨一拨地搭上城墙,士兵不断地爬上城墙。

冉璞和王坚遥遥看着合州城池被蒙军攻打,两人的手都紧紧攥住扶栏,王坚的身体在摇晃,不停地看向身边的信兵,又看向了南面山脚下的水军码头,那里有上百艘战船。

"合州留守的那些兄弟,不希望你派遣水军的战船去解救,"冉璞用手摁住了王坚的肩膀,"这些船,要留着保护钓鱼城。"

合州城墙上的云梯纷纷地倒下,留在城墙上的蒙军越来越少,看来是合州的军民正在殊死抵抗,勉强抗住了第一批蒙军的进攻。王坚的脸上并没有露出喜悦的神色。因为刚才只是极小的一支军队,真正的大部队还在慢慢地从北边移动过来、整顿排列,合州城池撑不过今夜。

时间到了傍晚,王坚和冉璞一直看着蒙古军队在零散地进攻合州城池。合州城池上的军士移动得越来越缓慢。

蒙军之中,突然慢慢地升起了一座云楼。王坚大惊,对冉璞说:"他们掌握了迅速建造云楼的本领。"

冉璞也沉默起来,"他们军中有西域的工匠。"

"既然都带来了，"王坚说，"那么也一定会用在攻打钓鱼城上。我们这一节失策了。"

"既然让我们看到，"冉璞说，"那就是无所忌惮了，他们一定有能够在坡地上攻城的机括，而且不见得就是云楼。"

鲜于刘光的声音从王坚身后传来，"现在在攻打合州城池的是汪德臣部，史驱在里面，他们的云楼就要进攻了，涪江上游的蒙古大军一旦到达，合州城池就会被攻破。"

"什么时候？"

"一个时辰。"鲜于刘光随即又说，"不到一个时辰了。"

67

琥珀青龙

半个时辰之后，合州与钓鱼城之间的嘉陵江上，几艘船只飞速地向钓鱼城顶端河岸而来，而上游的蒙古水军并未阻拦。

王坚已经顾不上那几艘船只，而是看向涪江方向，果然突袭来了一支蒙古军队，已到了合州城池的西方，占据了高处。

正在合州城池北面进攻的汪德臣部，云楼已经靠近城墙，云楼上的蒙军潮水一样涌上了合州北面的城墙，同时，合州西面的城墙崩塌了。

王坚和冉璞的眼睛一直死死地盯着合州城，到了太阳落山之时，合州城池就会沦陷。

接下来等待合州城池里困守军民的是什么，冉璞和王坚十分清楚，夜色已沉，除了合州城池内火光一片，听不到任何的呼号声。

王坚知道钓鱼城镇西门、奇胜门城墙上的守军都看到了这一幕，只能期望钓鱼城的守军，没有被蒙古大军的强悍震撼。但是这怎么可能？王坚自己心中的震撼都无以复加。

蒙古从石马山移动的军队在戌时到了涪江与嘉陵江交汇的南岸，同时涪江上游的蒙军与北方来的汪德臣部在合州城池内会师。三部蒙军，看来已经统一归了汪德臣调度，正在朝着钓鱼城的方向渡河。汪德臣收拢三军后，调度的速度猛然加快，大部队渡过了嘉陵江，踏上了钓鱼城西端的东渡口，然后立即快速行军到距离钓鱼城镇西门不远处的寒天堡。与此同时，蒙古水军突然对钓鱼城北面的水军码头发起了突袭，北面水军码头支撑了不到两个时辰就被攻陷。蒙哥本部的军队，调配出一支，从东策应上岸的水军，想攻破钓鱼城北面的一字城墙。

蒙军在一天之内，有条不紊地行军和调动，从东面的石子山到北面的嘉陵江沿岸，尽数是蒙军军队，并且蒙哥本部军队已经在寒天堡与汪德臣部会合；往南，嘉陵江对岸的石马山悬崖两侧，蒙军也全部布置完毕。

至此，蒙军已经从四面完全包围了钓鱼城，如铁桶一般，无懈可击。层层叠叠的营火、火把，连绵数十里，通明一片，在钓鱼城外围把嘉陵江映射得如同一道暗血冥河。

这时候镇西门下忽然来了几百个穿着普通服饰的人，在城门下，举着火把，高呼拜见守将王坚。王坚走下飞鸟楼，到了镇西门城楼上，看着门楼下的这一群人，王坚怀疑这几百人是蒙军诈敌的先锋，于是高声喊道："来者何人？是蒙军派来的先锋吗？"

镇西门城楼下这群人中，走出了一个负剑术士，他并不说话，而是掏出了一个物事，招呼城门上的守军用绳索吊上。守军见是一个檀木盒，便把木盒递给了王坚。王坚用佩剑将檀木盒劈开，一枚琥珀跌落在地上。王坚拾起琥珀，看见琥珀雕琢成龙形，镂刻了一个隶书的"王"字。王坚心里震动，看向城门下的负剑术士。

王坚还在犹豫不决，两个道童抬着垂垂老矣的道士安世通走到王坚身边。安世通看了看山下，又看了看城门下的负剑术士，对王坚说："我们青城派故人的后代来了。"

负剑术士回头看了一眼身后的两百余人，说："在下徐通明，受祖上徐清遗训，带领族人前来返还王家的琥珀青龙。"

王坚听见城门下徐通明的坦然相告，又看着手里的琥珀青龙，双手微微抖动。安世通对王坚说："一百二十多年前，我师父把青城山的弟子遣散，徐清师兄也下山了，这么多年了，旁人哪里还知道当年的青城山上还有个叫徐清的道士。你不用犹豫了，这就是受了你家祖上恩惠的徐清师兄的后人。"

王坚立即下令打开城门，徐通明和两百余人从镇西门下方的甬道来到镇西门上的校场，王坚和安世通在台阶的尽头等待着。

徐通明看见了王坚，朝着他拱手："先人受王老员外琥珀青龙的恩惠，世代不忘,到了我这一代,终于能率领全族来报答王老员外,与王将军一起联手共抗大敌。"

王坚也立即拱手:"蒙古大军以势不可挡之势来袭,钓鱼城如洪水中的一个虫豸,这种时候,徐道长还能举全族相助,我、我实在是无话可讲。"

徐通明说:"春秋豫让臣事智伯,智伯以国士待豫让,故豫让以国士报智伯,不惜飞蛾投火行刺赵襄子。当年青城山受靖康之难牵连,先祖徐清下山,眼见就要流落江湖,幸得王老员外的琥珀青龙相助,先祖得以渐渐在江湖立足,这是举族的恩情,当然要以全族相报。"

徐通明说完,随即转向了安世通:"祖师爷在上,受我一拜。"说完,跪下来向安世通磕头,而站立在校场上的两百余人也全部向安世通跪下。

安世通比徐通明不知道高了多少辈,既然是青城派的外院传人,安世通也就受了。徐通明磕头之后,安世通让徐通明站起,对他说:"当年徐清师兄年长,于我是十分照顾的,百年过去,我也从未忘记。通明,你是个有义气的汉子,不负你祖上的颜面。"

王坚与徐通明仔细交谈后才得知,当年徐清下山,拿着王家的琥珀青龙流落江湖,困顿之际,用琥珀青龙为信物,在王家京兆的分号领了二百两银子,开了一家镖局。百年来金、宋、西夏、蒙古连年纷争,世道不太平,徐清在青城山得了真传,几年后镖局就有了名气。从徐清的儿子开始,镖局在京兆、河南、山东一带渐成气候。徐通明已经是徐清的第五代玄孙,徐家世世代代惦记王员外的琥珀青龙恩情,也知道王家一直在钓鱼城修建城防,今日终于到了报恩的时候。徐通明赶在蒙古大军之前,全族奔往合州城池,后被蒙古汪德臣部攻破。破城之前,合州守城的副将把最后一艘船给了徐通明,让他渡江去投奔钓鱼城。

这就是徐通明相助的来历。徐家经营镖局百年,这两百人非一般的豪杰壮士可比,都是常年行走江湖、刀口上舔血过来的高手。王坚得了徐通明的相助,在守城与蒙军短兵相接的时候,胜算大了不少。

蒙军攻城在即,王坚和徐通明也没有时间细细交谈,立即把徐通明的族人都编入张珏的麾下,在城墙上游走,守卫守城薄弱的位置。

王坚回到飞鸟楼，把徐通明的事情说给冉璞，冉璞听了也不胜唏嘘。王坚在飞鸟楼看着蒙军的动向，也不断地下令调配守城军士，扼守钓鱼城各城门。

　　鲜于刘光又在九龙刻漏之下，进入了忘我冥思中。刘三娘和冷谦两人陪着鲜于刘光，半步不离。到了丑时，钓鱼城山下的蒙军渐渐熄灭了火把，开始暗中调动人马，很显然是营地已经驻扎完毕，准备第二日开始攻城。

　　钓鱼城的城防火把在城墙上燃烧，绕着钓鱼城的山体一圈，而四周黑漆漆的一片，无论钓鱼城内，还是钓鱼城外，都没有嘈杂的军马嘶叫声，这是恶战前的死寂。

68

攻城

钓鱼城的每一个人都心中忐忑，不知道一旦天明，蒙军进攻，钓鱼城能否守住一个时辰？

就在寅时一刻的时候，从北方的天空中飞来了一只巨大的飞鸟，从明月下掠过，钓鱼城山上山下的宋蒙士兵，都看得真切。不明白为什么在军情到了一触即发的时候，天空中飞来了一只巨鸟，到底是什么预兆？

巨鸟飞到了钓鱼城的上方，然后向下飞到飞鸟楼，在上面盘旋。冉璞和王坚身边的士兵担心对主将不利，就要射箭。随即被刘三娘和冷谦阻止。当飞鸟楼上所有人再看时，发现巨鸟并非飞禽，而是一只巨大的蝙蝠。

蝙蝠绕了飞鸟楼几圈之后，落到飞鸟楼的楼顶，站立在王坚和冉璞面前。王坚看到蝙蝠收起了硕大的翅膀，露出了一张人脸，歪歪斜斜地走到刘三娘面前。飞鸟楼上的士兵都诧异不已。

刘三娘看着蝙蝠，笑了笑说："还以为前辈不会来了。"

卞夫人说："山下大军内的那个史驱，他的巨弩着实厉害，我在路上又挨了一箭，好在上一次有了准备，这次伤得不重，还能飞到这里与你们会合。"

鲜于刘光睁开眼睛，看见了卞夫人，十分亲切，对卞夫人说："两军交战，形势险恶，前辈就在这飞鸟楼上休息吧，解围之后，我和三娘带你去古道。"

卞夫人看了看九龙刻漏之后，忍不住后退两步，似乎十分惧怕九龙刻漏，对鲜于刘光说："我就悬挂在飞鸟楼的楼顶，如果有什么意外，还可以随时通报。"说完两翅展开，身体腾起，飞到了飞鸟楼的顶楼飞檐下的边缘，倒挂了起来。

就这么眨眼的工夫，鲜于刘光和刘三娘都看到，卞夫人的翅膀上本已经愈合的孔洞旁，又多了一个略小的伤口，月光从伤口中透出。可见卞夫人虽然说得轻描淡写，实际上却凶险得多。

寅时之后是卯时，卯时即将黎明，冉璞和王坚站在飞鸟楼上，紧紧盯着东方，等待着朝阳升起，期间张珏和冉守孝不断地登上飞鸟楼，匆匆压低声音禀报军情，后又匆匆下楼。王坚不愿意在城墙上用旗语调动，以免让山下的蒙古军队看出端倪。

卯辰交接的时候，东方的山峦开始泛出一片微白，随即变成一道血红的光芒，映红了东方的天际。

即便是冉璞和王坚这样身经百战的将领也开始紧张起来。突然鲜于刘光站起身来，在飞鸟楼的楼顶平台走了两圈，然后又捧着脑袋蹲下。

王坚焦急地询问鲜于刘光："鲜于兄弟，怎么了？他们第一轮主攻在哪个方向？哪个城门？"

"我算不到！"鲜于刘光这话一说，冉璞和王坚也就罢了，飞鸟楼上的亲随士兵都大惊失色。

王坚抽出宝剑对着亲兵说："鲜于先生的话，不得传递出去，违令者斩。"

鲜于刘光不断地摇头："我只能知道史驱在那边，在嘉陵江对岸。"

"石马山？是不是石马山？"王坚追问。

"是的，"鲜于刘光说，"就在那边。"

"不会的，"王坚说，"他们要做什么？"

鲜于刘光说："放弃水军码头，把铁锁横江的机括损毁。"

王坚和冉璞几乎不敢相信自己的耳朵，"水军码头是我们与重庆水路联系的关键，怎么能够还未开战就被攻破？"

"来不及了。"鲜于刘光说，"已经来不及了。铁锁横江的机括已经被史驱破了。"

钓鱼城南面水军码头的西面一字城墙外，蒙军开始了对钓鱼城的第一次进攻。南面一字城墙就是鲜于刘光进入钓鱼城的位置，这种看似无意的选择，其实就是钓鱼城的弱点，可见蒙军早熟悉钓鱼城的地势。

同时，除了南面一字城墙之外其他方向的蒙军，也已经做出了进攻的姿态。鲜于刘光摆手告诉王坚，蒙古的水军由史天泽率领，史驱是史天泽的族侄，现在就在水军之中。

王坚走下飞鸟楼，亲自从内城墙到了外城墙，然后到了南水军的西面一字城墙。鲜于刘光和冉璞在飞鸟楼上看得清清楚楚，蒙军有数倍的军力，士兵们举着无数的长梯纷纷搭上城墙，守军极力拼搏，但是敌不过蒙军。

王坚到了南水军码头的城墙后，亲自督战，稍稍挽回了一点颓势。

鲜于刘光看了军情之后，对冉璞说："让王将军回来吧。"说完摇摇头。

就在王坚在南水军码头与蒙军交战的时候，蒙军的战船行驶到了南水军码头的江面，开始与宋军的战船对峙。按照冉守孝率领水军的计划，现在大宋水军，应该开始慢慢朝着东方的嘉陵江下游缓慢移动。同时，在钓鱼城的半山腰上驻守着守军，等着蒙军的战船通过了水军码头一字城墙延伸的江面之后，就驱动巨大的石头机括，把隐藏在江面之下的几十条粗大锁链抬起来，让蒙军战船进退不得。

可是蒙军的战船只占据了一字城墙上游的江面，并不急于进入水军码头。而在陆地上的蒙军，已经有数十人登上了一字城墙。宋军已经开始退败，无论王坚如何指挥，也无济于事。

一字城墙并未占据居高临下的地势优势，蒙军征战四方，在西域拔城无数，因此攻打城墙游刃有余。

鲜于刘光对冉璞说："史驱早已经知道了南水军码头江面之下的横江锁链。"

"是有人通敌，还是有细作早探明了消息？"冉璞低沉着声音问。

"都不是。"鲜于刘光回答，"史驱出身清微派，这个清微派虽然出自龙虎山一脉，但其先人肯定参加过建康一战，对九龙天一水法很熟悉。铁锁横江，看来是无用了。"

鲜于刘光说完，蒙军已经完全占据南水军西面的一字城墙，王坚带领守军后退到城墙之下，而东面的一字城墙，也正在被来自东边石子山蒙哥本部的一股军队攻打，虽战况惨烈，却远不及西面更甚。看来蒙军已经计划周全，必须要由西面的史天泽、史驱部将南水军码头攻下。

王坚意识到没有能力保住西面一字城墙，于是率领军队，卡住一字城墙上山的位置，边战边走，片刻就退到了山坡中段。

飞鸟楼上的冉璞说："他要守住铁锁横江的机括，如果守不住，南水军码头将覆没，蒙军的战船就会顺江而下，一路通畅，再无阻碍。"

"守不住了。"鲜于刘光摇头，随后又捧住脑袋，"史驱和董文炳的算术强大，远超我的预想，我凭借九龙刻漏也没有算出来，他们的目标就是铁锁横江。"

鲜于刘光说完，所有的蒙军战船绕过西面的一字城墙的延伸江面，进入了南水军码头内侧。

第四篇　钓鱼城

69

水军码头沦陷

南水军码头上的宋军战船在蒙军战船逼近之时，就慢慢地移动到了东侧下游的方向，并且水军统领冉守孝还列出了一字排开准备迎战的阵型。

王坚看到蒙军战船进入铁锁横江的范围内，立即高声下令，两侧一字城墙旁山坡的中段，左右各九个巨大的石球，开始转动，发出了巨大的隆隆声。

江面之下的几十根粗大铁锁，被巨石牵引，露出江面，顿时把水军码头内的蒙古战船全部锁死在江面上。冉守孝率领的宋军战船立即放出小舢板，去搁浅的蒙古战船附近放火。被铁锁锁死的蒙军战船并没有慌乱，不等宋军轻船靠近，就用弓箭射杀轻船上的宋军。

飞凫楼上，冉璞和鲜于刘光紧紧盯着战场，冉璞问鲜于刘光："看来铁锁横江并未被蒙军识破。"

鲜于刘光的眉头紧皱，"不，史驱算到了，我的水分算术能够感知到他的算术，但是我算不出他下一步做什么。"

蒙军的战船困在铁锁横江，一字城墙上的宋蒙两军仍旧在拼死交战，护国门和始关门城墙上的投石车开始朝着南水军码头内的蒙军战船投掷巨石。

蒙军的战船无法避让，十几艘船都被巨石砸穿了甲板，其中一艘船被击断了龙骨，开始漏水倾斜，但船上的蒙军并不慌乱，有条不紊地游到一旁的战船上。而且所有的蒙古战船，明显知道船只被锁链困住，干脆用船上的绳索和锚钩把船与锁链捆绑起来。

"他们在等什么？"鲜于刘光焦虑起来，"史驱和董文炳在等什么？史驱是清微

375

派传人，我见过他，他的鱼竿、捆仙索、捆仙索……清微派、董文炳，他们用了什么计策？"

鲜于刘光嘴里喃喃不停地说话，冉璞并不明白他在想什么，但提醒鲜于刘光说："左右一字城墙中段坡上，分别有九个巨大的石球，这九个石球滚落下山坡，势道巨大，会把蒙古战船压为齑粉。"

冉璞说完，果然王坚已经退到了一字城墙中段的九个石球部位，下游一侧的守军也进入了相对应的位置。

鲜于刘光站起身，看着山下的南水军码头："他们到底是要通过钓鱼城直扑重庆，还是要攻打钓鱼城？史驱早就知道铁锁横江，为什么不用火焚烧锁链……"

冉璞看见王坚和手下的士兵要开启九个大石球的机括，但是蒙军攻得急切，一时间也腾不出手。

本来在护国门镇守的张珏再也按捺不住，率领数十人从护国门跑到始关门，朝着一字城墙飞奔而来，要支援王坚。

这时候，北方传来了"隆隆"的声音，似乎是千军万马呼啸而来，片刻之后，"隆隆"的水声已经震动地面。

飞鸟楼上，鲜于刘光狠狠地拍了一下扶栏，大声喊道："这个史驱是清微派的逆徒，他真实的手段是姑射山卧龙任嚣城的术法——木甲术，铁锁横江，他根本就没放在心上。"

北方的隆隆声响如雷贯耳，因此冉璞听得不甚明白，不过鲜于刘光的最后一句话，冉璞勉强听清楚了，"我们的水军完了"。

鲜于刘光的话说完，冉璞也已经看清楚了，北方的嘉陵江上游，一道巨大的水墙从上至下席卷而来，蒙军已经把河道所有的支流汇入口用石料、泥土尽数封闭，因此水墙不会分散势道。水墙到了渠江与嘉陵江的汇入口，渠江的水势本就比嘉陵江更猛，因此推波助澜转而向西，又冲向了涪江与嘉陵江汇流，但是蒙军昨夜就已经在涪江汇流处打下了几百根木桩，并且把摧毁合州城池的砖石瓦砾尽数堆在了木桩之下。水墙撞击木桩后折返向东，顺着嘉陵江下游冲来，力道减缓，眼看就到了南水军码头。

水墙到了南水军码头后，嘉陵江的水面抬升，巨浪猛扑蒙军战船，但是蒙军战船已经被锁链捆绑，稳稳固定在铁锁之上。水墙过后，蒙军战船损失极小，几乎完好无损。水墙掠过水军码头，扑向宋军的战船。宋军战船早已经看到水墙扑来，调转了船头，往下游方向避让，但是已经毫无用处。水墙过后，一半的宋军战船被损毁。

同时，因为水面抬升，蒙军的战船随着汹涌的河水扑向下游，全部从铁锁横江的锁链上解困，然后扑向了下游不成阵形的宋军战船。宋军涣散，毫无招架之力。

蒙古战船解困，王坚要推下的十八个巨大的石球也没了用处，但是机括已经启动。左右两边各九个石球从山坡上滚下，石球不仅连着江面的锁链，两侧石球之间也牵带着巨大锁链，横扫而下的时候，无数在一字城墙下方没有准备的蒙军，被锁链绞成了肉泥。

但是巨大石球滚动到了江中之后，钓鱼城南水军码头的铁锁横江机关尽数用尽，铁锁横江已经被史驱破了。

南水军码头西侧的城墙被后续的蒙军攻陷，下方的蒙军立即朝着上方移动攻击。王坚站在一字城墙的中段，被切近的一股蒙军围困，正在厮杀。张珏带领人马赶到，击散蒙军，接应王坚回到了始关门。随后张珏又率兵从下游的一字城墙冲下，勉强阻挡东面一字城墙的攻势，为已经溃败的水军争取时间，好让他们弃船而逃，从一字城墙撤回到钓鱼城内。

当王坚回到飞鸟楼上的时候，蒙古水军已经把江面上的宋军战船尽数击溃。宋军战船上的水军或驾船靠近一字城墙，或跳水游过去，被张珏部接应上去。

蒙古水军的包围圈越来越小，战船已经逼近了暂未失守的一字城墙，宋军水军全军覆没，只是时间问题。进入南水军码头的蒙军已经到达一字城墙的西侧，而一字城墙东侧的蒙军也攻势猛烈，张珏率领军士勉强抵抗，就为了营救更多溃败的水军登上城墙。

王坚铁青着脸，见张珏还在恋战，立即下令鸣金收兵，可是张珏还在接应一艘破损的战船，眼看一字城墙两侧的蒙军就要登墙而上，王坚不免焦急起来。

张珏接应了这艘战船，可是江面上还有一艘战船被蒙军追赶，勉强到了城墙尽头不远处，突然被一支从天而降的巨弩击穿，船上的宋军只能纷纷跳水，张珏不愿撤离，仍旧继续接应这些落水的同袍。

就这么一耽误，东侧一字城墙的中段被蒙军攻陷，撤离的道路被蒙军切断，眼看中段登上城墙的蒙军顺着地势冲下，两侧的蒙军就要剪灭张珏，他疯了一样地攻打，蒙军水军也把残余的宋军战船尽数俘获，蒙军的战船也已经靠上了一字城墙，立时就要上岸。

张珏带领的士兵只能与冲下来的蒙军迎面交锋，希望冲破这唯一的道路，撤回始关门。但是蒙军越来越多，张珏部被压迫得越来越紧。

眼看张珏就要被蒙军围困，一举歼灭。这时始关门上冲下来一百余人，顺着一字城墙到了蒙军后方。占据城墙的蒙军顿时大乱，蒙军正要在狭窄的城墙上排列上下防备的阵型的时候，冲下来的宋军如同一柄利刃，把城墙上的蒙军尽数切开，势不可挡。

"徐道长！"王坚忍不住叫出声来。冉璞和鲜于刘光也看明白了，这冲下来接应张珏的宋军，就是已经提拔为张珏副将的徐通明，带领族人来接应张珏。

徐通明的麾下都是身经百战的高手，在江湖上混迹已久，即便是对抗训练有素的蒙军，也是以一当十，片刻就与张珏部会合，然后张珏和徐通明等人，一起顺着一字城墙边战边退，慢慢撤回到了始关门内。蒙军本想跟着张珏追击，一鼓作气攻陷始关门，可是始关门上射出无数弓箭，箭雨之下，蒙军纷纷倒下。蒙军无奈，只能先撤回水军码头。

至此，钓鱼城南水军码头失陷，水军全军覆灭，只有下游的两三艘战船侥幸完好，朝着下游重庆方向去了。

张珏脚步沉重地登上了飞鸟楼，上来之后，哈哈笑了几声，对着鲜于刘光说："鲜于兄弟，你这个军师，失算了啊。"

鲜于刘光惶然说："我，我对不住大家，这第一战，我们就失了水军，是我错了。"

张珏用手拍了拍鲜于刘光的肩膀，"也好，让我们见识到了蒙军的厉害之处，只是可惜了水军的兄弟。"

张珏说完，徐通明架着浑身湿漉漉的冉守孝也登上了飞凫楼。徐通明站立在飞凫楼上，一言不发，看着山下的水军。徐通明虽然败中求胜，救了张珏和冉守孝回来，脸上却没有任何的骄色，反而一脸的忧虑。

冉守孝向冉璞和王坚跪下，"水军没了，我该领命受罚。"

王坚把冉守孝扶起来，"是我们的失策，你已经战到了最后一刻，还要怎么拼命！"

冉守孝看着下方江面上的蒙军战船和占据了码头的蒙军，忍不住流下泪来。王坚大喝说："哭什么！他们打进来了吗？"

张珏也大声说："钓鱼城的城防主要在山上，水军败了也就败了，我们在山上跟他们一决雌雄。"

冉璞说："蒙军占据了南水军码头，他们急着调配人马，今晚应该是不会进攻了。"

冉璞说完，所有人都看着鲜于刘光，鲜于刘光点头说："是的，史驱和董文炳没有进一步攻城计划，他们在谋划下一场的进攻。"

"什么时候？"王坚问。

"明日辰时。"

"攻打哪一个门？"

"我还不知道。"鲜于刘光郑重地说。

鲜于刘光说完，缓缓地走回到了九龙刻漏旁，盘膝坐下，闭上了双眼。

冉璞和王坚，还有冉守孝、张珏，在飞凫楼上八目相对，隔了很久之后，都长叹了一声。

冉守孝对张珏说："你刚才捞我做什么，我是水军统领，水军覆灭，死了就死了，你把你自己搭进来作甚？"

"我还欠你五两银子，"张珏哼了一声，"如果看着你死，旁人岂不是认为我张君玉为了赖掉你赌债，故意见死不救？"

冉守孝听了，苦笑一下，"也好，反正你不能死在蒙古人手里，不然我向谁去讨要这五两赌债去。"

在张珏的鼓励下，冉守孝终于放弃了愧疚赴死的心意，但仍旧郁郁不乐。

王坚和冉璞并列站在一起，王坚对冉守孝说："虽然你不顾生死，率领部下战到了最后一刻，但是水军溃败，全军覆没，你难辞其咎，暂且戴罪立功，将生还的水军重新整顿，编入到城防，负责夜间巡视。"

冉守孝听了，默然受命。

王坚接下来对着张珏说："张君玉不听军令，但念在你救了几百名同袍的分上，暂且不责罚，如有再犯，一定军令处置。"

张珏跪下，脸色郑重，拱手说："听命。"

冉守孝和张珏受命后，走下了飞鸟楼，留下冉璞和王坚在楼上，两人都看着已经入定的鲜于刘光，旁边的刘三娘和冷谦不知所措，他们也知道鲜于刘光的算术一开战上来就被史驱和董文炳破坏。顷刻间南水军码头被蒙军击溃，责任其实在鲜于刘光的身上。

只是作为钓鱼城等了百年的诡道门人，王坚和冉璞都无法用军法处置鲜于刘光，况且鲜于刘光只是幕僚身份。

但是王坚和冉璞心中的质疑，已经在脸上显现出来。

蒙军进攻的第一天，钓鱼城就失守了水军码头，现在不仅与后方隔绝，成了孤城，如果蒙军绕过钓鱼城，挥军南下，攻陷了重庆，那么就大势已去了。

就看蒙哥愿不愿意承担钓鱼城未破的风险，直接顺江而下了。

王坚对冉璞说："冉伯父，你先回去歇息。我留在飞鸟楼主持军务。"

冉璞听了，摆摆手，看了看鲜于刘光，一言不发地走了。

王坚看冉璞离开，踱步到鲜于刘光的面前，轻声地问："鲜于兄弟，明天蒙军会攻打哪个门？"

刘三娘刚才看见王坚和冉璞的脸色狐疑，早就心里不忿，对王坚说："王大哥，你如果信不过刘光的诡道算术，就撤了这个九龙刻漏，鲜于刘光和我怎么也还有点本事，让我们在城墙上与蒙军厮杀，也算是没有白来一趟。"

被刘三娘出言讥讽了一下，王坚顿时语塞。鲜于刘光睁开了眼睛，对王坚说："王大哥，我小瞧了史驱的算术，清微派的道法算术应该不至于如此精妙，他学的任嚣城卧龙一脉的木甲术，我刚才一直在想，多半跟八思巴有点关系。"

王坚听了，眉头皱起，问鲜于刘光："你们道家术士的恩怨，我的确不太明白。"

"任嚣城和徐无鬼两个仙人，在百年前就已经飞升，"鲜于刘光说，"他们已经近乎神，很可能在世上留了一些四大仙山术法的残迹，而这个残迹很可能留在了昆仑山。八思巴应该是见过昆仑山下的飞星陨石，从而习得四大仙山卧龙木甲术的一些法术。"

王坚听了，仍旧只是摇头。

鲜于刘光说："当年的四大仙山，除了单狐山幼麟少都符到现在还阴魂不散，还有一个令丘山凤雏支益生，也流落在人间不知所踪。这两个仙山门人没有参与万仙大阵，因此并未飞升。我想明白了，四大仙山的门人飞升后，一定会回到昆仑山坐化，因此徐无鬼和任嚣城的法术残迹，被八思巴所得，也是有的。"

"你怎么会想到这个缘由。"王坚说，"如何来证明？"

"本来我的师兄刘子聪，应该来钓鱼城，可是他背弃虚照禅师和我师父，投奔了忽必烈，而花教五世法王八思巴也投奔了忽必烈。刘子聪为什么要背叛师门？史驱得了卧龙木甲术的术法，我就能想明白了，一定是八思巴在刘子聪和史驱的面前，施展了冢虎徐无鬼和卧龙任嚣城的神迹，才让这两个术士死心塌地投奔蒙古。"

70

刘三娘涉险

王坚说:"鲜于兄弟,蒙军已经围困钓鱼城,明日就要攻城,我哪里还有心情去想八思巴和史驱之间的关联。"

"我只有诡道两门算术加持在九龙刻漏上,仍旧不能计算得过史驱,现在我很想知道,史驱和董文炳,他们的算术加持,到底是用了什么法术和道场,如果我知道了,就有信心了。"

王坚踌躇起来,"如此说来,我派遣一队人马,偷偷出城,去打探史驱所在的军营。"然后他摇头,"不可能了,任何人都不能去蒙军军营,还能全身而退。"

鲜于刘光说:"其实我有个法子,只是我不能离开九龙刻漏半步,现在这个法子,只能托付给王大哥了。"

刘三娘在一旁说:"王大哥是钓鱼城城防主将,你让他涉险去蒙军营地,岂不是让全城的人置于险地?这事,还是我来做吧。"

鲜于刘光看着刘三娘说:"不行,此事太凶险,并且董文炳和史驱法术高强,你不合适。"

"我跟董文炳打交道又不是第一次,"刘三娘哼了一声,"在燕京,他满城抓我,抓到我了吗?"

"怎么没有抓到,"鲜于刘光说,"你最后不是落入刘子聪的手里?"

"那是刘子聪的本事,跟董文炳有什么关系。"刘三娘说,"就这么定了,我去。"

王坚虽然不太明白鲜于刘光和刘三娘说的到底是什么,但是知道这事刘三娘肯定要去做了，正要询问，看到刘三娘从身上掏出一件僧袍，再看时，刘三娘已经在面前消失不见。

鲜于刘光立即起身，对冷谦说："拉住三娘！"

冷谦耳朵耸动，听见刘三娘已经走到了飞鸟楼的楼梯口，于是伸手就要阻拦。可是身体突然歪斜，跟跟跄跄地从楼梯上滚下去。鲜于刘光急切地想跑下楼去，可是九龙刻漏不可离人，只能对着飞鸟楼下大喊："你回来！"

哪里还有刘三娘的身影？鲜于刘光慢慢走到飞鸟楼扶栏边，眼睛死死地看着城下的蒙军驻扎大营，心揪了起来，刘三娘就算有隐身五通僧袍，可是在蒙古大营内，史驱和董文炳面前，哪里讨得到好？

冷谦鼻青脸肿地走了回来，对鲜于刘光说："师父，三娘说了，让你放心。"

刘三娘行事莽撞，话头一起，说走便走了。王坚这才明白，刘三娘拿出来的那件僧袍有蹊跷，可以瞒过所有人的眼睛，看来是刘三娘心中不服王坚对鲜于刘光的质疑，涉险跑到蒙军大营去看看史驱和董文炳到底用什么道家道场术法。王坚心中惭愧到了极点，看着鲜于刘光面红耳赤，他并非不知道刘三娘是这种要强的急性子，只是军情紧急，跟鲜于刘光私下讨论一下胜算，都要故意支开张珏。而鲜于刘光初次用九龙刻漏，诡道算术还有很多滞涩的地方，比不上史驱和董文炳那样纯熟，才导致初战大败，他心里一直想着此事，王坚一问，他也就说出来了。偏偏王坚就没想到刘三娘身上还有这么一件莫名其妙的僧袍，而鲜于刘光也来不及阻止。

"对不住了，鲜于兄弟。"王坚愧疚地对鲜于刘光说。

鲜于刘光沉默了一会儿，开口说："三娘的父亲是蒙古的大员，她这么做，是想让大家知道她的立场，她虽然性子冲动，但是人是特别机灵的，董文炳和史驱的精力放在他们的算术上，应该也想不到刘三娘竟然敢接近他们。"

王坚这才看到，短短的一天一夜下来，鲜于刘光的两鬓竟然多出来十几根白头发。这道家的算术，看来十分消磨心智。

现在两军停止了交战，明天蒙古攻城，将是决定钓鱼城几千人命运的一天，如果还跟今日一样，蒙军势如破竹，钓鱼城被攻破，一切都无法挽回了。只要能扛下来，一切都还有回旋的余地。

鲜于刘光沉思了一会儿,对王坚说:"钓鱼城的城防机关重重,水军码头上的铁锁横江只是外围机关,整个城防的机关并没有真正开启,我想的是这些机关也应该由阴阳四辨道场驱动,为什么到现在还不让驱动机关的将领来见我呢?"

王坚听了,苦笑一下,"钓鱼城城内所有的机关,都是冉家主持,我们王家从前经商,从我祖父开始领军,因此冉家每一代都留一个有承续冉怀镜前辈术法的子侄来驱动机关。我曾经说过,冉伯父有个儿子,已经战死了。嗨,他本来是掌握钓鱼城机关的冉家传人。"

"难道钓鱼城的机关就没有人来驱使了吗?"鲜于刘光大惊,"为什么守孝大哥不接替这个职责?"

"冉守孝跟我和张君玉一样,从小只喜欢舞刀弄枪,带领军士打仗,对道家的术法和机关并不精通,水军也需要守孝去带领,"王坚说,"所以、所以……"

"总不能你们王家辛苦百年的钓鱼城阴阳四辨道场,就没有人接手了?"鲜于刘光大声说,"这个、这个也太儿戏了呀。"

王坚看着鲜于刘光,脸上似笑非笑,"当然是有人接手的,这个人马上就要来了。"

"也是冉家的后代?"鲜于刘光说,"既然不是冉守孝,那还有谁呢?"

王坚说:"大敌当前,儿女私情这点小事,上不得台面,所以刘三娘这边,你得多周旋。"

鲜于刘光还在揣测,"冉璞将军年事已高,难道是冉守孝大哥的儿子,哦,冉大哥都有儿子了,年纪还不小,可是为什么没有给我引荐?"

冷谦在一旁已经被师父的言语弄得哭笑不得,对鲜于刘光说:"师父,你自从上了飞鸟楼,就变成了一个呆子吗,所有的心思都放在了算术上,其他人之常情都忘了。"

鲜于刘光转头看了看冷谦,"你知道些什么?"

冷谦摇着头说:"冉家除了冉璞老前辈和冉守孝将军,就没有别的人姓冉了吗?"

鲜于刘光仍旧还在疑惑,正要再问,一个美貌的女子盈盈地顺着飞鸟楼的楼梯走了上来,当看到这个女子的时候,鲜于刘光终于想明白了,"嗨,我真的是糊涂了。"

女子走到鲜于刘光和王坚面前,向王坚道了一个万福,又对着鲜于刘光作了一个道家正宗的拱手揖,"鲜于大哥,钓鱼城所有的城防机关,都在我心里牢牢记着,一丝一毫都不敢忘记。"

71

冉不若相助

原来驱动整个钓鱼城城防机关的竟然是冉不若！鲜于刘光虽然震惊，随即一想，这也是顺理成章的事情，冉家的冉璞将军作为钓鱼城年纪最长的首领，有无数的军务要处理，也要与王坚商量战略，哪里有精力去研究整个复杂的机关。冉不若虽为一个女子，也只能承担起这个重担。当年冉怀镜一心要后人与诡道交好，看来也似乎大致计算到百年后的事情，果然是飞星派不世出的高手，可以与黄裳齐名。

冉不若虽然在鲜于刘光面前表明了自己的道家身份，可是说话仍旧是语调软糯平和，"鲜于大哥，我第一次驱动机关，铁锁横江的石球放下去晚了，没有击伤一艘蒙古的战船，导致第一战就大败。看来我一个女子，本就不该做这些事情。"

"蒙军破了铁锁横江，与你没有任何关系，"鲜于刘光说，"这是史驱提前谋划的计策，他的算术，远在你我之上，我输得服气，但是明日，我们就不能再任他算计了。"

冉不若从随身的绣袋里拿出了一柄短剑，还有一块小小的陨石，左手拿了短剑，右手拿了陨石，对鲜于刘光说："哥哥死后，先辈留下来的一点道法，就由我来学了，虽然我道法学不好，但是把钓鱼城城防机关全记下来了。"

王坚对冉不若和鲜于刘光说："机关驱动，由不若姑娘指挥，鲜于兄弟，这些机关，任何细节都可以询问不若姑娘。"

鲜于刘光连忙点头，不再耽误时刻，立即把怀中的阴阳四辨骷髅拿出来，铺在冉不若身前的地面上。冉不若低头看向地面，却闭上眼睛，轻声地说："钓鱼城的城防机关，与阴阳四辨骷髅道场配合。阴阳四辨骷髅，根基是青城山的阴阳两仪。因此城墙北方为阴，南方为阳。北方奇胜门、出奇门、青华门为阴。南面东新门、护国门、始关门、镇西门为阳。这是两仪两辨。城墙分为内外，内城属阳，外城属阴，因此奇胜门由阴转阳，青华门由阳转阴，这是又两仪两辨，也就是阴阳四辨。飞鸟楼上的九龙刻漏，融汇诡道的四大算术，就是骷髅法门，青城两仪四辨和诡道四大算术骷髅法门，加起来就是阴阳四辨骷髅道场。"

"这个我明白，"鲜于刘光说，"九龙刻漏和四大算术你不懂，阴阳两仪四辨的法门，我不明白，现在需要不若姑娘一一告知。"

冉不若与鲜于刘光说了几句之后，不再如刚才那样羞涩，说话也开始流利，"钓鱼城七个门，分别应对后天八卦中的七卦，奇胜门镇守艮位，出奇门镇守震位，青华门镇守巽位，东新门镇守离位，始关门镇守坤位，护国门镇守兑位，镇西门镇守乾位。"

"八卦还有一个坎位，"鲜于刘光问，"在哪里镇守？"

冉不若立即对答："在奇胜门下，有一个通水的门洞，人不得过，因此不属于阴阳四辨，只把坎位给镇守住。"

鲜于刘光立即用手指点在了阴阳四辨骷髅上坎位的方位，说："后天八卦之中，坎位至阴，这个地方，一定已经被史驱和董文炳计算出来，是钓鱼城的巨大漏洞。"

冉不若说："所以钓鱼城城防机关，水洞门牵引城中天池的水道，一旦蒙军攻打水洞门，坎位的机关启动，天池的水倾泻而下，蒙军无法通过。"

"我也是这个看法，"鲜于刘光说，"不若姑娘，你继续说吧。"

冉不若睁开眼睛，也看着面前脚下的阴阳四辨骷髅图谱，纤纤手指点在了奇胜门，"奇胜门，是最坚固的一道门，稳固如泰山、不可摇撼，也是我们钓鱼城镇守士兵人数最多的一个门，这里的机关属山石，如有任何闪失，奇胜门两侧的山石就会挤压下来，地面也会崩裂，将来犯的蒙军尽数陷落。"

鲜于刘光听了，点头说："艮位不移，君子以思不出其位。"

冉不若接着把手指又点到了出奇门，"出奇门，雷法蕴含其中，门楼上有一个巨大的铜枪，城门后方有一座小山包，山包上插着一个九丈高的铁旗杆，立春之后，雷雨天气连绵，旗杆能将天空中的龙爪引下，蒙军如果在阴雨天气攻打城门，龙爪震怒，无人能通过，这一门，镇守的士兵最少，由马鞍寨的完颜安康调令。"

鲜于刘光说："完颜安康守出奇门，一定有他的路数，听说金国人继承了辽国的天门阵，而天门阵最厉害的地方在于能调动蛟龙相助。"鲜于刘光又看向了冷谦，"其实这个阵法，是辽国术士学的纯阳派的法门而已，起敬，这个出奇门跟你倒是有点渊源。"

冷谦说："说起来也算是我的师门前辈，那个人叫萧云台，艺成之后，才告诉纯阳派的司掌，他其实是辽国萧皇后的弟弟，是契丹贵族。纯阳派的法术高深，他拿了一个天门阵的法术，就以为得了真传，忍不住自报家门，后来大宋的术士破解天门阵，也不是什么难事。没想到他还留了传人，多半就是马鞍寨的统领完颜安康了。"

鲜于刘光笑着说："这钓鱼城一战，竟然牵扯出了这么多道家渊源，起敬，完颜安康是钓鱼城的重要守将，也是你的同宗，你要多去奇胜门走动。"

冉不若等鲜于刘光和冷谦说完，继续说："青华门，青华门后就是大校场，钓鱼城守军的驻扎地，也是调动守军的中枢，奇胜门雷动之时，青华门的军队就会开始迅速在城内策应。并且青华门后有成片的连弩，最强的投石车也布置在这里，其他地方，投石砲车能投百十丈远，但是青华门的投石砲车，雷动风行，能投二百三十丈远。"

鲜于刘光说："阴阳之气，以雷动，以风行，巽位是决断之位，青华门可能是守城之战最关键的一个门，也是我们与蒙军最后决战的地方。"

冉不若继续说："东新门策应在青华门以南，这里囤了无数的火药，机关与城外相连，东新门的机关驱动，外城之下都会起火，一直连绵到山下。"

鲜于刘光说："离位属火，离者丽也，不若姑娘，这个门，看来是跟你有关了。"

冉不若嘴角抿了一下，微笑说："不错，东新门是我最熟悉的地方，一旦蒙军攻上了城墙，我就要开启机关，将整个钓鱼城都陷入火海，玉石俱焚，宋军和蒙军尽数同归于尽！"

鲜于刘光说："如果真的到了那一天，也只有这个法子了。"

冉不若手指点到了始关门,"始关门,在城墙南面的下方,属于外城门,是七门之中至阴的城门,始关门有一个祭台,能瞬间令风云变色,烈日成冰,门前的山坡之下,我们已经布置了无数的陷阱,蒙军如果接近城门,这一片山坡崩塌,泥沙会把攻城蒙军卷入江水之中。"

"这个法术,倒是与四大仙山中的凤雏支益生呼风唤雨的能力相差无几,可惜令丘山凤雏的法术已经不存于世,青城派即便是延续了一些,但也不是当年的雷霆手段了。"

冉不若指向了始关门东边的一个门,"小东门,不在八个卦象之中,孤悬于外城,在钓鱼城的城防中,并没有设置机关。"

鲜于刘光想了一会儿说:"这个门不会无缘无故地建造在这里,一定是有用处的,若说是孤悬外城,始关门距离内城更远。不知道当年青城山观尘子掌门的布置,到底精妙在哪里?"

冉不若也无法回答,只能微笑一下,继续说:"护国门,鲜于大哥你是从这个门进入钓鱼城的,这个机关,其实王大哥已经跟你讲过了,那就是城门前的栈道,可以随意布置驱动。我们自己人通过,栈道就是好的,蒙古人打过来,栈道就缩回去。收回栈道的孔洞内,会喷出滚油和毒液,让跌下悬崖的蒙军没有机会爬上来。"

鲜于刘光说:"兑位,地理属泽、缺池、废井,其地为刚卤。看来青城派精心把后天八卦布置在钓鱼城。真是一座百年计算的道场。"

冉不若轻声叹了一口气,"最后一个门,镇西门,最西方的门,其实我学机关的时候,叔父告诉我这是天门,也叫阳门,也是最锐不可当的门,地势也高,在守城的时候,这个门绝不能被动,要利用地形去进攻,才能发挥作用。"

鲜于刘光说:"镇西门在乾位,是八卦中至刚至阳卦象,天行健,君子以自强不息。这个门就是钓鱼城最牢靠的门了。"

冉不若继续说:"其实说起来,钓鱼城的城防看起来也没什么出奇的地方,最精巧的反倒是南水军码头的铁索横江,不过已经被蒙军破解。"

鲜于刘光听了,沉思一会儿,"阴阳四辨骷髅道场,绝不会如此轻易地简单布局,一定还有我们不知道的地方。"

王坚在一旁提醒说:"鲜于兄弟,现在且不说城防的机关布置,军情最急切的是,明日蒙古到底会攻打哪个门?这是钓鱼城攻防之战的第一仗,胜负就在这一刻了。"

"我在等三娘回来,"鲜于刘光谨慎地说,"不知道史驱和董文炳的算术道法,我无从算起。"说完,鲜于刘光看向了钓鱼城山下江边蒙军的大营,面露忧色。

"鲜于大哥在担心刘姑娘吗?"冉不若走到了鲜于刘光的身边。

"两军交战,应该是男人之间的事情,"鲜于刘光沮丧地说,"却偏偏让三娘去冒险。"说完之后,突然意识到冒犯了冉不若,立即向冉不若说:"不若姑娘,我不是小看你们女子的意思。"

"我明白的。"冉不若只是轻声地微笑一下,神情坦然,让鲜于刘光明白她绝无虚伪应承的意思。冉不若又说:"鲜于大哥看来十分担忧这位刘姑娘的安危,看来你们非常合得来。"

鲜于刘光说:"三娘的脾气精灵刁钻,说话从不饶人,我嘴巴笨,平时也很少跟她争吵。"

旁边的冷谦插嘴说:"师父你这就不对了,三娘不在,你就在背后说她的不是。"

鲜于刘光摸了摸脑袋,"我哪里敢说她的不是,我现在满心都在惦记她在蒙军大营里,会不会被史驱和董文炳为难?"

冷谦哼了一声,看样子还要挤对师父,可是突然却改变了主意,硬生生地把嘴边的话给压下去,只是嘿嘿两声,退到一边去看天色。

鲜于刘光继续对冉不若说:"我和三娘第一次见面,是在燕京的一个寺庙,两个人躲在金刚坛城里面,挤在一起,我以为她是个偷东西的盗贼,后来才知道,我跟她都在躲避董文炳。"

冉不若笑了一声,"金刚坛城这么小的地方,塞进去两个人,也是难为你和她了。"

"没办法啊,不仅董文炳厉害,董文炳背后的刘子聪更是神通广大,我们上天入地都无门路,只能勉强躲在金刚坛城里面,后来我才知道她的父亲就是刘子聪,碰巧是我的师兄。刘子聪逼死了三娘的母亲，也杀了我的父亲，嗨，两人的身世表明后，我对她心生亲近。"

冉不若唏嘘了一下，"你们两人都是自小颠簸，身世凄惨，我比你们幸运多了，我爹娘和叔父都对我宠爱得很，还有两个哥哥。并且王大哥、张大哥他们也都把我当亲妹妹。几年前父亲去世，我伤心了很长一段时间，接着二哥战死，才知道了一些人情世故。簺帮帮众遍布蜀地和西南，远到南诏，近到荆襄，走到哪里都有人照应，跟你和三娘相比，我的境况就好得多了。"

鲜于刘光扭头看了看一旁的冷谦，"还有这个小子，命也不好，本来是朝廷大员的子嗣，父亲却早早地死在蒙古人手里，幸得纯阳宫的道长收留，可道观又被史驱一把火烧了，纯阳宫的道长多半加入了北方抗蒙义军，现在史驱已经到了钓鱼城，老道长和那些抗蒙义士多半是凶多吉少。我看这个小子一脸的长命相，而且命硬得很，做他的师父命长不了，说不定哪天，他不把我克死，就把我气死。"

冉不若捂嘴微笑，"鲜于大哥说笑了，你跟这个徒弟，本来年龄就相差无几，你们师徒倒是更像兄弟间斗嘴怄气，哪里会把你给气死？"

鲜于刘光笑了一下，"我自己都年纪不大，还收了这么个徒弟。我自己的师父百年前就死了，李掌教、张掌教把我当同辈，从来没人教过我怎么做师父。"

冉不若说："自古大英雄都有异于常人的出身和处境，鲜于大哥无论身世还是身材都跟常人大为不同。"

鲜于刘光听了，窘迫得很，讪讪说道："我算哪门子英雄，又不能像王大哥那样去领兵打仗，只能在后方做幕僚，白白长了这么高。对了，我看冉璞将军和冉守孝大哥身形都魁梧得很，听说冉家的先祖是个身材极为高大的人。"

冉不若点头说："是的，听说我的先辈冉怀镜身高是常人的两倍有余，我没见过祖父，听说也是极为高大，反而到了我父亲和叔父这一辈，个子就矮了很多，只比常人高了一头而已。"

"你们冉家的父辈都身材雄伟，"鲜于刘光又忍不住说，"不知道冉姑娘你到哪里去寻找能配得上你们冉家身高的如意郎君。"

冉不若脸色通红，幽幽地说："这不是、这不是先祖早有安排吗？"

鲜于刘光听了，心中顿时后悔万分，冉家与诡道之间的这个婚约，好不容易蒙混过关，自己又不知轻重地提了起来。在冉不若看来，此事并未一笔勾销。其时男子娶妻，再纳一妾，稀疏平常，看来冉不若从小听从长辈的话，对二女同嫁一夫之事并不抗拒。可是冉不若并不知晓刘三娘绝不会容忍此事。鲜于刘光想到这里，突然明白安世通还真是一个活了一百多年的老狐狸，他只是答应了刘三娘做媒人，可是并没说不做冉不若和自己的媒人，这般故意和稀泥，乃是缓兵之计，先抵抗蒙军再说，却分别糊弄了刘三娘和冉不若两个姑娘。

鲜于刘光想到这里，忍不住摇头，正在犹豫是否要在冉不若面前把心中所想说出来，可是看到冉不若作为一个大家闺秀，在自己面前说出这种话来，其心中所想已经昭然若揭。抵抗蒙军还不知道要多长时间，两人需要共同驱动钓鱼城的阴阳四辨骷髅道场和机关，若是拒绝了她的一片好意，面前这个端庄羞涩的不若姑娘如何与自己相处？

于是，鲜于刘光到嘴边的话硬生生地吞了回去。

72

九龙刻漏被袭

冷谦又在一旁说:"师父,你忘记了怎么跟三娘说的了吗?"

"就你耳朵伶俐,"鲜于刘光啐了一口,"小孩子偷听什么?"

"就这么大点地方,"冷谦说,"我想听不见都难,除非跟王将军一样,早早回避。"

鲜于刘光这才发现王坚已经故意走到了飞鸟楼下调配守城的军士,看来冷谦说得没错,他就是在故意回避,看来自己想得没错,估计王坚和张珏也都跟安世通的想法一般无二,故意糊弄而已。鲜于刘光知道也不能得罪面前这个冉不若姑娘,但是冷谦在一旁挤对,好歹不能留下口风,于是对冉不若说:"不若姑娘,三娘和我,已经、已经定了终身,我这辈子,决不能负她。"

"鲜于大哥当然要这么做,"冉不若睁大眼睛说,"刘姑娘身世凄惨,孤零零地跟你在天下飘荡,你要是不娶她,难道刘姑娘去流落江湖吗?到时候我们……"

鲜于刘光听了,知道冉不若还是没明白自己并无二娶的意图,却想不出合适的话头来暗示,突然身边刘三娘猛地冒出来,站在自己和冉不若之间,吓得冉不若向后退了一步,手抚胸口,对着刘三娘说:"刘姑娘,你、你来得真是巧了。"

刘三娘一把将冉不若的胳膊扶住,笑吟吟地说:"不若姑娘,你是好人。"

冉不若这才心情平复,对刘三娘说:"太好了,刘姑娘你安然无恙地回来,鲜于大哥就不用焦心惦记你的安危了。"

刘三娘回头看了鲜于刘光一眼,虽然没说话,但是眼角眉梢都蕴着笑意,然后又回头问冉不若:"冉姑娘,你我不要这么生分,今后以姐妹相称。"

刘三娘和冉不若相互问了年龄，冉不若比刘三娘小了几个月，刘三娘叫了声妹妹，两个女子立即就亲热得很。

鲜于刘光转头看向了冷谦，原来是他早就听到了刘三娘披着五通僧袍站在了飞鸟楼上听自己和冉不若交谈，这才明白为什么刚才每当自己说到关键处，冷谦就三番五次地冷嘲热讽，原来是在暗中替自己解围。这么想来，冷谦倒是比自己想的要少年老成、心思稳重。

刘三娘与冉不若说了几句之后，走到鲜于刘光的面前，笑着说："在大营的帐门口差点被史驱和董文炳发现，幸好我不退反进，走到了他们大营中去待着，两人怀疑了一阵子，也就罢了。"

鲜于刘光知道刘三娘现在说得轻巧，当时一定是艰险万分。于是对刘三娘说："你没事就好。"

"你不问我看到了什么吗？"刘三娘问。

"是啊，最重要的事情怎么会忘记？"鲜于刘光问，"他们在大营里摆了什么道场？"

"我也看不出来什么，"刘三娘闭眼沉思了一下说，"他们围着大营帐篷放了四十九盏灯，大营正中央的位置放了七盏灯，七盏灯的灯座下是一个八阵图。"

"太好了。"鲜于刘光拍了一下手掌，"果然是姑射山治镜阁的道法，卧龙一脉的法术。"

"我还没说完，"刘三娘说，"还有一些奇怪的东西。"

"不用你告诉我了，"鲜于刘光笑起来，"我知道是什么。"

"你倒是告诉我，你猜到的是什么？"

"木头人，"鲜于刘光微笑，"一定有许多木头人。"

刘三娘瞪大了眼睛，"果然是的，你怎么就猜得到？"

"卧龙任嚣城的手段，"鲜于刘光说，"你还记得我们在太行山古道里，见过的那个木头术士吗？"

"记得，那个古怪的木头人，"刘三娘说，"现在还堵在古道里。我记得他给了你一个卷轴，叫，叫什么非攻来着？"

"木非攻。"鲜于刘光把《木非攻》卷轴拿出来展开,"宇文恺所著,在万仙大阵里这个宇文恺一定跟任嚣城是死敌,现在史驱和董文炳得了部分卧龙任嚣城留下的木甲术,而我们偏偏在古道里得了宇文恺的《木非攻》,看来明天有胜算了。"

"一夜之间,你能领悟《木非攻》多少?"刘三娘问,"怎么就有把握了?"

"我拿到《木非攻》之后,已经研读了好多遍,"鲜于刘光说,"路途艰险,害怕路上把这个卷轴遗失,所以我看了几十遍之后就已经能够背下来,记在了心里。"

刘三娘打了一个哈欠,"既然鲜于先生这么有把握,我倒是白白替你担忧了。"说完走到了冷谦身前,猛地伸手在冷谦的脑袋上敲了个暴栗,"你听到我上了飞鸟楼,三番五次提醒你师父说话小心,当我不知道吗?"

冷谦窘迫,隔了一会儿说:"你脾气暴躁,也不看看人家冉家的小姐,性情温柔体贴,我要是师父,也难免不起二心。"

冷谦说了,刘三娘回头看了看冉不若,冉不若羞涩,把头垂下。好在是刚才刘三娘亲耳听见冉不若说让鲜于刘光娶了自己,因此只是拿冷谦出气,对冉不若并不为忤。

鲜于刘光已经十分激切,对着飞鸟楼下大喊:"王大哥,王大哥!"

王坚飞奔到飞鸟楼顶楼,看见了刘三娘,"三娘,你什么时候回来了?"但是立即问鲜于刘光,"已经算出来了?"

"算出来了。"鲜于刘光大声说:"明早卯时一刻,汪德臣部会攻打镇西门,他们要用木甲术来进攻。"

"能说得更清楚点吗?"王坚大声问。

"云梯和木头人士兵。"鲜于刘光说,"还有巨弩,都是当年任嚣城留下的术法。不过我有破解之术。"

王坚听了,本已经提起的心又落了下来,对着信兵大声说:"传张珏将军,立即率领军士赶往镇西门,还有,各门的投石车分拨十五台,移动到镇西门后的校场上。"

鲜于刘光这边转头对着冉不若说:"不若姑娘,我知道镇西门的机关道理了,至刚至强,镇西门一定是用无数的金铁锻造了城门和城墙,金克木,明日这一仗,你可以驱动镇西门下的金铁机关，我用木非攻的术法，我们联合起来，胜算很大。"

冉不若听了点头，"明白。"

鲜于刘光说完靠在九龙刻漏旁，闭上眼睛，王坚等人以为鲜于刘光在冥思苦想明日的交战，可是片刻之后，鲜于刘光的呼吸沉重，竟然有了鼾声。这是鲜于刘光上飞鸟楼来，第一次安稳地睡觉，竟然是在真正交锋的前夜。

冉不若取了身上的披风下来，想了想，把披风交给了刘三娘，刘三娘微微点头，把披风盖在鲜于刘光的身上。

王坚在一旁说："两位姑娘都回去歇息吧，明日蒙军一旦开始攻城，就不知道什么时候才能睡觉了。冷谦留在这里照顾即可。"

刘三娘当然不肯，冉不若倒是听从了，慢慢走下飞鸟楼，回头说："我歇息两个时辰再回来。"

王坚看着天色，又看了看驻扎在西方的蒙军，然后随着冉不若走下飞鸟楼，到了镇西门，明日卯时和辰时交接，就是蒙军进攻的时候，距离现在还有两三个时辰，王坚肯定睡不着了，看着军士正在推动着投石车，到了镇西门后，稳固基座，调校机括。

冉璞走到了王坚身边，王坚正在用力捆绑投石车上木头基座的绳索，王坚没有劝说冉璞回去休息，两人心中忧虑的事情一样。在青城山和诡道两个先辈指点下，钓鱼城的百年道场，在蒙古大军之前，能苦苦维持，坚持到蒙哥铩羽北还；还是不堪一击，被摧枯拉朽一般破城，就在明日一战。钓鱼城已经先输了南水军码头一战，如果明日再败，那么满城的军民就没了士气，破城只在呼吸之间。蒙古大军一旦破城，蒙哥必定要屠城。

王坚看到冉璞身后，自己的妻子带着胞弟王立，冉守孝的夫人带着冉家的家眷，其中冉不若行走在最后，陆续来到了镇西门的开阔校场。家眷们都看着王坚，王坚看见自己的妻子和冉守孝的妻子手里都握着匕首，而冉不若手里的那柄匕首，正是冉家祖传的灭荆。

王坚不忍再看，依次走过每一台投石车，把手按在投石车上，重重地拍了一下。

第四篇　钓鱼城

刘三娘站在飞鸟楼上，看着钓鱼城下蒙军已经停止了调动，蒙军大营内的灯火也开始渐渐熄灭。蒙古大军在整个合州的进攻布置已经完成，跟宋军一样，在等着明日决定胜负的一战。

刘三娘慢慢地退回到九龙刻漏，在鲜于刘光的身边坐下来，看着入定的鲜于刘光问："我知道你醒了，你告诉我，明日蒙军主攻镇西门，你真的有把握吗？你真的能帮助王将军和冉将军他们守住城门？"

鲜于刘光睁开眼睛看着刘三娘，结结巴巴地说："其实我一点把握都没有。我不知道，我的算术是不是对的。"

刘三娘睁大眼睛说："鲜于先生，没想到你也会骗人。"

"诡道算术，"鲜于刘光苦笑着说，"本来就是阴谋诡辩示行出奇的坤道，用在兵法上，就没有一句真话，一旦被对手知道了我心里的计算，就只有兵败身死，没有别的出路。"

刘三娘伸手把鲜于刘光的手握住，"如果城破，你真的打算与钓鱼城共存亡？"

"钓鱼城阴阳四辨道场是师父最后的心血。"鲜于刘光说，"我没想过违背他的遗愿。"

"你都没见过他。"刘三娘说，"干吗要听一群老道士的话，万一是全真教的那几个老道士和钓鱼城的这个老道士一起哄骗你呢？"

"我是诡道的幺房传人，"鲜于刘光说，"如果我没有本事，他们叫我来守城有何用？既然我得了师父的真传，那就一定是要用在钓鱼城。掌教张真人和李真人又何必骗我？"

"鲜于先生到了钓鱼城，立即就变得口齿伶俐起来。"刘三娘说，"和燕京里的那个笨小子已经判若两人。"

鲜于刘光说："三娘，若是破城，你就披着僧袍，带着起敬走吧。"

"僧袍只能遮掩二人，"刘三娘说，"你一个大男人、大英雄，没有扔下我和起敬任何一人的道理。"

鲜于刘光笑了笑，"看来你答应了。"

"答应了。"刘三娘说，"僧袍我会交给起敬，但鲜于先生既然不肯逃命，我就只能奉陪到底。"

鲜于刘光一时间也说不出话来。

刘三娘说："你就算是现在就带着我和起敬离开也来不及了。所以鲜于先生，你的算术只能赢不能输。"说完，拉着鲜于刘光走到飞鸟楼的栏杆处，指着镇西门后方校场上的王家与冉家的家眷。

鲜于刘光神情黯淡，勉强对刘三娘挤出了苦笑，刘三娘走到鲜于刘光面前，把鲜于刘光的双手握住，点了一下头。

突然九龙刻漏发出"当"的一声巨大声响，几欲刺破刘三娘的耳膜。

鲜于刘光猛地感觉似乎有一柄利剑刺入了脑袋，但是在刘三娘眼中，鲜于刘光虽然痛苦不堪，但是头部毫无异样。

鲜于刘光手指向九龙刻漏，嘴里已经说不出话来，刘三娘立即看向九龙刻漏的上方，一道金光正在钉九龙刻漏上的龙头。金光虽然微弱，但是光芒却延绵不绝，虽然是无形之物，不过现在九龙刻漏发出了声响，一道细微的裂纹从金光的下方崩裂开来。

鲜于刘光一把将刘三娘的肩膀握住，刘三娘肩膀的骨头几欲断裂，一声尖叫。冉璞将军冲上了顶楼，大声询问："有敌营的刺客！？"

刘三娘立即摆手，示意身下的鲜于刘光，"刘光、刘光……"

冉璞走到鲜于刘光身边，看见鲜于刘光脸色惨白，牙齿紧咬，一条血线从嘴角流淌下来，浑身战栗，强行忍痛。

冉璞又看了一眼九龙刻漏，知道不妙，对刘三娘说："山下的术士动手了，看来他们对刘光在钓鱼城的举动一清二楚，并且也知道刘光已经把算术加持在九龙刻漏上。"

刘三娘也看了看九龙刻漏上的金光，点头说："不错，这就是董文炳的手段，我在燕京见他施展过。"

冉璞把鲜于刘光的身体扶正，鲜于刘光的身体仍旧在战栗，却已经忍住了剧痛，摆手说："不碍事了，算术与九龙刻漏融合，刻漏被攻击，我也感同身受，但是伤不到我。"

冉璞用手触碰九龙刻漏，看见金光已经消失不见，但是龙头上小小的裂纹十分显眼。

鲜于刘光好奇地说："董文炳和史驱知道钓鱼城的飞鸟楼上有九龙刻漏这件事情不奇怪，但是他们怎么就能算计得这么准确，能够清楚知道九龙刻漏的方位？"

鲜于刘光说完，仔细打量四周，最后眼光落到了刘三娘的身上，轻声对刘三娘说："你下山刺探，进入他们的大营，看来并非他们没有发觉，而是故意放了你回来。你走的时候，有没有什么异样？"

刘三娘在全身上下摸索，也没有摸出什么奇怪的物事出来。

"姐姐，让我来看看。"众人回头，看见冉不若已经走上了飞鸟楼，看来冉不若刚才也没有走远，就在飞鸟楼附近歇息，听到了九龙刻漏被袭的声响，立即回到了顶楼来看个究竟。

刘三娘后背对着冉不若，冉不若仔仔细细在刘三娘的衣服上查看，并无发现。正当所有人不知所以时，心细如发的冉不若触碰到刘三娘的发髻，抽出一支黑黝黝的发簪，捏在手里，伸到刘三娘的面前。

刘三娘看了，深吸一口气，摇了摇头。

"不是董文炳没看见，"冉不若说，"是他故意放过了三娘，为的就是让三娘带回来这个法器。"

"他为什么不杀我，"刘三娘说了一句，立即说，"他怕得罪刘子聪？"

鲜于刘光全身发抖，把手放到刘三娘的头上，不停地摸索，担心刘三娘被董文炳暗算。宋朝理学昌明，礼教最盛，这个举动，即便是鲜于刘光与刘三娘是未婚的夫妇，也极为不妥。冉璞看了更是尴尬。倒是冉不若不以为然，对鲜于刘光说："三娘没有受伤，董文炳的目的不在于此。"

"董文炳的手段，比在燕京的时候更加高明了。"鲜于刘光说，"一定是八思巴传授董文炳的手段。"

众人黯然，又替刘三娘后怕，董文炳不仅察觉到了刘三娘，还神不知鬼不觉地把这个黑黝黝的物事藏在了刘三娘的头发里，这比取刘三娘的性命难了十倍。他的法术之强，让鲜于刘光心中一凛。

73

火攻镇西门

寅时很快就到，冉璞焦虑军情，早就下了飞鸟楼到各个城门去查看城防。飞鸟楼上鲜于刘光继续盘膝而坐，手指在面前的地板上比画。刘三娘、冉不若两人都面露忧色，耳中听的是城楼下的钓鱼城军士奔跑呼喝，眼睛里看的是远处漫山遍野移动的蒙军火把，最后两人都把目光落到了鲜于刘光的身上。刘三娘看了冉不若一眼，心想钓鱼城城破人亡也就罢了，如果鲜于刘光帮助冉家守住了城池，到时候刘光执意不肯娶冉不若，料想冉家也不会强求，想到这里刘三娘不免嘴角舒展，微笑了一下。冉不若倒是真诚，看见刘三娘看着自己微笑，也微微颔首回应，只是想不到刘三娘心里在打这个算盘。

两个女子的心思都放在了鲜于刘光身上，看着鲜于刘光的手指在地面来回比画，渐渐察觉到了异样。月光之下，地板上显出了模糊的图案，又嗅到了一丝轻微的血腥味，两人瞬间醒悟，鲜于刘光无意中用手指在地面比画，已经磨出了血。

刘三娘立即去抓鲜于刘光的手，可是手刚伸到鲜于刘光手背上方，就猛然被无形之物弹开。冉不若也已经看出了端倪，没有去阻拦，而是默默拿出金疮药。刘三娘的手被弹开之后，也就不再轻举妄动，看着鲜于刘光的手指在地面上飞快地划动，另一只手臂舒展，手掌按在九龙刻漏之上，一炷香之后，鲜于刘光长吐出一口气，两手合在胸前，左手食指和中指伸出，其余三指蜷曲，右手只有鲜血淋漓的食指伸出，小拇指与大拇指搭在一起围成一个圈。虽然刘三娘和冉不若都算是半个道家门人，也看不明白鲜于刘光捏的是一个什么剑诀。

不过地板上鲜于刘光用鲜血画出来的图案，却是看得分明，一共画了七个北斗七星，而七个北斗七星又合并成一个大的北斗七星。

"这就是我在董文炳大帐里看到的蜡烛摆布。"刘三娘问，"我们用笔墨在布帛上画出来便是，你干吗一定要用指尖血画在地上？"

鲜于刘光没有回答，只是摇头，手里剑诀变化，地板上四十九个星位开始运转起来，这个画出来的七星位置竟然可以变动，看来是鲜于刘光用诡道的看蜡算术加持之后的法术。大七星中天璇在后，天枢在前，两个星位对准了鲜于刘光盘坐下的右腿膝盖。

冉不若仔细看了看，发现鲜于刘光坐北朝南盘坐，右腿膝盖的位置，就是钓鱼城城防的镇西门。

地板上大七星的天枢星位上，小七星也在旋转，也是天枢星位到了正东，距离鲜于刘光右腿膝盖位置只有一分的距离。鲜于刘光抬头看天，闭目不语，不知道过了多少时间，鲜于刘光睁开了眼睛，对着冉不若说："不若姑娘，请告诉王坚大哥，现在可以用投石车投向镇西门外偏西南六寸、距离十一丈六尺的位置。"

"时辰到了吗？"

"卯时一刻，马上就到了，董文炳和史驱还有汪德臣，要开始攻城了。"

冉不若立即走到了飞鸟楼下的信兵处，告知军情，信兵飞马奔驰向着镇西门而去。鲜于刘光没有离开原地，而是站立起来，脚下已经有了一个后天八卦图形。冉不若告诉他，钓鱼城城防凭借的根本，正是后天八卦的乾卦所在，本来在右腿膝盖的位置，也就是镇西门。

冉不若告知信兵后，又折返回来，和刘三娘并排站立，看到鲜于刘光脚下的后天八卦图案已经漂浮起来，同时用指尖血画出来的大七星也随着后天八卦图悬浮在了鲜于刘光的胸前。

鲜于刘光再次盘膝坐下，左手轻轻挥拂，后天八卦和七星合璧在他面前旋转起来。后天八卦的乾卦和七星中的天枢星位靠得极近，转到了鲜于刘光的眼前，不到一尺。后天八卦的乾卦和大七星中的天枢七颗小七星，尽数在他的瞳孔中映射出来。

飞鸟楼下，镇西门方向发出了极为刺耳的木头绞盘摩擦的声音，以及牛筋绷紧的"嗡嗡"声，随后巨大的破空声连绵不绝地传来，接着就是巨石砸到地面发出的轰鸣声，士兵连续的惨叫夹杂在这些巨大声响中，令人不忍听闻。

就在一瞬间，飞凫楼上三人眼睛里顿时闪耀一片红光，冉不若和刘三娘立即转头，看到钓鱼城的西方也就是镇西门外，整个天空都变成了红色。再仔细看时，就知道是山下同时射出了不计其数的火矢，变成了一个巨大的火幕，把夜空都映照得通明，火矢组成的火幕在刘三娘和冉不若的眼中，似乎在空中缓缓上升，朝着钓鱼城方向铺卷而来。火幕巨大，别说会把镇西门全部陷入火海，似乎整个钓鱼城都会被覆盖。

看见这种让人肝胆欲裂的场面，刘三娘和冉不若不由得呆立在当场，蒙古大军为了进攻钓鱼城筹备已久，这是钓鱼城上下都非常清楚的事情，但是当蒙古大军第一次攻城的火矢出现在守城宋军的面前时，仍旧超出了所有人的预想。不仅是刘三娘和冉不若惊呆了，整个钓鱼城的守军在极为短暂的瞬间，都陷入了寂静。时间刻分流逝得极为缓慢，恐怖的气息在整个钓鱼城弥漫。

实际上也就是眨眼的工夫，刘三娘看着火矢组成的火幕已经升到了镇西门的正上方，然后凶猛地扑了下来。整个镇西门及城门后的校场都要陷入火海之中，刘三娘的手臂被冉不若轻轻地拉拽一下，刘三娘立即跟冉不若回头看向了鲜于刘光。

鲜于刘光的眼睛仍旧死死盯着眼前漂浮的两个符文，似乎对漫天的火矢毫无感觉。在强烈的火矢光照耀之下，刘三娘和冉不若看清楚了两个漂浮在鲜于刘光前面的符文，后天八卦的符来自鲜于刘光背后九龙刻漏上的图案发出的微弱金光，而七星阵合璧的符文是四十九颗细微的血珠。

正当冉不若和刘三娘再要继续仔细查看的时候，两人的眼前突然一片漆黑，整个钓鱼城陷入到了黑暗之中。当刘三娘以为自己突然变盲的时候，又隐约看到了面前的鲜于刘光，身边的冉不若也在揉眼睛。

冉不若立即说："漫天的红光没了。"

"火矢全部落到了镇西门，"刘三娘站起来看了看，欣喜地说，"可是镇西门没有被烧成焦土，那些火矢去哪里了？"

冉不若没有回答，而是用手指着鲜于刘光，"原来鲜于大哥的本事竟然这么高明。"

刘三娘忍不住说:"在燕京的时候,他的法术稀疏平常,一路上在史驱的追逐下,也是狼狈得很,多次都是我在照应他。"

冉不若好奇说:"不知道鲜于大哥用了什么手段,让这漫天的火矢落下来,没有燃烧。"

刚说完,刘三娘说:"又来了!"

果然,半边的天空又被巨大的红光笼罩。

蒙古大军在攻城之前,必定会用强大的箭矢先行射击,这种铺天盖地的火矢,在夜间攻城,能让守城的一方心惊胆战,陷入绝望,因此威慑力极强。其时蒙古大军征战四方,已经到达阿拉伯和东欧,攻城不计其数,这种用火矢攻城的雷霆手段,已经用得炉火纯青。

在红光映射夜空的瞬间,刘三娘和冉不若看到鲜于刘光仍旧在仔细地看着面前的两个符文,现在刘三娘和冉不若知道了,这是一个大七星合璧的符文,源于姑射山卧龙的七星八阵图,被蒙古的史驱和董文炳用来攻打钓鱼城。而守着钓鱼城的就是阴阳四辨骷髅道场,现在后天八卦的符文漂浮在鲜于刘光的面前。

有了第一次的经验,蒙古大军的第二次火矢进攻,也就不如第一次那么意外。第三波火矢迟迟未来。卯时一刻已经过了,但是汪德臣部率领的蒙古大军突然陷入了沉默。

一定是镇西门没有被蒙古大军的火矢点燃,这让汪德臣猝不及防,无法按照计划调动军队趁着火势猛攻镇西门。

刘三娘实在忍不住要去看看镇西门为什么没有在蒙军不计其数的火矢之下陷入火海,于是站立起身,走到了飞舄楼的栏杆边缘,朝着镇西门看去。一眼看去,看到整个镇西门城门上下以及城门后的校场上,无数的箭矢都插在了地面,大半箭矢的尾部还有零星火焰在燃烧,守城的宋军全部半蹲在地,举着盾牌,都淹没在半人高的积水之中。所有的投石车都被箭矢扎满,如同刺猬一般,眼看投石车就要被箭矢上的火焰点燃,但是火焰却在瞬间被一阵风给吹灭了。

盾牌本是贵重的兵器,并非每个士兵都能配备,可见王家在钓鱼城准备百年,花费财物何其之多。

刘三娘再看去，发现镇西门城楼的顶部一左一右的两个龙头正在吐水，水流顺着城楼流向了两侧护城墙，再从城墙上流淌到了后方的校场。原来这水竟然是从镇西门上引来的。

刘三娘转身走到了鲜于刘光对面，问冉不若，"镇西门有暗道机关引水，你是知道的？"

冉不若迟疑地说："我知道镇西门与水洞门邻近，中间的确有水路暗道，但是镇西门比水洞门要高出七丈，因此我从没想过水洞门从城中天池引来的水会逆流倒灌到镇西门。"

"水分算术，"刘三娘叹口气说，"我现在明白为什么刘光在燕京是窝囊废一个，可是到了钓鱼城就突然厉害起来，这个钓鱼城的阴阳四辨骷髅道场，就是照着诡道的算术来设计的。"

冉不若虽然没有刘三娘那样冰雪聪明，不过也自小对钓鱼城城防非常熟悉，刘三娘这么说了，立即就明白，是鲜于刘光用了诡道的水分算术，让水洞门的水流倒流到了镇西门，让汪德臣部的火雨般的箭矢没了作用。更难得的是这水量浩大，绝不是片刻之间就能从水洞门引来，而是从上半夜就开始源源不断从水洞门调水过来，到了卯时就派上了用场。鲜于刘光这一局料敌先机，已经占了上风。

冉不若和刘三娘看着鲜于刘光虽然破了蒙军的两次火攻，可仍旧盯着面前的两个符文仔细查看，并且眼中露出了凶狠的光芒。

大七星符文与后天八卦符文已经混在一起，其中天枢星位已经完全跟乾卦重叠，天枢星位中的小天枢星位正嵌在乾卦九二爻。

冉不若早就已经想明白了，可刘三娘到了现在才终于看懂，对着鲜于刘光惊呼，"原来两个符文是你跟史驱、董文炳在交手！"

镇西门至刚至强，却没想到当年建城时留了一手，从坎位的水洞门引来一道逆向的水路，如果不是专门为了诡道的门人施展水分算术，就没有任何道理。

看来当年的青城派掌门观尘子和黄裳，虽然一个在川西，一个在闽南，相隔两千里，却一定往来密切，才能建造出跟诡道算术配合的城防。

接下来的半个时辰，蒙军没有任何举动，而镇西门的积水已经又从水洞门排到了山下，宋军正在恢复守城的城墙布置。只有投石车仍旧不断朝着山下投掷砲石。刘三娘和冉不若明白，鲜于刘光和王坚之间早就有了默契，王坚正在按照鲜于刘光的谋划布防行动。

山下的汪德臣部觉得在黑暗中攻城，视线受阻，处在极为不利的位置，因此干脆等待天明。

半个时辰很快就过去，钓鱼城镇西门后，东方的远山显出了冬日惨淡的白色。

漂浮在飞鸟楼上，鲜于刘光三人面前的天璇星位微微闪烁了一下，鲜于刘光轻声说："开始攻城了。"说完之后，鲜于刘光闭上了眼睛，伸出手指，触碰到面前悬浮的后天八卦符文上，不断地拨动九六爻，九六爻和九五爻不断变换位置，看起来就像是一个顽童在拨动琴弦，鲜于刘光到底在做什么，两个女子也无法得知。

刘三娘和冉不若心中惦记军情，看见鲜于刘光已经没有任何举动，就走到了飞鸟楼顶的边缘，看着镇西门的守城之战。

蒙军从镇西门前的山坡上密密麻麻地冲上来，但是到了镇西门下五丈处，面对的就是笔直的悬崖，而镇西门的城楼和城墙修建在悬崖之上。

蒙军开始架起云梯，一时间几十架云梯陆续搭上了镇西门的城楼和城墙，蒙军凶悍，先锋士兵很快就纷纷举着盾牌爬上了云梯，宋军扔下石头，终究人力有限，无法将所有举着盾牌的蒙军击退，顽强维持到接近顶端的蒙军，却并不急着跳跃上城墙，而是把云梯上部缠绕铁链的铁钎扎入城墙的石头缝隙，脚下的蒙军就配合用铁锤将铁扦锤进城墙。如此一来，几十架云梯都牢牢固定在了城墙上。

宋军的投石车无法近战，对云梯无可奈何。城墙上的宋军只能和顺云梯爬上来的蒙军短兵相接。

宋军虽然居高临下，但是蒙军跌落后，立即有人补充上来，并且继续不断地搭上云梯，密密麻麻的云梯先后搭在城墙上，几乎没有了间隙。

已经有蒙军跳上了城墙，开始与宋军肉搏。

飞鸟楼上，刘三娘和冉不若神色焦急，转身看向鲜于刘光，鲜于刘光的眼睛睁开了，微笑着对刘三娘和冉不若说："不急，汪德臣与王坚大哥都只是在试探对方而

405

已,双方都没有使出真正的实力。"

"已经死了很多人了,"刘三娘问,"怎么就只是在试探而已?你作为幕僚,为什么一点都不为所动?"

鲜于刘光平淡地说:"王大哥和张大哥他们能带兵打仗,早已经见惯了生死,他们才是真正不为战场上的生死所动,现在我只能在这里看着两个符文缠斗。"

"已经有蒙军登上城楼,"刘三娘站在飞岛楼的栏杆边上说,"王将军再这么试探下去,镇西门应该守不住了。"

冉不若走到刘三娘身边,牵起刘三娘的手,说:"姐姐,你还记得我跟鲜于大哥说过,镇西门在乾位,是整个钓鱼城城防中至刚至强的一个门吗?"

"一张嘴说说有什么用?"刘三娘说,"城墙上的蒙军和宋军已经死伤各半了。"

冉不若看着刘三娘满是愁容的脸,抿嘴微笑,眼睛流露出柔光。

"都这个时候了,你笑什么?"刘三娘疑惑地问。

"若非鲜于大哥的缘故,姐姐其实与钓鱼城没有半分关系,"冉不若诚恳地说,"之前姐姐惦记鲜于大哥才来了钓鱼城,我也是知道的,只是没想到现在姐姐对钓鱼城存亡如此忧心。"

"我哪里有……"刘三娘立即又说,"只是鲜于刘光这个笨小子,看样子是下定了决心要跟钓鱼城共存亡,我只是不想他死在、死在这里……"

冉不若说:"可是姐姐看到了镇西门上宋军被蒙军杀伤,心里不忍对不对?"

"眼见同胞被异族屠戮,心中愤恨自己爱莫能助,当然是人之常情,"刘三娘盯着冉不若看,"为什么你却并不担心急躁?"

冉不若点头,慢慢地说:"我跟姐姐的经历不同,姐姐从小家庭不幸,但是好在没有身处在乱世,除了母亲,没见身边的人生死无常。"

刘三娘听了,突然觉得冉不若虽然表面柔弱,其实内心里条理清晰,性格也刚强。

冉不若接着说:"我自小在钓鱼城长大,走得最远的地方就是合州城内。京兆陷落后,蜀中门户大开,蒙古军队,今天来了,明天走了,不知道什么时候又来,一年年地肆虐大宋子民,我们合州的冉家和王家,带领着军士,一直与蒙军交战。"

刘三娘听了，想到冉不若虽然是女子，但是也是军旅中长大的将领后代。

冉不若说："我今年十六，从我小时候能记事始，身边就不停有人战死沙场，噩耗从无断绝。无数看着我长大、照顾我的大叔、大哥，出征之后，就再也没有回来。时间长了，也就懂了，既然懂了，心里也就想得明白。虽然伤心，但也知道不可避免。"

刘三娘听了，心里一阵难过，不愿意再看镇西门这边的惨烈厮杀，回头看到鲜于刘光正在用手触碰符文上的大七星天枢星位。刘三娘说："你作为军师，到底有没有办法破敌？"

"史驱和董文炳都不着急，"鲜于刘光说，"我可着急不得，我着急了，算术就错了。"

正说着话，后天八卦乾卦符文的九二爻中间突然断裂，从老阳变成了老阴。鲜于刘光点头说："跟我想的一样，本卦在九二变卦六二，现在天火同人，镇西门现在不仅不怕火，更是要用火了。冉姑娘，镇西门的城墙里应该是藏了不少硝石、硫黄、黄丹、松脂、桐油吧。"

"鲜于大哥猜得不错，安道长花费了无数时间才将这些物事给配制出来，不过没有藏在城墙里……"

"不错，藏在城墙里干什么？"鲜于刘光点头说，"埋在城墙下方岂不是更好。史驱和董文炳算错了，他们以为火矢能够把藏在镇西门的这些火药给引燃，却没算到这些东西就堆在他们面前的悬崖山坡上。"

"钓鱼城人虽然少，"冉不若说，"但我们占了时间上的便宜，经营了百年，蒙军哪里有这么多时间来查看地势？"

冉不若说完，鲜于刘光看到了大七星的天枢星位微微晃动，于是说："史驱和董文炳已经算到了，他们要后退一点啦。"

刘三娘看向镇西门，城墙上的蒙军还在与宋军厮杀，云梯上仍旧有源源不断地爬上攻城蒙军，一时间看不出来蒙军有懈怠的迹象，待要再仔细看时，城墙下方的蒙军后军已经在慢慢地向后移动。

"王大哥要动手了。"鲜于刘光说完，镇西门下冲起了十几丈高的火焰，光芒正好与东方日出的第一束阳光对应。城墙上的宋军早有准备，在火起之前，就纷纷躲避到了箭楼和城楼之内，城墙上的蒙军小半被火焰烧灼，纷纷在地上滚动，想扑灭火焰。城墙上的蒙军躲过一劫，但是在片刻之间，云梯上下的蒙军被炙热的火焰烧成了灰烬，尸骨无存，云梯也只是稍稍多维持了一会儿，也折断燃烧起来。

火药本是几百年前道教炼丹的法门，现在被用在了战场上，会配制火药的道士极为稀少，即便是鲜于刘光和全真教上下，也不知道火药配方，没想安世通却通晓火药之术。

"青城派也炼丹？"鲜于刘光问冉不若。

冉不若沉默一会回答，"青城派不修外丹，可是我的祖上怀镜老大人出身漠北的飞星派，飞星派会炼丹。"

"冉怀镜老先生果然手段极强，是真正道家的高手。"鲜于刘光感叹，"如果他能活到现在，天下哪里有人是他的敌手？"

冉不若听鲜于刘光称赞自己的先祖，向鲜于刘光微微欠身，行了道家礼节，"多谢鲜于大哥。"

刘三娘却没有听二人交谈，而是看着镇西门下十几丈的火焰，烧了快一炷香的时间，不仅没有火势减弱的迹象，反而朝着山下的汪德臣本部席卷而去。但是汪德臣部的蒙军退到了距离镇西门三里之外的地方驻扎，看着火焰到了面前，先锋军也岿然不动。刘三娘正在想着蒙军军令严明、后撤也有章法的时候，火焰被一股无形的墙壁阻挡，无法再向下延展，火焰翻转，卷回了镇西门下，将侥幸没有被烧的蒙军再次笼罩。

城墙上剩下的蒙军，身后是火海一片，云梯也被毁，城墙上没有宋军，反而让他们无所适从，攻也不是，退又无路，只能顺着城墙向水洞门方向跑去。过了水洞门，就要从水洞门和奇胜门之前的地势稍缓处的城墙跃下，被埋伏的张珏率兵尽数俘虏。

山下的汪德臣部和山上的王坚之间隔着一片火海。刘三娘眼力极佳，看到山下的蒙军中慢慢走出了一个将军，走到了火焰边缘，朝着镇西门看去，镇西门的城楼上，王坚将军也稳稳地站立，和蒙军将军对视。

刘三娘把所见告诉了鲜于刘光，鲜于刘光神色凝重地说："对面的是汪德臣本人，在这场交战中，王坚大哥跟他只能活下来一个。"

74

七星与八卦符文

镇西门守住了。蒙军汪德臣部对钓鱼城的第一次进攻以败退结束。

驻扎在钓鱼城北方一带的史天泽部对出奇门和奇胜门也发动了攻击，在完颜安康和徐通明坚守之下，史天泽部也很快退回。

当镇西门城墙之下的大火熄灭之后，汪德臣部在夜间又对镇西门发动了进攻，但是零星的攻击已经无法撼动镇西门的坚固防备。汪德臣部进攻之后，史天泽部又开始进攻青华门，驻扎在东边石子山的蒙古本部大营，也架起了投石车，朝着青华门与东新门之间的城墙投掷。

这是蒙军攻打城池的疲兵之计，钓鱼城的布置，中间校场与各门之间都有快速的马道，策应极快。蒙军想凭借人数优势诱导钓鱼城守军来回疲于奔命的办法在钓鱼城并不奏效。王坚、张珏、完颜安康等将领，对蒙古的军法已经熟知，对此更不以为意。

在阴阳四辨道场加持诡道算术之下，王坚知道蒙军此时主攻的方向就是镇西门，史天泽部攻击北方只是策应，至于蒙哥的投石车进攻东方更不足为虑。很明显，蒙哥本对钓鱼城并不在意，随时准备开拔。

蒙军断断续续地攻城，钓鱼城已经坚持了十数天，城中的军民不再惧怕蒙古大军压境，反而觉得蒙古铁骑也不过如此，城中的气氛不再如蒙军进攻前那么压抑。

蒙军终于在一个黑云密布的夜间停止了攻击。王坚、张珏、完颜安康、徐通明到了飞鸟楼上与鲜于刘光见面，商讨军情。四人也不啰唆，就在飞鸟楼楼顶的九龙刻漏之下，解了盔甲，席地而坐，宝剑和佩刀放在脚边。鲜于刘光背靠九龙刻漏，两个符文悬浮在他面前，相较十天之前，方位没有任何变化。

张珏、完颜安康和徐通明三人是王坚最倚重的三个将领。张珏跟随王坚出生入死多年，早就是王坚最得力的下属，并且两人早已经结拜金兰。完颜安康到了钓鱼城，一直兢兢业业处理金国残部后裔在马鞍寨的军务，这次蒙军进犯，完颜安康率马鞍寨在奇胜门和出奇门之间后方的山坡上，坐高望低，来回调度军士防守奇胜、出奇二门，史天泽部的军队没有任何机会爬上城墙，情势比镇西门要稳固得多。

徐通明在攻城之前投奔军队，暂时归于张珏麾下，蒙军进攻镇西门，张珏与王坚镇守，徐通明的两百族人驻留在钓鱼城中心大校场南方的采石场附近，蒙古本部用投石车进攻东新门两侧的城墙，城墙上的宋军慌乱一阵，徐通明立即奔赴东新门。徐通明与青城派大有渊源，根据蒙军砲石的高度和大小，知道蒙军入蜀地后，山高路险，大型的投石车无法顺利移动，能够派上用场的只是便于在山路移动的小投石车，因此威力有限。徐通明查明这一点，立即接管了东新门的城防指挥，并且快马告知镇西门与汪德臣部厮杀的张珏，无须为东新门被突袭而焦虑，徐通明已经布置士兵在蒙军投石车砲石攻打的死角，进攻的蒙军也被手段高明的徐氏族人击退。除了一人轻伤，一人重伤，竟无一人遇难，这十天城池攻防战以来，反倒是徐通明部伤亡极低，战功最为显赫，因此被王坚提拔为副将，统领东部守军。

这样一来，钓鱼城八卦城防的将领都各自归位，主将王坚镇守西方，以镇西门为主要防线。马鞍寨的完颜安康照应北方城墙的城防。东方城墙就交给了徐通明。至于南方城墙，紧临嘉陵江，水军码头丢失后，向上就是笔直的峭壁，唯一能够出入的就是护国门，而护国门外的栈道已经收回，就交给王坚身边的副将张珏兼顾城防。

王坚等人与鲜于刘光商量了这些军务，刘三娘却没有看见冉守孝，王坚随即告知，之前通报襄阳、重庆方面蒙哥大军压境的消息，迟迟没有回音，担忧传信的军士已经被蒙军截下，因此让水性极佳的冉守孝偷偷潜入了嘉陵江，游到下游的重庆，进而到襄阳向吕文德大人禀报军情。当然真实的意图是希望吕文德大人从襄阳、荆州逆水而上到合州驰援。此事极为隐秘，因此没有告诉任何人，现在十数日已过，冉守孝应该已经到达了襄阳。

冉璞和安世通并没有参与军事会议，白日里在大天池钓鱼，对身边的战事不闻不问。两位老者年事已高，一生的使命就是谋划布置钓鱼城城防和阴阳四辨骷髅道场。现在王坚和鲜于刘光已经把他们的重任接了过去。

四位将领和鲜于刘光面对面坐着，完颜安康和徐通明都是沉默寡言的人，张珏虽然性情豪爽，可是在这种严肃的军事会议上，也不敢随意说话。

王坚看了看鲜于刘光面前的两个符文，开口问："汪德臣还会试探多久？"

鲜于刘光摇摇头。

王坚又问："蒙哥会不会留下汪德臣攻打钓鱼城，自己率领蒙军大部与史天泽、董文蔚部顺着嘉陵江而下，直接去往荆州？"

"会。"鲜于刘光点头说。

"如果蒙哥带着大部去往重庆，他们的船加上俘获南军码头的船，击溃重庆和夔州需要多少时间？"

"那要看吕文德大人的荆州水军能否在蒙军之前赶到夔州。"鲜于刘光说。

王坚听了，沉默下来，按照冉守孝去报信的时间推算，如果现在蒙古率军顺江南下，荆州的水军绝无可能赶在蒙军之前到达夔州白帝城。大军逆流而上从荆州到夔州，仅仅是征调无数的民夫拉纤的时间，蒙哥就已经到了夔州。

张珏打破沉默，问鲜于刘光："鲜于兄弟，你的这些计算，都是来自面前的这两个符文和九龙刻漏吗？"

鲜于刘光点头，"我年纪尚小，没有什么见识，也没读过什么书，只能从这个七星符文中察觉史驱和董文炳的动向，知道这两个术士的心里在想什么，就能知道汪德臣要做什么，汪德臣要做的计划，跟蒙哥的战略休戚相关。"

"鲜于兄弟的意思是，蒙哥随时会离开钓鱼城。"王坚说，"有没有办法把他留下？"

"有。"鲜于刘光说，"只有一个办法。"

"鲜于兄弟请说。"王坚看了看四周，张珏让所有在飞鸟楼楼顶的亲卫都退下，只剩下刘三娘、冉不若。

鲜于刘光指着两个符文平静地说:"王大哥,我无时无刻不在看着史驱和董文炳,他们其实也一样,也在无时无刻看着我。"

"你的意思是,"王坚问,"他们营帐内,也有一样的符文。"

"你们在战场厮杀,我们道家也一样,"鲜于刘光说,"既然是道场,其实也就是小小的道家的阵法,我们术士之间,就要凭借这个阵法的变化,猜透对方在想什么。"

"诡道算术是道门之中最强的门派,加上前辈先人留在这里的九龙刻漏,"王坚说,"清微派的史驱和董文炳的算术,应该是比不过兄弟你的。"

"按理说,是这样,"鲜于刘光苦笑一下,"偏偏史驱得了花教五世法王的提点。中原道教即便式微,仍有不少流落在江湖的高手,当年冉怀镜老前辈的本事,就远超藏地花教法王。花教的法术本来也不足为虑,可偏偏这个五世法王跟天外陨石有了关系,并且在西域得了当年卧龙任嚣城的木甲术和七星灯之术……"

说到这里,鲜于刘光不断地摇头苦笑。

"直说吧,我们该如何是好?"张珏看向东方,"现在我们被围困,他们要绕过钓鱼城南去,我们也只能眼睁睁地看着。"

徐通明站起来,向王坚拱手,"兵行险着,不如我带着族人,趁夜色偷偷从东新门潜入蒙哥在石子山驻扎的大营内,偷袭杀了蒙哥。"

徐通明的族人,个个都是江湖高手,这个办法的确可行。王坚听了,开始沉思。

完颜安康突然开口,"这个险,我们冒不起。"

徐通明看向完颜安康,"完颜将军有什么高见?"

"蒙灭金之前,大军兵临都城之外,"完颜安康难得说了这么长一段话,语气平稳,"我们也曾经试图刺杀木华黎。"说完就不再言语。但是在座所有人都知道后面发生了什么,金国覆灭,丝毫没有翻盘的机会。

完颜安康说得很明白了,当年木华黎的大帐就防备森严,更何况蒙古大汗,且不说大帐外层层军士把守,更不知道有多少术士高手环伺在身边。

"完颜大哥说得不错。"王坚摆手,"不到万不得已,刺杀一事不要再提,如果刺杀失败了,白白折损手足不说,反而让蒙古人知道我们已经到了山穷水尽的地步。"

鲜于刘光听了,微微点头,笑了笑。然后说:"我们得让蒙哥自己留下来,赶也赶不走。"

"这话又怎讲?"张珏问。

"鲜于兄弟的意思我好像明白了。"王坚说,"蒙哥这西路大军,进入蜀地后,一路势如破竹,将青居城、云顶城、运山城……轻易拿下,所以在蒙哥眼中,我们也是一样的结局。"

"蒙哥在等汪德臣,可能给汪德臣的时间只有十天,"鲜于刘光说,"或者给了汪德臣一个月。但是最多也就是一个月,蒙哥就不会再等,他们会按照初始的计划,绕过钓鱼城,直扑下游。"

"但是汪德臣不愿意。"王坚拍手,"汪德臣不愿意在蒙哥面前丢脸。因此第一天攻城失败之后,就一直在试探我们的虚实。"

张珏也懂了,"蒙哥要是留下汪德臣跟我们耗着,大军攻向荆州,如果大宋不幸……呸,怎么可能……汪德臣即便是攻下了钓鱼城,但是更大的功劳就跟他没关系了。"

"十六天过了,"鲜于刘光说,"因此我确定,蒙哥给汪德臣的时间是一个月。"

"一个月内汪德臣攻不下钓鱼城,蒙哥就会走。"王坚说,"钓鱼城倒是能够硕果仅存。"

"可是重庆、夔州、荆州没了。"张珏摇头,"大宋的江山就又丢了一半,并且临安就袒露在蒙军的面前,无险可守。"

"还有半个月,"王坚说,"我们有什么办法,让蒙哥改变计划?"

"蒙哥傲慢,已经是众所周知。"完颜安康说,"只要激怒他即可。"

"攻打钓鱼城的主力是汪德臣,我们怎么激怒蒙哥呢?"

王坚说:"董文炳有个弟弟叫董文蔚,听说也是个术士,但是法术稀疏平常。"

"那又如何?"张珏问。

"这人没什么本事,却深受蒙哥的宠幸,"王坚说,"我们在蒙哥身上无法可想,但是这董文蔚轻浮冒进,我们从他身上想办法。"

"这事就交给我了。"徐通明站起来,"杀了董文蔚,蒙哥会不会留下?"

所有人都看向鲜于刘光,鲜于刘光仔细看了看大七星符文,"有好多事情我一直想不通……"

张珏说:"鲜于兄弟自从有了九龙刻漏,说话都磨磨蹭蹭起来,跟刚上山时简直判若两人。"

"史驱的大七星符文,其实是不吉利的,"鲜于刘光说,"只要破了一个,操纵大七星的将领都将遭遇不幸,可是这个大七星符文,却是八思巴专门教授给史驱和董文炳的,看来八思巴百密一疏,忘记了当年汉末蜀国的诸葛卧龙就是输在这个大七星上。"

"他不是忘记了,"王坚说,"他是一个藏地僧侣,哪里知道我们中原的典故?"

"王大哥说得不错。"鲜于刘光说,"这么说倒是很有道理。还有一点我没想明白……"

王坚看了看身边的张珏,苦笑一下,张珏的眼睛看向九龙刻漏,王坚明白了,鲜于刘光虽然身材高大,内心仍旧是个少年,现在他是钓鱼城的冥战首脑,压力极大,当然会变得极为谨慎、沉稳。

王坚说:"鲜于兄弟,你有什么要问,尽管说。"

鲜于刘光摆摆手,然后看了看天色,对王坚说:"不用了,我自己下楼,来了钓鱼城这么久,也没仔细游览过。"

"你不是不能离开飞鸟楼吗?"王坚指着九龙刻漏。

鲜于刘光笑了一下,"我的经脉已经和九龙刻漏相通,不碍事了,只要有突发军情,我立刻回来就是。"

完颜安康和徐通明说完军务,拱手离开,回到自己的守城城楼。张珏对王坚说:"看来今晚不会再有突袭了,十几天来,蒙古人一个时辰都没有消停,现在也该累了。我们两人就替代鲜于兄弟,在飞鸟楼上观察敌军吧。"

王坚不明白张珏的用意,张珏低声说,"大哥年纪大了,忘记了少年时候的风流。"

王坚看到冷谦不知道什么时候冒了出来，鲜于刘光吩咐他留在飞鸟楼顶，守护九龙刻漏。而刘三娘和冉不若两人都看着鲜于刘光，没有离开的意思。

鲜于刘光转头对冉不若说："带我去天池瞧瞧。"看见刘三娘嘴巴嘟起，立即说，"三娘一起来吧。"

"你和冉姑娘去吧，"刘三娘却又倔强起来，不知道是故意抬杠，还是跟冉不若交谈后，不再有芥蒂，于是说，"你跟冉姑娘去探访钓鱼城的机关布置，我非军士，还是得回避。"

鲜于刘光知道刘三娘心里不快，但是话说得漂亮，也无法反驳，只好对冷谦说："在这里陪着三娘，别惹她生气。"

冷谦摇头苦笑，学着大人语气："不知道到底是谁惹三娘生气最多？"

刘三娘敲了冷谦一个爆栗，"就你话多！"转头对鲜于刘光和冉不若说，"军务为重，你们快去快回，这里不是还有王将军和张将军在吗？"

鲜于刘光点头，和冉不若并排走下飞鸟楼，天色乌黑，楼梯边的军士已经退下，没有火烛照明，鲜于刘光担心冉不若失足摔倒，犹犹豫豫地不知道该不该搀扶，可是黑暗中冉不若下楼飞快，比白日里更稳当，倒是鲜于刘光跟跄了几下。到了底楼，有了灯火，冉不若捂嘴笑道："鲜于大哥，我自幼在这个飞鸟楼里玩耍，每一步楼梯都了如指掌。"

鲜于刘光说："不若，带我去天池吧。"

"我以为你要我带你去看城防的后天八卦机关，没想到你要去……"冉不若立即醒悟，"哦，你要去见安道长！"

"走吧。"鲜于刘光拿过了军士手中的火把，"你和三娘都是聪明至极的女子，世间罕见，没想到都在钓鱼城。"

"既然鲜于大哥抬爱，我再猜猜，"冉不若沉吟了一下，"安道长和伯父不是在天池钓鱼，哪有大晚上钓鱼的道理？他们有些事情，我不知道，鲜于大哥你也不知道，所以你要去问。"

鲜于刘光手里擎着火把，偏头看向冉不若白如羊脂的脸颊，火光下更是艳丽，立即镇定心神说："你的心思灵巧，可比我聪慧了百倍不止。"

"三娘的心思可比我聪慧。"冉不若说，"我凡事都得思虑再三，可是三娘，能够随机应变，突发奇想，这点我可远远不如。"

75

钓鱼城与蒙哥

鲜于刘光听冉不若提起刘三娘，也就不便再说什么，默默地跟着冉不若，朝着天池的方向走去。天池在钓鱼城的正中，无论从钓鱼城哪个方位过去，都只需要片刻。

冉不若带着鲜于刘光到了天池旁的小亭子，天上的乌云散开了一些，云层中露出了些许的月光。冉璞和安世通坐在小亭内饮茶，旁边站立着一个小道童，安世通朝着鲜于刘光招招手，道童自行退下。

冉不若和鲜于刘光走到亭子内，冉璞对鲜于刘光说："镇守钓鱼城的人选，本来是你的师兄刘子聪，布置后天八卦必须要和诡道四大算术配合，才能发挥作用。"

"所以，前些日子，两位前辈担忧我只学会了诡道的两个算术，对我并不放心，如今看我能够承担起这个责任，"鲜于刘光说，"才打算把最关键的秘密告诉我。"

"两件事，都一起对你说了吧。"冉璞看了一眼安世通，安世通眼睛闭着，点点头。冉璞看见冉不若要走，立即说："不若，你不用回避，这件事情，你也有份。"

鲜于刘光和冉不若都迷惑不解。

冉璞说："蒙哥走不了，钓鱼城的阴阳四辨骷髅道场，并不是一个守城的道场，而是于千万人中取敌方将领人头的凌厉杀招。"

鲜于刘光听了，忍不住打了一个寒战，"击溃蒙军唯一的办法，只能是击杀蒙哥，之前说的坚守钓鱼城，拖住蒙军云云，都是障眼法，只有连自己人都骗了，才能骗到敌人。"

"正伏为奇，善伏为妖，"冉璞说，"这是诡道所擅长的做法，阴阳四辨骷髅道场,青城派的阴阳两仪,加上你师父黄裳四辨骷髅才能成为一个道场。"

"这件事情跟蒙哥到底有什么关系?"

"不把钓鱼城攻占下来,"冉璞说,"蒙哥绝不会离开。"

鲜于刘光正要询问,突然东新门方向一阵鼓声响起,鲜于刘光大惊失色说:"今晚蒙古并没有攻城的作战计划。"手一挥,董文炳和史驱的七星符文闪现,安世通睁开眼睛,点头说,"星位没有异动,这次进攻不是蒙军的幕僚布置的。"

毕竟军情紧急,鲜于刘光就要赶回飞鸟楼看个究竟,被冉璞拦下,"无妨,等等再说。"

果然片刻之后,张珏从飞鸟楼的方向走了过来,对着鲜于刘光说:"果然董文蔚深受蒙哥的器重,不自量力,竟然在东新门下摆开阵势要攻城,被徐通明一箭将他的胸口射了一个贯通。董文炳是个厉害人物,他的弟弟却是这么一个窝囊废。看来蒙哥不会走了。"

张珏通报了军情后,立即离开。

鲜于刘光看向两个面无表情的老前辈说:"都是幌子而已,蒙哥不想走,可是一意孤行要攻占钓鱼城,是军事上的反常行为,他只能故意纵容宠臣董文蔚来攻城,现在有理由留下了⋯⋯蒙哥为什么一定要攻下钓鱼城?"

"因为钓鱼城不仅是阴阳四辨骷髅道场。"冉璞轻声说,"在天池和马鞍寨之间,我们修建了大宋的皇宫,只要皇族不灭,大宋千万子民,就永远有驱除鞑虏的动力。"

"因此钓鱼城内有皇宫,可安置大宋皇室,这件事情也故意告知了蒙哥。"

"刘子聪心有异志,我们就让全真透露给他了,"冉璞说,"刘子聪投奔忽必烈后一定会把这个秘密当作重要的礼物。"

"要是刘子聪不投奔蒙古呢?"鲜于刘光说,"那怎么传递这个秘密?"

"总有办法的,一定会有人选,"冉璞说,"只是没想到刘子聪变节,就刚好让他来传递。"

"古往今来,世上占领土地最多的就是蒙古,如今蒙哥统领下的蒙古,已经远超过当年的成吉思汗,地域辽阔,是有史以来的第一大帝,他绝不会让大宋有翻盘的机会。"冉不若在一旁轻声说,"其实这个秘密并不神秘,蒙哥要在自己的治下征服大宋,当然不能容忍世上还有个收留大宋皇族的地方。"

"第二件事情。"冉璞说,"花教的八思巴的确已经继承了三铜的智慧,但是这世上并不只有花教法王能接近三铜陨石,飞星堕地在大昆仑山内,我的先祖怀镜老人家当年所属的门派飞星派也知道陨石的方位,因此,解决了蒙哥之后,你要去西域寻找飞星派,让飞星派的门人带你去大昆仑山里找陨石。你去了之后,尽量去领悟三铜陨石的秘密,抢在八思巴成为帝师之前,击败他。"

"前辈也说过,飞星派在漠北和西域已经游荡了好几百年,我过去了,他们凭什么相信我,带我去找陨石?"

冉璞眼睛看着冉不若,露出了笑意,"这就是我家先祖怀镜先生要诡道门人与我们冉家联姻的原因了。"

冉不若惊讶地把嘴巴捂住,片刻之后才说道:"原来要我带着鲜于大哥去西域找飞星派和陨石。"

"你手里的灭荆和陨石,"冉璞说,"就是你的嫁妆,也是与飞星派相认的见证。"

鲜于刘光问:"如果阴阳四辨骷髅道场真的能杀了蒙哥,然后我去西域寻找飞星派,三娘怎么办?"

"西域在数万里之外,大昆仑山更是连绵无尽,更有雪山和沙漠,"安世通突然开口,"你照应不若就已经是千难万难,难道还要多带一个女子?"

鲜于刘光顿时语塞,安世通接着说:"从现在开始,你不要再思考如何守城,而是要用尽诡道的算术,把蒙哥一步步骗到陷阱中来,史驱和董文炳不是你的对手,他们只是你棋盘上的棋子,现在你的对手只有蒙哥。蒙哥之后,只有八思巴。"

安世通说完,再次闭上了眼睛,鲜于刘光看见,安世通脸上的血管从老朽的皮肤之下鼓起,心中一凛,忍不住看向安世通的手臂,可是安世通的手臂被长长的衣袖刻意遮掩,看来当时拓印手臂皮肤上阴阳四辨符文之后,伤势根本没有好转,安世通已经一百多岁,没有充足的精血来恢复,阴阳四辨是阴毒凌厉的诡道法术,安世通无法压制,现在已经伤及了面部,可见全身皆为一般。

鲜于刘光黯然无话,知道冉璞和安世通已经把最后两个使命传达给自己,也就心无牵挂。于是向两位老前辈拱手，转身离开。冉不若跟在鲜于刘光身后，轻声问："鲜于大哥，你是要回飞焉楼吗？"

鲜于刘光叹口气说，"带我绕着城防走一圈吧。"

冉不若"嗯"了一声，然后跟着鲜于刘光走到了镇西门，将士们已经征战月余，一半的士兵正在休憩，另一半严阵以待，站在城墙上看着下方的蒙军。

鲜于刘光看向了镇西门下汪德臣部的蒙军，朝着北方走去。冉不若跟在鲜于刘光身后，走到奇胜门的时候，冉不若走到了鲜于刘光的身边，轻声说："大哥不回飞焉楼，是无法向三娘解释你我二人共赴西域、留下她在中原吗？"

鲜于刘光听了，知道面前的这个冉不若，和刘三娘一样聪明，自己什么心思都瞒不过她们的眼睛，只能点头。

冉不若说："以三娘的性子，的确很难解释清楚。"

鲜于刘光说："不若，你能否帮我一个忙？"

"不在三娘面前提起此事？"

"正是。"

"可是终究要告诉她的……"

"到时候再说了，"鲜于刘光叹气，"挨的一日，是一日吧。"

两人说着话，鲜于刘光行走缓慢，走到了奇胜门和出奇门之间的城墙上，鲜于刘光站立不动，静静站立。镇守出奇门的马鞍寨完颜安康见鲜于刘光巡访，立即走到了鲜于刘光的面前，拱手说："鲜于先生来出奇门，是有什么军务要交代吗？"

鲜于刘光正要张口，却欲言又止，迟疑片刻后说："劳烦完颜将军，能否借一碗水喝。"

完颜安康本就是一个沉默寡言的人，自然不会在意这点小事，立即招呼身边的军士，解下腰间的牛皮水袋，交给了鲜于刘光，"委屈不若姑娘，跟我们一样用这种水袋了。"

冉不若并不口渴，本想拒绝，但是听完颜安康这么说了，就拧开了塞子，浅浅喝了一口，然后交给鲜于刘光。

鲜于刘光仰头喝了，男女共饮，本是大宋礼防的大忌，可是鲜于刘光和冉不若已经内心亲近，不以为意，完颜安康是金人后裔，更不会介意。

鲜于刘光喝水的时候高举水袋，水流从嘴边滴落到城墙地面。鲜于刘光把水袋还给了完颜安康，看了完颜安康许久，拱手说："完颜大哥保重。"然后心事重重地走开了。

完颜安康对鲜于刘光过来借水的冒失举动并不以为意，只是看着城墙下连绵的蒙军帐篷，密密麻麻，一直绵延到嘉陵江边。

鲜于刘光和冉不若顺着城墙走到青华门，又走到了东新门，这里是青城派徐通明镇守的方位，正对着对面驻扎在石子山的蒙哥大营。徐通明刚刚击退了蒙哥身边宠臣董文蔚的进攻，并且用弓箭射穿了董文蔚的胸口，蒙哥的重臣董文蔚多半已经伤重而亡，蒙哥现在一定震怒。

徐通明正是在这个间隙去了飞鸟楼去向王坚禀告军情，留下了裨将守城。城墙上刚刚经历过战斗，军士正在清理城墙上的残破尸体，救治受伤的同僚。遇到蒙军的尸体，就扔下城墙，城墙下也有收拾战场的蒙军，把尸体带回大营。如果遇到了受伤未死、仍在呻吟的蒙军，裨将也不啰唆，用佩刀割断他们的喉咙后再扔下城墙。鲜于刘光看着不忍，转头看向冉不若，却看到冉不若脸色如常，才想起来，冉不若说过，她自小就见惯了这种情形。

冉不若眼见自己和鲜于刘光就要走到护国门、回到飞鸟楼了，终究是忍不住心中的好奇，问鲜于刘光，"鲜于大哥，你刚才并不口渴，问完颜将军借水，是要掩饰想说的话吗？"

鲜于刘光看着冉不若，沉默一会儿说："如果不是刚刚两位前辈告诉了我两个秘密，我一定会告诉完颜将军，可是现在……"

"你向完颜将军隐瞒了什么？"

"不出三个月，他会战死在出奇门。"鲜于刘光说。

"你们诡道并不擅长起卦，如何跟一个算命先生一般？"冉不若说，"你故意把水滴在城墙上……你擅长诡道水分算术……是不是算到了蒙军的什么举动？既然算到了，为什么不提醒完颜将军？"

鲜于刘光把手按在冉不若的肩膀上，缓慢地摇头，"既然是打仗，打仗就得有人牺牲，对不对……"

冉不若说："必须要这样吗？"

鲜于刘光点头，然后说："你要不要见识一下水分算术的厉害？"

冉不若心情沉重，看见鲜于刘光主动化解这压抑的气氛，连忙说："有幸得见诡道水分算术，当然要看看。"

鲜于刘光闭了一下眼睛，对冉不若说："你心中默数三声，然后把手臂展开，手心向上。"

冉不若照做，手心刚刚伸展，雨水从天而降，滴落在冉不若手心。

鲜于刘光把衣袖摊开，他身材高大，衣袖足以遮掩冉不若避雨。冉不若说："鲜于大哥的水分算术果然高明，雨水落下的时刻，计算的半分不差。"

鲜于刘光说："这场雨要下二十一天。"

"太好了，下雨对蒙军攻城不利。"冉不若说，"可是为什么完颜将军会有危险呢？"

76

护国门

鲜于刘光摇头笑了笑，冉不若也就不再追问。两人回到了护国门，鲜于刘光在护国门上仔细看了看城门前方的悬崖峭壁，岩壁上的木头栈道已经收起，留下几排孔洞。鲜于刘光看了有一炷香的工夫，又折返回了东新门看了看，然后回到了飞鸟楼。

上楼的时候，正好碰上禀告军情结束、赶回东新门的徐通明，鲜于刘光向徐通明道贺："恭喜徐大哥立下大功！"

徐通明问："鲜于兄弟，董文蔚死了吗？"

鲜于刘光摇摇头，"不过也只剩下半条命，不可能再率军攻打城池了。"

"一箭射穿了胸口都死不掉，"徐通明说，"合该这奸人命大，再说他一个小小千户，就是被我射杀，也谈不上什么功劳。最好哪日，我能一箭射到蒙哥，绝不会偏离要害，到那时候，才是真的大功一件。"徐通明说完，下楼走了。

鲜于刘光上楼后，看见王坚和张珏都在，张珏满脸的喜悦。王坚神色平静，见到鲜于刘光说："下雨了。"

"要下二十余日。"鲜于刘光点头。

"下雨对我们守城不是更好？"刘三娘提高声音问。

"应该是好的，"王坚说，"可我心里就是不踏实。"

鲜于刘光走到了九龙刻漏旁，祭出符文，看到了七星大阵法的星位已经有所变动，玉衡星位触到了兑位。鲜于刘光用手指着兑卦说："兑卦，属泽、缺池、废井，如今开始连绵阴雨，我看史驱和董文炳要建议汪德臣夜袭钓鱼城，王大哥，可以削减白日镇守的军士，让他们白日多睡觉，夜间警惕突袭。"

王坚对鲜于刘光极为信任，立即传令下去，调整守城军士的日夜轮休。鲜于刘光说："王大哥，我在护国门和东新门之间的城墙下，发现有一个缺口。"

王坚说："你说得不错，在修建城池的时候，就决定堵上这个缺口，可是偏偏这里的地势奇特，几块巨石似乎连绵到了山体深处，并且石头坚硬，无法开凿。只能把城墙修建在这几块巨石之上，好在石头之间的缝隙隐藏在草丛之中，蒙军不到城墙之下，也看不出来。当然蒙军无法接近这段城墙，到十丈之内就会被我们投石车巨砲杀伤。"

鲜于刘光听了，点点头，也就不再多说。

鲜于刘光的预测再次应验了。二十多日来，蒙军进攻的主力已经全部集中到了汪德臣部，史天泽部撤退到了南北的水军码头，蒙哥在石子山的本部大营也没有什么动静。只有汪德臣部的蒙军十分活跃，汪德臣放弃了白日攻打城池，专门在夜间突袭，好几次几乎拿下了城门，却又被赶来的张珏、徐通明率军击退。

这一日，鲜于刘光和刘三娘到了护国门上，警告张珏，汪德臣部可能要从护国门方向进攻城池。

张珏听了，几乎不敢相信自己的耳朵，笑着对鲜于刘光说："鲜于兄弟，钓鱼城的八个门，小东门已经失守，其余七个门，除了护国门，都被他打了个遍，你总不能因为护国门没有被攻打过，就说他要攻打护国门吧。"

鲜于刘光说："汪德臣听了史驱的参谋，攻打其他门都是佯攻，实际上一直在暗中布置进攻护国门。"

张珏指着护国门前方的悬崖，"除了猿猴，我不信有人能够从这悬崖爬上来。"

"史驱和董文炳是术士高手，"鲜于刘光说，"他们一定想出了攻打护国门的办法。护国门为钓鱼城最为险峻一门，反过来说，因为地势优越，反而是钓鱼城守备最松懈的一门，换作我是史驱、董文炳，也会提议，让汪德臣突袭护国门。"

张珏听了，点头说："鲜于兄弟，你说得有道理，我现在就去安排增加人手。"说完就朝着校场而去。

鲜于刘光看着张珏走远，又看了看护国门下的悬崖。刘三娘和鲜于刘光在钓鱼

425

城已经征战了两月有余，见惯了血肉横飞和惨烈厮杀，看见张珏离开，刘三娘说："你白费口舌，张将军并不相信你的提议。"

"我知道。"鲜于刘光说，"但是我既然是军师参谋，就得把这些话都说出来。"

"你为什么不直接告诉王坚大哥？"刘三娘问，"你明知道张将军听不进去。"

"九龙刻漏和诡道算术告诉我，我只能这么做。"鲜于刘光说完，看着刘三娘笑了一下，故意显示轻松。

鲜于刘光要和冉不若共赴西域的事情，冉不若果然信守承诺，没有在刘三娘和冷谦面前提起一个字。鲜于刘光却心中愧疚，这二十多日，无时无刻都想跟刘三娘说个明白，可是话到嘴边都强行忍住。

"你到底要跟我说什么？"刘三娘早就察觉了鲜于刘光心中有话，"是要跟我悔婚吗？然后明媒正娶冉姑娘？"

"当然不是。"鲜于刘光摇头，"蒙古退军之时，就是我们成亲之日，你不用胡思乱想。"

刘三娘知道，满城几千军民的性命，悬于鲜于刘光一人之手，因此不再像之前那样咄咄逼人，胡搅蛮缠，尽量不让鲜于刘光的心神不宁，以免影响了与史驱和董文炳之间的道法对峙。

鲜于刘光看着悬崖，摇头说："我到现在还没想明白，史驱会想出什么法子，让汪德臣手下的蒙军，攻到护国门跟前来。"

77

飞夺护国门

鲜于刘光的诡道算术又胜了史驱和董文炳一局，汪德臣部果然开始攻打护国门。从半夜开始攻城，到了白日也丝毫没有退却的意思。护国门险峻，又是张珏镇守，蒙军攻上来的希望渺茫。

蒙军死伤无数，仍旧没有退兵，张珏开始觉得奇怪，让徐通明帮忙照应护国门，自己赶到飞焉楼上，询问鲜于刘光："汪德臣一定有别的图谋，他到底要干什么？"

鲜于刘光说："他有登上来的办法，不过张将军放心，王大哥已经做好了准备。"

"你们两人商量的事情，连我也不能知晓？"张珏问，"军情如此重要吗？"

鲜于刘光点头，"很重要，我们这次得让汪德臣死在护国门下。这个一定要仰仗张大哥你。"

张珏不知道鲜于刘光到底和王坚谋划了什么，只能退下，走了几步，鲜于刘光在身后大声说："张大哥，今晚，你就会接到王将军的军令。"

到了夜间，蒙军继续攻打护国门，鲜于刘光走到栏杆边，看着几艘战船慢慢地行驶到了钓鱼城南方的河面上，停泊在宋军失守的南水军码头，鲜于刘光对身边的冷谦说："赶紧通知王将军过来。"

冷谦见识了几个月的战事，也变得成熟多了，不再跟鲜于刘光啰唆，立即跑了下去。片刻后，请来了王坚。

王坚看到山下黑漆漆的一片，星光下隐约出现几艘船的模糊影子。同时护国门的蒙军还在零零碎碎地爬上悬崖，被张珏率军用弓矢射杀。王坚问鲜于刘光："就是这个吗？"

"就是这个。"鲜于刘光说，"苦竹城的悬崖天险，就是被这个木甲术给攻破的，现在史驱要用这个对付护国门。"

"幸好鲜于兄弟你得了《木非攻》，"王坚说，"才有应对的办法，今晚我就要给张实将军报仇！"

护国门下，汪德臣部的进攻变得缓慢下来，鲜于刘光和王坚都看在眼里，随即又把所有的注意力放在南水军码头，看见那几艘船只慢慢地并排在一起。船只上的士兵在上下爬动。夜空的乌云散开，月光明亮，王坚和鲜于刘光看得清清楚楚，一共七艘船，每艘船上都堆满了巨大的木梁，现在士兵正在把木梁连接起来。

"这就是兄弟你说的巨弩？"王坚说，"攻下了苦竹城悬崖天险？"

"比我在井陉口看到的更大，大了两倍。"鲜于刘光长出一口气说，"好在护国门距离河边还有一段距离，不像苦竹城的悬崖就在水面之上。地势上，我们占了大便宜。观尘子掌门和我师父，选择钓鱼城为阴阳四辨道场，是有道理的。"

"按照计策，"王坚说，"让他们先发弓弩，我们暂时退却。那就先等着吧。"两人继续看着河面上的蒙军拼凑巨大的弓弩，这个巨弩，果然是姑射山卧龙一脉的木甲术，当年诸葛孔明善用弓弩，天下闻名，只是如今，同样的木甲术，却从守护蜀地变成了攻打蜀地。

蒙军的工匠士兵熟练，一个时辰之后，七艘船上巨大的弓弩已经拼凑完成，王坚看着巨大的弓弩下，七艘船中间的船只后退，依次排布，巨弩的弓弦拉起，七艘船形成了弯弓的阵型，巨弩的梁，被几艘小船支撑在水面上，并且慢慢抬高，鲜于刘光知道这是在调整巨弩的角度。

护国门守城的宋军，看不明白水面上蒙军的奇怪作为，还在悠闲地观望，当蒙军七艘船拆下桅杆，放到了巨弩的弓弦和木梁滑槽上的时候，宋军才看明白了水面上的蒙军要做什么。

王坚看到这个场面，也有点犹豫，"鲜于兄弟，你真的要让他们朝我们来这么一下吗？"

"你和汪德臣，必须有一个死在钓鱼城。"鲜于刘光说，"这是大七星符咒和阴阳四辨骷髅星位的破杀，今晚你就得手刃汪德臣，巨弩不射上城墙，汪德臣不会入瓮。"

护国门的宋军已经惊慌起来，有些士兵开始朝着河面上的船射出火矢，但是距离太远，火矢没到河边，就跌落下来。

王坚皱了皱眉头说："张珏还是太过于相信护国门的地势……"

"今晚之后，张将军一定会谨慎起来。"鲜于刘光坚定地说。

水面七艘船组成的巨弩已经蓄势待发，史驱一刻也不耽误，蒙军开始斩断巨弩后方的牛筋。不知道是史驱用了什么样的神兵利刃，瞬间斩断无数编织成水桶粗细的牛筋。

七根桅杆刹那就飞到了护国门前悬崖的上方，正好就在城墙边缘。

护国门前的机关全部被史驱用木甲术绕过。七根桅杆末端都拖拽着十几架软梯，现在护国门的悬崖上方，和水面之上的船只，形成了一片软梯组成的巨网。蒙军开始集中到船上，踩着巨网，朝着护国门悬崖而来。

当初的苦竹城就是被这么攻破的，现在蒙军如法炮制。护国门的宋军慌乱片刻，在张珏镇定指挥下，在桅杆和巨网上泼洒青油，然后点燃，可是桅杆和巨网竟然不是普通木材和麻绳制造，火焰无法烧毁。

爬上巨网的蒙军，等待青油燃尽，继续朝着护国门爬来。

软梯相互连接，蒙军爬到了高处，却躲避在桅杆稍稍凹陷的地方，悬崖上宋军的弓箭无法射到，这批蒙军不急着强攻上护国门，放下了更多的绳网，攻城的软梯完全变成了密集的网布，紧紧包围住护国门城门前悬崖上的七根桅杆。

护国门前的悬崖里的机关尽数无用，全部被史驱的清微派术法破解。蒙军四面征战，破城无数，攻城十分娴熟，很快几百名蒙军就已经爬上了悬崖，与宋军厮杀在一起，镇守护国门的宋军都是张珏培养的亲信，士兵与主将都一样的勇猛，不待蒙军爬上来，就已经忍不住跳到面前的巨网上，与蒙军交手。

鲜于刘光看着山下，对王坚说："可以让张将军出击了。"

"汪德臣爬上来了？"

"按说也该爬上来了。"鲜于刘光看了看身后的九龙刻漏。

王坚立即招呼信兵传张珏上飞鸟楼。

片刻后满脸鲜血的张珏跑上飞鸟楼,看见王坚立即说:"军情紧急,大哥你招呼我来作甚?"

王坚和鲜于刘光相互看了一眼。

"蒙军已经上来了,"张珏说,"你们还这么悠闲?"

王坚说:"我让你选五十个精锐死士,选好了吗?"

"就在飞鸟楼下。"张珏说,"临时抽调我和五十个精锐,要做什么?"

"我要你去取汪德臣的性命。"王坚说,"蒙军攻打护国门正面,不需要你来操心,他们用的木甲术机关,我们这边自然有人应对。"

张珏看了看一脸镇定的鲜于刘光,拍了一下头盔,"我怎么就忘了这里还有位术法高强的术士,当然是轻轻松松就能破解敌军的攻城之术。"

"张将军不用激将我,"鲜于刘光说,"汪德臣攻打护国门,用了七根楠木长梁,用七艘船作为弓弩射上来,软梯和网绳,是三分蛛丝七分棕麻绞成。因此楠木长梁和网绳都遇火不焚,这是当年诸葛孔明在南方讨伐蛮族、攻打河滩高处孟获城寨的法子,叫披星术。现在史驱得了卧龙的法术,用来攻打钓鱼城……"

张珏焦急地说:"这个当口了,给我讲这些史书上的玩意做什么?"

鲜于刘光说:"可巧我在古道里得了一本木甲术高手的秘籍《木非攻》,专门破解卧龙一派的木甲术。所以张大哥你放心,蒙军一定攻不上护国门,但是他们跑回去可是一点问题都没有,你得快点,别让汪德臣跑了。"

"我这就跳下网去,把汪德臣脑袋提回来。"

"你从他们披星术的网绳上下去,"王坚说,"他们把你的行踪看得清清楚楚,把你围住,你怎么靠近汪德臣?"

"冲过去就是。"

"冲过去,汪德臣不知道跑?"

"那又合该怎样?"张珏急了,"痛快点说个明白便是。"

王坚立即说:"护国门和东新门之间城墙下的缺口,其实是有名字的,叫飞檐洞，你还记得吗？"

"那个石头之间的缝隙？"张珏说，"我多次说把它给堵起来，大哥你说留着，左右蒙军不可能从缝隙里钻过来，当真是一人当关万夫莫开。"

"进来难，难道我们出去也难吗？"王坚指着护国门下的蒙军说，"汪德臣一定就在攻城的蒙军后方督战，待会儿鲜于兄弟的木非攻法术施展，整个网绳就会堕下，你要找好方位，蒙军在堕下片刻，虽然不会受重伤，但是会晕头转向，你一定要趁此机会，找到汪德臣。"

张珏听了，大喜说："怪不得前几日大哥跟鲜于兄弟吞吞吐吐，原来是算好了这一节。"说完，立即下楼，带着五十死士，朝着飞檐洞走去。

张珏走后，鲜于刘光对着王坚说："现在我可以破史驱的披星术了。"正说着话，刘三娘走鲜于刘光的身边，"昨日你告诉我，要请古道里的那位老前辈出马，帮你一个忙，现在我把她请来了。"

鲜于刘光和王坚察觉到头顶上一阵风声响动，两人同时转身抬头，看见一只巨大的蝙蝠在头顶上方一丈处悬浮，然后收了翅膀落了下来。

"卞夫人这些日子可休息好了？"鲜于刘光拱手问。

"你这个小子，"卞夫人说，"多日不见，人怎么变得圆滑起来。"

鲜于刘光正色说："两军交战，我不是当初在古道里的小孩了。既然为一军幕僚，切不能以真性情示人。"

卞夫人说："我不想知道你们做人的狡诈道理，只要你实现承诺，带我去峡江的古道，有什么事情，尽管说吧。"

鲜于刘光再次拱手，然后指着护国门下那片连绵的网绳，网绳上密密麻麻的蒙军正在攀爬。卞夫人当然早就看清楚了，对鲜于刘光说："以我一人之力，击退这些士兵，可没这个本事。"

"卞夫人要做的，"鲜于刘光说，"其实简单得很。"

78

卞夫人火烧战船

卞夫人摇晃了一下身体，看了看不远处七根直插入悬崖的巨大弓矢，问鲜于刘光："我能帮上什么忙？"

鲜于刘光指着河面上的蒙军战船，"诸葛孔明的连弩，您见识过，这次他们七艘船铁索连舟，比井陉口的巨弩还要凌厉，前辈想过用什么法子能破吗？"

卞夫人在井陉口被史驱的巨弩射穿了翅膀，休养数月才恢复，现在看到七根巨大的弓矢，本就不免心寒，反问鲜于刘光："办法你肯定想好了，不必在这里卖关子，说起军务，你们比我更急切。"

鲜于刘光笑了一下，"前辈说得对，闲话就不说了。江面上的七船连锁，绑住了七根巨大的绳索，射到了护国门上的悬崖，绳索之间又有绳索相连，这绳索不惧火，刀斧砍不断，并且极轻。这种西域金蚕丝，与黄金等价，史驱和汪德臣为了攻打护国门，这次是孤注一掷，下了血本。七艘船作为网面的支撑钉桩，在河面上绝不能移动，因此晚辈猜测，七艘船已经用铁锚牢牢钉死在河底，不能移动半分。"

卞夫人说："船只不能移动，可惜你们的水军全没，不然攻打起来甚是方便。"

"我们水军虽然没了，"鲜于刘光说，"可是不能动的战船绑在一起不能动，岂不是个好机会？当年曹操战船连江，被周瑜借了东风，一把火给烧了。"

卞夫人说："原来你小子是要我做黄盖，烧了史驱的战船。这样攻城的巨网也就塌了。"

鲜于刘光说："河面距离钓鱼城太远，护国门上的火箭射不到史驱的连弩战船，当然这也是史驱的谋策，只是他没想到，被他射穿了翅膀的前辈，跟我有交情，现在就在钓鱼城内。"

卞夫人直截了当地问:"火罐在哪里?"

"一共七个。"鲜于刘光说,"史驱现在腾不出巨弩来对付前辈,至于船上的普通弓矢,前辈当然无所畏惧。这件事情,对前辈来说如同闲庭信步。"

鲜于刘光说得轻松,战场之上,哪里有闲庭信步的道理?只是鲜于刘光现在与九龙刻漏已经融为一体,成了战场上的谋略工具,讲话阴阳莫辨。

旁边的士兵已经搬来了七个小陶罐,用绳索绑在一起,不用细说,卞夫人也能看出来,每解开一个活节,就会落下一个陶罐,陶罐内装的必定是火油和硫黄等物事,无须点火,扔到船甲板上,立即迸出火花,火油燃烧。火油是钓鱼城筹备已久的火器,遇到木船,能瞬间爆裂燃烧。

卞夫人扑闪翅膀带着七个火罐飞向了木船。一只巨大蝙蝠飞舞在连接护国门和江面的战船之上,正在搏杀的宋蒙士兵都忍不住纷纷抬头观望。卞夫人飞到江面之上的时候,江面上蒙军战船射出无数的飞矢,但是与巨弩的弓矢相比,卞夫人并不在意,翅膀挥舞,朝上飞升,箭矢就没了作用。

鲜于刘光对王坚说:"张将军现在已经抄到蒙军下方了吧?"

王坚算了算,"从飞檐洞下去,现在已经抄到汪德臣的身后了。"

鲜于刘光回头看了看九龙刻漏,在心中计算水分,张口说:"就在此时。"

江面上的卞夫人扔下了第一个火罐,蒙军第一艘战船顿时火起,接着是第二艘,第三艘……蒙军的其他战船纷纷朝着下游而去,害怕被大火烧到。顷刻之间,江面上只剩下冒起大火的战船,都是固定在河床上无法移动的披星术巨弩战船。

卞夫人烧了战船,片刻又飞回了护国门上,刚刚站立在城墙上,江面上的七艘战船便被大火烧得分崩离析,沉入江底。战船上的蒙军也纷纷跳入了江里,朝着岸边游去。只是习水性的蒙军不多,即便是水军,也大半溺毙。

披星术的巨网顿时从空中坍塌,本来在巨网上厮杀的双方军士,都跌落到护国门悬崖下的坡上。汪德臣和史驱计划从巨网尽头攀爬上护国门的行动已经被挫败,蒙军不再恋战,朝着南水军码头的驻扎地后退。但他们没有想到,张珏率领宋军从背后掩杀过来,蒙军顿时乱了,大败后拥挤着朝山下踩踏而去。

鲜于刘光手扶城墙，看着山下，突然叹了一口气，对王坚摇头说："我算的还是有纰漏。"

王坚问："我方已经大胜，鲜于兄弟，你怎么说这话？"

鲜于刘光苦笑着说："汪德臣不在下方的蒙军中，这场仗是我和史驱之间的较量，我的确破了史驱的披星术，可汪德臣没有参与。"

王坚听了，立即敲金缶让张珏回到钓鱼城内，不要恋战。张珏已经有了上次的教训，立即率领部下偷偷从飞檐洞回了钓鱼城。

张珏上来后，果然对王坚禀报，没有见到汪德臣，只杀了率领攻城的一个千户。王坚看鲜于刘光走到了九龙刻漏前，再次把阴阳四辨骷髅和七星符咒祭起，手慢慢地挥舞，嘴里喃喃地说："汪德臣现在到底在哪里？"

张珏说："当然在钓鱼城下，正在准备下一步攻城的计划。"

鲜于刘光捧着脑袋，"好难，无论史驱和董文炳，都是道家高手，还有汪德臣、史天泽，都是名将，要算出他们的计划，太难太难……"

王坚看见鲜于刘光这样，知道事情不妙，问："是很危险的事情吗？"

张珏说："别长他人志气，我们不是刚刚打了胜仗，把蒙军从护国门赶走了吗？"

鲜于刘光说："汪德臣一定用了某种极为厉害的方法，但是我算不出来，大七星的坤卦正对着奇胜门，但阴阳四辨骷髅布置的奇胜门现在毫无异象。"

王坚说："那我赶紧抽调人马，去往奇胜门。"

"不可！"鲜于刘光摇头，"撤了别处城墙的守军到奇胜门，可能也是史驱和汪德臣的计谋，哪个门的军士离开，他们就趁机攻打哪个门。"

王坚和张珏都立即紧张起来，全然没了刚才大胜的气氛。天空黑压压的，似乎在印证鲜于刘光的预感。

79

完颜安康

护国门之战后,蒙军在各门的攻击并不停歇,王坚、张珏和钓鱼城上下的宋军疲于奔命,好在凭钓鱼城的城防优势,始终没有被蒙军找到破绽。天气渐渐闷热,阴雨连绵。飞凫楼上,张珏心情烦躁,不免咒骂两句天气。

鲜于刘光劝慰张珏,蒙军在山下攻城,阴雨天气,更加难熬。

王坚却十分欣喜,缘由是钓鱼城内的大小天池,积蓄了雨水,一年内钓鱼城几千人和牲畜的饮水问题有了着落。

鲜于刘光每日里惴惴不安,刘三娘和冉不若登上了飞凫楼,看见鲜于刘光这副神色,也不敢安慰,只是劝说鲜于刘光吃饭。

鲜于刘光匆匆吃了几口,叹口气说:"史驱和董文炳把七星术给停了,我现在心里空落落的,不知道汪德臣放弃两个术士的谋划,到底要做什么。"

刘三娘听到鲜于刘光说话,才说道:"你这些日子累了,蒙军哪天不是在用各种计谋攻打呢?"

冉不若也说:"不如今晚早早休息,养足了精神,明日再计算。"

鲜于刘光还在犹豫,冉不若又说:"你要对付的是蒙军的史驱和董文炳这两个术士;蒙军的将领汪德臣和史天泽等人,是王将军和张将军要对付的人物,既然史驱和董文炳没有举动,你何不趁机歇息。"

鲜于刘光听冉不若说得也有道理,于是摆手对刘三娘和冉不若说:"既然如此,我就靠着刻漏休息几个时辰吧。"说完,盘膝在九龙刻漏下打坐,用全真教的吐纳行走了几个周天,慢慢地沉睡过去。

冉不若和刘三娘两人不敢睡去，陪在鲜于刘光的身边，两个女子也相对无话。两个时辰后，眼见雨又渐渐下大了，一阵风刮来，雨点飘落到了鲜于刘光脸上、身上。

冉不若连忙用手去遮挡雨丝，看见刘三娘也抬起了手，立即收了回来。刘三娘叹口气，"本以为这个笨小子只有我这种在江湖摸爬滚打的山野女子瞧得上，没承想你这个娇滴滴的大小姐，也动了心念。"

冉不若摇了摇头，"鲜于大哥心里只有你，你倒是不用多虑。等蒙军退了，我会跟伯父去商量，退了冉家和诡道的婚约，老祖宗当年的约定，隔了百年，我看也做不得数。"

刘三娘握住冉不若的手，"冉家妹妹，你真是个好人。"

冉不若微笑一下，正要说话，突然听见北方一阵嘈杂的呼喊，还有连续的几声惨叫。这几个声音传来，冉不若和刘三娘立即对视，心中都"咯噔"一下，知道大事不妙。

鲜于刘光已经惊醒，猛地站立起来，看向北方，发现西边和北边的城墙上，已经火光一片，厮杀声就是从那边传来的。

鲜于刘光拳头紧紧攥住，"汪德臣攻上来了。"

三人不需要询问士兵，眼睛就能看见蒙军已经登上了奇胜门和出奇门之间的城墙，正是完颜安康镇守的地带。现在宋军还来不及驰援，蒙军攻打的只有完颜安康部。眼看数倍于完颜安康的蒙军军士不停攻击，可是完颜安康的士兵一直在顽强支持。而蒙军一直源源不断从出奇门内部爬上城墙，更是让鲜于刘光目瞪口呆。

冉不若冰雪聪明，想起了前些日子鲜于刘光在城墙上与完颜安康欲言又止，于是立即询问鲜于刘光："鲜于大哥，你是不是怀疑，完颜安康会私通蒙军开了城墙？"

鲜于刘光眉头紧皱，慢慢地说："根据阴阳四辨骷髅和大七星的卦象，出奇门和对方破军星位的确有连通，我当时怀疑完颜大哥，是我错了。"

"完颜将军不会的。"冉不若看着奇胜门方向，"完颜大哥的守军全部覆灭了。"

不过虽然蒙军把完颜安康的守军尽数杀了，王坚和张珏的援军赶到，宋军的形势立即逆转，蒙军抵挡不过，坚持了一个时辰，最终还是退出了奇胜门。

奇胜门之战结束后，鲜于刘光和刘三娘、冉不若到了马鞍寨。整个马鞍寨内外和山坡堆满了宋军尸首。其中，完颜安康的遗体就躺在马鞍寨的厅内，王坚满身鲜血，站在完颜安康尸体边。

鲜于刘光走到厅内，给完颜安康重重磕了几个头，站起来，打了自己一个耳光，"我不该怀疑完颜将军。"

王坚脸色凝重，缓缓说："也是你让我留意完颜将军的动向，我多了心思，安插了人在出奇门。因此才能在蒙军攻破城墙的第一时间就过来驰援。你担忧奇胜门是没错的。"

"可是我却冤枉了完颜将军。"

王坚说："蒙军攻上来的法子，现在你应该已经知道了。"

鲜于刘光说："知道了，挖地道，从攻打护国门那天开始，汪德臣就不停攻打各门，暗中在出奇门挖了地道。"

"我见到了汪德臣。"王坚说，"他跟蒙军都是从地道进入出奇门，然后折返上了城墙，准备一鼓作气冲破奇胜门，这样西边的城防就全部无用，钓鱼城就会失守。他适才虽然处在败势，撤退的时候却十分不甘。临下城墙之前，跟我说了几句话。"

"他劝你投降？"鲜于刘光说。

"他说，他很佩服完颜安康，不仅是完颜将军，整个马鞍寨的守军都是豪杰。"王坚低声说。

鲜于刘光看向地上的尸体，残缺不全，都是受了致命伤之后仍然拼命搏杀，到死都怒目睚眦。

"地道堵上了吗？"鲜于刘光问。

王坚轻声说："张珏去把出口填上了，深夜害怕有蒙军埋伏，只是填堵上了洞口。地道的事情没有传出去，免得城内的军民惶恐。"

"汪德臣一定要死。"鲜于刘光说，"此人虽然不是术士，但是他的兵法诡谲，又能身先士卒，勇猛难挡。有他在，钓鱼城总有一天会被他找到缺口。"

"鲜于兄弟，你有什么办法？"

"汪德臣定然是在蒙哥面前下了军令状，如今几个月打不下来，定内心焦急。他是个没有弱点的将领，只能逼他乱中出错，才有机会。"

"是他攻打我们，我们哪里有机会逼他呢？"

鲜于刘光说："谁能逼他？"

"只有蒙哥。"王坚说。

"那我们就让蒙哥逼迫他吧。"鲜于刘光说，"王大哥，挑选死士，去刺杀蒙哥。"

王坚说："这个时候，蒙哥绝对想不到奇胜门被重创之下，我军还有勇气突袭他的王帐。"

"史驱和董文炳也停止了大七星术，"鲜于刘光说，"就在这个节骨眼，他们算不到我们的计划。"

80

刺杀蒙哥

太阳再次从东方升起，王坚和鲜于刘光走到出奇门，整个马鞍寨，自完颜安康以下，没有一个将士。张珏率领部众在地势低处挖掘深坑掩埋战友。蒙军撤退，也来不及掩埋尸体，宋军只能把尸体从城墙上扔到城下，城下的蒙军默默地把尸体搬到山脚。

王坚在城墙上与城墙下的汪德臣再次对视良久。蒙军围困钓鱼城以来，两个将领已经这样对峙了数次，鲜于刘光看得出来，王坚看向汪德臣的眼神并无杀意。也许这就是将领之间的惺惺相惜吧。蒙汉有别，他们只能是不共戴天的敌人。

王坚和鲜于刘光到了东新门，看向远处七里之外的石子山蒙哥汗的大营。

徐通明昨晚虽然知道奇胜门被破，但要坚守东新门，在没有得到王坚的命令的情况下，不敢轻举妄动，否则就有被蒙军乘虚而入的危险。

此时徐通明也已经知道了昨夜奇胜门的战报，走过来对王坚说："我到钓鱼城后，一直不愿意跟金人的后代交好，先祖徐清就是因为金人祸害大宋，才从青城派下山，这个仇恨传递到我这一辈却变了。当年的仇人成了朋友，还搭上了性命。"

"谁知道才百年，世道已经变了这么多。"说完继续盯着前方石子山。王坚手指向石子山蒙哥的营帐问："我们有没有办法半个时辰之内，从飞檐洞出发，冲进蒙哥大帐？"

"没有办法。"徐通明说，"别说半个时辰，就是半年也走不过去，蒙哥的王帐围着层层叠叠的近卫；近卫前面是要攻击我们的史天泽部，南边江边驻守的是阿格潘。任意一个方向都有两万蒙军，并且道路都是山坡，我们要接近王帐，完全没有可能。"

王坚看向鲜于刘光："有可能吗？"

"有。"鲜于刘光说，"就在今晚，今晚过了就没机会了，人数不要多，就两百人，但是这两百人要武功高强。"

徐通明听了，立即脸色严峻，拿出手里的琥珀青龙，对王坚说："王大人有什么要说的，尽管开口，不用犹豫。"

王坚继续看着七里之外的蒙哥营帐，"今夜丑时，我与你一起直奔王帐，刺杀蒙哥。"

徐通明将琥珀青龙塞到王坚的手心，"百年前，青城山的恩惠，今日就报在了大宋天下。今晚我族两百余人，就跟随将军你，一起去杀了蒙哥。"

王坚托住徐通明的手肘，"徐大哥还有什么要交代？"

徐通明环顾四周，说道："今日城防，让张珏将军轮替我一天。我们两百族人，自来了钓鱼城，每日战战兢兢，从未有过开怀畅饮，不如现在大喝一场，醉到半夜，出城去杀敌。"

王坚立即吩咐身边随从，从府邸搬来十几坛好酒，接着在城墙上支起灶火，将肉菜蒸了，两百人在清晨就着蒸肉蔬菜，豪饮起来。（川东好饮早酒，佐以蒸肉格格为下酒菜，自此为伊始。）

王坚将张珏叫来，告知了今夜行动计划，交代他如果自己有去无回，钓鱼城城防就由张珏主持大局，决不能投降蒙军。张珏本欲替代王坚，话刚说出口，王坚把一碗酒喝下，已经迟了。

钓鱼城军纪极严，城防将士饮酒者皆斩，王坚也不例外。因此王坚与徐通明等军士饮酒，就是抱了今晚必定出城与蒙哥同归于尽的决心。

王坚说："百年前我先祖送了徐清道长一个琥珀青龙，百年后，徐通明大哥以两百人性命报这一个琥珀青龙的交情，我作为王家后人，怎能不以性命相随？你的见识和军务都不在我之下，因此我就是死在蒙军手下，钓鱼城由你指挥，与我指挥无异，就不要再啰唆了。"

东新门城防转交张珏，张珏麾下的军士，看着王坚、徐通明及两百族人痛饮，都知道这是以必死之心去刺杀蒙哥,都忍不住纷纷对徐通明族人说:"等各位建立奇功,钓鱼城城防消解,我们再一齐痛饮。"

鲜于刘光不在勇士之列,因此饮不得酒,只能看着王坚和徐通明及两百族人卸甲喝到午时,酩酊大醉。

时间从午时到夜间子时,王坚和徐通明及两百族人吃饱睡足,醒了过来,立即披上甲胄,整顿士气,队列站立在飞檐洞后,准备硬闯蒙军,直奔石子山,杀蒙军一个措手不及。

丑时到了,鲜于刘光看着王坚和徐通明率领两百勇士,趁着夜色从飞檐洞出了城墙,隐没到山坡树木中。夜色阴沉,也没有月光。鲜于刘光扶住城墙,仔细看着前方蒙军连绵营帐的火把有没有混乱,耳朵也仔细听着有没有军士呼喝的声音。

半个时辰过去,什么都没有发生,一切如常。鲜于刘光明白,王坚自小就在钓鱼城长大,熟悉周边的一草一木,因此他一定是在林木之中蜿蜒折行,绕过了蒙军的每一个营帐和哨卡。

又过了一刻钟,终于听到了前方蒙军营帐里发出了砍杀的声音,从混乱的火把看出,徐氏族人已经十分靠近蒙哥的王帐,并且移动十分迅速。

蒙军的火把从四面八方聚集到距离蒙哥帐篷不远处,火把集中、混乱的位置,就是王坚和徐通明等两百勇士所在。

但是很明显,这些蒙军并没有将领指挥,他们在有备而来、能征善战的宋军攻击之下,不断溃散,王坚和徐通明等勇士,还在继续朝着蒙哥王帐前进。

鲜于刘光不禁狠狠攥住了拳头。王坚偷袭蒙哥,与汪德臣挖掘地道、突袭出奇门一样,没有史驱和董文炳的参谋,是鲜于刘光九龙刻漏并没有计算的战术,这是武将之间的战术比拼,并没有道家冥战的加持。

鲜于刘光内心越来越紧张,他看到混乱集中的火把已经贴近蒙哥的王帐,蒙哥的王帐靠着一个山洞,因此只要攻入帐内,蒙哥便无处可逃。

王大哥、徐大哥,你们千万要扛住!鲜于刘光心里默念,看到混乱的火把一阵发散,蒙哥的王帐燃烧起来,王坚和徐通明等人攻入了王帐。

接下来就只有连绵的呼喊声和混乱的火焰,以及不停移动的火把,鲜于刘光无法从火焰来分析王坚和徐通明的战况进展。

　　鲜于刘光知道，只要砍杀声不停，蒙哥被王坚刺杀的可能性就越大。这时候，鲜于刘光看见蒙哥王帐的南边，一条长长的、整齐的火把如同火蛇一样迅速奔向王帐，然后将王帐围困，层层叠叠，有条不紊。鲜于刘光不免叹口气，蒙军的主力护卫赶到了。

　　然后王帐内又混乱了片刻，一团火把从王帐的方向朝着钓鱼城东新门的方向退了回来，也十分迅速，不多时就距离东新门不远了。

　　张珏一声令下，马上派遣军士出城，去接应王将军和徐道长。蒙军虽然占据人数的绝对优势，但是他们被王坚、徐通明如同天降神兵般的阵势震吓，不敢逼迫太紧。东新门的宋军很快就与王坚会合。但是蒙军似乎反应过来了，又是一阵猛攻，宋军也不再恋战，迅速退回了东新门。

　　鲜于刘光看着张珏的部下回到城墙上，最后面是张珏搀扶着王坚。他们身后，没有徐通明，也没有徐通明的两百族人。

　　鲜于刘光心中下沉，眼睛看向王坚，王坚肩膀上有一支箭，他反手把箭拔出来，一声未哼，扔在身后，眼神看向鲜于刘光的时候，缓缓地摇了摇头。

　　鲜于刘光心里一阵悲哀，徐通明及两百族人折损，却没有杀死蒙哥。

81

风陵渡故人

"我已经距离蒙哥只有一步了。"王坚说得很平静,"就差最后一击,阿格潘的近卫赶到。"

"我看见了。"鲜于刘光说,"就差了那么一点点。"

"徐道长死在东新门下五十步,"王坚说,"他死前,问我听到过琥珀青龙的啸声没有。"

鲜于刘光没有明白这句话的意思。

王坚从怀中拿出那块已经被鲜血糊满的琥珀,对鲜于刘光说:"我听到了,接近蒙哥王帐,就听到了这块琥珀发出的龙吟。"

鲜于刘光把琥珀青龙拿在手里,用手衣袖拂去鲜血,仔细查看,"王大哥对蒙哥的杀意,这块琥珀青龙能够感受到。"

王坚说:"琥珀青龙已经在徐家百年,早已经通灵,这是徐道长最后给我的一个礼物,龙吟之时,就是蒙哥现身的时刻。"

这一场夜袭,虽然刺杀蒙哥功亏一篑,不过却是蒙军围困钓鱼城以来,宋军最出色的一次进攻。

因此接下来两个月,蒙军的气势低落,攻城已不如以往那样勇猛,看来已经明白,钓鱼城的宋军与蒙军遇到的其他大宋军队不同,几乎是不可战胜。

蒙军已经攻打钓鱼城四个月,耽误了蒙哥南下去往夔州的时间。夔州等地也趁机完善了城防,布置兵力。

蜀地已经进入酷暑,阴雨潮湿闷热,蒙军的士气更加低落。钓鱼城上下,信心百倍，就等着蒙军熬不下去退军。

如此一来，战局对钓鱼城更加有利。一日清晨，鲜于刘光在飞鸟楼上看到，几百艘战船，竟然从嘉陵江下游方向逆流而上，正与蒙军战船交战。

王坚也登上了飞鸟楼，看到这个场面不禁欣喜万分，大声说道："这是吕将军的襄阳水军，他们逆流而上，终于过来接应我们了。"

可惜钓鱼城的南北水军码头皆被蒙军攻破，当初没有逃离的战船也被蒙军俘获。现在王坚空有一腔热血，却偏偏不能帮助下游过来的大宋水军半分，只能看着宋军战船与蒙军战船在嘉陵江上殊死拼杀。

这一场水仗从清晨打到夜间，不分胜负，双方僵持到入夜。王坚长叹一声，摇了摇头，鲜于刘光预见的比王坚更早，在午时就已经知道大宋水军无法冲破蒙军的战船连营。

大宋水军眼看就要撤回，于是所有战船拼死一起猛攻蒙军战船，这是兵法中收兵的惯用手段，蒙军战船一时间连连后退，宋军的战船已经直逼南水军码头。

王坚眼见还有一线机会，立即让张珏率领将士冲下始关门，与驻扎在原南水军码头的蒙军拼杀，策应在水上的大宋水军。

只是这个机会稍纵即逝，蒙军终究是占据了上游的优势，战船数量也比宋军多。大宋的水军坚持了一阵之后，只能后撤，顺江而下，回夔州去了。

蒙军士气低迷，虽然勉强胜了大宋水军，也不敢追入下游追赶，害怕没有陆地上步兵支持，被宋军埋伏。

张珏孤军深入南水军码头的岸边，大宋水军已经撤离。王坚看到蒙军已经回过神来，就要在始关门拦截张珏的后路，于是立即鸣金让张珏收兵。张珏却在岸边磨蹭了一会儿才率领部下回护国门。就这片刻，蒙军就赶了上来，与张珏在始关门厮杀，张珏和部下都勇猛善战，但还是退到了护国门下。

冉不若早已经在护国门上守着，等待张珏回撤，立即启动了机关，木头栈道伸出，张珏和部下登上栈道，与追上来的蒙军厮杀，边战边退。冉不若控制机关熟练，蒙军站立的栈道木头，不断收回，许多蒙军跌下悬崖。收了十几根之后，蒙军与张珏之间空了两丈宽的空隙，无法跳跃而过。

蒙军还待趁势攻打护国门，早已经被王坚在城墙上布下的军士用弓箭射杀，蒙军无奈，只能撤回到嘉陵江边。

张珏到飞鸟楼回来复命，欣喜地告诉王坚，"大哥，圣上知道了钓鱼城血战抗击蒙军，下圣旨来嘉奖，吕大人派遣专人来送圣旨啦。"

"可惜钦差大人进不来，不然让钓鱼城上下都知道圣上天恩……"王坚突然停住，"你怎么知道，难道，他们已经来了？"

张珏笑着对王坚说："钦差怎么能够突破蒙军到南水军码头？送圣旨的人，你猜是谁？"

鲜于刘光已经猜到是谁，看了王坚一眼后微笑。

王坚何等聪明，立即高声说："冉守孝兄弟回来了，哈哈哈，这还要你来提醒，守孝兄弟不就是我派去找吕大人搬水师来支援的吗？"

王坚说完，就看见两个人走到了飞鸟楼上，为首一个人跑得飞快，果然就是冉守孝，冉守孝一把将王坚的胳膊抱住，"大哥，我回来了！"

王坚没说话，只是不断点头，冉守孝去往襄阳送信，来去三四个月，钓鱼城无数惊险，哪里是几句话能说明白的。

冉守孝立即又说："官家圣上嘉奖合州的圣旨到了，你看这位，是吕大人挑选的高手，手段了得，专门承担此重任，大哥想不到吧，是吕大人的女儿吕芙，我现在就给大哥引荐。"

冉守孝没说完，就看见王坚目瞪口呆，鲜于刘光在一旁转过脸去看向远方。

站在冉守孝身后的吕芙，一脸的怒气，对着王坚恶狠狠地说："你知道我主动跟爹请命送圣旨，是为什么？"

王坚拱手，一脸歉意说："没承想得罪了吕大人的千金，万望恕罪。"

"那个信口雌黄的小丫头呢？"吕芙环顾四周，看到了鲜于刘光，鲜于刘光身材高大，吕芙早就认出了他。于是指着鲜于刘光大声说："我得把她的舌头给拔下来。"

鲜于刘光和王坚尴尬万分，上次着急赶路通报蒙军南下的军情，在风陵渡遇到了这个美貌女子，知道她跟襄阳城有关系，因此就让着三分。后来还是刘三娘看不

445

过去，故意捉弄她。只是没想到竟然是吕文德大人的女儿，怪不得在风陵渡颐指气使，不可一世。

王坚看吕芙怨恨的模样，知道她被刘三娘蒙骗，一定是巴巴地找妹妹时遇到了不少波折，所以怀着怨气，要找刘三娘出气。心想这个吕文德的女儿气度也忒狭隘了点，甘心冒着死在钓鱼城的风险过来，只是为了找人出一口气，可见脑子的确是不太好使。想到这里，王坚也就不太担忧，以刘三娘的心机，对付这个吕大小姐绰绰有余。

吕芙见王坚迟疑，更加觉得王坚不是好人，就要发作。旁边的张珏说："吕姑娘，你现在应该把朝廷的嘉奖宣了，再去找人不迟。"

吕芙听了，迟疑一下，点头说："张将军说得不错。"看来适才吕芙乘船到了南水军码头，冲破蒙军围困，与张珏会合，还是经过一番艰险，是张珏给她解了围困，现在把张珏当成了好人。

吕芙立即把圣旨拿出来，其实是一卷绢帛的文书，落了朝廷兵部和吏部各个大员的款和圣上的玉玺。吕芙的心思不在传达圣旨上面，草草读了朝廷升任王坚宁远军节度使、依前左领军卫上将军、御前诸军都统制兼知合州（三品），节制兵马，进封清水县开国伯。

王坚听了，下跪受封。吕芙又大致说了一下张珏等人都跟着晋升官职，以及赏赐财物和运送粮草等。

只是宋军的船只无法靠岸，因此这些赏赐之物也送不到钓鱼城。好在钓鱼城的粮草充裕，王坚志不在此，也不在意。

吕芙匆匆宣了嘉奖，立即就走到了鲜于刘光面前，问刘三娘的下落。鲜于刘光哪里肯与吕芙纠缠，只是滔滔不绝说起钓鱼城被蒙军围困以来的战况。

吕芙听得不耐烦，就要翻脸，仍旧是张珏过来劝解，说鲜于刘光是钓鱼城的首席幕僚，每时每刻都要思考如何破解蒙军的进攻，还指着九龙刻漏比画了一番，这才解了鲜于刘光的围。

吕芙再回头要去找王坚要人，发现王坚早已经不见了踪影。

张珏虽然是个军汉，但是心思细密，否则做不了王坚的副将。几句话下来，顾左右而言他，哄着吕芙安顿休息，才勉强过关。吕芙这才不惦记着要取刘三娘的狗命，先去了宅邸。

冉守孝看着张珏应承吕芙，长舒了一口气，对鲜于刘光说："对付吕家大小姐，比对付蒙军要轻松。"

鲜于刘光笑了笑，对冉守孝说："看来要让刘三娘跟着张将军去给吕大小姐赔礼，这个过节才能消解。"

冉守孝说："大小姐是吕大人的掌上明珠，却不知道为什么，让大小姐在小时候拜清净派的孙不二为师。"

鲜于刘光一听，立即点头说："不错，我在风陵渡就看出来了，吕大小姐用的是全真教的路数，只是我小时候寄养在终南山，孙师叔和她的徒弟都跟我熟识，可我从来没见过这位大小姐。"

冉守孝说："这大小姐没有弃俗去做道姑，只是在家修行，而且她已许了人家，也是个道家门派后代，襄阳城的幕僚，丘先生的儿子。"

"不知道这个丘公子什么脾气，能够容忍吕大小姐的脾气。"鲜于刘光说。

"三娘的脾气，我看也是……"冉守孝嘿嘿两声，又说，"丘公子是道家世家子弟，医术无双，看来即便是被妻子揍了，也是治得好的。"

鲜于刘光听了，也笑起来。这些日子以来，鲜于刘光从未如此轻松过。王坚突袭夜营，差点杀了蒙哥，也让他有了莫大的信心，内心认定，钓鱼城是守得住的。

82

瘟神少都符

次日守城间隙，王坚到了飞舄楼上，与鲜于刘光商讨军务。蒙哥的王帐转移到了隔着嘉陵江的石马山山脚。王坚如果再次偷袭蒙哥王帐，就要先行渡江。蒙军这是怕了钓鱼城守军的勇猛，知道宋军没有了战船，王坚无法渡过嘉陵江突袭。

王坚和鲜于刘光相互看了一眼，王坚说："在风陵渡的时候，我没有想到真的能守到今日。"

鲜于刘光点头，"不是蒙哥怕了，是幕僚的建议。现在他们正在商量是否放弃钓鱼城直取夔州，因为南路大军已经到了潭州。东路和南路都已经到了，现在只有蒙哥的西路大军失期。"

王坚听了，皱起眉头，"他们三路大军会合，我们截断他们后方补给的打算也就落空，钓鱼城就可有可无。"

鲜于刘光笑起来，"不过王大哥你偷袭蒙哥，还是起了作用，蒙哥不愿意听从部下的建议，一定要拿下钓鱼城。不过最终还是会放弃攻城，扑向夔州。"

王坚叹口气，"能拖一天就拖一天。"

鲜于刘光说："九龙刻漏和大七星的法阵，已经都机关算尽，现在就看有没有意外了。"

"如果有，希望是好事。"王坚说。

两人唏嘘了一会，对战局的进展都无能为力，知道蒙哥一旦南下，那么就回天无力。就在这时候，刘三娘笑嘻嘻地跑到了飞舄楼上。

鲜于刘光一看，就知道刘三娘一定是做了什么恶作剧。于是问刘三娘："你在风陵渡得罪的大小姐是吕文德大人的女儿，她正在找你寻仇。现在军务紧急，你回避一下。"

刘三娘笑着说："她昨晚就到处寻我，我跟她下了战书，约她在天池安世通老爷子那里比画。"

鲜于刘光摇头，"但是你没去，白白让人家等了一个晚上，对不对？"

"我安心在冉家小姐闺房睡了一晚。"刘三娘捂着嘴巴，"不知道吕大人的千金，现在嘴巴气歪了没有？"

王坚听了，脸色也尴尬得很，现在知道当初得罪的是吕大人的女儿，自然是左右为难。正在想法子怎么安顿吕芙、还不能得罪刘三娘的时候，吕芙已经提着宝剑走上了飞鸟楼。王坚和鲜于刘光都心里叫苦，越是怕什么，就来什么。如今军务紧急，却要浪费时间在吕芙和刘三娘之间的恩怨上。

鲜于刘光对刘三娘说："我和王大哥管不了你们之间的事情，你千万别伤了吕大小姐就行。"说完拉着王坚走到一旁，继续看嘉陵江对面蒙军王帐的布置。

王坚也明白，吕芙空有一身法术，脑子其实并不好使，在刘三娘面前绝对讨不到便宜。既然鲜于刘光嘱咐了刘三娘不要伤到吕芙，那么无须把精力放在这两个女子的私人恩怨上。

果然吕芙铁青着脸，问刘三娘："当初你欺骗我，你是刘子聪的女儿，本就居心叵测，我怎么可能容你在钓鱼城当奸细。你魅惑男人的那一套，在我这里可施展不出来。"

鲜于刘光和王坚听了吕芙这么说话，对视一眼，心里都叹气，吕文德将军一世英雄，怎么就生了这么个缺心眼的女儿，说话都不给人留一丝余地。两人本来没有多深的龃龉，这下折辱刘三娘太狠，也不知道刘三娘要用什么法子报复吕芙。

刘三娘听了这句话，顿时没了刚才的气势，低声说："没错，你的父亲是朝廷大员，镇守襄阳的豪杰，我的父亲是投了蒙古的奸人。但是你说我魅惑男人，这种话从你这个世家大小姐嘴里说出来，也不怕脏了你的嘴巴。"

吕芙哼了一声："我难道说错了吗？如果不是你暗中使坏，蒙军早就败了。王坚都到了蒙哥面前，却还是放了蒙哥一马，天下哪有这么巧的事情，刚好遇见了蒙哥近卫赶来。"

这话说了，把王坚和鲜于刘光两人也牵扯了进来。

王坚和鲜于刘光也脸色大变。王坚立即问吕芙，"少奶奶，令尊吕大人也是这么想的吗？"

吕芙又哼了一声，却不说了。

鲜于刘光对王坚说："吕大人若是这么想，就不会有数百只战船来接应钓鱼城了，这句话，是这位吕家的大小姐故意撒气说的。"

吕芙也不说话，提剑就刺向刘三娘。刘三娘本意是想再戏弄吕芙几番，可是吕芙说到了刘三娘心中的痛处，又答应了鲜于刘光不要伤到吕芙，因此心思低沉，左右闪躲了几下，被吕芙一剑刺中了腰部。

鲜于刘光也没想到刘三娘竟然心神混乱，看见吕芙的剑尖刺入了刘三娘腰部，顿时大惊，一把抓住吕芙的剑身，施展水分算术，冰凌瞬间布满吕芙的宝剑，吕芙手心熬不住巨寒，扔了宝剑，对鲜于刘光大声说："你也要维护刘子聪的女儿吗？"

鲜于刘光说："我敬重你爹是吕大人，你嘴上不饶人也就罢了，竟出手伤人，毫不容情，你可知道钓鱼城的军纪，戕伤同袍是死罪吗？"

吕芙说："我是襄阳的人，轮得到你合州来处置？"

王坚也怒气上来，沉声对吕芙说："少奶奶，昨日朝廷嘉奖我升任宁远军节度使、依前左领军卫上将军、御前诸军都统制。你知道节度使这一官职，无论何人犯了军法，都可以先斩后奏、执行决断的吗？"

吕芙对着刘三娘说："刘子聪的女儿，人人得而诛之，你说我犯了什么军法？"

王坚和鲜于刘光知道没法跟吕芙讲理，难道还真的把她拿下治罪不成。鲜于刘光着急查看刘三娘的伤势，王坚拦在吕芙面前，阻拦吕芙伤人。

鲜于刘光摸索到刘三娘的腰间，看到没有鲜血流出，正在奇怪，刘三娘看着鲜于刘光笑了一下，"到了钓鱼城这几个月，你总算是担心了我一回。"

鲜于刘光听了，心里酸楚，刘三娘说得没错，这些日子，还真的是冷落了刘三娘。收回手掌看，也无鲜血，知道刘三娘并未受伤，心里一块石头落地，正要问缘由，一个竹筒掉在了地上，原来吕芙的剑尖刺中的是这个竹筒，但是吕芙的宝剑是

第四篇　钓鱼城

天下利器，竹筒应该挡不住剑锋的凌厉，看来吕芙还是在紧要关头，收了力道。

竹筒掉在地上，鲜于刘光担忧刘三娘，还在查看，也没多想。突然听到吕芙惊呼起来。于是立即回头，看见吕芙拼命地拍打身上的衣服，慌乱无措。再仔细看时，两只小壁虎、一只蜘蛛爬在吕芙身上。看来吕芙也有害怕的事物，就是四脚蛇和蜘蛛。

鲜于刘光看向刘三娘，刘三娘吐了吐舌头，"这可跟我没关系，只是凑巧。"

鲜于刘光也微笑，突然猛地站起来，对着王坚说："王大哥！我们有援军，我竟然忘记了能把蒙古大军拖住的帮手，就在钓鱼城！"

刘三娘拾起竹筒对着吕芙晃了晃，"少奶奶，钓鱼城不大，我以后尽量避着你，你见到我了，也别拿手里的宝剑朝我招呼，行不行？"

吕芙还在拍打身体，可是岩虺和蚨母是几百年前就被少都符收服的灵物，若是变大，十个吕芙也能一口吞下。此时也是知道吕芙的剑刃威胁到了它们，在吕芙身上游走，寻找机会咬上一口。

蚨母爬到了吕芙的头发上，岩虺在她的左右臂一边一只，吕芙摆脱不了，这才明白了刘三娘的话，口里大声说："你赶紧把这三个毒物弄走！"

刘三娘说："那就看你答应不答应了。"

吕芙终于说道："算你赢了，臭丫头，以后你别碰见我，我也别见到你！"

刘三娘摇晃竹筒，果然岩虺和蚨母从吕芙的身上爬到了地上，钻进了竹筒。竹筒已经被宝剑刺了一个裂口，刘三娘撕了衣袖缠绕在上面。

吕芙恶狠狠看了刘三娘一眼，又看看王坚和鲜于刘光，脸色红一阵白一阵，终于明白在钓鱼城不会跟在襄阳一样，发脾气有人哄劝。但是又忌惮刘三娘竹筒里的三只毒物，只能站立在原地，气鼓鼓的。

好在张珏走了上来，吕芙跟王坚、鲜于刘光和刘三娘三人有过节，看见张珏，就觉得他是个好人，立即问张珏："张将军，你觉得以我的身手，能在军中做什么官职？"

张珏一时间也不知道吕芙是什么用意，喃喃说："行军打仗是男人的事情，没听说过女人也要当兵的。"

"韩世忠将军和梁氏在黄天荡围困金兵四十日,"吕芙说,"怎么女子就不能率兵打仗?我跟着你去城墙,远比天天看着妖女受气要好。"

张珏看向王坚。

王坚说:"少奶奶,授予军职要有兵部的文书,前些日子徐通明道长的军职也是这次你带来的文书追授,不过你要是跟在君玉身边一起抗击蒙军,我是赞同的。"说完朝着张珏点点头说,"少奶奶的本事高强,她在你身边,你作为守城将领,也少了一分危险。"

吕芙听了这句话,问王坚:"你是让我做他的护卫不成?"

王坚说:"张将军是钓鱼城副将,我若是有不测,张将军就是钓鱼城的主将,统领全城军务,你说他的安危,是不是关乎整个钓鱼城?"

吕芙听了,想了一会,总算想明白这是王坚为了维护自己的面子,明明是让张珏保护自己,却故意把话反过来说,看了看王坚,跟着张珏守城去了。

吕芙走后,鲜于刘光叹口气说:"这个少奶奶跟着张将军,张将军有的受了。"

王坚摇头说:"吕家大小姐的脾气虽然不好,但她能帮到张将军。"

鲜于刘光又对刘三娘说:"三娘在少奶奶面前,识大体多了。"

刘三娘腰间被吕芙刺了一下,虽然没受伤,可是鲜于刘光的焦急之情,她都看在眼里,心情大好,对吕芙这种小姐脾气也就不再放在眼里,把竹筒交给了鲜于刘光,"这东西我替你保管了这些日子,现在交还给你,你跟王大哥军务要紧,我就不打扰了。"说完也走下飞𪾢楼。

鲜于刘光说:"别上城墙,小心遇到了吕家大小姐。"

"放心吧,"刘三娘说,"我去陪冉家妹子,碰上吕家的大小姐,她也说了不会对我动手。"

鲜于刘光拿着竹筒,对王坚说:"王大哥,我一直忘记了这个帮手,他是镇北神山的传人少都符,左景时被人陷害而死,四象仙山传人不可被凡人所杀,因此怨气不散,聚集为瘟神,这些年一直蛰伏在太行山古道,被我遇见。原本约定见到八思巴,就把他放出来,却忘记了,在这里他也能助我们一臂之力。"

"瘟神少都符……"王坚已经想明白了,"只要让瘟疫在蒙军中肆虐流传,蒙军就不能安心离开钓鱼城南下，就算是拼命南下，一路艰险，加上瘟疫，到了夔州，吕大人的胜算也大得多。"

"因此蒙军绝不可能开拔，而是一定要留在钓鱼城，一边攻城，一边扛过瘟疫。"鲜于刘光挥了一下手。

王坚拍了一下鲜于刘光肩膀，"那就把瘟神少都符请出来吧。"

鲜于刘光说："等到日落，我就请少都符出来。"

王坚离开后，鲜于刘光坐在飞鸟楼上静静等候，看着太阳终于落到了西方山峦之下，天色黑了。让鲜于刘光意外的是，今夜蒙军并未攻击，而是在山下静悄悄的，似乎已经预感到了少都符的威力。

鲜于刘光把竹筒放在脚边，恭敬对着竹筒轻声说："少都符先生，你可醒了吗？"然后盘膝坐下，吐纳周天，等待少都符现身。

两个周天之后，鲜于刘光感觉身体悬浮，睁开眼，果然进入黑色虚空，举起手来也是空无一物。

"前辈，少都符前辈……"鲜于刘光在虚空中轻声说。

"刺岩甩的那一剑是谁？是不是你说的八思巴？"

"前辈，不是八思巴，但是晚辈需要先辈出手相助，否则永远见不到八思巴。"

"你跟我讨价还价……你们当年出卖我，也曾经是一般模样。"

"前辈放心，我鲜于刘光的肾魄在前辈手中，不敢出卖前辈。"

"你让我做什么？"

"前辈既然化身为阴瘟，为何不把瘟疫散播给山下的蒙军？"

"我散阴瘟，可分不得山上山下、蒙军汉军，你可要想好了。"

"只要能拖住蒙军，即便是钓鱼城的军民也遭受瘟疫，也值得。"鲜于刘光相信王坚也会做出同样的选择。

"好，别忘记你的承诺，带我见八思巴。"少都符的声音消失了，鲜于刘光的眼前慢慢有了光明，看到了夜空的星光。

但是星光很快就被乌云遮掩，钓鱼城刮起了一阵阵寒风，在酷暑之日，寒风顿起，钓鱼城上的所有人都忍不住打了一个寒战。

随后竹筒里的两只岩虺和一只蚨母，爬出来，迎风而长，瞬间变成了三只巨大的妖物，攀爬在飞凫楼的屋顶和楼台上。

竹筒里一股黑烟冒气，变成了一张狰狞的面孔，与鲜于刘光相对。鲜于刘光看到黑色面孔，后背发凉。黑烟面孔张开嘴巴，发出了极为尖锐的呼啸声，如婴孩的尖叫，也如垂死之人不甘心的哀叹。呼啸声连绵不绝，越来越大，整个钓鱼城和方圆几十里都听得清清楚楚。无论蒙军还是宋军，听到这个声音都忍不住浑身战栗。

黑烟化为一股龙卷风，先是冲向了天空，然后毫无目标地冲向了山下的嘉陵江，两只岩虺和一只蚨母，紧紧跟随着黑色的龙卷风冲向山下。

83

瘟疫肆虐

　　三日之后，果然蒙军的调动开始滞涩，眼看着要向夔州进发的大军，走到了缙云山就重新驻扎下来。

　　留守在钓鱼城的汪德臣部却仍旧在不断进攻奇胜门，看来史驱和董文炳已经发现钓鱼城的阴阳四辨骷髅的弱点就在出奇门和奇胜门二门。此二门的地势，较于其他各门，相对较低，山坡也较为平缓。

　　鱼饵渐渐上钩，鲜于刘光在九龙刻漏旁不断踱步，别说王坚，就是冉不若都能看得出来鲜于刘光心情激动。

　　钓鱼城的军民也开始罹患瘟疫，不断有人病倒，好在安世通道长在钓鱼城的护国寺内开了道场做法事，整个护国寺内的地面铺满了白色的石灰，墙壁也用白幡遮掩，连屋顶的瓦片也垫上了白色的棉布。

　　这是鲜于刘光给安世通的提议，少都符生前是北方仙山玄水尚黑，本应是用黄龙土色来应对，但是土伤水过甚，鲜于刘光不忍对少都符不利，因此用白金固守，拒挡少都符的阴瘟。

　　患病的钓鱼城军士，到了护国寺，经安世通治疗之后，不伤及性命，在寺内慢慢恢复，但是山下的蒙军哪里知道少都符的厉害？

　　史驱和董文炳即便是道家术士高手，也怎么都想不通，鲜于刘光与四象仙山门人有渊源，更想不通的是四大仙山中早夭的少都符竟然化为了瘟神。史驱和董文炳想不明白这一节，就想不到用什么法子祛除阴瘟。

　　少都符的阴瘟在蒙军上空不断盘旋，蒙军知道不妙，却对并无实体的烟雾毫无办法。岩虺和蚨母也只是跟着阴瘟在蒙军内部爬行，三只神兽身型能变化大小，在军营中变化成普通壁虎和蜘蛛，人眼无法看清。到了蒙军人少的帐外野地，身型变大后，还能吞噬蒙古巡逻的士兵。

几日下来，蒙军军中瘟疫肆虐，十人中有两三人不得行走，奄奄一息。蒙哥本已经率军行至缙云山，瘟疫导致大军难行，天气又酷热，蒙军在北地草原长大，哪里见过如此炎热的天气，军心不稳，患病的人数比留守在钓鱼城的汪德臣部还多了一成。

蒙哥在缙云山停了两天，招来史驱，在缙云山治疗军中瘟疫。蒙哥犹豫不决，眼看着士兵纷纷病倒，心中难免忐忑，与主将商议。史天泽和诸将皆劝谏蒙哥，留汪德臣与王坚周旋。

蒙军的动向，鲜于刘光和王坚看得清清楚楚，也能猜到蒙哥的犹豫不决。鲜于刘光说："蒙哥性格刚猛，现在举棋不定，看来需要王大哥你替他做个决断。"

王坚狐疑地问："我能替他做个什么决断？"

"王大哥，你说一句话，就能强过蒙哥身边无数将领的劝说。"鲜于刘光说。

王坚知道鲜于刘光已经有了主意，"鲜于兄弟，你就不要跟我兜圈子了。"

鲜于刘光说："现在蒙军深受瘟疫之苦，深入蜀地，补给难免会有所欠缺，不如王大哥你给蒙军送点治疗瘟疫的草药、鲜鱼、米面，看蒙哥是否承情。"

王坚立即明白鲜于刘光的用意，立即派人送了草药、米面、鲜鱼给缙云山蒙哥部，并致信蒙哥：知大汗要南狩去夔州，一路艰险，且士兵罹患疾病，军中缺粮少药，故送上草药和鱼、面。等大汗无功而返之时，宋将王坚在钓鱼城恭候大汗。

果然一日之后，蒙哥本部和史天泽及其他诸将各部从缙云山返回石马山，督战汪德臣攻占钓鱼城。

鲜于刘光的计策成功，果然把蒙军稳稳地留在了钓鱼城。

鲜于刘光与王坚商议，猜测汪德臣的本意也是驻扎在钓鱼城，保存实力，等待蒙哥过了荆襄，再劝降王坚，但是看到蒙军大部队去而复返，知道只能拼死再战。

鲜于刘光招呼来了冉不若，冉不若与刘三娘现在情同姊妹，冉不若问鲜于刘光："鲜于大哥，你有什么吩咐吗？"

鲜于刘光没有回答冉不若，转头对王坚说："王大哥，现在阴阳四辨骷髅道场到了最关键的时刻，王大哥，你敢赌吗？"

王坚沉吟说："怎么个赌法？"

鲜于刘光说："冉姑娘，钓鱼城阴阳四辨骷髅道场，必杀的位置在哪里？"

冉不若知道现在情势严峻，于是郑重回答："在出奇门震位。"

王坚一听，立即问："八门之中，就是出奇门和奇胜门守城最弱，汪德臣已经险些从出奇门攻入，怎么可能是出奇门？"

鲜于刘光对冉不若和王坚说："出奇门是青城山阴阳道场震位最凶的位置，无论攻防，都是死地。现在阴阳道场转到我们诡道的骷髅道场，阴阳道场为诱饵，放出震位出奇门给蒙军，我们回到内城城墙。"

王坚听了，脸色大变，"如此一来，不仅是将出奇门拱手让人，奇胜门、镇西门、东新门、青华门皆失守，这是拿全钓鱼城几千军民的性命一搏！"

"不错！"鲜于刘光说，"这就是当年观尘子前辈和我师父黄裳布置的阴阳四辨骷髅道场的目的，先让蒙军看到阴阳道场的弱点在震位，我们让出震位必杀之地，退到内城的骷髅道场，再反过来攻打出奇门内的震位，在这个位置，不仅可杀汪德臣，也是诱杀蒙哥之地。"

王坚满头大汗，对鲜于刘光说："要不我叫上君玉和冉伯父，还有安道长一起来商议？"

"不可。"鲜于刘光压低声音说，"阴阳四辨骷髅道场的目的，只有我利用九龙刻漏才能知道，连安世通前辈、冉璞老先生都无从知晓，如果商议这个道场布局，他们必定认为太过于凶险，而不敢孤注一掷，定然劝说你继续固守钓鱼城。那样观尘子前辈和我师父布置的计划，就全部付诸流水。从现在起，除了王大哥，都不可离开飞舄楼。"

王坚咬紧牙关，鲜于刘光看着他，知道他的内心千回百转，始终下不了决心。于是厉声说："如果当初蒙军势如破竹，一鼓作气杀进了钓鱼城，现在钓鱼城上下，哪里还有一个活口？王大哥，你现在侥幸打败了蒙哥数次进攻，反而怕了是不是？"

王坚听了，双手狠狠拍在栏杆上："鲜于兄弟，你说得不错，如今战局，都是我们赚来的，几千条命，也是赚来的，如果怕死，我们就不该守在这里！本就是万中无一的机会，现在为什么反而怕了！"

　　王坚说完，问冉不若："冉姑娘，如果失败，可要连累你了。"

　　冉不若笑了一下，"我自小在钓鱼城，怎么可能不与钓鱼城共存亡。"

　　王坚不断点头，"好好好……"然后对鲜于刘光说，"汪德臣什么时候攻打出奇门？"

　　"就在今晚。"鲜于刘光说，"他挖了两条地道，张将军堵了一条，还有一条。"

　　"好，"王坚说，"我现在就去把张珏调到校场，我去镇守出奇门。"

　　"如此最好。"鲜于刘光拱手，"放弃出奇门和外城墙，阴阳道场就消解，骷髅道场就被触发。"

84

击杀汪德臣

王坚到了出奇门,把张珏调往校场,嘱咐张珏,一定要坚守内城,然后将东新门最大的一台投石车通过兵马道移动到大天池的操场上。张珏看到这个布置,正要发问,突然看到鲜于刘光走到了投石车下。

张珏问鲜于刘光:"难道今夜出奇门有苦战,需要在内城布置这投掷最远的风炮车?"

鲜于刘光说:"张将军不用多问,战事已到了最关键的时刻,护国门和大校场可能会成为史天泽部的攻击目标。史天泽就交给张将军你了,我和王将军,今夜要对付的是汪德臣。"

张珏知道鲜于刘光到了钓鱼城,几乎一直在飞鸟楼上守着九龙刻漏,只有一次从飞鸟楼下来,绕着城墙走了一圈,出奇门就遭遇蒙军的奇袭,完颜安康战死。再一次跟着王坚到了东新门谋划奇袭蒙哥,结果徐通明和属下出战,尽数折损在蒙军围困中。这次又下了飞鸟楼,看来也要有重大的战役。张珏看见冉守孝正在大天池的岸边,指挥士兵,涉水搭建一个木台。看来是要把投石车安置在木台上,并且木台下方安装了枢轮、天衡和一些奇怪的木头物事。

张珏说道:"怪不得这几日看不到守孝,原来暗中在替鲜于先生捣鼓这些奇怪的道家机关。"

鲜于刘光说:"不错,今夜骷髅道场开启,我将用诡道的水分算术和看蜡算术破敌。"

张珏看着木台上的各种机巧说:"我读书不多,只认得枢轮和天衡这些寻常的物事，其他的机关，别说认不得，我闻所未闻。"

"我的看蜡算术也就罢了，供奉烛台尚可，但是水分算术需要机关驱使，将水从低处运送到高处，转为精妙的木甲术，让水流流动精准，不能有半点差池。"鲜于刘光郑重地说。

张珏也被鲜于刘光的谨慎感染，不免多看了木台几眼。

鲜于刘光指着木台下方的机括说："这个是擒纵轮、关舌、退水壶……"

"鲜于先生，要害的机关，我就不用知晓了。"张珏打断鲜于刘光，笑了笑说，"你说了我也不明白。我只会行军打仗，听见这些字眼就头痛。你告诉我这个台子叫什么即可，我今后好跟人吹嘘。"

"此物叫'水运仪象台'，"鲜于刘光说，"是韩公廉先生得了我师父黄裳的指点，制作出的水刻分仪，而韩公廉先生是我曾祖的好友，我曾祖也给韩公廉先生调校了水运仪象台的衡器。因此，我继承诡道的水分算术，也并非偶然，而是师父黄裳的嘱托。"

张珏被鲜于刘光说得更加晕头转向，只知道这个什么水什么台的木甲术机括大有来头，很明显是要用在投石机上。

果然冉守孝手下的军士在木台上把各种机括拼装完成，水运仪象台已经完成。然后用摇杆连接巨大投石车风炮车的牛筋轮毂与水运仪象台的枢轮。

鲜于刘光走到水运仪象台之下，扳动摇杆水运仪象台运转，大天池的水流，均匀地被叶轮送上高处的枢轮，又滴落退水壶中。鲜于刘光嘴里念念有词，当水运仪象台运转十二周之后，鲜于刘光对着冉守孝点头示意，木甲术精准无误。

而张珏看到风炮车之下只有一颗圆圆的巨石，鲜于刘光用手抚摸巨石，闭上眼睛，想了一会儿，取来一个小小凿子，轻轻敲下一块碎屑。

张珏看了鲜于刘光如此的奇怪举动，知道这是道家门人毕其功于一役的准备，也不敢再打扰，立即回到了大校场，去布置东面和南面城墙的布防。

果然到了夜间子时，汪德臣部再次攻打出奇门，蒙军纷纷从第二条地道中涌出，云梯纷纷架上了城墙，王坚只能率军从青华门撤回内城。汪德臣部蒙军大喜过望，乘胜攻占了奇胜门和镇西门。张珏立即率兵迎接撤回内城的王坚，坚守青华门，东面城墙得以保留。

但是西面的外城，从出奇门到护国门一带所有的外城落入敌手。这是蒙军围困钓鱼城以来第一次取得重大的胜利，将钓鱼城西边半数占据，剩下的内城没有外城地势那么险峻。

钓鱼城危在旦夕，所有的军民都集中在内城，内城也只有大校场和大天池最重要的两个位置，而占据了出奇门的汪德臣部，已经聚集到了大天池旁的内城城墙之下。

王坚在内城继续抵抗汪德臣，张珏在青华门抵抗蒙军，任何一个地方被突破，钓鱼城上下都要被蒙军尽数屠戮。部分钓鱼城的平民，已经拿出了家中的镰刀、斧头，打算在蒙军破城之后，与蒙军同归于尽。军士家眷都聚集在大天池旁，准备随时投水自尽。

王坚和张珏与蒙军从半夜一直打到了凌晨，蒙军暂且停止攻击，调动兵马，彻底把出奇门和镇西门之间的城墙占据，然后在内城外的坡地上布置阵型。

汪德臣在坡上，距离内城城墙只有百步，汪德臣对内城喊话，劝说王坚投降。王坚拖延时间，说蒙军征战南北，遇到抵抗的城池，无一不是屠城杀戮。

汪德臣喊话王坚，说已经进谏蒙哥汗，如果现在投降，可以饶了全城老幼的性命。王坚不信。汪德臣无话可说，于是暂且退了。

到了天亮，日头升起，汪德臣再次攻打内城，攻打内城远比攻打外城要轻松，汪德臣亲自到内城百步之内，正要指挥军士搭建云梯，将内城一举拿下。

汪德臣信心满满，抬头看见太阳正好照射在内城之上，突然太阳消失，一个黑影遮掩太阳，汪德臣心说不妙，黑影已经笼罩在他头顶。

当汪德臣明白这是宋军的投石车发出的巨石的时候，已经没有躲闪退避的机会，被巨石结结实实地砸在了身上，随后巨石一路滚到出奇门城墙，将城墙撞出了一个缺口，继续滚到了外围的蒙军阵内。

汪德臣的近卫立即扶起被砸中的汪德臣，一代将才汪德臣的身体已经如烂泥一样，骨骼皆粉碎，早已毙命。

汪德臣被巨石砸死，无论蒙军还是宋军，都看得清清楚楚。宋军看到敌方主将的尸体被抬下，士气大振，蒙军纷纷退回出奇门。

王坚看着蒙军仓皇后撤，长长吐了一口气，身体瘫软，双手扶住城墙垛口才勉强站立，鲜于刘光已经走到了王坚身边，冷冷看着山下的蒙军。王坚说："诡道算术，果然厉害到了极点，巨石落处，不差分厘。"

但鲜于刘光开始焦虑起来，隔了一会才对王坚说："王大哥，我们还有一关，只怕是很难靠我的算术挺过去，你敢碰运气吗？"

85

孤注一掷

王坚对鲜于刘光说:"现在击杀了汪德臣,蒙哥必然大怒,不攻下钓鱼城誓不罢休。出奇门到镇西门的外城墙已经失守。除非瘟疫更甚,蒙哥自己熬不住才会退兵。"

鲜于刘光摇头说:"岩虺和蚨母已经回到刘三娘手里的竹筒内,蒙军有史驱和董文炳,他们也是道家高手,少都符再怎么厉害,也做不到让每个蒙军都染上瘟疫。"

王坚说:"鲜于兄弟,你说的难关,到底是什么?"

"阴阳四辨骷髅道场,"鲜于刘光说,"由诡道门人驱动,骷髅道场需要诡道的算术来驱动,用于计算斩杀蒙军大将。"

王坚疑惑,"这些我都知道啊。"

鲜于刘光苦笑:"观尘子和我师父千算万算,还有一点没想到。"

王坚眼睛盯着鲜于刘光看。

鲜于刘光说:"他们没想到,我的年龄差刘子聪太远,没办法在来钓鱼城之前杀了刘子聪,得了他的算术。因此诡道的四大算术,我和刘子聪一人各学了两门。"

王坚似乎已经猜到鲜于刘光说的难关是什么了,但他等着鲜于刘光自己说出来。

"王大哥,我只有两门算术,计算出汪德臣近战的方位毫无问题,但是要击杀蒙哥,仅凭两门算术是不够的。"

王坚听了,脑门上汗涔涔的,"你为何不早说?安道长和冉伯父为什么不说?"

现在被蒙军逼困到内城你才说？"

"因为到了我们坚守内城，骷髅道场启动，我才明白这一点，骷髅道场要的是四大算术，而不是诡道的任何一门算术，"鲜于刘光说，"我到现在才知道，安道长和冉伯父就更不知道了。"

王坚叹口气，"就这么一点差池，却要葬送几千人的性命。"

鲜于刘光看见王坚心有不甘，于是说："诡道门人，四大算术都要掌握，长房么房各自学习两种算术的情形，从未有过，没想到偏偏在这里要连累所有人。"

王坚的脸色却又变得镇定起来，用手狠狠地拍在鲜于刘光的肩膀上，"如果不是鲜于兄弟你过来帮助我们抗击蒙军，钓鱼城也一样要与蒙军拼死一战，现在我们扭转战局，反而变得婆婆妈妈起来。"

鲜于刘光说："有了胜算，就心有旁骛了。"

王坚说："我们从一开始就是以命相搏，我为什么不再相信你一次，搏一把呢？你说吧，缺了两门算术，我们用什么法子能弥补？"

鲜于刘光说："徐通明道长临死前交给王大哥的琥珀青龙还在身上吗？"

"一刻不敢放下。"王坚说。

"琥珀青龙，遇真龙而龙吟，"鲜于刘光说，"一旦蒙哥在一百七十七丈内，就有感应。"

王坚看了看出奇门的地形，对鲜于刘光说："蒙哥只要进了出奇门，再前进十丈，琥珀青龙就会发出龙吟。"

"好。"鲜于刘光说，"蒙哥必定会亲自进入到出奇门内督战，到时候只要琥珀青龙发出龙吟，我就用看蜡和水分算术计算蒙哥的位置，但是因为缺了晷分和听弦算术，我只能算出方向，无法确认距离风雷车有多少丈，到时候只能由王大哥勘察，告知于我，再用风雷车攻击。"

"如果我说错了？"王坚问。

"如果错了，"鲜于刘光说，"蒙哥必然躲避，就再也没有机会了，因此风雷车只有一次机会。"

鲜于刘光说到这里，王坚也无法多问，宋军已经退守内城，岌岌可危，是满城皆死，还是击败蒙军？只在这一线之间，再也没有周旋余地。

第二日，蒙哥本部将军士都调动到出奇门和奇胜门之内的山坡上，现在攻击钓鱼城内城，已经容易得多。蒙哥看来是志在必得，悠闲地调动兵马，布置进攻阵型，并且也在军中搭建了高台。

鲜于刘光看了，对王坚说："这个龙台，是史驱和董文炳搭建，并且正好在一百七十七丈的边缘，琥珀感应不到，我们也无法看清楚龙台的确切位置。"

"此话怎讲？"王坚问。

"龙台是利用人眼的远近错觉，故意将龙台的大小比例与城墙相比，产生错觉，导致距离误判。"鲜于刘光说，"可恨的是我只有两门算术，如果是四门，史驱的这个法术，我必然能破了。"

王坚说："我已经将所有人都召集在大校场，恶战之前，你去跟三娘和冷谦见上一面吧。"

鲜于刘光跟随王坚到了大校场，看到钓鱼城所有的家眷和百姓都聚在一起。老人也就罢了，幼童皆瑟瑟发抖，蒙古屠城，天下皆知。鲜于刘光看着心中不忍，在人群中寻找刘三娘和冷谦。

校场上聚集的人多了，开始有人哭嚎，鲜于刘光找不到三娘，焦急起来，开始呼喊："三娘！三娘！"

可是人群中哭嚎的人多了，有些失散家人的百姓在不断叫喊家人的名字。王坚站在高处，在人群中大声呼喊："哭什么！就是死在蒙古人手里，我们也已经为大宋赢得了足够的时日布置防线，还有什么不甘心的？"

人群慢慢安静下来，鲜于刘光听到背后有人喊"刘光"，转身看去，刘三娘和冷谦站在身后，冷谦也叫了一声"师父"。鲜于刘光身材高大，在人群中如同巨人一般，因此刘三娘和冷谦找他更容易。

鲜于刘光一只手摁住刘三娘的肩膀，另一只手拍了拍冷谦的头顶，"嗨，如果败了，我是无话可说，可惜牵连了你们。起敬，你们纯阳派，没想到会在钓鱼城断绝。"

冷谦说："师父你放心，安道长跟我说过，钓鱼城所有人，只有我的寿数能和他一较长短。我离死还早呢，我们一定守得住。"

鲜于刘光微笑，"那是，我一定要竭尽全力，不然就枉费了你一百多年的寿命。"说完转身看向刘三娘，他与刘三娘已经心意相通，知道多说无益。不料刘三娘把鲜于刘光的手臂挽住，"鲜于先生，我有事相求。"

鲜于刘光笑着说："你有话说？"

刘三娘说："还记得我们从燕京出来，一路上你扛着我在肩膀上行走，是我觉得心中最安稳的时候。"

鲜于刘光用胳膊将刘三娘托起，稳稳地把刘三娘搁在肩膀上，刘三娘顺势把鲜于刘光的头颅勾住。鲜于刘光抬头，两人相视一笑，鲜于刘光再低头时，看见冉不若正在人群中看向自己和刘三娘，慢慢后退。

刘三娘也看见了冉不若，立即招呼冉不若。

冉不若无奈，走到了三人面前，轻声对鲜于刘光说："鲜于大哥，安道长和我伯父想见你一面。"

86

诡道四大算术

鲜于刘光看见冉不若闪过一丝失落，内心愧疚，毕竟蒙军兵临城下，屠城就在旦夕，冉不若的心意鲜于刘光也知道的，只是鲜于刘光与刘三娘早已经情投意合。于是默默地扛着刘三娘，带着冷谦，跟着冉不若走到了校场边缘的营房中。

鲜于刘光在门口放下刘三娘，知道这时候是决定钓鱼城生死的关键时刻，深吸一口气，低下头走进营房，冉不若、刘三娘、冷谦也跟随进去。

果然营房里冉璞和安世通坐在首席，王坚和冉守孝站在一边，张珏和吕芙站在另一边。鲜于刘光的眼睛掠过，随即又多看了一眼张珏和吕芙，发现吕芙和张珏并肩站立，张珏神情古怪。

鲜于刘光朝着张珏眨了眨眼，张珏缓慢点头微笑一下，鲜于刘光立即醒悟，原来这些日子，让人头疼的吕芙没有找鲜于刘光和刘三娘的麻烦，看来是张珏私下拖住了吕芙，看二人的神态，似乎比常人要亲密的多。不管张珏是什么用意，看起来二人已经不介意世俗偏见，要生死与共。

鲜于刘光走到安世通和冉璞跟前跪下，"晚辈能力卑微，让钓鱼城陷入绝境，实在是辜负了前辈的期望。几千人的生死，都在这一线之间，我的罪过太大了。"

安世通和冉璞相互看了一眼，安世通说："刘光，当初我们的师父也都没有料到今日，你的谋略，我们亲眼所见。你不必自责，冥冥中自有天命，你得信命。"

鲜于刘光听安世通如此宽慰自己，心中更是愧疚，只是把头贴在地面，不敢抬起，"事情到了这个分上，我万死不足以弥补这个过错。如果我能粉身碎骨，解救钓鱼城的危难，一定毫不犹豫。"

冉璞说:"刘光,如果真的有一线生机,倒不要你粉身碎骨这么惨烈,只是抛却一些个人恩怨,就能摆脱眼前困境,不知道你能不能做到?"

"只要是能救下满城的军民,什么恩怨我不能放下?"鲜于刘光把头抬起来,看着冉璞。

冉璞继续说:"你,我们放心,那刘三娘能做到吗?"

鲜于刘光看向刘三娘,刘三娘说:"我与刘光情投意合,早就抱着一起死在钓鱼城的决心,如果有一条活路,我当然是愿意的。"

冉璞和安世通又相互看了一眼,安世通点点头,冉璞对着王坚说:"那就把人请出来吧。"

鲜于刘光知道事情有点蹊跷,于是看着王坚身后,慢慢走出一个年轻人。年轻人穿着青衫,一副书生打扮,果然是鲜于刘光和刘三娘的老相识,正是刘子聪的徒弟郭守敬。

郭守敬向鲜于刘光拱手,"刘光师叔,我来有两个目的,第一,是来劝说各位,献了城池,保全满城军民的性命……"

一柄黑色的宝剑突然就刺到了郭守敬的咽喉,眼见就要刺穿。郭守敬微微偏了偏头颅,宝剑从郭守敬的脖子边缘掠过,众人看去,是吕芙出其不意要刺杀郭守敬。

吕芙一击不中,将剑刃贴着郭守敬的脖子,剑身往回划,却始终割不到郭守敬的脖子,原来是一支小小的笛子隔挡住剑刃,力道巧妙,即便吕芙的宝剑是一件神兵利器,锋利剑刃也划不开笛子。

吕芙还要用剑刺郭守敬,郭守敬侧了侧身体,吕芙跟着转身,就要蓄力前刺,眼前突然一阵明亮,原来是房顶上的一个窟窿,透出了一线日光,恰好照射到吕芙的眼睛。郭守敬用笛子在吕芙的宝剑上轻轻敲了一下,吕芙的宝剑从手里落下,不待落地,郭守敬调转笛子,宝剑旋转,剑柄到了郭守敬的手里。

郭守敬用手指在剑身上弹了几下,发出清脆悦耳的曲调。旁人也就罢了,鲜于刘光在一旁看得清清楚楚,这是诡道的听弦和晷分算术无疑。

吕芙大骂:"你这个背叛朝廷的奸贼……"

郭守敬一脸的茫然,"姑娘,我家从金朝始,就已经不是大宋子民,何来背叛朝廷一说?"

吕芙还要大骂,被张珏拉到了身后,张珏看向郭守敬,郭守敬把宝剑交给了张珏。

张珏说:"郭先生,你知道当初劝降的晋国宝是谁杀的吗?"

郭守敬听了笑起来,"张将军既然这么说,那必然是你所为了。"

张珏笑了笑,"所以,劝降的话,就不要再提。"

郭守敬看了看王坚和鲜于刘光,接着说:"那我直接说第二个目的吧。师叔,眼看你就要与整个钓鱼城玉石俱焚,师侄做不得师叔的主,我就不劝说献城之事了。但是师叔也是诡道门人,门派的四大算术,师叔学会了两门,如果师叔在钓鱼城殉国,水分和看蜡两门算术也就失传了。"

鲜于刘光看着郭守敬说:"你不远千里到此,翻来覆去,就是为了两门算术?"

"不错!"郭守敬说,"诡道算术是门派几千年的传承,不是师叔个人私有,师叔要以身许国,我是佩服的,但是诡道的算术,师叔做不得主带到坟墓里去。"

鲜于刘光看了一眼安世通和冉璞,刚才这两个老狐狸,套自己的话,原来是要用在这里,可是把两大算术交给了郭守敬,郭守敬难道就会劝蒙哥退兵?想到这里,鲜于刘光知道这是绝无可能,郭守敬一定还有话说。

果然郭守敬说:"师叔是诡道幺房,我是诡道长房,诡道算术不能因人而绝,并且师叔一生只会两门算术,不能算诡道正统,我也只会两门算术,也算不得诡道正统,不如你我相互交换,把自身所学的算术相互教习了,也不枉为诡道门人。师叔死后,我也不会将水分和看蜡算术告知我师父,诡道算术由我一脉延续下去。至于小师弟,如果师父放心,就让我带着下山,我把四大算术尽数教给他。"

鲜于刘光看了看冷谦,觉得郭守敬把所有的事情都已经算得清清楚楚,也已经说服了冉璞和安世通,在自己进来之前,就已经志在必得。鲜于刘光看向刘三娘,刘三娘说:"我对你们门派之间的龃龉并不关心,你自己做主。"

鲜于刘光看向王坚,王坚一脸的木然,倒是张珏心浮气躁,不断示意鲜于刘光看屋外几千名百姓。

鲜于刘光微笑了一下，王坚知道，他一定会答应的。于是对郭守敬说："我同意，你学了水分和看蜡之后，就带着冷谦下山吧。"

　　郭守敬立即跪下，向鲜于刘光叩拜，"多谢师叔成全。"

87

四大算术战大七星道场

诡道门人相互传授算术，是重要的机密，不能泄露，因此除了冷谦，其余诸人都纷纷离开。

郭守敬是有备而来，拿了笛子，告诉鲜于刘光最简单的音律，鲜于刘光对乐理一窍不通，因此学得十分艰难，郭守敬详细说了一个时辰，鲜于刘光才勉强懂了些皮毛，还远不如徒弟冷谦，乐理一点就通。

接着郭守敬拿出了《广陵散》的曲谱，从开指、小序讲述听弦算术如何利用乐理的关系。郭守敬教到这里，鲜于刘光就学得快了些，堪堪把听弦学完了。鲜于刘光让冷谦找来一个酒壶和一个酒杯，酒壶的水注入酒杯，但酒杯始终不溢，酒水在酒壶和酒杯之间周而复始，无休无止，鲜于刘光告诉郭守敬是水流顺应了时辰刻分的走动，郭守敬天生聪颖，本来就对水利十分精通，因此不到半个时辰，就学会了水分。

晷分只需要竖起木杆，根据黄道日历画好地上的刻分，就能开始计算，这个鲜于刘光学得快，倒不是他聪明，而是晷分在四大算术中最简单。

最后鲜于刘光将看蜡也教给了郭守敬，郭守敬对看蜡通阴一窍不通，因此无法施展，只能将看蜡的口诀死死地记下来，勉强算是学到了。

诡道的四大算术在黄裳之后，终于合归一处，分别由鲜于刘光和郭守敬学完。郭守敬得了两门算术，向鲜于刘光告辞。

鲜于刘光坚持要冷谦跟随郭守敬下山，冷谦不从，鲜于刘光说冷谦承担着诡道和纯阳派两个门派的延续，不能任性。冷谦听了，才默不作声，在一旁哭了片刻，找来刘三娘,分别给刘三娘和鲜于刘光磕了三个响头,才跟随郭守敬下山走了。冷谦一个小孩子,又跟着郭守敬,想来蒙军也不会为难他。

郭守敬走后,鲜于刘光得了四大算术,来到了大天池,水运仪象台和风炮车蓄势待发,军士都谨慎地站在高台旁。

鲜于刘光看了,立即带着军士到护国寺,看见安世通正好在护国寺内,便向安世通求借护国寺的大钟,安世通当然允了。十几个军士用十六台木杠,将大钟抬到了大天池的水运仪象台旁,鲜于刘光用郭守敬相赠的笛子敲击了一下铜钟,金声杀伐之意迷漫,果然是西方容平主杀的算术。

鲜于刘光又命令竖起了木朴,在地上画出了黑漆,以便观察日影。

鲜于刘光的四大算术布置已成,蒙军的七星台也已经建成。史驱和董文炳布置的大七星,上方有紫微星位,七星台在军中的位置不会变化,但是蒙军根据七星的方位变动阵法,七星台的位置就无从判断。这是一个凌厉的道场,不仅让人无法用肉眼判断七星台的位置,同时也是攻打城墙的厉害阵法。

蒙军终于开始攻城了,钓鱼城所有的守军几乎都登上了内城的城墙,与蒙军短兵相接,几十台投石车也集中到了大天池一带,朝着蒙军进攻。但是蒙军这次在蒙哥亲自督战之下,士气高涨,不断冲击内城城墙,几十架云梯搭在城墙上,蒙军源源不断从云梯爬上城墙。奇胜门方向的内城城墙,已经被蒙军摧毁,垮塌了一截,蒙军顺势冲进,王坚将指挥权再次交给张珏,自己率兵到城墙垮塌处与蒙军贴身肉搏,想将这个缺口堵上,但是蒙军看到了这个缺口,立即改变主力位置,更多的蒙军精锐朝着王坚扑来。

张珏就在大天池的水运仪象台和风炮车之下指挥军士。张珏的指挥能力不在王坚之下,不断调动人马,看见王坚危急,立即抽调人马去支援王坚,在城墙上用普通的投石车去砸云梯,减缓蒙军上城的速度。

眼看形势越来越危急,张珏忍不住催促鲜于刘光,"鲜于兄弟,鲜于先生,你诡道算术已经算到什么地步了?"

鲜于刘光随口说:"我还看不见,太阳被云挡住了。"

张珏跑到高处,又下来说:"我清楚地看到蒙军中间有个高台,上面坐的一定就是亲自指挥攻城的蒙哥。"

"我知道，"鲜于刘光的声音不紧不慢，"可是你看到的位置，被七个蒙军亲卫扰乱，别说距离是错的，连方向都是反的，不信你仔细看。"

张珏又看，"怎么高台突然从西南方向绕到北边了？移动如此迅速！"

鲜于刘光说："七星台没有移动，蒙军人数多，障眼法的厌胜术威力庞大，能让七星台隐去踪迹。"

"所以必须要四大算术同时计算，才能算到位置？"张珏明白了，忍不住看向天空，他一直指挥军士与蒙军厮杀，哪里会注意太阳进了云层，日光就照射不下来。

鲜于刘光一边焦急日晷无法计算，一边调动水运仪象台的水分，还要不断照看水运仪象台上的灯笼，不能被风吹熄灭了，更不能让蒙军的飞矢击中灯笼。

眼看王坚就要坚持不住，张珏心惊胆战，看见王坚和贴身军士从城墙的缺口一点点往后退，再退十丈，蒙军的先锋军就能从缺口进入到内城，内城的道路通畅，很快就能到达校场和飞鸟楼，还有护国寺。那样一来，蒙军得胜就成定局。

王坚苦苦支撑，城墙上的蒙军也越来越多，宋军也渐渐支持不住。

鲜于刘光在水运仪象台上下维护，虽然心里焦急如焚，也不敢表现出来。刘三娘和冉不若也到了水运仪象台下，两人跪下，双手合十，对着北方祈祷。卞夫人也到了刘三娘身边，问刘三娘："不如趁现在蒙军架不起巨弩，我带着你和刘光走吧。"

刘三娘睁开眼睛，"不走！要么击败蒙军，要么我们都死在这里。卞夫人，你可以离开，下山寻找鲜于刘光的徒弟冷谦，我们诡道应承的事情，绝不反悔，冷谦一定会把你带到古道中去。"

卞夫人听了说："也好，如果你们死了，我也好把消息告诉给冷谦。"话音刚停，无数的箭羽漫天地射下来，好在卞夫人翅膀宽大，把水运仪象台下的几人遮住，但是木台上已经插满了箭矢。

刘三娘和冉不若在卞夫人的翅膀下，冉不若说："我冉家与钓鱼城共存亡也就罢了，没想到让三娘你也跟着殉难。"

刘三娘说："不若姑娘，你什么都好，就是有一点我不喜欢。"

冉不若笑："我爱慕鲜于大哥，无论到了什么时候，三娘你都是不喜欢的。"

刘三娘听了，正要说生死一线，就此作罢，话未出口，突然听到张珏高声喊："太阳出来了，太阳出来了！"声音凄厉，嗓子已经破了。

鲜于刘光站在水运仪象台上，嘴里念着看蜡口诀，手中操作调整擒纵轮，水流开始变化流出刻分，然后看着阳光投射下的影子刻度，然后叫一声："不若、三娘，敲钟！"

冉不若和刘三娘两人举起一个木桩，用尽全身力量，狠狠朝着铜钟撞击，"咚……"钟声绵长。

鲜于刘光的听弦算术也已经计算出了七星台的位置，手里调整好风炮车的角度和牛筋力道，扳开机括，圆形的巨石腾空而起，朝着西方的空中而去。

88

重伤蒙哥

圆形的巨石绕过城墙,从天而降,击中了蒙军中的七星台。七星台如纸糊一样,被巨石摧毁。整个钓鱼城,无论是蒙军还是宋军,都在这一刻停止了厮杀,所有人都看向了蒙军大汗蒙哥所在的木台,蒙军的大纛带着折断的旗杆,歪歪斜斜地掉下来。

战场一片安静,突然王坚在军中大声呼喊:"蒙哥战死!"

宋军齐声大喊:"蒙哥战死!"

随后张珏让身边所有的军士用蒙语大喊蒙哥战死。这下宋军士气高涨,蒙军顿时丧失了士气。王坚部立即又堵上了缺口,宋军突出了城墙,进入到蒙军阵内拼杀。在出奇门和奇胜门之间的城墙上,宋军很快占据了绝对的优势,纷纷将蒙军逼迫到城墙之外。

蒙哥的七星台被风炮雷石击中,成了这场战役的转折点,王坚和张珏率领的宋军,不仅稳固了内城的城墙,并且居高临下,顺着山坡追击蒙军,将蒙军赶出奇胜门和出奇门外。

前几日失去的城墙,又重新回到了钓鱼城守军的手中。

蒙军退出出奇门和奇胜门之外后,几十台投石车无法再追击。蒙军在奇胜门外的山坡上,又慢慢整顿兵马,木花里和史天泽部都在呼喝,蒙哥汗并未升天,这才暂且稳住了阵脚。

毕竟宋军人数远远少于蒙军,如果从奇胜门出击,在蒙军重新恢复了阵形的情况下,可能全军覆没。王坚和张珏只能守在奇胜门,仔细地看着蒙军的动向,看着蒙军后退到距离奇胜门两百丈的位置，停顿下来，并且开始有序调动军马。

王坚听得懂蒙话，听见了蒙军的将领在军中呼喝蒙哥未死，现在心中也是忐忑不安。正想着去询问鲜于刘光，看见刘三娘和冉不若一左一右，搀扶着鲜于刘光的胳膊，登上了奇胜门的城墙。

王坚眼看鲜于刘光无法行走，是冉不若和刘三娘勉强扶着他，知道鲜于刘光也跟自己一样，不知道蒙哥的生死，一定要上城墙来看个究竟。

王坚立即让军士替换刘三娘和冉不若，架住鲜于刘光，两人都看向蒙军，心思都是一般：蒙哥到底被巨石砸中没有？

两个时辰之后，蒙军终于朝着山下退去，鲜于刘光说："一定是击中了七星台，但是蒙哥可能真的没死。"

到了夜间，钓鱼城四周的所有蒙军都朝着南方嘉陵江移动，第二日中午，所有蒙军都退到了石马山和合州城内，与钓鱼城一江之隔。

到了这个时候，钓鱼城所有军民才终于肯定，蒙军退了。几千人顿时欢呼起来。

鲜于刘光和刘三娘在飞鸟楼上，看着满城一片欣喜，终于也相视而笑，鲜于刘光深吸一口气，"三娘，我们不用死在这里了。"

刘三娘把鲜于刘光的手捧住，"鲜于先生现在是大英雄，瞧不上我这个刁蛮的女子了。"

"跟吕家的大小姐相比，"鲜于刘光说，"你可算不得刁蛮。"

刘三娘啐一口说："吕家的少奶奶可不是刁蛮，她只是脑子不好使。"

鲜于刘光手掌抚在刘三娘的面颊上，"是的，论聪明，谁也比不上你，三娘冰雪聪明。"

刘三娘这才笑着把头靠在鲜于刘光身上，忍不住说："你什么时候能缩回来几寸，脑袋总被你的刀鞘给硌到。"

鲜于刘光哈哈大笑，正要把刘三娘举起来搁在肩膀上，可是看见冉不若走过来，也就作罢，在刘三娘的后背拍了拍，"不若姑娘来了。"

冉不若身后，张珏和吕芙一前一后走来，王坚和冉守孝也走来了。

第四篇　钓鱼城

"看来蒙哥一定被风炮雷石击中了。"王坚对鲜于刘光说，"阴阳四辨骷髅道场，的确是厉害。"

"不过蒙哥一定没有死。"鲜于刘光声音低沉，指着嘉陵江对面的蒙军连营说，"他们现在应该是要顺江而下，去往夔州。"

王坚说："要么是蒙哥自己下令，要么是听从了史天泽的建议，他们放弃攻打钓鱼城，准备一鼓作气击破夔州，到荆州与东路和南路大军会合。"

张珏拍了一下脑袋，"那岂不是从头来过？"

鲜于刘光摆手说："但是有一点，蒙哥一定活着。"

王坚说："那么就只能听天由命了。"

过了两日，蒙军果然开拔，朝着南方顺江而下，但是走了二十里，到了缙云山下又停下来。现在王坚和鲜于刘光已经确定，蒙哥即便没死，也一定受了重伤，否则蒙军不会这样行军异常。

虽然钓鱼城解了围困，全体军民一片欢腾，王坚和鲜于刘光等人却一直度日如年，等待冉守孝装扮成渔民，刺探回消息。七日之后，冉守孝回来了，带回来的消息却并不明朗：蒙哥的确被风炮雷石击中，但是并未伤及性命，现在正在缙云山的温泉寺养伤。等伤势恢复，蒙哥就准备听从史天泽建议，率军顺江攻打夔州，沿路抢掠补给，不需要从蜀地后方补充粮草。

"这么说，"王坚忧虑起来，"蒙哥放弃了攻打我们，却一定要去鄂州与忽必烈会合了。"

众人商议了一阵，也想不出一个解决的办法。众人都退散了，鲜于刘光和刘三娘坐在飞鸟楼上看夜空美景，到了半夜，突然一个道童过来，说是安道长求见。

鲜于刘光和刘三娘走到了护国寺，安世通看见二人来了，招呼说："阴阳四辨骷髅道场，竟然没有杀死蒙哥，你们是不是心中不服气？"

"不错。"鲜于刘光说，"四大算术驱使骷髅道场，风炮车的巨石也击准了，为什么偏偏蒙哥命大如斯？"

安世通说："这世上哪里有算无遗策的谋略，能做到这样，已经很了不起了。"

"那接下来怎么办？"鲜于刘光问。

"我也不知道。"安世通说,"事在人为,但听天命了。"

一炷香之后,安世通突然打破沉默:"其实还有办法。"

鲜于刘光好奇看向安世通。

安世通说:"蒙哥现在伤重,你之前的那个帮手,还可以再散一遍瘟疫,蒙哥身上有伤口,伤口进了风,行瘟就必死无疑。"

鲜于刘光听了,"这件事情我已经想过,可是少都符前辈并不是人身,他的性子无法推测,上次他已经说过,不会再次相帮了。"

安世通对刘三娘说:"容我与少都符前辈见上一面,或许另有可谈。"

刘三娘看了看鲜于刘光,鲜于刘光点头,刘三娘把竹筒放在地上,鲜于刘光拉着刘三娘走到了护国寺外。

两人站立了一刻钟,刘三娘说:"安老前辈能有什么厉害的法子,让少都符这个瘟神听从他呢?"

鲜于刘光沉思一会,突然拍了一下大腿,"不好!"

连忙拍打护国寺的大门,门开了。小童面无表情,对鲜于刘光说:"师父已经仙去了。"

鲜于刘光顿时颓靡,坐在地上,看着刘三娘说:"这是最后的办法,可能安道长一开始就知道会是这么一个结果。"

89

温泉寺之变

刘三娘不知道发生了什么,只知道安世通去世跟少都符有干系。鲜于刘光从怀里掏出了骷髅画,对刘三娘说:"看见这骷髅画上的符文了吗?"

"你们诡道的符文?"鲜于刘光缓缓摇头,"是青城山上,筬铿留下来的符文,也是我驱动阴阳两仪道场中的九龙刻漏的钥匙。"

"这个与少都符有什么关系?"刘三娘不解。

"少都符化为瘟神之前,最大的敌人就筬铿。"鲜于刘光说,"他成为阴瘟之后,生前的往事几乎遗忘,但是他的仇恨始终没有消失,安世通前辈下山的时候,师父观尘子把筬铿留下的符文印刻在了他的身上,百多年后才拓印到我的骷髅画上……"说完,把骷髅画放在竹筒旁的地面,拱手说:"少都符前辈,筬铿的遗物在此,你自行定夺。但是你答应安世通道长的事情,决不能反悔。"

竹筒里爬出了两只小小的壁虎,绕着骷髅画不停转圈,竹筒内慢慢流淌出黑色烟雾,掩盖住骷髅画,鲜于刘光拉着刘三娘退开,走到护国寺门口,看见王坚和冉璞等人已经到了门口,看来是得到了安世通去世的消息,即刻赶了过来。

鲜于刘光拦住王坚等人,摇摇头后,轻声说:"安道长已经仙去。"

整个钓鱼城的人,从懂事起,都认得安道长,也知道钓鱼城是安道长一手打造,投注了一生的心血和岁月,现在钓鱼城解困,安道长的寿数也就到了尽头,但是终究有人忍不住哭泣起来。

鲜于刘光不愿意看着王坚及众人悲伤,再次回到了飞鸟楼,这次,鲜于刘光确确实实什么都做不了,唯一能做的是等待。

缙云山下的温泉寺内，一个岩石洞穴外，禁卫层层守护。洞穴内，雾气弥漫，蒙哥躺在一块巨大的白色温玉上，他的左肩到左肋下被雷石擦到，因此左边的锁骨到肋骨尽数断裂，如果雷石再稍稍正一点，力道落实，蒙哥当即就粉碎成肉泥。

　　饶是如此，蒙哥也命悬一线。史驱和董文炳精心用法术护住了他的心脉，大七星本就是诸葛孔明的三十六天罡续命之术，因此蒙哥暂得不死，立即被送到了缙云山，在温泉内寻得这块温玉，慢慢化解雷石炮风对筋骨的损伤。数日之后，蒙哥的身体终于开始好转，能够与麾下将领商议军务。

　　史天泽禀报，蒙军留下五千人，由董文炳带领着镇守在合州牵制钓鱼城，剩下所有西路大军都布置在嘉陵江下游，等大汗的身体恢复，即可开拔到重庆和夔州。这两地宋军并无坚守的意志，荆襄的吕文德已经退守到了荆州，因此中路大军与吕文德的荆州之战是攻打大宋的关键之役。

　　史驱跪下向蒙哥请罪，大七星道场被钓鱼城的阴阳四辨道场击溃，并致大汗重伤，是道家幕僚的罪责。蒙哥示意，钓鱼城之战是自己判断失误，与幕僚无关。等西路大军打败夔州，进入到荆襄与东路大军忽必烈合围荆州后，一鼓作气攻下临安，再回头劝降钓鱼城。蒙哥郑重地说，一定要免除钓鱼城军民的死罪，不可伤及一人。

　　史天泽再次禀报，有消息称，东路大军的忽必烈王爷，已经准备从鄂州开拔，但是听内线的消息，东路大军移动的方向不是荆州，而是折返回河南。

　　蒙哥听了，想了一会儿说，忽必烈用兵莫测，佯攻襄阳，扰乱吕文德的后方也是上策。

　　史天泽听了也点头称是。

　　蒙哥让史天泽退下，单独对史驱说："听说忽必烈身边有几个幕僚，天下最强的两位都归他所用，你说来我听听。"

　　史驱说："攻城前一日，去钓鱼城劝降的郭守敬，是刘子聪的徒弟。"

　　"王坚杀了劝降的晋国宝，却放过了郭守敬。"蒙哥问，"这是为什么？"

　　"晋国宝之前是王坚的同僚，都是宋朝的官员，"史驱说，"郭守敬不是南人。并且刘子聪、郭守敬与镇守钓鱼城的道家幕僚鲜于刘光是同门，郭守敬劝降不成，带了鲜于刘光的弟子出城，这是鲜于刘光托孤给了他，抱了必死的心意。"

"因此你觉得郭守敬出入钓鱼城没有任何可疑之处？"

史驱听了这句话后，脑门上的汗水滚落，立即跪下来，"小臣知错。"

"忽必烈一定是以为我死了，"蒙哥说，"他倒是有把握得很，认为是你们故意隐瞒了我的消息，所以着急赶回去，怕被阿里不哥抢了先。秦始皇的教训，他是知道的，他身边有那么多汉人幕僚。"

史驱听了，脸色煞白，"小臣对大汗绝无二心……"说到这里，想要说忽必烈怀有二心，也没有胆量。

蒙哥歇了一会儿，又说："好在我早就与兀良合台说好了，让他与忽必烈合兵一处……"

史驱说："我们顺势到了鄂州，再告知兀良合台……"

蒙哥不说话了，开始休息，蒙哥想了一会，悠悠地说："还是有一点没想明白，为什么忽必烈这么肯定我死了，难道我身边有他的人不成？"

史驱听了，刚要抬起头，又低了下去。

蒙哥说："我知道不是你，也不是你叔叔，难道是……"

温泉洞穴里的白雾慢慢地变成了灰色，但是蒙哥和史驱都没有在意，当雾气变成了黑色的时候，蒙哥才问："南方的毒瘴能够侵袭到这里吗？"

史驱也突然意识到了什么，可是他已经无法说话。黑雾幻化成一个影影绰绰的人形，站立在洞穴内，温泉瞬间凝固，洞穴内奇寒无比。

人影慢慢移动到蒙哥身前，史驱想出手救驾，但是发现手背上的皮肤瞬间变成了黑色，并且开始腐烂，露出白骨。史驱把手收回来，瘫坐在地，看着黑色的人影，侧过身形，转到了蒙哥的身后，一张狰狞的脸显露出来，张开嘴巴，似笑非笑，发出一声长长的尖啸。

（阴阳四辨骷髅道场完。）

图书在版编目（CIP）数据

南宋四大道场.骷髅道场/蛇从革著.--上海：上海文艺出版社，2024
ISBN 978-7-5321-8863-5

Ⅰ.①南… Ⅱ.①蛇… Ⅲ.①长篇小说－中国－当代
Ⅳ.①I247.5

中国国家版本馆CIP数据核字(2023)第187400号

发 行 人：毕 胜
图书策划：何无忌 罗皓菱
责任编辑：冯 凌
特约编辑：陈 桦
插画设计：TRYLEA
装帧设计：八牛·書裝·設計
　　　　　34508448@QQ.COM

书　　名：南宋四大道场.骷髅道场
作　　者：蛇从革
出　　版：上海世纪出版集团　上海文艺出版社
地　　址：上海市闵行区号景路159弄A座2楼 201101
发　　行：上海文艺出版社发行中心发行
　　　　　上海市闵行区号景路159弄A座2楼206室 201101 www.ewen.co
印　　刷：启东市人民印刷有限公司
开　　本：720×1000　1/16
印　　张：31
插　　页：2
字　　数：517,000
印　　次：2024年4月第1版 2024年4月第1次印刷
I S B N：978-7-5321-8863-5/I·6984
定　　价：98.00元（全二册）
告 读 者：如发现本书有质量问题请与印刷厂质量科联系　T:0513-83349365